JÉRÔME LEROY

DIE LETZTEN TAGE DER RAUBTIERE

KRIMINALROMAN

AUS DEM FRANZÖSISCHEN ÜBERSETZT
VON CORNELIA WEND

EDITION NAUTILUS

Die Originalausgabe des vorliegenden
Buches erschien unter dem Titel
Les derniers jours des fauves

Edition Nautilus GmbH
Schützenstraße 49 a
D-22761 Hamburg
www.edition-nautilus.de

Deutsche Erstausgabe
März 2023
Umschlaggestaltung:
Maja Bechert
www.majabechert.de

FSC www.fsc.org MIX Papier | Fördert gute Waldnutzung FSC® C083411

Druck und Bindung:
CPI – Clausen & Bosse, Leck
1. Auflage
ISBN 978-3-96054-313-8

»Dass die Regierungen, ob die jetzige oder frühere, die Freiheit nicht mögen, ist nicht neu. Die Regierungen tendieren in allererster Linie zur Effizienz.«

François Sureau, *Sans la liberté*

»Wahrlich, wir haben eine gewaltige Probe von Geduld abgelegt; und wie die alte Zeit die äußerste Grenze der Freiheit erlebt hat, so wir die der Knechtschaft, da wir infolge der Bespitzelung nicht einmal durch Sprechen und Hören miteinander verkehren konnten. Selbst das Gedächtnis hätten wir mitsamt der Sprache verloren, wenn das Vergessen ebenso in unserer Gewalt stände wie das Schweigen.«

Tacitus, *Das Leben von Georgius Agricola*

»Mam'zelle Clio
Mam'zelle Clio
Der erste Tag, das weiß ich noch,
war bei idiotischen Freunden.«

Charles Trenet, *Mam'zelle Clio*

NATHALIE GEHT

Nathalie Séchard, Oberbefehlshaberin der Streitkräfte, Großmeisterin des nationalen Ordens der Ehrenlegion, Großmeisterin des nationalen Verdienstordens, Kofürstin von Andorra, erste und einzige Ehrenkanonikerin der Erzbasilika von San Giovanni in Laterano, Schirmherrin der Académie française und des UNESCO-Weltkulturerbes Schloss Chambord, Hüterin der Verfassung, und nebenbei Präsidentin der Fünften Republik, ist gerade in diesem Moment dabei zu vögeln.

Und Nathalie Séchard vögelt mit Hingabe und Freude.

Nathalie Séchard hat das schon immer geliebt, mehr als die Macht. Eben darum wird sie diese auch verlieren. Das ist genau wie mit dem Geld, denkt sie gerne, wenn sie nicht vögelt. Die Reichen sind nicht reich, weil sie eine besondere Begabung haben. Die Reichen sind reich, weil sie Geld lieben. Sie lieben nichts anderes, mit der Zeit wird das abstrakt. Und etwas diabolisch, wie alles Abstrakte. Lieber zehn Milliarden als acht. Lieber zwölf als zehn. Und immer so fort. Das hört nie auf.

Mit der Macht ist es genauso, man muss sie um ihrer selbst willen lieben. Man muss ausschließlich sie lieben, nur an sie denken, nur für sie leben. Nicht für das, was sie möglich macht. Nathalie Séchard, die immer noch vögelt, konnte sich in den letzten Jahren davon überzeugen, dass politische

Macht auch nicht mehr das ist, was sie mal war. Die Präsidentin steht an der Spitze einer Mittelmacht, in der nichts mehr so richtig gut funktioniert, wie in einem mittelständischen Zuliefererbetrieb mit einem einzigen Auftraggeber am Rande der Pleite.

»Ich hätte links bleiben sollen«, denkt sie manchmal, wenn sie nicht ihren Mann besteigt.

Jetzt gerade spürt sie ein Kribbeln in den Handflächen. Das sind bei ihr in der Regel die ersten schwachen Vorboten eines gigantischen Orgasmus, der sie umhauen wird, und genau den braucht die Präsidentin jetzt.

Die Nacht ist tropisch heiß, und zwar nicht nur, weil ihre Hormone verrückt spielen, sondern weil das Wetter verrückt spielt, und die Präsidentin erträgt keine Klimaanlagen. Das Fenster im Schlafzimmer des Pavillon de la Lanterne steht offen. Draußen im Park der hübschesten Zweitwohnung der Republik hört man die Eulen rufen.

Besser übrigens, man stellt sich als Leser gleich darauf ein: Diese Geschichte spielt während einer ausdauernden Hitzeperiode, einer bleiernen Hitze, die sich nicht um Jahreszeiten schert. In den Problemvierteln, die seit fünfzehn Monaten einem harten Lockdown unterworfen sind, wirkt sie wie ein Brandbeschleuniger für Aufstände, aber auch in der restlichen Gesellschaft führt sie zu einem einzigen Chaos. Das zeigt sich an den vielen Irrsinnstaten, die die Schlagzeilen beherrschen. Sie bieten den Nachrichtensendern einen Vorwand zu langen und substanzlosen Diskussionen, die, so scheint es Präsidentin Séchard im Nachhinein, den mörderischen Soundtrack ihrer Amtszeit bildeten.

Sie ist Kommentatorenfutter, so wie andere Kanonenfutter waren.

Um diesen mörderischen Soundtrack zu vertreiben, und da das Amt, das sie ausübt, immer geisterhaftere Züge annimmt, zieht sie es vor, zu vögeln und Haydn zu hören, diesen Musiker des Glücks. Manchmal tut sie auch beides zugleich, wie gerade jetzt, und zwischen den Seufzern, die von ungeduldigem Stöhnen unterbrochen werden, kann man im dunklen Schlafzimmer die Sonate 41 in B-Dur hören, mit Misora Ozaki am Piano.

Natürlich bleibt ihr von der Macht noch der Anschein. Sie mochte die Dienstreisen, sie leitete gerne Kabinettssitzungen, fand Gefallen am Defilee zum 14. Juli, an der Fahrzeugkolonne aus schwarzen Peugeots 5008, und auch am Eifer ihrer Personenschützer.

Doch in dieser Nacht liebt sie noch nicht einmal mehr das.

In dieser Nacht liebt sie ihren Mann, den sie in sich spürt, und sie liebt die Sonate 41 in B-Dur. Sie sollte nicht vergessen, vor Ende ihrer Amtszeit Misora Ozaki in den Élysée-Palast einzuladen.

Ihr Personenschutz wird von der für die Sicherheit der Präsidentin zuständigen GSPR gewährleistet, und es hat eine Weile gedauert, bis sie mitbekommen hat, dass man ihr direkt nach der Wahl den Codenamen »Blonder Cougar« verpasst hat. Als sie es schließlich erfuhr, ließ sie sich nichts anmerken. Sie war diese Art von Schlüpfrigkeiten gewohnt. *Never explain, never complain.* Sonst wäre das an die Presse durchgesickert. Man hätte sich in den Sozialen Netzwerken drei Wochen lang das Maul zerrissen, sie wäre nervlich am Ende gewesen und danach hätte ganz Frankreich sie Blonder Cougar genannt.

Nur einmal erlaubte sie sich das Vergnügen, einer Personenschützerin die Schamesröte ins Gesicht zu treiben. Die Lieutenante von der Gendarmerie begleitete Präsidentin Séchard bei einem turbulent verlaufenden Termin in der Provinz – aber hat sie als Präsidentin je Termine in der Provinz erlebt, die nicht turbulent verliefen? – in eine kleine Stadt in Zentralfrankreich, deren Unterpräfektur nach einem Protest der Gelbwesten abgebrannt war.

Es regnete, wie es allein in diesen von kalter Melancholie erfüllten Gegenden regnen kann, in denen die Häuser aus grauem Stein sind, die Dächer aus Kalkschiefer, und die Friseursalons Schilder haben, deren Typografie gegen Ende des Algerienkriegs futuristisch war. Eine dieser Gegenden, in denen es lauter erloschene Vulkane gab und ein paar übriggebliebene alte Frauen, die genauso aussahen wie früher, mit Witwenbuckel und schwarzem Kopftuch. Man konnte meinen, sie wären schon immer neunzig gewesen und würden es für immer bleiben. Das ist rührend, dachte die Präsidentin verträumt, die seit ihrer Wahl zu Tagträumen neigte, was sie etwas beunruhigte, da diese sich wenig mit ihrem Amt vertrugen.

Die kleine Stadt roch noch nach dem nicht vollständig gelöschten Brand. Die Präsidentin lauschte vor den heruntergebrannten Gebäuden den Erläuterungen des Unterpräfekten, ohne wirklich zuzuhören. Hinter der Sicherheitsabsperrung in fünfzig Metern Entfernung war ein cholerisches Gebrüll zu hören. Man rief *Schlampe,* man rief *Reichen-Nutte,* man rief *Hau ab, Alte.* In der Regel waren sie schon etwas höflicher, die Gelbwesten. Abends empörte man sich in den Fernsehstudios. Ausnahmsweise sekundierte man ihr. Nicht, weil man sie auf einmal ins Herz geschlossen hätte, sondern schlicht, weil die etablierten Journalisten und die Politiker jedweder Couleur die Gelbwesten noch mehr hassten.

Die Lieutenante von der Gendarmerie, eine hochgewachsene, kräftige junge Frau in einem schwarzen Hosenanzug mit einem mädchenhaften Pferdeschwanz, die eine Aktentasche aus schusssicherem Kevlar umklammert hielt, die jederzeit auseinandergefaltet werden konnte, um den Blonden Cougar zu schützen, presste die Kiefer aufeinander. Überrascht hörte Nathalie Séchard sie sagen:

»Bei einem Mann würden sie nie so reden, diese sexistischen Idioten!«

»Ach, und ›Blonder Cougar‹ finden Sie okay? Hat denn keine Frau in der GSPR dagegen protestiert? Immerhin gibt es unter den siebzig Personenschützern bei Ihnen zwanzig Frauen, oder nicht?«

»Madame la Présidente, ich ...«

Schon eine Woche später war sie nicht mehr der »Blonde Cougar«, sondern »Minerva«. Der Stabschef, der die GSPR befehligte, war ein Kenner der römischen Mythologie und wollte diese Scharte wieder auswetzen. Minerva, die Göttin der Weisheit, so fiel man also von einem Extrem ins andere.

Nein, wirklich, die Präsidentin, die gerade spürt, wie ihr der Schweiß von der Stirn perlt, während sie zugleich leicht ihre Position verändert und ihre Hände auf die Brust ihres Mannes legt, der sie an den Hüften hält, hat die Zeiten, in denen die Insignien der Macht ihr einen Adrenalinkick verpassten, definitiv hinter sich, und sie ist sich nicht mal sicher, ob sie diesen Kick je empfunden hat.

Bei ihrer Eroberung des Élysée-Palasts war weniger Verlangen als vielmehr Glück im Spiel gewesen. Das Glück hat sie mittlerweile allerdings verlassen, und das ist noch untertrieben ausgedrückt.

In letzter Zeit denkt sie oft an die Reichen, auf die sie sich stützen wollte, und daran, was für eine negative Energie ihre Raffsucht bei ihnen freisetzt. Man warf ihr vor, den Reichen nach ihrer Wahl übertrieben stark entgegengekommen zu sein. Das ist ein wesentlicher Grund für ihre Unpopularität. Dabei hat sie gar nichts übrig für Reiche. Sie sind im Allgemeinen nicht besonders interessant und neigen politischen Amtsträgern gegenüber zur Arroganz, seit sie wissen, dass sie bei der Gestaltung der Zukunft der Welt sehr viel mehr zu sagen haben als eine Staatspräsidentin wie sie, die darüber hinaus nur »das kleinere Übel« war, das man in Kauf genommen hat, um Agnès Dorgelles zu verhindern, die Chefin des Patriotischen Blocks.

Mal ganz abgesehen davon, dass die Jungspunde unter den Reichen sich noch nicht einmal mehr die Mühe machen, durch Mäzenatentum oder Philanthropentum etwas Abbitte zu leisten. Sie sind erschreckend ungebildet und von einem geradezu frappierenden Mangel an Mitgefühl. Präsidentin Séchard hat das vor ihrer Wahl nicht sehen wollen, aber die überwiegende Mehrheit der Reichen sind Soziopathen oder perverse Narzissten. Es ist unglaublich schwer, ihnen bei großen Kultur- oder Bildungsprojekten ein wenig Geld aus dem Kreuz zu leiern, obwohl sie mit Steuergeschenken überhäuft werden. Man muss sie unentwegt hätscheln und tätscheln, bis sie endlich mal ein paar magere Millionen in die Restaurierung einer Zisterzienserabtei oder den Bau einer Schule für den zweiten Bildungsweg stecken – in einer Industrieregion, die keine Industrie mehr hat, dafür aber viele Bloc-Patriotique-Wähler.

Präsidentin Séchard sagt nie, dass sie sie verachtet, denn sie ist pragmatisch. Genau wie Minerva, die Beschützerin von Handwerk und Gewerbe. Die Medien sind den Reichen gegenüber von einer ausgesuchten Unterwürfigkeit. Sollte sie plötzlich die Seiten wechseln und die Reichen zur Kasse bitten, um die durch die Pandemie am Boden liegende Wirtschaft wieder in Schwung zu bringen, würde man sie als Populistin bezeichnen. Ihr ist schon klar, dass reiche Leute vor allem in Zeiten wie diesen weniger nützlich sind als beispielsweise Intensivmediziner, doch wenn sie anfangen zu jammern, gibt sie klein bei.

Die Folge ist, dass Nathalie Séchard inzwischen ein von armen Menschen bevölkertes reiches Land regiert.

Ab und zu immerhin werden die Armen wütend auf die Reichen. Da sie den Reichen zu sehr dabei geholfen hat, noch reicher zu werden, entlud sich die Wut auch einmal während ihrer Amtszeit. Zwar redet man momentan fast ausschließlich über die Pandemie, aber sie ist sich sicher, dass das Thema Gelbwesten noch nicht erledigt ist. Für sie steht außer Frage, dass die Gelbwesten ihr die Amtszeit vermasselt haben, mehr noch als das Virus.

Dabei hat Präsidentin Séchard es eigentlich für eine gute Idee gehalten, den Reichen zu helfen. Sie hat darauf gesetzt, dass der Reiche, wenn ihm schon jeglicher Sinn für Menschlichkeit abgeht, zumindest über ein gewisses Maß an Rationalität verfügt. Sie hat auf seinen Bewahrungsinstinkt gesetzt: Irgendwann würde er so reich sein, dass er den angehäuften Reichtum würde sichern wollen, und so würde er ganz nebenbei dazu beitragen, das Ökosystem zu erhalten, das er zum Überleben braucht. Und die Armen würden auch ein wenig davon profitieren. Früher oder später würde etwas von diesem Reichtum durch den Trickle-Down-Effekt bis zu ihnen herunterrieseln.

Aber noch nicht mal das tun sie. Sie benehmen sich wie das Virus. Indem sie den Wirt töten, den sie anstecken, werden sie nach und nach aussterben.

Und dann wird es für alle zu spät sein.

Präsidentin Séchard beugt sich über ihren Mann. Sie sucht im Dunkeln nach seinen Lippen. Sie findet sie, während sein Schwanz tiefer in sie eindringt.

Es ist wunderbar.

Das Gesicht der Gelbwesten-Aktivistin, der es im Februar 2019 bei einem anderen schwierigen Provinztermin in Lunéville gelang, sich für ein paar Sekunden an ihre Autoscheibe zu pressen, führte ihr vor Augen, wie sie ihr Land in die Verzweiflung gestürzt hat mit dieser absurden Idee, auf die Vernunft der Reichen zu setzen. Dieses Bild brannte sich ihr ein: die von geplatzten Äderchen durchzogene Haut der Frau, ihre hervortretenden Augen in einem infolge des übermäßigen Konsums von hochverarbeiteten Lebensmitteln aufgedunsenen Gesicht, ihre furchtbare Verzweiflung, ihr verzerrter Mund, der deutlich das Wort »Schlampe« formte, was Präsidentin Séchard hinter ihren kugelsicheren Scheiben jedoch nicht hören konnte.

Sie hasste diese Frau, hätte zu gern gesehen, wie ein Hartgummigeschoss ihr die Hälfte ihres hässlichen Gesichts wegreißt. Im nächsten Moment wollte sie am liebsten aussteigen und sie an sich drücken, ihr über die fettigen, dünnen Haare streichen und ihr sagen, es wird schon wieder, es tut mir so leid.

Saß damals nicht auch diese Lieutenante auf dem Beifahrersitz und brachte sie davon ab? Oder war es Peyrade, der Erste Polizeihauptkommissar, den ihr dieser alte Fascho von Innenminister Beauséant empfohlen hatte? Sie weiß es nicht mehr genau. Das Bild der Gelbwesten-Aktivistin überlagerte den gesamten Rest des Tages in Lunéville.

»Es wäre gut, Peyrade in die GSPR aufzunehmen, Madame la Présidente … Peyrade ist ein Guter. Ich kenne ihn persönlich, er ist bei der Antiterroreinheit. Ich will ehrlich sein, Ihre Sicherheit ist nicht mehr gewährleistet. Man hasst Sie, Madame la Présidente. Das ist irrational, aber man hasst Sie. Die Gelbwesten, die Islamisten, die Prepper, die Ultralinken …«

»Ich danke Ihnen für Ihre Offenheit, Monsieur le Ministre.«

Damit wäre noch einer von deinen Leuten in meinem engeren Umfeld, dachte sie. *Ich kenne dich, du gerissenes Arschloch.* Die Gelbwesten-Frau wurde von einem der Spezialeinsatzkräfte in Zivil brutal zu Boden geschleudert. Aus Neugier bat die Präsidentin, über den Fortgang des Falls informiert zu werden. Hélène Bott, siebenunddreißig Jahre, Kassiererin in einem Leclerc-Supermarkt, auf Teilzeit gesetzt, drei Kinder, geschieden. Sie wurde sofort dem Haftrichter vorgeführt: drei Monate Gefängnis, davon zwei auf Bewährung, und sofortige Vollstreckung des Haftbefehls. Nathalie hätte vielleicht intervenieren können. Aber sie tat es nicht, war hin- und hergerissen zwischen Schuldgefühlen, Wut, Abscheu, Scham.

Die Präsidentin mag keine widerstreitenden Gefühle in der Politik, sie hat es gerne, wenn die Dinge unmissverständlich sind, präzise und zielgerichtet, wie der Schwanz ihres Mannes in ihr in genau diesem Moment.

Eines Abends, zu Beginn ihrer Präsidentschaft, als sie noch an ihre Angebotspolitik glaubte, legte sie diese im Esszimmer ihrer Dienstwohnung dem verträumten und sympathischen großen Weichling Guillaume Manerville, Staatsminister für soziale und solidarische Ökologie, dar, den sie zum Essen eingeladen hatte. Er wollte am nächsten Tag in einer Morgensendung auf Radio Monte Carlo seinen Rücktritt bekanntgeben. Noch nicht einmal wegen der Reform der Arbeitslosenversicherung und der Privatisierung der SNCF, oder jedenfalls nicht nur, sondern weil Henri Marsay, der Premierminister, gegen sein Gesetzesvorhaben interveniert hatte, Unternehmen zu besteuern, die keinerlei Anstrengungen gegen endokrine Disruptoren unternahmen. Dieser Manerville fühlte sich durch endokrine Disruptoren persönlich gedemütigt. In Bezug auf endokrine Disruptoren hatte er einen kleinen Spleen. Womöglich war Clio, seine einzige Tochter, ja Opfer endokriner Disruptoren geworden.

Der untröstliche Witwer Manerville war allein gekommen.

Er ist ein Mann um die Fünfzig, fast zwei Meter groß, breitschultrig, hat graue Augen, trägt ständig zerknitterte marineblaue Tweedanzüge, Club-Krawatten und eine Frisur à la Boris Johnson. All das gibt ihm das Aussehen eines leicht zerstreuten und sanftmütigen Oxford-Professors, der an der kritischen Ausgabe eines in Vergessenheit geratenen Sokrates-Vorläufers arbeitet.

Während dieses Essens behielt er die ganze Zeit seine Schmollmiene bei. Den Haut-Brion ließ er sich dennoch bereitwillig nachschenken. Er blickte oft zu dem in leuchtenden Farben gehaltenen Gemälde von Joan Mitchell hinüber, welches Präsidentin Séchard sich beim Mobilier National ausgeliehen hatte.

»Sie werden nicht zurücktreten, Guillaume, Sie sind mein linkes Standbein.«

Das sagte sie mit einem mehrdeutigen Unterton. Es war weder eine Frage noch ein Befehl. Das war eine ihrer Spezialitäten. Damit verunsicherte sie ihren Gesprächspartner. Der wusste nicht, ob sie ihm einen Auftrag erteilte, ihn um Hilfe anflehte oder um Rat bat. Das Bild mit dem Bein hatte etwas leicht Anzügliches, das hätte ihn ebenfalls irritieren können. Aber Manerville ist nicht anzüglich, und eben darum schätzt Nathalie Séchard ihren Manerville.

»Madame la Présidente, Sie benutzen mich als Feigenblatt, das ist inakzeptabel.«

»Aber Guillaume, wie können Sie das sagen, Sie sind doch Staatsminister, die Nummer zwei hinter Marsay.«

»Das ist nur ein Titel, Madame la Présidente, ein Zugeständnis an die Grünen und an Ihre linke Wählerschaft, die gerade wie Schnee in der Sonne dahinschmilzt. Sie brauchen unbedingt Verbündete von dieser Seite, aber die bekommen Sie niemals, wenn Sie zulassen, dass Marsay mich lächerlich macht.«

Nathalie Séchard zögerte. Sein Ton gefiel ihr nicht. Dann sollte er doch seinen Rücktritt bekanntgeben. Nein, lieber nicht, sie hatte niemanden, der ihn ersetzen konnte. Die Präsidentenpartei, die Neue Gesellschaft, war im Grunde eine leere Hülle, trotz ihrer erdrückenden Mehrheit in der Nationalversammlung. Sie verfügte nur über wenige erfahrene Politiker, hatte viele Hinterbänkler der alten Linken in ihren Reihen, einige Zentrumsvertreter und ein paar lasche Konservative, ja, sogar ein paar beinharte Konservative: Beauséant und seine Getreuen. Sie dachte kurz darüber nach, Guillaume Manerville durch eine Persönlichkeit aus der Zivilgesellschaft zu ersetzen, aber die tendierten dazu, sich durch den Parteiapparat auskontern zu lassen. Marsay und sie wären permanent mit reframing beschäftigt, um die Anzahl der zur Unzeit geäußerten Statements zu begrenzen.

»Ich brauche Sie, Guillaume, damit wir unser großes Reformprojekt, das uns im Mai zum Wahlsieg verholfen hat, umsetzen können.«

Als sie dann ihr Süppchen vom weißen Pfirsich mit Minze löffelten, versprach sie ihm, das Gesetz zu den endokrinen Disruptoren bei der nächsten monatlichen Sitzung des Parlaments einzubringen. Zeit gewinnen, das ist das Geheimnis. Das war eine gute Entscheidung. Denn dann kamen der Skandal um Marsay, den sie durch Vandenesse ersetzen musste, die Streiks bei der SNCF, die Demonstrationen gegen die Privatisierung der Sozialfürsorge, die Gelbwesten, und schließlich die Pandemie. 120.000 Tote. Also ist Manerville immer noch da, während seine endokrinen Disruptoren – gar nicht zu reden von seinen Vorhaben, Gras zu legalisieren und Milliarden von Subventionen in die energetische Sanierung von privaten Immobilien zu stecken – dem Vergessen anheimgefallen sind.

Aber kommen wir zurück zu den menschlicheren Dingen: Zum Pavillon de la Lanterne, zu Haydns Sonate 41, zum magischen Anschlag von Misora Ozaki, zum nahenden Orgasmus von Präsidentin Séchard, den sie bereits ganz gewaltig kommen spürt.

Mit ozeanischer Gewissheit. Vor ihrem inneren Auge blitzen smaragdfarben und schäumend Bilder von einer Springflut auf, die sie in ihrer Kindheit erlebt hat, Ende der 60er Jahre, in Pléneuf-Val-André, als sie mit ihren Eltern und ihren beiden Brüdern Muscheln, Krabben, Samtkrabben und manchmal sogar Jakobsmuscheln bei der kleinen Gezeiteninsel Îlot du Verdelet in der Bretagne sammelte.

Schon damals fand sie diesen Geruch nach Algen und Salz aufregend, und sie ahnte nicht, dass sie ihn mit einem regelrecht Proustschen Glück Jahre später wiederfinden wird, beim Sex. Ihre erste Erfahrung in diesem Bereich macht sie mit siebzehn, als sie im ersten Semester an der Universität von Rennes Jura studiert. Dann wechselt sie zu Politikwissenschaft und anschließend geht sie auf die Elite-Verwaltungshochschule ENA. In dieser Zeit wird sie Mitglied der Sozialistischen Partei. Sie schneidet als eine der Jahrgangsbesten ab, entscheidet sich, ans oberste Verwaltungsgericht zu gehen, und wird kurz darauf mit komfortablem Vorsprung zur Abgeordneten des zweiten Wahlkreises der Côtes d'Armor gewählt.

Wir schreiben das Jahr 1988. Direkt darauf gewinnt sie 1989 die Kommunalwahlen, erobert das Rathaus von Ploubanec, einem Sechstausend-Einwohner-Ort mit einem Wegkreuz von 1553, einem Feenbrunnen, einem Scharfrichterhaus mit kunstvoll gearbeitetem Fachwerk und einer Sardinenkonservenfabrik, die Nathalie Séchard bis heute wie durch ein Wunder am Leben erhalten kann, wodurch zweihundertfünfzig Arbeitsplätze gesichert sind.

Mit sechsundzwanzig tritt sie eine Stelle im Ministerium für Nationale Bildung an. Da hat sie ein paar Liebhaber, nichts von Dauer, ein paar höhere Beamte wie sie, junge, ehrgeizige, intelligente Männer mit erschlaffter Muskulatur. Sie glauben an die Marktwirtschaft, gehen im Sommer mit den unverzichtbaren marineblauen Bootsschuhen im Golf von Morbihan segeln und reden von der notwendigen Modernisierung des Staates, damit dieser mit der Globalisierung Schritt halten könne, bevor sie einen gut dotierten Posten in der Privatwirtschaft annehmen.

Fünf Jahre später, 1993, als die Linke ihr Debakel erlebt, ist sie eine der wenigen Parlamentarierinnen der ehemaligen Regierungspartei, die ihren Sitz mit zweihundert Stimmen Vorsprung verteidigen kann. Sie wird Beraterin eines großen Unternehmens für berufliche Weiterbildung und setzt sich in den Medien zugleich als liebenswertes Gesicht der jungen Parteigarde durch. Als sie mit noch komfortablerem Vorsprung 1997 wiedergewählt wird, tritt sie ins Kabinett der Regierung Jospin ein. Sie wird Staatssekretärin für das Nationale Kulturerbe, dann beigeordnete Ministerin für das Berufsschulwesen im Ministerium für Nationale Bildung. Sie kann eine Ausbildungsreform für sich verbuchen, die ihren Namen trägt, die von den Bildungsgewerkschaften und Arbeitgebern relativ wohlwollend aufgenommen wird und bei der ersten Lesung in der Nationalversammlung und im Senat auf fast einhellige Zustimmung stößt.

Sie sammelt immer mehr Kontakte, betreibt Networking bei Abgeordneten unterschiedlicher Lager, bei Intellektuellen, beim Unternehmerverband. Man prophezeit ihr eine glänzende Zukunft. Sie bringt es auf zwei oder drei Aufmacher in den Wochenzeitungen, auf Interviews mit *Le Monde, Les Échos*, auf ein Porträt auf der letzten Seite von *Libération*: *Nathalie Séchard, die Linke, die es allen recht(s) macht.*

In dieser Zeit lebt sie zwei Jahre mit einem politisch engagierten Schauspieler zusammen. Er trägt zwischen zwei Filmen à la Ken Loach bei Staatsakten mit großer Emphase Texte von Victor Hugo vor. Mal werden die Gebeine bedeutender Persönlichkeiten, die sich für die Menschenrechte oder die Résistance eingesetzt haben, in den Pantheon überführt, mal Stelen oder Gedenkstätten eingeweiht, mit denen Frankreich sich zu seiner historischen Schuld bekennt. Dabei legt man Kränze nieder, salutiert der Flagge, und das Orchester der Republikanischen Garde spielt Hymnen.

Sie kann sich vorstellen, ein Kind mit ihm zu haben. Wenn der Schauspieler sich selbst gerade mal nicht so wichtig nimmt, ist er ein aufmerksamer Lebensgefährte und ein guter Liebhaber. Sie ist zwar nicht wirklich verliebt, aber da sie die falschen Bücher gelesen hat, Balzac und Chardonne, glaubt sie, dass eine Paarbeziehung nur funktionieren kann, wenn keine Liebe im Spiel ist.

Doch es gibt kein Kind und es wird keins geben. Die Ärzte schließen das kategorisch aus. Eine nie diagnostizierte Endometriose. Unfruchtbarkeit. Der Schauspieler möchte eins adoptieren, sie nicht. Der Schauspieler verlässt sie, teilt es ihr am 21. April 2002 per SMS mit, als sie gerade im sogenannten Atelier ist, der Wahlkampfzentrale, und man jeden Moment Jospin erwartet. Jospin wollte nicht, dass man ihm die Wahlergebnisse vorab mitteilt, insofern trifft ihn die Klatsche jetzt mit voller Wucht.

An diesem Abend, als der Patriotische Block vom alten Dorgelles auf allen Bildschirmen triumphiert und die Gesichter um sie herum versteinern, weint sie, wie andere auch, nur mit dem Unterschied, dass sie nicht weiß, ob die Tränen auf das Ende ihrer Liebesbeziehung mit dem engagierten Schmierenkomödianten zurückzuführen sind oder darauf, dass sie nun nicht Ministerin für Soziales wird, oder dass sie keine Kinder haben wird, oder dass die Linke sich von diesem Schlag nicht erholen wird.

Inzwischen, zwanzig Jahre später, weiß Nathalie Séchard, dass sie damals vor allem aus Selbstmitleid geweint hat, weil sie auf die Vierzig zuging und weil der Hugo-Verehrer ihr eine narzisstische Kränkung zugefügt hat. Er hätte den Moment wirklich nicht besser wählen können, dieses Arschloch.

An diesem 21. April 2002 ist ihr erster Impuls, ihren Vater anzurufen, während um sie herum die Spindoktoren den anwesenden Ministern und Schwergewichten der Partei das Wording für die Fernsehstudios geben. »Nathalie, in zehn Minuten hast du eine Live-Schalte mit France 3 in Rennes, in deinem Wahlkreis hat Lionel mit am besten abgeschnitten …«

Ihr Vater ist sofort dran. Sie kann sich also ganz ungeniert bei Studienrat David Séchard ausheulen, der genauso am Boden zerstört ist wie sie. Sie wäre jetzt so gerne bei ihm, in

Erquy, im elterlichen Wohnzimmer. Sie sieht ihn direkt vor sich, wie er im Erker mit den großen Fenstern in seinem Clubsessel sitzt, liest, und ab und an die schönen grauen Augen hebt, die sie von ihm geerbt hat, um aufs Meer zu blicken.

Es gelingt ihm sogar, sie zwischen den Tränen zum Lachen zu bringen, als er sagt: »Ich habe mit deiner Mutter geschimpft. Sie hat mir gerade gestanden, dass sie Christiane Taubira gewählt hat. Soll ich sie dir mal geben?« Sie verneint, weil ihre Pressereferentin ihr, indem sie auf ihre Uhr tippt, signalisiert, dass es an der Zeit ist.

In der Toilette assistiert diese Pressereferentin ihr dann, als sie sich das Gesicht mit kaltem Wasser benetzt und ihr Makeup erneuert, bevor sie das Studio im Wahlkampfhauptquartier betritt, um mit den Abgeordneten aus der Bretagne zu sprechen.

In den folgenden Jahren, in der Amtszeit von Chirac, leckt sie sich ihre Wunden in Ploubanec, in dem viel zu großen Haus, das sie sich in der Altstadt unweit des Scharfrichterhauses gekauft hat, nur wenige Schritte vom Feenbrunnen entfernt. Wenn Sie Ploubanec kennen, wissen Sie, wo das ist.

Sie geht viel schwimmen, krault bis zur Erschöpfung. Sie hat das Gefühl, keine Libido mehr zu haben, noch nicht mal für die Politik. Sie denkt darüber nach, das Angebot einer amerikanischen Universität anzunehmen, als Gastdozentin ein Seminar über die europäischen Institutionen zu halten. Aber Iowa reizt sie dann doch nicht. Sie zieht die Côtes-d'Armor vor. In Iowa gibt es kein Meer.

Abends betrachtet sie sich nackt im Badezimmerspiegel, dabei fallen ihr bescheuerte Gedichtzeilen ein, »die kalte Majestät der unfruchtbaren Frauen«, sie befriedigt sich vor ihrem Spiegelbild, weint, leert eine Flasche Grolleau gris, isst dazu direkt aus der Dose Sauerkraut mit Pökelfleisch und Würsten und schläft schnarchend am Küchentisch ein. Um 6 Uhr morgens schreckt sie hoch und beseitigt die Unordnung, bevor die Putzfrau kommt.

Sie fährt drei Tage die Woche nach Paris, um sich bei den

Fragestunden des Parlaments zu zeigen, hält ihre Netzwerke mit den Unternehmern aufrecht, den Journalisten und den gemäßigten Gewerkschaften, und nimmt an der Vorstandssitzung des Instituts Pierre Mendès France teil, einem sozialliberalen Thinktank. Das Institut PMF erstellt vor allem Gutachten, die an Entscheider aller Art adressiert sind. Es geht darum, dass die Linke sich »neu erfinden« soll, wie man damals zu sagen beginnt.

Manchmal schreibt Nathalie Séchard einen Gastbeitrag für eine Zeitung. Das Nein beim Referendum zur Europäischen Verfassung im Jahr 2005 empfindet sie als persönliche Kränkung. Daran merkt sie, dass sie wieder Lust auf Politik hat. Sie hat erneut ein paar Affären, darunter eine, die direkt aus einem Chabrol-Film stammen könnte, mit dem Apotheker von Ploubanec, obwohl der sie nie gewählt hat.

Der Erzähler könnte sich jetzt in dieser Geschichte ergehen, die den altmodischen Charme eines Ehebruchs in der Provinz hat. Er würde von heimlichen Rendezvous berichten, von plötzlichen Lachanfällen, von der depressiven Frau des Apothekers, vom großen Glück, bei einem diskreten Wochenende zu zweit in einem Haus oberhalb von Concarneau morgens gemeinsam aufzuwachen und zu sehen, wie das blaue Meer von der großen Glasfront perfekt eingerahmt wird. Der Erzähler würde sich eine Katastrophe ausdenken, möglicherweise sogar ein Verbrechen. Die depressive Frau könnte zum Beispiel ihren Mann töten, oder ihren Mann und Nathalie, oder nur Nathalie. Der Apotheker könnte seine Frau töten, ohne dass Nathalie das mitbekäme. Es würde einen Riesenskandal geben und das Ende der politischen Karriere der Abgeordneten Nathalie Séchard bedeuten.

Aber das muss bei anderer Gelegenheit nachgeholt werden, denn die Narration von Alternativweltgeschichten ist eine Kunst für sich. Der Erzähler fühlt sich nicht in der Lage, sich einen ganz anderen Verlauf der politischen Ereignisse vorzustellen als den, der allgemein bekannt ist, nämlich dass Nathalie Séchard am 6. Mai 2017 zur Staatspräsidentin gewählt wird.

In der Realität ist es so, dass Nathalie Séchard und der Apotheker von Ploubanec sich einvernehmlich trennen, ohne dass ihre Beziehung aufgeflogen ist. Im Jahr 2006 hat Nathalie keine Zeit mehr für so einen sonntäglichen Zeitvertreib wie eine Liebelei in der Provinz. Denn sie gehört dem Wahlkampfteam der Präsidentschaftskandidatin Royal an. Aus dieser Kampagne zieht Nathalie die Erkenntnis, dass es in naher Zukunft keine Staatspräsidentin geben wird. Vielleicht in ferner Zukunft.

Ségolène Royal muss nicht nur gegen die konservative Rechte kämpfen und gegen die extreme Rechte, sondern darüber hinaus gegen die Hierarchien in ihrer eigenen Partei, die sie als inkompetente Usurpatorin empfinden und chauvinistische Bemerkungen an die Presse durchstechen, die aus einer anderen Zeit zu stammen scheinen, es sei denn, Chauvinismus ist zeitlos.

Nathalie erinnert sich noch an ein Abendessen mit der Kandidatin, im kleinen Kreis, im oberen Stockwerk einer Brasserie in Saint-Germain, die bekannt ist für ihre Alkoholiker-Schriftsteller und ihre Heringe mit Kartoffelsalat. Als Ségolène Royal dort im *Canard Enchaîné* auf einen Beitrag stößt, presst sie die Lippen zusammen. Ein ehemaliger Minister aus ihrem Lager erklärt darin, er wäre nicht sicher, ob eine Präsidentin den Mut hätte, den Knopf für einen Atomschlag zu drücken. »Und das mir, als Tochter eines Offiziers …«

Während dieser Kampagne begegnet Nathalie Séchard bei einem Meeting zwischen den beiden Wahlgängen in Lille erneut dem Schauspieler. Er sitzt in der ersten Reihe. Sie findet, er hat zugelegt, sein Haar ist schütter, er ist gealtert. Und vor allem trägt er unglaublich dick auf, als er als Verkörperung des progressiven Gewissens auf die Bühne steigt, um *Melancholia* von Victor Hugo zu rezitieren: »Wohin gehen diese Kinder, von denen keines lacht?«

Nach dem Meeting gibt es in den Räumlichkeiten des Zénith ein Buffet, bei dem die Kandidatin Glückwünsche entgegennimmt. Der Schauspieler kommt mit einem

Champagnerkelch in der Hand auf Nathalie zu, als wäre nichts gewesen, und begrüßt sie mit Küsschen. Nathalie spürt rein gar nichts mehr, keinerlei Aufruhr in ihrem Bauch oder ihrer Seele, keine Beschleunigung ihres Pulses. Da sie seit 2002 über mehr Zeit verfügt, hat sie in der alten, dreibändigen Pléiade-Ausgabe von Proust gelesen, die ihrem Vater gehört. Nathalie empfindet genau das Gleiche wie Swann, als er endlich aufhört, Odettes wegen zu leiden. Der Schauspieler ist ihre Odette. Sie hat Jahre ihres Lebens für einen Mann verschwendet, der noch nicht mal ihr Typ ist.

Nach Royals Niederlage wird Nathalie, genau wie andere Persönlichkeiten der Linken, von der Regierung Sarkozy gefragt, ob sie im Namen einer parteiübergreifenden Politik der Öffnung in die Regierung eintreten möchte. Man bietet ihr den Posten einer Staatssekretärin für Familie an. Nimmt sie das Angebot an, verzichtet die Rechte darauf, sowohl bei den anstehenden Parlamentswahlen als auch bei den Kommunalwahlen im nächsten Jahr einen Gegenkandidaten aufzustellen.

Sie zögert.

Sie macht einen langen Spaziergang mit ihrem Vater am Strand von Vallées, im Val-André: »Nathalie, mein Schatz, ich finde, dass bereits deine Linke leider dazu neigt, das Volk zu vergessen, aber kannst du dir ernsthaft vorstellen, obendrein gemeinsam mit den Rechten zu regieren, zusammen mit diesem Hitzkopf, der die Jugend als Abschaum bezeichnet?«

Studienrat Séchard bleibt stehen und zieht sich die Kapuze seines Dufflecoats wieder über den Kopf, da es zu nieseln beginnt. Eine Welle verebbt vor ihren Füßen.

»Und dann auch noch als Staatssekretärin für Familie …«

Das sagt Studienrat Séchard leise, er will Nathalie nicht verletzen. Er denkt daran, wie es ist, wenn zum Weihnachtsessen in Erquy oder zu den Gemeinderatswahlen in Ploubanec die Familien zusammenkommen. Nathalies ältere Brüder, ein Tierarzt und ein Psychiater, mit ihren Frauen und Kindern, und sie ist nur die nette Tante, die in der

Politik ist. Ihr Vater ist besorgt um sie. Seine Tochter weiß, wie boshaft Politiker und Journalisten sein können. Eine Frau ohne Mann, ohne Kind, als Staatssekretärin für Familie, der darüber hinaus der Ruch der Verräterin anhaftet, die die Seiten wechselt für einen Ministerposten, sie kann sich denken, dass …

Sie setzen das Gespräch schließlich in Saint-Cast-le-Guildo bei Austern und Taschenkrebsen in einem Lokal am Hafen fort.

»Du hast sicher Recht, Papa.«

Es gelingt ihr, erneut ihren Wahlkreis und ihr Bürgermeisteramt zu verteidigen. Bei der Selbstzerfleischung der Sozialistischen Partei nimmt sie eine abwartende, neutrale Position ein. Sie engagiert sich weiterhin beim Thinktank Mendès France, gründet eine informelle Vereinigung von Parlamentariern, die auf einer sozialliberalen Linie sind, verzichtet aber darauf, beim Parteitag einen eigenen Antrag einzubringen, um sich keiner Kritik stellen zu müssen.

Und dann, 2009, verliebt sie sich.

Mit siebenundvierzig Jahren wird sie wieder zum Teenager.

Der junge Mann sitzt in der ersten Reihe, als sie an der Hochschule Sciences Po Lille zur Abwechslung mal wieder einen Vortrag zum Thema Europa hält. Wie jeder, der regelmäßig vor Publikum spricht, sucht sie nach ein paar Minuten Blickkontakt zu zwei, drei Zuhörern im Saal, um zu prüfen, wie das Publikum insgesamt reagiert. Dieser Blickkontakt gibt ihr eine gewisse Sicherheit, ermöglicht ihr, ihre Rede auf das Publikum abzustimmen, festzustellen, ob auch Botschaften zwischen den Zeilen ankommen, was bereits zu dieser Zeit nicht mehr selbstverständlich ist.

Doch dieses Mal ist es nur ein einziger Blickkontakt. Der junge Mann in der ersten Reihe hat einen schwarzen Bürstenschnitt, schwarze Augen, hervorstehende Wangenknochen. Dadurch sieht er ein bisschen wie ein Kalmücke aus guter Familie aus, mit seinem Kaschmirpullover mit Rundhalsausschnitt über dem roten Vichykaro-Hemd, der Chino und den blank polierten Schuhen. Nathalie Séchard erkennt, dass es sich dabei um Church's Richelieu handelt, die gleichen, die ihr Vater trägt. Sie weigert sich, darin ein Zeichen zu sehen.

Der junge Mann schaut sie ebenfalls unverwandt an. Sie ist froh, dass sie die Gewohnheit beibehalten hat, zu jeder Jahreszeit im Meer bei Val-André zu baden, das ist noch immer die beste Thalassotherapie, und dass sie aufgehört hat, an Abenden, an denen sie deprimiert ist, Sauerkraut mit Pökelfleisch und Würsten aus der Dose zu essen, und dass sie an diesem Abend ihre Louboutin-Pumps trägt, die ihrer Figur besonders schmeicheln. Sie ist blond, hochgewachsen und ihr Po noch immer rund und fest.

Da ihr TGV zurück nach Paris bereits am Nachmittag fährt, isst man mal wieder schlecht in einer Brasserie in Bahnhofsnähe. Zu der Runde gehören der Prof, der sie zu dem Vortrag eingeladen hat, ein Journalist von der *Voix du Nord* und ein paar Studierende beiderlei Geschlechts, darunter der junge charmante Kalmücke, der die Zähne nicht auseinanderbekommt und nicht aufhört, sie mit einer Mischung aus unverhohlener Begierde und einem Staunen angesichts dieser Begierde anzustarren. Nathalie spürt, wie ihre Lider sich in einer lasziven Trägheit, die entfernt an Müdigkeit erinnert, langsam senken.

So ein Quatsch.

Sie schwärmt ja wohl nicht ernsthaft für ein halbes Kind.

Aber in den Tagen darauf verfolgt diese Wunschvorstellung sie beharrlich. Sie sieht den jungen Mann vor sich, wie er sie morgens im Bett überrascht, sieht körperliche Details, die sie gar nicht bewusst zur Kenntnis genommen hat, mit geradezu fotografischer Präzision vor sich: ein Leberfleck im Augenwinkel, ein abgekauter Daumennagel, Spuren eines früheren Aknepickels im Kieferbereich, nahe am Ohr.

Zwei Wochen später erhält sie in der Nationalversammlung einen Brief von ihm. Er heißt Jason Perros und kommt direkt zur Sache, will sie wiedersehen, wenn sie das auch will. Im Anschluss bittet er um ein paar Ratschläge von ihr, weil er vorhabe, in die Politik zu gehen. Der erste Teil seines Briefes wirkt sehr viel überzeugender als der zweite.

Sie spürt, wie sie errötet, in ihrem kleinen Büro in der Nationalversammlung, und als sie am selben Nachmittag eine Anfrage zur Senkung der Mehrwertsteuer in der Gastronomie stellen soll, ist sie nicht besonders brillant. Das Thema ist eher trocken, eben darum hat die Fraktion es ihr anvertraut. Sie ist eine gute Rednerin, verfügt über eine Schlagfertigkeit, die nie ihre Wirkung verfehlt. Auf der Regierungsbank ist sie dafür gefürchtet.

Doch dieses Mal wirft sie Zahlen durcheinander, ihr Mund ist trocken, sie verspricht sich zweimal, ihre Stimme überschlägt sich mehrmals, und der angesprochene Minister nimmt sie unter dem Gelächter der Regierungsmitglieder genüsslich auseinander. Sie setzt sich wieder auf ihren Platz und stellt überrascht fest, dass sie sich nichts daraus macht, weil sie so damit beschäftigt ist, sich nur wenige Zentimeter von ihrem Gesicht entfernt die fast zu vollen Lippen des Kalmücken Perros vorzustellen.

Ein Amtsdiener lässt Nathalie einen kleinen Zettel zukommen. Er trägt die Unterschrift der stellvertretenden Vorsitzenden ihrer Fraktion, einer arroganten Mittdreißigerin vom linken Flügel, die Nathalie nicht ausstehen kann, weil sie sie zu gemäßigt findet: »Was ist los, Nathalie? Du warst schon mal brillanter. Bist du verliebt, oder was?«

Nathalie hebt den Kopf und begegnet dem amüsiert-maliziösen Blick der stellvertretenden Fraktionsvorsitzenden, die zwei Reihen unter ihr sitzt. Sie vertritt den Wahlkreis Seine-Saint-Denis und ist unwidersprochen äußerst attraktiv. In dem Moment empfindet Nathalie eine absurde Eifersucht bei der Vorstellung, nicht sie, sondern die andere hätte den Vortrag in Lille gehalten, und der junge Kalmücke wäre, so wie bei ihr, ihrem Charme erlegen, ja, möglicherweise noch mehr als bei ihr selbst. Sie ist schließlich schon Ende vierzig und damit langsam, aber sicher aus dem Alter raus, in dem man seine Verführungskünste spielen lassen kann.

Hier bietet sich eine interessante Hypothese an: Angenommen, die kleine Hexe hätte Nathalie keine Botschaft zukommen lassen – wofür sich diese im Übrigen später rächen wird, indem sie dafür sorgt, dass ihre Konkurrentin bei den Parlamentswahlen 2017 ihren Wahlkreis an eine Kandidatin der Nouvelle Société verliert ... und, als wäre das nicht genug, dafür eine abtrünnige Kandidatin der Sozialisten einspannt –, vielleicht hätte Nathalie dann die eigentlich völlig abwegige Sache mit dem jungen Kalmücken auf sich beruhen lassen, und, noch etwas weitergedacht, vielleicht hätte sie ohne den jungen Kalmücken an ihrer Seite gar nicht die Energie gehabt, den Blitzkrieg um die Präsidentschaft 2017 zu führen. Das Briefchen der stellvertretenden Fraktionsvorsitzenden, in dem sich ideologische Rivalität und mehr oder minder bewusstes Wetteifern um sexuelle Attraktivität mischen, wird Frankreichs politische Landschaft verändern und uns dorthin bringen, wo wir heute sind.

Nathalie Séchard, angestachelt von der spitzen Bemerkung der hübschen Marxistin alter Schule, geht direkt nach Ende des Schlagabtauschs mit der Regierung wieder hoch in ihr Büro. Dabei macht sie einen Bogen um den Wandelgang, die Salle des Quatre Colonnes, da sie überhaupt keine Lust hat, dort für einen Fünf-Sekunden-Auftritt in den Abendnachrichten Journalisten abzufangen. Sie schaut sich die Telefonnummer an, die auf dem Brief von Jason Perros steht, eine Mobilnummer, und ruft ihn an. Die Mailbox springt an. Da fällt ihr auf, dass sie zum ersten Mal die Stimme des jungen Mannes hört. Sie hinterlässt keine Nachricht. Sie ist frustriert.

Ihre Devise war, jetzt oder nie.

Dann eben nie.

Auf eine plötzliche Eingebung hin ruft sie einen ehemaligen Kommilitonen von der ENA an, der im Innenministerium arbeitet. Sie bittet ihn, Erkundigungen über einen gewissen Jason Perros einzuziehen, der an der Sciences Po Lille studiert.

»Was willst du genau wissen?«

»Alles, was du über ihn in Erfahrung bringen kannst.«

Der ehemalige Kommilitone fragt nicht, warum. Das ist ein ungeschriebenes Gesetz zwischen den Funktionären beider Lager. Es kann sich auszahlen, wenn man jemandem eine Auskunft gibt, ohne weitere Fragen zu stellen. Eine Hand wäscht die andere.

Sollte der Leser sich noch irgendwelche Illusionen bezüglich des Schutzes der Privatsphäre in Demokratien machen, in denen die Marktwirtschaft regiert, so sollte er sich von diesen schnell verabschieden.

Keine achtundvierzig Stunden später erhält Nathalie Séchard, zu diesem Zeitpunkt noch einfache Abgeordnete, in ihrer cosy Pariser Zweitwohnung in der Rue Galande, die mit ihrem mittelalterlichen Charme ein wenig an die Altstadt von Ploubanec erinnert, einen braunen Pappumschlag ohne Absender. Das ist die Akte Jason Perros, daran ist mit einer Büroklammer eine Visitenkarte befestigt, auf der eine Nachricht steht, ohne Unterschrift: »Sei so nett und vernichte all das bitte, nachdem du es gelesen hast, N., auch wenn es nichts Alarmierendes enthält. Liebe Grüße.«

Nathalie zögert. Wenn sie jetzt in diese Akte schaut, belastet sie damit nicht eine spätere, mögliche Beziehung zwischen ihnen? Sie öffnet ein Fenster. Es ist ein warmer Frühlingstag. Sie setzt sich aufs Fensterbrett, der Lärm der Stadt dringt bis zu ihr herauf.

Sie kann nicht lange widerstehen.

Sie liest.

Jason Perros wird am 3. Februar 1988 in Lille geboren – mein Gott, fast auf den Tag genau sechsundzwanzig Jahre Altersunterschied –, die Eltern sind Lehrer, genau wie ihre. Mutter in der Kommunistischen Partei. Besucht das Lycée Faidherbe, alles in allem ein guter Schüler, legt 2005 ein Einser-Abitur ab. Nimmt sein Studium an der Sciences Po Lille auf. Engagiert sich in der Schüler- und der Studierendenvertretung. Nimmt an politischen Initiativen, die sich gegen den Neoliberalismus wenden, und an Demos gegen die Gesetze zur Aufweichung des Kündigungsschutzes teil, von denen eine im März 2006 eskaliert. Stellt sein politisches

Engagement danach scheinbar völlig ein. Veröffentlicht ein paar Gedichte in renommierten Zeitschriften. Reist nach Kuba. Spricht fließend Englisch und Spanisch. Nur wenig in den Sozialen Netzwerken aktiv. Keine Vorstrafen.

Nathalie würde diese Gedichte gerne lesen. Sie ist sich sicher, dass sie ihr so manches über den jungen Kalmücken verraten würden, mehr als diese dürren Fakten, auch, warum er sich nicht mehr politisch engagiert.

Außerdem steht da nichts über sein Liebesleben. Sie wüsste gern, ob er verliebt war oder ist, ob er mit Männern oder Frauen schläft oder mit beiden. Sollte er mit Männern schlafen, so stände das in seiner Akte, auch wenn er nymphomanisch veranlagt wäre oder eine heimliche Liebesaffäre hätte, zum Beispiel mit einer Freundin seiner Mutter. Denn, so stellt Nathalie Séchard fest, und das gibt ihr einen kleinen Stich ins Herz, während die Sonne nach und nach die Rue Galande durchflutet und ihr Gesicht wärmt, Jason Perros' Mutter ist in ihrem Alter.

Sie traut sich weiterhin nicht, den jungen Kalmücken mit dem Schmollmund erneut anzurufen. Sie stellt fest, dass sie seine Handynummer bereits auswendig kennt. Sie sagt ein Essen mit dem Leiter eines Meinungsforschungsinstituts ab und macht sich auf den Weg in die Bretagne.

In der Bretagne lässt es sich besser nachdenken.

Der TGV nach Rennes hat wegen einer gerissenen Oberleitung kurz hinter Le Mans drei Stunden Verspätung. Da sie niemandem Bescheid sagen wollte, dass sie kommt, erwartet sie am Bahnhof von Rennes auch niemand, und da sich an diesem Tag scheinbar alles gegen sie verschworen hat, muss sie zwei Stunden auf den Regionalexpress nach Ploubanec warten, da kein Leihwagen verfügbar ist. Sie sieht darin die Bestrafung Gottes für ihr Herumschnüffeln im Leben des jungen Mannes.

Als sie ankommt, ist es dunkel und es regnet. Die Straßen sind menschenleer. Sie läuft am Feenbrunnen und am Scharfrichterhaus mit seinem ochsenblutroten Fachwerk vorbei, das durch den Regen fast schwarz wirkt.

Vor ihrem Haus steht jemand.

Es ist Jason Perros.

Im ersten Moment möchte sie lachen, dann bekommt sie es mit der Angst zu tun, und dann spürt sie, wie eine Woge des Begehrens sie durchläuft. Kurzum, sie macht dieses Gefühlschaos durch, das typisch dafür ist, wenn Romantik ins Spiel kommt und das Leben aus der Balance bringt, so sehr aus der Balance, dass es irgendwann ins Rutschen gerät. Genau wie Nathalie jetzt auf dem feuchten Kopfsteinpflaster von Ploubanec ins Rutschen gerät. Immerhin landet sie nicht auf dem Po, was der Romantik etwas abträglich wäre, doch beim Versuch sich abzufangen verdreht sie sich den Knöchel und spürt einen stechenden Schmerz bis in den Oberschenkel hinein.

»Was tun Sie hier, Monsieur Perros?«

»Ich wollte Sie sehen, da Sie nicht auf meinen Brief reagiert haben.«

»Und wie haben Sie mich gefunden?«

»Müssen wir das im Regen besprechen?«

Sie wirken tatsächlich beide etwas mitgenommen. Sie hat keinen Schirm dabei, ihr dünner Regenmantel hält nicht viel ab, ihr Knöchel schmerzt, die verhedderten Träger ihrer Reisetasche und ihrer Laptoptasche schneiden ihr in die Schulter. Darüber hinaus sieht sie vermutlich furchtbar aus mit den nassen Haaren, die ihr am Kopf kleben. Und er mit seiner leichten Jacke und scheinbar ohne jedes Gepäck zittert bereits am ganzen Körper. Er wartet offenbar schon eine ganze Weile auf sie.

Sie schließt die Tür auf.

»Ploubanec ist echt hübsch«, sagt er, um das Schweigen zu brechen.

Sie gehen in die Küche, wo in der Zeit, als es Nathalie schlecht ging, Grolleau-Flaschen und leere Büchsen mit Sauerkraut und Pökelfleisch und Würsten auf dem großen Eichentisch herumstanden. Sie zieht eine Schublade auf, hält ihm ein sauberes Handtuch hin.

»Sie sind ganz feucht, Monsieur Perros.«

»Sie auch.«

Sie fragt sich, ob ihm das etwas Zweideutige an ihrer Formulierung aufgefallen ist.

»Also, worum geht's?«

Die Uhr aus der Franche-Comté im Eingang schlägt acht Uhr.

Jason nähert sich Nathalie.

Das tut er jetzt nicht wirklich.

Das tut sie jetzt nicht wirklich.

Doch, sie tun es.

Zuerst vögeln sie in der Küche, dann setzen sie es im Wohnzimmer fort. Das geht auf einen kleinen Garten hinaus, der von dem vorspringenden Haus gegenüber einsehbar ist, doch zum Glück ist gerade alles dunkel. Dann setzen sie das Ganze in Nathalies Schlafzimmer fort, erst ohne die Tagesdecke abzunehmen, dann unter der Tagesdecke.

Die Uhr aus der Franche-Comté schlägt elf Uhr.

Immer wieder vibriert Nathalies Handy in ihrer Handtasche, die im Flur liegt, es nervt. Sie schlüpft also nackt aus dem Bett, bückt sich, um es auszuschalten, ohne zu schauen, wer sie angerufen hat. Kaum hat sie sich wieder aufgerichtet, ist er hinter ihr, immer noch voller Elan, und sie kommen in der Bibliothek, die zugleich ihr Büro ist, zum Ende. Dort ist eine Postkarte mit einem Foto von Rimbaud ans Regal gepinnt, »mit braunem Leib von zwanzig Jahren, der es wert, nur nackt zu gehn«.

»So ein Quatsch«, sagt Nathalie Séchard, die auf dem Parkett liegt und die Deckenbalken betrachtet, die genauso ochsenblutfarben sind wie die vom Scharfrichterhaus.

Sie stützt sich auf, betrachtet Jason Perros, der mit der Hand auf seinem flachen Bauch gerade tief durchatmet, von der Seite.

»Und, sagen Sie mir jetzt, was das zu bedeuten hat, junger Mann?«

»In Filmen duzen sich die Liebenden nach dem Sex, selbst wenn sie sich vorher nicht kannten.«

Er erzählt.

Eine Geschichte, die ihrer stark ähnelt. Liebe auf den ersten Blick. Dann, nachdem sie in Lille in den TGV gestiegen ist, das Gefühl, dass es so etwas wie Liebe auf den ersten Blick nicht gibt, dass er sich lächerlich macht. Aber es will einfach nicht verschwinden. Daraufhin schickt er ihr den Brief in die Nationalversammlung. »Ein handschriftlicher Brief, ist dir das aufgefallen? Keine Mail …« Er musste sie einfach wiedersehen. Noch nicht einmal, um sicherzugehen. Er war sich sicher. Er spürte das einfach, das war eine rein instinktive Sache. »Dein Parfum duftet nach Gardenie, oder?« Er hat Recht. *L'air du temps* benutzt sie seit ihrer Jugend.

Da sie sich mit der Beantwortung seines Briefes Zeit ließ, stieg er in seinen alten Fiesta, den er gebraucht gekauft hat, und fuhr die sechshundert Kilometer von Lille nach Ploubanec. Er fuhr die Nacht durch und kam im Morgengrauen an. Dann hing er in ein paar Bistros ab, unterhielt sich mit allen möglichen Leuten, brachte das Gespräch auf das Städtchen, auf die Bürgermeisterin. »Die wohnt in der Altstadt, direkt beim Scharfrichterhaus.« Vorher ging er noch bei ihrem Wahlkreisbüro vorbei, sah ein Plakat. »Du weißt schon, das, wo du in Jeans und Matrosenbluse vor einem Fischkutter stehst. Da habe ich eine halbe Ewigkeit draufgestarrt, ohne es überhaupt zu merken. Dann kam ein Typ raus und fragte mich, ob er mir irgendwie helfen könne. Er wirkte schon etwas besorgt. Ich entschuldigte mich höflich und sagte, ich würde überlegen, ob ich der Sozialistischen Partei beitrete. Er bot mir an reinzukommen. Ich sagte, ich käme bestimmt später nochmal vorbei.«

Dann begann es zu regnen. Er machte sich rund um das Scharfrichterhaus auf die Suche. Zuerst fand er es nicht. »Kein Wunder, mein Name steht ja auch nicht am Briefkasten. Die Leute, die es wissen müssen, wissen es. Der Briefträger auch. So halte ich mir Leute vom Hals, die mich belästigen wollen. Oder auch aufdringliche Verehrer.«

Das hat er sich schon gedacht, aber, so meint er: »Weißt du, das mag absurd sein, aber so ein Haus ohne Namen zieht letztlich die Aufmerksamkeit genauso auf sich.« Er klingelte, offenbar war niemand zu Hause, also wartete er, und irgendwann kam sie dann, das war's.

Die Uhr aus der Franche-Comté schlägt zwei Uhr.

Sie haben Hunger. Sie macht eine Omelette mit Speck und fragt sich dabei, wann sie das letzte Mal für einen Mann etwas gekocht hat. Sie spürt, wie sein Blick auf ihr ruht, während sie nackt, nur mit einer Schürze bekleidet, die Omelette beobachtet und ihm dabei den Rücken zudreht. Sie reden viel in dieser Nacht. Sie sind sich einig, dass das alles ziemlich schnell gegangen ist.

In den Wochen danach geht alles sogar noch viel schneller. Sie sind unzertrennlich. Sie sagt ihm von Anfang an, dass es fürs Kinderkriegen zu spät ist und sie im Übrigen auch keine bekommen kann. Sie erzählt ihm von dem Schauspieler. Er versteht es, sie bei diesem sensiblen Thema zum Lachen zu bringen: »So kann es dir zumindest nicht so ergehen wie Mrs Robinson. Ich werde nicht deine Tochter heiraten.« Sie liebt auf Anhieb die abgeklärte Art, mit der er der Welt und sogar der Politik begegnet. Er erklärt ihr, dass er lieber Gedichte schreibe und eines Tages nichts anderes tun werde.

Nathalie nötigt ihn dennoch, sein Politikstudium zu Ende zu bringen, und verschafft ihm einen Job als Parlamentsassistent bei einem ihrer Getreuen, einem Senator aus dem Gers. Jason gelingt es, diese Aufgabe zu erfüllen, ohne dabei Speck anzusetzen. Er erweist sich als äußerst effizient. Er ist ohne große Begeisterung bei der Sache, aber effizient.

Nathalie und er ertragen ungerührt, mit einem Lächeln auf den Lippen, den Hohn und Spott, der nun kübelweise über sie ausgegossen wird, und die familiären Widerstände, die es vor allem auf seiner Seite gibt. Sechsundzwanzig Jahre Altersunterschied. Diese Beziehung hat keine Zukunft. Sie läuft in ihr eigenes Unglück, man wird sich das Maul über sie zerreißen, und er verbaut sich eine glänzende Zukunft, er will ja wohl nicht im Ernst mit dieser Alten sein Dasein fristen. »Kann ja sein, dass sie gut fickt, aber das allein genügt nicht, verflucht nochmal!«, sagt Jasons Mutter, die seit dem schlechten Abschneiden von Georges Marchais bei der

Präsidentschaftswahl 1981 nicht mehr geflucht hat, wutentbrannt zu ihrem Sohn.

Ein paar feministische Kreise begrüßen diese Umkehrung der Geschlechterrollen. Ansonsten greift man das Thema in den Klatschspalten auf, ergeht sich in den immer gleichen, schlüpfrigen Anspielungen. Dabei stecken die Sozialen Netzwerke noch in den Kinderschuhen.

Der stellvertretende Bürgermeister traut sie im Juni 2011 im engsten Familienkreis, er ist so eng, dass noch nicht einmal die Eltern des Kalmücken dabei sind. Nathalie und Jason verbringen einen Monat auf einem Bauernhof im Jura. Dort machen sie ausgedehnte Wanderungen, lesen und vögeln. Vor allem vögeln sie.

Jason ist der Erste, dem sie auf einer Caféterrasse in Salins-les-Bains erzählt, dass sie eines Tages ihr Glück bei der Präsidentschaftswahl versuchen will. Sie und ihr engster Kreis gehören mittlerweile zum Team von Dominique Strauss-Kahn, doch die so gut gestartete Kampagne ist einen Monat zuvor in sich zusammengebrochen. Sie fand ihr klägliches Ende im Sofitel von New York. »So eine Geschichte wäre mit einer Frau nicht passiert, Jason.«

Der Ersatzkandidat für DSK hat nicht das Format für dieses Amt. Davon ist sie überzeugt. Sie hat erlebt, wie er die Partei geführt hat. Eine Mischung aus kühler Bösartigkeit und chronischer Entscheidungsschwäche. Er musste tief in die Trickkiste greifen, um in allen sich zunehmend unversöhnlich gegenüberstehenden Lagern als der kleinste gemeinsame Nenner zu erscheinen.

So ein Typ hat nicht das Zeug zum Präsidenten.

Also das nächste Mal, 2017, wenn es ihr gelingt, einen günstigen Moment abzupassen ... »Bleibst du bei mir, wenn ich eines Tages gewählt werden sollte?«

Jason lächelt, streichelt ihr übers Gesicht, küsst sie.

Eine goldene Wolke wirft einen Schatten auf die Berge oberhalb von Fort Saint-André.

»Ich werde Nathalie Séchard im ersten Wahlgang wählen, und im zweiten, wenn alles gut geht, weil ich weiß, dass du dir das wünschst. Alles andere, das weißt du ja, zählt nicht. Was zählt, sind wir.« Das ist naiv, ehrlich und charmant zugleich. Nathalie fröstelt an diesem Spätnachmittag im Jura.

Als der Sozialist gewählt wird und sie in seinem zweiten Kabinett zur beigeordneten Ministerin für die Hochschulbildung wird, gibt Jason seinen Posten als Parlamentsassistent auf und wird zu ihrem inoffiziellen Berater, diskret und effizient. Alle lieben ihn, besonders die Helfershelfer. Für einen Dichter, der wachsende Anerkennung genießt, also von ungefähr fünfhundert Lesern für begabt gehalten wird, hat er ein erstaunliches Organisationstalent.

Mit seinen gesammelten Erfahrungen in der Studierendenvertretung hilft er ab 2014 dabei, für ihre Bewegung Nouvelle Société – die nicht zufällig die gleichen Initialen wie Nathalie Séchard trägt – Clubs zu gründen und diese Pop-up-Clubs, die es ab 2016 gibt, anschließend zu strukturieren. »Zur Beschäftigung«, wie er sagt.

Nathalie klettert in den Umfragen nach oben, indem sie in einem für die Partei ohnehin schwierigen Moment gegen eine völlig orientierungslose Linke stänkert, der sie vorwirft, verkrustet zu sein und wie erstarrt zu wirken. Der Präsident fordert sie daraufhin auf, sich zwischen der Neuen Gesellschaft und der Regierung zu entscheiden.

Sie entscheidet sich.

Sie tritt zurück.

Durch die Hintertür erfährt sie, dass sie einem jungen arroganten Typen zuvorgekommen ist, der den gleichen Plan hatte wie sie und die Lage genauso einschätzte. Es handelt sich um den stellvertretenden Generalsekretär des Élysée-Palasts. Der Typ reicht verärgert seinen Rücktritt ein und geht zurück zu der Investmentbank, von der er gekommen ist.

Der amtierende Präsident tritt bei der Wahl gar nicht erst an, um sich die Demütigung eines Ausscheidens im ersten Wahlgang zu ersparen. Sein Premierminister kann, obwohl er eigentlich das gleiche Programm wie Nathalie hat, nicht an seiner Stelle antreten, weil Nathalies Popularität bereits zu groß ist. In Umfragen vom Februar kommt sie auf

20%. Linke wie Rechte wandern massenhaft zur Nouvelle Société ab. Der Kandidat der Konservativen hat ein dermaßen reaktionäres Programm, dass er täglich mehrere Prozentpunkte einbüßt, während Agnès Dorgelles, die Kandidatin des rechtsextremen Patriotischen Blocks, gefährlich zulegt.

Die Ergebnisse der repräsentativen Meinungsumfragen landen in der Wahlkampfzentrale an der Place Léon Blum, nur wenige Schritte entfernt vom Rathaus des XI. Arrondissements, das von einer ehemaligen Sozialistin gehalten wird, die sich Nathalie angeschlossen hat. Die atypische Paarbeziehung von Nathalie und Jason gefällt den Frauen, den jungen Leuten und allen, die Dalida und Colette mögen. Nathalies Reformeifer, ihre digitale Affinität, sprechen sowohl Unternehmer an als auch linksalternative Wohlstandsbürger, Gamer und alle, die sich gerne Sushi vom Lieferdienst bringen lassen.

Es fließen mehr und mehr Spenden zur Unterstützung ihres Wahlkampfs. Vor allem viele Kleinspenden. Der Unternehmerverband Medef unterstützt sie zwar nicht offiziell, lässt aber Étienne Lousteau, den Kandidaten der Konservativen, faktisch fallen. Seine Aussagen zum Thema Abtreibung polarisieren dann doch zu sehr.

Je besser ihre Umfragewerte, desto mehr Politiker schließen sich ihr an. So läuft das eben. Sie stützt sich jedoch vor allem auf zwei, die zu den ersten gehörten, die ihrer jeweiligen Partei den Rücken gekehrt und sich ihr angeschlossen haben, zwei, die gegensätzlicher kaum sein könnten.

Darf ich vorstellen, zu meiner Linken, Guillaume Manerville, ein Grüner, dem es 2001 gelang, das Rathaus von Cournai zu erobern und die ehemalige Bergarbeiterstadt im Pas-de-Calais in ein Experimentierfeld für nachhaltige Entwicklung zu verwandeln. Er kritisiert das selbstmörderische Auftreten der Grünen, die sich durch ihren permanenten Richtungsstreit immer weiter aufsplittern.

Zu meiner Rechten, also sehr weit rechts – und das ist die eigentliche Überraschung – der unverwüstliche Senator und

Bürgermeister von Brunières, Patrick Beauséant, einer der Letzten, der sich noch offen zum Gaullismus bekennt und sich nun Nathalie anschließt. Seine ersten politischen Sporen hat er sich als junger Mann unter Charles Pasqua verdient. Der frühere Fallschirmjäger wird regelmäßig vom Bloc Patriotique umworben. Er ist ein mimosenhafter Souveränist, der immer wieder mit Verbalattacken auf sich aufmerksam macht, die alles andere als politisch korrekt sind. So musste er sich dafür entschuldigen, den Präsidenten des Europaparlaments öffentlich als »proatlantische Schwuchtel« bezeichnet zu haben. Insofern ist man allgemein verblüfft, dass ausgerechnet er sich der Nouvelle Société mit ihrer pro-europäischen, sozialliberalen Kandidatin anschließt.

Beauséant nimmt dazu in einer denkwürdigen Fernsehdebatte Stellung. Dort zerpflückt er nicht nur die stellvertretende Vorsitzende der Sozialistischen Partei, die ihn als Faschisten bezeichnet, sondern auch Antoine Maynard, den Mann von Agnès Dorgelles und PR-Chef des Patriotischen Blocks, der ihm vorwirft, die nationale Sache zu verraten. So sagt Patrick Beauséant zum Beispiel: »Ich lasse mir doch mit meinen fast siebzig Jahren nicht von irgendwelchen Apparatschiks Benimmregeln erteilen. Nicht von einer klinisch toten Sozialistischen Partei, die jeglichen Anstand verloren hat und mit den Kommunisten paktiert – für die Sie stehen, Madame –, und nicht vom Patriotischen Block, dem Sie, Monsieur Maynard, zusammen mit Ihrer Frau, ein freundliches Antlitz zu geben versuchen, dem man nicht trauen kann. Ich für meinen Teil vergesse jedenfalls nicht, dass es in Ihrer Partei vor zwanzig Jahren noch Leute gab, die während der Besatzung auf Seiten der Miliz gestanden haben, statt auf Seiten der Résistance. Ich habe lange mit Nathalie Séchard gesprochen und weiß, dass sie die einzige Kandidatin ist, die den Gaullismus hochhält und damit einen Mann würdigt, der für sein Volk da war. Ihr Eintreten für Europa ist kein Widerspruch dazu, im Gegenteil, denn es geht einher mit einem klaren Bekenntnis zu unserer Souveränität und unserer Identität. Ich sage Ihnen, wie die bittere Wahrheit aussieht:

Sie beide haben abgewirtschaftet, und es wird allerhöchste Zeit, dass eine Persönlichkeit wie Nathalie Séchard auf der politischen Bühne auftaucht, der ich mich im höheren Interesse unseres Landes anschließen kann.«

Klar, anschließend gibt es dann diese Aussage off the record, die *Libération* eingefangen hat, da erklärt Beauséant anlässlich eines Banketts für seine Anhänger in seiner Heimatgemeinde Brunières, bei dem reichlich Alkohol fließt: »Bei dieser Wahl gibt es nur zwei, die wirklich Eier in der Hose haben, das sind die beiden Weiber, die Séchard und die Dorgelles. Aber der Dorgelles verzeihe ich nicht, dass ihr Vater zu Zeiten der OAS de Gaulle ans Leder wollte. Pasqua hat immer zu mir gesagt, diese Dreckskerle hätte man damals mit der Lötlampe bearbeiten sollen, um sie daran zu hindern, den großen Charles aus dem Amt zu treiben.«

Und es sind, wie im Übrigen von den Meinungsumfragen vorausgesagt, tatsächlich die beiden Weiber, die in die zweite Runde der Präsidentschaftswahlen kommen.

Nur lagen die Umfragen wie immer insofern daneben, als sie noch Anfang der Woche ein Kopf-an-Kopf-Rennen zwischen den beiden Kandidatinnen Nathalie Séchard und Agnès Dorgelles vorhergesagt hatten. In der Wahlkampfzentrale der Nouvelle Société erlebt man am Abend der ersten Runde jedoch eine kalte Dusche.

Ab 18 Uhr treffen die Prognosen der Nachwahlbefragungen ein, und eine halbe Stunde später sehen die Umfrageinstitute ersten Ergebnissen zufolge Agnès Dorgelles vom Bloc Patriotique bei 40%.

Mit großem Abstand folgen dicht aufeinander, mit Ergebnissen zwischen 15 und 18%, Nathalie Séchard, Jean-Louis Desplein, der Kandidat der radikalen Linken, und Étienne Lousteau, der für die Konservativen ein deutlich besseres Ergebnis holt als vorhergesagt.

»Ich hätte die Sache doch publik machen sollen«, sagt Beauséant in dem Büro, in dem das Wahlkampfteam zusammenkommt, etwa zwanzig Personen, darunter viele Neulinge und Technokraten.

Nathalie ist blass und hat tiefe Ringe unter den Augen.

»Nein, Patrick, das sind nicht unsere Methoden, das habe ich Ihnen doch bereits gesagt.«

»Warten wir die Ergebnisse aus den Großstädten ab …«, murmelt Guillaume Manerville, der immer die Ruhe bewahrt und immer zerzauste Haare hat.

Jason ist nicht dabei, an der Place Léon Blum.

Er hat es vorgezogen, in der Rue Galande zu bleiben und William Carlos Williams zu lesen. Er ist regelrecht im Williams-Fieber, seit Nathalie und er den letzten Jarmusch-Film, *Paterson*, gesehen haben, in einem der seltenen Momente der Entspannung, den sich die Kandidatin an den Weihnachtsfeiertagen gegönnt hat. Sie erinnert sich, wie Jason, tief beeindruckt, zu ihr sagte, dass der Film eine Form von Glück zeige, nach dem er immer gesucht habe, ohne es zu wissen.

Das wird er bekommen, wenn sie nur dritte oder vierte wird.

Ploubanec wird ihr Paterson werden. Ja, warum eigentlich nicht? Als Lousteau in Führung geht und sie und den Kandidaten der radikalen Linken hinter sich lässt, ruft sie ihn an.

»Komm bitte.«

Er kommt.

Bis er mit dem Fahrrad an der Place Léon Blum ankommt, hat sich die Lage etwas verbessert. Man hat inzwischen die Ergebnisse von Rennes und Nantes, da liegt sie mit großem Abstand vorn, und die von Lille und Grenoble, wo sie mit dem Kandidaten von der radikalen Linken, Desplein, gleichauf liegt und Dorgelles und der Kandidat der Konservativen weit abgeschlagen sind.

Seit dem Nachmittag arbeiten Manerville und Beauséant, als alte Hasen, die wissen, auf welche Wahllokale es ankommt, nach ihrer alten, bewährten Methode. Sie scheren sich nicht um die Ergebnisse, die Mitarbeiter des Teams regelmäßig aus dem bereits überhitzten Drucker ziehen und ihnen bringen. Stattdessen hängen sie an ihren Handys und kritzeln seitenweise Zahlen in ihre kleinen Moleskine-Notizbücher.

Gegen 18.50 Uhr werfen Beauséant, der bereits das Jackett abgelegt und die Krawatte gelockert hat, und Manerville sich einen Blick zu.

Nathalie spürt förmlich, wie sich bei beiden eine Welle der Erleichterung breitmacht.

»Und?«, fragt Manerville.

»Ich glaube, wir schaffen es. Es wird sehr knapp, aber wir schaffen es.«

»Das glaube ich auch. Gerade so, aber es reicht.«

Die beiden Männer stehen auf, stellen sich ans Fenster, das auf das Rathaus des XI. Arrondissements hinausgeht. Die Abenddämmerung taucht Paris an diesem Sonntag im April in ein mildes Licht, ein Kontrast zu dem geschäftigen Treiben in den Wahlkampfzentralen, ein Treiben, das nach Panik, kaltem Kaffee und Schweiß riecht. Nathalie Séchard steht nun ebenfalls auf, zieht sich in eine Ecke zurück und betrachtet das Mendès-France-Porträt am anderen Ende des Raumes.

Am liebsten wäre ihr, man würde keine Notiz von ihr nehmen. Jason hält ihre Hand. Sie würde sich gern an ihn schmiegen, aber sie darf jetzt auf keinen Fall aus der Rolle fallen. Der große Manerville und der kleine Beauséant stehen immer noch am Fenster, halten ihre Notizbücher in der Hand und tuscheln. Dabei wirken sie erstaunlich entspannt. Währenddessen reicht eine Praktikantin Nathalie einen Zettel mit den Ergebnissen aus Angers, wo 80% der Stimmen ausgezählt sind. Da liegt Lousteau vorn und sie an zweiter Stelle, gleichauf mit Dorgelles. Dabei ist man davon ausgegangen, dass es in dieser Hochburg der Nouvelle Société dank der Unterstützung der Abgeordneten der anderen Parteien ein Spaziergang werden wird, und Dorgelles in einer Region, in der man nichts für den Patriotischen Block übrighat, nicht über 10% kommt.

»Das war's, mein Schatz. Paterson rückt näher.«

Als sie sich an Manerville und Beauséant wendet, die immer noch zusammen am Fenster stehen, so als steckten sie unter einer Decke, ist ihr Ton fast aggressiv, das kommt äußerst selten vor.

»Und Sie, ist Ihnen der Ernst der Lage eigentlich bewusst?!«

Manerville fährt sich mit der Hand durch seinen Wuschelkopf.

»Ich weiß, dass das schwer zu glauben ist, aber Beauséant und ich haben unsere persönlichen Ergebnisse verglichen. Wir sind unsere eigenen Agenturen …«

»Sie dürften die Ihren ja auch vorliegen haben, Madame«, sagt Beauséant, der in einem Moment flucht wie ein Bierkutscher und im nächsten äußerst gestelzt daherredet. »Haben Sie denn noch nicht draufgeschaut?«

Nein, sie hat nicht draufgeschaut, denn sie hat keine anderen Ergebnisse als die aus ihrem Wahlkreis in Ploubanec, und da liegt sie wie erwartet mit großem Abstand vorn.

Beauséant fährt fort:

»Ich habe zum Beispiel das Ergebnis aus dem Wahllokal in der Charles-Péguy-Schule in Draveil. Da liegt Dorgelles vorn, aber Sie direkt dahinter. Lousteau und Desplein sind weit abgeschlagen, unter ferner liefen. Normalerweise geht diese Stadt immer an die Konservativen, so wie hier gewählt wird, genau so wird auch auf nationaler Ebene gewählt. Das heißt, wenn Lousteau hier Dritter ist, kann man stark davon ausgehen, dass das auf nationaler Ebene genauso sein wird, wenn wir die Endergebnisse erhalten.«

Beauséant ist aufgeregt wie ein kleiner Junge. Aber selbst Manerville, der das »politische Establishment« sonst aufs Schärfste verurteilt, findet scheinbar das gleiche ein wenig perverse Vergnügen daran, mit den Zahlen der Wahllokale zu jonglieren.

»Genauso im Pas-de-Calais, im Wahllokal in der Marie-Curie-Schule in Cournai. Seit den Präsidentschaftswahlen 1981 entspricht die Platzierung der ersten drei Kandidaten genau der Reihenfolge auf nationaler Ebene. Da sind Sie an zweiter Stelle, knapp, aber an zweiter Stelle.«

Doch die eigentliche Überraschung hält Jason bereit, obwohl er den ganzen Nachmittag nur William Carlos Williams gelesen hat.

»Im Wahllokal 416 der Anatole-France-Schule in Lille Saint-Maurice haben wir das gleiche Bild. Hier wählt man traditionell rechts, aber du liegst mit weitem Abstand vorn … und Agnès Dorgelles ist zwar besser platziert als sonst, aber nur an dritter Stelle …«

»Moment mal, ihr behauptet also, Péguy, Anatole-France und Marie-Curie sind besser als IFOP?«

Sie antworten nicht.

Aber genau so ist es.

Um 19.30 Uhr sehen die ersten Umfragen sie an zweiter Stelle, um 20 Uhr, als alle sich in dem großen Saal im Erdgeschoss versammeln und zeitgleich die vielen Unterstützer mit den Nouvelle-Société-T-Shirts auf die Place Léon Blum strömen und die Securityleute und die paar Polizisten, die zur Überwachung abgestellt sind, sie nur mit Mühe daran hindern können, das Gebäude zu stürmen, kommt die erste Hochrechnung.

Agnès Dorgelles: 30,5%

Nathalie Séchard: 21,5%

Étienne Lousteau: 20%

Jean-Louis Desplein: 17%

Alle Sender betonen, dass es sich nur um ein vorläufiges Ergebnis handele, bis der Innenminister um 22.30 Uhr das offizielle Ergebnis bekanntgeben werde. Nathalie hat nur 100.000 Stimmen mehr als Lousteau, liegt aber an zweiter Stelle.

Lousteau und Desplein äußern sich erst spät und uneindeutig. Desplein begnügt sich damit, um 23 Uhr zu sagen, dass keine Stimme an die extreme Rechte gehen solle, und Lousteau lässt sich gar Zeit bis Mitternacht. Er schwört seine Anhänger auf den nächsten Wahlgang ein und ruft jeden dazu auf, nach seinem Gewissen abzustimmen. Er gibt keine Wahlempfehlung ab.

Im Nachhinein weiß Nathalie Séchard – die, nur zur Erinnerung, immer noch dabei ist, mit Jason Perros im Pavillon de la Lanterne zu vögeln, und die schon bald in den grünen Ozean mit den blauen Reflexen des Orgasmus eintauchen wird –, dass ihr Sieg am seidenen Faden hing und sie ihn allein zwei Zwischenfällen zwischen dem ersten und dem zweiten Wahlgang zu verdanken hatte. Sie kosteten Agnès Dorgelles den Sieg, obwohl sie noch nie so kurz davor gewesen war, in den Élysée-Palast einzuziehen und damit den Traum ihres Vaters zu verwirklichen.

Da ist zunächst einmal der Tod dieses Nouvelle-Société-Aktivisten, der vor der Uni von Limoges Flugblätter verteilt. Ein Kommando der Identitären richtet ihn regelrecht hin. Es spielt keine Rolle, dass Stéphane Stankowiak, der Chef des Sicherheitsdienstes des Patriotischen Blocks, sie zwei Jahre zuvor aus der Partei geworfen hat, es spielt keine Rolle, dass sie unter dem Einfluss diverser Drogen stehen, es ist nichtsdestotrotz der beste Beweis dafür – wie die Journalisten gebetsmühlenartig wiederholen –, »dass Gewalt weiterhin Teil der DNA der extremen Rechten ist, trotz ihres Bemühens, salonfähig zu werden«.

Dann kommt das rituelle TV-Duell vor der Stichwahl mit Nathalie Séchard und Agnès Dorgelles. Es verläuft relativ ausgeglichen. Agnès Dorgelles verlässt sich dabei ganz auf die Ratschläge ihres Mannes Antoine Maynard, der in einem früheren Leben mal Schriftsteller war. Jason wartet gemeinsam mit ihm in einer Garderobe. Maynard ist kein unsympathischer Typ, er scheint etwas außerhalb der Parteihierarchie des Patriotischen Blocks zu stehen. Ihre Situation ähnelt sich auf eine Weise, die Jason irritiert.

»Es stört Sie doch nicht, hier gemeinsam mit mir zu warten? Ich habe übrigens Ihre Gedichte gelesen, Monsieur Perros.«

Zur großen Überraschung der Maskenbildnerinnen und der Beraterstäbe der Kandidatinnen gehen die beiden nicht in die Salons, die für jedes Team vorgesehen sind, sondern bleiben in der Garderobe und schauen sich die Debatte auf dem kleinen Bildschirm dort an. Dabei leeren sie nach und nach den Kaffeeautomaten. Die leeren Pappbecher, die sie aus lauter Nervosität zerdrückt haben, stapeln sich im Mülleimer.

»Eins haben wir zumindest gemeinsam, Jason. Wir lieben beide Frauen, die an der Macht sind, und dabei ist Politik eigentlich nicht wirklich unser Ding. Wissen Sie, wenn sie Kommunistin wäre, dann wäre ich auch Kommunist …«

Jason muss unwillkürlich lächeln.

Irgendwann sprechen die beiden Kontrahentinnen über die französische Jugend. In dem Moment glaubt Agnès Dorgelles mit einem Raubtierlächeln sagen zu müssen: »Dass Sie eine Schwäche für die Jugend haben, ist ja allgemein bekannt …«

»Scheiße«, sagt Antoine Maynard zu Jason, »Sie haben gerade die Wahl gewonnen! Warum konnte sie sich das nicht verkneifen? Das wird sich noch rächen … Verzeihen Sie diese geschmacklose Bemerkung, Jason. Das ist eigentlich nicht ihre Art.«

Jason zuckt mit den Schultern.

Aber Maynard hat Recht. Agnès Dorgelles' Bemerkung wird als unwürdig empfunden, und da die Empörungsspirale in den Medien ein seltsames Eigenleben entwickelt hat, ist der Wirbel (oder der »buzz«, wenn Sie darauf bestehen) genauso groß wie beim Tod des Nouvelle-Société-Aktivisten in Limoges.

Am 6. Mai erreicht die Quote der Nichtwähler Rekordniveau. Nathalie schlägt Agnès Dorgelles mit 50,3% der Stimmen. Ihr Vorsprung beträgt 350.000 Stimmen. Er ist damit noch geringer als der, den Giscard 1974 vor Mitterrand hatte.

Endlich ist es so weit, und die Ehrenkanonikerin kommt zum Orgasmus, zur gleichen Zeit wie ihr junger Ehemann. Ehrenkanonikerin ist ihr Lieblingstitel. Das hat so was von Diderots *Nonne*. Sie kann machen, was sie will, sie ist und bleibt der Literatur zugetan, sie ist und bleibt die Tochter von David Séchard, Lehrer für klassische Literatur am Lycée Lamballe und regional bekannter Autor, der unter Pseudonym Krimis schreibt, die ihm erstaunlicherweise alles in allem mehr eingebracht haben als sein Gymnasiallehrergehalt.

Sie hatte Recht, die Dorgelles, denkt Präsidentin Séchard, die sich auf die Seite fallen lässt, während Jason sich in Löffelposition an sie schmiegt.

Sie hat eine Schwäche für die Jugend ihres Mannes.

Sie möchte davon profitieren, solange es noch geht.

Sie ist achtundfünfzig Jahre alt.

Das wird keine Ewigkeit mehr so weitergehen, selbst wenn Jason sie nicht verlässt. Sie möchte nicht als Milf enden, die von Jason, der ihr dennoch die Treue hält, heimlich betrogen wird, weil Jason sie liebt.

Nein.

Noch fünf oder sechs Jahre, dann ist Schluss zwischen ihnen. Nicht seinetwegen, sondern weil sie ihren Stolz hat. Fünf oder sechs Jahre, länger nicht. Warum sollte sie das Risiko eingehen, in wenigen Monaten erneut eine Wahlkampagne zu beginnen, wo ihre Umfragen im Keller sind und der Hass um sie herum seit Einführung der Impfpflicht mit Händen zu greifen ist?

Sie will zurück nach Ploubanec.

Zurück nach Paterson.

Sollen sie doch sehen, wie sie klarkommen. Sie kann vielleicht noch Einfluss auf ihr eigenes Glück nehmen, aber nicht mehr auf das des Landes.

Sie hat es immerhin probiert.

Sie hat noch nicht mal Schuldgefühle.

Die Eulen vom Pavillon de la Lanterne heulen. Die Nacht ist heiß, sie legt ihre Hand auf Jasons Schwanz. Seinem Atmen nach zu urteilen ist er kurz davor einzuschlafen.

»Jason?«

»Ja, mein Schatz?«

»Ich trete nicht nochmal an. Ich gebe es morgen bekannt.«

Jason antwortet nicht.

Er drückt sie etwas stärker an sich.

Keine Antwort ist auch eine Antwort.

BEAUSÉANT UND SEIN GHOST

Patrick Beauséant, Minister des Inneren, für die Überseedépartements und sonstigen Besitzungen in Übersee, Immigration, Terrorismusbekämpfung und Religionsangelegenheiten, putzt seinen Ghostwriter runter.

Der Ghost von Patrick Beauséant heißt Lucien Valentin. Er ist ein junger Mann von zweiundzwanzig Jahren. Er heißt Lucien, weil seine Eltern einer Generation angehören, die es authentischer fand, ihren Kindern klassische französische Vornamen zu geben, Vornamen, die bereits die Großeltern oder auch die betagten Onkel in ihren Cordsamthosen getragen haben. Lucien hat einen jüngeren Bruder, der Marcel heißt, und eine noch jüngere Schwester namens Paulette. Auf dem Collège wurde sie deshalb gehänselt, genau wie ihre Freundin, wenn auch aus anderen Gründen, sie hieß Térébenthine. Auf dem Lycée beruhigte sich das Ganze dann etwas.

Man kann nicht behaupten, dass Luciens Eltern reaktionär wären, im Gegenteil. Sie mögen Bistros, in denen regional gekocht wird, Naturweine, Ökologie. Sie sind freischaffende Künstler. Sie haben in beiden Wahlgängen für Nathalie Séchard gestimmt. Sie bedauern es ein wenig. Das wird ihnen nicht nochmal passieren, versprochen, höchstens natürlich, wenn man erneut Agnès Dorgelles verhindern muss.

Patrick Beauséant trägt trotz der Hitze einen Leinenanzug.

Es steht ein verlängertes Wochenende bevor, aber für Patrick Beauséant kommt es nicht infrage, als Minister einen auf casual friday zu machen und im Poloshirt herumzulaufen, oder, noch schlimmer, mit offenem Hemdkragen, so dass man seine Platysmabänder sehen kann, vulgo seinen Truthahnhals.

Patrick Beauséant, puterrot, wirft Lucien Valentin einen Stapel Papiere ins Gesicht. Dieser trägt eine Jeans, abgetragene Turnschuhe und ein T-Shirt, das ein Pop-Art-Gemälde zeigt. Dabei handelt es sich – das ist dem Erzähler, im Gegensatz zu Patrick Beauséant, bekannt – um ein Bild von Mel Ramos. Darauf ist die nackte Marilyn zu sehen, die mit übereinandergeschlagenen Beinen auf einem riesigen Hamburger sitzt und an einer großen Halskette herumfingert.

»Das ist großer Scheiß, Monsieur Valentin! Genau wie Ihr T-Shirt. Sie werden gut bezahlt, ich kann also erwarten, dass Sie mir etwas Ordentliches abliefern. Wie Sie über Kolwezi schreiben, ist einfach lächerlich. Da merkt man, dass Sie nicht gedient haben! Ich habe Chirac damals gesagt, dass es eine echte Dummheit war, den Militärdienst abzuschaffen! Aber offenbar war es zu teuer ... Chirac hörte ja nur auf seine Manager. Das waren vielleicht ein paar Idioten. Kostet es uns etwa nichts, dass die Kids aus den Vorstädten der Republik den Rücken kehren?«

Lucien Valentin weiß nicht so recht, was er jetzt tun oder sagen soll.

Er hat doch nur zu Papier gebracht, was Beauséant ihm erzählt hat, und das alles sogar recht elegant aufbereitet, indem er die derbe Old-school-Ausdrucksweise des Ministers, die den Journalisten so gut gefällt, hier und da beibehalten hat.

Lucien zieht es also vor, sich ein bisschen umzuschauen. Schauplatz dieser Szene ist Patrick Beauséants Büro in seinem Landhaus Les Tourailles, einem großen Herrenhaus aus dem 16. Jahrhundert, das im 18. Jahrhundert umgebaut wurde und sich irgendwo zwischen Meung-sur-Loire und Beaugency befindet. Im Übrigen sieht man durch die große Fensterfront die Loire, oder vielmehr das, was davon übrig ist. Ein paar Pfützen, keine Fischer, es ist schließlich Lockdown.

Das ist die weitere Umgebung.

In der näheren Umgebung gibt es einen Pool, drei Frauen auf Liegestühlen und drei Männer, die stehen und einem halben Dutzend Kindern zwischen vier und zwölf Jahren zuschauen, wie sie im Wasser herumplanschen und dabei Freudenschreie in den blauen Himmel schicken. Lucien Valentin weiß, wer diese Leute sind. Er kennt Patrick Beauséants Familie, weil er seit zwei Monaten der ständig heruntergeputzte Ghostwriter des Ministers des Inneren, für die Überseedépartements und sonstigen Besitzungen in Übersee, Immigration, Terrorismusbekämpfung und Religionsangelegenheiten ist.

Patrick Beauséant ist über siebzig Jahre alt und findet, es ist an der Zeit, seine Memoiren zu veröffentlichen. Der vorläufige Titel, der Arbeitstitel, lautet *Ein französisches Leben.* Sie haben sich anfangs in einem Salon an der Place Beauvau im Innenministerium unterhalten. Aber der Minister hatte selten mehr als eine halbe Stunde für sein *Französisches Leben* zur Verfügung.

Da ist die Pandemie, eine Bevölkerung, die kontrolliert und geimpft werden muss, und dazu der übliche ermüdende Kleinkram: Terroristische Messerattentate, Aufstände in den Vorstädten, abgefackelte Kommissariate, vermisste Joggerinnen, Überwachung der islamistischen Netzwerke, die sich in den Moscheen an den Stadträndern bilden, ungewöhnliche Aktivitäten bei einigen hochrangigen Militärs – alle vierzehn Tage Verabschiedung neuer Antiterrorgesetze dank des verschärften Ausnahmezustands, der von einem Parlament verabschiedet wurde, das seinerseits bereits hirntot war. Nicht zu vergessen die Gelbwesten, die gerade ein wenig in Vergessenheit geraten, aber gefährlicher sind als eine glühende Kippe, die im Hochsommer in einen Pinienwald im Haut-Var geworfen wird.

Also hat Beauséant Lucien Valentin eine Ausnahmegenehmigung erteilt, und mittlerweile kommt er den vierten

Samstag in Folge in sein Herrenhaus. Ein Citroën C5 Aircross holt ihn morgens um 6 Uhr in der Rue Marie-Rose vor seiner Tür ab. Am Steuer sitzt eine junge Frau mit strengem Dutt und Maske, die kein Wort sagt, ihm bedeutet, hinten einzusteigen, während der Fahrt die Fenster geöffnet lässt und auf ihrem Handy einen schwer erträglichen brasilianischen Metal-Trash-Mix hört.

Lucien wird ihren Namen nie erfahren.

Da es so gut wie keinen Verkehr gibt und sie im Schnitt 190 km/h fährt, ist Lucien Valentin in der Regel um 8 Uhr morgens bei Patrick Beauséant. Um 19 Uhr fährt er dann mit der blonden, schweigenden und Furcht einflößenden Frau zurück.

Die Personen rund um den Pool sind die beiden Söhne, die beiden Schwiegertöchter, die Tochter und der Schwiegersohn. Die Kinder im Pool sind Beauséants Enkelkinder. Die Erwachsenen beiderlei Geschlechts üben einträgliche und nur mittelmäßig sinnvolle Funktionen im höheren Beamtendienst, im Finanz-Consulting, im Kunst- und Antiquitätenhandel und im Modebusiness aus.

Eine von ihnen ist Marité Beauséant. Eine mollige, dunkelhaarige, braungebrannte Frau mit üppiger schwarzer Mähne. Sie ist Modedesignerin und arbeitet für eine Luxusboutique in der Avenue Montaigne. Sie ist die Ehefrau des jüngsten Sohnes, um die fünfunddreißig und Mutter der beiden Kinder, die jetzt gerade im türkisfarbenen Wasser herumplanschen. Lucien findet sie schön, sie ist so der spanische Typ.

Sie findet ihn auch nicht übel, das fiel ihm auf, als sie sich vor drei Wochen im Park begegnet sind. Da ging er mit Beauséant spazieren, nahm dabei die Äußerungen des Ministers auf seinem Handy auf und stellte ab und an, ganz selten, eine Frage, um den weitschweifig und chaotisch erzählenden obersten Gendarm Frankreichs etwas einzunorden.

Marité Beauséant trug unter den tausendjährigen Eichen keine Maske. Lucien konnte ihr volles und lächelndes Gesicht sehen. Er war überrascht über den Blick, den sie ihm zuwarf, denn die jungen Männer aus Luciens Generation vermeiden in der Regel, den Eindruck zu erwecken, dass sie jemanden begehren, um sich Ärger zu ersparen. Dementsprechend sind sie ein wenig verwirrt und einfältig, wenn ihnen schlagartig klar wird, dass sie jemandem gefallen.

Die ganze Beauséant-Sippe lebt hier seit Beginn der Pandemie. Ihre jeweiligen Tätigkeiten, ihre krisensicheren Jobs, können sie auch mit bescheidenem Aufwand im Homeoffice ausüben. Die Frau des Ministers hat Lucien immer noch nicht zu Gesicht bekommen. Er meint verstanden zu haben, dass sie eine Hypochonderin mit multipler Komorbidität ist. Sie verlässt so gut wie nie ihr Schlafzimmer, ein Hausangestellter bringt ihr die Mahlzeiten vor die Tür, nachdem er mit der gebotenen Zurückhaltung kurz geklopft hat. Der Minister kann über die A10 in zwei Stunden im Ministerium sein, und hinter den ehemaligen Pferdeställen, die er in ein Gästehaus umgewandelt hat, gibt es für den Notfall einen Helikopterlandeplatz.

Lucien Valentin bückt sich, um die auf dem Boden verstreuten Zettel aufzuheben.

Das dauert ein wenig. Der Erzähler nutzt die Gelegenheit, um dem Leser einen kurzen Eindruck des Büros des Ministers zu verschaffen: Es ist großzügig geschnitten und die gesamten Wände werden von Bücherregalen eingenommen, auf denen ein Bildband neben dem anderen prangt. So zum Beispiel *Die Geschichte des Konsulats und des Kaiserreichs* von Adolphe Thiers, mit einem Schmuckeinband. Hier und da hängen Fotos von Patrick Beauséant, die ihn in verschiedenen Lebensaltern zeigen: als Student Anfang der 70er Jahre, mit Pasqua und Chirac Ende der 70er Jahre. Und dann als Staatssekretär oder Minister, in den Jahren ’86, ’95, 2002 und 2007 für Fragen der Inneren Sicherheit zuständig. Ein Foto überrascht ein wenig, da drückt er Hugo Chávez die Hand.

Als Lucien sich aufrichtet, verrutscht seine Maske.

»Ziehen Sie Ihre verdammte Maske wieder über die Nase, Monsieur Valentin.«

Lucien gehorcht.

Beauséant trägt keine Maske, aber er setzt eine auf, sobald er Lucien nahekommt, was nur selten der Fall ist. Das ist Lucien auch lieber so. In der Familie des Lucien Valentin, wo man ab und an einen leichten Joint raucht, ist Aggressivität unbekannt. Manchmal ging diese unendliche Freundlichkeit, diese erstickende Sanftheit, Lucien schon ein wenig auf die Nerven.

Im Moment vermisst er sie.

Von Beauséant geht eine latente Gewalt aus, die umso beängstigender ist, als man merkt, dass er sie vollkommen unter Kontrolle hat.

Es war reines Kalkül, dass er Lucien die Blätter von *Ein französisches Leben* ins Gesicht geworfen hat. Auch sein wütender Tonfall und sein Kleinganovenvokabular aus den 60ern sind Kalkül. Beauséant wird nie wirklich wütend. Er findet das gefährlich, wenn man Politik macht. Das hat Beauséant Lucien bei einer ihrer Unterhaltungen selbst so gesagt.

»So, jetzt gehen Sie wieder an die Arbeit. Wir müssen endlich vorankommen, sonst werde ich dieses Buch nie schreiben. Ich behalte Sie das ganze Wochenende hier.«

›In Gewahrsam‹, ergänzt Lucien im Stillen. Er denkt an Clio und fühlt sich ziemlich allein.

»Holen Sie sich beim Wachdienst FFP2-Masken. Man richtet Ihnen ein Zimmer im Gästehaus. Sie erhalten einen Rasierer, Seife, was man so braucht. Möglicherweise pfeifen Sie auch auf den Rasierer, ich weiß nicht, was Ihre Generation so toll findet am Dreitagebart, das ist ungepflegt. Und wechseln Sie Ihr T-Shirt. Sie erhalten Unterwäsche und Hemden in Ihrer Größe.«

Beauséant schaut Lucien so an, wie er früher, als er noch Offizier war, die Wehrpflichtigen anschaute, die etwas schwer von Begriff waren. Lucien fragt sich, ob der Minister womöglich darauf wartet, dass er strammsteht. Lucien könnte jetzt übertrieben strammstehen. Aber dann wäre er gefeuert. Keine gute Idee. Er ist nämlich total abgebrannt.

»Sie haben doch nichts vor, oder? Außer den Lockdown in ihrer Junggesellenbutze zu verbringen, die vermutlich trostlos ist.«

Lucien denkt erneut an Clio.

»Nein, Monsieur, nichts. Dann nehme ich mir also den Abschnitt zu Kolwezi nochmal vor.«

»Da Sie sowieso zum Wachhäuschen gehen, können Sie sich gleich von Caliban weiterhelfen lassen, der war '78 mit mir zusammen dort. So, Sie können jetzt gehen.«

Lucien Valentin geht, verstaut die Zettel in seiner Laptoptasche und steht im nächsten Moment auf der großen Kiesallee, die durch einen Barockgarten hindurchführt und an einem Wäldchen endet. Er genießt die Kühle und das grün erscheinende Sonnenlicht, das durchs Blätterdach dringt.

Sein Handy vibriert.

Eine Nachricht von Clio: »Läufts gut bei Beauséant? Love, etc.«

Er schreibt im Gehen zurück, dass es gar nicht gut läuft, dass er hier festhängt bis Montag oder vielleicht sogar Dienstag. Clio hat diesen Ghostwriterjob für ihn aufgetan, und nun muss sie auf ihn warten, in seiner Bude im XIV. Arrondissement, die nicht trostlos ist, *blöder Idiot.*

Es sei denn, sie wartet gar nicht auf ihn. Clio macht nämlich mehr oder weniger, wozu sie Lust hat. Sie antwortet mit einem traurigen Emoji und einem Herz, was nichts zu bedeuten hat, außer, dass sie nicht zufrieden ist, denn sie hasst Emojis. Man muss Clio entschlüsseln können. *So ein Mädchen ist komplex und spannend,* denkt Lucien. Und manchmal auch anstrengend.

Das Wachhäuschen sieht aus wie ein Herrenhaus im Kleinformat. Zwei Wächter. Zwei Bullen in Zivil, ein Mann und eine Frau. Die Frau ist die aus dem Citroën mit dem brasilianischen Metal-Trash, Major Corentin. Sie steht am Zaun, ohne Maske. Er hat sie sich anders vorgestellt. Er ist ein wenig enttäuscht, ihr Mund und ihr Kinn konterkarieren die kalte Wildheit ihrer Augen und ihrer Stirn. Alles in allem wirkt ihr Gesicht eher sanft, irgendwie nichtssagend, fast weichlich.

Da kommt Abel Caliban auf ihn zu. Caliban ist in Beauséants Alter. Nein, etwas jünger dann doch. Er hat so breite Schultern, dass seine Oberarme die Ärmel seines bordeauxroten Fred-Perry-Poloshirts ausbeulen. Nur die leicht erschlaffte Brustmuskulatur und der zurückweichende Haaransatz – von seinen Haaren ist ihm nur noch ein weißer, kurz rasierter Kranz geblieben – verraten sein Alter.

Er trägt eine khakifarbene Maske.

»Der Herr Minister hat mir bereits Bescheid gesagt. Da steht eine Schachtel mit FFP2-Masken. Ich soll Ihnen auch was über Kolwezi erzählen, richtig?«

Lucien Valentin und Abel Caliban finden eine moosbedeckte Bank am Waldrand. Die beiden Zivilbullen kontrollieren am Zaun den Lieferwagen eines Schlachters, der die erstklassige Qualität seiner Andouillettes und Rillons durch eine Vielzahl begeisterter roter Ausrufezeichen auf der Seite seines Wagens bekräftigt.

Caliban setzt sich an das eine Ende der Bank, Lucien an das andere. Caliban riecht stark nach Rasierwasser, das rührt Lucien, weil er das Rasierwasser seines Großvaters wiedererkennt.

»Wollen Sie das aufnehmen, oder haben Sie konkrete Fragen?«

Lucien zieht sein Handy hervor.

»Ich nehme es auf, wenn Sie einverstanden sind. Mich interessiert nur der Teil, der den Minister betrifft, deshalb würde ich Sie bitten, sich darauf zu beschränken, das wäre sehr liebenswürdig. In meinem Buch geht es weniger um Kolwezi im Allgemeinen als vielmehr darum, was Sie und der Minister während des Kampfes genau getan haben. Verstehen Sie, Herr Hauptfeldwebel?«

Abel Caliban runzelt die Stirn, er mustert Lucien Valentin kurz, zündet sich einen Zigarillo an und hält Lucien auffordernd die Packung hin. Lucien raucht so gut wie nie, aber er nimmt einen.

»Ja, verstehe ...«

Und Caliban beginnt zu erzählen.

1978 ist er Hauptfeldwebel im zweiten Fallschirmjäger-Fremdenregiment, in einer Sektion, die von Lieutenant Patrick Beauséant befehligt wird. Beauséant ist der Sohn eines Fleischers aus dem X. Arrondissement im Château d'Eau-Viertel. Alles, was er erreicht hat, hat er aus eigener Kraft erreicht. Nachdem er an der Universität Panthéon-Assas sein Jurastudium abgeschlossen hat, hat er keine Lust, mit den zukünftigen Rechtsverdrehern eine ruhige Kugel zu schieben. Er will seinen Militärdienst bei den Fallschirmjägern leisten. Dann verpflichtet er sich, legt die Prüfung zum Offizier ab. 1978 ist er siebenundzwanzig Jahre alt. Abel ist zwei Jahre jünger.

Lucien weiß all das bereits.

Lucien kennt ebenfalls das Gerücht, demzufolge Beauséant im Jahr '72 auch deshalb etwas überstürzt zur Armee gegangen ist, weil zuvor ein nationalistisches Kommando den Unicampus von Rouen überfallen und die Studenten mit Eisenstangen angegriffen hat. Dabei gab es einen Toten. Ein befreundeter Bulle, auch ein Kommunistenhasser und Verteidiger der westlichen Werte, soll dem zweiundzwanzigjährigen jungen Mann damals geraten haben, bei der Armee unterzutauchen.

Lucien wagt nicht, Beauséant, den überzeugten Gaullisten, zu fragen, wie er sich mit Typen einlassen konnte, die man eher als Nachfolger der OAS einordnen würde. Aber früher oder später wird er das ansprechen müssen, schon allein, weil die Geschichte in regelmäßigen Abständen in der Presse auftaucht, wenn es um Beauséants Vergangenheit geht. Bei Erscheinen seiner Memoiren wird das sicher wieder Thema werden.

Abel schwelgt weiter in Erinnerungen. Der Fallschirmabsprung der ersten Sektion des Regiments über dem ehemaligen Flughafen. Die Katanger, die auf sie schossen. Wie sie Straße für Straße vorrückten. Die erschossenen Geiseln. »Er hat mir das Leben gerettet, so etwas vergisst man nicht. Meine MAT 49 hatte Ladehemmung. Ich versuchte, sie im

Schutz einer Tür wieder in Gang zu bekommen. Ich stand mitten in der Schusslinie. Beauséant sah das. Er riss einem einfachen Gefreiten das FRF1 aus den Händen und streckte den Neg ... also den Rebellen, meine ich, nieder. Ohne den Lieutenant hätte ich dran glauben müssen. Deshalb bin ich ihm gefolgt, als er '79 die Armee verließ, um in die Politik zu gehen. Und ich habe es nie bereut.«

Abel Caliban schweift etwas ab. Lucien bringt ihn behutsam wieder ins Jahr '78 zurück, nach Kolwezi. Abel fährt in seinem Bericht fort.

Aber Lucien hört ihm nicht mehr zu. Im grünen Licht des Waldes sieht er Marité Beauséant auftauchen. Sie hat nur ein Handtuch umgeschlungen und oberhalb ihres Busens zusammengeknotet, wiegt sich beim Gehen in den Hüften, in ihren Haaren steckt eine Sonnenbrille, und sie trägt weiterhin keine Maske. Sie ist die Grazie in Person, ein überaus tröstlicher Anblick für Lucien. Sie bleibt vor Abel Caliban und ihm stehen.

»Oh, störe ich etwa?«

»Aber nein, Madame«, sagt Abel unterwürfig.

Dabei will er gerade ansetzen zu erzählen, dass die belgischen Fallschirmjäger sich als unglaubliche Weicheier erwiesen, und wie Lieutenant Beauséant und ein Capitaine, so ein Trauerkloß aus Flandern, sich anschrien, weil der Geiseln aus einer Schule evakuierte, ohne auch nur einmal danke zu sagen für die Rückendeckung und ohne anzubieten, verletzte französische Soldaten mitzunehmen. Dabei hatte Beauséants Einheit wahnsinnige Mühe gehabt vorzurücken, weil die Rebellen sie ins Kreuzfeuer nahmen und das Bein des Caporal mit dem FRF1 von Granatsplittern durchsiebt war. Das schimpfte sich also Verbündete, dass er nicht lachte. Doch diese Anekdote musste er sich für später aufheben.

»Ich wollte Monsieur Valentin nur mitteilen, dass sein Zimmer im Gästehaus vorbereitet ist und dort ein Tablett mit dem Mittagessen für ihn bereitsteht«, sagt Marité.

Das hätte sie ebenso gut telefonisch mit einem Anruf im Wachhäuschen erledigen können, doch das sagt keiner von beiden. Hätte der ehemalige Hauptfeldwebel Abel Caliban sich diese Anmerkung erlaubt, dann hätte Marité Beauséant einfach gesagt, dass sie die Gelegenheit nutzen wollte, sich ein wenig die Beine zu vertreten. Doch der alte Haudegen ist im Grunde seiner Seele ebenso naiv wie brutal und hegt keinerlei Verdacht.

Natürlich hat Marité nur nach einem Vorwand gesucht. Nachdem sie mitbekommen hat, dass der junge Mann, den der Patriarch eingestellt hat, drei Tage bleiben wird, wollte sie wissen, woran sie mit ihm ist. Denn Tatsache ist, auch wenn sie den Lockdown auf dem siebenundzwanzig Hektar großen, unter Denkmalschutz stehenden Anwesen von Tourailles verbringt, zusammen mit der gesamten Beauséant-Sippe – darunter ihr Mann, der sie nicht mehr anrührt, und den sie auch keine Lust mehr hat anzurühren: Marité langweilt sich zu Tode. Wenn sie sich schon das Virus einfängt, warum dann nicht wenigstens von diesem Rotschopf mit den grünen Augen. So ein unverbrauchter, unbekannter Körper, ja, warum eigentlich nicht.

Lucien stellt zu seiner Überraschung fest, dass es bereits 12.30 Uhr und die Sonne inzwischen gewandert ist und ihm seit geraumer Zeit auf die Stirn knallt, was sich bei seinem englischen Teint schnell rächen wird.

»Wir setzen das später fort, wenn Sie Zeit haben, Herr Hauptfeldwebel. Ich danke Ihnen, das ist wirklich spannend und hilft mir sehr weiter. Ich bin mir sicher, der Herr Minister wird Sie in seinen Danksagungen erwähnen.«

Abel wird ganz warm ums Herz. Dieser junge Nichtsnutz mit seinem dämlichen Rasta-T-Shirt ist letzten Endes doch ein anständiger Junge, und gut gebaut. In besseren Zeiten, als Männlichkeit noch zählte, hätte er bestimmt einen ordentlichen Soldaten abgegeben.

Lucien Valentin kehrt zusammen mit Marité zum Herrenhaus zurück. Es geht ein aufregender Duft von ihr aus, eine Mischung aus Schweiß, Chlor, Sonnencreme und einem Hauch von *Sans Merci* von Givenchy, das sie vermutlich nach ihrer Dusche am Morgen aufgetragen hat.

»Ist mein Schwiegervater auch nicht zu streng mit Ihnen?«

»Aber nein, gar nicht …«

»Sicher? Sie würden es mir so oder so nicht sagen …«

Sie erreichen erneut den Barockgarten. Sie hören in der Sonne glitzernde Fontänen sprudeln, sehen Statuen. Sie biegen nach rechts ab, in eine von Hainbuchen gesäumte Allee, die zum Gästehaus führt. Sie betreten einen großzügigen, kühlen Raum mit einem großen Tisch und nachgemachten Poussin-Gemälden an der Wand.

»Ihr Zimmer ist im ersten Stock, Monsieur Valentin.«

Lucien merkt, dass er einen Steifen bekommt.

»Danke, Madame.«

»Sagen Sie bitte Bescheid, wenn irgendetwas fehlt.«

Marité Beauséant betrachtet ihn eingehend. Das ist letztlich alles ziemlich hormongesteuert. Die Haarsträhne, die sich löst und ihr wie zufällig ins gebräunte Gesicht fällt. Der Schweiß auf ihrer Oberlippe. Wie sie ihre Arme in einem Bogen über ihren Kopf hebt, um die Sonnenbrille in ihrer üppigen Mähne zurechtzurücken. Die leicht schattigen Achselhöhlen – Marité Beauséant rasiert sie nur unregelmäßig –, die dabei freigelegt werden. Dieses letzte Detail verwirrt Lucien. Sein Ständer ist nicht mehr zu ignorieren. Marité Beauséant bemerkt es. Sie lacht kurz auf. »Dann lasse ich Sie mal allein, Monsieur Valentin. Und frohes Schaffen! Vielleicht laufen wir uns ja nochmal über den Weg.«

Im nächsten Moment ist Lucien allein mit seiner lästigen Latte.

In dem Zimmer, das doppelt so groß ist wie sein Einzimmerapartment in der Rue Marie-Rose und eingerichtet wie ein Hotelzimmer einer Luxuskette, entdeckt Lucien im Einbauschrank weiße Hemden und Boxershorts und im Badezimmer aus Marmorimitat einen Rasierer, Rasierschaum, eine Zahnbürste und Zahnpasta. Im Spiegel sieht er, dass er sich tatsächlich einen mordsmäßigen Sonnenbrand geholt hat.

Man kümmert sich gut um ihn. Lucien, der gerade feststellt, wie hungrig er ist, findet auf dem Tablett ein paar

Scheiben kalten Rinderbraten vor, einen Kartoffelsalat à la piémontaise, eine Flasche italienisches Mineralwasser und einen Orangensalat mit Zimt. *Fehlt nur noch ein Kaffee*, denkt Lucien und rülpst.

Nun stellt er, entsprechend der Anweisung auf dem kleinen beigelegten Zettel, das Tablett vor die Tür und macht sich an die Arbeit.

Ein französisches Leben duldet keinen Aufschub.

Nach dem Mittagessen im Kreis der Familie, das am Pool eingenommen wurde, kehrt Minister Beauséant in sein Büro zurück. Er klappt seinen Laptop auf, liest seine verschlüsselten Mails und die Zusammenfassung seines Büroleiters.

Es gibt eine noch unveröffentlichte Umfrage, in der die Zustimmungswerte der Präsidentin bei 13% liegen. Außerdem meldet der Inlandsnachrichtendienst DGSI, dass ein Impfgegnertreffen geplant ist, bei dem ein früherer Abgeordneter des Patriotischen Blocks, Paul Loudun, momentan Abgeordneter in der Normandie, und drei oder vier Ärzte vertreten sein werden.

Die gehen ihm langsam echt auf den Sack.

Beauséant hat seine zweite Spritze vor einem Monat bekommen, aber diese Verrückten jagen am Ende noch seine gesamte Impfkampagne in die Luft.

Der DGSI zufolge werden bei der Demonstration unter anderem radikalisierte Mitglieder der früheren Action Identitaire erwartet, die der Minister vor einiger Zeit aufgelöst hat, um Nathalie Séchard, Manerville und ein paar anderen Roten in der Regierung einen Gefallen zu tun. Die DGSI schätzt, dass einige dieser Impfgegner sich nicht damit zufriedengeben werden, regelmäßig Kommentare in den Sozialen Medien zu posten und Accounts zu eröffnen, die, wenn sie der Zensur anheimfallen, kurz darauf unter neuem Namen wieder auftauchen, sondern dass sie zu radikaleren Aktionen bereit sind. Noch könne man nicht von einer terroristischen Gefahr sprechen, sollten sich die Impfgegner jedoch mit den Ultrarechten zusammentun, dann solle man sich das genauer anschauen, so schreibt sein Büroleiter grosso modo.

Beauséant wendet seine übliche Methode an, er denkt über die verschiedenen Aspekte dieses Resümees nach und überlegt, inwiefern er Nutzen daraus ziehen könnte. Impfgegner, Identitäre, Séchards Popularität im Sinkflug …

Er hätte kein Problem damit, wenn sie bei den nächsten Präsidentschaftswahlen in einem knappen Jahr geschlagen würde. Sie hat ihn enttäuscht. Das Problem ist, wenn Séchard abschmiert, dann ist Agnès Dorgelles die Einzige, die Chancen hat, die Wahl zu gewinnen. Man könnte Dorgelles kompromittieren, indem man den Impfgegnern und den Identitären erlaubt, sich auszutoben. Ja, warum eigentlich nicht? Das wäre eine Idee. Er wird das mit der Association besprechen.

Beauséant bereut, dass er heute Mittag bei dieser Hitze so viel gegessen hat. Er hat sich zweimal Wildschweinpâté nachgenommen, und viel zu viel vom Époisses. Er fühlt sich schwer, er stellt sich vor, wie seine siebzigjährigen Arterien wie in einer Computeranimation in schwindelerregendem Tempo verstopfen. Er hat auch zu viel getrunken. Daran war sein jüngster Sohn schuld, dieser Trunkenbold, der ihm Saint-Julien nachgeschenkt hat, nur um die Hausangestellte um eine dritte Flasche bitten zu können.

Er hat es nicht rechtzeitig bemerkt, weil er seine jüngste Enkelin auf dem Schoß hatte, Jeanne, die sich an ihn schmiegte, und diese Anhänglichkeit rührte ihn. Sein jüngster Sohn, der Vater dieses Wonneproppens und eines achtjährigen Sohns, täte besser daran, sich um seine Frau zu kümmern. Marité wird ihm früher oder später Hörner aufsetzen, und das ist kein Wunder. Wenn man so saft- und kraftlos ist wie die eigene Mutter, Hélène, die sich den ganzen Tag ängstlich in ihrem Zimmer einschließt, dann heiratet man nicht so eine heiße Braut, die ständig flachgelegt werden will.

Beauséant spürt, wie seine Lider schwer werden.

Er löst seine Krawatte.

13%, das ist wirklich mickrig.

Er liegt bei 25%, aber er polarisiert auch viel stärker. Vielleicht sollte er sich lieber von Séchard trennen, bevor das

Schiff auf Grund läuft. Als Vorwand könnte er ihr Krisenmanagement während der Pandemie anführen. Sagen, es sei eine einzige Katastrophe oder freiheitsfeindlich. Er könnte die Impfpflicht anprangern, die Gefängnisstrafe, die droht, wenn man der Vorladung nicht folgt, dabei hat er diese Regelung im Ausschuss für Gesundheitsschutz selbst mit auf den Weg gebracht.

So oder so hört man täglich etwas anderes über dieses Virus, sogar von den Ärzten. Aber wenn er sich jetzt von Séchard trennt, wird man ihn für einen Verräter halten, und sein Image als Macher wird darunter leiden. Dann wird er keine Partei mehr im Rücken haben, kann auf maximal dreißig Nouvelle-Société-Abgeordnete zählen und auf etwa ein Dutzend Konservative, mit denen er noch in Kontakt steht. Im Senat sind es noch ein paar mehr, vielleicht so um die dreißig, weil er dort die Fraktion von République en Progrès angeführt hat. Doch damit wird man höchstens Senator und Bürgermeister von Brunières, und dort versauert man dann. Man müsste Séchard langsam Richtung Ausgang drängen, ohne dass es jemand merkt. Ein paar Ideen schwirren ihm im Kopf herum, ohne richtig Form anzunehmen.

Vor allem aber hat er höllischen Durst.

Er rafft sich auf, greift zum Hörer des Haustelefons und ordert in der Küche zwei Flaschen Wasser, und zwar eiskalt, wenn möglich. Er sollte aufstehen, aber nein, er schafft es einfach nicht. *Scheiße, ich kriege doch jetzt keinen Herzkasper oder so was in der Art?*

Der Küchenchef kommt persönlich.

Er stellt das Tablett auf einem Tischchen ab, öffnet die erste Flasche Chateldon, schenkt ein großes Glas ein und bringt es Beauséant, zusammen mit Eiswürfeln.

»Stellen Sie die Flasche auf den Schreibtisch, und seien Sie so nett und schließen die Fensterläden, man geht hier ja ein vor Hitze, oder?«

»Geht es Ihnen auch gut, Monsieur?«

»Aber ja, aber ja.«

Der Küchenchef tritt hinter den Schreibtisch, zieht seine

Maske zurecht, öffnet die Fenster, schließt die Läden, nickt dem Minister kurz zu und verlässt das Zimmer. In der Zeit kann der Minister ein ganzes Glas Wasser leeren und sich ein weiteres einschenken.

Doch das Chateldon sorgt auch nicht dafür, dass Patrick Beauséant wacher wird. Es stillt gerade mal seinen Durst, mehr nicht. Er fläzt sich in seinen ergonomischen Sessel. Er befindet sich in diesem seltsamen Zustand zwischen Wachen und Träumen. Er versucht, sich auf Präsidentin Séchard zu konzentrieren.

13% für die schöne Dame, wie er sie nennt, und das meint er nicht ironisch, denn Nathalie Séchard ist schön, das ist eine Tatsache.

Es war die beste Idee seines Lebens, Séchard zu benutzen, um in eine Führungsposition zu kommen und heimlich, still und leise seine Projekte durchzudrücken.

Was schert mich die Flasche, was zählt, ist der Rausch.

Dazu muss man wissen, dass Minister Beauséant einem gewissen Ideal von Frankreich anhängt: Ein souveränes Land, das sich seiner Bedeutung bewusst ist und nicht nur auf die Globalisierung setzt. Ein Land, in dem nicht Globish gesprochen wird, ein Land, das die Immigranten, die da sind, integriert, und keine weiteren aufnimmt.

Letztlich hat keiner der Präsidentschaftskandidaten das 2017 repräsentiert. Desplein und seine radikale Linke gaben sich zwar republikanisch und radikal, aber schaute man genauer hin, landete man beim Kommunitarismus, bei den Parallelgesellschaften und allem, was damit einherging. Am Ende findet man sich in einer Mischung aus Libanon und Albanien wieder, na Prost Mahlzeit.

Étienne Lousteau hingegen stand für die alte Bourgeoisie, die für Geld zu allem bereit war, ihren Pseudokatholizismus wie einen Popanz vor sich hertrug und dabei offen ausländerfeindlich war, um sich nicht von Dorgelles und dem Block rechts überholen zu lassen. Womit wir bei Dorgelles wären: Auf dem Papier hatte Papas Töchterchen ein national und sozial ausgerichtetes Programm. Das könnte ihm durchaus zusagen. Aber sie hatte nun einmal nicht die Statur, war zu sehr von der Geschichte des Block geprägt.

Und dann betrat Séchard die Bühne.

Eine fünfzigjährige Powerfrau mit ihrem dreißig Jahre jüngeren Mann. Auf den ersten Blick stand sie für alles, was er hasste: ENA-Absolventin, Neoliberale mit leicht sozialem Einschlag und Vorzeige-Europäerin.

Ja, aber sie war gerade dabei, mit allem zu brechen.

Und das zählte, der Bruch.

Sie hatte keine Hemmungen, diese geistesgestörte Politikerkaste, die gewohnheitsmäßig den Staatschef stellte, abzuservieren. So etwas hat Beauséant nach Chiracs Aufstieg '95 nicht mehr erlebt. Ein Weg, um aus der tödlichen Falle des jetzigen Systems herauszukommen, das Frankreich zu einem Land gemacht hat, das sich selbst nicht mehr liebt. Das war seit der Pandemie nicht gerade besser geworden.

Dazu kam, dass Nathalie Séchard keinen Dreck am Stecken, sich nicht persönlich bereichert und keine Leichen im Keller hatte, im Gegensatz zu Lousteau und Agnès Dorgelles. Außerdem hatte sie kein ADHS wie Desplein.

Als er sah, wie sie für ein starkes Europa warb und Dorgelles, die Konservativen und die Linke gleichermaßen hinter sich ließ, da erinnerte er sich daran, dass es in der Politik ein Phänomen gibt, die List der Vernunft: So begegnet man im Lauf der Geschichte immer wieder Ausnahmepersönlichkeiten, die, einmal an der Macht, das genaue Gegenteil von dem tun, das ihnen zur Macht verholfen hat. So de Gaulle, der gewählt wurde, um das französische Algerien zu retten, und vier Jahre später den Unabhängigkeitsvertrag unterzeichnete, oder Mitterrand, von dem man '81 glaubte, er sei bereit, ein kryptomarxistisches Programm durchzuziehen, und der '83 den Schwenk zum Neoliberalismus vollzog, und, damit nicht genug, zur Austeritätspolitik.

Warum also nicht Nathalie Séchard? Zumal er zufällig zur Stelle war. Es traf sich gut, sie hatte sonst niemanden an ihrer Seite, außer ein paar Leute der zweiten Garde von den Konservativen und den Linken, und ein paar Politamateure, begeisterte Überzeugungstäter. Damit allein lässt sich kein Hof bestellen. Man muss sich diese Nouvelle-Société-Abgeordneten nur mal anschauen, ein Haufen von Versagern, die meisten Minister genauso. Lauter arrogante Start-up-Typen, Technokraten, die noch nicht mal in der Lage sind, in ihrem Wahlkreis am Markttag im Bistro mit den Leuten einen zu heben. So ein Volk, das muss man spüren, das muss man einatmen, das muss man berühren, das muss man lieben, selbst wenn es stinkt.

Man kann nicht behaupten, dass Nathalie Séchard ihn mit offenen Armen empfangen hat, aber fast.

Während er so vor sich hindöst, fällt ihm alles wieder ein.

Februar 2017.

Sie ist die Überraschungssiegerin der Umfragen.

Lousteau verliert immer mehr an Boden. Da ruft Beauséant Nathalie Séchard an, um ihr seine Absicht mitzuteilen. Einen Moment herrscht Stille, dann folgt ein Lachen: »Damit hätte ich nun wirklich nicht gerechnet, Monsieur le Sénateur!«

Man vereinbart absolutes Stillschweigen über ihr geplantes Treffen. Sollte er sich ihr anschließen, dann musste das eine Überraschung sein. Es dürfte auch nicht das kleinste Gerücht die Runde machen, sonst wäre der Effekt verpufft. Er lässt sie das Treffen organisieren. Ein Fehler. Sie will es in einem Landhaus von einem ihrer Freunde machen, in Concarneau. Das ist am Arsch der Welt. Fünf Stunden Fahrt. Und sie muss von Ploubanec aus nur einmal quer durch die Bretagne fahren.

»Was haben wir denn in Concarneau verloren, Lieutenant?«, fragt Abel Caliban, als er ihm sagt, er soll ein Auto bereit machen.

»Wir retten die Republik.«

»Wir beide?«

»Ja, und du sagst niemandem ein Sterbenswörtchen, vor allem nicht meinen Assistenten.«

»Das heißt, ich nehme eine Knarre mit?«

»Nein, ich glaube, das wäre nicht von Nutzen, Abel.«

Das Problem mit dem früheren Feldwebel ist, dass er die Reflexe aus der Ära Pasqua beibehalten hat. Am nächsten Morgen setzt Abel sich ans Steuer, Beauséant auf den Beifahrersitz. Auf nach Concarneau. Abel verheddert sich mit dem GPS auf der Suche nach dem Haus, einem modernen Kubus auf einer Anhöhe.

Dort erwarten Nathalie Séchard, Jason Perros und der Leiter ihrer Wahlkampagne sie, ein ehemaliger Abgeordneter und ehemaliger Werbefuzzi namens Basch, der mit einer Firma reich geworden ist, die Apps für Smartphones vertreibt. Beauséant sieht seine Erwartungen bestätigt: Nathalies Stab ist wirklich zu zart besaitet, um einen Präsidentschaftswahlkampf zu führen.

Sie befinden sich in einem Wohnzimmer voller Designermöbel, das heißt, mit unbequemen Stühlen und Sofas, die offenbar mit Beton gepolstert sind. Es steht noch nicht mal Kaffee auf dem Tisch.

Als Abel Caliban sich hinsetzt, sieht Beauséant, dass dieser Esel doch tatsächlich eine Waffe mitgenommen hat. Er erkennt unter seinem Sakko den Griff einer Mac 50: Abel hat eine Schwäche für Vintagewaffen aus der Zeit, als sie beide bei der Armee waren.

Wenn Séchard, Perros und der Werbefuzzi das mitbekommen, dann wird die Stimmung ziemlich frostig werden. Vermutlich haben die noch nie in ihrem Leben eine Waffe gesehen. Das kann ihr Gespräch gefährden und ihm letztlich schaden. Dem Ex-Werber Basch, stockschwul, so wie der aussieht, ist zuzutrauen, dass er rumerzählt, Beauséant wäre in Begleitung eines Typen zu ihrem Gespräch erschienen, der eine Waffe dabeihatte. Und wie das mit Gerüchten so ist, am Ende heißt es dann, er selbst wäre bewaffnet gekommen.

»Abel, dreh mal eine Runde in Concarneau, in einer Stunde bist du wieder da. Sieh dir die Altstadt an, du wirst sehen, die ist schön.«

Der Haudegen im Ruhestand versteht, dass Beauséant seine Waffe gesehen hat. Sie kennen sich seit fast fünfzig Jahren, sind wie ein altes Ehepaar. Also steigt Abel ins Auto, parkt am Hafen und schaut sich die von einer Festungsmauer umgebene Altstadt an. Sie ist schön und traurig zugleich. Als er so von der Festungsmauer aus aufs Meer blickt, hat er ein Gefühl von unendlicher Weite, und er muss mal pinkeln.

Aus dem grauen Februarhimmel tröpfelt es. Abel schaut sich die Speisekarten der Crêperien an. Es gibt nur wenige Touristen. Er geht in eine Bar, bestellt ein Bier und fragt sich, während er ganz allein an seinem Tisch sitzt, worüber die da oben wohl gerade reden.

Die da oben reden über die Wahl, über die Bedingungen, unter denen Beauséant bereit ist, sich der Nouvelle Société anzuschließen, wie man es am besten bekanntgibt, und ab und an auch über Frankreich. Basch freut sich wie ein kleines Kind, das einen Streich ausheckt. Er schlägt Sprachregelungen vor. Perros, der Mann der schönen Dame, bremst ihn etwas. Beauséant meint mit einem Mal zu verstehen, was das Paar verbindet.

Er beneidet sie ein wenig darum.

Nach einer Stunde, zwei Bieren und drei Zigarillos fährt Abel erneut auf die Anhöhe zu dem kubischen Haus. Er achtet darauf, die Mac 50 im Handschuhfach zu lassen. Als er den Raum betritt, merkt er, die Stimmung ist gut.

Er fährt mit dem Chef zurück. Er fürchtet einen Anschiss.

»Und, ist es gut gelaufen, mon Lieutenant?«

»Ja, nicht schlecht. Aber ich habe einen Bärenhunger und muss mal pinkeln.«

Es ist bereits 14 Uhr. Dennoch ist man im Chien Jaune noch bereit, sie zu empfangen. Sie essen Hummer und trinken eine Flasche Sancerre. Schon bald sind sie die einzigen Gäste und spüren die stumme Ungeduld der Kellner. In diesem Land hat man das Arbeiten verlernt. Beauséant lässt hier immerhin zweihundert Euro, da könnten sie ruhig etwas freundlicher sein.

Zurück in Paris ruft Beauséant abends den Politikchef eines großen Radiosenders aus dem Umland an. Der schuldet ihm noch etwas aus seiner Zeit als Staatssekretär für Innere Sicherheit, '96 war das. Da hat er ihm aus der Patsche geholfen, als man ihn beim Verlassen des Chez Régine mit Koks erwischt hat. Damals war der Politikchef noch ein junger, vielversprechender Journalist. Eine halbe Stunde später ruft er ihn zurück.

»Sie kommen in den 20-Uhr-Nachrichten, okay?«

Beauséant, der immer noch hinter seinem Schreibtisch sitzt, versucht immer noch, sein Suppenkoma zu überwinden. Er hört das Geschrei seiner Enkel aus dem Pool und hofft, dass irgendjemand sie beaufsichtigt, aber im nächsten Moment ist er bereits wieder in seinen ungeordneten Erinnerungen versunken.

Direkt nachdem er sich Séchard angeschlossen hat, läuft ihm ein kommunistischer Kollege aus dem Senat über den Weg, mit dem er sich gut versteht. Die alte unausgesprochene Verbrüderung zwischen Roten, die weiterhin Breschnew die Treue halten, und Old-school-Gaullisten. Der Bolschewik fragt ihn:

»Na, Beauséant, wie man hört, bist du jetzt neuerdings Séchardist? Pasqua würde sich im Grab umdrehen. Ich hätte darauf gewettet, dass du dich Lousteau anschließt. Er hat dich doch mit dem Innenministerium geködert, oder nicht? Hast du herausgefunden, dass er was auf dem Kerbholz hat, oder was?«

Unabsichtlich bringt der rote Senator ihn damit auf eine Idee. Nach jetzigem Stand liegt Séchard in den Umfragen immer noch zwei Prozentpunkte hinter Lousteau. Es heißt, sie wäre »der dritte Mann« bei einer Wahl, mehr aber auch nicht. Es fehlt ihr noch das nötige Quäntchen Glück.

Oder man hilft dem Schicksal etwas nach, was aufs Gleiche hinausläuft. Lousteau hat weder eine Geliebte noch einen Lover, aber das zieht so oder so nicht mehr richtig. Die Franzosen finden Bettgeschichten zwar immer ganz unterhaltsam, doch für den Ausgang einer Wahl spielen sie nur eine untergeordnete Rolle. Doch wenn sich jemand persönlich bereichert, da sehen sie rot, da werden sie zu Killern.

Beauséant verbringt also einen Nachmittag in seinem Senatsbüro damit, im Internet herumzustöbern und alles unter die Lupe zu nehmen, was er über Lousteau finden kann. Dabei geht er nicht wie ein Journalist vor, sondern sucht nach einer Nachricht, die beim Lesen sofort ins Auge springt und trotzdem keinem auffällt, einfach weil die meisten den Wald vor lauter Bäumen nicht sehen. Beauséant, der kein großer Leser ist, kennt den *Entwendeten Brief* von Poe nicht, aber letztlich geht es genau darum.

Er sucht also.

Und er findet.

Ein Interview, das Lousteau der *New York Times* gegeben hat, als er Außenminister unter Sarkozy war. Da lässt Lousteau in einem scherzhaften Ton einfließen, dass die russischen Wurzeln seiner Frau, auch wenn ihre Familie bereits seit hundert Jahren in Frankreich lebt, die Beziehungen zu Russland hier und da erleichtern könnten. Olga Lousteau ist eine geborene Alinovski. Zumindest schließt Beauséant das aus dem Artikel mit Hilfe von Google Translate, denn Englisch ist auch nicht seine große Stärke.

Beauséant hat diesem privaten Detail nie große Beachtung geschenkt. Lousteau ist schließlich ein Vorbild an Strenge, an Diskretion, an Haltung, der Typ, der sein Privatleben vor den Medien abschirmt. Keiner, der sich mit seiner Familie öffentlich an einen Strand legt oder seine persönlichen Abnehmtipps verrät. Er war noch nicht mal auf dem Cover von *Paris Match*, nachdem er seine Bewerbung für die Präsidentschaft bekanntgegeben hat.

Eine Ehefrau, die eine geborene Alinovski ist.

Beauséant hat diesen Namen nie mit Lousteau in Verbindung gebracht. Er hat ihn vielleicht mal zufällig gehört, so wie alle, aber ohne ihm weitere Beachtung zu schenken. Doch der Name sagt ihm irgendetwas, ganz entfernt, ohne direkten Zusammenhang mit Lousteau.

Sein Gehirn arbeitet auf Hochtouren.

Beauséant kann weder Englisch, noch kennt er Edgar Allan Poe, aber er hat ein Gedächtnis wie ein Elefant, das muss man neidlos anerkennen.

Als er sich streckt und dabei die Büste von de Gaulle

betrachtet, die auf dem Regal steht, macht es auf einmal Klick.

Eine Delegation von russischen Entscheidern.

Sie wurden vor vier Jahren im Senat empfangen.

Angeführt von Popov, dem Minister für Außenhandel, der zu einem Staatsbesuch in Frankreich war. Ein nettes Gelage im Petit Luxembourg in der Dienstwohnung des Senatspräsidenten, ein Posten, um den ihn Beauséant, der sich mit dem Posten des Vizepräsidenten zufriedengeben muss, im Übrigen schwer beneidet.

Er geht also auf die Website des Senats, sucht ein bisschen.

Bingo.

Endlich findet er den Termin und die Zusammensetzung der russischen Delegation. Unter den Namen taucht ein gewisser Dimitri Petrovitsch Alinovski auf, ein Oligarch, dem das Firmenkonglomerat Toumane im Telekom- und Aluminiumsektor gehört. Er sucht nach Fotos von Alinovski. Und er findet ein aktuelles. Beauséant hat ein gutes Gedächtnis, und er kann sich Gesichter einprägen wie ein Croupier im Casino.

Das ist wirklich der Typ, den er im Petit Luxembourg gesehen hat. Ein paar Klicks genügen, und schon sieht er, dass zu den vielen Firmen des Toumane-Konzerns auch eine Firma namens Ostrovska gehört, die auf Luxushotellerie spezialisiert ist.

Da hat er eine Eingebung.

Er gibt »Ostrovska« in die Suchmaske ein. Ostrovska wird von einer gewissen Ludmilla Ostrovska geleitet. In Frankreich beherrschte dieser Name vor zehn Jahren für einige Wochen die Schlagzeilen, unter Sarkozy. Trotz der Proteste der Ökos kaufte Ostrovska damals, als Lousteau Außenminister war und Beauséant beigeordneter Minister für Innere Sicherheit, eine Abtei. Sie diente als Ferienunterkunft für die Kinder des Personals vom Regionalrat Provence-Alpes-Côte d'Azur und lag in einem Naturschutzgebiet im Massif des Maures.

Mitten im Wahlkreis von Lousteau.

Ein Fünf-Sterne-Hotel mit kleinen Chalets, Golfplatz, Pools, Casino.

Dreihundert Arbeitsplätze in Aussicht.

Das Royal Provence.

Wieder Bingo.

Es müsste schon mit dem Teufel zugehen, wenn Lousteau da nicht abgesahnt hätte. Er argumentierte damals mit den Arbeitsplätzen, und nachdem Ostrovska Umweltschutzgarantien abgegeben hatte, stand der Aufweichung der Auflagen nichts mehr im Wege.

Er konnte sich das erlauben. Er war schließlich Minister, und Arbeitsplätze waren immer ein Totschlagargument. Das Finanzministerium in Bercy und das Ministerium für Arbeit unterstützten ihn.

Beauséants Herzschlag beschleunigt sich.

Er hat diesen metallischen Geschmack im Mund, einen Geschmack, den er nur allzu gut kennt. Eine Mischung aus ängstlicher und freudiger Erregung, wie damals bei den Straßenkämpfen von ’68, oder später bei den Scharmützeln mit den Linken, dann in der Armee, und dann während seiner politischen Laufbahn, wenn er merkte, dass er die Beute im Visier hatte.

Metaphorisch, aber nicht nur.

Er druckt aus, was er gefunden hat.

Er überarbeitet seine Hypothesen.

Er erstellt ein Dossier.

Er ruft Peyrade Junior an, Commandant de Police bei der Antiterroreinheit. Er nennt ihn so, weil er der Sohn von General Peyrade ist, mit dem Beauséant seit ihrer Zeit beim 2. Fallschirmjäger-Fremdenregiment befreundet ist, den nennt er Peyrade Senior.

»Gabriel, ich habe da was für dich. Ist heikel. Können wir uns treffen?«

»Aber natürlich, Pate.«

Gabriel Peyrade nennt Beauséant privat immer so, und zwar nicht nur, weil Beauséant ihn damals zum Taufbecken getragen hat.

Sie treffen sich in einer Einzimmerwohnung im Beaugrenelle-Viertel mit Blick auf die Seine.

Sie ist auf den Namen eines gewissen Camus eingetragen, der eigentliche Besitzer ist Abel Caliban, auch wenn Beauséant das Geld dafür hingeblättert hat. Sie wäre ein ideales Liebesnest, aber Beauséant zieht seine Befriedigung aus anderen Dingen, wie wir inzwischen wissen.

»Ich möchte, dass du das liest, mein Junge, und dann ganz diskret deine Recherchen anstellst. Du sagst mir, ob sich das untermauern lässt. So, ich habe einen Termin. Ich muss zum Séchard-Team, wir haben ein Meeting in Blois.«

»Glauben Sie etwa an dieses Weib, Pate?«

»Du meinst Séchard?«

»Ja.«

Beauséant zuckt mit den Schultern.

»Keine Ahnung, mein Junge, keine Ahnung.«

Peyrade Junior beeilt sich. Zehn Tage später, da ist es Anfang März, schickt er seine Erkenntnisse an die verschlüsselte E-Mail-Adresse von Beauséant. Lousteaus Lebensstandard war zwar nicht merklich gestiegen, aber zwei Vermutungen erwiesen sich dennoch als richtig.

Primo, Olga Lousteau, geborene Alinovski, ist tatsächlich mit dem Oligarchen verwandt. Nur entfernt, aber egal. Es gibt ein Foto von einem Empfang in der französischen Botschaft in Moskau, da sieht man sie im Gespräch mit ihm. Sie stehen etwas am Rand, wirken gut gelaunt. Vielleicht haben sie gerade festgestellt, dass sie verwandt sind.

Secundo hat Lousteau eine Cousine, der drei Klamottenläden in Lavandou, Hyères und Toulon gehören. Ein halbes Jahr nachdem der Abgeordnete mit Ludmilla Ostrovska einig geworden ist und seine Unterschrift unter das Projekt Royal Provence gesetzt hat, machte die Cousine ein weiteres Geschäft in Luxemburg auf und eröffnete bei der Gelegenheit mehrere Konten bei verschiedenen Banken.

Als Beauséant den Bericht von Peyrade Junior liest, jubiliert er.

Da ist er in einem Hotelzimmer im Mercure-Hotel in

Perpignan. Er kommt gerade von einem Meeting mit Nathalie Séchard im Kongresszentrum. Er ist dermaßen aufgeregt, dass er sich wieder anzieht und wenig später unten in der Hotelhalle mit der doppelläufigen, vergoldeten Treppe steht.

Die Bar ist geschlossen. Die Puppen von Séchards Team sehen so aus, als hätten sie ordentlich gebechert und sich prächtig amüsiert. Sie hängen in ihren Sesseln, und vor ihnen auf dem Couchtisch stehen zwei leere Weißweinflaschen. Er tritt auf die Straße und gönnt sich – was er äußerst selten tut – eine Zigarre.

Eine Cohiba Robustos.

Er bläst den Rauch aus, das beruhigt ihn, und denkt an etwas anderes, um den Druck rauszunehmen.

Der Leiter der Wahlkampagne, Basch, war nicht gerade scharf auf Perpignan. Er hatte Angst vor Schlägereien. Schließlich ist die Stadt eine Bloc-Patriotique-Hochburg. Beauséant erklärte dem Ex-Werber, dass es keine Probleme geben werde, da der Patriotische Block kein Interesse daran habe, als Trupp von kahlrasierten Schlägern aufzutreten, dass Agnès Dorgelles hart an ihrer Respektabilität arbeite und die radikalsten Abgeordneten ihrer Partei, wie den aus Rouen stammenden Paul Loudun, von Führungspositionen ausgeschlossen habe und der Ordnungsdienst von Präsidentschaftskandidatin Séchard gut sei.

Das stimmt nicht, der Ordnungsdienst von Kandidatin Séchard ist nicht besonders gut, abgesehen von den fünf Bullen vom Personenschutz auf Staatskosten. Hätte Stankowiak, der Chef des Sicherheitsdienstes des Block, sich mit den lokalen Identitären abgesprochen oder das Zigeunerviertel aufgewiegelt, indem er dort seine Leute eingeschleust hätte, dann hätten die kleinen Wichte von der Nouvelle Société gleich einpacken können, das Chaos im Kongresszentrum wäre nicht mehr zu verhindern gewesen. Am Ende hätten Stanko und Maynard es dann womöglich noch den Linken, den Klimaaktivisten oder der katalanischen Unabhängigkeitsbewegung in die Schuhe geschoben, je nachdem.

Diese Hurensöhne Stanko und Maynard haben es echt drauf.

Das sagt Beauséant der Start-up-Schwuchtel natürlich nicht. Stattdessen ruft er ein paar alte Freunde vom Ortsverband der Konservativen Partei an, die kaum weniger faschistisch sind als die vom Block, damit sie eventuelle Störversuche von potenziellen Unruhestiftern gleich im Keim ersticken.

Die alten Freunde haben gute Arbeit geleistet.

L'Indépendant berichtete in einem zwei Tage zuvor erschienenen Artikel, dass der sogenannte Schwarze Block zwei Bars von Identitären in Perpignan und in Béziers überfallen und dabei drei Typen krankenhausreif geschlagen habe, die daraufhin vierzehn Tage arbeitsunfähig gewesen seien.

Die Botschaft war angekommen.

Das Meeting war ein Erfolg, und auf den Lokalseiten pries man Nathalie Séchards Kühnheit, ihren Willen, mit allen Franzosen und Französinnen ins Gespräch zu kommen, selbst mit denen am anderen Ende des politischen Spektrums. Der Mann der schönen Dame, Jason, prägte direkt nach dem Meeting eine Formulierung, die in den sozialen Netzwerken für Wirbel sorgte: »Würde Étienne Lousteau etwa ein Meeting in der Banlieue von La Courneuve abhalten? #NathalieWeiterSo.« *Trotzdem wird das nicht genügen*, denkt Beauséant und betrachtet dabei die Asche seiner Cohiba. Séchard schafft es nicht, Lousteau abzuhängen.

Also muss man die Geschichte mit dem Royal-Provence-Projekt an die Presse durchstechen.

Er hat sich von Oligarchen schmieren lassen, hat eine Cousine, die in Luxemburg russisches Geld gewaschen hat – mal abgesehen davon, dass man das Casino auch mal unter die Lupe nehmen könnte –, das sollte für die Einleitung eines Verfahrens durch die Staatsanwaltschaft genügen, und das keine zwei Monate vor dem ersten Wahlgang.

Das dürfte der Todesstoß sein.

Es ist bereits ein Uhr morgens.

Die kleinen Schnapsdrosseln vom Wahlkampfteam sind

endlich in die Heia gegangen. Nach kurzem Zögern wählt Beauséant Nathalie Séchards Nummer.

Sie ist gleich dran.

»Patrick? Was gibt's?«

»Ich muss Sie sehen, jetzt. Unten in der Halle.«

Schweigen am anderen Ende.

Wahrscheinlich wollte sie gerade mit Perros in die Kiste hüpfen. Die Libido der Kandidaten lief während eines Präsidentschaftswahlkampfes in der Regel auf Sparflamme, mit Ausnahme von Chirac. Aber im Team wurde gemunkelt, dass das Pärchen Séchard-Perros sich auch keine Gelegenheit entgehen ließ.

»Ich komme.«

Sie treffen sich draußen auf dem Parkplatz. Die Nacht ist mild. Nathalie Séchard trägt Jeans, ist ungeschminkt, ihre blonden Haare fallen ihr über die Schultern. *Für fünfundfünfzig ist sie immer noch äußerst begehrenswert,* denkt Beauséant, während er ihr schildert, was er über Lousteau und Royal Provence herausgefunden hat.

Sie schweigt fünf Minuten.

»Meine Antwort lautet nein, Patrick. Nicht auf diese Art.«

Er versucht sie zu überzeugen.

»Damit wäre mein Sieg diskreditiert, sollte ich gewinnen. Wenn Sie mein Innenminister werden wollen, leisten Sie meiner Anweisung Folge. Sie behalten das für sich. Wir sprechen nach der Wahl darüber. Basta.«

Und sie zieht von dannen.

Beauséant versucht sich zu beruhigen.

Er flucht mit zusammengebissenen Zähnen. Man kann nicht sagen, dass er enttäuscht ist. Ihre Haltung ist durchaus ehrenhaft, aber mit Ehrenhaftigkeit gewinnt man keine Wahlen.

Und er will unbedingt gewinnen.

Endlich beginnt Beauséant hinter seinem Schreibtisch das Mittagessen zu verdauen. Er leert zwei Flaschen Chateldon. Er verlässt sein Landhaus. Es ist ein brütend heißer Nachmittag und vollkommen still.

Er versteckt sich hinter einem gestutzten Buchsbaum, um in aller Ruhe zu pinkeln. Die Vorstellung, in einen Barockgarten à la française zu pinkeln, gefällt dem Minister des Inneren. Durch den Lockdown ist eine fast vergessene Form von Stille zurückgekehrt, in der man die Vögel zwitschern hört. Die Kinder im Pool hört er nicht mehr. Er wirft einen Blick hinüber zum Gästehaus. Dieser Wichser von Lucien Valentin täte gut daran, sich in die Arbeit zu stürzen.

Von Wichser kann allerdings keine Rede sein, denn Lucien Valentin bewegt sich gerade im Körper der beglückten Marité Beauséant vor und zurück. Sie hat den Mittagsschlaf der Kinder genutzt, um an die Tür des jungen Mannes zu klopfen.

»Ich habe Lust zu vögeln.«

Ein so offen ausgesprochenes Begehren lässt Kolwezi und *Ein französisches Leben* schnell in den Hintergrund treten. Im nächsten Moment liegen sie nackt auf dem Bett. Er würde das nie zugeben, aber Marité ist erst die dritte Frau, mit der Lucien schläft. Er hatte ein kurzes Abenteuer mit einer Abiturientin vom Lycée Romain Rolland in Ivry, als seine freischaffenden Künstlereltern dort ein Zwischenspiel gaben und sie in der Rue Saint-Just wohnten.

Und dann kam Clio.

Er lernte sie kennen, als sie vor zwei Jahren zu seiner Lesung kam. Er las in einer stark anarchistisch ausgerichteten Buchhandlung in der Rue des Rigoles, Panégyrique, aus seinem ersten Roman, *Der Glaskäfig*. Marité ist dunkelhaarig, mollig und klein, Clio dagegen blond, groß und schlank, ja fast mager, aber muskulös wie ein Teenager.

Marité Beauséant drückt sein Gesicht zwischen ihre Brüste mit den übergroßen Warzenhöfen. Er empfindet eine unermessliche Weite, als würde er im offenen Meer schwimmen. Wenn er mit Clio schläft, bewegt er sich wie ein Seiltänzer auf einem Seil, der die Angst vor dem Abgrund genießt.

Er ärgert sich, dass er sie miteinander vergleicht.

Das ist typisch toxisch-männlich.

Frauen tun so etwas nicht, oder jedenfalls nicht so, würde Clio sagen.

Aber Clio sagt eine Menge neofeministischer Sachen, an die sie selbst nicht zu glauben scheint. Er meint verstanden zu haben, hat aber nicht nachgefragt, als sie auf dem Lycée aus einer rein weiblichen Gesprächsgruppe geflogen ist.

Während er also die Nase in dem pfeffrigen Schweiß in der Spalte zwischen den Brüsten vergräbt und diesen ableckt, denkt er über einen zweiten Roman nach, der genauso formalistisch sein soll wie der erste. *Blasons* soll er heißen, ein Doppelporträt von zwei Frauen, ausgehend von ihren Körpern und der Art und Weise, wie sie diese einsetzen. Eine parallele Erzählstruktur, sehr kurze Kapitel, erst über die Augen der einen, dann über die Augen der anderen, über die Brustwarzen der einen, über die Brustwarzen der anderen, über die Behaarung der einen, über die Behaarung oder vielmehr fehlende Behaarung der anderen. So würde er zum Wesenskern dieser beiden Frauen vordringen, zu dem, was ihr Leben ausmacht, ihren Hoffnungen, ihren Enttäuschungen. Der Erzähler würde eine unbeteiligte Perspektive einnehmen, objektiv, kalt. Einen male gaze, wie Clio sagt. Und dieses Buch würde ein dicker Wälzer werden, Körper sind ein unerschöpfliches Thema.

»Aber du hast ja schon wieder einen Ständer, mein kleiner Wüstling«, sagt Marité Beauséant, während sie seinen Kopf zu sich heranzieht und ihn mitten auf den Mund küsst.

Auf dem weißen Bildschirm des Computers flackern in grau die Sätze von *Ein französisches Leben*, während das daneben liegende Handy vibriert, aber die Liebenden nehmen es nicht wahr.

Wäre man im Süden, könnte man es für das Zirpen einer Zikade halten.

Lucien kommt zum Orgasmus.

Beauséant geht nach oben in den ersten Stock, um zu hören, wie es seiner Frau geht. Er klopft an die Tür ihres Schlafzimmers. Wie lange schlafen sie nun schon getrennt? Bestimmt mehrere Jahre.

»Hélène, ich bin's, ich wollte mal schauen, wie es Ihnen geht.«

Er siezt seine Frau. Genauer gesagt hat seine Frau, eine geborene Baudry d'Hauteville, das von Beginn an so festgelegt, als sie sich 1979 kennenlernten, nachdem er die Armee verlassen hatte. Beauséant hätte gerne weiter Uniform getragen, aber einer seiner früheren Kameraden aus der Zeit, als sie mit den Eisenstangen unterwegs waren, holte ihn in die Politik:

»Patrick, du solltest dich uns anschließen, wir führen unseren nationalen Kampf auf andere Weise fort. Die Rouen-Geschichte ist inzwischen zu den Akten gelegt. Unser Plan ist, die traditionellen konservativen Parteien zu unterwandern. Ich weiß, dass du die Gaullisten den Giscardisten vorziehst, ich ja auch. Also komm in den RPR. Pasqua sucht im Auftrag von Chirac nach Nachwuchskräften. Als dekorierter Held von Kolwezi und studierter Jurist bringst du die richtige Vita mit.«

Beauséant nahm das Angebot an.

Er sollte insbesondere bei den Europawahlen 1979 den Sicherheitsdienst übernehmen. Dabei fiel er positiv auf. So kam er ins Präsidium und arbeitete dort mit einem alten Abgeordneten, Baudry d'Hauteville, an einer Reform der Sicherheitskräfte für Chiracs Programm – die Präsidentschaftswahlen von 1981 standen bevor. Die jüngste Tochter des alten Abgeordneten, Hélène, erlag Beauséants Charme. Er war zwar nicht sehr groß, sah aber damals noch nicht so aus wie der Schauspieler Joe Pesci. Er machte Eindruck als dekorierter Soldat, seine plebejische Herkunft als Schlachtersohn trat so in den Hintergrund.

Nach der Geburt ihres dritten Kindes war Hélène in eine Depression gestürzt, und alle Behandlungsversuche waren fehlgeschlagen. Dementsprechend war Beauséants Eheleben ziemlich trostlos, doch Hélène hatte die offiziellen und inoffiziellen Verbindungen ihres alten Herrn, des Abgeordneten, mit in die Ehe gebracht – sie reichten bis in die Zeiten der Geheimagenten in Algerien und bis zur SAC, der alten gaullistischen Leibgarde zurück – und das Vermögen, das damit einherging.

Beauséant klopft erneut. Er tritt ein. Hélène schläft. Er geht ein paar Schritte auf das Bett zu. Sie wacht auf, richtet sich von ihrer Nackenrolle auf, greift nach einem Taschentuch und legt es sich übers Gesicht.

»Patrick, ich bitte Sie, setzen Sie Ihre Maske auf.«

»Aber Hélène, wir sind doch beide zweimal geimpft, haben erst gestern einen PCR-Test gemacht …«

»Setzen Sie Ihre Maske auf!«

Beauséant überkommt auf einmal ein Gefühl von Überdruss und ein Anflug von Verzweiflung. Das mit der Verzweiflung ist neu. Die Verzweiflung ist es, die einen altern lässt. Beauséant will aber nicht altern. So landet er per Gedankenassoziation beim Präsidentenpaar und bei der Liebe. Ihm wird klar, dass ihm nur die Politik bleibt, um das Leben zu vergessen.

Er setzt seine Maske auf, reibt seine Hände mit Desinfektionsgel ein und setzt sich neben das Bett. Es gelingt ihm, Hélènes raue Hand zu nehmen. Sie schläft bereits wieder und schnarcht.

Er bleibt dort sitzen.

Er brütet über seinen Erinnerungen.

Das ist typisch für sein Alter.

Irgendwann ist er wieder bei der Zeit zwischen den beiden Wahlgängen 2017 gelandet. Nathalie Séchard mit ihren zehn Prozentpunkten Rückstand.

Parteigranden der Konservativen verkünden, dass sie Séchard wählen werden, Parteigranden der Konservativen verkünden, dass sie einen leeren Stimmzettel abgeben werden, Parteigranden der Konservativen verkünden, dass sie Dorgelles und den Patriotischen Block wählen werden.

Letztere sind nicht besonders zahlreich, aber man spricht nur über sie. Agnès Dorgelles verkündet, dass sie einige von ihnen zu Ministern machen wird, weil sie verstanden haben, wer wirklich Frankreichs Interessen vertritt, und dass Nathalie Séchard eine Vertreterin der Finanzwelt ist, für die der Begriff Vaterland ein Fremdwort ist.

Dorgelles ist berauscht von ihren guten Umfragewerten.

Sie scheint ihnen immer einen Schritt voraus zu sein. Beauséant kommt zu dem Schluss, dass sie einen Maulwurf im eigenen Lager haben. Anders ist das nicht zu erklären. Als Nathalie Séchard plant, eine Fabrik für Haushaltsgeräte zu besuchen, die kurz vor der Schließung steht, da niemand sie übernehmen will, erscheint Agnès Dorgelles zwei Stunden vor ihr unangekündigt auf dem Betriebsgelände. Ein Teil der Arbeiter buht sie aus, doch ein anderer Teil applaudiert ihr. Die schöne Dame muss sich gezwungenermaßen damit begnügen, in der Werkskantine ein paar Gewerkschaftsvertreter und den Unterpräfekten zu treffen, abgeschirmt von einem Kordon aus Bereitschaftspolizisten.

Die Bilder sind verheerend.

Beauséant führt seine interne Untersuchung durch. Er setzt befreundete Polizisten darauf an, den potenziellen Maulwurf aufzuspüren.

Und er findet ihn. Ein Bulle bringt ihm eine Akte zu einem ehrenamtlichen Mitarbeiter der Nouvelle Société, der im Wahlkampfhauptquartier an der Place Léon Blum jobbt.

Malik Boukhtouche, einundzwanzig Jahre, Student der Betriebswirtschaft und Enkel eines Harki. Er ist mit siebzehn in die Jugendorganisation des Block, den Bloc Jeunesse eingetreten, hat ein paar Artikel für ihre Zeitschrift *BJ-Jeunesse* verfasst. Dann ist er sechs Monate lang nicht mehr als Aktivist des Block in Erscheinung getreten und schließlich aus dem Mitgliedsregister gestrichen worden.

Das muss nichts heißen.

Okay, Boukhtouche kann seine Meinung inzwischen geändert haben, mit siebzehn ist man noch nicht für voll zu nehmen. Aber Beauséant hat da so seine Zweifel. Beauséant weiß, wie gefährlich und wie intelligent Stankowiak ist, der Freund von Agnès Dorgelles' Mann Maynard. Die beiden, der Schöngeist aus Rouen und der ehemalige Skin aus dem Département Nord, verbindet ein wie auch immer gearteter Pakt. Dank Maynard ist Stankowiak gesellschaftsfähig geworden. Es ist jedenfalls gut vorstellbar, dass Stanko, nachdem er festgestellt hat, dass Boukhtouche nicht nur intelligent ist, sondern auch kein Weichei, ihn aus der offiziellen Mitgliederkartei des Patriotischen Blocks tilgen ließ, um ihn bei nächster Gelegenheit irgendwo einzuschleusen.

Beauséant weiß, dass Stanko die GPP, den Ordnungsdienst der Partei, ausgebildet hat. Er weiß auch, dass es innerhalb der GPP eine geheime Gruppierung namens Delta-Gruppe gibt. Die weißen Prolos, Skins, so wie Stanko früher mal einer war, halten im Schloss von Vernery bei Saint-Amand-Montrond regelmäßig Trainingscamps ab. Beauséant weiß von der Existenz der Delta-Gruppe, weil der Eigentümer des Schlosses von Vernery, ein bekannter Pariser Anwalt, immer schon ein Getreuer des Block, im selben Alter ist wie Beauséant und sie gemeinsam an dem Überfall auf den Campus von Rouen 1972 beteiligt waren. So etwas verbindet. Hin und wieder hat Beauséant, ohne dass man das zu ihm zurückverfolgen kann, die Delta-Gruppe für seine Zwecke eingespannt und dort einen eigenen Mann eingeschleust. Kurzum, es ist gut möglich, dass Stanko Boukhtouche zu einem Soldaten der Delta-Gruppe gemacht hat. Die Enkel der Harkis sind wirklich die einzigen Araber, die dieses Suprematistenpack von Vernery unterstützen.

Beauséant bittet Abel Caliban, der am Sitz der Wahlkampagne ein paar Handlangertätigkeiten übernimmt, Boukhtouche im Auge zu behalten.

Es kommt, wie es kommen musste.

Abel überrascht Boukhtouche dabei, wie er im Konferenzraum, wo er nichts verloren hat, die Liste mit den Terminen der Kandidatin abfotografiert. Boukhtouche tut das ganz unauffällig, dann setzt er seine Arbeit fort, als wenn nichts wäre. Er ist mit systematischer Wählerwerbung befasst, den phonebanks, ein Vorgehen, das sich Séchard bei Obama abgeschaut hat. Damit erreicht man ältere Wähler, die einen Festnetzanschluss haben und noch unentschlossen sind. Man testet sie unauffällig aus, schlägt vor, ihnen einen Besuch abzustatten oder entwickelt eine Argumentationslinie.

Man hätte den Boukhtouche-Fall auf freundliche Art lösen können.

Man hätte ihn in einem Vier-Augen-Gespräch unten im Bistro auffordern können, seine Karten auf den Tisch zu legen.

Aber Beauséant wird nicht nochmal den gleichen Fehler machen wie beim Fall Royal Provence. Er wird Nathalie Séchard nicht einweihen. Es ist an der Zeit, dem gegnerischen Lager eine unmissverständliche Botschaft zukommen zu lassen. An die Adresse von Maynard und Stanko.

Abel Caliban nimmt also Kontakt zu drei Handlangern auf, anständige Kerle von einem pseudo-offiziellen Wachdienst, die immer gerne für Beauséant gearbeitet haben, als er unter einem Vorgängerpräsidenten im Innenministerium tätig war. Sie sind von der Sorte, die keine Fragen stellt. Abel gibt ihnen ein Foto von Boukhtouche und die dazugehörigen Anweisungen.

Am nächsten Abend verlässt Boukhtouche gegen 21 Uhr die Wahlkampfzentrale an der Place Léon Blum. Er läuft die Rue de la Roquette hinunter, sie folgen ihm. Sie sehen, wie er in der Rue de Lappe mit seinen Kumpels ein paar Drinks kippt. Das dauert bis ein Uhr morgens. Boukhtouche verlässt die Bar sturztrunken. Dann folgen sie ihm bis zu einem Tordurchgang am Boulevard Richard-Lenoir. Als er, nachdem er einen Code eingegeben hat, die Tür öffnet und reingeht, folgen die drei Gorillas ihm. Da schwant Boukhtouche langsam etwas.

Er dreht sich um.

Zu spät.

Er hat sicher einige Trainingscamps mit den Deltas in Vernery absolviert, denn selbst betrunken gelingt es ihm noch, einem der Gorillas eine Kopfnuss zu versetzen, so dass dieser auf dem Hintern landet.

Das ist es dann aber auch, denn danach nimmt man ihn richtig in die Mangel, schweigend, professionell.

Man bricht ihm eine Hand.

Man nimmt ihm sein Smartphone weg und sagt ihm zum Abschied nur: »Sag Stanko, wir sind genauso böse Buben wie er.«

Später, es ist Nacht, fahren irgendwo im Nichts zwei Wagen aufeinander zu – Sie dürfen sich aussuchen, ob in einer

Tiefgarage oder auf einer Industriebrache am Stadtrand – und begrüßen sich mit Lichthupe. Ein Mann steigt aus dem ersten Wagen aus und geht auf den zweiten Wagen zu, in dem Abel Caliban am Steuer sitzt und Patrick Beauséant auf dem Beifahrersitz. Die Scheibe wird per Knopfdruck heruntergefahren.

Der Mann erteilt kurz und bündig Bericht und überreicht das Smartphone. Eine Überprüfung wird ergeben, dass Boukhtouche in den letzten drei Wochen mindestens drei MMS mit angehängten Dateien verschickt hat, auf denen die geplanten Wahlkampfauftritte von Séchard zu sehen sind oder Screenshots von repräsentativen Umfragen und Phonebank-Listen.

Sie wurden alle an eine Handynummer verschickt, die von Stéphane Stankowiak benutzt wird. Aber es reicht nicht, den Maulwurf zu verscheuchen, erinnert sich Beauséant, der inzwischen Hélènes Hand losgelassen hat und immer noch auf dem Voltaire-Sessel sitzt, in dem Lockdownzimmer, im Halbdunkel, das nur von ein paar Lichtstreifen erhellt wird, die durch die Jalousien dringen.

Nein, um den Block anzuschwärzen, muss man schon ein bisschen mehr tun. Man braucht einen Märtyrer, der sich für die Nouvelle Société engagiert und Opfer der kryptofaschistischen Gewalt durch Dorgelles' Anhänger wird. Beauséant, der im Wahlkampfhauptquartier täglich eine Übersicht über geplante Aktionen erhält, stößt auf ein Flugblatt der Nouvelle Société in Limoges.

»Sag mal, Abel, gibt es nicht in Limoges ein paar vertrottelte Neonazis oder sowas in der Richtung? Ich meine mich zu erinnern, dass es eine Front Identité Limoges gibt. Kannst du das mal überprüfen?«

Abel überprüft das.

»Ja, die haben sogar eine Bar, das Bastion.«

»Schick mal jemanden hin, um sie ein bisschen aufzustacheln und sie darauf vorzubereiten, dass die Neue Gesellschaft da Flugblätter verteilen will.«

Abel, der seinen Chef kennt, hat verstanden.

Er nimmt Kontakt zu dem jüngsten der drei Typen auf, die sich Boukhtouche vorgeknöpft haben. Der junge Handlanger staffiert sich mit einem Fred-Perry-Poloshirt, einer Bomberjacke und Doc Martens aus – die richtige Frisur hat er bereits – und besteigt an der Gare d'Austerlitz den Morgenzug nach Limoges.

Er nimmt die üblichen zwei Stunden Verspätung gelassen hin und nutzt die Zeit, um Candy Crush zu spielen und Zeitschriften durchzublättern, in denen elektronisches Equipment angeboten wird, mit dem man seinen Nächsten auf unterschiedlichste Art und Weise töten kann, zum Beispiel, indem man seinen Körper mit Kugeln durchsiebt oder in Stücke schneidet oder indem man ihn in die Luft jagt.

Als er in Limoges ankommt, sticht diesem Kulturbanausen nicht mal die Schönheit des Bahnhofs ins Auge. Er geht zu Fuß in eine nahegelegene Straße zum Bastion, das mit Antifa-Tags besprüht ist.

Vor der Tür steht ein Typ, der genauso gekleidet ist wie er und eine Zigarette raucht.

»Wer bist du?«

Er nennt einen falschen Namen, sagt, er käme aus Saint Quentin im Aisne und wolle seine Oma in Saint Germain les Belles besuchen, weil die arme Alte von ein paar zugewanderten Kriminellen überfallen wurde, aber vorher wolle er gerne noch einen trinken.

Der Typ lässt ihn rein, zumal der junge Handlanger als Passwort den im Milieu mythischen Namen eines nationalistischen Bikers nennt, der mit seiner Truppe à la Mad Max durch die Picardie tourt.

Am Anfang sind die Skins und Skinetten, die an der Bar stehen und sich unter abendländischsuprematistischen Postern einen hinter die Binde kippen, noch etwas misstrauisch, aber er kann einiges wegschlucken, stellt die richtigen Fragen und interessiert sich für die lokalen Fanzines auf einem Ständer. Nach zwei Stunden sagt er schließlich, die Präsidentschaftswahlen wären ja wohl der letzte Scheiß. Klar, Dorgelles würde nicht an ihren Vater heranreichen, aber gegen diese Nutte Séchard und ihre mehr oder minder mohammedanische oder gar jüdische Sippschaft von Uranisten hätte sie eh keine Chance.

»Und dann wollen diese Schwuchteln morgen auch noch in der Stadt aufkreuzen und ihre Flugblätter verteilen«, sagt er und zeigt auf einen Artikel im *Le Populaire*. »Man müsste zur Uni gehen und ihnen eins auf die Schnauze geben.« Er spricht keine direkte Aufforderung aus, deutet nur an, wechselt dann das Thema, kommt wieder darauf zurück, und dann sagt er, er müsse los, um den TER nach Saint Germain les Belles zu erreichen. Als er gehen will und sich bei allen bedankt, sagt ein Typ zu ihm, der aussieht wie der Doppelgänger von Vic Mackey aus The Shield (falls Sie verstehen, was ich meine):

»Wenn du morgen wieder da bist, warum kommst du dann nicht mit?«

»Ach ja, keine schlechte Idee.«

»Morgen um zehn Uhr?«

»Das sollte klappen.«

»Wir zählen auf dich.«

Man verabschiedet sich mit einem angedeuteten Nazigruß und sagt dabei »Volk und Boden!«.

Nachdem er sich versichert hat, dass die Paranoia der Witzbolde aus Limoges sie nicht dazu treibt, ihn zu beschatten, verbringt er die Nacht in einem Ibis-Hotel in Bahnhofsnähe. Als er am nächsten Morgen wieder ins Bastion kommt, fragt man ihn, wie es seiner Großmutter geht. Er gibt daraufhin lauter rührende und glaubwürdig klingende Details zum Besten, zeigt sich aufrichtig empört und bekundet seine feste Absicht, es heute jemandem heimzuzahlen. Der Doppelgänger von Vic Mackey schaltet sein Handy aus und sagt: »Sie sind so um die zwanzig und haben einen Stand auf dem Platz vor der Uni für Wirtschaftswissenschaften.« Sie organisieren zwei Lieferwagen, rüsten sich mit diversen stumpfen Gegenständen aus, schnupfen eine Linie Koks und stürmen mit Sturmhauben und Helmen ausgestattet auf den Stand der Nouvelle Société zu. Dort gibt es Kaffee und

Orangensaft, man kann Petitionen unterschreiben, erhält Hochglanzprospekte und Buttons und trifft auf junge Leute beiderlei Geschlechts, mit heiteren Gesichtern und der pickelfreien Haut von Globalisierungsgewinnern.

Der Angriff ist heftig, brutal, blutig.

Der junge Handlanger verwüstet mit einem Knüppel den Stand, während die Aktivisten der Neuen Gesellschaft das Weite suchen. Einer von ihnen, der etwas kräftiger ist, versetzt einem der Befürworter der Remigration einen Tritt in die Eier. Der liegt daraufhin trotz Schutzausrüstung in embryonaler Haltung am Boden. Der radikalisierte Zemmour-Anhänger ist fuchsteufelswild, aber es gelingt ihm immerhin, wieder auf die Beine zu kommen.

»Bring ihn um«, sagt der junge Handlanger in einem Befehlston, der keinen Widerspruch duldet, während er einer Studentin und zukünftigen Personalleiterin, die den faschistischen Angriff filmt, ihr Handy entreißt und mit seinen Doc Martens darauf herumtrampelt.

Der Anhänger der Remigration mit den empfindlichen Eiern zertrümmert, angestachelt durch diesen Befehl und vollgepumpt mit Testosteron, Kokain und Adrenalin, dem Jungen, der es gewagt hat, Widerstand zu leisten, den Schädel.

Dann kommen die Bullen, klar.

Man steigt wieder in die Lieferwagen, aber es ist zu spät.

Als die Studenten die Polizeisirenen hören, tauchen sie wieder auf und blockieren die Lieferwagen, die ihren Motor aufheulen lassen. Es kommen immer mehr Bullen.

Nur der junge Handlanger ist nicht mehr da.

Er hat sich des Helms und des Knüppels entledigt.

Er hat den Stadtplan von Limoges im Kopf. Er ist bereits mehrere Straßen vom Schauplatz der Schlägerei entfernt, da hält ein Wagen der Gendarmerie auf seiner Höhe.

Zwei Bullen in Uniform fordern ihn auf stehenzubleiben, ihre Sig Sauer griffbereit. Er holt einen Ausweis hervor, nach kurzem Zögern lässt man ihn weitergehen. Er leiht sich ein Auto bei einem Verleih in der Rue Gay-Lussac und fährt über die Autobahn L'Occitane nach Paris.

Der Tod des Studenten, der, ohne das Bewusstsein wiedererlangt zu haben, in der Nacht auf der Notaufnahme verstirbt, bringt Nathalie Séchard innerhalb von achtundvierzig Stunden zwei Prozentpunkte ein.

Nun liegt sie gleichauf mit Lousteau, Odoxa zufolge sogar einen Punkt vor ihm, während Agnès Dorgelles zwei Prozentpunkte einbüßt.

Im Grunde mag Beauséant keine Gewalt, aber letztlich ist Nathalie Séchard ein wenig selbst schuld. Wäre sie vor dem ersten Wahlgang bereit gewesen, die Royal-Provence-Akte öffentlich zu machen, dann hätte es gar nicht so weit kommen müssen, verdammt nochmal.

So rechtfertigt Beauséant sich jedes Mal, damit er nach Einsätzen dieser Art weiter ruhig schlafen kann.

Und er fragt Hélène, die unter ihrem Taschentuch immer noch schnarcht:

»Habe ich nicht recht, Liebste?«

Lucien Valentin ist nackt und allein.

Marité Beauséant ist weg. Er sollte sich wieder an die Arbeit machen oder unter die Dusche stellen. Er hat weder auf das eine noch auf das andere Lust.

Er ist etwas desorientiert.

Er hat fünf SMS von Clio bekommen, darunter ein Selfie aus Luciens Einzimmerwohnung. Darauf verbirgt *Der Glaskäfig* ihre nackten Brüste. Sie zieht ein übertrieben trauriges Gesicht. Als Kommentar steht darunter: »Was treibst du, verdammt nochmal, Lulu?« Clio benutzt nie Schimpfwörter. Sie hält das für ein Zeichen von Schwäche oder von schlechtem Geschmack. Sie mag nur die Beleidigungen der Situationisten, die aus den Briefen, die Guy Debord an Leute geschickt hat, die er verachtete. Sie ist stolze Besitzerin von zwei schmalen, grauen Bänden der *Correspondence*, erschienen bei *Champ libre*.

»Die Beleidigung ist eine Kunst, mein Lulu, also das Gegenteil von Vulgarität.«

Lucien Valentin fühlt sich Clio gegenüber nicht schuldig. Er würde ihr nichts davon erzählen, und sie ist auch nicht der Typ, der Fragen stellt. Er hält sich die Finger an die Nase. Der Geruch von Marité Beauséant erinnert an Karamell mit salziger Butter. Lecker, aber man darf nicht zu viel davon essen, sonst wird einem irgendwann schlecht.

Er antwortet Clio, dass er sie liebt (was stimmt), dass sie ihm fehlt (was teilweise stimmt), und dass er gerade in diesem Moment nur an sie denkt (was nicht stimmt). Schließlich setzt er sich mit bloßem Hintern auf den Schreibtischstuhl und macht sich daran, die Abenteuer von Lieutenant Patrick Beauséant in Form zu bringen, ausgehend von Abel Calibans Schilderungen, dessen brüchige Stimme jedes Mal erklingt, wenn Lucien auf die Wiedergabetaste der Diktierfunktion in seinem Handy drückt.

Als Leser fragt man sich nun womöglich, wieso sich ein junger Mann, der mit zwanzig sein Debüt bei einem Verlag veröffentlicht hat, dessen weiße Einbände mit blauem Rahmen für anspruchsvolle Literatur stehen, der dafür wohlwollende Rezensionen erhalten hat und zu zwei Literatursendungen im öffentlichen Rundfunk eingeladen wurde, jetzt als Ghostwriter verdingen muss. Die Antwort darauf lautet, dass das teils den zeitlichen Umständen geschuldet ist, und teils der Kluft, die zwischen Schein und Sein liegt.

Trotz all der Lobreden hat Lucien Valentin von *Der Glaskäfig* gerade mal 667 Exemplare verkauft. »Ein Buch weniger und du hättest zumindest glauben können, dass ein Fluch auf dir lastet«, meinte Clio. Das hat ihm 639 Euro und 68 Cent eingebracht. Für einen jungen Mann, der vom Schreiben leben wollte, war das wenig. Selbst wenn man das Stipendium vom Centre National du Livre dazurechnete.

So kam es, dass Lucien Valentin ins Prekariat abrutschte, erst recht, seit seine Familie direkt nach seinem Abitur aus Ivry weggezogen ist, um sich irgendwo in der Auvergne einer umherziehenden Theatertruppe anzuschließen und von der Hand in den Mund zu leben.

Lucien zog es vor, in Paris zu bleiben. Er fand in der Rue Marie-Rose eine wundersamerweise bezahlbare Einzimmerwohnung, nicht weit entfernt von der kurzen Gasse, in der mal Lenin gelebt hat. Sie liegt unterm Dach, sechster Stock ohne Aufzug, und man schaut aufs Franziskanerkloster mit seinen sienafarbenen Ziegeln. »Mir ist Franz von Assisi immer noch lieber als der Anarchistenmeuchler«, sagte Clio, während Lucien sie nur von hinten sah. Sie trug ein Hemd von ihm, ansonsten war sie nackt und hing an der Dachluke. Ihre Gestalt hob sich von einem Rechteck blauen Himmels ab.

Lucien hätte sich, um seinen Lebensunterhalt zu bestreiten, gerne wie so viele andere als selbstständiger Pedaleur verdingt, der faulen Wohlhabenden aus der Konsumentengruppe mit der größten Kaufkraft ihre Falafel nach Hause liefert, aber er hat Angst vorm Fahrradfahren. Also arbeitete er als Aushilfskraft in Brennpunktschulen, doch das war sehr anstrengend und ließ ihm nicht genug Zeit, um an *Der Glaskäfig* zu schreiben. Die Geschichte über einen Schriftsteller, der in einer totalitären Gesellschaft lebt und von den Machthabern gezwungen wird, vor aller Augen in einem öffentlich ausgestellten Käfig aus Glas zu schreiben, kam nur langsam voran.

Dabei ist der Roman kurz und abgehoben, so wie es sich für den Verlag der Bücher mit den weißen Einbänden mit dem blauen Rahmen geziemt. Doch Lucien glaubt an den Stil und nur an den Stil, wie Flaubert. Das Problem ist nur, dass er im Gegensatz zu Flaubert kein Rentier ist und seine Eltern kaum über die Runden kommen, indem sie in abgeblätterten Theatersälen zwischen Ambert und Aurillac Dario-Fo-Stücke spielen. Manchmal können sie auch nicht spielen, wie zum Beispiel in dieser Unterpräfektur, in der die Gelbwesten das örtliche Theater verwüstet haben und in der am nächsten Tag die Präsidentin der Republik ausgebuht werden sollte.

Lucien gab also Nachhilfe, hielt Schreibworkshops für verschiedene Organisationen ab, ließ immer wieder Mahlzeiten aus und besuchte die Seminare für seinen Master in Literaturwissenschaft in Nanterre nur noch sporadisch. Er ließ seine Hausarbeit mit dem Arbeitstitel *Jean Echenoz und*

Jean-Patrick Manchette: Das Subversive in der Genreliteratur schleifen.

Endlich erschien *Der Glaskäfig*, und so lernte er Clio kennen. Er war immer noch genauso arm, aber Clio zahlte alles ganz diskret, und wenn er das gelegentlich anmerkte, entgegnete sie, dass sie sich das Ende der Gesellschaft des Spektakels und des Warenfetischismus wünsche, also des Geldes. Bis dahin solle Lucien die Kohle nutzen, um seinen roten Haaren einen Schnitt zu verpassen, sich weniger billige T-Shirts zu kaufen oder Bücher oder auch eine ausstehende Wasserrechnung zu bezahlen.

»Nun zieh nicht so ein Gesicht, mein Lulu, betrachte das als Mäzenatentum. Falls dich das nicht beruhigen sollte – denn ich sehe ja, was deine eigentliche Sorge ist, nämlich, dass man denkt, ich würde dich aushalten –, so kann ich dir versichern, dass ich, selbst wenn ich dich eines Tages verlassen sollte oder umgekehrt, weiter für dich blechen werde, damit dein Kühlschrankinhalt nicht genauso erbärmlich ist wie die politische Bilanz meines Vaters.«

Damit spielt sie auf Guillaume Manerville an, den Minister. Er ist ihm, seitdem er mit Clio zusammen ist, noch nicht begegnet, aber der Terminkalender dieser Leute ist ja auch deutlich voller als der eines angehenden Romanciers, der als Geheimtipp gilt. Lucien vermutet außerdem, dass Clio und ihr Vater ein ziemlich symbiotisches Verhältnis haben.

Lucien beendet die Abschrift und Überarbeitung von Kolwezi. Er liest das Kapitel am Bildschirm nochmal durch. Ein Ausdruck wäre ihm lieber. Er wird im Herrenhaus fragen, ob sie ihm den Text ausdrucken können. Erst als er mit dem geöffneten Laptop in der Hand an der Tür steht, fällt ihm auf, dass er splitterfasernackt ist, verschwitzt, und dass sich in seinen Schweißgeruch der nach *Sans Merci* duftende Schweißgeruch von Marité Beauséant mischt.

Unter der Dusche (*Oh Jugend, die allein den Schlüssel dieser wilden Parade besitzt*) hat er schon wieder einen Steifen. Kurz kommt ihm in den Sinn, Clio ein Selfie von seinem Schwanz zu schicken, aber das ist eine blöde Idee, und eigentlich überhaupt nicht Lucien Valentins Art.

Eben das zieht Lucien bei Clio an, und Clio bei Lucien, dass sie zu den Gepflogenheiten ihrer Zeit eine gewisse Distanz halten. Lucien, der zwei Jahre älter ist, teilt die nervigen Verhaltensmuster ihrer Generation genauso wenig wie sie. Das ist insofern schwierig, als die Kämpfe ihrer Zeit sie eigentlich beide sehr beschäftigen. Sie tun sich jedoch schwer mit den Tugendwächter*innen und ihren Treibjagden in den sozialen Netzwerken.

Lucien flüchtet sich also in das Schreiben von formalistischen Romanen, und Clio arbeitet an ihrer ganz eigenen Verschleierungstaktik. Sie verfügt über derart viele, schillernde Facetten, dass Lucien sie noch nicht alle hat entdecken können, was ihn heiß macht, weshalb er erneut einen Ständer bekommt. (*Oh Jugend! Erwählte! Blüte der lebendigen Welt!*), während er die Klamotten überstreift, die im Schrank für ihn bereit hängen.

Letztlich hat dieser alte Idiot von Beauséant gar nicht so unrecht. Als Lucien sich so sieht, rasiert, in einer Chino, mit weißem Hemd, das ihm vielleicht etwas zu weit ist, stellt er fest, dass Kleider wirklich Leute machen.

Der Look verleiht ihm eine neue Selbstsicherheit. Er wird sich von Beauséant nicht mehr herumkommandieren lassen.

Er wird verlangen, dass man ihm einen Drucker ins Zimmer stellt, verflixt nochmal.

Zwei Stunden vor der kleidungsmäßigen Verwandlung von Lucien Valentin verlässt Patrick Beauséant das Schlafzimmer von Hélène, die immer lauter schnarcht. Nicht, dass er es satthätte, seine bemitleidenswerte Gattin zu betrachten, aber sein Smartphone vibriert.

Sein Büroleiter.

Eine Demonstration von Impfgegnern in Maubeuge.

Zweihundert Personen.

Eine getötete Demonstrantin.

Ein Dutzend Verletzte.

Das Kommissariat wurde zwei Stunden lang belagert, bis

eine Einheit mobiler Gendarmen aus Valenciennes es schließlich räumte und die Ordnung in der Stadt wiederherstellte, die unautorisiert den Lockdown aufgehoben hatte.

Kaum ist er in seinem Büro angelangt, um sich mit seinem Mitarbeiterstab in Beauvau zu besprechen, erhält Beauséant einen Link von Vandenesse, dem Premierminister. Er soll sich in der kommenden Viertelstunde mit dem hochgesicherten System Horus in eine per Videokonferenz abgehaltene Krisensitzung einwählen. *Verdammt, den Lockdown haben sie schließlich nicht aus Jux und Dollerei erlassen, schon gar nicht aus Jux für Impfgegner,* grummelt Beauséant innerlich vor sich hin.

Er hat angesichts des langen Wochenendes eigentlich auf drei Tage relativer Ruhe gehofft und darauf, dass die Bevölkerung durch die neue Gammavariante, die sich mit keinem Test nachweisen lässt und gegen die die Impfung möglicherweise nicht wirkt, vor Angst wie erstarrt wäre. Er hat auch gehofft, dass mit der Impfpflicht die Impfrate sprunghaft in die Höhe gehen würde. Man hat die Anzahl der Personen, die täglich zum Impfen aufgefordert werden, um das Vierfache erhöht. So kann man einen richtigen Familienausflug daraus machen.

Auf dem in Kacheln unterteilten Bildschirm seines Mac erscheint nun also Vandenesse.

Aber auch Christoph Bianchon, der Gesundheitsminister, Émilie Darthèze, die Verteidigungsministerin, und Karima Rafa, die Generalsekretärin des Élysée.

Alle äußern sich reihum.

Beauséant leitet in Echtzeit die Informationen weiter, die vom Ort des Geschehens über das Interministerielle Krisenzentrum in Beauvau hereinkommen.

Das Opfer ist inzwischen identifiziert: eine durchgeknallte Ärztin, der kürzlich von der Ärztekammer die Approbation entzogen worden ist wegen ihrer YouTube-Videos, die von den TV-Nachrichtensendern unter dem Vorwand, sie kritisieren zu wollen, freundlicherweise übernommen werden. Sie hat ein Hartgummigeschoss abbekommen und ist daraufhin mit dem Kopf auf eine Bordsteinkante geprallt. Diese Ärztin hat seit Beginn der Pandemie gebetsmühlenartig wiederholt, dass Masken keinerlei medizinischen Nutzen hätten und die Bevölkerung nur auf pseudosatanische Rituale einschwören sollten, die der Unterwerfung unter den Fürsten der Finsternis dienten. Der Fürst der Finsternis ist wechselweise Bill Gates, Joe Biden, manchmal Nathalie Séchard, manchmal – warum auch immer – Maître Gims. *Zumindest hält sie jetzt endlich die Fresse, ich weine ihr keine Träne nach*, denkt Beauséant, der weiß, dass die anderen das Gleiche denken, mit Ausnahme vielleicht von Bianchon, diesem Humanisten.

Schnell stellt sich heraus, dass es ein zweites Opfer gibt, einen 35-jährigen Prepper aus Lille. Er hat eine Ithaca-Mag-10-Pumpgun hervorgeholt und damit aufs Kommissariat gefeuert.

Die hat ungefähr die Schlagkraft einer Haubitze.

Die eisernen Rollläden des Kommissariats wurden gesprengt und nebenbei wurde ein Loch in die schusssichere Weste eines Wachtmeisters gerissen, ohne diese jedoch zu durchdringen. Er kam zum Glück mit einem Schock davon. Seine Kollegen erwiderten das Feuer. Es dauerte etwas, bis man den Mann identifiziert hatte: Der Prepper hatte kein Gesicht mehr.

Dieser apokalyptische Trottel lebte auf einem Bauernhof am Rande der Deûle, bewacht von aggressiven Gänserichen. Sie hatten bereits einmal DGSI-Beamte, die als Spaziergänger schlecht getarnt auf dem Treidelpfad unterwegs waren, in die Waden gebissen.

»Das heißt, der Kerl stand sogar unter Bewachung? Was treiben Ihre Männer denn eigentlich, Beauséant?«

»Einen Vorzug hat das Ganze doch, durch den Tod der Frau Doktor und des Westentaschenrambos dürfte der durchschnittliche IQ im Département du Nord schlagartig angestiegen sein.«

Das kam von Émilie Darthèze.

Ein Séchard-Girl, das kein Blatt vor den Mund nimmt.

Man verdankt ihr zwei, drei zu den Hochzeiten der Krise geäußerte Sätze zu den Gelbwesten, aus denen eine Geringschätzung der sozial Schwachen sprach, die man so noch nicht kannte. Das hätte sie fast ihren Job gekostet, aber bei der Truppe genießt sie hohes Ansehen. Sie hat sämtliche Weihnachten an Schauplätzen von Auslandseinsätzen verbracht, von Mali bis Afghanistan. Außerdem will sie den Wehrdienst reformieren. Auch deshalb hat sie bei Beauséant einen Stein im Brett, trotz ihrer sozialistischen Vergangenheit.

Da beschleicht Beauséant ein leiser Zweifel, und er fragt Karima Rafa:

»Madame, und was sagt die Präsidentin dazu?«

Er sieht gleich, wie verlegen die junge Araberin wirkt, die aus Roubaix stammt und ein ebenso reines wie äußerst seltenes Produkt der republikanischen Meritokratie ist.

Sie ist noch nicht lange genug dabei, um ihre Gefühle völlig zu verstecken. Da ist dieses kleine unkontrollierte Zucken in ihrem Mundwinkel.

»Die Präsidentin lässt sich stündlich unterrichten, ist jedoch gerade vollauf mit der Vorbereitung des nächsten EU-Gipfels zur Ankurbelung der Wirtschaft beschäftigt.«

Na klar, ich kurbele auch die Wirtschaft an, und zwar mit meinem Arsch!, denkt Beauséant. *Du lügst doch. Du weißt wahrscheinlich nicht mal, wo die Präsidentin ist.*

Er fragt nicht weiter nach.

Er wird nach Maubeuge fahren müssen, um sich dort zu zeigen. Aber das hat Zeit bis morgen, jetzt ist es zu spät.

Ein Sonntag in Maubeuge.

Ein Traum.

Als die Videokonferenz zu Ende ist und auf dem Bildschirm die Farben der Trikolore mit den goldenen Buchstaben RF erscheinen, denkt Beauséant, dass Vandenesse bei genauerer Betrachtung auch nicht den Eindruck machte, als würde er alle Karten auf den Tisch legen.

Der Europagipfel über die Wiederankurbelung der Wirtschaft ist für nächste Woche angesetzt. Séchard kann unmöglich so beschäftigt sein, dass sie nicht an einer Videokonferenz über Horus teilnehmen oder diese selbst einberufen kann, nachdem es bei Krawallen zwei Tote und einen verletzten Polizisten gab. Selbst in Maubeuge.

Vandenesse ist ein freundlicher Mann.

Man kann sicher sein, dass er Séchard nicht ins Gehege kommen wird.

Er ist Bürgermeister einer kleinen Gemeinde, von der die Allgemeinheit noch nie gehört hat, aber vor allem ist er ein ENA-Absolvent, der Übung in diesen technischen Manövern hat, die man den sogenannten großen Dienern des Staates anvertraut. Als man ihn an die Spitze der Regierung holte, um Marsay zu ersetzen, leitete er gerade eine Arbeitsgruppe zur Modernisierung der Infrastruktur des Ballungsraums Paris.

Denn Henri Marsay, der erste Premierminister von Séchard, war ein anderes Kaliber. Noch so einer, den Beauséant nach allen Regeln der Kunst reingelegt hat.

Am Tag nach ihrer knappen Wahl hat die Präsidentin Marsay den Premierministerposten angeboten, obwohl er zum Team von Lousteau gehörte, auch wenn er da nur die zweite Geige spielte. Marsay sagte zu, weil er karrieregeil war und sein eigenes Lager ihn als zu gemäßigt einstufte.

Aber vor allem hat Marsay sich am Abend der ersten Runde klipp und klar geäußert. Er hat ohne zu zögern dazu aufgerufen, in der Stichwahl zwischen Nathalie Séchard und Agnès Dorgelles für Nathalie Séchard zu stimmen. Ja, sogar hinzugefügt, dass er sich in den meisten Werten von Nouvelle Société wiedererkenne, während er den Bloc Patriotique als Gefahr für die Republik betrachte.

Zunächst galt es als gelungener Coup, dass man Henri Marsay den Konservativen abspenstig gemacht hatte, die sich durch Lousteaus Niederlage in der ersten Runde erstmal neu sortieren mussten. Man rühmte das politische Gespür von Präsidentin Séchard. Das i-Tüpfelchen war: Marsay verfügte über Regierungserfahrung, hatte das Rathaus von Besançon und seinen Abgeordnetensitz mit großem Vorsprung gewonnen und sich dabei sowohl gegen die Linke als auch gegen die extreme Rechte durchgesetzt. Der Mittvierziger, ein agiler Rugbyspielertyp, erwies sich als kompetent, aber auch als autoritär. Er stand sofort im Scheinwerferlicht und stellte Séchard damit bereits in den ersten Monaten ihrer Amtszeit in den Schatten, insbesondere, als es die ersten Zusammenstöße mit den Gelbwesten gab. Angesichts dieses plebejischen Aufstands, der unkontrollierbare Ausmaße angenommen hatte, wirkte Präsidentin Séchard richtungslos. Sie schwankte zwischen rigoroser Niederschlagung und permanenten Zugeständnissen an die selbsterklärten Führer der Gelbwesten, war gar bereit, sie im Élysée-Palast zu empfangen.

Inklusive dieser notorischen Lügner, die unter dem Vorwand, sie hätten Tausende von Followern in den Sozialen Netzwerken, zum Putsch aufriefen.

Marsay war gegenüber den Gelbwesten weniger zimperlich.

Er drängte Beauséant und den Polizeipräfekten regelmäßig dazu, den Druck zu erhöhen. So kam es, dass man Beauséant verantwortlich machte für Hunderte von Hartgummigeschossen zertrümmerte Visagen und den Einsatz von Granatwerfern zur Auflösung von Versammlungen.

Beauséant fand dieses Vorgehen nicht in Ordnung, aber so gar nicht in Ordnung.

Er hatte nichts dagegen, die Gelbwesten ordentlich an die Kandare zu nehmen, aber hätte es begrüßt, wenn Marsay einen Teil der Verantwortung übernommen hätte. Vor allem nach dem Sturm auf das Arbeitsministerium, bei dem die Ministerin sich auf dem Speicher hinter ihrem Personenschützer verstecken musste, während ihre Mitarbeiter verprügelt wurden und der erste Stock durch einen Brand verwüstet wurde.

An jenem Tag konnte Beauséant in enger Abstimmung mit dem Polizeipräfekten die Gefahr im letzten Moment abwenden. Man ließ sogar einen Helikopter vom Élysée-Palast starten, um Séchard im Pavillon de la Lanterne in Sicherheit zu bringen.

Peyrade Junior, der mit von der Partie gewesen war, erzählte Beauséant hinterher, dass der Präsidentin dabei offensichtlich der Arsch auf Grundeis gegangen war und sie sich die ganze Zeit an ihren Mann gepresst hatte. Es gab drei Tote auf Seiten der Gelbwesten, Hunderte Verletzte, und über siebenhundert Personen wurden in Gewahrsam genommen. Alle Strafen, die bei der sofortigen Vorführung vor den Haftrichter ausgesprochen wurden, zusammengerechnet, wurden dreißig Jahre Haft ohne Bewährung verhängt.

Am nächsten Tag äußerte Marsay sich in den 20-Uhr-Nachrichten, ohne die Präsidentin oder Beauséant vorher darüber in Kenntnis zu setzen.

Er beklagte die blinde Gewalt der Demonstranten und die Angriffe auf die Republik und kündigte an, das seiner Ansicht nach unzureichende Regelwerk zur Aufrechterhaltung der öffentlichen Ordnung zu überarbeiten.

Beauséant wäre vor Wut fast geplatzt.

Dieses Arschloch beschuldigte ihn indirekt, ohne ihn zu nennen. Die Medien hatten den Wink verstanden. *Beauséant auf der Anklagebank, Beauséant ist überfordert, die politische Führung wird belagert, Beauséant gibt gern das Raubein, aber ist er womöglich inkompetent?*

An diesem Tag schwor Beauséant sich, dass er Marsay fertigmachen würde.

Er hat ihn fertiggemacht.

Gleich der erste Schuss war ein Volltreffer.

Marsay war ein gutaussehender Typ, sportlich, hätte Werbung für Rasierwasser machen können. Der Typ Mann, der sowohl bei Frauen als auch bei Schwulen gut ankam. Doch sein Familienleben war untadelig, er war seit fünfzehn Jahren mit derselben Frau verheiratet und Vater von vier Kindern. Aber wenn man sucht, findet man immer irgendetwas.

»Such dir ein paar Knilche, die sich mit den Sozialen Netzwerken auskennen«, forderte Beauséant Peyrade Junior auf. »Du hast bei deiner Antiterroreinheit ja alles zur Hand. Such mir ein paar Faschos aus, die finden, dass die Regierung zu soft ist. Aber sei schön vorsichtig, ja? Die sollen sich selbst nicht die Finger schmutzig machen, sondern das an ein paar Typen outsourcen, die ihnen was schuldig sind.«

»Und was stellen Sie sich vor, Pate?«

Beauséant fasste es kurz zusammen.

»Das ist machbar, aber die Subunternehmer müssen geschmiert werden.«

»Am Geld soll es nicht scheitern, mein Junge. Es gibt zwar keine Geheimfonds mehr, aber Spezialfonds, auf die man zurückgreifen kann. Das ist im Grunde das gleiche, man muss der Nationalversammlung nur ein paar leicht frisierte Dokumente vorlegen.«

»Das ist ein Billardstoß, der zweimal über Bande geht, mal sehen, ob die Kugel ins Loch rollt«, sagte Peyrade.

»Senktasche.«

»Wie?«

»Man sagt beim Billard nicht Loch, man sagt Senktasche, mein Junge.«

In der folgenden Woche erlebte der Hashtag #HMStalker eine wahre Blüte, er kletterte auf den vierten Platz in der digitalen Jauchegrube von Jack Dorsey. Geschichten, die erstunken und erlogen waren, auf Hunderten von anonymen Konten. Marsay wurde zu einer Art Weinstein der Politik.

Marsay war gezwungen zu reagieren, nachdem er das erst für unter seiner Würde befunden hatte. Er knöpfte sich bei einer Fragestunde des Parlaments sogar eine Abgeordnete des Bloc Patriotique vor: »Die meisten dieser lächerlichen Gemeinheiten kommen doch aus Ihren Kreisen, Madame.« Damit lag er nicht ganz falsch.

Journalisten, die ihren Beruf noch ernstnahmen, hatten auf Twitter, Instagram und Facebook extra für diesen Zweck angelegte Accounts ausfindig gemacht. Sie waren alle mehr oder minder der Faschoszene zuzuordnen.

Aber natürlich gab es nach zehn Tagen ununterbrochener Manipulation und medialen Dauerfeuers schließlich eine seriöse Aussage eines Opfers. Es findet sich immer etwas. Sie war bereit zu sprechen.

Die frühere Parteiaktivistin sagte, sie sei vor fünfundzwanzig Jahren bei einer Sommeruni von Henri Marsay vergewaltigt worden, der damals Jugendbeauftragter seiner Partei war. Die Frau nannte sehr präzise Details, auch bezüglich Marsays Anatomie.

Die Neofeministinnen und andere Social Justice Warriors übernahmen. Der Hashtag #MarsayVergewaltiger ersetzte den vorhergehenden.

Der Premierminister konnte es nicht mehr einfangen. Das Tempo, mit dem das alles passierte, ließ sich allein durch die inzwischen vollständig abgeschlossene Abspaltung der digitalen von der realen Welt erklären.

»Diese Regierung schießt in die Menge und vergewaltigt Frauen.«, »Séchard, was ist aus deinem Feminismus geworden?«, »Wir haben die Schnauze voll von Marsay, dem Vergewaltiger!«

Die Falle schnappte endgültig zu, als die Polemiker der extremen Rechten für Marsay Partei ergriffen.

Im Namen der Verteidigung des weißen Mannes, der Opfer von ein paar aufgedrehten Weibern wurde.

Das war der Todeskuss.

Marsay bewies eine gewisse Klasse, als er ablehnte, dass die Präsidentin für ihn in die Bresche sprang. Damit hätte sie riskiert, ihr Ansehen beim bürgerlich-progressiven Teil ihrer Stammwählerschaft zu beschädigen, auf deren Unterstützung sie im Kampf gegen die Gelbwesten angewiesen war.

Die Ironie des Ganzen war, dass Marsay ausgerechnet Beauséant darum bat, an die Öffentlichkeit zu gehen, um diesen Alptraum, wenn möglich, zu beenden.

Beauséant gehorchte.

Beauséant ging in die 20-Uhr-Nachrichten von TF1.

Beauséant sagte in etwa: »Wenn es jemanden gibt, der in dieser Hinsicht über jeden Zweifel erhaben ist, dann der Premierminister, den ich seit zwanzig Jahren kenne. Der Bloc Patriotique versucht aus Mangel an Ideen so, Marsays Image zu beschädigen. Wissen Sie, ich gehöre einer anderen Generation an. Wir haben den Fehler gemacht, die Gewalt gegen Frauen, die Diskriminierung aufgrund einer bestimmten sexuellen Orientierung zu unterschätzen. Letztlich waren es

Frauen wie die Präsidentin der Republik und Männer wie der Premierminister, die mich dazu gebracht haben, meine Ansichten zu diesen essenziellen Fragen zu überdenken. Ich kann mir absolut nicht vorstellen, dass Henri Marsay sich irgendetwas hat zuschulden kommen lassen. Keinesfalls will ich damit die Aussagen der Klägerin in Zweifel ziehen. Sie kann erwarten, dass wir ihr Gehör schenken, aber man sollte dabei doch die Verhältnismäßigkeit wahren.«

Als Beauséant danach zum Abschminken in die Garderobe kam, schaute Abel Caliban ihn fassungslos an.

»Haben Sie da etwa gerade die linken Zicken verteidigt, Lieutenant? Ihr Ernst?«

»Ja, na ja, übertreib mal nicht … Hol lieber den Wagen.«

Als Marsays Anwälte einen Monat später Klage wegen Verleumdung einreichten, räumte das Opfer ein, dass er ihr nur einmal die Hand auf den Po gelegt hatte. Darüber hinaus stellte sich heraus, dass die Frau sauer war, weil sie im Jahr nach der Sommeruni nicht in den Vorstand der Jugendbewegung gewählt worden war. Dabei hatte Marsay damit gar nichts zu tun. Doch es war zu spät. Der Schaden war angerichtet. Marsay war zurückgetreten, hatte sich auf sein Anwesen in Besançon zurückgezogen. Nach dem letzten Ministerrat nahm er Beauséant beiseite und sagte zu ihm:

»Ich danke dir, Patrick. Du hast getan, was du konntest.«

In dem Moment fragte Beauséant sich zum allerersten Mal, ob sein Unterbewusstes nicht an seiner Stelle agiert hatte. Indem er Marsay eliminierte, eliminierte er einen potenziellen Präsidentschaftsanwärter. Um Séchard zu schützen? Das dachte er ursprünglich, bis sie ihm vorschlug, nach Matignon zu gehen und Marsay zu ersetzen. Er lehnte ab, schob vor, dass er als Rechter gelte und man damit die Gelbwesten provozieren würde.

Doch vor allem wusste er, nachdem er es bei Chirac '86, bei Balladur '93 und bei Juppé '95 beobachtet hatte, dass Matignon die Hölle war, dass jeder ziemlich ramponiert daraus hervorging, nachdem er sich im Kleinklein des politischen Tagesgeschäfts aufgerieben hatte.

Alle amtierenden Premierminister, die im Anschluss bei den Präsidentschaftswahlen antraten, waren krachend gescheitert, manchmal bevor sie überhaupt gestartet waren.

Diese instinktiv getroffene Entscheidung bewies ihm, dass irgendwo in den Windungen seines Gehirns der Gedanke existierte, dass er, der Metzgerssohn aus dem Château-d'Eau-Viertel – warum denn auch nicht? –, wenn die Gelegenheit sich bieten sollte, womöglich die letzte Rettung sein könnte. Er hatte immer noch eine Idealvorstellung von Frankreich, warum also sollte er diese nicht selbst in die Tat umsetzen?

Nicht umsonst heißt es: Selbst ist der Mann.

Beauséant kehrt zurück in die Gegenwart.

Er denkt erneut an die offensichtliche Verlegenheit der Generalsekretärin des Élysée, Karima Rafa, und die zumindest angedeutete Verlegenheit von Vandenesse. Er blickt durch das Fenster seines Büros auf den Pool. Marité ist allein im Pool, schwimmt eine Bahn nach der anderen. Die anderen haben sich in ihre Wohnungen im Herrenhaus zurückgezogen. In Tourailles gibt es mehr als genug Zimmer, um seine ganze Sippe unterzubringen. Abends essen die Paare immer für sich, in ihrer eigenen Wohnung, es sei denn, Beauséant gibt eine gegenteilige Anweisung.

Die sollte jetzt eigentlich bei ihrem Mann sein, diese ...

Er ist kurz davor, einen Zusammenhang zwischen Marités Verhalten und Lucien Valentins Anwesenheit zu ziehen, als sein Smartphone vibriert, am Rhythmus erkennt er, dass Vandenesse persönlich am Apparat ist.

»Monsieur le Premier Ministre?«

»Wir haben ein ernsthaftes Problem.«

»Und zwar welches?«

»Die Präsidentin. Sie antwortet nicht mehr.«

»Wie, sie antwortet nicht mehr?«

»Sie geht nicht ans Telefon.«

»Sie ist doch im Pavillon de la Lanterne, oder nicht?«

»Ja, seit gestern Abend. Mit ihrer Sekretärin, ihrer Büroleiterin und zwei Beratern, die gegen zwölf Uhr eingetroffen sind. Sie hat mit ihnen und ihrem Mann zu Mittag gegessen. Sie sind immer noch dort. Ansonsten hat sie nur die üblichen Dokumente unterzeichnet, die ihr Motorradfahrer aus dem Élysée-Palast gebracht haben.«

»Wer sind die beiden Berater?«

Vandenesse nennt zwei Namen.

Sie stehen ihr sehr nahe, sind im Grunde Freunde von ihr, aus ihrer Zeit bei der PS und als sie Bürgermeisterin von Ploubanec war. Eine der beiden schreibt ihre Reden.

»Was brütet sie denn da aus?«

»Keine Ahnung. Auch die Generalsekretärin hat keine Ahnung. Sie haben gesehen, wie sie reagiert hat ...«

Die Stimme des alten Vandenesse zittert.

Das ist die Angst.

»Man sollte bei den Fernsehsendern nachfragen, ob sie eine Ansprache angekündigt hat«, sagt Beauséant.

Beauséants Atmung beschleunigt sich.

Beauséants Ohren brummen.

Bei ihm ist es keine Angst, oder jedenfalls nicht wirklich. Eher die Ahnung eines bevorstehenden Erdbebens.

»Warum?«

»Das ist nur so eine Idee. Bei Manerville sollte man auch nachfragen.«

»Bei Manerville wurde bereits nachgefragt. Er hat keine Ahnung, was los ist.«

»Dann fragen Sie bei den Sendern nach.«

»Ich rufe gleich zurück.«

»Aber seien Sie umsichtig. Nicht, dass es so aussieht, als würden wir aus allen Wolken fallen.«

Vandenesse legt auf.

Beauséant versucht, seine Atmung zu beruhigen. Er hat Lust auf einen Whisky, einen guten alten Bushmills Single Malt. Doch er hat schon beim Mittagessen zu viel gepichelt. Er wird sich trotzdem einen genehmigen, auch wenn es eigentlich eine Dummheit ist.

Da kommt bereits der Rückruf des Premierministers.

»Das war nicht weiter kompliziert. Gerade ist eine Eilmeldung reingekommen. Sie haben Sie sicher auch erhalten.«

Beauséant nimmt sein Handy vom Ohr, sieht, dass er Pushnachrichten von verschiedenen Medien erhalten hat.

Er öffnet sie.

Die Präsidentin wird am Sonntag um 20.05 Uhr vom Élysée-Palast aus eine Erklärung abgeben, die von allen Sendern übertragen wird. In den Redaktionen beginnt man zu rotieren.

»Vandenesse, was führt sie im Schilde?«, fragt Beauséant, ohne wirklich auf eine Antwort zu hoffen.

Der Premierminister bleibt stumm. Beauséant fährt fort:

»Wichtig ist, dass wir nicht erstaunt wirken. Wir tun, was zu tun ist. Morgen fahre ich nach Maubeuge.«

Die beiden Männer legen auf.

Beauséant ruft gleich im Anschluss Peyrade Junior an.

»Gabriel, du bist nicht zufällig gerade bei der Präsidentin?«

»Nein, ich gehöre nicht zu den Personenschützern, die sie mit nach La Lanterne genommen hat. Haben Sie gesehen, Pate, morgen will sie reden ...«

Beauséant wird klar, dass Séchard schnell verstanden hat, womöglich von Anfang an, dass Peyrade sein Mann ist. Sie hat ihn nicht mitgenommen, weil sie nicht riskieren wollte, dass irgendetwas nach außen dringt. Das heißt, sie wollte nicht, dass er erfährt, was sie vorhat.

Es ist 19 Uhr.

Beauséant weiß zum ersten Mal in seinem Leben nicht mehr, was er denken soll. Die Situation ist unklar. Er ruft sämtliche Minister an, sie alle haben die Nachricht gerade erst bekommen.

Die meisten sind in Panik.

Außer Manerville, der ist genauso phlegmatisch wie immer. Es sei denn, er weiß Bescheid. Nein, das ist die reine Paranoia.

Was wird sie verkünden? Eine Regierungsumbildung? Ihren Rücktritt? Nein, doch nicht mitten im Lockdown. Er fragt trotzdem mal nach bei den Präsidenten der beiden Kammern.

Er sieht sich erneut die aktuellen Umfragen an. Die schöne Dame steckt bei 13% fest.

Da versteht er, was sie vorhat.

Er muss Sonntagabend abwarten.

Aber eigentlich ist die Sache klar.

Schließlich schenkt er sich den Bushmills wirklich ein.

In dem Moment klopft es an der Tür. Er sagt Herein. Es ist Lucien Valentin, der hat ihm noch gefehlt.

»Was wollen Sie denn hier?«

»Einen Drucker. Damit ich Ihnen den Text vorlegen kann, an dem ich heute Nachmittag gearbeitet habe.«

Nachdem ich mit Ihrer Schwiegertochter gebumst habe, ist Lulu versucht rauszuposaunen.

Beauséant findet, dass der Rotschopf-Schreiberling ihm gegenüber ein bisschen zu selbstsicher auftritt.

»Das ist jetzt nicht der Moment!«

»Aber Sie wollen doch, dass ...«

»Sie bleiben bis Mittwoch oder Donnerstag, Monsieur Valentin. Vorher habe ich keine Zeit, mich um Sie zu kümmern. So oder so, da bin ich mir sicher, haben Sie noch eine Menge Material, das Sie in Form bringen müssen. Sollte das nicht der Fall sein, wird Abel Caliban Ihnen dieses zur Verfügung stellen ...«

»Aber ich ... Das kommt nicht infrage. Monsieur le Ministre, ich habe schließlich auch noch ein Privatleben ...«

»Hören Sie gut zu, wenn das so ist, ziehe ich Ihren Passierschein ein, und sollte Ihnen das nicht passen, dann feuere ich Sie.«

Beauséant nimmt einen großen Schluck Bushmills.

»Oder Sie gehen jetzt zurück an die Arbeit, fallen mir nicht auf die Nerven, und ich verdoppele Ihr Honorar.«

Lucien hat nicht übel Lust, ihn zum Teufel zu schicken.

Aber im selben Moment sieht er sich auf einer imaginären Landkarte irgendwo zwischen Meung-sur-Loire und

Beaugency, ohne einen Cent in der Tasche, in einem Land im Lockdown, und das bei Dunkelheit.

Im Schein eines flammendroten Sonnenuntergangs kehrt er in sein Zimmer im Gästehaus zurück.

Dort erwartet ihn ein Tablett mit seinem Essen.

Das heißt, genauer gesagt erwartet ihn ein Tablett mit seinem Essen in den Händen von Marité Beauséant, die vor seiner Tür steht.

»Ich habe Ihnen etwas mitgebracht, damit Sie wieder zu Kräften kommen, Lucien ...«

IN MANERVILLES WELT

Am Boulevard Saint-Germain 246 schreit ein Mann im Schlaf.

Ein angsterfülltes oder auch erschütterndes Schreien, je nach Interpretation. Schauplatz dieser Szene ist das Stadtpalais Hôtel de Roquelaure, Sitz des Ministeriums für soziale und solidarische Ökologie.

Das Schreien kommt aus einem der Schlafzimmer der Dienstwohnung.

Es ist die Nacht von Freitag auf Samstag.

Das Schreien hält an. Es klingt ängstlich und wütend, man kann einzelne Worte heraushören, aber nur undeutlich, so als litte der schreiende Mann unter Aphasie. Als das Schreien endlich aufhört, wacht Guillaume Manerville, Staatsminister für soziale und solidarische Ökologie, schweißgebadet auf.

Er richtet sich auf, lehnt sich mit dem Rücken an das Kopfende, so dass unter dem T-Shirt ein breiter, unbehaarter Oberkörper zum Vorschein kommt, der ein wenig aus dem Leim gegangen ist.

Seine Laken sind klitschnass, sein Herz schlägt zu schnell, er empfindet noch nicht einmal Erleichterung, als er feststellt, dass er zurück in der Realität ist.

Ob er wohl jemanden geweckt hat?

Clio nicht, die ist nicht da.

Auch sonst ist es höchst unwahrscheinlich. Das Hôtel de Roquelaure ist riesig, und in Pandemiezeiten um drei Uhr morgens gleicht es einem verwunschenen Märchenschloss. Es ist mehr oder minder verlassen, abgesehen von den etwa zehn Personen, die immer da sind, also dem Hauspersonal, das zur Aufrechterhaltung des Betriebs nötig ist, dem Personenschützer und einem Polizisten, der wahrscheinlich im Schilderhaus im Ehrenhof vor sich hindöst.

Guillaume Manerville zieht sein T-Shirt aus, das ebenso klitschnass ist wie sein Laken. Er wischt sich damit über das Gesicht, die Achseln, den Oberkörper. Er rutscht zu der Bettseite hinüber, die, wäre das Leben besser eingerichtet, Paulines Seite wäre.

Er findet einen kühlen Bereich, ein trockenes Kopfkissen.

Das verschafft ihm ein wenig Erleichterung. Er erinnert sich nicht mehr daran, was er geträumt hat, aber er kann es sich denken.

Diesen Alptraum macht er seit seinem fünfzehnten Lebensjahr einmal im Monat durch.

Jedenfalls ging es nicht um Pauline.

Wenn Manerville von Pauline träumt, dann bleibt ein Gefühl von Dankbarkeit und Trauer zurück, das ihn bis in den Vormittag hinein verfolgt. Manchmal erscheint Pauline ihm als Sechzehnjährige, am Lycée Robespierre, manchmal als Fünfundzwanzigjährige, zum Zeitpunkt ihrer Hochzeit in Cournai, manchmal als Dreißigjährige, wie sie schwanger aus dem eiskalten Wasser in Wimereux kommt. Die Kälte kann ihr nichts anhaben. Sie streckt in aller Ruhe die Arme nach oben, um sich die Haare nach hinten zu streichen und an den Kopf zu drücken, bevor sie sich mit ihrem kühlen, vom Salzwasser triefenden Körper der Länge nach auf ihn legt, ihn küsst und lacht, als er erzittert.

Wenn Manerville von Pauline träumt, dann weiß er, dass es ein Traum ist, auch wenn die immer ein wenig überbelichteten Bilder gestochen scharf wirken. Er würde das Pauline gerne sagen, damit sie einen Weg findet, ihn zu sich zu holen, dorthin, wo sie jetzt ist. Manerville hat Tränen in den

Augen. Er atmet einmal tief ein. Er steht auf, nimmt sich vom Nachttisch eine Beruhigungstablette. Davon wird er auch nicht wieder einschlafen können, aber zumindest hellt es seine depressive Stimmung ein wenig auf, während er auf das Morgengrauen wartet.

Er geht unter die Dusche, zieht eine Jeans und ein Leinenhemd an. Er bummelt durch die langen Korridore des Ministeriums, kommt sich unter den hohen Decken aus dem 18. Jahrhundert vor wie ein Geist.

Noch nicht einmal das Parkett knarrt beim Gehen.

Diese Stille ist wirklich beeindruckend.

Durch den Lockdown ist die dumpfe Geräuschkulisse der Großstadt, deren Puls man sonst bis in die Nacht hinein hört, verschwunden. Das lange Wochenende verstärkt dieses Gefühl von Leere, dazu kommt der verschärfte Ausnahmezustand, per Dekret entschieden, auch wenn es keiner ausspricht.

Die Armee ist in der ganzen Stadt aufmarschiert und fackelt nicht lange. Präsidentin Séchard lehnt kategorisch ab, dass Frankreich lernen solle, »mit dem Virus zu leben«, wie es die Opposition fordert. Sie hat die Impfpflicht eingeführt.

Gerade hört Manerville auf dem Boulevard Saint Germain wieder einen Krankenwagen vorbeifahren. Trotz dieser drastischen Maßnahmen wird viel gestorben. Die Gamma-Variante. Der Druck auf die Intensivstationen lässt nicht nach.

Die Gamma-Variante scheint seinen Kollegen, Gesundheitsminister Christophe Bianchon, ernsthaft zu beunruhigen. Beim letzten Ausschuss für Gesundheitsschutz im Élysée, an dem Manerville kraft seines Amtes als Staatsminister teilnimmt, selbst wenn man ihn dabei so gut wie nie nach seiner Meinung fragt, wurde er Zeuge, wie Bianchon, eigentlich ein unerschütterlicher Optimist, mit einer monotonen und müden Stimme beunruhigende Zahlenkolonnen herunterrasselte: Übertragbarkeit, betroffene Altersgruppen, schwere Verläufe auch ohne Begleiterkrankungen.

»Bedeutet das, wir sollten unsere Impfstrategie überdenken, Monsieur le Ministre? Klären Sie uns auf«, unterbrach Nathalie Séchard ihn hinter ihrer Maske.

Sie gibt allein den Blick auf ihre wunderbaren grauen Augen frei. Da man sich durch die Maske nur noch auf die Augen konzentriert, sind die Gefühle der Minerva paradoxerweise leichter zu deuten als sonst.

Jetzt gerade waren es: Gereiztheit, Ungeduld, Wut.

Séchard hatte es satt, dass sie in ihrer Regierungszeit nur noch mit dem Management einer Seuche beschäftigt war. Dazu kam, dass ihre Zero-Virus-Strategie, die Leben retten sollte, bei der in ihren vier Wänden eingesperrten Bevölkerung nur Unmut hervorrief und die in den Stadtvierteln in großer Zahl aufmarschierten Polizisten und Soldaten am Ende ihrer Kräfte waren.

Nach vier Jahren wusste Manerville inzwischen, wie die Präsidentin tickte. Am Ende würde sie dem Überbringer der schlechten Nachrichten die Verantwortung zuschieben.

Bianchon bekam fast jedes Mal eins aufs Dach. Er senkte den Kopf.

Manerville fühlt sich so oder so bei diesen Treffen immer unwohl, fehl am Platz. Seine Vorstellung von Politik steht in diametralem Gegensatz zu diesem mehr oder minder geheim tagenden Ausschuss, in dem sich zwei Lager unversöhnlich gegenüberstehen: jene, die alles öffnen wollen, um die Wirtschaft wieder in Schwung zu bringen, und jene, wie Vandenesse und Bianchon, die zu Vorsicht mahnen.

Nur Beauséant zeigt sich auf verblüffende, ja schon verdächtige Art neutral. Immer auf der Hut, dieser gerissene Schuft.

Am Ende entscheidet die Präsidentin dann allein.

Nathalie Séchard, der sich Manerville eben deshalb angeschlossen hat, weil er in ihr eine tolerante Erneuerin sah, die die Institutionen der alten, republikanischen Monarchie entstauben wollte, ist zu einer ungeduldigen, überempfindlichen, schroffen Autokratin geworden. Sie versteht nicht, dass man ihr, trotz der großen Anstrengungen, die sie unternimmt, vorwirft, eine Art Humanitätsduselei zu betreiben.

Die Journalisten von der extremen Rechten, die sich mehr und mehr in den Nachrichtensendern breitmachen, werfen ihr vor, keinen Sinn für die Tragik des Lebens zu haben. Manerville versteht, dass es Nathalie Séchard ärgert, wie diese kleinen Nietzscheaner mit den großen Wasserköpfen, die nie Nietzsche gelesen haben, den Wissenschaftlern und Politikern, die sich ihrer Meinung nach weigern, Verantwortung zu übernehmen, die Welt erklären.

Manerville geht ganz automatisch in sein Büro.

Er stellt den Computer an.

Das Licht des Bildschirms erhellt sein Gesicht.

Er liest die Schlagzeilen.

In China geht es wieder los, Brasilien versinkt im Chaos, Indien geht in die Knie, der Nebel über Neu Delhi stammt von den Krematorien, die unter freiem Himmel bis zum Anschlag laufen.

Und die Gamma-Variante, keiner weiß warum, breitet sich in Draguignan explosionsartig aus.

Mitten in der Nacht denkt er oft, er lebt in einem Science-Fiction-Szenario und ist der Einzige, der es merkt. Als Jugendlicher hat er Science-Fiction-Romane regelrecht verschlungen, über sie ist er zur Ökologie gekommen. Die Schilderungen des Weltendes bei Ballard und Brunner, der Film *Grüne Sonne*, den er mit dreizehn auf einer VHS-Kassette angeschaut hat, einer schlechten Kopie – während sie nebeneinander im Wohnzimmer seiner Eltern lagen, Pauline, der Capitaine und er –, all das hat ihn nachhaltig geprägt.

Schon komisch, denkt Manerville jedes Mal, wenn er an ihn denkt, dass wir ihn »Capitaine« genannt haben, damals war er doch noch der kleine Joseph Janowiek, dessen Großmutter zu Hause noch immer polnisch sprach.

Als das Virus vor fünfzehn Monaten auftauchte, war Manerville verblüfft, so wie alle, aber überrascht hat es ihn nicht. Er dachte immer schon, dass seine Generation mit der Aussicht auf den Kollaps würde leben müssen.

Er wollte versuchen, das zu verhindern oder zumindest die Schäden zu begrenzen. Darum trat er mit siebzehn den Grünen bei. Damals schien sich mit jedem Tag, der ins Land ging, mehr und mehr zu bestätigen, dass das Ende der Welt unmittelbar bevorstand. Sein Vater, ein Allgemeinmediziner in Cournai und Sozialist, hatte dafür wenig Verständnis. Er erlebte, wie seine Patienten nach und nach an der Deindustrialisierung zugrunde gingen: Arbeiter, die seit der Pleite von Arcinor arbeitslos waren, verzweifelte Bergleute, die wussten, dass ihre Grube, eine der letzten, die noch in Betrieb waren, spätestens 1990 dichtmachen würde. Alkoholismus, Selbstmorde, Depressionen, Scheidungen. »Also Guillaume, jetzt fall ihnen nicht auch noch mit deinem Nullwachstum auf die Nerven …«

Manerville rechnete eigentlich damit, dass die erste ernsthafte Warnung eher klimatischer Natur sein würde. Zum Beispiel eine dreimonatige Hitzewelle in Europa, von Malmö bis Palermo, mit Temperaturen um 40°C selbst in der Nacht. Aufstände wegen Trinkwassermangels, Hunderttausende Tote, völlig überforderte Behörden. Das konnte im Übrigen noch kommen. Eine Katastrophe kommt bekanntlich selten allein.

So sah also der Kollaps aus.

Eine durch viele Faktoren bedingte Katastrophe auf einem Planeten, der am Ende seiner Kräfte ist und auf dem alles mit allem zusammenhängt: Das fehlende Trinkwasser würde Kriege auslösen, die Kriege unkontrollierbare Migration, die unkontrollierbare Migration ein Abdriften in den Autoritarismus – man musste nur mal Agnès Dorgelles zuhören. Das Finanzsystem würde in Panik geraten, die Versicherungen würden die Schäden nicht mehr abdecken können …

Letzten Monat war Manerville zusammen mit der Präsidentin, Bianchon und Beauséant im Hubschrauber über die Region um Montpellier hinweggeflogen, die von Starkregen und anschließenden Überschwemmungen heimgesucht worden war. Es gab Dutzende Tote und Hunderte Verletzte, die in den Fluren der durch das Virus ohnehin stark unter Druck stehenden Notaufnahmen auf ihre Behandlung warteten, Schäden in Milliardenhöhe.

Das in der Grünanlage an der Promenade du Peyrou schnell hochgezogene Feldlazarett, die erschöpften und verzweifelten Gesichter, die nach oben schauten, als der Helikopter über sie hinwegflog. Sogar Beauséant, sonst eindeutig ein Mann von gestern, murmelte in das Mikro seines Headsets: »Das sieht hier ja aus wie im Krieg.« Ihre Blicke kreuzten sich kurz und Manerville sah in den Augen dieses Mannes, an dem sonst immer alles abperlte, etwas, das er dort noch nie gesehen hatte: Angst. Endlich, im Alter von siebzig Jahren, dämmerte ihm, dass es den Staat, den er immer für eine gut geölte Maschine gehalten hatte, womöglich eines Tages nicht mehr geben und an seiner Stelle Grausamkeit und Tod das Zepter übernehmen würden wie in einem Dritte-Welt-Land.

Manchmal fragt Manerville sich, ob die Erde sich nicht rächt.

Oder ob sie mit diesem Virus der Menschheit zumindest signalisieren will, dass sie erschöpft ist, dass sie eine Pause benötigt, um wieder zu Kräften zu kommen, um wieder atmen zu können. Natürlich wird durch die vermehrte Internetnutzung auch CO_2 ausgestoßen, aber zugleich erhält er auf diesem Weg ergreifende, ja fast poetische Nachrichten.

So sind Delphine und Basstölpel in die Calanques von Marseille zurückgekehrt, die Stille der Nachmittage in den menschenleeren Metropolen hat eine unglaublich beruhigende Wirkung, rund um die Flughäfen hört man keine Flugzeuge mehr, der seit Monaten strahlendblaue Himmel wird nur noch selten von Kondensstreifen durchzogen.

Es gibt keine so extreme Luftverschmutzung mehr, man beginnt lokal zu wirtschaften. Dieses Nullwachstum ist nicht gewollt, aber ist dennoch ein Nullwachstum. Dies ist die Gelegenheit, über die Grenzen des Wachstums zu sprechen. Manerville hat sich bei der wöchentlichen Kabinettssitzung mehrfach dahingehend geäußert. Die meisten, vor allem aus dem Finanz- und Wirtschaftsministerium, warfen ihm halb ungeduldige, halb mitleidige Blicke zu, als wäre er grenzdebil.

Dabei sah Manerville sich, wenn er keine Alpträume hatte, die ihn in die Zeit seiner Jugend in Cournai oder in die Zeit von Paulines Tod direkt nach Clios Geburt zurückwarfen, im Traum über einem Planeten schweben, auf dem Fauna und Flora wieder die Oberhand gewannen, auf dem es abseits der Städte kleine, selbstverwaltete Gemeinschaften in hübschen Jurtendörfern gab, während sich in den Städten nach und nach der Wald ausbreitete.

Eine Welt wie Clio, ihr Lucien und ihre Freunde sie sich erträumten.

Manerville denkt jetzt an Clio. Er verspürt das dringende Bedürfnis, seine Tochter in die Arme zu schließen, ihren besonderen Duft zu schnuppern, den sie schon als Baby hatte und den er irgendwo zwischen Hals und Schlüsselbein immer noch wiederfindet, wenn diese inzwischen über zwanzigjährige Bohnenstange zu ihm kommt und sich an ihn kuschelt.

Hinter dem Boulevard Saint-Germain dämmert der Morgen, rosa und blau. Er geht hinaus in den Ministerpark.

Sein Personenschützer raucht, aufgestützt auf die Brüstung, eine Zigarette. Er wirft die Kippe in ein kleines Gefäß aus Sandstein, das von den wenigen Rauchern im Ministerium als Aschenbecher benutzt wird, und zieht seine Maske wieder auf.

»Guten Morgen, Monsieur le Ministre.«

»Guten Morgen.«

Der Personenschützer zeigt auf einen Vogel, der sich gerade auf einem Zweig einer Blauen Atlaszeder nahe dem Springbrunnen niedergelassen hat.

»So einen habe ich noch nie gesehen, was ist das für einer?«

»Ein Turmfalke, glaube ich ...«

Die beiden Männer schweigen einen Moment gemeinsam, andächtig, während sie in der Morgenkühle den Vogel beobachten, bis er wegfliegt.

Schon bald wird es in ganz Europa für die Jahreszeit viel zu heiß werden.

Es ist Samstagmorgen und Guillaume Manerville packt die Sehnsucht nach dem Meer.

Er könnte in sein Ferienhaus in Audresselles fahren, ein kleines, weiß gekalktes Fischerhaus, das er *Le Devoir de vacances* getauft hat. Aber er fährt dort lieber gemeinsam mit Clio hin, sonst ist Paulines Geist dort allzu präsent.

Am selben Samstagmorgen erwacht Clio in Lucien Valentins Einzimmerwohnung.

Wer Zeuge wird, wie ein junges Mädchen von zwanzig Jahren erwacht in einer Welt, die so offensichtlich aus den Fugen geraten ist, wird von widerstreitenden Gefühlen erfasst, ist zugleich ergriffen und verzweifelt. Ergriffen angesichts ihrer unfassbaren Anmut, und verzweifelt bei der Idee, dass solche Szenen, die an den wunderbaren Anfang eines etwas in Vergessenheit geratenen Films aus dem Jahr 1960 erinnern – in *I dolci inganni* filmt der Regisseur Alberto Lattuada mehrere Minuten lang das Erwachen der jungen Catherine Spaak –, womöglich bald der Vergangenheit angehören.

Clio dreht sich in dem schmalen Bett zwei- oder dreimal hin und her, ihr Arm tastet unbewusst nach einem Körper, der nicht mehr da ist, schließlich dreht sie sich auf den Rücken, seufzt, ihre Augen sind immer noch geschlossen und ihre Lippen verziehen sich zu einem fast kindlichen Schmollmund, so als weigere sie sich, in die Wirklichkeit zurückzukehren.

Schließlich schlägt sie die Augen auf, erblickt die Decke der Einzimmerwohnung und fragt sich einen Moment, wo sie ist. Sie seufzt erneut, aber dieses Mal lächelt sie, als sie sich erinnert. Vor gerade mal drei Stunden, Clio war noch nicht richtig wach, ist Lucien aufgestanden, um zu Beauséant zu fahren und das Buch für diesen alten Idioten zu schreiben, wie jeden Samstag seit einem Monat.

Sie räkelt sich und fährt sich mit der Hand durch die Haare, lächelt erneut. Abends kommt Lucien wieder, dann werden sie, eng aneinandergeschmiegt, Schulter an Schulter, am Fensterrahmen stehen und in den Sternenhimmel blicken.

Sie werden im Flüsterton sprechen, so als wollten sie die unfassbar schöne Stille nicht stören, die nur zu jeder vollen Stunde vom Glockenschlag des Franziskanerklosters der kurzen Rue Marie-Rose unterbrochen wird. Sie werden – das war vor dem Lockdown unmöglich – das monastische Murmeln der Vesper, der Komplet und der Vigil hören. Sie werden über die Zukunft sprechen, darüber, auf das Millevache-Plateau zurückzukehren, auf dem selbstverwaltete Gemeinschaften versuchen, etwas wiederzufinden, das Ähnlichkeit hat mit einem wirklich menschlichen Leben.

Lucien und Clio machen sich keinerlei Illusionen über die Zukunft. Für sie ist die Pandemie nur der Auftakt und die Bestätigung eines bevorstehenden Kollapses. Sie haben Pablo Servigne und die Kollapsologen gelesen, aber ihr Pessimismus ist anderer Art als der von Guillaume Manerville.

Lucien und Clio sehen keinen Sinn darin, die politische Ordnung umstoßen oder auch reformieren zu wollen, dafür ist es zu spät. Da kann man in den Zwischenräumen der Matrix genauso gut eine andere entwerfen.

Das Plateau ist einer dieser Zwischenräume. Sie täten besser daran, dort zu überleben, dann wären sie diese diffuse Angst endlich los, die sie von Kindheit an begleitet und die sie nicht ohne Grund der irren Gesellschaft zuschreiben, in der sie leben müssen.

Sie haben sich im Sommer vor dem Lockdown bereits auf dem Plateau umgeschaut.

Clio wollte ihren Führerschein einweihen. Autofahren ist eher nicht so Lulus Ding. Da sie in dem Elektroauto, das der Minister seiner Tochter geschenkt hat, ihre Reisetasche mit dem Allernötigsten nur vorne vor dem Beifahrersitz unterbringen konnten, saß Lulu während der gesamten Fahrt mit angezogenen Knien da. Auf dem Dach hatten sie zusätzlich einen Dachgepäckträger angebracht, für ihre Campingausrüstung. Es dauerte eine halbe Ewigkeit, bis sie im Limousin waren. Die Batterie reichte gerade mal für hundert Kilometer.

Sie fuhren Nationalstraßen, suchten auf dem Smartphone nach Ladestationen, warteten irgendwo im Berry vier Stunden auf deprimierenden Caféterrassen, und setzten ihre Reise dann unter den belustigten oder mitleidigen Blicken von Automechanikern fort.

Clio erinnert sich, während sie nach der Wasserflasche greift, die auf dem Nachttisch steht, wie schwierig es war, ihrem Vater die Erlaubnis für diese Tour mit Lulu abzuringen.

»Ich hätte dir dieses Auto nie schenken sollen. Es tut mir leid, aber du bist nun einmal die Tochter eines Ministers. Es kommt mir komisch vor, wenn ich dir das sage, da ich es selbst nicht so richtig glauben kann. Aber es ist nicht auszuschließen, dass dir jemand etwas Böses will. Außerdem möchte ich nicht, dass du dich wieder in so riskante Situationen begibst wie zuletzt mit deinen Linksradikalen«, sagte er ihr, als sie in der Dienstwohnung des Ministeriums zusammen beim Essen saßen.

Er fuhr fort:

»Warum fährst du nicht nach Audresselles? Le Devoir de vacances ist ideal für ein junges Liebespaar, und du könntest dort auch gut lernen …«

»Na klar, und jeden Tag kommt die Gendarmerie vorbei, um nach dem Rechten zu sehen. Oder auch der Capitaine … Von wegen! Ich liebe Le Devoir de vacances, aber Lulu und ich wollen halt gerne die Leute vom Plateau treffen.«

»Was für Leute denn?«, fragte ihr Vater, der genau wusste, wen sie meinte.

Während Clio aufsteht, nackt bis auf ein kleines schlichtes Höschen aus fair gehandelter Biobaumwolle, nutzt der Erzähler die Gelegenheit zu erzählen, wie die Jugendjahre dieser charmanten Person aussahen, bevor ihr Vater Minister unter Nathalie Séchard wurde.

Es erübrigt sich zu wiederholen, von welch androgyner Anmut das junge Mädchen ist, das hat Lucien Valentin uns bereits geschildert, noch wollen wir ausufernd beschreiben, wie sie unter der Dusche steht, die so eng ist, dass sie beim Duschen unweigerlich Seifenschaum auf den rissigen

Kacheln zurücklässt, während der Luftzug, der durch das warme Wasser entsteht, bewirkt, dass der Duschvorhang sich an ihren gebräunten Körper schmiegt wie auf einer Fotografie des Meisters der Draperie, des monomanischen Psychiaters und Fotografen Gatian de Clérambault, der sich später das Leben nahm.

Bis zur Wahl von Séchard und der Ernennung ihres Vaters zum Minister ist Clio nur selten in Paris, nur ab und an in den Ferien. Dann nutzt sie die Dienstwohnung von Guillaume Manerville, der damals noch einfacher Abgeordneter des neunten Wahlkreises im Pas-de-Calais ist.

Clio hat keinerlei Erinnerung an ihre Mutter, die kurz nach ihrer Geburt im September 2000 an Leukämie gestorben ist. Sie kennt sie nur von Fotos, die sie sich heimlich anschaut, weil ihr Vater sie in einer Schublade in seinem Schlafzimmer aufbewahrt, ganz so, als wolle er darüber entscheiden, wann er sie betrachtet, um sich nicht vom Schmerz überwältigen zu lassen, der bis heute anhält, zwanzig Jahre nach ihrem Tod. Vielleicht hat das auch damit zu tun, so wurde Clio irgendwann klar, dass sie ihrer Mutter auf fast schon irritierende Art gleicht und Guillaume Manerville in seiner Tochter immer auch ein Abbild seiner einzigen großen Liebe sieht.

Sie fragt sich, wie sich das für ihren Vater wohl anfühlt. Tröstet es ihn oder bricht es ihm das Herz? Vermutlich beides zugleich. Eben darum liebt sie ihn, so wie er sie liebt, mit einer fast verzweifelten Inbrunst, und zugleich hadern sie damit, einander derart zu brauchen.

Clio hat trotz allem eine glückliche Kindheit. Als sie geboren wird, ist ihr Vater noch Geschichtslehrer am Lycée Robespierre von Cournai. Clio denkt inzwischen, dass er womöglich gar nicht in die Politik gegangen wäre, wenn er nicht seine Frau verloren hätte, die ebenfalls Lehrerin am Robespierre war, für Wirtschafts- und Sozialkunde. Im folgenden Jahr – da ist er noch ein einfaches Parteimitglied bei den Grünen und engagiert sich nur gelegentlich für die Partei – nimmt er das Angebot an, bei den Kommunalwahlen in Cournai als Spitzenkandidat anzutreten.

Niemand glaubt an seinen Sieg, außer vielleicht er selbst. Die Überzeugung, mit der er sich in diesen Wahlkampf wirft, hat etwas Verzweifeltes. Manchmal denkt Clio, dass seine Trauer um seine gerade verstorbene Frau ihm sicher einige Sympathien bei den Wählern eingebracht hat, auch wenn er das nicht bewusst eingesetzt hat. Außerdem war er ein Sohn der Stadt. Genau wie sein größter Rivale, der Kandidat des Bloc Patriotique, ein Vertrauter von Agnès Dorgelles, der Tochter des Alten, der die Partei damals noch führte. Agnès Dorgelles hatte im Übrigen nur den zweiten Listenplatz.

Der bis dahin regierende sozialistische Bürgermeister von Cournai hat im Alter von fünfundachtzig Jahren das Handtuch geworfen und keinen Nachfolger aufgebaut. Es gibt also zwei sozialistische Listen, eine davon von einer Abweichlerin, und die Kommunisten beschließen, sich keiner von beiden anzuschließen. Der Kandidat des Bloc Patriotique wird vom alten Dorgelles unterstützt. Der kommt extra nach Cournai, um sich mit seiner Tochter und dem Kandidaten ablichten zu lassen. Dieser verpasst den Sieg in der ersten Runde um nur fünfzehn Stimmen.

In der Stichwahl profitiert Clios Vater davon, dass die anderen Parteien dazu aufrufen, den Block zu verhindern. So wird er mit komfortablem Vorsprung Bürgermeister. Im Jahr 2002 gewinnt Manerville seinen Wahlkreis dann in einem Dreikampf gegen die Konservativen und den Block. Er wird, ohne sich dessen bewusst zu sein, zu einem politischen Schwergewicht in der Provinz, zum lebenden Beweis dafür, dass man den Aufstieg des Block in diesen alten Arbeiterhochburgen verhindern kann.

Clio fragt sich, wie es ihrem Vater damals gelungen ist, alles unter einen Hut zu bekommen, denn trotz seines politischen Engagements hat er viel Zeit mit ihr verbracht. Er holt sie mindestens zweimal pro Woche von der Schule ab, richtet es so ein, dass er ihr abends vor dem Einschlafen meistens noch etwas vorlesen kann, geht mit ihr ins Marx-Dormoy-Schwimmbad von Cournai – ein Art-déco-Schmuckstück, das die Kommunisten 1937 haben bauen lassen, in einer Zeit, als für die Arbeiterklasse nur das Beste gut genug war. Ihre Großmutter mütterlicherseits, die Witwe eines Bergarbeiters, lebt bei ihnen im Haushalt, damit sie sich um sie kümmern kann, unterstützt von den Großeltern Manerville, wenn der Abgeordnete in Paris ist.

Später taucht dann noch eine andere Figur im Universum des jungen Mädchens auf.

Der Capitaine.

Clio wird seine Geschichte erst später von ihren Schulfreundinnen erfahren. Dem Capitaine ist hoch anzurechnen, dass er nach dem Vorfall von 1984 nach Cournai zurückgekehrt ist. Er war mit ihrem Vater und ihrer Mutter Pauline auf dem Collège Roger Pannequin in einer Klasse. Diese Freundschaften aus der Kindheit scheinen stärker zu sein als alles andere, und alles zu überdauern.

Clio hat nur undeutliche Erinnerungen an den Capitaine, der sie zur Schule bringt, als sie sechs oder sieben Jahre alt ist. Das fällt in die Zeit der Parlamentswahlen im Jahr 2007 und der Kommunalwahlen im Jahr 2008. Da kann Manerville nicht mehr auf den Überraschungseffekt bauen, und der Block will nach wie vor das Rathaus von Cournai erobern. Agnès Dorgelles liegt bei den Präsidentschaftswahlen mit 35% der Stimmen vorn und holt in Cournai sogar 41%. Clio erinnert sich, wie besorgt ihr Vater damals wirkte, an Geschichten von niedergeknüppelten Partei-Aktivisten, von fragwürdigen Allianzen, von Block-Aktivisten, die extra aus Paris kamen, um ihrer Kandidatin unter die Arme zu greifen.

Scheinbar hatte man Angst um sie, auch wenn ihr Vater ihr das nie so genau erzählt hat.

Der Capitaine kommt dann nochmal nach Cournai, als sie in der elften Klasse ist, 2016-2017, zu der Zeit, als ihr Vater sich Nathalie Séchard anschließt und mit ihr Wahlkampf macht. Als er dann Minister wird, will sie in Cournai bleiben, um am Lycée Robespierre ihr Abitur abzulegen, zusammen mit ihren damaligen Schulfreunden. Der Capitaine fährt sie zu ihrer mündlichen Russischprüfung im Prüfungszentrum Lille. Und der Capitaine schenkt ihr auch die Pléiade-Ausgabe von Rimbaud, als sie ihr Abi mit Sehr gut besteht.

In dem Sommer, als Clio zu ihrem Vater zieht, um sich im Lycée Louis-le-Grand auf die Aufnahmeprüfung für die École Normale Supérieure vorzubereiten, verschwindet der Capitaine erneut aus ihrem Leben. Bis heute hat Clio den Eindruck, dass er immer in ihrer Nähe ist, das ist beruhigend, genau wie bei ihrem Vater, nur dass der Capitaine eben unsichtbar ist.

Das ist vollkommen bescheuert, denkt sie.

Sie hat keine Ahnung, wo er genau wohnt. Sie kennt noch nicht mal seinen richtigen Namen. Doch an Weihnachten oder zu ihrem Geburtstag schickt er ihr regelmäßig Geschenke. Eine LP von Mazzy Star, eine Originalausgabe von *Zazie in der Metro*, ein luxuriöses Faksimile der *Mémoires* von Debord, eine echte Dogon-Kette. Er vertut sich nie, so als wüsste er genau, was ihr gerade gefällt. Bestimmt gibt ihr Vater ihm ein paar Tipps, anders ist das nicht zu erklären.

Dennoch spricht Manerville nie über ihn oder begnügt sich mit ausweichenden Antworten: »Du weißt ja, er hat gerade viel Arbeit.« Aber was der Capitaine eigentlich arbeitet, das weiß sie nicht. Er war mal bei den Spezialkräften, wenn sie das richtig verstanden hat, und hat die Armee dann verlassen. Es ist aber nicht ausgeschlossen – so denkt sich Clio, die einen Hang zu Romantik und Paranoia hat wie alle Sympathisanten der Linksradikalen –, dass er zum Geheimdienst gewechselt ist. Sie sollte ihn aufgrund ihrer politischen Einstellung eigentlich hassen, aber sie liebt ihn, obwohl sie ihn kaum kennt.

Sie sieht ihn oft vor sich, wie er auf den gekachelten Tribünen am Außenbecken des Marx-Dormoy-Schwimmbads sitzt, da ist sie sieben Jahre alt. Er lässt sie nicht aus den Augen. Sein Blick ist so variabel wie der Himmel über dem Pas-de-Calais.

In einem Moment strahlend, im nächsten trist, fast ohne Übergang.

In ihrer Vorbereitungsklasse im Louis-le-Grand ist Clio in

Gesellschaft vieler anderer Elitezöglinge, Kindern von Ministern, Unternehmern, hohen Beamten. Sie schätzt sie nicht besonders, auch wenn sie freundlich zu ihr sind, freundlich, aber distanziert. Sie lernt schnell die entsprechenden Codes, weiß, dass man sie, obwohl sie die Tochter eines Ministers ist, als Provinzlerin betrachtet, als eine illegitime Konkurrentin, der es eigentlich nicht zusteht, die École Normale zu besuchen. Sie ist brillant, also gefährlich. Ihre Lehrer räumen ihr reelle Chancen ein, die Aufnahmeprüfung zu bestehen.

Trotz ihres irrsinnigen Lernpensums findet Clio noch die Zeit, Paris zu entdecken und sich mit ihrem Vater zu streiten. Sie wirft ihm vor, in dieser liberalen Regierung seine grünen Ideale zu verraten. Es werden Türen geknallt in Cournai, im Ministerium oder während der seltenen Wochenenden in Audresselles. Dann versöhnt man sich wieder, mal klopft er an die Tür ihres Zimmers, in dem sie still vor sich hin weint, mal kommt sie in sein Büro, sobald er allein ist, um ihn zwischen zwei Kabinettssitzungen kurz zu drücken. Ungerührte Amtsdiener tun so, als bemerkten sie nichts von den Szenen zwischen den beiden, die an ein eifersüchtiges Paar erinnern.

Tatsächlich fühlt sie sich in ihren ersten Monaten in Paris recht einsam. Allein die Fahrten mit dem Fahrrad vom Ministerium zum Louis-le-Grand machen ihr Spaß, den Boulevard Saint-Germain hinunterzusausen und sich dann die Rue Saint-Jacques mit ihrem fiesen Anstieg hinaufzuquälen. Immerhin, so findet sie, als sie sich in ihrem Zimmer mit Blick in den Park des Hôtel de Roquelaure im Spiegel betrachtet – dort, wo später ein melancholischer Personenschützer eine Zigarette rauchen wird, während er einen Turmfalken beobachtet –, bekommt sie davon schöne Waden und einen runden Po.

An einem grauen Dezembertag – kurz nach den gewaltsamen Gelbwestenaufständen, welche die Präsidentin zwangen, den Élysée-Palast im Helikopter zu verlassen –, nachdem sie völlig benommen aus einer Vorklausur in Geschichte kommt, wo sie fünf Stunden über dem Thema »Kontinuität und Wandel in der französischen Gesellschaft zwischen 1848 und 1870« gebrütet hat, lässt sie ihr Fahrrad stehen und sich mit der Menge bis zum Jardin du Luxembourg treiben.

Unweit des Senats sieht sie, dass der Verkehr stillsteht.

Sie denkt an die Gelbwesten, aber die sind es nicht. Es sind die Bonobos Effondrés. Eine Gruppe von zwanzig jungen Leuten, ebenso viele Männer wie Frauen, eher jünger, und zu Scherzen aufgelegt. Manche tragen Affenmasken. Sie machen ein Sit-in an der Kreuzung Rue de Vaugirard / Rue de Tournon, vor dem Eingang zum Senat, unter den alarmierten Blicken der Securityleute in ihren kugelsicheren Westen und mit ihren umgehängten FAMAS-Gewehren.

Das wird nicht von langer Dauer sein, denkt Clio, und es ist tatsächlich nicht von langer Dauer.

Innerhalb von fünf Minuten, nach Stoppuhr, kommen Bullen in Uniform und in Zivil aus allen Richtungen und zwängen sich zwischen den hupenden Autos hindurch.

Die Bonobos am Rande des Nervenzusammenbruchs stehen auf, werfen Flugblätter in die Luft und zerstreuen sich anschließend im Jardin du Luxembourg, bis auf zwei, die von den Bullen festgehalten werden, während der Verkehr wieder zu fließen beginnt.

Clio hebt eines der Flugblätter auf und liest, während sie durch den Jardin du Luxembourg läuft. Da stehen drollige Sachen, wie zum Beispiel: »WIR SIND NICHT HIER, UM DIE NATUR ZU VERTEIDIGEN, WIR SIND DIE NATUR, DIE SICH VERTEIDIGT«, »EIN ANDERES ENDE DER WELT IST MÖGLICH«, »KEINE ÖKOLOGIE AUF DER LANGEN BANK, SONDERN EINE ÖKOLOGIE OHNE ÜBERGANG«, »ICH BIN EIN BONOBO UND ICH LIEBE DICH«.

Eine Stimme unterbricht sie bei der Lektüre.

»Gefällt's dir?«

Clio wirft dem Typ, der auf einer Bank sitzt und sie angesprochen hat, einen vernichtenden Blick zu.

»Kennen wir uns, oder warum duzt du mich?«

Er ist um die fünfundzwanzig, relativ unauffällig gekleidet, trägt eine Jeans und einen Blouson, keine besondere Marke.

»Entschuldige, aber *Mademoiselle* klingt ein bisschen zu sehr nach Anmache.«

»Das heißt, du machst mich gerade an?«

»Vielleicht, vielleicht will ich aber auch wirklich wissen, was du von dem Flugblatt hältst, das eine schließt das andere ja nicht aus.«

Er hat eine angenehme Stimme und wirkt amüsiert.

»Ich finde, das ist nicht schlecht geschrieben, wenn man diese postsituationistische Art mag. Nur die gendergerechte Sprache verdirbt alles. Oder denkst du, die Situs hätten etwas fürs Gendern übriggehabt? Also wenn du meine Meinung wissen willst, ich glaube, das hätte Debord eher genervt. Er hätte das vermutlich als ›falsches Bewusstsein‹ bezeichnet …«

Zu Clios großer Zufriedenheit kommt der junge Mann aus dem Staunen nicht mehr heraus.

Sie erbarmt sich und fügt hinzu:

»Aber grundsätzlich bin ich damit einverstanden. Uns verbleibt nur noch wenig Zeit auf dieser Erde, und wer die Ufer der Seine sieht, sieht unser Leid. Warst du bei dem Sit-in vor dem Senat dabei? Von den, wie war das noch, Bonobos Effondrés? Könnte der Name einer Punkband sein …«

»Du bist ganz schön scharfsinnig …«

»Aus deinem Rucksack guckt eine Affenmaske raus.«

»Gut gesehen, *Mademoiselle* …«

Er betont das »Mademoiselle« ironisch.

»Mademoiselle und wie weiter, wenn ich fragen darf?«

»Mademoiselle Clio …«

»Das ist definitiv kein Punk. Das ist Charles Trenet.«

Sie könnte ihm erklären, dass das rein gar nichts mit Charles Trenet zu tun hat, dass Clio für ihren Vater vor allem die Muse der Geschichtsschreibung ist und im Übrigen auch nicht das Automodell. Was hat sie sich am Collège Pannequin nicht alles für blöde Witze zu dem Thema anhören müssen: »Na, Clio, willst du nicht mal einen Gang runterschalten?« Aber das geht diesen für ihren Geschmack etwas zu lässigen Typen nichts an. Er beginnt das Chanson vor sich hinzusummen, steht auf und reicht Clio die Hand:

»Ich heiße Nathan. Es wird gleich dunkel und der Park schließt. Hast du Zeit für einen Kaffee?«

Sie hat keine Zeit, aber sie nimmt sie sich.

Sein Motorroller steht an der Place de l'Odéon, unter der Danton-Statue. Er reicht ihr einen Helm und fährt mit ihr, wie er ihr erklärt, zur Hacienda bleue, einem selbstverwalteten Kulturzentrum im X. Arrondissement. Sie hat keine Bedenken ihn zu begleiten und ist über sich selbst überrascht. Nathan schlängelt sich geschickt durch den Verkehr. Sie weiß schon ziemlich bald nicht mehr, wo sie ist, erkennt nur die in der Dunkelheit massiv wirkenden Umrisse der Gare du Nord.

In der Hacienda bleue läuft gerade Techno. Viele haben Piercings, Tätowierungen, sind im Gothic Style geschminkt, haben ausgefallene Frisuren wie bunt gefärbte Dreadlocks, aber einige sehen auch so aus wie Nathan und sind eher unauffällig gekleidet. Er begrüßt ein paar Leute, die er kennt.

Das Gebäude ist riesig, das reinste Labyrinth, verteilt auf mehrere Etagen. Im Vorbeigehen sieht sie Coworking Spaces, eine Siebdruckwerkstatt, eine Gesprächsrunde von ausschließlich schwarzen Frauen. Schließlich kommen sie in einen anderen Raum, eine Bar, in der es ruhiger ist und in der keine Musik läuft. Die Wände sind bedeckt mit Plakaten aller Art, auf denen Konzerte angekündigt werden, Aktionen von LGBT-Gruppen, Buchsignierstunden von Aktivisten, Street-Art-Performances.

Es gibt außerdem Warnhinweise zum Umgang mit der Polizei, Werbung für Shit und für Permakulturen auf den Dächern von Paris, Aufrufe zur bedingungslosen Aufnahme von Migranten. Es ist sogar ein Porträt von Papst Franziskus zu sehen. Natürlich auch die Plakate der Bonobos Effondrés, unschwer am Stencil eines sich umarmenden Affenpärchens zu erkennen. Sie sind die mit Abstand originellsten.

»Na, wie gefällt es dir hier, Studentin?«, fragt Nathan. »Mal was anderes als das Quartier Latin, oder?«

»Sieht man mir das etwa so an?«

»Um ehrlich zu sein, ja, man sieht es dir an. Ich könnte mir auch vorstellen, dass du noch nicht lange in Lutetia bist. Und was studierst du?«

Sie macht eine wegwerfende Handbewegung, um klarzumachen, dass das keine Rolle spielt. Sie wird ihm auch nicht sagen, dass ihr Vater Staatsminister für soziale und solidarische Ökologie im Kabinett Séchard ist.

Vermutlich steht das politische Programm der Nouvelle Société in der Hacienda bleue nicht gerade hoch im Kurs. Im Übrigen nimmt sie, als sie sich wenige Wochen später regelmäßig dort aufhält, an Diskussionen teil, bei denen Manerville als typischer Vertreter des Greenwashing bezeichnet wird. Als einer, der noch das Flickzeug rausholt, wenn ein Schlauchboot auf offenem Meer sinkt, statt es in den nächsten Hafen zu schleppen. In diesen Momenten fühlt sie sich unwohl in ihrer Haut, wird zur bloßen Zuschauerin.

Das hindert sie jedoch nicht daran, mit Nathan zu schlafen, der in einem selbstverwalteten besetzten Haus bei Château-Landon lebt.

Ein ziemlicher Kontrast zum Hôtel de Roquelaure.

Nathan jobbt als Schulbegleiter in einer Grundschule. Er kümmert sich um Taube, Sehbehinderte, Autisten. Neben seinem Schlafsack hat er eine kleine Bibliothek aufgereiht, in den Büchern geht es um den kommenden Aufstand, um Ökofeminismus, um Zivilen Ungehorsam, um Veganismus, was ihn, zu Clios großer Erleichterung, jedoch nicht daran hindert, beeindruckend große Kebabs zu vertilgen oder, wenn er gerade mal liquide ist, sich enorme Steaks mit Pommes in einem Bistro in der Rue Chabrol zu gönnen. Er ist der Erste, der Clio von den alternativen Gemeinschaften auf dem Plateau erzählt. Sein Plan ist, so bald wie möglich dort in einer Sägemühle in Faux-la-Montagne mitzuarbeiten, die nach dem Phalanstèreprinzip funktioniert.

An Weihnachten fährt sie mit ihrem Vater zurück nach Cournai.

An den Ausfallstraßen sind einige Kreisel von Gelbwesten besetzt.

Sie stoppen das Auto, erkennen Manerville.

Sie beginnen daran zu rütteln und es zu schaukeln.

Der Personenschützer ruft sofort die Bullen zur Hilfe, beugt sich über das Handschuhfach.

Manerville versteht. Der Personenschützer will seine Dienstwaffe nehmen. Der Chauffeur, in diesem Fall eine Chauffeurin, versucht zurückzusetzen.

»Nein!«, ruft Manerville dem Personenschützer und der Chauffeurin zugleich zu. Der Personenschützer hält in seiner Bewegung inne, seine Hand ist nur noch wenige Zentimeter von seiner Glock 26 entfernt.

»Ich bin hier zu Hause«, fährt Manerville fort. »Wenn die sehen, dass Sie eine Waffe rausholen, dann flippen sie erst recht aus. Ich steige jetzt aus.«

»Monsieur ...«

Ein eiskalter Luftzug dringt ins Wageninnere.

Clio schaut weg. Das will sie nicht sehen.

Clio denkt an Nathan, daran, wie sein muskulöser Körper auf ihr liegt, in dem besetzten Haus bei Château-Landon, in dem ein feuchter Modergeruch hängt, der auf Dauer durchaus etwas Erregendes hat. Dann denkt sie, ohne jeden Übergang, an den Capitaine, an die große Hand des Capitaine auf ihrer Schulter, wie er sie zur Schule bringt.

Flashbackartig tauchen Erinnerungsfetzen auf.

Der Capitaine und sie in der Rue Maréchal de Villars. Da ist sie acht Jahre alt, in der dritten Klasse, bei Madame Ghali. Es ist kalt, blauer Himmel. Sie trägt eine gelbe Daunenjacke, rote Wollhandschuhe und eine Inkamütze.

Auf einmal bleibt der Capitaine stehen und lässt den Blick über die Häuser im anglonormannischen Stil schweifen, die früher Bergbauingenieuren, Arcinor-Managern und einheimischen Honoratioren gehörten. Inzwischen stehen viele von ihnen zum Verkauf. Der Capitaine geht in die Knie, auf Augenhöhe mit Clio.

»Du bleibst hier, mein Küken. Da drüben auf der anderen Straßenseite sind ein paar Freunde von mir.«

Er geht auf ein Auto zu, das nur wenige Meter entfernt parkt. Da wird der Motor angelassen. Der Capitaine geht zur Fahrerseite herüber und tritt, wobei er sich schützend eine Hand vors Gesicht hält, einmal kräftig mit dem Fuß gegen die Scheibe. Das Fenster zerbirst und der Fuß des Capitaines trifft seitlich den Schädel des Fahrers, der vornüber aufs Lenkrad fällt.

Der hochtourig laufende Motor erstirbt auf einmal.

Clio hält sich die Hände vor die Augen, blickt aber zwischen ihren Fingern hindurch. Sie hat Angst und sie ist fasziniert.

So wie jetzt, vor diesem Kreisel, während der Personenschützer in sein Handy brüllt: »Beeilt euch gefälligst mal ein bisschen, der Minister ist gerade aus dem Auto ausgestiegen, ja, ich sage doch, der Minister ist aus dem Auto ausgestiegen. Ja, mindestens fünfzig Gelbwesten, ja.«

Die achtjährige Clio sieht anschließend, wie der Capitaine in zwei Schritten bei einem anderen Typen ist, der gerade an der Beifahrerseite ausgestiegen ist und drohend einen kurzen Schlagstock schwingt.

Der Capitaine versetzt dem Mann, der genauso stämmig ist wie er, aber deutlich kleiner, und der den gleichen schwarzen Anzug trägt wie er, eine Kopfnuss. Warum fällt ihr erst jetzt, über zwölf Jahre später, wieder ein, was der Capitaine damals gerufen hat? »Arbeitest du etwa für Stanko, du Hurensohn? Sag ihm, er soll sich gefälligst von Manerville fernhalten. Ich möchte euch in dieser Straße nicht mehr sehen. Sag ihm, der Capitaine ist da. Dann weiß er Bescheid.«

Die achtjährige Clio sieht den Capitaine erneut die Straße überqueren, sich durch die raspelkurzen Haare fahren und den Staub von den Schultern klopfen, bevor er sich wieder ihr zuwendet.

»Du hattest doch keine Angst, mein Küken? Das war nur

Spaß. So, jetzt gehen wir zu Madame Ghali. Und achte im Diktat auf die S beim Plural, Küken.«

Jetzt sieht Clio ihren Vater inmitten der Gelbwesten stehen. Guillaume Manerville hat Glück, dass er sehr groß ist. Sie ist ebenfalls hochgewachsen. Ja, das ist ein Glück. Ihr Vater kann weite Armbewegungen machen, ohne dabei aggressiv zu wirken, und schafft so ganz nebenbei eine neutrale Zone um sich herum.

Die Gelbwesten bleiben angespannt, aggressiv.

Sie hört, wie er sagt, dass er immer noch ihr Bürgermeister sei, dass er ihnen bei der Regierung Gehör verschaffen werde, dass er besser als jeder andere wisse, wie sehr diese Region zu kämpfen habe.

Langsam kehrt Ruhe ein.

Im Grunde mögen die Leute ihn. Clio ist sich sicher, dass auch einige Block-Anhänger unter ihnen sind, aber sie halten sich bedeckt. Zwei Polizeiwagen mit Blaulicht, aber ohne Sirene kommen angefahren.

Sie sieht, wie ihr Vater mit den Gelbwesten zu den Polizisten rübergeht. Er signalisiert den Bullen, die in kugelsicheren Westen und hypernervös aus ihren Wagen steigen, dass keine Gefahr droht. Ein oder zwei Polizisten bleiben stehen, der Personenschützer ist ebenfalls ausgestiegen, auch er bleibt auf Distanz. Seine Glock hat er im Wagen gelassen.

Clio will raus. Sie steigt aus.

Der Personenschützer und ein Polizist, der zu ihr rüberkommt, sagen ihr, sie soll im Auto bleiben.

Sie sieht die leuchtenden Rechtecke der Handys in der Menge, sie filmen die Szene mit ihrem Vater. Das wird als Livestream in die Sozialen Netzwerke übertragen, vermutlich kann man es bereits sehen. Sie setzt sich wieder ins Auto. Sie überprüft es auf ihrem Handy.

Panik ergreift sie. Ein erstes Video, das gerade mal zehn Minuten alt ist, ist bereits auf dem Twitter-Account @GW62stark zu sehen, und ein anderes unter @LensLievinCournaiInGelb.

Dort sieht man das Auto ihres Vaters, umringt von Gelbwesten, und vor allem sieht man durchs Autofenster hindurch sie. Das ist unverkennbar sie, mit ihrer Himmelfahrtsnase und ihrem gewellten blonden Bob. Wenn Nathan oder ein Bonobo sie wiedererkennen, braucht sie sich in der Hacienda bleue nicht mehr blicken zu lassen.

Jetzt, während sie vom Auto aus nicht sehen kann, was draußen vor sich geht, tauchen weitere Videos auf Facebook auf. Darin sieht man Guillaume Manerville in der Bude der Gelbwesten am Kreisel. Er isst ein Merguez-Sandwich und trinkt ein Jupiler aus der Flasche. Das hat nichts Gestelltes.

Die Stimmung entspannt sich. Er verspricht, mit Nathalie Séchard zu reden. Er sagt, dass es bald neue Jobs in der energetischen Gebäudesanierung geben wird, dass Gelder für Umschulungsmaßnahmen bereitstehen, dass in Cournai die grüne Revolution gelingen wird und dass er verstanden hat, dass diese Dieselsteuer, die das Finanzministerium sich ausgedacht hat, eine dumme Idee ist.

Am Ende lassen die Gelbwesten ihn zurück zu seinem Auto gehen und klopfen ihm auf die Schulter.

Die Chauffeurin fährt weiter in Richtung Rue Maréchal de Villars. Clio denkt erneut an die Szene mit dem Capitaine zurück, die ihr wieder eingefallen ist. Er hat immerhin ein Auto demoliert und zwei Typen vom Patriotischen Block zusammengeschlagen, nur um sie davon abzubringen, ihr zu folgen, der Tochter seines Freundes … Dabei konnte man sich des Eindrucks nicht erwehren, dass der Capitaine die Typen vom Block ganz gut kannte. Es ist zwecklos, ihren Vater nach dem Capitaine auszufragen, wie üblich wird er dazu nichts sagen. Kaum sind sie vor der Garage ihres Hauses angekommen, blickt er auf sein Handy.

»Scheiße, Vandenesse ist dran. Das gibt Ärger!«, sagt er zu Clio.

Vandenesse hat gerade Marsay ersetzt, der wegen dieser Geschichte mit der sexuellen Belästigung zurücktreten musste. Wie jeder neue Premierminister will er sein Territorium abstecken.

Seufzend nimmt Manerville den Anruf an.

Clio kann hören, wie Vandenesse brüllt: Das sei der reine Wahnsinn, es sei skandalös, das Finanzministerium infrage zu stellen, das sei ein Verstoß gegen die innerhalb des Kabinetts zu erwartende Solidarität. Er werde zusammen mit der Präsidentin darüber entscheiden, ob er noch tragbar ist.

Sie steigen aus dem Auto. Manerville hat gerade genug Zeit, seinen Koffer in der Eingangshalle abzustellen und seine alte Schwiegermutter zu umarmen, die seit dem Tod ihrer Tochter bei ihnen wohnt, da klingelt das Telefon erneut.

»Beauséant …«

Guillaume Manerville stellt auf laut und legt das Handy auf eine Marmorkonsole im Eingang. Währenddessen zieht er seinen Mantel aus, weil ihm furchtbar heiß ist und weil der Mantel nach Merguez stinkt.

»Also wirklich, Manerville, wollen Sie etwa, dass Vandenesse einen Herzinfarkt kriegt? Der will Sie abservieren. Aber das wird er schnell aufgeben. Ich wollte nur sagen, ich fand's gut. Es gibt zwei Dinge, die die Gelbwesten über alles hassen, die Ökos und die Séchardisten der Nouvelle Société. Sie stehen für beides. Klar, das war ein Heimspiel für Sie, wenn ich das mal so sagen darf, aber Sie haben Eier. Sie können sich meiner Unterstützung sicher sein.«

»Siehst du«, sagt Manerville zu seiner Tochter, nachdem er das Telefonat beendet hat, »bei ihm weiß ich echt nie, woran ich bin. Eigentlich trennen uns politisch Welten, und doch könnte man meinen, wir wären Verbündete.«

»Vielleicht weil der Fascho und du die einzigen mit Regierungserfahrung seid und die einzigen mit Eiern, um es mal so unnachahmlich viril-elegant auszudrücken wie er. An deiner Stelle würde ich mir darauf nichts weiter einbilden.«

Sie feiern Weihnachten im Kreise der Familie in Cournai, bei den Eltern von Guillaume Manerville. Doktor Manerville, der gerade seine Praxis aufgegeben hat, hat die gesamte Familie eingeladen. Es wird ziemlich gebechert.

Der alte Arzt hält den Sozialisten die Treue, aber Guillaume vermeidet es, mit ihm über Politik zu diskutieren. In der Zeit zwischen den Jahren fahren sie nach Audresselles, in das Fischerhaus. Clio liebt diese Zeit. Sie lernt in ihrem Zimmer mit Meerblick. Sie stellt den Heizlüfter an, Weltende hin oder her. Ihr Vater führt einige Telefonate mit seinen Staatsministern, geht spazieren und liest und bereitet ihr dann abends kleine Hummer zu, die er am Hafen gekauft hat.

»Zum Glück gibt es hier keine Paparazzi, es gab schon Minister, die aus geringerem Anlass zurücktreten mussten«, witzelt Clio, während von ihren Fingern die mit Rœllinger-Gewürzen angereicherte Butter tropft. »Damit wäre dein Höhenflug jäh beendet!«

Denn seit seiner Diskussion mit den Gelbwesten ist Manerville der populärste Minister der Regierung Séchard. Bercy musste die Kröte schlucken, und der Premierminister seinen Umweltminister vor Journalisten dafür loben, »wie er auf die Menschen zugegangen ist und klargestellt hat, dass die Energiewende nicht unsozial sein darf.«

Als Clio an den menschenleeren Strand von Audresselles geht und dort ein paar Seehunde sieht, die unter dem grauen Himmel heulen, ist ihr Glück nur kurz von dem Gedanken getrübt, dass Nathan auf das Video gestoßen sein könnte, in dem sie zu sehen ist.

Er ruft sie nicht an, aber das tut er sonst auch nicht. Doch er antwortet auch nicht auf ihre SMS, das ist schon beunruhigender.

Als Clio Nathan schließlich Anfang Januar in der Hacienda bleue wiedertrifft, scheint alles so wie vorher. Clio hat ihre Vorklausur mit Sehr gut bestanden, das verleiht ihrem Sex einen zusätzlichen Kick.

Sie gehen gemeinsam zu mehreren Demos der Bonobos Effondrés. Doch sie spürt deutlich, dass sie nicht wirklich dazugehört. Sie ist nicht dabei, wenn die Gruppe sich in der Hacienda bleue trifft, um neue Aktionen zu planen. Nathan sagt ihr per SMS vorher Bescheid, und wenn sie Zeit hat, kommt sie dazu.

Sie ist nicht eigentlich verliebt in Nathan, aber er ist ein aufmerksamer und witziger Liebhaber. Dabei ist Humor nicht gerade die hervorstechendste Eigenschaft der enga giertesten Bonobos-Aktivisten. Die Typen sind eindeutig in der Mehrheit. Bei den Neofeministinnen, die ebenfalls in der Hacienda bleue ein- und ausgehen, sind sie schon allein deshalb unten durch: »Kleine, arrogante Männchen, die dem Patriarchat dienen, sich nicht um Genderfragen scheren und unfähig sind, eine echte Revolution zu machen, weil sie eine genetische Veranlagung zu Gewalt und Mord haben.« Ja, so reden die Feministinnen dieser Zeit in reinen Frauenversammlungen über sie.

Tatsächlich wirken sie streng, arrogant und verschlossen, und sind damit das genaue Gegenteil der Bonobos-Aktivisten an der Basis. Die sind durchaus zu Späßen aufgelegt und weniger verbohrt. So trifft man dort zum Beispiel auf Grundschullehrerinnen kurz vor der Rente, die gerne mal einen selbst gebackenen Schokokuchen nach *Space-cake*-Art in die Hacienda bleue mitbringen. Unter den Chefs hingegen, die natürlich nicht so genannt werden wollen, wie alle Chefs, die etwas auf sich halten, sind Soziologiedozenten, abgebrochene Normaliens und sogar ehemalige BWLer vertreten, die an renommierten Elite-Unis studiert haben und umso entschlossener sind, mit dem System zu brechen, als sie es aus eigener Erfahrung gut kennen.

Was Clio auf die Dauer nervt – Nathan bildet da eine Ausnahme –, ist, dass sie so auf ultracool machen. Als sie eines Nachts im selbstverwalteten besetzten Haus in Château-Landon neben Nathan wach liegt, liest sie eine Geschichte über den Weather Underground, eine Schwesterorganisation der Black Panthers, nur für Weiße. Sie überträgt, so wie sie das regelmäßig macht – eine Angewohnheit, über die Nathan schmunzelt –, ein Kommuniqué der Gruppe aus dem Jahr 1970 in eines ihrer kleinen Notizbücher: »Wir sind die Gesetzlosen, frei und high, eine Jugendguerilla, ein Untergrund im Herzen von Babylon.« Sie denkt, dass ihr dieses Lebensgefühl mehr zugesagt hätte.

Die Hacienda bleue, Nathans besetztes Haus, all das wird zunehmend anstrengend, genau wie es zunehmend anstrengend wird, ihre wahre Identität als Tochter eines Ministers geheimzuhalten. Im Übrigen hat sie in doppelter Hinsicht Angst aufzufliegen.

Einerseits fürchtet sie, Nathan könnte etwas über sie erfahren, und andererseits fürchtet sie, ihr Vater könnte etwas von ihren neuen sexuellen und politischen Vorlieben mitbekommen. Dafür, dass sie sich gerade auf eine Aufnahmeprüfung an einer Elite-Uni vorbereitet, schläft sie ziemlich oft auswärts, und das beunruhigt ihn.

Eines Abends Ende Januar, es ist schon spät, betritt Guillaume Manerville Clios Zimmer. Er kommt gerade aus Saint-Brieuc zurück, wo er gemeinsam mit Präsidentin Séchard den Standort eines geplanten Windkraftparks besichtigt hat. Die Präsidentin ist von dort aus direkt in ihren Heimatort Ploubanec gefahren, um ein wenig aufzutanken. Clio ist gerade damit beschäftigt, ein Sonett aus dem ersten Buch der *Amoren* von Ronsard zu interpretieren, »wie ein Reh, wenn Frühling bringt den Tod …« und diesen ganzen unerträglichen gezierten Manierismus des 16. Jahrhunderts – so Clios Meinung dazu, und der Erzähler kann ihr da nur beipflichten.

Manerville setzt sich auf einen Stuhl, sieht seiner Tochter dabei zu, wie sie lernt, und er weiß, dass es ihm das Herz brechen würde, wenn ihr irgendetwas zustoßen sollte. Clio beobachtet ihn aus dem Augenwinkel und tut dabei so, als würde sie sich weiterhin für die Liebesqualen von Cassandras Liebhaber interessieren.

Clio und ihr Vater sind seit ihrer Kindheit so gut wie nie getrennt gewesen, sie weiß also, dass er etwas loswerden will, auch worum es geht, und dass er nicht weiß, wie er anfangen soll. Er könnte zum Beispiel sagen: »Ich muss mit dir reden, Clio«, aber das wäre zu konventionell. Oder vielleicht: »Weißt du, dass du mir echt auf die Nerven gehst, Clio?«, aber das wäre zu rüde und Guillaume vermeidet, genau wie sie, jede Form von Vulgarität. Oder: »Ach, du bist heute Abend zu Hause? Wie schön!«, aber billige Ironie hat er immer vermieden. Schließlich entscheidet er sich für:

»Tut mir leid, wenn ich dich störe, Clio, aber hast du mir nicht etwas zu sagen?«

Und damit trifft er genau auf den Punkt.

Sie wendet sich ohne großes Bedauern von ihrem Ronsard ab, schaut seinen dicken Kopf mit den blonden, verstrubbelten Haaren und den wasserblauen Augen an, unter denen, seit er Minister ist, immer tiefere Ringe liegen.

Sie liebt ihn.

»Du weißt das mit den Bonobos Effondrés?«

»Ja. Und das mit deinem Nathan, der Hacienda bleue, und so weiter. Wie schaffst du es nur, trotzdem gute Klausuren zu schreiben? Machst du es wie dein alter Vater und schläfst nur zwei Stunden die Nacht?«

»So ungefähr. Woher weißt du es? Vom alten Beauséant?«

»Wenn ich ihn in Bezug auf dich um irgendetwas bitten würde, dann wäre ich ihm etwas schuldig. Und ihm etwas schuldig zu sein bedeutet, ihm auf Gedeih und Verderb ausgeliefert zu sein. Und wäre ich erst mal außer Gefecht gesetzt, könnte ich dem Rechtsdrall, den er der Politik gerade gibt, nichts mehr entgegensetzen. Ich kann nur deshalb noch ein wenig Einfluss auf die politische Ausrichtung von Séchard nehmen, weil ich momentan unangreifbar bin.«

»Woher weißt du es dann?«

»Vom Capitaine.«

»Ist er in der Nähe?«

»Für dich immer, wenn ich ihn darum bitte. Nachdem du drei Nächte hintereinander nicht nach Hause gekommen bist, habe ich ihn um Hilfe gebeten. Deine Bonobos erkennen zwar auf Anhieb eingeschleuste Bullen, doch beim Capitaine haben sie sich echt amateurhaft angestellt. Dein Nathan scheint in Ordnung zu sein, aber …«

»Aber du willst nicht, dass ich ihn weiterhin sehe?«

»Ich glaube, das kann ich nicht von dir verlangen. Mal abgesehen davon, dass ich, nachdem ich nun seit zwanzig Monaten Minister bin und Beauséant zwei-, dreimal die Woche sehe, bereits anfange so zu denken wie er. Die Denkweise von Beauséant ist ansteckend, Clio. Auf den ersten Blick könnte man meinen, dass es für mich riskant ist, wenn du diese Leute siehst. Stell dir nur die Aufmacher in den

Zeitungen vor, wenn erste Bilder von dir, verhaftet und in Handschellen, in den Sozialen Netzwerken kursieren. ›Noch nicht einmal die Tochter des Umweltministers glaubt an die Politik ihres Vaters‹, bei den Linken, und bei den erzkonservativen Idioten: ›Die Tochter eines Ministers gleitet in den gewaltbereiten Linksradikalismus ab. Das Herz des Staates bedroht von einer anarcho-autonomen Verschwörung.‹ Und jetzt, Clio, versuch mal, einen Moment so zu denken wie ein Patrick Beauséant. Es ist alles nur eine Frage der richtigen PR: ›Die Bonobos Effondrés sind gewaltfrei, meine Tochter wünscht sich eine mutigere Politik, so wie alle Jugendlichen, die ihr Heil nicht allein in einer nach oben zeigenden Wachstumskurve sehen. Auf diese Herausforderung müssen wir reagieren.‹ So könnte ich Séchard Dampf machen und zugleich mein linkes Profil aufpolieren.«

Clio lacht ihr schönes Lachen, das sie bereits als kleines Kind hatte.

»Du willst dein einziges Kind instrumentalisieren?«

»Ohne jeden Skrupel …«

Clio setzt sich auf seinen Schoß, schlingt die Arme um seinen Hals.

»Dann kann ich ja noch ein bisschen weitermachen.«

»Aber bitte sei vorsichtig. Die Polizei schlägt sofort zu. Beauséant hat die Gelbwesten niederknüppeln lassen. Wir wurden bereits von der UNO verwarnt. Die Bullen haben jedes Maß verloren, ihre Gewerkschaften sind vom Bloc Patriotique unterwandert. Der Block macht den Netzwerken von Beauséant Konkurrenz, die versuchen ihn auszukontern, aber im Grunde unterscheiden sie sich nicht großartig voneinander. Egal, ob man eine streikende Krankenschwester ist oder Journalist oder Migrant, sobald man auf die Straße geht, ist man in Gefahr.«

»Du redest wie Nathan, Papa. Ich frage mich echt, was du eigentlich noch bei Séchard verloren hast …«

Guillaume Manerville antwortet nicht. Er will Clio nicht sagen, dass er sich diese Frage auch stellt. Er schaut auf die Uhr.

Gleich Mitternacht. Er hat Kohldampf.

»Clio, heute früh wurden Hummer aus Audresselles angeliefert. Wie wär's, wenn wir runter in die Küche gehen und sie in den Kochtopf schmeißen?«

Im Februar besetzen die Bonobos Effondrés den Pont de Bercy vor dem Finanzministerium.

Sie sind um die dreißig.

Sie halten den Verkehr auf.

Die eine Hälfte, zu der Clio gehört, macht ein Sit-In oder legt sich direkt auf den Asphalt. Die andere, zu der Nathan gehört, verteilt Flugblätter.

Die Bereitschaftspolizei rückt an.

Die Bereitschaftspolizei versprüht Tränengas in rauen Mengen. Es ist so viel Gas in der Luft, dass einem Bullen schlecht wird und er direkt vor Clio in Ohnmacht fällt.

Ihre Augen und ihr Gesicht brennen. Es ist unerträglich. Ihr Vater hat Recht: Genau wie bei den Gelbwesten fackelt Beauséants Polizei nicht lange.

Clio spürt, wie jemand sie an den Haaren zieht.

Sie klammert sich mit beiden Händen an einem behandschuhten Handgelenk fest, um den Druck zu vermindern. Sie wird mehrere Meter über den Boden geschleift. Sie schreit vor Angst und Schmerzen, als sie mit ihren strampelnden Beinen gegen die Stoßstange eines hupenden SUV knallt.

Der Bereitschaftspolizist lässt sie auf dem Bürgersteig liegen.

Als sie dort liegt wie ein Häufchen Elend, merkt sie, dass sie sich in die Hose gepinkelt hat. Nach der Angst kommt die Scham.

Nathan kommt, bringt sie in die Wohnung einer Freundin, die nicht zu Hause ist. Clio sieht nichts mehr. Clio hustet. Clio weint. Nathan entkleidet sie. Er wäscht sie eigenhändig unter der Dusche, während eine Waschmaschine mit ihren Klamotten läuft.

»Das wird schon wieder, *Mam'zelle Clio*, das wird schon wieder.«

Eingewickelt in ein Handtuch liegt Clio mit dem Kopf auf

Nathans Knien auf einer Ausziehcouch. Er beugt sich über sie, um ihre Augen zu inspizieren und sie mit einer Flüssigkeit abzutupfen, die sofortige Linderung bringt.

»Was ist das?«

»Keine Sorge, das ist nur Kochsalzlösung.«

Sie sieht sein Gesicht nah an ihrem.

Sie hat Lust, mit ihm zu schlafen.

Was sie tun.

Sie bleiben ineinander verschlungen auf der Ausziehcouch liegen. Nathan bedeckt Clios Nacken mit lauter kleinen Küssen.

Ohne weitere Einleitung sagt Clio:

»Ich bin die Tochter von Guillaume Manerville.«

Nathan fährt fort mit seinen kleinen Küssen.

»Hast du gehört?«

»Ja.«

»Und ...«

»Ich habe mich schon gefragt, wann du es endlich ausspuckst, *Mam'zelle Clio*.«

»Du wusstest es?«

»Eigentlich von Anfang an.«

Clio löst sich aus seiner Umarmung.

Nun steht sie ihm gegenüber, nackt, die Hände auf den Hüften. In der gleichen trotzigen Haltung hat sie sich schon als kleines Mädchen vor ihrer Großmutter in Cournai aufgebaut, wenn sie nicht ins Bett gehen wollte, bevor ihr Vater zu Hause war.

»Woher?«

»Eine Schülerin vom Louis-le-Grand, die in die Hacienda bleue geht ...«

»Warum hast du nichts gesagt?«

»Weil die Bonobos Effondrés dachten, du könntest ihnen auf die eine oder andere Art vielleicht noch nützlich sein.«

Clio versteht.

Die Denkweise der Bonobos ähnelt der ihres Vaters. Sie fühlt sich mit einem Mal nicht mehr besonders wohl in dieser fremden Wohnung mit all den Plakaten, die auch in der Hacienda bleue hängen, dem Geruch nach Staub und der lieblos zusammengewürfelten Einrichtung, die aussieht wie aus dem Katalog eines schwedischen Möbelhauses aus den 90er Jahren. Dazu dieses weiße und kalte Februarlicht, das durchs Fenster scheint und dem Ganzen, inklusive Nathans Körper, etwas Tristes gibt, wie in einem Film eines sozialkritischen Filmemachers, der die ohnehin niederschmetternde Realität noch etwas übertreibt.

»Und was sagst du persönlich dazu, Nathan?«

»Ich finde dich süß, intelligent, mutig, aber denke auch, du solltest besser etwas Distanz zu uns halten. Ich bin mir sicher, dass sie im Umfeld deines Vaters ebenfalls Bescheid wissen.«

Clio ist wütend, das ist ihr lieber als traurig.

Sie ist also nur eine Idiotin, die man instrumentalisiert.

Sie geht ins Badezimmer, holt ihre noch feuchten Sachen aus der Maschine, zieht sich an.

Nathan sitzt immer noch nackt auf der Ausziehcouch. Er sieht wirklich verdammt gut aus. Egal, von der Sorte gibt es noch mehr.

Sie knallt mit voller Wucht die Tür hinter sich zu. Sie hätte Lust zu fluchen. Sie beherrscht sich. Das wird ihr einziges Erfolgserlebnis an diesem Tag sein.

In den Wochen danach stürzt Clio sich in die Arbeit. Sie legt den Weg zwischen dem Ministerium und dem Louis-le-Grand wieder mit dem Fahrrad zurück. Sie geht ihrem Vater aus dem Weg, der so oder so nicht oft zu Hause ist. Sie erhält nach wie vor SMS von den Bonobos Effondrés und von Nathan. Sie löscht sie.

Sie halten sie offenbar wirklich für eine Idiotin.

Im März kommt der Frühling und die Gelbwesten verschwinden nach und nach. Man merkt, dass die Regierung wieder Auftrieb hat. Alle um Clio herum sind mit der Vorbereitung der Europawahlen beschäftigt. Ihr Vater nimmt den beigeordneten Minister für Verkehr unter seine Fittiche, der als Spitzenkandidat der Partei antritt. Ihr Vater legt sich ins Zeug, um ihm bei der Vorbereitung seiner Wahlkampagne zu helfen.

Clio lernt indessen ununterbrochen. Sie denkt nicht mehr an Nathan. Eines Tages erhält sie auf ihren Facebook- und Instagram-Accounts, die sie nur sporadisch anschaut, eine Einladung zur Buchvorstellung des Debütromans eines gewissen Lucien Valentin in der Buchhandlung Panégyrique in der Rue des Rigoles im XX. Arrondissement.

Sie hat gerade wieder eine Vorklausur hinter sich gebracht. Sie denkt, *warum eigentlich nicht, das ist eine gute Ablenkung*. Es interessiert sie, wie so ein Debütroman von heute so ist. Clio denkt seit ihrer Jugend darüber nach, selbst etwas zu schreiben.

Es gibt zwei Gründe dafür, warum sie es nicht tut.

Der erste Grund ist, dass es ihr überflüssig und eitel erscheint. Warum soll man schreiben, wenn es doch so viele schöne Bücher zu lesen und zu studieren gibt? Wie so viele andere junge Leute ihrer Generation hat sie das beunruhigende Gefühl, dass das Weltende bevorsteht. Sogar ihrem Vater ergeht es so. Zum Beispiel wenn sie am Strand von Audresselles spazieren gehen und einen toten Seehund sehen, oder wenn er von den Flächenbränden in der Arktis spricht. Dann wirkt er ziemlich ernüchtert, ja fast resigniert.

Sie denkt, dass sie ihre Zeit besser darauf verwenden sollte, Balzacs gesammelte Werke zu lesen, als einen Girlieroman zusammenzuschreiben oder Gedichte, weil sie fürchtet, nicht mehr als einen lyrischen Erguss ohne jede Bedeutung zustande zu bringen.

Der zweite Grund ist, angenommen, sie schreibt doch etwas und veröffentlicht es, dann hätte sie Sorge, dass sie das umsonst geschrieben hätte, weil keine Leser mehr da wären. Nicht nur, weil niemand mehr liest, sondern schlicht, weil bald niemand mehr da wäre.

Überlebende eines Weltuntergangs werden vermutlich etwas Besseres zu tun haben, als sich in die Gedichte von Clio Manerville zu vertiefen, während man in den Einfamilienhaussiedlungen um die letzten Wasserentnahmestellen mit nicht kontaminiertem Trinkwasser kämpft.

Jason Perros, der Mann der Präsidentin, den Clio ab und an bei offiziellen Abendempfängen trifft, zu denen sie ihren Vater begleitet, weil er dort ungern allein hingeht, sagt ihr, das sei ein Fehler. Eben weil es absurd sei, müsse man schreiben.

Clio und der »Premier Monsieur«, wie die Journalisten, die sich für witzig halten, gern augenzwinkernd schreiben, sind zwar nicht befreundet, aber sie verstehen sich gut. Ab und an telefoniert sie mit Jason. Der ruhige, fast zurückhaltend wirkende Vierzigjährige und sie haben nichts miteinander. Er ist ganz offensichtlich in Nathalie Séchard verliebt. Er gefällt Clio, aber sie will diese schöne Beziehung nicht zerstören. Auch er ist ein Dichter, sogar ein guter Dichter. Sie hat mehrere Texte von ihm gelesen, in einer Anthologie für zeitgenössische Poesie, die in der Bibliothek im Louis-le-Grand steht, und sich einen seiner Gedichtbände gekauft, *Für eine Zeit des Übergangs*.

Sie denkt, während sie sich auf ihrem Handy noch einmal die Einladung zur Buchvorstellung in der Buchhandlung Panégyrique ansieht, dass sie dort gerne mit Jason Perros hingehen würde.

Aber das ist natürlich unmöglich. Genau wie seine Frau steht er unter permanentem Personenschutz und hat immer einen vollen Terminkalender. Schade.

Um 19 Uhr erreicht sie das Panégyrique. Da sind bereits einige Leute da. Draußen vor der Tür stehen Tätowierte diverser Ausrichtungen und rauchen Selbstgedrehte. Clio hat so ihre Probleme mit selbstgedrehten Zigaretten. Die dünnen zerknautschten Kippen in den Aschenbechern erinnerten sie fatal an kariesbefallene Kinderzähne. Für sie gehören diese Kippen zu den weniger schönen Seiten der Gegner der herrschenden Ordnung, genau wie ihre mangelnde Körperhygiene, ihre hyperbolischen Piercings und ihre Maori-Tattoos.

Sie will auch die herrschende Ordnung umwerfen, aber lieber mit Leuten, die gut riechen. Eine Revolution ist kein

Galadîner, klar, aber sie will auch nicht permanent den Geruch ungewaschener Klamotten oder Achseln einatmen müssen.

Sie betritt die Buchhandlung.

Das Publikum lauscht einem rothaarigen, verträumt wirkenden, charmanten jungen Mann. Er beantwortet gerade Fragen der Buchhändlerin. Sie erkennt ein paar Bonobos wieder. Sie ignorieren sie, außer einem, der ihr zuwispert:

»Und, wartet da draußen ein Bulle auf dich, Manerville?«

Nathan, den sie gar nicht gesehen hat, fährt ihm über den Mund:

»Lass sie in Ruhe.«

»Du musst mich nicht in Schutz nehmen, Nathan. Ich bin überrascht, dass du hier den heteropatriarchalischen weißen Mann spielst.«

Nathan lacht.

»Immer noch genauso streitlustig.«

»Hast du mir die Einladung geschickt?«

»Ja, ich finde es schade, dass wir uns nicht mehr sehen.«

Verstehe, denkt Clio.

Nathan hat also immer noch Lust mit ihr zu schlafen. Sie fühlt sich geschmeichelt, aber sonst empfindet sie nichts. Das ist nicht unbedingt Nathans Schuld, es liegt vor allem daran, dass sie ununterbrochen lernt und ihre Libido dadurch auf Standby ist, wie bei vielen ihrer Mitschüler im Louis-le-Grand. Sie masturbiert nur ab und zu mal, wenn sie so müde ist, dass sie nicht einschlafen kann. Diese aus phantasmatischer Sicht wenig befriedigende Manustupration hat zumindest den erwünschten Effekt der Muskelrelaxation.

Sie hört dem jungen, rothaarigen Mann zu.

Er wirkt freundlich, ja fast naiv. Die Buchhändlerin fragt, wie es ihm gelungen ist, in so jungen Jahren einen so reifen Debütroman wie *Glaskäfig* zu schreiben. Er findet diese Frage idiotisch, aber es gelingt ihm ziemlich gut, das zu kaschieren, außer vor Clio, der plötzlich auffällt, dass Lucien Valentin ihr gefällt.

Sehr gefällt.

Er bemerkt sie, sie errötet.

Sie beruhigt sich damit, dass man das im schummrigen Licht der Panégyrique-Buchhandlung vermutlich nicht sehen kann.

Anschließend wird geklatscht. Die Buchhändlerin stellt lauwarmen Weißwein und Knabbergebäck bereit. Lucien Valentin signiert ein paar *Glaskäfige*, darunter ein Exemplar für Clio. Er errötet ebenfalls. Er sieht echt ziemlich jung aus. Er ist höchstens zwei Jahre älter als sie.

Bald darauf ist nur noch ein kleines Grüppchen übrig, vor allem Bonobos Effondrés. Nathan stellt sie einander ironisch vor. Er erklärt, dass sie die Tochter von Minister Manerville sei und sich in diese Niederungen begeben habe, um mal zu erleben, wie es in einer libertären Buchhandlung zugeht. Die Bonobos lächeln wissend.

Lucien Valentin scheint diese Enthüllung nicht weiter zu beeindrucken. Offenbar sind Lucien und Nathan alte Schulfreunde und Nathan hat diese Buchvorstellung organisiert. »Lucien ist ein Einzelgänger, darum hast du ihn nie in der Hacienda bleue oder bei den Demos gesehen«, sagt Nathan zu Clio. »Aber, wie sagen doch die stalinistischen Schergen, ›er ist ein Weggefährte‹.«

Nathan versteht noch bevor Clio und Lucien es selbst verstehen, dass zwischen den beiden schüchternen Bohnenstangen etwas vor sich geht.

Der Erzähler muss einräumen, dass Nathan sich unserer Heldin gegenüber durchaus ehrenwert benimmt. Natürlich hat er sie in der Hoffnung eingeladen, sie zurückzuerobern und eventuell dazu zu bewegen, erneut mit den Bonobos zu demonstrieren, aber er erkennt seine Niederlage an. Er ist sogar gerührt, wie ungeschickt Lucien und Clio, beide hochrot, sich aufführen. Sie tun so, als würden sie über Literatur sprechen, um ihre Verwirrung zu überspielen.

Es ist fast 23 Uhr, Nathan verabschiedet sich.

Lucien drückt noch ein paar Hände, küsst noch ein paar Wangen, im nächsten Moment steht er mit Clio zusammen vor der Tür im nächtlichen Sprühregen in der Rue des Rigoles, die dadurch wirkt wie aus einem Roman von Georges Simenon, oder von Francis Carco, wenn Ihnen das lieber ist.

»Ich hätte Sie gern noch auf ein Glas eingeladen, aber ich wohne am anderen Ende von Paris, in der Rue Marie-Rose.«

»Da, wo Lenin gewohnt hat?«, fragt Clio.

»Nicht in der gleichen Wohnung, aber in der Straße, ja.«

»Lenin ist in Bezug auf Emanzipation nicht unbedingt mein Favorit.«

»Meiner auch nicht, ich ziehe Rosa Luxemburg vor.«

»Wenn Sie möchten, können wir zusammen ein Taxi nehmen. Ich steige Boulevard Saint-Germain aus, Sie können dann von dort aus weiterfahren.«

Clio fragt sich, wie sie es in ihrem Alter nur geschafft haben, sich aufs Siezen zu verlegen. Es hat den gegenteiligen Effekt, bewirkt eine paradoxe Form der Intimität in einer Welt und vor allem einer Generation, in der nur geduzt wird.

»Dann teilen wir uns die Kosten.«

»Wenn Sie wollen.«

In der Nähe der Metro Pyrénées finden sie ein Taxi.

Hier ist nichts mehr vom Carco-Ambiente zu spüren, stattdessen sieht man einen Wagen der Anti-Terror-Einheit BAC, die ziemlich rabiat eine Gruppe junger Afrikaner kontrolliert. Clio ist verzweifelt. Sie fürchtet, Lucien könnte eine abfällige Bemerkung machen und sie damit indirekt für die repressive Politik von Séchard und Beauséant verantwortlich machen. Sie hat sich von gehässigen Mitschülern bereits öfter verdeckte Anspielungen dieser Art anhören müssen, wenn sie in Latein mal wieder als Jahrgangsbeste abgeschnitten hat.

Aber Lucien sagt nichts und schaut nur bedrückt, als er mit Clio auf die Rückbank des Taxis rutscht.

Sie teilen sich die Fahrt dann doch nicht, aus dem einfachen Grund, dass Clio nicht am Hôtel de Roquelaure aussteigt, da sie bereits ihre Lippen auf Lucien Valentins Lippen presst, das musste ja so kommen, und mit ihm die Nacht in seiner Einzimmerwohnung in der Rue Marie-Rose verbringt.

Über die erste Liebesnacht dieser beiden werfen wir einen keuschen Schleier. Sagen wir mal, sie ist erstaunlich gelungen, wenn man bedenkt, wie sehr diese Zeit von pornografischen Klischees geprägt ist. Ihre Körper sind einander ähnlich, lang, schlank, fast mager. Haut einer Blonden, Haut eines Rothaarigen.

Als sie am Morgen erwachen, sind sie überrascht, gerädert, glücklich. Lucien muss los und an einem Collège im Essonne Klausuraufsicht machen. Clio muss ihrerseits ins Louis-le-Grand. In der Rue Alésia, mit dem leisen Tröpfeln des Regens als Hintergrundgeräusch, gehen sie auseinander. Es fällt ihnen spürbar schwer, sich zu trennen. Sie haben Angst, das alles könnte nur eine Illusion sein.

Da täuschen sie sich. Sie werden fortan unzertrennlich sein.

Und eben darum kann Clio an diesem Samstagmorgen, zwei Jahre später, an dem die Hitze das Land bereits im Griff hat und Lockdown herrscht, nur schwer ihre Enttäuschung verbergen, als Lucien ihr in einer SMS ankündigt, dass er bei Beauséant bleiben muss. Sie bereut fast, Lulu diesen gut bezahlten Job vermittelt zu haben.

Das verdanken sie Jason Perros. Der Premier Monsieur und sie haben weiterhin freundschaftlichen Kontakt. Sie vertraut ihm ihre Liebesabenteuer, ihre Ängste, ihre Zweifel an. Er ist ein guter Zuhörer. Sie reden nie über Politik, wenn sie sich bei diversen Anlässen im Élysée-Palast treffen und dabei regelmäßig von den anderen Gästen des Empfangs vergessen werden. Sie finden durchaus Gefallen an ihrer Rolle als Statisten. Das heißt, vor allem sie ist eine Statistin. Jason Perros gelingt es, sich in regelmäßigen Abständen davonzustehlen und in dem riesigen Saal, an eine Säule gelehnt, mit diesem jungen Mädchen zu sprechen, deren Kultur und Humor er schätzt.

Seit der Pandemie kommunizieren Jason Perros und Clio Manerville über WhatsApp, der Lockdown lässt ihnen keine andere Wahl. Über WhatsApp teilte sie ihm dann auch mit, wie schwer es für Lulu war, einen Job zu finden, und dass er früher oder später sicher genug davon haben würde, dass sie alles bezahlte. Jason Perros wollte gerne Lulus Buch lesen. Da ihm der *Glaskäfig* gefiel, kam er auf die Idee, dass Lulu Patrick Beauséants Ghostwriter werden könnte.

Der Innenminister hatte Jason unter Erröten, fast scheu, was eigentlich gar nicht seine Art war, gestanden, dass er gern seine Memoiren schreiben würde. Jeder französische Politiker, der etwas auf sich hält, empfindet es als ehrabschneidend, wenn in seinem Wikipedia-Eintrag nicht zwei oder drei Buchtitel aufgeführt sind. Eigentlich ein Grund zur Freude. Das heißt, sie glauben noch daran, dass ein Buch ihnen zu einem gewissen Renommee verhelfen kann, selbst wenn es jemand anderes geschrieben hat. Es ist allerdings fraglich, wie lange sich diese Auffassung noch halten wird.

»Was, für diesen Fascho den Ghostwriter machen? Niemals!«, sagte Lulu. Als er hörte, wie die Konditionen waren, überlegte er es sich nochmal und nahm den Job an.

»Außerdem kommst du mal raus, mein Lulu! Du triffst dich mit Beauséant in Beauvau. Du erhältst eine Sondergenehmigung. Und ich verspreche dir, dass weder Nathan noch die anderen etwas davon erfahren. Betrachte es als Gelegenheit, etwas über den Polizeistaat herauszufinden ...«

Seit zwei Jahren, das lässt sich nicht leugnen, sind sie nun ein Paar, sind sie verliebt. Es ist ein echtes Wunder, genau wie es ein Wunder ist, dass sie die Aufnahmeprüfung an der Normale Sup' bestanden hat und dass sie ihren Vater darum gebeten hat, ein Sabbatical machen zu dürfen, bevor sie ihr Studium aufnehmen würde.

Sie wollte reisen, ein bisschen durchatmen. Das wurde an der École Normale an der Rue d'Ulm zwar nicht gerade mit Begeisterung aufgenommen, aber letztlich, nach einem Telefonat des Erziehungsministers mit der Direktorin, wurde diese Laune der Ministertochter akzeptiert.

Clio betrachtete das nicht als Laune. Bevor sie erneut nur lernen und sich auf ihre Prüfung vorbereiten würde, wollte sie nochmal ein wenig ihrer Lust und Laune folgen und das Hamsterrad verlassen. Ihr Vater verstand das. Er verstand immer alles, ihr Papa. Eben darum akzeptierte er schließlich auch, dass sie den gesamten Sommer mit ihrem Lucien auf dem Plateau de Millevaches verbrachte und nach ihrer Rückkehr abwechselnd in der Dienstwohnung im Ministerium und in der Rue Marie-Rose leben wollte.

Lulu und sie verbrachten den Herbst in Portugal. Sie standen in Alcobaça lange vor dem Grab von Inês de Castro und Don Pedro, die einander gegenüberlagen, so dass am Tage des Jüngsten Gerichts, wenn sie auferstehen würden, ihr erster Blick als Unsterbliche einander gelten würde.

Die beiden jungen Leute kehrten im November nach Paris zurück. Da machte in China bereits eine seltsame Lungenentzündung die Runde. An Weihnachten fuhr Lulu in die Auvergne, um seine Eltern zu sehen, und sie blieb bei ihrem Vater in Paris. Sie verbrachten Weihnachten im Ministerium mit den Manerville-Großeltern.

Ihr Vater war beunruhigt.

Nach der letzten Kabinettssitzung hatte er mit Bianchon gesprochen. Er verstand sich gut mit diesem Mediziner, der in seinem Alter war und der, so wie er, aus einer deindustrialisierten Region in Lothringen kam. Bianchon hatte seine Kindheit in Longwy verbracht, das stark an Cournai erinnerte, in Bezug auf die soziale Misere und die Verwüstungen, die der Kapitalismus dort hinterlassen hatte.

Bei der Kabinettssitzung sprach man jedoch vor allem über die Demonstrationen gegen die Rentenreform und die Unruhen in den Städten. Bianchon informierte kurz über das Virus, nachdem in Frankreich die ersten Fälle aufgetaucht waren.

Alle, selbst Präsidentin Séchard, hatten es eilig, zum Schluss zu kommen. Man hörte ihm höflich zu, mehr nicht. Er bat indes Beauséant, die Präfekten vorzuwarnen, damit sie ihr Vorgehen mit den regionalen Gesundheitsämtern abstimmen konnten.

»Meinst du, das ist etwas Ernstes?«, fragte ihn der alte Doktor Manerville.

»Keine Ahnung. Aber man rechnet ja im Grunde seit

Jahren mit so einer Sache. Man denke nur an SARS, an die Schweinegrippe. Mit der Abholzung in China …«

Manervilles Vater zuckte daraufhin mit den Schultern: »Du immer mit deinen Ökogeschichten.«

»Ja, genau, ich immer mit meinen Ökogeschichten …«

Die Ironie an der Sache war, denkt Clio rückblickend, dass Lucien sich im Januar dagegen entschieden hatte, Paris zu verlassen. Eigentlich hatten sie die griechischen Anarchisten im Exarchia-Viertel in Athen besuchen und sich dann ein wenig auf den Kykladen umschauen wollen.

Stattdessen zog er es jedoch vor, sich an seinen zweiten Roman zu setzen. Er wollte noch nicht mal eine kleine Verschnaufpause im Devoir de vacances einlegen, dabei hätte Clio ihm so gerne die Côte d'Opale, das Cap Fris-Nez, das Cap Blanc-Nez und die Orte ihrer Kindheit in Cournai gezeigt.

Nachdem er schließlich eingelenkt hatte, da es ihm nicht gelungen war, mehr als zwanzig Seiten zu schreiben, hatte sich die epidemische Lage so zugespitzt, dass Präsidentin Séchard eingriff.

Sie ordnete die bekannten Maßnahmen an, ihr Gesicht war dabei erstaunlich ruhig, sie wirkte fast erleichtert, so wie man erleichtert ist, wenn eine unvermeidliche Katastrophe endlich eingetroffen ist und man sich damit trösten kann, dass man zumindest weiß, woran man ist.

Sie schloss ihre Ansprache mit den Worten: »Dies ist kein Krieg, es ist eine Pandemie. Militärische Metaphern dienen nur der Beruhigung. Es gibt keine Front. Das Einzige, was uns antreibt, ist Leben zu retten, und zwar um jeden Preis. Unser aller Leben ist das Wichtigste, dafür nehmen wir ein Abbremsen der Wirtschaft in Kauf, denn was haben wir von einer florierenden Wirtschaft, wenn sich in den Leichenschauhäusern die Toten stapeln. Die Wirtschaft wird so oder so in Mitleidenschaft gezogen. Es lebe die Republik, es lebe Frankreich.«

Dieser Bruch mit ihrer eigenen Politik und die drakonischen Maßnahmen, die sie ergriff, brachten ihr sowohl von der Linken als auch von der Rechten heftigen Protest ein, so wie immer. Die einen sprachen vom Selbstmord einer Großmacht, die anderen von einer Gesundheitspolizei als letzter Möglichkeit, die Profiteure zu retten.

Du warst ganz schön dumm, mein Lulu, denkt Clio, die nach ein paar SMS mit ihrem Liebsten beschließt, nicht weiter in der Wohnung auf ihn zu warten, bis sie schwarz wird, und stattdessen dank ihrer Ausnahmegenehmigung zurück ins Ministerium zu fahren. Der Passierschein verleiht ihr das exorbitante Privileg, sich in dem seit Beginn der Seuche fast ununterbrochen herrschenden Lockdown frei zu bewegen.

Zumindest gibt es beim Hôtel de Roquelaure einen Park.

Im Übrigen hat sie dort neulich einen schönen Turmfalken gesichtet.

Sie liebt die grausame Anmut dieses Raubvogels und seine elegante Gleichgültigkeit, ein Vorrecht der Tiere, die seit ewigen Zeiten wissen, dass sie die Menschen überleben werden, und je schneller diese verschwinden, desto besser.

WIE EIN SONNTAG

Patrick Beauséant ist noch vor dem Klingeln seines Smartphones durch das morgendliche Vogelgezwitscher wach geworden. Möglicherweise ist auch ein Turmfalke darunter, aber Nathalie Séchards Innenminister ist kein Hobbyornithologe.

Selbst angesichts des blassblauen, mit etwas Rosa gemischten Lichts, das den bevorstehenden Sonnenaufgang ankündigt, und der reinigenden Frische des Morgens, die schon bald bleierner Hitze weichen wird, empfindet er nur für einen kurzen Moment so etwas wie Poesie.

Für einen sehr kurzen Moment.

Er ist nicht kontemplativ veranlagt.

Patrick Beauséant steht in dem kleinen Bad, das an sein Schlafzimmer anschließt, vor dem Spiegel und rasiert sich. Er denkt an Frankreich.

Frankreich ist nie so sehr Frankreich wie an einem Sonntagmorgen.

Er hat die Sonntage immer geliebt. Die seiner Pariser Kindheit in den 50er Jahren, als er seinem Vater morgens half, die Metzgerei am Château d'Eau aufzumachen und sich einen Spaß daraus machte, Schneidblätter und Messer zu schleifen – er hat noch den Geschmack des Milchkaffees im Mund –, und später dann die Sonntage in Brunières, als er auf dem Markt seine Runde drehte und vor den Auslagen der Gemüsestände Hände drückte und Küsschen verteilte.

Er fragt sich, ob die Zeit der Küsschen wohl wiederkommt, nach dem Virus. Politik ist etwas Fleischliches. Man muss die Leute anfassen, drücken, umarmen. Chirac war darin am besten, weil er das mochte.

Auf der Ablage über dem Waschbecken steht, wie ein Relikt aus den 90er Jahren, ein kleines, graues Transistorradio. Beauséant lehnt es ab, Bluetoothlautsprecher zu benutzen. Er mag das Knistern, die Frequenzstörungen, er mag es, mit einer Hand voller Rasierschaum meckernd am Radio herumzudrehen, weil der Sender mal wieder weg ist. Er mag dieses Ding, so wie er alle Dinge mag, die im Verschwinden begriffen sind: Tageszeitungen auf Papier, Telefonzellen, Jojos, Hüte, Plattenspieler – irgendwo in Tourailles gibt es im Übrigen noch einen Tepaz und einen Stapel Yéyé-Singles. Er ist nach wie vor ein Riesenfan von Sylvie Vartan, für ihn die beste Musik zum Abhotten.

Und die Neuigkeiten kennt er so oder so schon. Seit gestern Nachmittag gibt es nur noch ein Gesprächsthema, die für heute um 20.05 Uhr angesetzte Ansprache der Präsidentin, vom Élysée-Palast oder sogar vom Pavillon de la Lanterne aus, wohin sich die schöne Dame mit einem kleinen Team zurückgezogen hat. Seinen Gewährsmännern zufolge ist bereits ein Übertragungswagen auf das Grundstück von La Lanterne gefahren, wo sich die akkreditierten Journalisten die Beine in den Bauch stehen. Man hat sogar ein paar überneugierige Gaffer verhaftet, die einen Termin im Impfzentrum im Schloss von Versailles hatten. Sie wollten offenbar die Gelegenheit nutzen und sich durch den Park hindurch bis zum Pavillon de la Lanterne durchschlagen, wo sie so oder so nichts gesehen hätten.

450 Euro Strafe, und wer keine Maske trug, wurde sofort dem Haftrichter vorgeführt. Hauptsache, es zittert einem nicht die Hand, egal ob beim Rasieren oder bei der Aufrechterhaltung der öffentlichen Ordnung. Er hat Präsidentin Séchard diesen verschärften Ausnahmezustand bis Septem-

ber abgerungen. »Sie müssen sich die Mittel an die Hand geben, Ihre Politik auch durchzusetzen, Madame, sonst werden alle Opfer der Franzosen vergebens sein.«

Der verschärfte Ausnahmezustand ging nur knapp durchs Parlament. Noch nicht einmal alle Abgeordneten der Nouvelle-Société-Fraktion stimmten dafür.

Die Journalisten haben keine Ahnung, was Séchard verkünden will, denn auch die Minister sind beängstigend ahnungslos. Also quatschen sie ins Blaue hinein. Diese Idioten kriegen scheinbar nie genug. Was wird Präsidentin Séchard also heute Abend sagen? Muss man sich auf schlechte Nachrichten einstellen? Wird die Gamma-Variante die Regierung zu einem erneuten Strategiewechsel zwingen?

Die Mediziner machen dazu widersprüchliche Aussagen, die Wirtschaftswissenschaftler sind beunruhigt, weil es der Job der Wirtschaftswissenschaftler ist, immer beunruhigt zu sein. Wird man den Lockdown erneut verschärfen? Wie soll das gehen? Schließlich ist den Menschen so oder so nur der Weg zum Impfzentrum gestattet, wenn sie einen Termin haben, und danach müssen sie auf direktem Weg nach Hause zurückkehren. Es sei denn, sie arbeiten in systemrelevanten Berufen, dann dürfen sie ihre Arbeitsstätte aufsuchen.

Die Séchardisten, von denen es in den Medien viele gibt, sprechen über den Mut der Präsidentin, über ihren Weitblick angesichts der Pandemie. Andere – das sind nur wenige – unterstreichen ihre zunehmende Unpopularität ein Jahr vor den nächsten Präsidentschaftswahlen und sagen, dass sie auf ganzer Linie versagt habe: Ihre Null-Virus-Strategie habe nicht verhindert, dass es Tote gab, sie habe Frankreich innerhalb Europas isoliert – »Wir sind keine Insel« –, und der verschärfte Ausnahmezustand habe die Wirtschaft in die Knie gezwungen. Sie sagen, wir lebten nicht mehr in einer Demokratie, und in Bezug auf die Einschränkung der Freiheitsrechte könnten Agnès Dorgelles und der Bloc Patriotique sie nur schwer übertreffen. So drückt es Desplein aus, der ewige Tribun einer Linken, die nicht mehr viel zu melden hat.

»Alles Blödsinn«, murmelt Patrick Beauséant, während er sich mit einem Handtuch die letzten Reste Rasierschaum von den Ohrläppchen tupft. Er stellt fest, dass selbst diese kleinen Hautstückchen langsam faltig und trocken werden. Sie sehen aus wie zwei kleine Hoden. Das drückt dem ehemaligen Fallschirmjäger kurz, aber heftig auf die Stimmung.

Er geht hinüber ins Schlafzimmer.

Entsprechend seinen Anweisungen hat der Oberkellner ein Tablett mit einer Kaffeekanne bereitgestellt und das Fenster, das auf den Pool und die Loire hinausgeht, weit geöffnet. Während er seine erste Tasse Kaffee trinkt, sieht er in weiter Ferne die Silhouette eines Anglers, der eine Plötze von seinem Haken löst. Dieser Typ sollte jetzt eigentlich bei sich zu Hause sein. Beauséant denkt kurz darüber nach, die Gendarmerie von Meung zu verständigen, bevor ihm klar wird, was für eine Lappalie das ist. Soll er doch heute Mittag seine frittierten Fische essen und eine gute Flasche Cheverney dazu trinken.

Das gehört schließlich auch zu einem typisch französischen Sonntag.

Seine Nachsicht wird ihn noch Kopf und Kragen kosten.

Er tritt einen Schritt zurück. Da ist Marité. Sie hat ein leichtes Lächeln auf den Lippen, ihr Haar ist zerzaust und ihr enganliegendes Leinenkleid zerknittert. Sie kommt vom Gästehaus. Beauséant ist sich jetzt sicher, dass dieses Frauenzimmer – darauf deuten ihr Aufzug und ihre tiefen Augenringe hin – den Rotschopf aufs Kreuz gelegt hat.

Noch bevor er feststellt, dass sie tatsächlich rattenscharf ist, denkt er an den Ruf des Beauséant-Clans. Er hofft, dass Marité weder einem Bediensteten noch einem ihrer Schwager oder einer ihrer Schwägerinnen über den Weg gelaufen ist. Sie ist auf dem Weg zur Wohnung, in der ihr Mann und ihre beiden Kinder schlafen, darunter die süße kleine Jeanne, die jetzt schon »Opa« sagen kann. Sein gehörnter Sohn hat mal wieder nichts mitbekommen. Vermutlich war er gestern wieder voll wie eine Strandhaubitze, und da er außerdem unter Antidepressiva steht, dürfte er in einen komaähnlichen Schlaf gesunken sein, mal abgesehen davon, dass sein Schniedelwutz sich bestimmt längst abgemeldet hat, bei der Mischung aus Serotoninhemmern und Cabernet franc, die er sich täglich einverleibt.

Oder er weiß, dass Marité ihn betrügt und es ist ihm scheißegal, was für den Clan noch erniedrigender wäre.

Auf einen Impuls hin wählt Beauséant die Nummer von Nathalie Séchard. Vielleicht hat er Glück, man weiß ja nie.

Er stellt sich vor, dass die Präsidentin labil ist, nervös, in Panik. Niemand geht ran. Er seufzt. Langsam geht sie echt allen gehörig auf den Sack. Er weiß noch, wie er Student am Assas war und Präsident de Gaulle kurz nach Baden-Baden verschwand. Als er zurückkam, konnte er vor Kraft kaum laufen, dank General Massu. Ein solches Szenario hält er für sehr unwahrscheinlich. Der einzige Soldat, der bei ihr ist, ist ihr Adjutant, nur auf dem Papier ein Colonel. Noch nicht einmal der Chef des Generalstabs der Armee ist bei ihr …

Der Hubschrauber Super Puma, der Beauséant nach Maubeuge bringen soll, wird jeden Moment eintreffen. Er geht hinunter in sein Büro.

Er sucht ein paar Notizen zusammen und tut sie in eine Aktenmappe.

Er hat auch ein Dossier für Lucien Valentin zusammengestellt, Erinnerungen, die er auf losen Zetteln notiert hat, teils geschwärzte Kalender, ausgeschnittene Zeitungsartikel aus den 80er Jahren. Er lächelt, als er eine der ersten Zeitungen sieht, in der man ihm einen Kasten gewidmet hat, eine *Libération* vom April '86. Darin wurden die wichtigsten Mitarbeiter von Charles Pasqua porträtiert, und er wurde als der Fallschirmjäger vom Dienst eingestuft, der von der extremen Rechten kam. Gerade will er auf dem Haustelefon den Oberkellner anrufen, um ihm den Auftrag zu erteilen, Lucien Valentin später das Dossier zu bringen – es kommt nicht infrage, dass der Rotschopf heute Däumchen dreht. Rotschopf, rote Socke und schwanzgesteuert, der lässt wirklich kein Klischee aus, der Kerl.

Aber da klopft es bereits an der Tür. Es ist Corentin, in

Jeans – das gefällt ihm nicht –, einem leichten Wildlederblouson, um ihre Glock 26 zu kaschieren, und der Aktentasche aus Kevlar in der Hand. Mit Maske sieht sie besser aus als ohne. Sie betont ihren eiskalten Blick.

Sie gehen raus in Richtung Landebahn, am Pool vorbei. Auf dem türkisfarbenen Wasser treibt eine Luftmatratze in Bonbonrosa. In der Ferne hört man eine Kirchenglocke zu einer Frühmesse rufen, zu der noch nicht einmal die üblichen alten Damen kommen werden. Ganz allein in der romanischen Frische seiner Kirche wird der Priester einen Gott anrufen, der die Welt, die er geschaffen hat, scheinbar vergessen will, inklusive des kleinen Weilers Loiret.

Sie laufen um das Gästehaus herum.

»Monsieur le Ministre, ich muss Ihnen leider sagen, dass Ihre Schwiegertochter Marité die Nacht bei Lucien Valentin verbracht hat.«

»Das habe ich mir gedacht. Das regeln wir heute Abend.«

Corentin entgeht aber auch wirklich gar nichts.

Das findet Beauséant so beruhigend an ihr. Es ist ein gutes Gefühl, dass sie ihm folgt wie ein böser Geist. Major Corentin war früher bei der Antiterroreinheit. Sie hat unter der vorherigen Regierung, als sie nur einfacher Brigadier bei der SDAT war, einem Geheimkommando angehört, das am Rande von Paris einen moderaten Imam abknallen sollte. Sie waren zu dritt. Eine üble Geschichte, nirgendwo aktenkundig. Das Ziel war, einen Vorwand für eine flächendeckende Razzia in Salafistenkreisen zu schaffen. Die Salafisten formierten sich gerade neu, nachdem sie infolge der Attentate vom November 2015 ziemlich Federn gelassen hatten. Das war eine willkommene Gelegenheit, gleich noch ein paar Hausdurchsuchungen bei diesem ganzen Gesocks aus militanten Umweltschützern, Hausbesetzern und anderen ultralinken Nervensägen durchzuführen.

Die Operation lief aus dem Ruder.

Das Kommando traf auf eine Patrouille von der Brigade Anti-Criminalité. So kam es, dass sie vor dem Häuschen des Imams in der Banlieue das Feuer aufeinander eröffneten.

Dabei wurden zwei Bullen von der Antiterroreinheit verletzt und einer von der BAC getötet.

Allein Corentin konnte fliehen.

Es gelang damals nicht, die Affäre gänzlich zu vertuschen, aber die Aufarbeitung durch die Medien hielt sich in akzeptablen Grenzen. Man suchte den »dritten Mann«, der in diesem Fall eine Frau war. Die Kugel, die den Bullen getötet hatte, stammte aus ihrer Waffe.

Corentin versteckte sich in diversen Hotels mit Self-Check-in. Davon gibt es in der Île-de-France, die mittlerweile einem ausgedehnten Gewerbegebiet gleicht, jede Menge. Sie wechselte jede Nacht das Hotel. Auf einen Impuls hin rief sie Peyrade Junior an. Pfiffig wie sie war, hatte sie die richtige Intuition, dass dieser Commandant über deutlich mehr Einfluss und ein weitaus größeres Netzwerk verfügte, als man das angesichts seines Dienstgrades hätte erwarten können.

Peyrade sagte, dass er etwas für sie tun könne, ja.

Sie verabredeten sich im Buffalo Grill. Sie kam eine Stunde zu früh. Sie bestellte eine Portion Pommes. Sie tunkte sie mit einer Hand in die Barbecuesauce und hielt mit der anderen auf ihren Knien ihre Browning GP35 fest, mit der sie den Polizisten getötet hatte. Sie wusste nicht, ob Peyrade kam, um sie zu verhaften, sie abzuknallen oder sie zu retten. Sie wusste nur, dass sie nicht die Absicht hatte, im Knast zu landen.

Peyrade kam, um sie zu retten.

Operation Verlorene Unschuld Wiedergefunden.

Es wurden frisierte Einsatzbefehle in Umlauf gebracht, aus denen hervorging, dass Corentin nicht zu der Gruppe gehört haben konnte, die versucht hatte, den Imam zu töten, da sie zu der Zeit gerade ein ZAD in Notre-Dame-des-Landes unterwanderte.

Als sie dann wieder ihren Posten bei der DGSI in Levallois-Perret einnahm, wurde sie Zeugin, wie der Dienst jede Verstrickung in die Affäre leugnete und die beiden Kollegen fallen ließ. Sie hätten auf eigene Initiative gehandelt, ständen der extremen Rechten nahe, einer von ihnen sei sogar

Parteimitglied beim Bloc Patriotique. Corentin wusste nicht, was man ihnen versprochen hatte, aber als es zum Prozess kam, hielten sie dicht, und vor allem plauderten sie ihren Namen nicht aus.

Ihre Lehre daraus war recht eindeutig: Besser, man verlässt sich auf Personen als auf Institutionen.

So eine Art feudale Moral.

Mit Commandant Gabriel Peyrade hatte sie eine gute Entscheidung getroffen, denn nach der Wahl Séchards zur Präsidentin vermittelte er sie an seinen Patenonkel Beauséant. Mittlerweile steht Corentin vier Jahre in seinen Diensten, und sie empfindet aufrichtige Bewunderung für den alten Fallschirmjäger.

Beauséant seinerseits spürt diese Treue fast körperlich. Manchmal macht die aufopferungsvolle Kühle Corentins ihm direkt ein bisschen Angst, aber er ist beruhigt, seit Peyrade Junior ihm gestanden hat, dass er es hin und wieder mit ihr treibt. Die Vorstellung, dass diese wortkarge Person auch mal einen Orgasmus hat, gibt ihr etwas Menschliches.

Nichtsdestotrotz, denkt Beauséant, während der Super Puma im Anflug sämtliche Wanderratten auf dem Anwesen weckt – so wie auch Lucien Valentin, der diesen wunderbaren Schlaf junger Männer nach intensiver sexueller Betätigung schläft –, *ist es besser, Leute wie Corentin zum Freund als zum Feind zu haben.*

Sie steigen in den Super Puma, der sofort abhebt. Corentin ist die einzige Frau an Bord. Die übrigen sechs Personen sind durchweg weiße Männer über fünfzig, manche von ihnen auch weit über fünfzig, und vermutlich heterosexuell. Klar, darüber hinaus gibt es noch die beiden Piloten in ihrer Kabine, und die beiden Bullen im Fond des Hubschraubers. Sie sind auch weiß, aber unter fünfzig, und einer der Piloten ist, obwohl beim Militär, mit einem Künstler verheiratet, der ein bekannter LGBTQI+- Aktivist ist. Das ist nicht immer einfach, weder für den einen noch für den anderen.

Aber kommen wir zurück zu den sechs anderen, die ein Konzentrat der patriarchalen Macht repräsentieren. Sie tragen alle Maske in dem bequem eingerichteten Salon. Auf den ersten Blick könnte man meinen, man wäre in einem Softporno gelandet mit einem Hauch elegantem Sadomasochismus.

Tatsächlich handelt es sich hier jedoch um einige hohe Funktionäre des französischen Sicherheits- und Justizapparates oder Leiter von Unternehmen aus systemrelevanten Bereichen. Einige tauchen im offiziellen Organigramm des Innen-, Verteidigungs- und Justizressorts auf, andere nicht, aber deshalb ist ihre Macht keineswegs geringer, im Gegenteil.

Es ist nicht nötig, sie vorzustellen, der Erzähler weiß nicht, wozu das gut sein soll. Er begnügt sich damit, darauf hinzuweisen, dass General Peyrade Senior unter ihnen ist, den die Leser bereits flüchtig kennengelernt haben. Alle diese Männer verbindet eine Mischung aus Freundschaft und Eigennutz miteinander und eine bestimmte Vorstellung von Frankreich, der sie bis heute die Treue halten. Das schließt nicht aus, dass einige von ihnen auch eine Schwäche für Geld haben. Das investieren sie jedoch lieber in Herrenhäuser im Limousin, in Kunstsammlungen und in Château-d'Yquem-Flaschen als in ukrainische Nutten, Koks oder goldene Armbanduhren, falls Sie verstehen, was ich meine.

Beauséant hat sie gestern Abend zu vorgerückter Stunde benachrichtigt.

Sie melden sich zur Stelle.

Sie bilden die Association. Offiziell existiert keine Association, dennoch ist sie da.

Beauséant bleiben bis Maubeuge gut anderthalb Stunden, um eine Strategie auszuarbeiten. Denn unabhängig davon, welchen Inhalt die Erklärung der schönen Dame an diesem Abend haben würde, ist Beauséants Entscheidung bereits gefallen. Er hat einen guten Teil des Abends und der Nacht damit verbracht, die dafür nötigen Voraussetzungen zu schaffen.

Schon verrückt, wie schnell alles geht, wenn der Plan erst mal klar ist.

Beauséant wird der neunte Präsident der Fünften Republik werden.

Es ist 9.15 Uhr in Frankreich und für die Jahreszeit viel zu heiß. Während der ministerielle Super Puma die Picardie überfliegt, kann man an diesem Sonntagmorgen beobachten, wie jeder seiner Betätigung nachgeht.

Man kann Lucien Valentin sehen, der bereits an seinem Computer sitzt und an *Ein französisches Leben* arbeitet. Er trinkt einen Kaffee, knabbert einen Zwieback und verteilt dabei Krümel auf der Tastatur und seinem Schamhaar. Er hielt es nicht für nötig, sich anzuziehen, nachdem ihn ein Hubschrauber geweckt und ein leises Klopfen an der Tür ihm kurz darauf signalisiert hat, dass ein Tablett mit seinem Frühstück vor der Tür steht. Keine Marité weit und breit. Er weiß nicht, ob er erleichtert oder enttäuscht ist.

Man kann Clio Manerville sehen, im Garten des Hôtel de Roquelaure, dem Ministerium für soziale und solidarische Ökologie. Sie ist im Bikini, trägt eine Sonnenbrille, liegt auf einem Liegestuhl und liest im neuesten Gedichtband von Jason Perros. Die Gedichte gefallen ihr. Der Personenschützer tritt öfter als gewöhnlich vor die Tür, um an der Brüstung eine Zigarette zu rauchen. Er beobachtet Clio und findet, dass sie letztlich doch hübscher ist als ein Turmfalke.

Von einem Fenster im ersten Stock aus beobachtet Guillaume Manerville seinen Personenschützer, der seine Tochter beobachtet, und zugleich ist er mit etwas anderem beschäftigt. Er fragt sich, was Präsidentin Séchard um 20.05 Uhr sagen wird, auch wenn er so eine Ahnung hat. Er ist vor allem deshalb beunruhigt, weil sein Telefon, seit das bekannt ist, nicht mehr stillsteht: Ministerkollegen, insbesondere Christophe Bianchon, Abgeordnete von der Nouvelle Société und ein paar ENA-Streber von den Grünen. Sie alle fordern ihn auf, sich bereitzuhalten, weil das möglicherweise die letzte Chance sei zu verhindern, dass das Land im Rechtsextremismus versinke, ob dieser nun das Antlitz von Agnès Dorgelles und ihren Heißspornen vom Bloc Patriotique oder das des alten Knackers Beauséant trage, was kaum besser sei.

In solchen Situationen fehlt Pauline ihm so wie am ersten Tag nach ihrem Tod.

Man kann den Capitaine sehen, der irgendwo im Berry joggt, zwischen den Millionärsvillen der Gated Community, für deren Sicherheit er verantwortlich ist, gemeinsam mit zehn Männern, die unter seinem Befehl stehen und die genau wie er früher bei den Spezialeinsatzkräften waren. Während er spürt, wie ihm der Schweiß über den Rücken läuft, denkt er, dass Guillaume, wenn die Situation sich so entwickelt, wie er vermutet, ihn sicherlich zu Hilfe rufen wird, und dass er, ob es ihm nun gefällt oder nicht, sich zur Stelle melden wird, schon allein Clio zuliebe.

Man kann Präsidentin Séchard sehen, die im Pool des Pavillon de la Lanterne verbissen ihre Bahnen zieht. Sie empfindet Erleichterung, ihre Entscheidung ist gefallen, es ist die richtige Entscheidung, und sie hat ihre Ansprache bereits vorbereitet. Sie wird sich den Text später nochmal vornehmen, ihm den letzten Schliff geben, zusammen mit ihrer Redenschreiberin, einer brillanten ENA-Absolventin, aber einer ENA-Absolventin, die drei Jahre Altgriechisch in Oxford studiert hat. Entsprechend vermeidet sie es, in ihre Prosa Begriffe wie »impact«, »target« und »challenge« einzustreuen, so wie es noch der allerletzte Unterpräfekt macht, der meint, er müsse sich wie ein geisteskranker Geschäftsmann ausdrücken. Jason Perros beobachtet sie. Er ist zugleich glücklich und besorgt – das könnte ein gutes Gedicht ergeben –, und wie am ersten Tag in der Aula in Lille spürt er, wie sich aus Liebe sein Herz zusammenkrampft – und das könnte ein echt schlechtes Gedicht ergeben. »Jason, komm, schwimm mit mir!« Er springt ins Wasser, schwimmt zu ihr und küsst sie. Dabei schert er sich nicht um die Drohne, die sie beobachtet und dabei den perfekt blauen Himmel durchpflügt.

Lenken wir unser Augenmerk jetzt, um exakt 9.15 Uhr, lieber auf den neuen Dacia Duster, PKW der unteren Preisklasse, der mit hoher Geschwindigkeit über eine Landstraße im Pays de Caux rast, wo er an diesem Sonntag dieses langen Wochenendes im Lockdown nichts zu suchen hat. Die

Landschaft ist menschenleer und hübsch, hier und da ein Fachwerkbauernhof, die allseits bekannten Kühe und sich abwechselnde Rechtecke aus Raps- und Leinfeldern, die in der Sonne ein leuchtend gelbes und zartblaues Muster bilden.

Hier ließe es sich gut leben.

Aber die drei Männer im Duster denken nicht darüber nach, wie es wäre, hier zu leben.

Sie kommen aus Rouen und sind auf dem Weg nach Saint-Valery-en-Caux. Sie durchqueren das Dorf Néville und fahren die zwei Kilometer lange abschüssige Straße zum Meer hinunter, zu einem kleinen Ort, der eingebettet in der Hügellandschaft liegt.

An der ersten Kurve hat gerade ein Škoda Kodiaq der Gendarmerie auf dem Seitenstreifen geparkt, um jene zu kontrollieren, die sich dem Lockdown widersetzen, weil sie ein unbändiges Bedürfnis nach salziger Luft oder einem Bad im Meer verspüren.

Zwei Gendarmen sitzen noch im Wagen, zwei andere laufen die Straße entlang, mit Maske, um mit gutem Beispiel voranzugehen.

Die drei Männer, die in dem Duster angerast kommen, widersetzen sich dem Lockdown, das steht fest, aber ganz sicher nicht wegen irgendwelcher Bäder im Meer.

Als der Fahrer die Gendarmen sieht, bremst er mit der Handbremse und reißt dabei zugleich das Lenkrad herum.

So bietet der Duster den beiden Gendarmen auf der Straße jetzt seine Seite dar.

Aus dem hinteren Fenster kommt ein AR-15-Sturmgewehr zum Vorschein.

In einer einzigen, langen Salve wird ein 30-Schuss-Magazin auf den Škoda abgeschossen.

Die beiden Gendarmen im Wagen haben kaum Zeit zu realisieren, dass sie sterben, während Windschutzscheibe, Scheinwerfer und Blaulicht in tausend kleine Scherben zersplittern und das Wageninnere durch die 5'56-Kugeln, die Türen und Motorhaube durchsieben, durchgeschüttelt wird.

Eine Motorhaube, die sich bald hebt und gnädigerweise die entstellten Gesichter verdeckt.

Im selben Moment steigt auf der Beifahrerseite ein Mann aus dem Duster. Er ist mit einer Winchester .30-30 bewaffnet.

Den beiden anderen Gendarmen wird klar, dass sie keine Zeit haben, ihre Sig Sauer zu ziehen.

Sie denken Dinge wie: Zu blöd, so zu enden, sie war wirklich schön heute Morgen, als ich ihr das Frühstück ans Bett gebracht habe, ich hoffe, dass der Große trotz dieses ganzen Pandemiechaos sein Abi schafft, schon verrückt, wie schön es heute ist, echt verrückt.

Jeder von ihnen erhält eine 7,62-Millimeter-Kugel mit einer Ausgangsgeschwindigkeit von 700 Metern pro Sekunde mitten in die Stirn, die irreversible Hirnschäden verursacht und vor allem alles auslöscht, für immer.

Bei dieser Gelegenheit kann man feststellen, dass der Mann mit der .30-30 Kampfanzug und Rangers trägt, kein Namensband an seinem Kampfanzug, aber eine Armbanduhr.

Auf ihr sind die drei stilisierten Leoparden der Normandie zu sehen, darüber ist in Frakturschrift »AVA-Zéro« eingraviert.

Der Mann legt die .30-30 auf die Motorhaube des Duster und holt eine täuschend echte Kopie eines Colt .45 Peacemaker 1873 heraus.

Das spricht, zusammen mit der Winchester, für eine ausgeprägte Vorliebe für Westernästhetik, Reminiszenzen an die Zeit, als er ein kleiner Junge war und sich gerne als Cowboy verkleidete. In einem anderen Zusammenhang hätte man das womöglich rührend gefunden.

»Was treibst du da?«, fragt der Fahrer. »Mach hin.«

»Ich will sichergehen, dass diese Scheiß-Séchard-Milizen auch wirklich tot sind.«

Der Fahrer seufzt.

Man hört nacheinander vier Schüsse.

Man hört Möwen protestieren, auch eine Kuh.

Als der Duster Valery-en-Caux erreicht, folgt er den neuen Schildern, auf denen »Impfzentrum (Kasino)« steht.

Sie sind da.

Das Spielkasino ist ein Neubau ganz aus Glas und Sichtbeton, fast am Fuß der Kreidefelsen gelegen, auf denen der Gedenkstein für die gescheiterte Landung der Anglokanadier 1942 thront.

Auf dem Parkplatz vor dem Kieselstrand parken um die zwanzig Wagen, und ungefähr genauso viele Leute stehen an, unter Aufsicht eines freundlichen jungen Mädchens, das eine Rot-Kreuz-Weste trägt.

Die drei Männer steigen aus dem Duster, lassen den Motor laufen.

In der Schlange stehen Menschen unterschiedlichen Geschlechts und Alters an.

Sie kapieren ganz offenbar nicht, was da vor sich geht, genauso wenig wie die junge Freiwillige mit der Weste.

Die drei Männer haben zusätzlich zu dem AR-15 und der Winchester .30-30 jetzt noch ein jugoslawisches Sturmgewehr, ein Zastava M70. Man könnte meinen, ein Erinnerungsstück oder eine Kriegsbeute, zum Beispiel von einem jungen Mann, der '92/'93 als ausländischer Freiwilliger in der kroatischen Armee gekämpft hat, um möglichst viele Serben abzuknallen, in Erinnerung an die Ustascha und zu Ehren der Jungfrau von Medjugorje.

Die drei Männer schießen in unterschiedlichem Tempo. Der Aufprall der Geschosse klingt ebenfalls unterschiedlich.

Es hört sich an wie elektroakustische Musik aus den fünfziger Jahren.

Sie fegen die Schlange der Wartenden mit Methode hinweg und nehmen sich als Letzte die junge ehrenamtliche Helferin vom Roten Kreuz vor.

Sie steigen über die Toten hinweg.

Sie erklimmen die blutbespritzten Stufen.

Sie dringen in die Bar des Kasinos ein. Sie sehen die verriegelte Tür, die zu den Spielautomaten führt, und die ebenfalls abgesperrte Treppe, die zum Panoramarestaurant führt.

Was sie nicht sehen, ist die stellvertretende Bürgermeisterin, die hinter dem Tresen Kaffee serviert hat, um die

Wartezeit zu verkürzen, und die sich versteckt hat, als sie die Schüsse hörte. Sie wird die einzige Überlebende sein, die später eine Beschreibung der drei Männer abgeben kann.

Sie schießen jetzt nacheinander auf die drei ortsansässigen Ärzte und auf den Arzt im Praktikum aus dem Krankenhaus von Rouen, der zur Unterstützung da ist, sowie auf die Personen, die sie gerade impfen.

Sie schießen auch auf jene, die nach ihrer Impfung die vorgeschriebene Viertelstunde abwarten, auf Plastikschalensitzen, die kein Blut aufsaugen.

Dann schießen sie schließlich noch auf die, die gerade den Fragebogen ausfüllen, und auf die, die sich den Fragebogen ausfüllen lassen.

Zusammengenommen sind es inklusive der Gendarmen am Ende dreißig Tote und sieben Schwerverletzte in kritischem Zustand.

Um 9.45 Uhr steigen sie wieder seelenruhig in ihren Duster.

Sie fahren über eine ansteigende Straße in Richtung Dieppe.

Die übrigen Gendarmen aus Saint-Valery erreichen im selben Moment den Ortsausgang von Néville und machen sich ein Bild vom Massaker an ihren Kollegen. Nachdem ein panischer Anwohner die Brigade telefonisch über einen Schusswechsel informiert hat, haben sie sich alle sofort auf den Weg gemacht.

Zeitgleich kommt aus den knisternden Funkgeräten die Nachricht, dass im Kasino der Teufel los ist, das absolute Grauen, beeilt euch.

Um 10.30 Uhr findet man den ausgebrannten Duster in Dieppe, im Arbeiterviertel Val Druet.

Niemand hat irgendwas gesehen, aber die Einwohner dort pflegen auch nicht mit Bullen zu reden, und sollten ihre Kinder trotz des Lockdowns draußen Fußball gespielt haben, würden sie es mit Sicherheit nicht sagen. Am Ende wird man ihnen noch eine Strafe aufdrücken, einfach weil man nicht kapiert, dass ein Sozialwohnungsbau aus den 60ern, selbst renoviert, selbst mit Blick auf den Ärmelkanal in der Ferne und ab und an den rauchenden Schornstein einer Fähre, nun einmal ein Sozialwohnungsbau bleibt.

Um 11 Uhr treffen dann die ersten Bekennerschreiben in verschiedenen Redaktionen ein.

Zuerst eine SMS, verschickt von einem Kartentelefon.

Sie wird für echt befunden, da darin sehr präzise Angaben zu den Waffen und dem Kaliber der verwendeten Munition gemacht werden. Darin steht:

Der Versuch der Domestizierung der Menschen durch das Pseudo-Virus und die Pseudo-Impfung muss ein Ende haben. Séchard und ihre Vordenker, George Soros und Bill Gates, müssen begreifen, dass es immer freie Männer geben wird, die ihnen die Stirn bieten. Das hier ist ein Krieg, und wie in jedem Krieg gibt es keine Unschuldigen. Unterzeichnet: Assaut Viking-Année Zéro.

Der gleiche Text trifft am folgenden Tag per Post ein, mit dem Logo mit den drei Leoparden darunter und der Unterschrift: AVA-Zéro.

Der Super Puma landet auf der Landebahn von Maubeuge-Élesmes.

Die wenigen, abgetakelten Gebäude und der Ostwind, der Staubwirbel vor sich hertreibt, erinnern Beauséant an einen Flughafen in Venezuela, auf dem er einmal gelandet ist, weil ein ehemaliger Präsident ihn heimlich damit beauftragt hatte, einen anderen ehemaligen Präsidenten zu treffen, Hugo Chávez. Er sollte das Terrain sondieren. Damals hatte man noch die Eier, sich dem neokonservativen Bush, der überall im Nahen Osten Chaos stiftete, zu widersetzen. Beauséant bewunderte Chávez. Manchmal verfällt er auf den Gedanken, dass Frankreich so jemanden wie Chávez bräuchte. Ohne den ganzen roten Schwachsinn natürlich.

Kurz bevor Beauséant aus dem Hubschrauber steigt, informiert man ihn über das Blutbad in Saint-Valery-en-Caux. Er tauscht einen kurzen Blick mit den Mitgliedern der Association. Keiner lässt sich etwas anmerken.

Sie werden während seines Termins brav im Hubschrauber warten. Nur Major Corentin, die beiden Polizisten und sein Referatsleiter begleiten ihn auf das Rollfeld. Dort erwarten sie der Unterpräfekt, der Beauftragte des Départements für die öffentliche Sicherheit im Norden, den er schon lange kennt, und der Bürgermeister von Maubeuge.

Man steigt in die Autos, kommentiert den Anschlag von Saint-Valery, fährt durch die menschenleeren Straßen der Stadt, die in der Sonne nicht eines gewissen verzweifelten Charmes entbehren.

Man stattet dem Kommissariat einen Besuch ab. Man drückt Hände, spricht den Mitarbeitern Mut zu, während auf dem Smartphone, das man unauffällig konsultiert, die Zahl der Todesopfer in Saint-Valery weiter steigt.

Man gibt eine Pressekonferenz vor einem Dutzend Journalisten, die sich in der Salle Sthrau versammelt haben. Die befindet sich in einer 1914 zerstörten ehemaligen Kapelle, die in den 20er Jahren zu einem Ballsaal umfunktioniert und erst kürzlich restauriert worden ist, ein Saal mit Glaskuppeln und Kunstschmiedearbeiten im Art-déco-Stil.

Minister Beauséant findet, es fühlt sich komisch an, den masketragenden Journalisten in diesem aus der Zeit gefallenen Architekturjuwel, das mitten in Avesnes-sur-Helpe einen auf Fitzgerald macht, Fragen zu beantworten.

»Eigentlich bin ich hier, um meiner Betroffenheit über den Gewaltausbruch bei der Demonstration von Impfgegnern Ausdruck zu geben, bei der es gestern, hier in Maubeuge, zwei Tote und einen verletzten Polizisten gab. Eine Demonstration, die, da bin ich mir sicher, nur einen verschwindend geringen Teil der Bevölkerung repräsentiert, ob in Maubeuge oder anderswo in Frankreich. Das ist inakzeptabel. Doch gerade, das wissen Sie sicher, wurde ein Anschlag auf ein Impfzentrum in der Normandie verübt, mit einer erschreckenden Bilanz. Noch kennen wir die Täter dieses Blutbads nicht, aber wir werden sie rücksichtslos verfolgen, bis wir ihrer habhaft sind. In beiden Fällen hat die Prepperbewegung ihre Hände im Spiel. In Maubeuge war ein Mann beteiligt, der dem Verfassungsschutz bekannt ist und der liquidiert wurde, als er auf das Kommissariat schoss. Ich ...«

Eine Journalistin unterbricht den Minister:

»Woher nehmen Sie die Gewissheit, dass die Prepperbewegung in Maubeuge und in Saint-Valery-en-Caux ihre Hände im Spiel hatte? Ist das für Präsidentin Séchard und Sie nicht nur ein Mittel, die legitime Beunruhigung der Bevölkerung zu diskreditieren und zugleich indirekt den Patriotischen Block zu beschuldigen? Warum schließen Sie, wie so oft, die islamistische Spur aus?«

Der Referatsleiter beugt sich zum Minister herunter, flüstert ihm etwas ins Ohr. Auch der Referatsleiter denkt, dass Beauséants Ohrläppchen entfernt an Hoden erinnern.

»Die Alte ist von TVLib.«

TVLib25 ist ein Nachrichtensender mit ständig wachsenden Zuschauerzahlen. Die Studiogäste in seinen Labersendungen kommen alle mehr oder weniger vom rechten Rand, darunter Ärzte, die Gegner der Maßnahmen zur Eindämmung der Pandemie sind oder die von ihr ausgehende Bedrohung grundsätzlich infrage stellen. Ganz abgesehen davon, dass die oberen Chargen vom Block dort Hof halten, inklusive Antoine Maynard, Agnès Dorgelles' Mann. Er ist bekannt für seine destruktiven Geistesblitze in der alle zwei Tage ausgestrahlten Sendung *Café du commerce*. Dort kommt es regelmäßig zu Zusammenstößen zwischen Diskussionsteilnehmern, die von den Sozialen Medien dankbar aufgegriffen werden. Das hat eine geschickte Monopolisierung der medialen Aufmerksamkeit zugunsten des Patriotischen Blocks zur Folge.

Auch Paul Loudun ist dort oft zu Gast, ein Ultra der Partei, der immer kurz vor dem Bruch mit Dorgelles steht, zweimal wegen Anstiftung zu rassistischem Hass verurteilt worden ist und einen dystopischen Bestseller, *Und morgen Poitiers*, verfasst hat, erschienen bei den Editions du Drakkar Blanc. Zwar findet man das Buch in keiner Buchhandlung, aber auf den Online-Verkaufsplattformen ist es ein Renner.

»Madame«, antwortet Beauséant der Journalistin, »primo haben wir den islamistischen Terrorismus nie unterschätzt, das ist eine Lüge, die ich aufs Entschiedenste zurückweise. Secundo stehen wir immer noch, genau wie Sie, darf ich vermuten, unter Schock. Ich möchte Sie daran erinnern, dass meinen letzten Informationen nach dreißig Menschen, darunter vier Polizisten, im Kugelhagel der Terroristen gestorben sind. Das ist eine Bilanz des Grauens. Ich möchte nicht so weit gehen zu sagen, Ihre politische Interpretation oder Ihr Versuch der Vereinnahmung sei schäbig und Sie scherten sich nicht um die Familien der Opfer, aber voreilig ist sie in jedem Fall. Bei TVLib ist so etwas wie Anstand wohl eher ein Fremdwort.«

»Und warum äußert Präsidentin Séchard sich nicht?«

»Keine weiteren Fragen«, sagt Beauséant. »Wie Sie sicher verstehen werden, Mesdames et Messieurs, muss ich dringend an die Arbeit zurückkehren.«

Man verlässt die Salle Sthrau. Corentin weicht nicht von der Seite des Ministers. Sie hat im Haus gegenüber an einem offenen Fenster gerade einen betrunkenen Kerl gesichtet, der etwas herüberbrüllt. Man versteht zwar nicht was, aber es ist mit Sicherheit beleidigend.

Man steigt wieder in die Autos, fährt zurück zum Flughafen, drückt Hände auf dem Rollfeld, versichert dem Minister, man werde alles Nötige tun, drückt dem Bürgermeister seine Anteilnahme aus – ein Mann, der sich den Séchardisten angeschlossen und bei den letzten Kommunalwahlen fast verloren hat – und besteigt erneut den Super Puma.

Innen ist es trotz Klimaanlage viel zu heiß, aber den Mitgliedern der Association scheint das nichts anzuhaben, obwohl sie alle dunkle Anzüge tragen. Es hat etwas für sich, ein Kaltblüter zu sein.

Der Super Puma hebt ab.

Die weißen Männer setzen ihre Besprechung fort.

Auf den Smartphones gehen neue Meldungen ein.

Eine bislang unbekannte Gruppe, AVA-Zéro, das steht für »Assaut Viking-Année Zéro«, hat sich zu dem Blutbad in Saint-Valery-en-Caux bekannt. Den Medien zufolge sind sie ein unbeschriebenes Blatt. Der Name klingt jedenfalls eher nach Identitären aus der Normandie als nach Anbetern von Allah.

Die Tatsache, dass vier Gendarmen ihr Leben gelassen haben, besorgt zwei Mitglieder der Association dann doch etwas.

Beauséant beschwichtigt.

Es kann immer etwas Unvorhergesehenes passieren.

Für die Witwen wird gut gesorgt werden, es wird eine Trauerfeier im Invalidendom geben. Ihm geht das auch nahe, aber er erinnert daran, dass alle einverstanden waren. So oder so ist die Sache jetzt lanciert.

Beauséant spricht bestimmt und voller Überzeugung, das kann er, so wie früher mit seinen Männern vom zweiten Fallschirmjäger-Fremdenregiment. Beauséant liest die letzten offiziellen Tweets des Élysée vor. Einer ist zehn Minuten alt.

Séchard macht Dienst nach Vorschrift: Entsetzen, Mitgefühl, als hätten die Menschen nicht genug unter der Pandemie zu leiden, bringen diese wahnsinnigen Verschwörungstheoretiker unschuldige Mitmenschen um, wir werden sie ohne Unterlass verfolgen. Sie erinnert daran, dass sie am heutigen Abend um 20.05 Uhr eine Ansprache halten wird.

Beauséant wirft die Frage in den Raum, wie sie die neuesten Nachrichten wohl in ihre Ansprache einarbeiten wird.

Er legt der Association drei Hypothesen zu ihrer Ansprache dar.

Hypothese eins.

Die schöne Dame tritt zurück. Ein höchst unwahrscheinliches Szenario, aber es würde ihnen die Sache enorm erleichtern. Dann gäbe es in spätestens fünfunddreißig Tagen Präsidentschaftswahlen. Eine Blitzkampagne. Beauséant gibt sich als natürlicher Nachfolger aus, der den Bloc Patriotique verhindert, den man aufgrund der Hetzreden von Dorgelles & Co und ihrer unklaren Haltung zur Pandemiepolitik für das Gemetzel in Saint-Valery-en-Caux verantwortlich machen wird.

Man wird es ihnen sogar direkt anhängen. Das ist zumindest der Plan.

Hypothese zwei.

Die schöne Dame fängt sich. Sie bäumt sich noch einmal auf. Sie bekräftigt ihre Autorität. Das wäre das unangenehmste Szenario. Dann müsste man weiter an ihrer Destabilisierung arbeiten, weiter dem Block etwas anhängen. Je länger sich das hinzöge, desto ungewisser wäre der Ausgang. Beauséant glaubt nicht, dass es so kommen wird, will nicht daran glauben. Er hat mittlerweile vier Jahre mit Nathalie Séchard zu tun. Er kennt sie. Sie ist Politikerin durch und durch, aber eine Politikerin ohne Stehvermögen. Sie liegt in den Umfragen bei 13%. Sie glaubt nicht daran, dass es wieder nach oben geht. Und nach dem, was passiert ist, kann es noch tiefer in den Keller gehen. Ansprache hin oder her.

Ein Mitglied der Association räuspert sich.

»Das wäre übel, wenn sie das wegstecken und sich wieder fangen würde. Dann wären die Gendarmen umsonst gestorben ...«

»Man stirbt nie umsonst«, sagt Beauséant. »Sie werden die unbekannten Märtyrer einer nationalen Wiederauferstehung sein. Sie sollten ihrer wie Helden gedenken.«

Im Hubschrauber wird es still.

So eine Art Schweigeminute in der schallisolierten Kabine, die vom Cockpit durch eine mit Molton gefütterte Zwischenwand getrennt ist. Einen Moment lang ist nur der gedämpfte Lärm des Motors und der Rotoren zu hören.

Beauséant fährt fort.

Hypothese drei.

Die schöne Dame kündigt an, dass sie nicht mehr antreten wird. Die Vorkommnisse von Maubeuge und Saint-Valery überzeugen sie davon, dass sie die Lage nicht mehr im Griff hat. An dieses Szenario glaubt Beauséant. Dann blieben ihm elf Monate Zeit, um sich als Ausweg aus dem Dilemma zu präsentieren. Das wäre optimal, weder zu kurz noch zu lang. Dann könnte er mit Hilfe der Association entsprechende Vorkehrungen treffen.

»Und was ist mit Manerville?«, fragt einer.

Ja, Manerville, klar.

Aber Manerville hat nicht das nötige Format. Manerville kehrt nach Cournai zurück. Er hatte nie Ambitionen, Präsident der Republik zu werden.

Außerdem ist er zu links, um die Synthese zu schaffen, die die Grundlage von Séchards Erfolg war.

Beauséant spürt, dass die Association beruhigt ist.

Geradezu begeistert.

Diese Männer wünschen sich seit Jahren eine neue Ordnung. Dorgelles und der Block wären ein zu großes Wagnis. Sie wissen, dass Beauséant an Séchard geglaubt hat, aber eben wie an eine historische Chance.

Als eine Art nützlicher Idiotin, hätte Lenin gesagt.

Der Referatsleiter zeigt Beauséant auf seinem Smartphone, dass der Premierminister ihm eine Einladung zu einer Videokrisenkonferenz geschickt hat. Punkt 15.00 Uhr. Darauf folgt eine Nachricht, die sehr nach Panik klingt: *Die Präsidentin ist nach wie vor nicht erreichbar. Meinen Sie, ich sollte mit dem Chef des Generalstabs zum La Lanterne fahren? Sie kann doch nicht ablehnen, uns zu sehen, oder? Und Sie, fahren Sie nach Saint-Valery?*

Das Gute am alten Vandenesse ist, dass er ein genauso großer Hypochonder ist wie Beauséants Frau. Es heißt, er teste sich zweimal täglich und habe Angst vor den Impfstoffen und dazu eigene Studien in Auftrag gegeben.

Beauséant kann sich nur schwer verkneifen, ihn auf die Schippe zu nehmen, wenn er sieht, wie er im Ausschuss für Gesundheitsschutz oder bei der Kabinettssitzung peinlichst darauf bedacht ist, den empfohlenen Sicherheitsabstand einzuhalten, wie er zwei Masken übereinander trägt, sich permanent die Hände mit Desinfektionsgel einreibt und die Fenster aufreißt, egal, wie kalt es draußen ist. Da es seit Beginn der Pandemie die meiste Zeit schön war, erträgt Präsidentin Séchard das mit einem Stoßseufzer.

Beauséant twittert, dass er gleich morgen im Morgengrauen nach Saint-Valery fahren wird. Jetzt wolle er den Polizeikräften Zeit geben, das AVA-Zéro-Kommando aufzuspüren. Er wolle die Arbeit der Ermittler vor Ort durch seine

Anwesenheit nicht behindern. Normalerweise sollten sich jetzt alle, inklusive der Präsidentin, in Beauvau einfinden, im interministeriellen, achthundert Quadratmeter großen, hoch gesicherten Krisenzentrum.

Aber die Präsidentin ist auf Tauchstation gegangen, und Vandenesse weiß, dass er den unteren Dienstgraden und den diversen Wichtigtuern nicht den Eindruck vermitteln darf, dass die oberste Staatsebene am Kippeln ist.

Peyrade Senior versichert Beauséant im Übrigen immer wieder, dass der Sicherheitsapparat und sogar das Militär dazu tendieren, den verschärften Ausnahmezustand dauerhaft aufrechtzuerhalten. Mit denen dürfte es also keinerlei Probleme geben.

Im Grunde kommt Beauséant diese Videokonferenz sogar gelegen. So kann er in seinem Herrenhaus bleiben, bei seiner Sippe.

In Beauvau gibt es zu viele ungebetene Lauscher, die kann er jetzt gar nicht gebrauchen. Beauséant ist klar, dass man versuchen wird, ihm ans Bein zu pinkeln, auch wenn er in sämtlichen Ministerien Leute seines Vertrauens untergebracht hat. Nicht unbedingt von Seiten der schönen Dame. Die hat es immer abgelehnt, auf solche Methoden zurückzugreifen. Im Verteidigungsministerium jedoch versteht man sich auf so etwas. Peyrade Senior kann nicht alle unter seiner Knute haben.

Beauséant schätzt Verteidigungsministerin Émilie Darthèze, eine Freundin von Séchard und echte Intelligenzbestie, die die Polytechnique und die ENA besucht hat, für ihren Militärfimmel. Doch sie hat bereits unter sozialistischen Ministern gearbeitet und Karriere im militärisch-industriellen Komplex gemacht. Insofern kennt sie die Regierungsmechanismen und hat auch ihre Netzwerke. Die sind zwar anderer Art als seine, aber sie versteht es ebenso gut wie er, ihre Aufpasser und Spitzel bei ihren Ministerkollegen zu platzieren. Sie strebt sicher keinen Posten im Rampenlicht an, zumal sie beim Volk keinen besonders hohen Bekanntheitsgrad hat und nie das Risiko eingegangen war, sich einer Wahl zu stellen, und sie ist der Präsidentin, der sie alles verdankt, im Übrigen treu ergeben. Das bedeutet, sie wird sich selbst nicht als mögliche Nachfolgerin ins Gespräch bringen. Doch man muss bei ihr höllisch auf der Hut sein, selbst wenn sie gerade mit dem x-ten Militärputsch in Mali beschäftigt ist.

Beauséant ist sich zum Beispiel sicher, dass Émilie Darthèze bereits über seine Reise mit dem Super Puma informiert ist oder es bald sein wird. Kein Hubschrauber und kein Flugzeug der Regierungsflotte kann sich ohne ihr Wissen in Bewegung setzen, da sie alle der Luftwaffe gehören. Die Frage ist, ob sie weiß, wer an Bord war. Peyrade Senior hat die Passagierliste und den Flugplan fälschen lassen. Er hat die Piloten eigenhändig ausgesucht, aber man weiß ja nie.

Genau wie bei der Sache mit den vier Gendarmen.

Manchmal wäre er froh, wenn er seinen kindlichen Glauben wiederfinden und für sie beten könnte. So wie damals, als er, nachdem er seinem Vater in der Metzgerei geholfen hatte, in der Saint-Vincent-de-Paul-Kirche als Messdiener tätig war. Die Kindheit, die späten fünfziger Jahre, die ihm im Nachhinein so strahlend erschien, angefangen beim oberhalb der Place Franz Liszt liegenden Kirchenvorplatz. Das ist sicherlich eine nachträgliche Idealisierung, denn Paris war damals eine düstere schwermütige Stadt, die sich erst allmählich von der Besatzungszeit erholte.

Der Super Puma setzt zur Landung an.

Er landet auf einem ehemaligen Flugplatz irgendwo zwischen Eure und Yvelines.

Durch das Seitenfenster sieht man Wagen bereitstehen, die nichts Offizielles haben. Sie sollen offenbar möglichst unauffällig aussehen. Lauter französische Marken, bis auf einen BMW der 4er-Reihe, ein älteres Modell, und einen alten Range Rover, der dem Geruch nach zu urteilen einem Gutsbesitzer gehört.

Die Association steigt aus.

Beauséant begleitet sie.

Sie setzen ihre Unterhaltung neben dem Super Puma fort, reden aber nun über das Wetter, ihren Zweitwohnsitz, zu dem sie gleich fahren werden, im Chevreuse-Tal, im Wald von Fontainebleau, an der normannischen Küste. Ihre Fahrer oder Ehefrauen warten derweil brav im Auto.

Peyrade Senior verweilt noch etwas, zündet sich eine Zigarette an.

Eine Pall Mall ohne Filter, die er aus einem roten Softpack holt, auf dem nicht vermerkt ist, dass wir alle sterben oder verfaulte Zähne bekommen werden. Er lässt sie direkt aus den USA kommen. Die Zigarettenmarke hat sich in all den Jahren nicht verändert, nicht, seit Beauséant zum zweiten Fallschirmjäger-Fremdenregiment in Calvi kam, bis Gras über die Geschichte in Rouen gewachsen war. Peyrade Senior sieht selbst in Zivil so aus, als trüge er Uniform. Man sieht regelrecht das Käppi mit den vier Sternen auf seinem Schädel. Damals in Calvi war er Commandant.

»Patrick, so eine Geschichte wie mit den Gendarmen sollte sich nicht allzu oft wiederholen. Dazu die dreißig Zivilisten ... Du hast das alles sehr schnell entschieden. Ich folge dir. Bis zu einem gewissen Punkt.«

»Das ist mir klar, Jean.«

»Umso besser.«

Gegen 11 Uhr morgens, als Lucien Valentin sich nackt hinter seinem Schreibtisch streckt, erfährt er durch einen Blick auf sein Handy von dem Massaker in Saint-Valery-en-Caux.

Die Gewalttätigkeit dieser Zeit macht ihm Angst.

Es ist entschieden, sobald man sich wieder frei bewegen darf, vermutlich im Sommer, wird er Clio bitten, mit ihm zum Plateau de Millevaches zu kommen. In den Gemeinschaften dort wissen sie, wer Clio ist, aber es wird sie nicht stören.

Zumindest hofft er das. Seit Beginn der Pandemie hat er kaum noch Kontakt zur Hacienda bleue. Nathan war alles andere als begeistert darüber, dass Clio und er jetzt ein festes Paar sind. Das hat Nathan ihn letzten Sommer auf dem Plateau deutlich spüren lassen. Nathan arbeitet dort im selbstverwalteten Sägewerk. Er trägt Holzfällerhemden wie ein Held aus einem amerikanischen Roman noir, der auf dem Land spielt.

Er war sarkastisch, machte plumpe Anspielungen auf Guillaume Manerville. Lucien hat Nathan oft über »Polyamorie« schwadronieren hören, wie er es nannte. Nichtsdestotrotz war dieser jämmerliche Bonobo jetzt eifersüchtig wie ein typisches Alphamännchen.

Gut, momentan hat Lucien andere Probleme, er benötigt die Unterlagen, die Beauséant ihm versprochen hat. Er kann sich *Ein französisches Leben* schließlich nicht aus den Fingern saugen. Da er nun einmal in Tourailles festhängt, wäre es gut, er käme voran.

Er geht nach draußen, hört vom Pool das Planschen. Er wäre gern mal kurz reingesprungen, allerdings nicht im Kreis der Familie, und erst recht nicht im Beisein von Marité. Sie kann noch so oft sagen, dass es ihren Mann nicht schert, er hat keine große Lust das auszutesten.

Im Grunde fühlt er sich in dieser ganzen bourgeoisen Scheinheiligkeit unwohl. Ja, er empfindet sogar fast so etwas wie Selbstekel angesichts der Tatsache, dass er bereit war, in der Beauséant-Komödie mitzuspielen, sei es, indem er *Ein französisches Leben* schreibt, sei es, indem er mit Marité Beauséant schläft. Er hofft, dass seine Freunde von der Hacienda bleue nicht erfahren, dass er für einen Fascho schreibt. Clio hat ihm geschworen, dass das nicht passieren wird, und hinzugefügt, dass Beauséant überhaupt kein Interesse daran habe, dass irgendjemand erfährt, wer sein Ghostwriter ist, selbst wenn alle sich denken können, dass er einen hat. Vor allem aber will Lucien nicht, dass Clio das mit Marité erfährt.

Letztendlich ist er wie all diese Leute, denen er nie hat ähneln wollen. Er begeht Ehebruch unter freigelegten alten Balken, verdient seine Kohle auf beschämende Art, geht Kompromisse mit den Mächtigen ein. Aber für die Bonobos Effondrés und andere Gruppen dieser Art ist der Wunsch, ökonomisch zu überleben, keine Entschuldigung. Man kann nicht vorgeben, mit dieser alten Welt, die vor dem Kollaps steht, Schluss machen zu wollen, und zugleich ihre Codes und Gewohnheiten übernehmen. Während Lucien in das Wäldchen von Tourailles hineinläuft, schämt er sich also. Am liebsten würde er weinen, so wie früher, als er klein war.

Der Leser dürfte verstanden haben, dass Lucien eine reine Seele ist, arglos, seine Skrupel gereichen ihm zur Ehre. Unser Rotschopf mit dem Sonnenbrand auf der Stirn weiß nicht, dass es gerade seine Skrupel sind, die Clio so berühren, denn Clio lebt seit ihrer Kindheit in einer Welt, die keine Skrupel kennt. Auch wenn ihr Vater versucht, etwas weniger gemein zu sein als die anderen, ändert das nicht viel am grundsätzlichen Problem. Clio weiß, wie die Welt der Politik funktioniert. Sie hat auch gesehen – denn obwohl sie zwei Jahre jünger ist, ist sie sehr viel hellsichtiger als ihr Lulu –, wie das auf der Hacienda bleue und sogar auf dem Plateau abläuft: Intrigen, Groll, gnadenloser Ausschluss. So etwas wie Zweifel ist dort unbekannt.

Clio hat sich mit ihren zwanzig Jahren einen leicht verzweifelten Skeptizismus zu eigen gemacht, in den sich eine vorzeitige Misanthropie mischt.

Nun erreicht Lucien das Wachhäuschen nahe der großen Pforte.

Vielleicht ist das Tor offen, vielleicht könnte er sein Glück versuchen. Er würde einfach geradeaus über die Landstraße laufen, über den abgenutzten Asphalt, an dessen Rand ein paar Mohnblumen stehen, die er durch die Stäbe des schmiedeeisernen Tors sehen kann. Er würde bis ins Dorf laufen. Er würde Clio anrufen. Sie würde ihn mit dem kleinen Elektroauto abholen. Sie hat eine Sondergenehmigung. Sie könnte ihn abholen, bevor man seine Abwesenheit überhaupt bemerkt. Sie würden Zuflucht in der Rue Marie-Rose suchen.

Er würde Beauséant vergessen, Marité, *Ein französisches Leben.*

Er geht auf das Tor zu, er sieht an der Seite eine Tür, eingelassen in die Tuffsteinmauer, fast verdeckt von den langen Trieben einer Trauerweide.

Warum eigentlich nicht?

Seine Hand geht zur Türklinke.

»Suchen Sie etwas, Monsieur Valentin?«

Er dreht sich um.

Er hat einen trockenen Mund.

Er wird rot.

Sein Glück ist, dass man bei einem Rothaarigen mit Sonnenbrand nicht sieht, dass er rot wird.

Es ist Abel Caliban, mit khakifarbener Maske.

Er ist in Begleitung eines Bullen in Zivil, der mit der schweigenden Blondine, die brasilianischen Trash-Rock liebt, ein Zweiergespann bildet.

Lucien stammelt:

»Der Minister sagte mir, Sie hätten ein Dossier für mich?«

Abel Caliban dreht sich zu dem Bullen um.

»Hat der Patron irgendetwas hinterlegt?«

Der Bulle zuckt mit den Schultern, sagt, er hätte keine Ahnung, wüsste nur, dass Corentin heute früh mit ihm im Hubschrauber weggeflogen ist.

Das Hausmeisterpaar, welches das Rentenalter weit überschritten hat, durchsucht das Postfach. Nein, nichts.

Lucien seufzt, er ereifert sich:

»Wie soll ich dann bitte an dem Buch arbeiten?«

»Immer mit der Ruhe, junger Mann«, sagt Caliban.

Er geht auf Lucien zu, packt ihn am Arm und zieht ihn beiseite.

»Also wirklich, Monsieur Valentin, ich muss Sie darum bitten, etwas vorsichtiger zu sein. Sie sollten nicht überall ausposaunen, dass Sie der Ghostwriter vom Minister sind. Das würde ihm gar nicht gefallen …«

»Und was soll ich dann bitte schön tun?«

»Nutzen Sie die Gelegenheit und schauen sich so lange Les Tourailles an.«

Schon beginnt Abel Caliban wie ein wandelnder Reiseführer von Michelin zu reden, beschreibt mit verblüffender Poesie die italianisierenden Dachgauben des Hauptgebäudes, die Brunnenschale aus Carrara-Marmor des Barockgartens und den großen Taubenturm. Den hat Lucien doch bestimmt noch nicht gesehen, oder? Er befindet sich auf der anderen Seite des Wäldchens, bei der westlichen Begrenzungsmauer. Einfach wunderbar, dieser Taubenturm mit seinen Tausenden von Nistlöchern. Lucien weiß nicht, was ein Nistloch ist, richtig? Also, ein Nistloch ist eine Nische oder Zelle, in der ein Taubenpaar nisten kann.

»Aber ich muss arbeiten, Herr Hauptfeldwebel«, sagt Lucien, und ärgert sich dabei über seinen jammernden Tonfall.

»Nur etwas Geduld, junger Mann. Der Minister kommt bestimmt bald. Gehen Sie doch einfach ein wenig spazieren.«

Lucien hat nicht die Absicht, das zu tun.

Tauben und italianisierende Dachgauben interessieren ihn nicht im Geringsten. Er geht zurück zum Herrenhaus. Hinter einer Hecke hört er den Rechen eines unsichtbaren Gärtners. Er beschließt, im Büro von Beauséant nachzuschauen.

Vielleicht ist das Dossier dort.

Unser junger Mann weiß nicht, dass er damit ein Sakrileg begeht. Er durchquert den Gang mit den Tapisserien aus Aubusson und den missbilligend schweigenden Rüstungen. Er betritt das Büro, das Beauséant nicht abgeschlossen hat, weil Macht unvorsichtig macht. Wer würde es schon wagen, ohne ausdrückliche Aufforderung, sein ministerielles Allerheiligstes zu betreten, in seinen eigenen vier Wänden?

Tja, Lucien jedenfalls wagt es. Er blickt sich um. Er geht auf den Louis-XV-Schreibtisch zu. Er sieht, neben einem geschlossenen Laptop, die rosafarbene Aktenmappe liegen, auf der sein Name steht.

Vielleicht hätte Lucien noch eine Chance gehabt, wenn er einfach nur das Dossier genommen und damit zurück in sein Zimmer gegangen wäre. Aber er ist von jugendlicher Unbekümmertheit. Er findet, es ist angenehm kühl in dem Raum. Draußen ist Tourailles bereits wieder im Klammergriff der aufkommenden Hitze.

Lucien setzt sich – ein weiteres Sakrileg – auf Beauséants ergonomischen Stuhl. Er ist noch nicht einmal nervös, nimmt das Dossier, blättert es durch. Es steht nicht besonders viel drin, aber damit sollte er zumindest ein bis zwei Kapitel schreiben können. Er lässt seinen Blick über den Schreibtisch schweifen. Vor allem Familienfotos, darunter ein ziemlich rührendes mit seiner Enkelin, der Tochter von Marité, die vor strahlend blauem Himmel lachend den Arm um den Hals ihres Großvaters legt.

Lucien sieht auch zwei Schreibhefte der Marke Lutèce, mit Klebebindung und einem altertümlich wirkenden Umschlag.

Lucien zieht dieses Vintage-Schulmaterial irgendwie an.

Lucien schlägt das erste Heft auf und liest.

Das ist ein Fehler.

Der Erzähler muss an dieser Stelle – bevor er in der Erzählung fortfährt – anmerken, dass Beauséant eine spezielle, unschuldige Art von Fetischismus hegt, der in Zusammenhang mit seiner Leidenschaft für alle Objekte des täglichen Bedarfs steht, die im Verschwinden begriffen sind, eine Leidenschaft, die wir bereits erwähnt haben. Als Beauséant Schüler an der Jacques-Bonsergent-Kommunalschule für Jungen war, im Château-d'Eau-Viertel, verwendete er Lutèce-Schreibhefte. Dort notierte er alle neuen Wörter, die er gelernt hatte und skizzierte Landkarten. Man fand darin auch Gedichte von Charles Cros und Paul Fort. Er konnte sich diese Gedichtzeilen erst merken, wenn er sie mehrmals niedergeschrieben hatte.

Für Beauséant sind diese Lutèce-Schreibhefte selbst sechzig Jahre danach noch unauflöslich mit seinem schulischen Erfolg verbunden, mit dem freundlichen Lächeln seines Grundschullehrers, der den Metzgerssohn dazu gedrängt hat, das Gymnasium zu besuchen anstatt den Ergänzungskurs zur Berufsvorbereitung. So kam es, dass Beauséant der Erste aus seiner Familie war, der das Abitur ablegte und dann noch einen Abschluss in Jura.

Die Lutèce-Schreibhefte sind für Beauséant Glücksbringer. Er benutzt sie nach wie vor, um sich etwas zu notieren, um Hypothesen aufzustellen, diese Art von Dingen eben. Sobald er von einer Papeterie hört, die vor der Schließung steht, läuft er dort hin oder er schickt jemanden. Dort staubt er dann die Restbestände ab oder lässt sie abstauben. Manchmal spricht er auch Trödler an, zum Beispiel in seiner Gemeinde in Brunières. Dazu kommen hilfsbereite Mitbürger, die ihn mögen und ihm, wenn sie auf ihrem Dachboden oder sonst irgendwo solche Hefte finden, diese ins Hôtel de Ville bringen.

Beauséant kennt nur eine Panik, und das ist, eines Tages keine Lutèce-Hefte mehr zu finden. Er ist unglaublich abergläubisch. Er glaubt, dass in dem Moment, wo er seine Hefte nicht mehr hätte, ihn das Glück verlassen und er seinen politischen Weitblick verlieren würde.

Zum Glück hat er in Les Tourailles und in seiner Pariser Wohnung zusammengenommen noch über dreihundert Hefte. Das dürfte ihm für den Rest seines Lebens genügen. Er schreibt extra nicht zu groß, um Platz zu sparen, aber seine Schrift ist sehr gut lesbar. Man sieht ihr bis heute die Schönschriftregeln seines Grundschullehrers an, die Buchstaben sind rund und gleichmäßig.

Eben darum hat Lucien keinerlei Mühe, sie zu entziffern, und so stößt er mitten im Heft auf *Hypothesen zu Séchard und der Nach-Séchard-Ära*.

Der Eintrag ist vom Vorabend.

Er liest, und er bekommt es mit der Angst zu tun, ja, er spürt, wie Panik in ihm aufkommt. Noch nie hat er eine solche Angst empfunden. Seine Hände kribbeln, der Schweiß läuft ihm den Rücken herunter, und das liegt nicht an der Hitze.

Er schwitzt, ihm wird übel.

Er will die beiden Seiten fotografieren.

Er hat sein Smartphone im Zimmer gelassen.

Idiot.

Er reißt die beiden Seiten raus, steckt sie sich in die Hose. Zurück ins Zimmer, sie als MMS an Clio schicken, die als Allererste davon betroffen ist. Sie an Nathan schicken, an die Bonobos. An die gesamte Welt. Damit sie erfährt, was los ist.

In all seiner Panik versteht er Dinge, die er sonst nie verstanden hätte. Er stellt Verbindungen her, Zusammenhänge.

Das Massaker von Saint-Valery-en-Caux. Die Hypothesen rund um die Ansprache von Séchard. Guillaume Manerville.

Und Clio. Sein Schatz.

Aber all das lähmt ihn körperlich. Er spürt seine Beine nicht mehr. Er ist wie benommen. Er blättert weiter in dem Heft.

»Was treiben Sie hier, Monsieur Valentin?«

Das ist Abel Caliban.

Der wohlwollend-bärbeißige Blick über der khakifarbenen Maske ist einem anderen Gesichtsausdruck gewichen.

Lucien fehlen die Worte, um ihn zu beschreiben, was für einen Schriftsteller sehr unangenehm ist.

Kälte. Grausamkeit. Das Fehlen jeglicher Menschlichkeit.

Lucien steht auf. Er legt das Lutèce-Heft hin.

Abel Caliban versteht. Lucien versteht, dass Abel Caliban verstanden hat.

Der siebzigjährige ehemalige Fallschirmjäger hat sich bereits auf ihn gestürzt.

Er versetzt Lucien einen Faustschlag, packt ihn am Nacken und schlägt seinen Kopf gegen die Schreibtischkante.

Lucien ist benommen. Er würde gerne schreien. Das würde man vom Pool aus hören. Aber er kommt sich vor wie in einem Alptraum. Nur der befreiende Schrei, den man in einem Alptraum ausstoßen will, um zu erwachen, dringt nicht aus seiner Kehle.

Er spürt noch nicht einmal, dass seine Nase gebrochen, sein Gesicht blutüberströmt ist.

Caliban zieht ihn hoch. Dreht ihm den Arm um.

Caliban zerrt Lucien aus dem Büro heraus. Ein Angestellter kommt ihnen entgegen.

»Monsieur Valentin hat sich verletzt. Ich bringe ihn zurück in sein Zimmer.«

»Der arme Junge. Soll ich einen Arzt rufen?«

»Nicht nötig, er blutet zwar stark, aber die Verletzung ist nur oberflächlicher Natur.«

Sie sind im Barockgarten.

Sie erreichen das Gästehaus.

Sie gehen hoch in Luciens Zimmer und kommen dabei an einem ziemlich gelungenen Gemälde von Charles-Alphonse Du Fresnoy vorbei, eine *Galateia,* die unter goldenen Wolken mit Engelchen spielt.

Als sie Luciens Zimmer betreten, stellt Abel Caliban mit Bedauern, aber ohne Überraschung fest, dass dort Chaos herrscht. Typisch für diese Generation, die nicht gedient hat.

Das Bett ist ungemacht, auf dem Boden liegen Blätter, auf der Computertastatur Krümel, vor der Badezimmertür eine Unterhose und ein Hemd. Ein schauriger Anblick für einen Oberfeldwebel, der früher regelmäßig Stuben inspiziert hat, in denen zwischen den perfekt gemachten Betten kein Staubkorn zu finden war.

Das steigert seine Laune nicht direkt.

Abel schlägt erneut auf Lucien ein.

Lucien kauert sich am Boden zusammen.

»Wo sind die Seiten?«

»Welche Seiten?«

Aufseufzen von Abel Caliban, Tritte in die Seite.

Lucien stöhnt.

»Du hast Seiten aus einem Heft ausgerissen.«

Lucien hustet. Lucien denkt an Clio.

»Aber nein.«

Fußtritt. Stöhnen.

»Aber ja.«

Abel Caliban zieht Valentin vom Boden hoch. Er lehnt ihn an eine Wand. Das macht unschöne Flecken auf der cremefarbenen Tuffsteinwand. Das wird nicht einfach, das wieder in Ordnung zu bringen. Tuffstein ist empfindlich.

»Die Seiten«, sagt Caliban, sein Gesicht mit Maske ist nur wenige Zentimeter von Valentins Gesicht, ebenfalls mit Maske, entfernt.

Lucien sieht Clio vor sich, wie sie nackt auf dem Bett in der Rue Marie-Rose liegt.

Lucien sieht Clio vor sich, am ersten Abend in der Buchhandlung Panégyrique.

Lucien sieht Clio vor sich, wie sie nachts im See von Vassivière badet und zurück ans Feuer kommt, an dem junge Leute über Affinitätsgruppen sprechen.

Lucien sieht Clio vor sich, wie sie auf der Terrasse des A-Brasileira-Cafés an einem wunderbar milden Oktobertag in Lissabon die Pessoa-Statue herzt.

»Verpiss dich.«

Caliban verpasst ihm fast mit einem gewissen Bedauern einen Aufwärtshaken in die Leber. Er zieht den halb bewusstlosen Lucien aus, durchsucht sein Hemd, seine Hose, findet die zerknitterten Seiten. Er liest sie. Er findet, Beauséant ist schon etwas unvorsichtig.

»Das ist absolut grauenhaft, was dein Chef da vorhat«, nuschelt Lucien.

Caliban zuckt mit den Schultern.

Da fällt ihm Luciens Smartphone ins Auge. Er geht seine Nachrichten durch. Er seufzt erleichtert auf. Das kleine Arschloch hat noch nichts Kompromittierendes verschickt.

Er macht das Smartphone aus und steckt es ein.

»Geh unter die Dusche und zieh dir saubere Klamotten an. So kannst du nicht vor die Tür gehen.«

»Was haben Sie mit mir vor?«

»Lass das meine Sorge sein, tu, was ich dir sage.«

Lucien kommt der Aufforderung mit Mühe nach. Das Wasser verschafft ihm ein bisschen Linderung, aber er achtet darauf, dass der Wasserstrahl nicht seine gebrochene Nase trifft. Sein Kopf ist leer.

Caliban wartet derweil geduldig auf dem Bett. Die durchwühlten Laken riechen nach Sex und nach *Sans Merci* von Givenchy. Major Corentin, die ihre Augen überall hat, hatte also Recht. Der Rotschopf hat die Schwiegertochter des Ministers flachgelegt. Caliban verurteilt das nicht, aber das dürfte Valentins Lage nicht gerade verbessern. Jetzt kommt er aus dem Badezimmer, zieht sich unter Mühen an. Seine Nase gleicht einer violett verfärbten Kartoffel.

»Zieh eine Maske auf und folge mir!«

Diese Ansage hätte er sich auch sparen können. Lucien

hat keine Wahl. Lucien spürt, wie sich Abels Pranke um seinen Arm schließt. Sie laufen in den nahegelegenen Wald hinein und kommen zum Taubenturm, einem runden Gebäude mit einem spitzen Dach auf einer Lichtung.

»Siehst du, du hättest mal lieber auf meine Ratschläge hören sollen, statt dich in Dinge einzumischen, die dich nichts angehen.«

Innen stinkt es nach Vogelkot, man hört Flügelschlagen.

Abel Caliban kettet Lucien an und knebelt ihn.

Lucien hängt an einer Säule, seine Arme sind auseinandergezogen, seine Füße erreichen nur knapp den Boden.

Caliban findet einen Schlüsselbund mit verrosteten Schlüsseln.

Er schließt die massive Tür hinter sich ab. Die Schlösser knarren, tun aber ihren Dienst.

Über sich im Taubenturm hört Lucien ein Gurren, als würde man sich über ihn lustig machen.

Nun beobachtet Abel Caliban, wie der Puma landet und Major Corentin aussteigt, gefolgt von Beauséant.

»Alles in Ordnung, Abel?«

»Nicht wirklich.«

Abel Caliban erklärt, was los ist.

Beauséant erbleicht unter seiner leichten Sonnenbräune, während seine Hodenohrläppchen puterrot anlaufen.

»Wo ist dieser kleine Idiot?«

»Im Taubenturm. Ich musste improvisieren. Da spaziert auf jeden Fall niemand vorbei. Ich habe auch sein Zimmer aufgeräumt, nicht gerade das reine Vergnügen. Sollte ein Hausbediensteter es betreten, sieht alles normal aus.«

Es ist unglaublich heiß.

Abel schwitzt.

Beauséant schwitzt.

Nur Major Corentin scheint die Hitze nichts anzuhaben. Der Super Puma auf dem Weg nach Paris ist bereits nur noch ein kleiner Punkt im zum Verzweifeln strahlend blauen Himmel.

»Ansonsten sitzt Ihre Familie gerade beim Mittagessen.«

»Denkst du, das interessiert mich? Als wenn ich dafür die Zeit hätte. Gib mir die Seiten aus dem Heft.«

Abel Caliban gehorcht.

»Geh Mittag essen. Major Corentin, Sie bleiben sicherheitshalber in der Nähe des Taubenturms. Gib ihr die Schlüssel, Abel.«

Die beiden Männer blicken der athletischen jungen Frau nach, die in Richtung Wäldchen geht. Sie sieht gar nicht schlecht aus für ihren Typ, vor allem mit Maske. *Sie hat was von einer Domina*, denkt Abel, auch wenn er solche Fantasien nicht hegt.

In seinem Büro tut Minister Beauséant, was er zu tun hat. Er zerreißt die beiden Seiten aus dem Heft, die er gestern Abend flüchtig niedergeschrieben hat, wutentbrannt in winzige Fetzen. Er sollte damit aufhören, seine Gedanken aufzuschreiben. Das machen nur Teenager und alte Knacker. Jedenfalls diese Art von Gedanken.

Er ist knapp an der Katastrophe vorbeigeschrammt. Und dazu die diskrete Warnung von Peyrade Senior. Er fragt sich, ob er nicht gerade total am Durchdrehen ist.

Es ist höchste Zeit, die Propaganda zu starten.

Er ruft mehrere Mitarbeiter und diverse zuständige Dienststellen an. Er brüllt, er schnauzt, er droht.

Er will auf der Stelle alle verfügbaren Informationen zu dieser AVA-Zéro-Gruppe haben. Er will, dass die Impfzentren zu Hochsicherheitszonen werden. Er will Razzien bei allen registrierten Gefährdern. Er weiß, dass seine Stimme in den Lautsprechern verschiedener Büros und Krisenzentren dröhnt, und dass alle zittern, wenn er droht.

Er will Ergebnisse.

Dalli dalli.

Wenn nicht, können sie auch gerne in einem Kommissariat in Guyana ihren Dienst tun, oder die nächsten zwei Jahre das Technische Hilfswerk der Streitkräfte in Burkina Faso unterstützen.

Die Videokonferenz mit Vandenesse und den anderen Ministern ist von Betroffenheit geprägt und kurz

Beauséant vermittelt allen, dass er die Dinge wieder in die Hand nimmt.

Direkt danach ruft er Émilie Darthèze an. Da es kein Treffen im Interministeriellen Krisenzentrum in Beauvau gibt, müssen das Innen- und das Verteidigungsministerium ihre Kräfte bündeln. Nein, sie konnte Präsidentin Séchard immer noch nicht erreichen.

Die kann ihm viel erzählen …

Sie fragt ihn, wie sein Besuch in Maubeuge verlaufen ist. Er antwortet so ruhig, wie das nur geübte Lügner können, während seine alte Pumpe ihm bis zum Hals schlägt, ja, alles gut verlaufen, und morgen früh führe er dann nach Saint-Valery.

»Und wen nehmen Sie dieses Mal mit?«

Er atmet einmal tief durch, um seinen Herzschlag wieder unter Kontrolle zu bekommen.

Sie kann es nicht wissen. Peyrade Senior hat alles Nötige veranlasst.

»Meine üblichen Mitarbeiter, warum?«

Das »dieses Mal« beunruhigt ihn.

»Ich habe mich gefragt, ob wir nicht zwei Fliegen mit einer Klappe schlagen können, Monsieur le Ministre. Ich begleite Sie. Wir könnten dort morgen Vormittag gemeinsam auftreten, um den Schulterschluss zwischen den beiden für die Sicherheit zuständigen Ministerien zu demonstrieren. Danach mache ich mich mit dem Außenminister auf den Weg nach Bamako. Pandemie hin oder her, der Krieg legt leider keine Pause ein.«

Sie legt auf.

Beauséant weiß nicht, ob sie es weiß.

Vermutlich nicht. Noch nicht.

Sie will ihn am nächsten Tag nur begleiten, um sich in der Öffentlichkeit zu zeigen. Sie hat sich so ihre Gedanken gemacht, genau wie er. Dabei ist sie bezüglich der Ansprache von Nathalie Séchard zu dem gleichen Schluss gekommen wie er. Sie stellt sich also darauf ein, dass das Rennen um die Nachfolge eröffnet ist. Möglicherweise hat Séchard sie unterrichtet. Möglicherweise hat sie die Unterstützung der schönen Dame.

Damit wäre Manerville aus dem Rennen. Das käme Beauséant im Grunde nur gelegen. Lieber Darthèze als Manerville. Der Technokratin in den Fünfzigern mit der unterkühlten Ausstrahlung blieben gerade mal elf Monate, um einen gewissen Bekanntheitsgrad zu erlangen. Beauséant kann sich nicht vorstellen, dass diese unauffällige, unverheiratete Frau auch nur die geringste Chance hätte. Aber das sind alles nur Hypothesen.

Er versucht erneut, die Präsidentin anzurufen. Er glaubt nicht, dass sie drangeht. Eben deshalb ist er so perplex, als er hört:

»Monsieur le Ministre?«

»Guten Tag, Madame la Présidente. Ich bin sehr froh, Sie endlich an der Strippe zu haben. Ja, geradezu erleichtert. Sie wissen sicher, dass die politische Lage sich seit Ihrer Ankündigung unglaublich verkompliziert hat. Zumal wir es mit einer regelrechten Angriffswelle von Feinden der Republik zu tun haben. Gestern Maubeuge, heute Saint-Valery-en-Caux.«

»Sie haben die nötigen Maßnahmen veranlasst, vermute ich? Die Opposition dreht durch, insbesondere der Patriotische Block. Er ist kurz davor, die Killer von Saint-Valery im Namen des Widerstands gegen die Gesundheitsdiktatur zu entschuldigen. Haben Sie die Tweets von Dorgelles gesehen? Einfach widerlich. Und Maynard stolziert bei diesen Verrückten von LibTV herum. Die bilden wirklich ein teuflisches Gespann!«

Widerlich, denkt Beauséant, widerlich, wenn man Popularitätswerte von 40% hat.

»Eben darum ist es so wichtig, dass Sie sich heute Abend äußern, selbst wenn …«

»*Selbst wenn* was?«

»Selbst wenn Sie die Spannung, die Sie seit mittlerweile vierundzwanzig Stunden aufrechterhalten, schon ein wenig auf die Spitze treiben. Das könnte den Eindruck einer gewissen Entscheidungsschwäche an der Staatsspitze erwecken, und das in dieser schwierigen Situation. Sie konnten das nicht vorhersehen, aber …«

»War es wirklich an mir, das vorherzusehen, Monsieur le Ministre? Sie warnen mich schließlich seit Monaten vor dem wachsenden Einfluss nebulöser Verschwörungsanhänger auf die öffentliche Meinung und davor, dass das Ganze außer Kontrolle geraten könnte. War es nicht an Ihnen zu verhindern, was gerade passiert?«

Der Ton ist schroff, feindselig. So hat sie noch nie mit ihm gesprochen, außer einmal in Perpignan, während des Wahlkampfes, als er ihr vorschlug, Lousteau mit dem Dossier Royal Provence zu erledigen.

Beauséant schluckt.

Die Präsidentin legt auf.

Beauséant steht auf. Unter den Augen von Chirac und Chávez durchmisst er sein Büro. Er fragt sich, ob er sich im Schlafzimmer seiner Frau nicht ein Beruhigungsmittel einwerfen sollte.

Beauséant hat gerade eine neue Hypothese aufblitzen sehen, und die gefällt ihm gar nicht.

Weder Rücktritt noch Verzicht auf eine erneute Kandidatur noch Wiederaufnahme des Kampfes, oder vielleicht doch, Wiederaufnahme des Kampfes in Form einer verdammten Kabinettsumbildung.

Da so oder so alles im Eimer ist, kann die schöne Dame versuchen, alles auf eine Karte zu setzen. Um ihre Null-Virus-Politik in Vergessenheit geraten zu lassen, die nicht funktioniert hat, oder jedenfalls nicht gut genug, trotz der Impfpflicht. Um den verschärften Ausnahmezustand in Vergessenheit geraten zu lassen, vollzieht sie einen Linksschwenk. Sie ernennt Manerville zum Premierminister.

Oder noch besser, eine ihr ergebene Technokratin wie Darthèze.

Und sie feuert die Minister, die ihr zu weit rechts stehen.

Ihn zuallererst. Der worst case.

Prognosen zufolge wird die Pandemie im Herbst dank der Impfungen abflauen. Sie könnte also auf die Idee verfallen, die Kommunalwahlen und die ausgefallenen Regionalwahlen zusammenzulegen. Zum Beispiel im Dezember.

Angesichts der allgemeinen Euphorie kann sie diese Wahlen gewinnen.

Das gibt ihr Rückenwind für die Präsidentschaftswahl.

Selbst wenn Beauséant und seine Anhänger die Nouvelle Société in der Nationalversammlung und im Senat fallen lassen würden und sie damit ihre Mehrheit verlieren würde, könnte ihr das egal sein. Er selbst hat sie, gegen den Widerstand ihres linken Flügels, zuvorderst Manerville, davon überzeugt, den verschärften Ausnahmezustand im Parlament durchzusetzen. Das bedeutete, das Parlament wurde aufgefordert, für die Dauer der Seuche Harakiri zu begehen und das Kabinett und den Verteidigungsausschuss nach Gutdünken handeln zu lassen. Wenn er also in der Opposition landete, wäre er das erste Opfer dieser Regelung.

Ein echter Alptraum, aber am meisten beunruhigt Beauséant, dass er an Nathalie Séchards Stelle genau das tun würde.

Schlimmer geht es nimmer.

Beauséant schenkt sich einen Bushmills ein. Das ist besser als eine Lexomil. Dank der Wärme des Whiskys, die sich in seinem Inneren ausbreitet, gelingt es ihm, einem anderen Szenario, das für ihn noch weitaus beunruhigender ist, ein wenig den Schrecken zu nehmen: Wenn er sich nächste Woche in der Opposition wiederfände, dann würde er die Unterstützung der Association verlieren.

Es ist sogar nicht auszuschließen, dass die Association sich gegen ihn wendet, um bloß nicht in das mit hineingezogen zu werden, was er begonnen hat: Séchard und ihren möglichen Nachfolger destabilisieren, dem Block die Verantwortung zuschieben, um jeden Preis als die einzige Alternative erscheinen. In dem Fall wäre die Association nicht mehr *seine* Association. Sie würde erneut zu einer unabhängigen Kraft werden, die sich darauf versteht, alles, was für sie eine Bedrohung darstellt, abzuwehren. Beauséant weiß aus eigener Erfahrung, dass der Staat über eine gewisse Anzahl an Paralleldiensten verfügt, die manchmal nicht mehr zu kontrollieren sind.

Beauséant lacht.

Ganz laut, als wäre er nicht ganz bei Trost. Er deutet gar einen Tanzschritt an. Rigaudon für einen dahingeschiedenen Minister. Diese Verschwörungstheoretiker bringen ihn echt zum Lachen. Die mit ihren B-Science-Fiction-Szenarien zum Hausgebrauch für die texanische Hausfrau unter fünfzig, mit ihrer Pumpgun neben einer Tüte Doritos und einer Konföderiertenfahne über dem Fernseher in ihrem Mobile home.

Die Association ist so viel einfacher, so viel rationaler.

Er wäre nicht der erste Minister der Fünften Republik, der »unter mysteriösen Umständen« erschossen worden wäre. Aber wer erinnert sich noch an Joseph Fontanet und an Robert Boulin?

Er hört auf zu tanzen.

Er schenkt sich noch etwas Bushmills ein. Da er nicht zu Mittag gegessen hat, haut das rein. Umso besser.

Da steht er nun mit seinen gut siebzig Jahren auf dem Buckel und weiß zum ersten Mal nicht, wie er sein Leben in den Griff bekommen soll.

Soll er abwarten, bis die schöne Frau um 20.05 Uhr ihre Ansprache hält?

Ein durchdringender, fröhlicher Schrei dringt bis zu ihm herauf.

Diese Stimme kennt er nur zu gut.

Das ist seine kleine Jeanne.

Er geht zum großen Fenster hinüber, öffnet die Fensterläden. Die Beauséant-Sippe liegt mal wieder faul in der Sonne. Einer schlimmer als die andere, vor allem dieses liederliche Frauenzimmer Marité, die sich gerade von ihrem angetrauten Suffkopp den Rücken mit Sonnenmilch eincremen lässt.

Die wird große Augen machen, wenn sie es sich zur Vesperstunde vom Rotschopf besorgen lassen will.

Endlich sieht Beauséant Jeanne.

Sie steht mit zwei gelben Schwimmringen um ihre gebräunten pummeligen Ärmchen strahlend am Beckenrand.

Dann springt sie mit einem hellen, lauten Lachen in das türkisfarbene Wasser.

Beauséant schenkt sich einen dritten Bushmills ein.

So gerne möchte er Jeanne aufwachsen sehen.

SONNTAGABEND, MONTAGMORGEN

Im Loiret beginnt der Abend zu dämmern, malvenfarben und majestätisch.

Auch wenn der gewohnte Wochenrhythmus durch die Pandemie und den Lockdown außer Kraft gesetzt ist, kennt doch jeder von uns, selbst diejenigen, die sonst alles kalt lässt, diese seltsame Beklemmung, die einem Sonntagabend innewohnt.

So hat Major Corentin an jenem Sonntag zum Beispiel ebenso flüchtige wie ferne Bilder von einem kleinen Mädchen vor Augen, das in seinem Polly-Pocket-rosafarbenen Zimmer ein Gedicht auswendig lernt, und dieses Mädchen, das war sie.

Sie geht auf das Gästehaus zu. Sie sieht Marité Beauséant im Eingang stehen und sich suchend umschauen.

»Sie wissen nicht zufällig, wo Monsieur Valentin ist? Ich habe geklopft, aber da ist niemand.«

»Keine Ahnung, Madame.«

Marité Beauséant strahlt eine Mischung aus sexueller Frustration und Sorge aus. Das macht sich an einem nicht unangenehmen Schweißfilm bemerkbar. Major Corentin würde gerne ihre flaumigen Achseln ablecken, das Strandkleid der ministeriellen Schwiegertochter ist ärmellos. Denn wenn sie es nicht gerade mit Peyrade Junior treibt, oft zwischen Tür und Angel, hat Major Corentin auch nichts gegen sapphische Liebe einzuwenden.

Major Corentins Offenheit in dieser Beziehung ändert nichts daran, dass Marité Beauséant ihr in diesem Moment fast leidtut.

Sie ist eine schlechte Lügnerin.

Major Corentin ist sich sicher, dass Marité auch in Luciens Zimmer war.

Zum Glück war Caliban so geistesgegenwärtig, alles aufzuräumen.

Sadistisch erkundigt Corentin sich bei Marité:

»Sollte er Ihnen bei irgendetwas zur Hand gehen? Vielleicht kann ich Ihnen sonst weiterhelfen?«

Marité errötet.

Dieses Erröten bezaubert Major Corentin. Sie würde die Schwiegertochter gern vernaschen, aber das wäre eine schlechte Idee.

Marité stammelt etwas davon, dass man Lucien zu einem Aperitif einladen wolle, um sich gemeinsam die Ansprache der Präsidentin anzuschauen, und verschwindet dann im Licht der kurz bevorstehenden Dämmerung.

Liebe Mitbürgerinnen und Mitbürger. Ich wende mich heute an Sie, um Ihnen mitzuteilen, welche Entscheidung ich in Bezug auf die kommenden Präsidentschaftswahlen getroffen habe. Seit dem 6. Mai 2017, das heißt, seit dem Tag, an dem ich Präsidentin der Republik wurde, habe ich gemeinsam mit den Regierungen unter Henri Marsay und Félix Vandenesse daran gearbeitet, Frankreich wieder aufzurichten, es gerechter und moderner zu machen. Es war ebenfalls mein Anliegen, unser Sozialsystem zu stärken, da es unser gemeinsames Gut ist. Ich habe eine Rentenreform in Angriff genommen, die auf lange Sicht allen gerechter erscheinen wird. Ich habe mich für Bürgerrechte eingesetzt: So haben alle Paare unabhängig von ihrem Geschlecht Zugang zu künstlicher Befruchtung und Leihmutterschaft, die Gleichberechtigung zwischen Frauen und Männern wurde gestärkt und der Kampf gegen Diskriminierung jeder Art, bei der Menschen verletzt und manchmal sogar getötet werden, wurde ausgeweitet …«

Corentin ist nun in Luciens Zimmer.

Sie zieht Latexhandschuhe über. Sie stopft die dreckigen

Anziehsachen und das Waschzeug in einen Müllsack, sie steckt Luciens Rechner in die Laptoptasche. Sie wirft einen prüfenden Blick auf die Laken, die Kopfkissenbezüge. Da haben Lucien Valentin und Marité Beauséant eine Menge ihrer DNA hinterlassen. Sie rollt alles zu einer Kugel zusammen und füllt einen anderen Müllsack damit.

Dann untersucht sie das übrige Zimmer akribisch. Für den unwahrscheinlichen Fall, dass hier irgendwelche Ermittler aufkreuzen, dürfen sie keine Spuren eines Kampfes finden. Sie hat so ihre Zweifel, ob Abel Caliban diesbezüglich ganze Arbeit geleistet hat. Er ist und bleibt ein Soldat, und die stellen sich manchmal etwas ungeschickt an, sind eher für die groben Tätigkeiten als für die Feinarbeit gemacht.

In dem Moment bemerkt sie tatsächlich ein paar Blutflecken an der Tuffsteinwand. Das sieht gar nicht gut aus. Außerdem ist es eine Höllenarbeit, so etwas zu entfernen. Das ist in etwa so, als hätte Lucien Valentin auf ein cremefarbenes Leinenhemd geblutet. Da muss man erstmal das passende Mittel finden, um es zu entfernen. Corentin ist sauer. Das kostet sie unnötig viel Zeit.

Corentin geht hinter das Gästehaus, in die Nähe des Helikopterlandeplatzes. Sie betritt einen Betriebsraum, holt einen Benzinkanister, gießt den Inhalt draußen über den beiden Müllsäcken aus und zündet sie an.

Ein vorgezogenes Sankt-Johanni.

Sie wartet, bis alles vollständig verbrannt ist, fegt die Asche in einen anderen Müllsack. Dann schließt sie einen Gartenschlauch an und säubert den Boden. Wasser ist im gesamten Département aufgrund der Hitzewelle rationiert, aber nicht in Les Tourailles. Wenn Corentin sich – so wie das mehr oder minder alle heutzutage tun – mit einem möglichen bevorstehenden Untergang der Zivilisation beschäftigt, kommt sie zu dem Schluss, dass es in diesem Fall allemal besser wäre, auf Seiten von Beauséant zu sein, auf der richtigen Seite der Verteidigungslinie.

Na gut, dann schauen wir uns mal den Taubenturm an …

… Liebe Mitbürgerinnen und Mitbürger, die Welt, Europa,

Frankreich, haben während eines großen Teils meiner Amtszeit eine besonders harte Prüfung durchlaufen. Ich habe alle dem Staat zur Verfügung stehenden Mittel mobilisiert, um die Pandemie zu besiegen, die uns hart getroffen hat und uns nach wie vor bedroht. Ich habe die Hoffnung, dass die »Null-Virus-Politik«, die ich seit Beginn der Seuche initiiert habe, nachdem mich der wissenschaftliche Rat über die möglichen Szenarien informiert hatte, im Laufe des Sommers, spätestens aber im Herbst dank unseres Impfprogramms endlich Früchte tragen wird.

Wir sind stark geblieben, und ich habe die Maßnahmen ergriffen, die nötig waren. Wir haben, insbesondere durch den verschärften Ausnahmezustand, unseren legislativen Instrumentenkasten ausgebaut, ohne je unsere grundlegenden Freiheitsrechte infrage zu stellen. Mir ist bewusst, dass die Opposition, sei es von rechts oder von links, sei es aus Demagogie oder aus Unüberlegtheit, diese Politik immer wieder kritisiert oder sogar Versuche, diese zu sabotieren, auf unverantwortliche Weise unterstützt hat.

Eben jene fordern mich auf, das Virus frei zirkulieren zu lassen, Schulen, Geschäfte, Veranstaltungsorte und Stadien wieder aufzumachen. Ich war nicht bereit, dieses Risiko einzugehen, ich war nicht bereit mir vorzustellen, dass wir angesichts von Hunderttausenden von Toten und überlaufenden Notaufnahmen einfach so weiterleben, als wenn nichts wäre. Erst die Geschichte wird erweisen, ob das richtig oder falsch war, die Geschichte wird darüber urteilen, doch als Präsidentin habe ich zu diesen Entscheidungen gestanden, und stehe nach wie vor dazu …

»Spuckt sie es jetzt endlich aus, Scheiße nochmal?«, stöhnt Beauséant.

Er isst einen Croque-Monsieur, den man ihm in der Küche zubereitet hat. Er befindet sich in Hélènes riesigem Schlafzimmer, in einer Sitzecke mit einem Flachbildschirm. Er hat seine Maske abgezogen. Hélène wird keine Panikattacke bekommen, sie ist ausgeknockt durch ihre Beruhigungsmittel.

Beauséant sitzt in einem Cocktailsessel, der, das ist ihm klar, seine Wampe unvorteilhaft zur Geltung bringt. Er ist leicht verkatert. Er rülpst. Er hasst Séchard in diesem Moment. Er wird das Fenster öffnen.

Auf einmal macht ihm alles Angst, sogar die Vorstellung, Corentin könnte es heute Abend verbocken.

Da irrt Minister Beauséant. Von Peyrade Junior über viele andere, die hier nicht namentlich aufgeführt werden, bis hin zu Major Corentin versteht Beauséant sich darauf, seine Mitarbeiter auszusuchen. So steht zum Beispiel Major Corentin jetzt gerade im Taubenturm.

Perplex betrachtet sie Lucien Valentin. Eigentlich sollte sie nicht überrascht sein, sie weiß, wie schnell ein Mann oder eine Frau, die man zusammenschlägt und unter beängstigenden und qualvollen Bedingungen einsperrt, und sei es auch nur für ein paar Stunden, abbauen.

Sie ist auch nicht überrascht über Luciens tiefe Augenringe, durch die er zehn Jahre älter wirkt, oder seine gebrochene Nase, die zu einer exorbitanten Knolle angeschwollen ist, oder seine vollgepinkelte Chino oder dass er jammert, »haben Sie Mitleid«, »ich flehe Sie an«, »ich sage auch nichts« – also kurzum die üblichen Beteuerungen von jemandem, der nicht sterben will.

Nein, was Major Corentin so überrascht, ist die erschreckend dicke Schicht Taubenkot auf Lucien Valentins Kopf, durch die man nur noch schwer erahnen kann, dass der vielversprechende Schriftsteller rothaarig ist.

Corentin seufzt.

Abel Caliban ist entweder ein bisschen dämlich oder er ist alt geworden. Erst lässt er Valentin duschen, und dann sperrt er ihn unter diesen Bedingungen ein, was soll das bitte?

Sie macht Valentin los. Seine Handgelenke sind übel zugerichtet. Er bleibt am Boden hocken.

»Ich habe Durst.«

»Das wird schon wieder.«

»Glaube ich kaum.«

Auch Corentin glaubt das kaum.

... Die unfassbare Gräueltat, die gerade in Saint-Valery-en-Caux verübt wurde und die dreißig Französinnen und Franzosen aus der Mitte unserer Gesellschaft das Leben gekostet hat, deren einziges Vergehen darin bestand, ihrer Bürgerpflicht nachkommen

und sich impfen lassen zu wollen, ist kein Anschlag auf die Politik. Es ist ein Anschlag auf die Grundprinzipien der Republik. Die Täter sind darüber hinaus nicht davor zurückgeschreckt, Gendarmen anzugreifen, die dazu abgestellt waren, an diesem langen Wochenende die Einhaltung des Lockdowns zu kontrollieren. Vier von ihnen haben heute früh auf einer Straße im Département Seine-Maritime ihr Leben gelassen. Diese grauenhaften Taten zeigen uns, zu welchem Nihilismus die Leugnung der Pandemie führen kann. Selbst in einigen politischen Parteien oder unter Wissenschaftlern stößt man auf diese Leugner, denen unter tatkräftiger Mithilfe einiger Medien und verantwortungsloser Sozialer Netzwerke eine Bühne zur Selbstdarstellung geboten wird.

Ich akzeptiere diese Leugnung nicht.

Ich werde, solange ich Präsidentin dieses Landes bin, im Namen der Werte, für die die Nouvelle Société mit ihrem Reformprojekt steht, mit all meiner Kraft dagegen ankämpfen …

»Aber klar, das wird schon wieder«, wiederholt Major Corentin. »Schlucken Sie das hier.«

»Was ist das?«

»Ein Beruhigungsmittel«, sagt sie, während sie ihm eine 10-mg-Valium-blue reicht.

Lucien schluckt die Tablette mit Mühe herunter.

»Ich sage Ihnen, wie es weitergeht. Hören Sie mir zu, Valentin?«

»Ja.«

»Minister Beauséant möchte nie wieder irgendetwas von Ihnen hören. Niemals. Das sollte Ihnen eine Lehre sein. Wir können noch ganz anders, wenn wir wollen. Ich fahre Sie jetzt nach Hause. Ach ja, ich habe sogar Ihren Laptop und Ihr Smartphone hier, sehen Sie? Also los, stehen Sie auf. Es ist normal, dass Ihnen die Beine kribbeln. Können Sie laufen? Dann folgen Sie mir.«

Sie richtet Valentin auf.

Lucien ist erleichtert, trotz seiner Schmerzen.

Sie verlassen den Taubenturm.

Major Corentin riecht durch ihre Maske hindurch, dass Valentin nach Vogelkot stinkt. Sie leitet ihn durch das Wäldchen zu einem anderen Ausgang von Les Tourailles, einer verschlossenen Tür in der Südmauer, durch die man auf einen Feldweg entlang einer Wiese gelangt, auf dem man sonst vor allem Wanderer, Traktoren und Liebespaare sieht.

Sie gibt einen Code ein.

Vor der Tür wartet ein C5 Aircross.

… In einem knappen Jahr werden Sie, liebe Mitbürgerinnen und Mitbürger, eine Wahl für unser Land treffen müssen. Die Linke mit ihren verkrusteten Strukturen bietet keine Perspektive für die Zukunft. Die Rechte beschränkt sich darauf, in etwas abgemilderter Form die Parolen des Bloc Patriotique nachzubeten, der allein auf die Abschottung unseres Landes setzt. Mehr als jedem anderen, liebe Mitbürgerinnen und Mitbürger, ist mir bewusst, welche Herausforderungen uns in dieser schwierigen Zeit erwarten. Als Präsidentin der Republik ist es meine Aufgabe, den Staat zu lenken, habe ich die Verantwortung, dafür zu sorgen, dass unsere Institutionen bis zum Ende meiner Amtszeit ungestört arbeiten können, und das vor dem Hintergrund einer Gesundheitskrise, die, das wurde uns gerade auf tragische Art und Weise vor Augen geführt, einige dazu treibt, extrem gefährliche Irrwege einzuschlagen.

Mich für meinen Teil treibt allein das übergeordnete Interesse unseres Landes an. Des Landes, dem ich seit über vier Jahren aufrichtig und ehrlich diene. Die Erfahrung hat mich gelehrt, demütig zu sein, eine Eigenschaft, die unverzichtbar ist, wenn man für die Allgemeinheit tätig ist. Ich war mit großen Herausforderungen konfrontiert und habe dem Schicksal beharrlich die Stirn geboten. Doch die Macht, die Ausübung der Macht, die Orte der Macht und die Rituale der Macht haben mich zu keiner Zeit verblendet, weder in Bezug auf mich selbst noch in Bezug auf die Lage, in der wir uns befinden, denn ich muss handeln.

Heute bin ich mir darüber bewusst, welches Risiko ich damit einginge, mich erneut zu präsentieren, ohne die dafür nötige Unterstützung zu haben. Eben darum habe ich entschieden, nicht als Kandidatin zur Präsidentschaftswahl anzutreten, und mich also nicht um ein neues Mandat zu bewerben.

Als Lucien das Auto wiedererkennt, das regelmäßig zwischen seiner Einzimmerwohnung in der Rue Marie-Rose und Les Tourailles hin- und herpendelt, ist er auf absurde Art erleichtert.

Er sieht darin ein Zeichen der Rückkehr zur Normalität.

Er weint.

Er ist gerettet.

Am Steuer sitzt Corentins Gegenstück in Zivil. Sie öffnet die Tür zur Rückbank. Sie befestigt Luciens Sicherheitsgurt.

Mit schwerer Zunge bittet er:

»Es wäre sehr liebenswürdig, wenn Sie darauf verzichten könnten, brasilianischen Trash Metal zu hören … Ich habe nämlich ziemlich starke Kopfschmerzen …«

Corentin versteht nicht, was er vor sich hinmurmelt. Offenbar entfaltet das Valium bereits seine Wirkung.

Kaum hat sie sich auf den Beifahrersitz gesetzt, startet sie ihre Playlist. Sie beginnt mit *Isolation* von Sepultura.

Der C5 Aircross fährt los, wirbelt den Staub auf dem Feldweg auf, während Derrick Greens Song über die verheerenden Folgen des amerikanischen Strafvollzugssystems aus den Lautsprecherboxen mit dem satten Sound erklingt. Schon bald sind sie auf der Landstraße, fahren am Eingangstor von Les Tourailles vorbei und sind wenig später auf der Autobahn in Richtung Paris unterwegs.

Lucien schläft ein.

Man hört ihn schnarchen, trotz Sepultura. Auf der Autobahn kommen ihnen nur wenige Fahrzeuge entgegen. Sie brauchen nur knapp anderthalb Stunden bis zur Porte d'Orléans. Sie parken an der Ecke Rue Marie-Rose, Rue Sarrette, vor einem Schaufenster der Caritas.

Major Corentin dreht dem brasilianischen Trash Metal den Saft ab.

Es kehrt wieder Stille ein.

Es ist vollkommen dunkel. In keinem der Häuser brennt Licht. Die Reichen, die in Paris unter sich sind, sind seit Monaten in ihren Sommerhäusern, wie die Römer, die vor der Invasion ihrer Stadt geflohen sind.

Corentin und ihr Binom warten ein wenig ab, auch wenn

sie genau wissen, wann die Polizei ihre Runden dreht und dass sie an exakt diesem Ort im toten Winkel der Überwachungskamera sind.

»Schon praktisch, dieser Lockdown«, sagt das Binom. »Der Rotschopf stinkt nach Taubenkacke, oder?«

Major Corentin antwortet nicht.

Sie steigt aus.

Sie zieht sich erneut Latexhandschuhe an.

Sie zerrt Lucien Valentin aus dem Auto. Es ist immer noch sehr heiß.

Major Corentin lehnt Lucien Valentin gegen das Schaufenster der Caritas.

Er wiegt den Kopf hin und her, öffnet die Augen einen Spalt breit.

»Sind wir da?«

»Wir sind da, Monsieur Valentin.«

Corentin hat inzwischen ein Springmesser herausgeholt.

Corentin sticht Lucien mehrmals in den Bauch.

Sie sticht ihn absichtlich ungeschickt ab, achtet nur darauf, keine Flecken abzubekommen.

Lucien lächelt, ist schon ganz woanders.

Er ist wieder auf dem Lycée Romain Rolland in Ivry. Er steht auf dem Schulhof, es ist ein milder Apriltag und er weiß, dass er Schriftsteller werden wird. Das erfüllt ihn mit Glück.

Corentin lässt ihn auf den Bürgersteig gleiten. Auf dem Schaufenster der Caritas sind klebrige Spuren zu sehen.

Sie nimmt Luciens Portemonnaie aus der Gesäßtasche seiner Chino.

Sie zieht den einzigen 20-Euro-Schein und eine Visa Card heraus.

Den Rest lässt sie drin und wirft das Portemonnaie neben den leblosen Körper.

Sie steigt wieder in den C5 Aircross.

Etwas später steigt sie erneut aus, um die Visa Card, den Laptop und das Springmesser in die Seine zu werfen.

Die zwanzig Euro behält sie.

Dann fahren sie und ihr Binom zurück nach Les Tourailles, das wie ausgestorben wirkt, wie das gesamte Land, das gerade das Ende der Ansprache der Präsidentin gehört hat.

... Ich bin mir meiner Verantwortung für diesen Schritt bewusst. Zugleich rufe ich zu einem kollektiven Erwachen auf. In dieser Lage sollten sich alle fortschrittlichen Kräfte zusammentun, denn hier geht es nicht um eine Person, nicht um mich, sondern um die Zukunft des Landes.

Ich möchte nicht, dass Frankreich sich in ein Abenteuer stürzt, für das es am Ende teuer bezahlen wird und das darüber hinaus seine Einheit, seinen Zusammenhalt und sein soziales Gleichgewicht gefährdet. Das ist die Botschaft, die ich von dieser Stelle aus an Sie richten möchte. In den folgenden Monaten bleibt mir nur eine Aufgabe, eine einzige: Dieses Land, das Land, das Sie mir 2017 anvertraut haben, zu führen. Dem werde ich mich mit ganzer Kraft widmen, und dabei werde ich mich allein in den Dienst der Republik stellen.

Es lebe die Republik, es lebe die Nouvelle Société, und es lebe Frankreich!«

Beauséant ist erleichtert, fühlt sich fast wie befreit. Er hört sich das Nach-der-Ansprache-Blabla auf den Nachrichtensendern an. TVLib25 reitet auf Nathalie Séchards Feigheit herum und hat nur leitende Politiker des Bloc Patriotique eingeladen. Sie fordern allesamt eine vorgezogene Präsidentschaftswahl, sagen, sie seien bereit. »Das stimmt nicht«, murmelt Beauséant vor sich hin. »Außer Agnès Dorgelles, Maynard, diesem verrückten Stanko, ein paar Kleinstadtbürgermeistern und ein oder zwei hohen Funktionären haben sie niemanden beim Bloc Patriotique.«

Eben deshalb machen sie Beauséant seit Jahren Avancen.

Bei den anderen Sendern tun die Abgeordneten oder Verantwortlichen der Nouvelle Société sich schwer, Kontra zu geben. Sie erklären ohne große Überzeugungskraft, Nathalie Séchard stelle so ihre hohe staatspolitische Verantwortung unter Beweis. Sie sagen, der sogenannte Séchardismus, dieser Traum eines modernen und geeinten Frankreichs, könne ihre Gründerin problemlos überdauern. Die Nouvelle Société habe eine Fülle politischer Talente vorzuweisen.

Auch das stimmt nicht.

Zwar sind sie weniger dumm als beim Block, oder von einer anderen Art von Dummheit, aber sie sind unfähig, sich allgemeinen Wahlen zu stellen, mit diesen Beamtenvisagen, die wie eine Karikatur ihrer selbst wirken, mit Leuten, die gut dotierte Posten in der Privatwirtschaft inne oder Start-ups gegründet haben und die Nation mit einem open space verwechseln, in dem man sich duzt, während man ein Gehalt in fünf- oder sechsstelliger Höhe einstreicht. Dazu kommt dieser Klassendünkel, der Salz in die offene Wunde der Gelbwesten ist und für den sie so teuer bezahlt haben.

Leitartikler mit unzureichender Kenntnis der Syntaxregeln stellen Hypothesen dazu auf, wer nach Nathalie Séchard den Séchardismus verkörpern könne. Man erwähnt Bianchon, aber der ist zu stark in die Pandemiebekämpfung involviert. Man erwähnt Staatsminister Manerville, aber der ist zu links. Man erwähnt Beauséant, aber der ist zu rechts. So oder so reiten die Journalisten auf der Tatsache herum, dass keines der Schwergewichte der Regierung momentan erreichbar sei.

Beauséant verlässt Hélènes Schlafzimmer.

Er lässt den Fernseher ohne Ton laufen. Wenn sie aufwacht, und wieder eine ihrer Panikattacken erleidet, werden die Bilder sie beruhigen.

Morgen wird er früh aufstehen, um nach Saint-Valery-en-Caux zu fahren, zusammen mit dieser Nervensäge Émilie Darthèze. In seinem Schlafzimmer versucht er dann eine De-Gaulle-Biografie zu lesen, aber ständig zucken seine Augenlider.

Er zieht die Laken bis zum Kinn hoch, so wie früher, als er ein kleiner Junge war.

Der Schlaf will sich nicht einstellen.

Er liegt da und fixiert den Stuck an der Decke. Er hofft, dass die, die heute Nacht im Einsatz sind, es nicht versemmeln.

Sein Handy vibriert, eine SMS von Corentin.

Dort steht nur *done*.

Diese Manie mit dem Englisch.

Wenn er Präsident ist, dann wird er Globish so verfolgen wie Putin die Tschetschenen, bis zum Scheißhaus. Er wird einem Akademiker das Kulturressort geben, oder besser einer Akademikerin, um Zeitgeist zu demonstrieren. In Beauséants Frankreich wird man so reden wie die Metzger 1960, wie sein Vater. Mit einem Vokabular und einer Syntax, bei der die Intellektuellen von heute vor Scham aufheulen werden.

Sei's drum, er hat andere Sorgen, denn heute Nacht ist nicht nur Major Corentin auf der Piste.

Hauptsache, seine Jungs leisten sich keinen Patzer.

Die drei Identitären vom Kommando AVA-Zéro sind in einem Bauernhof im Pays de Caux, nicht weit von Motteville. Sie trinken draußen im Dunkeln Kaffee. Ab und an gehen sie ins Haus und nehmen auf der Wachstuchdecke auf dem großen Küchentisch ihre Waffen auseinander und bauen sie wieder zusammen.

Sie achten nicht auf die Einrichtung.

Ein Fehler: Das langgezogene, niedrige Fachwerkbauernhaus liegt zwar gut fünf Kilometer vom nächsten Dorf entfernt, aber mit seinen alten Buffets und Wäscheschränken aus Kirschholz, seiner gemauerten Kochnische mit Pfannen und Kasserollen und rautenförmigen Fischpfannen, mit seinen vielen Hektar Weideland, seinem Brunnen wäre es eine ideale Immobilie für DINKs auf der Suche nach einem authentischen Zweitwohnsitz, oder das perfekte Ambiente für einen Regisseur, der eine Maupassant-Adaption drehen möchte.

Nachdem die drei Wikinger der Apokalypse den Duster im Val Druel verbrannt hatten, fanden sie, wie geplant, nur wenige Straßen entfernt einen Leihwagen vor, einen Renault Captur.

Der Mann mit dem Zastava-Sturmgewehr hatte die Schlüssel. Im Handschuhfach fand er eine Wanderkarte vor, auf der, so wie früher, mit dem Stift ein Schleichweg eingezeichnet war, auf dem man unter Vermeidung von Straßensperren zurück zum Hof kam.

Als die Hubschrauber der Gendarmerie direkt über sie hinwegflogen, bekamen sie es schon mit der Angst zu tun.

Aber schließlich erreichten sie den Bauernhof, versteckten den Renault Captur in einer Scheune und blieben, entsprechend der Anweisung, im Bauernhaus.

Nun warten sie hier seit dem frühen Nachmittag.

Es ist fast Mitternacht.

Der Mann mit dem Zastava-Sturmgewehr heißt Christophe Vandières, ist sechsundfünfzig Jahre alt und schaut auf seinem Smartphone die neuesten Nachrichten an. Er muss andauernd an das pausbäckige Gesicht der jungen ehrenamtlichen Helferin mit der roten Weste denken, die die Aufgabe hatte, die Schlange vor dem Impfzentrum im Casino von Saint-Valery-en-Caux zu kanalisieren. Sie erinnert ihn an ein anderes Gesicht, das ihm vor dreißig Jahren in einem serbischen Dorf in der Krajina begegnet ist, als er gemeinsam mit der Schwarzen Legion das Dorf gesäubert hat.

Nun will Vandières aufhören.

Er ist zu alt.

Es ist an der Zeit, sich zur Ruhe zu setzen. Seit seiner Jugend ist er in ultrarechten Kreisen unterwegs, er hat genug davon, auch wenn es eine Familienangelegenheit ist. Sein Vater, der gerade an dem Virus gestorben ist, war damals beim Putsch in Algier dabei. Kein großer Anführer, nein, nur ein Unteroffizier.

Dazu kommt, dass seit dieser Dreckskerl von Beauséant, der so gerne den Hardliner gibt, die Action Identitaire aufgelöst hat, nichts mehr so ist wie früher. Vandières glaubt nicht einmal mehr an die AVA-Zéro-Gruppe, die er direkt im Anschluss daran in Rouen mitgegründet hat. Der Patriotische Block ist auch nur ein Verein von Weicheiern. Abgesehen von Paul Loudun, klar.

Loudun ist ein echter Goldesel.

Christophe Vandières loggt sich auf seinem Smartphone ins Online-Banking ein.

Die 100.000 Euro, die um Mitternacht überwiesen werden sollten, nachdem sein Besucher von gestern Abend, ein Vertrauter von Loudun, ihm die Operation erklärt und die Schlüssel für den Duster und den Captur übergeben hatte, sind tatsächlich auf seinem Konto.

Er schenkt sich eine weitere Tasse Kaffee ein.

Wenn er nicht ans Aufhören gedacht hätte, wäre er vielleicht mehr auf der Hut gewesen. Der abendliche Besucher ist ein Identitärer, kein Zweifel. Obwohl er erst vor kurzem nach Rouen gekommen ist, also vielleicht sechs Monate vor dem Lockdown, ist er keiner Schlägerei aus dem Weg gegangen. Zugleich macht er kein Geheimnis daraus, dass er immer noch Verbindungen zum Patriotischen Block hat, insbesondere zu Paul Loudun. Er sagt, man müsse wie Stanko sein, so tun, als würde man sich in Agnès' Partei einfügen, aber dabei seine klare nationalistische Linie beibehalten.

Vandières kennt Stéphane Stankowiak von früher, von den großen Konzerten von *Fraction Hexagone* oder *In Memoriam*. Der Typ war damals echt durchgeknallt. Jetzt, in Anzug und mit Pinguinkrawatte, sieht er aus wie ein konservativer Abgeordneter. Nur die, die ihn von früher kennen, wissen, dass dieser leichte Abdruck auf Stankos Stirn von einer Tätowierung stammt, einer schwarzen Flamme mit roten Frakturlettern, Commando Excalibur.

Christophe Vandières hat konkrete Pläne. Zuerst wird er seine auf Literatur der Ultrarechten spezialisierte Buchhandlung, Drakkar blanc, in der Rue des Bons-Enfants in Rouen verkaufen. Mit dem Erlös daraus, plus den 100.000 auf seinem Konto, plus dem Geld, das er später noch in Cash bekommt, wird er in einem gottverlassenen Nest eine Kneipe übernehmen und dafür noch Zuschüsse von der Gemeinde einstreichen, weil er das Dorfleben aufrechterhält. Vandières denkt dabei an das Cantal.

Ob Virus oder kein Virus, ob geimpft oder ungeimpft spielt letztlich keine Rolle, die Bärtigen haben so oder so gewonnen. Der Westen ist tot. Der Beweis dafür ist, Trump hat verloren. Also ist es das Beste, die verbleibende Zeit dafür zu nutzen, ein wenig gute Landluft zu schnuppern. Christophe Vandières denkt, dass es bis zum großen Bevölkerungsaustausch im Aurillac noch eine Weile dauern wird. Er wird vor Ort eine Prepper-Gruppe organisieren. Das Cantal wird eine ethnisch reine Zone bleiben, ein suprematistischer Mikrostaat, und er wird ihr Anführer sein.

Ein jüngerer Mann, der auf der anderen Seite des Tisches sitzt, blickt Christophe Vandières an. Er ist dreißig Jahre alt. Er heißt Vinko Vusic. Das ist der Typ, der sich wie ein Cowboy bewaffnet hat. Er war sechs Monate alt, als er aus Kroatien nach Frankreich kam. Dennoch spricht er mit slawischem Akzent, den hat er von seiner Familie übernommen. Er ist sehr katholisch und geht jeden Sonntag in die Messe. Er wagt nicht, Christophe Vandières zu sagen, dass ihm das fehlt, dass er das Bedürfnis hat, den Ort aufzusuchen, an dem der Heilige Geist den Aposteln ermöglicht, in Zungen zu reden.

Vinko Vusic würde das gerne mit Gott klären. Gott würde ihn darin bestärken, dass sein Kreuzzug gegen die Gesundheitsdiktatur gerechtfertigt ist.

Als Christophe Vandières ihn gestern Abend spät anrief, um ihm zu sagen, dass er sich im Morgengrauen bereithalten solle, fühlte er sich besser. Vinko Vusic, vor der Pandemie Kellner in einer Brasserie an der Place du Vieux Marché in Rouen, ist seit Beginn der Pandemie arbeitslos. In seiner Sozialwohnung Grand Mare, in der er allein lebt, fällt ihm die Decke auf den Kopf. Seine Frau und seine kleine Tochter sind in eine andere Region gezogen. Seine Frau hat seine Freunde nicht mehr ertragen, insbesondere Christophe, der ihn regelmäßig mit dem Auto abgeholt hat, um mit ihm zu militärischen Trainingscamps bei Cléon zu fahren, auf einer Industriebrache. Sie gehört einem Gesinnungsgenossen, einem Typen vom Block, aber einem hohen Tier. Der ist ein echter Schriftsteller, Paul Loudun. Auf dieser Brache hält sogar der Ordnungsdienst des Patriotischen Blocks heimlich Trainingscamps ab, die Crème de la Crème, die Delta-Gruppe.

Nach Vandières Anruf hat Vinko Vusic alles stehen und liegen lassen: Seine Playstation, seine Partie Mortal Kombat 11, seine Chips. Er holte seine Waffen und seinen Kampfanzug hervor, die er zu einem Bündel verschnürt in einem Hohlraum unter seinem Schlafzimmer versteckt hatte, wo nur ein einsames Bett unter einem Kruzifix stand. Er war froh, dass es wieder losging. Christophe Vandières hatte ihm außerdem Geld versprochen.

Auch Vinko Vusic denkt darüber nach, AVA-Zéro aufzugeben.

Mit den 50.000, die ihm Christophe versprochen hat, könnte er vielleicht zu seiner Frau und seiner Tochter ziehen, oder sich zumindest in der gleichen Stadt niederlassen.

Vinko Vusic steht auf, lässt seine Winchester .30-30 auf dem Tisch liegen, aber behält seinen Colt .45 Peacemaker 1873 bei sich.

»Wo gehst du hin?«, fragt Christophe Vandières.

»Pinkeln.«

»Aber nicht draußen.«

»Ich weiß.«

Vinko Vusic will nicht nur pinkeln. Nachdem er die Spülung betätigt und den Klodeckel geschlossen hat, kniet er sich hin. Er holt aus der Gesäßtasche seines Kampfanzugs einen Rosenkranz.

Vinko Vusic betet.

Für seine Frau, für seine Tochter, für die Seelen all jener, die in Saint-Valery gestorben sind, für den Sieg über die Mächte der Finsternis, die überall auf der Welt toben, und dafür, die Kraft zu haben, ihnen zu widerstehen, damit Gott ihm den Weg leuchte und ihm verzeihe.

Der dritte Mann des Kommandos, der mit dem AR-15-Sturmgewehr, ist nervöser. Er raucht Zigaretten aus hellem Tabak und drückt seine Kippen auf der Untertasse aus. Das schockiert Vinko Vusic, den Kellner, der auf Sauberkeit achtet.

Der dritte Mann heißt Kevin Labitte – »DerSchwanz«. Das ist ein geläufiger Name in der Normandie, also kein Grund zu lachen, er hat es so schon schwer genug. In der Schule, die er in der elften Klasse, im Berufsvorbereitungsjahr, abgebrochen hat, rangen seine Eltern den Lehrern ab, dass man ihn Labatte nannte. Ein Vokal, damit er seine Ruhe hatte. Aber irgendwann kam es immer raus.

Die Folge war, dass Labitte andere Menschen zutiefst hasste, vor allem, seit Malika Oumaouche, in die er unsterblich verliebt war, ihm in der neunten Klasse sagte, er solle sich bloß nicht einbilden, dass sie mit ihm gehen würde. »Glaubst du vielleicht, wir heiraten eines Tages? Und ich heiße dann Madame DerSchwanz? Warum nicht gleich Madame Hodensack?« So brach ihm also der Spott einer jungen Kabylin auf dem Pausenhof des Collège Nelson-Mandela in Elbeuf am Ende des ausgehenden 20. Jahrhunderts das Herz.

Er begann, mit den Glatzen der früheren Textilstadt abzuhängen. Dort fand er eine Ersatzfamilie. Bier, Schlägereien und keine Witze über seinen Namen. Im Gegenteil, man sagte ihm sogar, als er zur Action Identitaire kam, dass er sich den Namen Labatte, der Schläger, redlich verdient hätte, wenn man sah, wie er die Zugewanderten zusammenschlug, wenn sie Asylbewerberunterkünfte wie die in Petit-Quevilly aufmischten.

Als Christophe Vandières Kevin Labitte fragte, ob er beim Angriff auf das Impfzentrum dabei wäre, sagte er sofort ja, genauso wie er ja sagte, als die Action Identitaire, Vandières und andere harte Burschen, mitten in der Pandemie Assaut Viking-Année Zéro gründeten, mit allen, die in der Szene Gewicht hatten.

Okay, wegen des chinesischen Virus, das Bill Gates geschaffen hatte, konnten sie nicht viel machen. Das heißt, eigentlich gar nichts. Aber das haben sie inzwischen wieder wettgemacht.

Kevin Labitte ist mit seinen vierzig Jahren der Meinung, dass er Christophe Vandières alles zu verdanken hat. In allerérster Linie seinen Job als Wachmann in einer Sicherheitsfirma, die einem örtlichen Parteifunktionär vom Patriotischen Block gehört, einem Abgeordneten im Regionalrat, Paul Loudun.

Kevin Labitte hatte bereits die Ehre, Paul Loudun kennenzulernen, bei einem Vortrag im Centre d'études normandes, dem lokalen Ableger der Action Identitaire.

Das Centre d'études normandes war genau genommen ein Raum über der Buchhandlung von Christophe, dem Drakkar Blanc, in der Rue des Bons-Enfants. Kevin konnte nicht den ganzen Vortrag hören, weil die Antifa versuchte, die Veranstaltung zu verhindern. Man musste sich also erstmal eine kleine Prügelei liefern, dann griff die Polizei ein, und die Antifa zerstreute sich.

Das Übliche eben.

Unter den Antifas hatte Kevin, versteckt unter einem Helm und einem roten Schal, der Mund und Nase verdeckte, ein feines Gesicht mit großen, dunklen Augen ausgemacht.

Ein Mädchen.

Sie war geschmeidig, elfenhaft, wich geschickt aus, tänzelte durch diese Schlägerei, in der es drunter und drüber ging, weil diese mittelalterliche Straße so eng war.

Er meinte, Malika Oumaouche erkannt zu haben.

Aber nein, das war unmöglich. Das Mädchen, das mit vierzehn nicht Madame Hodensack sein wollte, war inzwischen Ärztin in Dieppe. Insofern hätte sie auch unter den Ärzten und Ärztinnen des Impfzentrums von Saint-Valery sein können. Hätte Kevin Labitte auf sie geschossen?

Er weiß es nicht.

Er weiß nur, dass Christophe gesagt hat, es käme jemand zum Bauernhof, und sie bekämen jeder 50.000 Euro.

Das ist das Mindeste.

Es ist jetzt ein Uhr morgens im Pays du Caux.

Kevin Labitte muss auch mal pinkeln. Er klopft an die Toilettentür.

»Vinko, mach mal zu!«

Vinko antwortet nicht.

»He, Junge, lebst du noch?«

Kevin Labitte drückt das Ohr gegen die Tür. Er hört ein undeutliches Gemurmel.

»Holst du dir einen runter, oder was?«

Kevin wartet fünf Minuten, seufzt, tritt mit seinen Rangers gegen die Tür.

»Du nervst echt, Vinko.«

Er geht zurück in die Küche.

»Was ist los?«, fragt Christophe Vandières.

»Keine Ahnung, was Vinko da auf dem Klo so lange treibt.«

»Er betet, das solltest du respektieren.«

»Ich muss aber mal pinkeln.«

»Nicht draußen …«

»Du nervst, Christophe.«

Kevin Labitte macht die Tür auf.

Die Nacht ist mild, ein Halbmond beleuchtet die Felder auf der anderen Seite der Landstraße.

Kevin hebt sich deutlich vom erleuchteten Türrahmen ab.

Kevin pinkelt druckvoll und glückselig.

In den folgenden Sekunden nimmt er drei Geräusche wahr.

Das Geräusch eines kleinen Furzes, während er Wasser lässt.

Das Geräusch einer Eule, die heult.

Das Geräusch einer 7,62-Patrone, abgefeuert von einer CZ BREN 2, ausgestattet mit einem Schalldämpfer, die ganz ähnlich klingt wie Labittes Furz.

Dann hört Labitte nichts mehr. Die Kugel trifft ihn direkt ins Gesicht.

Er weicht zurück ins Innere und bricht auf den Tomette-Fliesen aus Terrakotta zusammen.

»Mist«, sagt Christophe Vandières.

Er nimmt sein Zastava an sich, aber er weiß bereits, dass man ihn reingelegt hat und es zu spät ist.

Zwei Männer ganz in Schwarz, vom Helm mit Visier bis zu den Kommandostiefeln, über die Sturmhaube und die schusssichere Weste aus Kevlar mit den Keramik- und Metallplatten, steigen bereits über Labitte hinweg.

Sie durchsieben Christophe Vandières fast lautlos mit

mehreren Kugeln und erwischen dabei diverse lebenswichtige Organe. Christophe Vandières sackt auf dem Küchentisch zusammen und wirft dabei die Kaffeekanne um.

Drei andere Männer in Schwarz betreten den Raum und positionieren sich an strategisch günstigen Stellen in der Maupassant-Küche. Einer gibt den anderen in Zeichensprache zu verstehen, dass irgendwo im Haus noch ein dritter Mann ist.

Vinko Vusic, auf der Toilette, hat auch verstanden. Er steckt seinen Rosenkranz weg und holt seinen Peacemaker-1873-Colt hervor. Er steigt auf den Klodeckel, öffnet das kleine Fenster und hat trotz seiner Wespentaille Mühe, sich hindurchzuzwängen.

Diese Kraftanstrengung hätte er sich sparen können. Unten erwartet ihn ein Mann in Schwarz, der seine CZ BREN 2 geschultert hat.

Er hätte den Kroaten, der in der Falle sitzt, nun auffordern können, seine lächerliche Westernrarität fallen zu lassen, kurzum, sich zu stellen.

Ja, das hätte er.

Es wäre sicherlich hilfreich gewesen, mehr über das AVA-Zéro-Kommando zu erfahren, zu erfahren, was sie antrieb, wie sie tickten. Ja, das wäre sicherlich hilfreich gewesen.

Aber nein.

Der Mann in Schwarz schießt.

Vinko Vusic stirbt, während er halb in der Toilette und halb in der normannischen Nacht hängt, während seine Seele, so ist zumindest für ihn zu hoffen, sich zum Wallfahrtsort Medjugorje aufschwingt, dahin, wo alles verziehen wird, in den Armen jener, die gebenedeit ist unter den Frauen.

Derweil zieht im Haus einer der schwarzgekleideten Männer, es sind insgesamt zehn, seinen Helm und seine Sturmhaube ab und legt seine CZ BREN 2 weg. Es handelt sich um niemand anderen als Peyrade Junior.

»Hallo Papa, es ist erledigt. Sagst du dem Paten Bescheid? Ja, ich kümmere mich um die Antiterroreinheit und den GIGN. Gute Nacht, Papa.«

Aber gehen wir noch einmal zurück zum Sonntag, zum späten Vormittag, dem Moment, als der Regionalrat der Region Normandie, Paul Loudun, von dem Blutbad in Saint-Valery-en-Caux erfährt.

Er sagt sich, dass man ihn reingelegt hat.

Er sagt sich, dass er geliefert ist.

Betrachten wir diesen Mann einmal näher. Er gehört der gleichen Generation wie Patrick Beauséant an, ist im Gegensatz zum Innenminister jedoch nie irgendeiner Tätigkeit nachgegangen, abgesehen davon, dass er der extremen Rechten angehört. Das ist ein Vollzeitjob.

Paul Loudun ist Alleinerbe des Konzerns Loudun & Cie, der ein knappes Jahrhundert lang, so zwischen 1890 und 1980, seine Glanzzeit erlebte. Loudun & Cie war vor allem in der Textilwirtschaft tätig, stellte aber auch Autozubehör her. Die Fabriken waren alle am Rand von Rouen angesiedelt, abgesehen von einem Standort für Onlinehandel in Croix, im Norden. Dann führte die durch den Kapitalismus ausgelöste Modernisierung dazu, dass Loudun & Cie nach und nach zerschlagen wurde. Immerhin sah Loudun Senior den langsamen Untergang voraus und sicherte ausreichend Geld und Immobilienbesitz, so dass er seinem faulen Sack von Sohn ein großes Vermögen hinterlassen konnte.

Loudun Junior verfügte also nach dem Tod des Alten – einem Gaullisten, der viel zu nachgiebig gegenüber diesen Dreckskerlen von der CGT war, die den Hals nicht vollbekommen konnten – über das gesamte Vermögen. Da war er gerade mal vierzig. Er führte ein angenehmes stumpfes Leben als Nachtschwärmer an der Côte d'Azur, tat so, als würde er sich für moderne Kunst interessieren, indem er sich in Cannes eine Pop-up-Galerie kaufte. Dort begegnete er bei einer Vernissage zufällig dem alten Dorgelles. Das war Liebe auf den ersten Blick, das heißt vor allem für Loudun, denn Dorgelles hatte einen Riecher für diese letzten Sprösslinge begüterter Familien, die nicht wussten wohin mit ihrer Kohle.

Loudun wurde also zu einem der Financiers des Patriotischen Block. Der dankte es ihm mit einem Abgeordnetenmandat im Europaparlament. Loudun nahm nur an sehr wenigen Sitzungen teil. Er langweilte sich dort, er hatte keinen blassen Schimmer von Parlamentsarbeit. Und Brüssel konnte nicht mit Nizza oder Rouen mithalten.

Tatsächlich ist Loudun ein Normanne durch und durch. Er besitzt im oberen Teil der Avenue Jeanne d'Arc eine Zweihundert-Quadratmeter-Wohnung in Bahnhofsnähe, das Café Le Métropole, oder das »Métro«, wie man es nennt, liegt um die Ecke. Zu den Hochzeiten der O.A.S. war das Métropole nicht nur der bevorzugte Treffpunkt der Royalisten der Action Française, sondern auch der Faschisten, der Rescapés de l'Occident, der Jeune Nation und der Neoheiden des Mouvement Normand. Loudun erlebte in diesem Bistro den Aufstieg des jungen Antoine Maynard, der damals noch für die Aufnahmeprüfung der École Normale Supérieure büffelte und schließlich die Tochter von Dorgelles heiratete, eben jene, die jetzt die Ideale ihres Vaters verrät. Aber Maynard, den man zum Kommunikationsbeauftragten des Block ernannte, sorgte dafür, dass er, Loudun, in die Fernsehstudios eingeladen wurde, insbesondere zu TVLib25, und ermutigte ihn letztlich auch, *Und morgen Poitiers* zu schreiben.

Jetzt, da Loudun weiß, dass man ihn reingelegt hat, fragt er sich, ob Maynard ihn nicht manipuliert hat, benutzt hat, als abschreckendes Beispiel, um zu zeigen wie sehr der Patriotische Block, abgesehen von einem identitären Dinosaurier wie ihm, salonfähig geworden ist. Aber das spielt jetzt keine Rolle mehr und ist ein Scherz gegen das, was ihm nun widerfährt.

An diesem Sonntag im Lockdown, an dem von dreißig Toten in Saint-Valery die Rede ist, sitzt er eingesperrt in seiner Wohnung und spürt, wie langsam die Angst in ihm hochkriecht. Er betrachtet das gerahmte Foto von Robert Brasillach. Wird er angesichts des Erschießungskommandos den Mut haben, so zu sterben wie er?

Dann betrachtet er ein Foto von Drieu la Rochelle, und fragt sich, ob er den Mut haben wird, sich das Leben zu nehmen.

Die Antwort lautet nein. Loudun ist gerade noch hell genug, sich einzugestehen, dass er ein großer Feigling ist. Er hat das nie gewollt, er wusste von nichts.

Das ist Brideaus Schuld.

Philippe Brideau.

Brideau ist gestern Abend gegen 22 Uhr bei ihm aufgetaucht, während er in aller Ruhe TVLib25 schaute, wo man gerade Séchard auseinandernahm, diese blöde Kuh, die für den nächsten Tag eine feierliche Ansprache angekündigt hatte. Im Studio war Antoine Maynard, wie üblich.

Seit dem verschärften Ausnahmezustand ist man gar nicht mehr daran gewöhnt, dass jemand an der Tür klingelt. Jetzt, im Nachhinein, fragt Loudun sich, wie es Brideau eigentlich gelungen war, sich über den Lockdown hinwegzusetzen, während in Rouen ein Haufen Bullen und Patrouillen unterwegs waren.

Brideau betrat also seine Wohnung.

Er war nicht das erste Mal bei ihm, aber er war wieder voller Bewunderung für die Art-Nouveau-Möbel von Louis Majorelle, die große Bibliothek und die in einer Vitrine ausgestellten Originalausgaben der antisemitischen Pamphlete von Céline, mit Widmung. Diese Bewunderung schmeichelte Loudun.

Lieber wäre ihm gewesen, eine Frau wäre derart in Verzückung geraten, aber mit seinen siebzig Jahren war Sexualität für ihn nurmehr eine ferne Erinnerung, mit Ausnahme der beiden Prostituierten, die auf dem Boulevard des Belges auf den Strich gingen. Aber die waren nicht so gestrickt, dass sie angesichts einer Präsident Laval gewidmeten Ausgabe von *Da sind wir gut dran* oder der floralen Intarsien der École de Nancy in Begeisterung verfielen.

Brideau strahlte übers ganze Gesicht, er war geradezu aufgeregt.

»Ich habe einen Plan, wie wir in unserem Kampf gegen den Impf-Totalitarismus bleibenden Eindruck hinterlassen können, Paul. Aber die Zeit drängt. Wir müssen schon in wenigen Stunden zur Tat schreiten, und zwar morgen früh. In

Valery-en-Caux gibt es ein kleines Impfzentrum. Wir könnten die AVA-Zéro-Gruppe wiederbeleben. Vandières und seine Leute warten nur darauf, loszuschlagen. Pass auf, das ist meine Idee: Wir haben ein langes Wochenende, Séchard hat sich, keiner weiß warum, in La Lanterne verschanzt. Die gesamten oberen Chargen der Regierung sind im Standby-Modus. Wir könnten Vandières und zwei Typen hinschicken. Ich dachte an den kleinen Kroaten, Vusic, und an Labitte, Sie wissen schon, der Wachmann … Sie fahren also dahin, schlagen alles kurz und klein, jagen den Lämmern, die sich dort zur Schlachtbank führen lassen, die Séchard und Big Pharma organisiert haben, einen ordentlichen Schreck ein, knallen einen Stapel Flugblätter hin und verduften. Die Geschichte geht durch die Nachrichten, erregt Aufmerksamkeit, und bringt Séchard noch mehr in die Klemme. Haben Sie mitbekommen, was in Maubeuge passiert ist? Denn wenn wir warten, bis der Block was tut, können wir lange warten, stimmt's?«

»Ja, ich weiß, Philippe, leider … Sie kennen meine Meinung zu Agnès Dorgelles. Das ist eine gute Idee, Philippe, wirklich. Aber warum brauchen Sie mich dafür?«

»Ich glaube, unsere Jungs von AVA-Zéro müssen erst noch motiviert werden.«

»Sie meinen, sie sollten Geld bekommen?«

»Sie sind in einer schwierigen Lage, wissen Sie. Vandières musste Le Drakkar blanc schließen, Vusic kann auch nicht mehr arbeiten, und Labitte ist in Kurzarbeit. Sie glauben an die gute Sache, klar, aber wir würden ihnen damit zeigen, wie wichtig sie für uns sind.«

»An wie viel dachten Sie?«

»100.000 direkt auf das Konto von Vandières. Er teilt es sich dann im Anschluss mit den anderen beiden. Außerdem brauchen sie noch einen Unterschlupf, damit sie nach der Aktion irgendwo im Grünen abtauchen können. Ich dachte da an Ihren Bauernhof bei Motteville. Ein schöner Ort, nebenbei gesagt.«

Paul Loudun überlegt.

Statt Ausländer mal Impf-Idioten jagen, ja, das wäre eine gute Sache, eine Gelegenheit, daran zu erinnern, dass es ein Frankreich gibt, das sich nicht unterwirft. Außerdem könnte man damit ein Exempel statuieren. Die Duckmäuser würden es sich in Zukunft zweimal überlegen, ob sie der Vorladung zum Impfen durch die Gesundheitsbehörden folgten, wenn sie riskierten, dabei eins aufs Maul zu bekommen.

Angst ist das einzig wirksame Mittel. Die Schwarzhemden von Mussolini hatten das verstanden, Rizinusöl und *manganello*.

»Warum nicht? Aber das muss gut organisiert sein. Ich möchte nicht, dass es so ein Gemetzel wie in Maubeuge gibt. Das wirft ein schlechtes Licht auf unseren Kampf …«

»Ich kann das alles bis morgen früh auf die Beine stellen, Paul. Je schneller eine solche Operation beschlossen und ausgeführt wird, desto höher die Erfolgschancen.«

»Das haben Sie wohl in der Armee gelernt, Brideau?«

»Ja, genau, in der Armee.«

Loudun hatte, so wie er das immer tat, ein paar Informationen über Brideau eingeholt. Er war vor zwei Jahren nach Rouen gekommen, arbeitete als Kundenberater in einer BNP-Paribas-Filiale und tauchte regelmäßig bei Veranstaltungen im Drakkar blanc auf. Nach und nach entwickelte er sich zu einer unauffälligen, aber sehr präsenten Figur der Ultrarechten.

Zwar hat Loudun nur eine entfernte Vorstellung davon, was das Wort Freund bedeutet, aber Brideau betrachtete er als solchen. Brideau war ein einnehmender Mann, ruhig und kultiviert, und ein Organisationstalent. Die Besetzung der Moschee von Oissel ging auf sein Konto, und die Attentatsserie direkt vor dem Lockdown auf Kulturzentren dieser perversen verlausten Päderasten von Anarchisten oder Transen, wie die Factory Longpaon im Darnétal in einer ehemaligen Drahtzieherei, ebenfalls.

»Man darf mich mit dieser Impfzentrumsgeschichte aber nicht in Verbindung bringen können …«

»Ach was, wie sollte man, Paul? Sie werden kaum … Die

Polizei wird kaum eine Fahndung ausschreiben, nur weil ein paar Weißkittel ein bisschen unsanft angefasst wurden … Aber ich wette mit Ihnen, dass die Sache von sich reden machen wird!«

»Und wie soll das genau ablaufen?«

»Sie überweisen jetzt 100.000 Euro auf das Konto von Vandières. Hier ist seine Bankverbindung.«

»Mal ehrlich, Philippe, Sie haben schon alles organisiert, oder?«

Brideau gab sich verdutzt.

»Ja, Paul. Ich war mir sicher, dass …«

»Gut gemacht, mein lieber Philippe. Ich rufe die drei später an und wünsche ihnen für morgen alles Gute.«

»Oh, nein, Paul, auf keinen Fall! Was ist, wenn irgendetwas schiefläuft und sie Vandières Handy checken? Dann stoßen sie auf Ihre Nummer. Das wäre ganz schlecht.«

»Stimmt, da haben Sie Recht, ich überweise das Geld.«

Paul Loudun setzte sich an seinen Mac, zog seine Brille auf und tippte auf der Tastatur herum. Innerhalb weniger Sekunden landeten die 100.000 Euro, nachdem sie über drei Briefkastenfirmen gegangen waren, auf dem Konto von Vandières.

»So, jetzt brauchen wir nur noch abzuwarten, Philippe.«

Von wegen, denkt Paul Loudun inzwischen. Brideau hat das alles von langer Hand eingefädelt.

Er wollte ein Blutbad.

Entweder er ist ein Fanatiker oder ein Verräter.

So oder so muss ich verschwinden, denkt Loudun. Aber wie? Er hebt eine Übergardine an und blickt auf die verwaist daliegende Avenue Jeanne d'Arc hinunter und den ebenfalls verwaist daliegenden Square Verdrel auf der anderen Straßenseite, dessen Grünflächen durch die Trockenheit gelb geworden waren.

Aufgrund des Lockdowns und des verschärften Ausnahmezustands sitzt er hier in der Falle wie eine Ratte. Zumal er Brideau nicht erreichen kann. Eine automatische Ansage erklärt, diese Nummer sei nicht vergeben.

So vergehen die Stunden.

Paul Loudun läuft in seiner Wohnung auf und ab. Das massive Eichenparkett knarzt unter seinen Schritten. Das sind die einzigen Geräusche, die seine düsteren, ungeordneten und panischen Grübeleien begleiten. Im großen Saal sieht er die Empfänge vor sich, die er früher gegeben hat und bei denen die Crème de la Crème der extremen Rechten sich an feudalen Buffets ein Stelldichein gab. Roland Dorgelles, der Alte, kam nach einem Meeting an der Place du Boulingrin im Jahr '88 hierher. Agnès Dorgelles war damals noch eine junge schüchterne Frau, die ihren Vater anhimmelte, und Maynard nur ein kleiner Lehrer, der plante, zur Armee zu gehen. Loudun war damals der unangefochtene Herrscher. Man versprach ihm ein Ministerium, sollte der Patriotische Block an die Macht kommen. Und nun, mit einundsiebzig Jahren, sieht er sich schon im Gefängnis in einer 9-Quadratmeter-Zelle, zusammen mit islamisierten Kleinkriminellen.

Ab und zu, wenn er in der Ferne eine Sirene hört oder das Motorengeräusch eines der wenigen vorbeifahrenden Autos, schreckt er auf. Er denkt ohne rechte Überzeugung darüber nach, wie er fliehen könnte. Das ganze Bargeld, das er in der Wohnung hat, nehmen, seinen Koffer packen, zu seinem Parkplatz in der Tiefgarage des Palais de Justice gehen, wo sein Porsche Cayenne seit Monaten vor sich hinschlummert. Hat er ihn vollgetankt, bevor der Lockdown allem ein Ende bereitet hat? Er erinnert sich nicht mehr.

Er öffnet seinen Tresor hinter einem Gemälde, einem Porträt von Mussolini im futuristischen Stil. Er sieht die Bündel von Geldscheinen vor sich und den vorschriftsmäßig bei der Präfektur angemeldeten Revolver Manurhin MR73. Er holt alles raus, legt es auf seinen Schreibtisch.

Es ist einfach zu blöd. In normalen Zeiten wäre er in wenigen Stunden an der belgischen Grenze. Er hat Freunde unter den flämischen Neonazis. Oder im Süden. Im Haut-Var kennt er ein traditionalistisches Kloster, das noch nie gezögert hat, die gejagten Verteidiger des christlichen Abendlandes zu verstecken. Aber es sind eben keine normalen Zeiten, denkt Paul Loudun, und es waren nie welche. Auf einmal fällt ihm auf, dass es bereits dunkel ist und er nicht mal die Nachrichten gehört hat, weder die Ansprache von dieser Hure Séchard, noch ob es etwas Neues von der Jagd auf das AVA-Zéro-Kommando gibt.

Da klingelt es.

Die hübsche Majorelle-Uhr, die auf dem Kaminsims im Empfangszimmer steht, schlägt ein Uhr morgens.

Paul Loudun schreckt auf.

Paul Loudun nimmt seinen MR73 an sich.

Es klingelt erneut.

Paul Loudun blickt durch den Spion.

Es ist Philippe Brideau, er zieht ein finsteres Gesicht und blickt sich sichtlich nervös um.

Paul Loudun entriegelt die Tür, tritt ein paar Schritte zurück und richtet den MR73 auf ihn.

»Kommen Sie rein …«

Nun steht Brideau direkt vor ihm.

»Ich bitte Sie, Paul, warum richten Sie die Waffe auf mich?«

»Du kleines Arschloch …«

»Sie glauben ja wohl nicht im Ernst, dass ich irgendetwas mit diesem Blutbad zu tun habe?«

Da zögert Paul Loudun.

Er würde Brideau gern glauben.

Darin erinnert er an einen unheilbar Kranken, der entgegen jeder Logik auf eine wirksame Behandlung hofft, wenn der Arzt sagt, er solle die Hoffnung nicht aufgeben.

»Diese Verrückten von AVA-Zéro haben nicht auf meine Anweisungen gehört. Wir dürfen uns nicht schnappen lassen. Könnten Sie bitte Ihre Waffe runternehmen? Wir müssen uns jetzt einen Rückzugsplan überlegen, bevor die Bullen mich finden. Na los. Paul, keine Sorge. Wir haben doch gute Kontakte, das wissen Sie.«

»Und wie sollen wir das bitte machen, im Lockdown? Und mit der Polente, die uns auf den Fersen ist?«

»Ich habe eine Ausnahmegenehmigung«, sagt Brideau und zeigt ihm sein Smartphone. »Wir haben immer noch Verbindungen nach ganz oben, mein lieber Freund.«

Ja, Paul Loudun will das glauben.

Eigentlich sollte er jetzt fragen, wie ein Kundenberater von BNP Paribas zu diesem kostbaren Passierschein kommt, sollte genauere Informationen verlangen. Er zieht es jedoch vor, sich von der warmen Stimme Brideaus einlullen zu lassen, von seinem so sympathischen Lächeln.

Anstatt sich in einer Zelle zu sehen, in der perverse Afrikaner ihn zu sexuellen Handlungen zwingen, sieht er sich nun bereits am Pool eines Luxushotels in einem warmen Land mit schwacher Währung, das keinen Auslieferungsvertrag mit Frankreich hat. Carlos Ghosn hat es schließlich auch dorthin geschafft.

Warum soll ihm das nicht gelingen?

Er nimmt seinen Manurhin herunter.

Philippe Brideau tritt an ihn heran.

»Komm schon, Paul, nicht verzagen, wir schaffen das!«

Brideau nimmt dem naiven Faschisten aus Rouen vorsichtig den Revolver ab. Brideau legt einen Arm um seinen Nacken, als wolle er ihm einen männlichen Schulterklopfer geben. Währenddessen drückt er auf einen ganz bestimmten Punkt auf Louduns Hals, und der sinkt auf den Teppich.

Dann geht alles ziemlich schnell.

Brideau schleift den leblosen Körper in ein geräumiges Badezimmer. Während er Wasser in die Wanne laufen lässt, zieht er den Siebzigjährigen aus und zuckt nur kurz überrascht zurück, als er ein Prince-Albert-Piercing auf Paul Louduns Eichel bemerkt.

Er hievt ihn in die Badewanne. Durch den Dunst hindurch, der sich im Badezimmer ausbreitet, sieht er Louduns säbelartiges Rasiermesser. Er schneidet ihm die Venen an den Handgelenken auf. Er dreht das Wasser ab, das sich bereits rot färbt.

Wenige Minuten später steigt Philippe Brideau wieder

in sein Auto, das er in der nahegelegenen Parkgarage vom Bahnhof abgestellt hat. Bevor er auf die Autobahn in Richtung Paris fährt, wird er an einer Straßensperre angehalten, an der sowohl Bullen als auch Soldaten stehen. Was die QR-Codes betrifft, so hat Brideau Loudun, dem in diesem Moment das Blut aus dem Körper weicht, nur halb angelogen. Ein Soldat mit Maske, der das Barett der Gebirgsjäger trägt, liest den QR-Code mit einem kleinen Lesegerät, das aussieht wie das Lesegerät für Kreditkarten.

Er salutiert und bedeutet ihm, weiterzufahren.

Auf der menschenleeren Autobahn schickt Philippe Brideau, der nie Philippe Brideau hieß, eine SMS, in der steht, *es ist alles geregelt.*

Der Leser kann es nicht wissen, aber tatsächlich ist er diesem Philippe Brideau, der nicht Philippe Brideau heißt, bereits begegnet. Er war es, der vier Jahre zuvor den Maulwurf des Patriotischen Blocks in der Wahlkampfzentrale von Séchard »abgestraft« hat, und er war es auch, der die Skins aus dem Limousin zwischen den beiden Wahlgängen im Präsidentschaftswahlkampf 2017 zu ihrem Verbrechen angestachelt hat.

Er ist nicht unzufrieden, dass er Rouen jetzt verlassen kann, sicherlich für immer. Er hat sich in diesen zwei Jahren, in denen er die Ultrarechte in Seine-Maritime unterwandert hat, schon ein wenig gelangweilt. Er findet, er war unterfordert. Er hofft, dass man sich seitens Beauséants für seine Dienste erkenntlich zeigen wird, denn immerhin musste er das ziemlich schnell auf die Beine stellen.

Aber das bringt der Beruf nun einmal mit sich: Zwei Jahre in einer verregneten gotischen Stadt abhängen, einen völlig uninteressanten Job erledigen, der einzig und allein darin besteht, ein paar Loser anzustacheln, die das eigentlich nicht nötig haben, Kellner, Wachleute, ausländerfeindliche Angsthasen, *rebels without a cause* und sogar drittklassige Politiker wie Loudun, die dem romantischen Traum nachhängen, die weiße Rasse zu retten. Nach zwei Jahren waren sie schließlich derart aufgeputscht, dass man innerhalb weniger Stunden einen Coup wie den von Saint-Valery-en-Caux lancieren konnte.

Kurzum, Ende gut, alles gut für den Mann, der nicht Philippe Brideau heißt.

Dort in Saint-Valery-en-Caux erlebt man an diesem Montagmorgen um 10 Uhr indes, wie es sich anfühlt, wenn eine Hitzewelle zu lange angedauert hat, so dass bei Ebbe lange Sandbänke und das Gerippe eines Landungskahns der Alliierten zum Vorschein kommen: Der Himmel ist flirrend weiß vor Hitze und so dunstig, dass es blendet.

Alle Anwesenden sind wegen des unerbittlichen Lichts gezwungen, Sonnenbrillen zu tragen. Die Sonnenbrillen in Kombination mit den Masken erzeugen den Eindruck, dass die Gesichter der Menschen endgültig verschwunden sind. Man hat das Gefühl, dass sich alle in dieser schwülen Hitze fast wie in Zeitlupe bewegen. Von den grauen, lauwarmen Wellen des Ärmelkanals kommt noch nicht einmal die kleinste Brise, um für etwas Erfrischung zu sorgen.

Die Anwesenden, das sind Patrick Beauséant und Émilie Darthèze. Sie inspizieren den Ort des Anschlags, vollführen diese etwas gekünstelt wirkende Geste, die Begrüßung auf indische Art, mit den aneinandergelegten Handflächen. Beauséant fehlt der Handschlag. Émilie Darthèze, die der nächsten Generation angehört und findet, sich voreinander zu verneigen habe durchaus etwas Elegantes, dagegen sehr viel weniger. Beauséant versteht es, alles in einen Händedruck zu legen. Sein Mitgefühl, seine Ermutigung, seine Energie, seine Unzufriedenheit.

Ihre Exzellenzen der Minister und die Ministerin begeben sich in Begleitung ihrer Personenschützer zunächst ins Kasino. Sie verschaffen sich einen Eindruck vom Ausmaß der Verwüstung. Sie wechseln ein paar Worte mit dem Bürgermeister und seiner Stellvertreterin, die dem Massaker entkommen ist und die Killer von AVA-Zéro gesehen hat. »Sie trugen noch nicht einmal Masken«, sagt sie mit feuchten Augen, als wäre dieser Verstoß gegen die Hygieneregeln noch schlimmer als die Tatsache, dass sie dreißig Menschen niedergemetzelt haben.

Beauséant und Darthèze sprechen auch mit dem Commandant der örtlichen Gendarmerie, der vier seiner Mitarbeiter verloren hat. Beauséant und Darthèze versprechen, dass man sie nicht vergessen wird. Sie begeben sich ins Rathaus, um die Witwen zu begrüßen, und bitten die akkreditierten Journalisten, die ihnen folgen wollen, um etwas Anstand. Beauséant erkennt trotz ihrer Sonnenbrille und ihrer Maske die kleine Idiotin von TVLib25, die ihn in Maubeuge angesprochen hat.

In einem anderen Raum des Rathauses zieht man mit dem Präfekten und dem Einsatzteam Bilanz. Beauséant reißt die Gesprächsführung an sich, so dass Darthèze kaum zu Wort kommt. Er beglückwünscht die Polizisten und die Soldaten der verschiedenen Dienste zu ihrer Schnelligkeit. Gerade hat man erfahren, dass eine Antiterroreinheit nur wenige Stunden zuvor Mitglieder des Kommandos auf einem Bauernhof ausfindig gemacht hat. Bei Motteville. Die Elitesoldaten hätten versucht, mit ihnen zu verhandeln, aber diese Fanatiker hätten offenkundig kein Interesse daran gehabt, sich zu ergeben. Man hätte sie leider neutralisieren müssen. Das sei in Hinblick auf die Aufklärung der Geschehnisse sicherlich bedauerlich, aber zum Glück sei keiner der an dieser Operation beteiligten Beamten verletzt worden.

Darthèze lässt sich nichts anmerken, aber sie ist sauer.

Sie empfindet eine Mischung aus Wut und Angst. Das Geschehen der letzten Nacht ist total an ihr vorbeigelaufen. Sie hat keine Ahnung, welche Einheit daran beteiligt war und wie es diesen Männern so schnell gelungen war, das AVA-Zéro-Kommando ausfindig zu machen. Sie ist auch nicht über die Razzien informiert, die man im rechts- und linksextremen Milieu in Rouen, aber auch an allen möglichen anderen Orten in Frankreich durchgeführt hat. Insbesondere auf dem Plateau de Millevaches, in Gemeinschaften zwischen Gentioux, Tarnac, Eymoutiers und Vassivière. Dort hat man sechzig Personen in Gewahrsam genommen, vornehmlich von den Bonobos Effondrés, der Alliance du Vivant und dem Unsichtbaren Komitee, die zwar keine Impfgegner sind, aber kürzlich in den Sozialen Netzwerken ein paar aufwieglerische Texte gegen die biopolitische Tyrannei und die Impfpflicht verfasst und dabei Michel Foucault zitiert haben.

»Es ist nicht auszuschließen«, erklärt Beauséant bei der improvisierten Pressekonferenz auf der Strandpromenade von Saint-Valery, »dass all das die Frucht einer gezielten Allianz zwischen den Preppern und den Linksextremen ist. Auf jeden Fall gehen unsere Ermittlungen in diese Richtung, nicht war, Madame la Ministre?«

Émilie Darthèze macht gute Miene zum bösen Spiel, was mit einer FFP2-Maske und einer Sonnenbrille nicht besonders schwierig ist. Sie erklärt, dass sie voll und ganz mit Beauséant übereinstimme, betont, dass die Koordination zwischen Beauvau und dem Verteidigungsministerium durch den verschärften Ausnahmezustand ungeheuer erleichtert worden sei. So ein Bullshit, denkt sie insgeheim. Was spielt dieser Drecksack von Beauséant da für ein Spiel?

Beauséant erklärt entschuldigend, sie und der Außenminister seien derweil damit beschäftigt gewesen, die Lage in Mali zu analysieren, die nach dem Staatsstreich gelinde gesagt konfus gewesen sei. Ja, sie würden diesen verantwortungslosen Negern mit ihren tressenbesetzten Uniformen schon noch den Marsch blasen. Während ihre Männer von der Operation Barkhane, die verhindern wollen, dass die Region als neuer Islamischer Staat in der Tunikavariante endet, sich abknallen lassen dürfen, haben sie nichts Besseres zu tun, als sich gegenseitig die Köpfe einzuschlagen.

Ja, Émilie Darthèze, die genau wie Nathalie Séchard in einem progressiven Elternhaus aufgewachsen ist, denkt nicht nur manchmal »Neger«, sondern hat dieses Wort auch wiederholt in den Mund genommen, und zwar im Krisenzentrum, im Beisein ihres Generalstabs. Der heuchelte im Übrigen Erstaunen darüber, dass die Präsidentin der Republik das Militärmanöver aus der Ferne leitete, mittels Videokonferenz, und sich durch den Generalstabschef, ihren Militärberater, ihre Afrika-Beraterin und die Generalsekretärin des Élysée, Karima Rafa, vertreten ließ, die bei der Nennung des N-Wortes jedes Mal zusammenzuckte.

Émilie Darthèze hat keine Wahl, sie kann Beauséant nicht davon abhalten, weiter seine Show abzuziehen, weil sie gleich einen Abstecher nach Bamako machen wird und in die Hauptstädte der Sahelzone, um zu demonstrieren, dass Frankreich die neuesten Entwicklungen in der Region sehr ernst nimmt.

Sie winkt den anwesenden Journalisten zu, die ihr keine Beachtung schenken, steigt in ihren schwarzen Peugeot 5008 und ruft Nathalie Séchard an. Seit Nathalies Wahl zur Präsidentin sind die beiden Frauen zu einem förmlichen Sie übergegangen, aber an diesem Morgen vergisst die Verteidigungsministerin angesichts ihrer Sorge jegliche Benimmregeln.

»Nathalie, es ist eine einzige Scheiße. Ich habe keine Ahnung, was Beauséant vertuscht, aber irgendetwas stimmt nicht. Auch wenn du nicht mehr antrittst, solltest du vor ihm auf der Hut sein. Ich habe immer gesagt, dieser Zwerg ist ein Killer. Er sonnt sich jetzt in der allgemeinen Aufmerksamkeit. Er wird dich kaltstellen, dann beendest du deine Amtszeit wie die Königin von England.«

»Jetzt beruhige dich mal, und sprich bitte in einem anderen Ton mit mir. Er hat einen guten Job gemacht, oder etwa nicht? Er hat AVA-Zéro enttarnt und bei allen Irren, die mir das Leben schwermachen, aufgeräumt. Innerhalb weniger Stunden …«

»Eben drum, das ging alles ein bisschen zu schnell, ein bisschen zu reibungslos …«

»Was willst du damit sagen?«

»Keine Ahnung, ich traue ihm nicht, ich …«

»Du solltest dich jetzt um Mali kümmern, Émilie. Wenn das so weitergeht, wirst du noch zur Verschwörungstheoretikerin. Ich weiß, das ist gerade in Mode, aber Beauséant ist loyal, und zwar seit vier Jahren, seit er sich uns angeschlossen hat.«

Émilie Darthèze schluckt ihren Widerspruch herunter.

Die Klimaanlage in dem SUV lässt sie frösteln und trocknet zugleich den Schweiß, denn während ihres Termins hat sie ihren eleganten Hosenanzug aus Shantungseide durchgeschwitzt. Scheißklima, als wäre das Virus nicht genug.

Sie reißt sich zusammen.

»Madame la Présidente, ich möchte mit Ihrem Einverständnis nach meiner Rückkehr aus Mali ein Team meines Vertrauens bilden, das die letzten Ereignisse aufklärt. Ein Team aus Soldaten, von denen ich weiß, dass sie loyal sind. Beauséant hat überall seine Netzwerke. Er ist gerade dabei, die Macht zu übernehmen.«

»Du gehst mir auf die Nerven. Du wirst echt paranoid. Die Macht bin ich. Zumindest bis zum kommenden Mai. Bis dahin habe ich die Absicht, einen Nachfolger aufzubauen. Aber dabei muss ich vorsichtig vorgehen. Ich möchte dich daran erinnern, dass ich in den Umfragen gerade bei 12 oder 13% liege. Ich möchte ihn unterstützen und ihn nicht unnötig belasten.«

»Manerville?«

Einen Moment herrscht Stille. Nathalie Séchard antwortet nur indirekt.

»Es kommt nicht infrage, Beauséant jetzt frontal anzugreifen. Mir ist vollkommen bewusst, dass ich ihn überlisten muss. Deine Untersuchung kannst du von mir aus machen, aber bitte unauffällig. Du wirst nichts finden.«

Nathalie Séchard legt auf.

Sie will es einfach nicht wahrhaben, denkt Émilie Darthèze.

Manerville, wer sonst.

Émilie Darthèze macht sich keine Illusionen, Manerville ist der Einzige, der gegen Beauséant überhaupt eine Chance hat. Aber das ist so, als würde man ein Lamm in einen Kampf mit einem Wolf schicken. Agnès Dorgelles wird Beauséant unterstützen, wenn er kandidiert, und davon ist auszugehen. Manerville ist ein weltfremder Öko, aber immerhin kein Irrer.

Sie hat ihn oft mit seiner Tochter gesehen, Clio, dieser

blonden, hochbegabten, knabenhaften Bohnenstange. Ein seltsames Paar, es hat fast etwas Inzestuöses. Aber nein, das ist die reine Eifersucht. Sie ist kinderlos, genau wie Nathalie.

Nathalie hat einen Mann, Jason Perros. Manerville hat eine Tochter, Clio. Sie hat niemanden.

Kein Kind. Keinen Typen. Vielleicht verschließt sie deshalb nicht die Augen vor der aktuellen Lage, dem Kräfteverhältnis in der Regierung, der verdächtigen Verkettung der Ereignisse. Da muss man nur eins und eins zusammenzählen: Séchards Verzicht auf eine erneute Kandidatur, das Attentat auf das Impfzentrum, die sofortige Aufklärung durch Beauséant.

Dann dieser Hin- und Rückflug mit dem Super Puma, da waren weder der Flugplan ganz koscher noch die Passagierliste, so viel konnte sie gestern am späten Nachmittag durch einen Anruf beim Militärflughafen in Villacoublay in Erfahrung bringen. Der Colonel, der das Kommando hat, hat zwar nichts Auffälliges gemeldet, war aber selbst gar nicht vor Ort. Sein Stellvertreter war da, und der steht General Peyrade nahe. Zwar ist Peyrade inzwischen im Ruhestand, aber seitens des militärischen Abschirmdienstes heißt es, er habe immer noch großen Einfluss auf eine Reihe von Führungskräften, die ihn bewundern: Kolwezi, Libanon, Tschad, der Golfkrieg, Sarajewo, Bosnien. Er hat mehr Orden als ein sowjetischer Marschall. Er stand zwar nicht auf der Passagierliste für Maubeuge, aber ein Techniker, der den Super Puma für Beauséant vorbereitet hat, sagt, er hätte ihn erkannt, und er sei mit einem halben Dutzend anderer Personen an Bord gegangen.

Gut, es war nicht auszuschließen, dass Beauséants Beraterstab aus Beauvau ihn auf seinem Anwesen im Loiret aufgesucht hat und dann mit ihm nach Maubeuge weitergeflogen ist. Aber General Peyrade gehört nicht zu Beauséants Beraterstab. Er ist ein Freund des Innenministers, wie dieser bei jeder Gelegenheit betont. Schließlich hat er in den 70er Jahren im zweiten Fallschirmjäger-Fremdenregiment unter Peyrade gedient. Das ändert nichts daran, dass Peyrade, der, wie es der Zufall so will, gerade im richtigen Moment in Villacoublay ist, an Bord des Hubschraubers geht, obwohl er da nichts verloren hat. Genauso verdächtig ist, dass man in letzter Minute zwei unbekannte Piloten verpflichtet hat. Es ist also keineswegs erwiesen, dass die Typen, die an Bord gegangen sind, wirklich zu Beauséants Stab gehörten.

Was hat das zu bedeuten? Gibt es etwa ein Schattenkabinett? Eine Art P2-Loge made in France? Émilie Darthèze glaubt nicht an diese modernen Legenden. Sie weiß, dass so einiges in der Republik geheim abläuft, aber sie glaubt nicht an die Existenz eines Tiefen Staates, das ist, zumindest zum jetzigen Zeitpunkt, eine Spinnerei von Verschwörungstheoretikern.

Doch sie hatte gestern nicht die Zeit, der Sache auf den Grund zu gehen. Es wäre gut, wenn sie die beiden Piloten befragen könnte, den Flugplan überprüfen. Der Rückflug des Super Puma dauerte eine halbe Stunde länger als vorgesehen, selbst wenn man den Abstecher zu Beauséants Anwesen mitrechnete. Sie müssen einen Zwischenstopp eingelegt haben. Der Super Puma kam leer zurück. Hat er also irgendwelche Passagiere auf freier Fläche abgesetzt?

Aber wo?

Die beiden Piloten werden ihr das sagen können. Émilie atmet schwer. Sie hat das Gefühl, jeden Moment eine Panikattacke zu bekommen, obwohl sie nie Panikattacken bekommt. Sie muss das nach ihrer Rückkehr aus Mali unbedingt überprüfen. In den nächsten drei Tagen klappert sie dort ein paar Verbündete und Staatschefs ab und faltet die neue Junta von Bamako zusammen, ohne sie dabei jedoch zu demütigen.

Émilie Darthèze dreht sich zu ihrem Berater um. Sie kennt ihn von früher, ein Colonel, der vorher bei der DGSE war und den man dort aufs Abstellgleis gestellt hat. Sie kann sich seiner Loyalität sicher sein, aus einem einfachen Grund: Sie hat mit dem Spezialisten für Cyberkrieg bereits vor zwanzig Jahren zusammengearbeitet, als sie die Führung eines Start-ups im Bereich Nanotechnologie für militärische Nutzung übernahm. Sie waren damals ein Liebespaar. Das ist zwar vorbei, aber sie empfinden nach wie vor Bewunderung füreinander, ein Fundament, das sich oftmals als solider erweist als ein hormonell bedingter Überschwang der Gefühle.

»Was hältst du davon?«

»Du weißt genau, was ich davon halte, Madame la Ministre. Beauséant ist gefährlich. Er hat in allen Geheimdiensten seine Netzwerke. Ich habe es mehr oder weniger ihm zu verdanken, dass ich kaltgestellt wurde. Seit Beginn der Pandemie sind beim Militär so einige Geschichten im Umlauf. So hat Beauséant den Kontakt zu bestimmten Leuten reaktiviert, wie zum Beispiel zu General Peyrade. Das dürfte dir der militärische Abschirmdienst doch mitgeteilt haben, oder? Peyrade ist ein Kriegsheld, aber eben auch ein Arschloch, das schließt sich nicht aus. Du erinnerst dich sicher, dass die Präsidentin zu Beginn ihrer Amtszeit auf Rat von Beauséant darüber nachdachte, Peyrade zum Chef des Generalstabs zu machen. Auf den sehr insistierenden Rat von Beauséant hin. Du musstest sie erst über den Typen briefen, damit sie diese Idee aufgab.«

Émilie Darthèze nickt zustimmend.

Sie hat das Gefühl, säuerlichen Schweißgeruch auszuströmen. Sie würde sich vor ihrem Abflug nach Bamako gerne noch umziehen. Das wird knapp werden. Sie hasst es, das im Flugzeug tun zu müssen.

»Weißt du, was du machen könntest, während ich in Mali bin? Die Geschichte mit dem Super Puma in Maubeuge … die beiden Piloten …«

»Ich versuch's.«

Émilie Darthèze wirft einen Blick auf ihre Uhr, eine ganz schlichte Kelton-Armbanduhr, ein Glücksbringer, den sie seit ihrem Studium hat. Sie hat sie von einem Uhrmacher vom alten Schlag reparieren lassen, der ein Faible dafür hatte und sich noch nicht einmal wunderte, dass eine so luxuriös gekleidete, vornehm wirkende Frau einen solchen Kult um diese Uhr trieb und sogar darauf bestand, dass man das Originalarmband aus rotem Kunstleder für sie auftrieb.

Einerseits möchte sie die Uhrzeit wissen, andererseits möchte sie den Gegenstand einfach berühren, da sie gerade das Gefühl hat, dass die Dinge in den kommenden Tagen und Wochen kompliziert oder sogar gefährlich werden könnten.

Sie muss Nathalie beschützen, ob ihr das nun gefällt oder nicht, und Manerville auch.

Beauséant zieht derweil weiter vor den Journalisten seine Show ab. Das Licht in Saint-Valery ist fahl und blendend zugleich, vom nahe gelegenen Yachthafen weht ein ekelerregender Gestank nach warmem Schlick herüber. Die dort bei Ebbe auf dem Trockenen liegenden Boote erinnern an kranke Tiere, auf denen zu viele Lachmöwen ihren Kot hinterlassen. Ihr Geschrei überdeckt manchmal sogar die Stimme des Ministers.

Er versucht in seiner Ansprache nicht zu euphorisch zu erscheinen, aber die Tatsache, dass er die Fäden wieder in der Hand hält, verschafft ihm ebenso große Erleichterung wie ein Glas Bushmills. Ihm ist nicht entgangen, dass Darthèze erst argwöhnisch war und dann verärgert, man muss ein Auge auf sie haben, aber das dürfte kein Problem sein.

Peyrade nimmt sich der Sache bereits an.

Beauséant gibt präzise Antworten, spricht in alle Mikrofone, die man ihm hinhält.

Der furchtbare Anschlag von Saint-Valery verlange eine prompte Reaktion des Staates, und diese Reaktion habe bereits stattgefunden. Anders gesagt: Zum Glück war ich zur Stelle, nachdem Nathalie Séchard ausgerechnet jetzt ein Machtvakuum zugelassen hat, denn im Département Manche stand die Republik für einen Moment auf der Kippe. Die im blendend-staubigen Dunst stehenden schwitzenden Journalisten haben im Übrigen sofort erfasst, was er damit indirekt sagen will. So kommt, wie aus der Pistole geschossen, auch gleich die Frage:

»Patrick Beauséant, halten Sie sich für den natürlichen Nachfolger von Nathalie Séchard?«

Ein Typ vom öffentlichen Rundfunk, na klar. Diese roten Socken, die von den Steuergeldern der Franzosen bezahlt werden, beißen sich lieber auf die Zunge, als jemanden mit seinem Titel anzusprechen, wie es sich gehört.

»Ihre Frage ist ebenso absurd wie voreilig. Die Präsidentin der Republik hat es in ihrer Ansprache gestern explizit gesagt: Sie wird bis zum Ende ihres Mandats im Amt bleiben, und meine Aufgabe ist es, sie dabei zu unterstützen. Bis zu den nächsten Wahlen haben wir noch ein knappes Jahr Zeit. Bis dahin müssen wir diese Pandemie überwinden und die grassierende Gewalt, egal ob von links oder von rechts, eindämmen, damit wir gestärkt aus dieser Krise hervorgehen. Es ist jetzt nicht der Moment für eine Nachfolgedebatte.«

Er macht eine Kunstpause, um seine Aussage wirken zu lassen. Hauptsache, es scheißt jetzt keine Möwe auf sein Sakko.

»Ich möchte die Gelegenheit nutzen, eine Information von äußerster Wichtigkeit an Sie weiterzugeben, die ich gerade von der Kriminalpolizei in Rouen erhalten habe, die ich zu ihrem zügigen Erfolg beglückwünschen möchte. Denn tatsächlich geht das alles sehr schnell, meine Damen und Herren. Der Eigentümer des Hauses, in dem die Terroristen von AVA-Zéro bis zuletzt so erbitterten Widerstand leisteten, ist ein gewisser Paul Loudun, Regionalrat vom Patriotischen Block, der, soweit ich weiß, regelmäßig bei Ihnen im Studio zu Gast war, nicht wahr, Madame?«

Die junge Frau von LibTV25 erstarrt und wird bleich.

Die anderen stellen wild durcheinander einen Haufen Fragen.

Beauséant breitet beschwichtigend die Hände aus.

Er setzt eine ernste Miene auf, versucht die kackenden Möwen zu vergessen – ein Möwenschiss hat seinen linken Church's nur haarscharf verpasst.

»So viel kann ich Ihnen sagen, die Beamten, die sich zu seiner Wohnung in Rouen begeben haben, um ihn zu befragen, haben ihn dort tot aufgefunden, höchstwahrscheinlich handelt es sich um Selbstmord. Ich möchte den Ermittlungen nicht vorgreifen, aber es liegt auf der Hand, dass ein solches Ereignis einige unserer verantwortlichen

Politiker zum Nachdenken bringen sollte. Mehr möchte ich zum jetzigen Zeitpunkt nicht sagen, aber Sie werden selbstverständlich über den Fortgang der Ermittlungen informiert.

Auf Wiedersehen, meine Damen und Herren, ich habe zu tun.«

Der Minister ist tatsächlich vollauf beschäftigt, und zwar damit, sich im Restaurant La Jetée in Veules-les-Roses (ein Michelin-Stern) ein gutes Essen zu gönnen, die Spezialität des Hauses, Rührei mit Seeigeln und Heringskaviar. Beauséant hat es extra aus diesem Anlass wieder öffnen lassen. Er kennt es von früher. Da sie die einzigen Gäste sind, ist ihnen ein Tisch mit Meerblick sicher.

Er hat seinen Referatsleiter im Schlepptau, Major Corentin, den Départementsbevollmächtigten für die öffentliche Sicherheit, zwei befreundete hochrangige Polizisten und den Präfekten von Seine-Maritime. Der Präfekt hätte das gerne abgelehnt, aber ihm ist bewusst, dass Beauséant gerade Oberwasser hat, und er ist schließlich sein direkter Vorgesetzter.

Es ist also nicht angebracht, ihn zu verärgern.

Die Kelton-Uhr der Ministerin Émilie Darthèze sollte als Glücksbringer nur begrenzte Wirkung haben.

Der Peugeot 5008 bremst leicht ab, als er die abschüssige Straße nach Doudeville-en-Caux herunterfährt, mit seiner in einem Talkessel gelegenen kleinen Altstadt mit Kirche und Kriegerdenkmal. Hier fährt man unweigerlich durch, wenn man auf die Autobahn nach Rouen will und von dort aus weiter nach Paris.

Der Fahrer beschleunigt erneut, um die Steigung hinauf zum Felsplateau zu fahren. In diesem Moment wird Doudeville von einer vernichtenden Explosion erschüttert und der Peugeot 5008 auf die Seite geschleudert.

Im Wageninneren ist der Berater auf der Stelle tot, der Fahrer auf der Stelle tot, und dem Personenschützer auf dem Beifahrersitz fehlt ein Arm.

Das merkt der Personenschützer, als er nach seiner Glock im Schulterholster greifen will.

Er findet das komisch, er lacht.

Auch Émilie Darthèze ist am Leben, und bei Bewusstsein.

Sie zieht ihre FFP2-Maske herunter, weil ihr Mund voller Blut ist.

Sie spuckt es aus.

Sie kann nicht glauben, dass sie, gegen jede Logik, gerade stirbt, denn während sie vom Sicherheitsgurt eingeklemmt ist und ihr Körper an den Körper ihres toten Beraters gedrückt wird, spuckt sie weiterhin Blut, an dem sie nach und nach erstickt.

Das Letzte, was sie und ihr Personenschützer sehen, ist ein bärtiger Typ, der hinter der sternförmig zersplitterten Scheibe auftaucht, die ihnen die Sicht vernebelt.

Er schaut von oben auf sie herab.

Er wirkt besorgt.

Er schlägt mehrmals mit ganzer Kraft mit dem Griff einer AK-47 gegen die Scheibe.

Endlich gelingt es ihm, seine Waffe durch ein Loch in der Scheibe hindurchzuschieben. Er gibt eine Salve in das Wageninnere ab, das hätte er sich sparen können.

Aus den Körpern von Émilie Darthèze und dem Personenschützer, die durch die Explosionen hin- und hergeworfen werden, ist bereits jedes Leben gewichen.

Man beerdigt sie.

Man beerdigt in der folgenden Woche in Frankreich viel.

Zuerst beerdigt man die zweihundert Toten, die im Schnitt täglich am Virus sterben. Diese Begräbnisse finden schnell und heimlich statt, es sind maximal sechs Personen vor einem Sarg zugelassen. Die Gamma-Variante spielt verrückt. Die Zahlen gehen wieder nach oben, während die Impfungen stagnieren oder sogar leicht rückgängig sind, wegen der Vorfälle in Maubeuge und vor allem in Saint-Valery-en-Caux. »Wir dürfen den Terroristen aus dem Lager der Impfgegner nicht den Gefallen tun, uns von ihnen einschüchtern zu lassen. Die Ordnungskräfte haben die Sicherheitsmaßnahmen rund um die Impfzentren verstärkt«, wiederholt Christophe Bianchon beharrlich bei seinem täglichen Lagebericht zur

Pandemie, eingerahmt vom Premierminister und von Beauséant, die hinter ihren Masken zustimmend nicken.

Die Polizei oder die Armee sind dennoch manchmal gezwungen, die Leute zu Hause abzuholen, um sie gewaltsam in die Impfzentren zu bringen. Das ist ein Verlust an Zeit und Energie. Es gibt Berichte, denen zufolge vor allem bei der Polizei die Bereitschaft nicht sehr groß ist, in einigen Brennpunktvierteln widerspenstige oder verängstigte Familien zu verhaften. Die Schutzmänner behaupten, wenig glaubhaft, die Menschen seien nicht zu Hause gewesen oder wären nicht mehr an der angegebenen Adresse wohnhaft. Beauséant tobt. Er fordert die Generalinspektion der Police Nationale auf, Sanktionen zu ergreifen. Aber das ist kompliziert, und es ist gerade nicht der Moment, die Bullen gegen sich aufzubringen.

Außerdem sorgt das für desaströse Bilder. TVLib25 macht es sich zur Spezialität, Videos zu sammeln, die Nachbarn aufgenommen haben. Dort sieht man weinende Kinder, Menschen im Pyjama, die grob herumgestoßen werden. Die Moderatoren des Senders kommentieren diese Bilder dann gehässig: »Wir haben es euch gesagt, wir leben in einer Gesundheitsdiktatur. Séchard ist schlimmer als Kim Jong-un oder die chinesische Kommunistische Partei. Diese Razzien erinnern uns an die dunkelsten Stunden unserer Geschichte.«

Von Präsidentin Séchard bis Bianchon, über Manerville und Beauséant, alle würden den Leuten bei TVLib25 nur zu gerne das dreckige Maul stopfen, auch wenn sie das nicht offen aussprechen. Präsidentin Séchard vertraut Jason, als sie abends den Élysée-Palast verlassen haben und in der Rue Galande sind, an, was sie insgeheim für Fantasien hegt:

»Weißt du, ich träume davon, dass Soldaten in ihre Studios marschieren, sie festnehmen, in irgendein finsteres Verlies stecken und dann der Bildschirm schwarz wird. Diese Typen faseln etwas von den dunkelsten Momenten unserer Geschichte und kommen selbst aus Familien von glühenden Pétain-Anhängern, das ist ja wohl der größte Witz überhaupt. Was soll's, die Leute, die diesen dummen Arschlöchern Gehör schenken, haben so oder so nicht die Nouvelle Société gewählt und werden es auch nie tun, völlig egal, was ich tue oder sage. Sie wollen den Patriotischen Block an der Macht sehen, beziehungsweise wenn man sie so reden hört, hat man den Eindruck, dass Dorgelles ihnen noch zu soft ist. Schade, dass der verschärfte Ausnahmezustand nicht alles erlaubt …«

Jason schenkt ihr ein weiteres Glas Morgon von Lapierre nach und sagt:

»Es wird Zeit, dass du aufhörst, mein Schatz, am Ende wirst du noch wie sie, ohne es zu merken. Das ist das eigentlich Perverse an ihnen. Man kriegt Lust, die gleichen Methoden anzuwenden, die sie befürworten. Sie infizieren uns genauso unausweichlich wie das Virus. In einem knappen Jahr sind wir in Paterson. Bis dahin musst du die Zähne zusammenbeißen, Nathalie, beiß die Zähne zusammen, und versuch jegliches Chaos zu vermeiden.«

Seit dem Abend der ersten Runde der Präsidentschaftswahlen ist Paterson in ihrer Geheimsprache, wie jedes Liebespaar sie hat, zum Synonym von Ploubanec geworden. Beide träumen inmitten dieses Alptraums von der Bretagne. Salzige Luft, Bäder im Meer und so viele Bücher, die es noch zu lesen gibt.

Die Opfer von Maubeuge wurden ebenfalls beigesetzt. Die verrückte Doktorin, die durch ihre YouTube-Videos die Unruhen erst ausgelöst hatte, ging selbst als Tote noch allen gehörig auf die Nerven. Etwa zwanzig Impfgegnern gelang es, sich über den Lockdown hinwegzusetzen, um ihr ohne Maske das letzte Geleit zu geben. Die Bullen prügelten auf sie ein, verhafteten um die fünfzehn. Sie kamen allesamt direkt in Gewahrsam. Bei dem Prepper aus Lille ging es etwas ruhiger vonstatten. Er hatte keine Familie, und seine Freunde von den Suprematisten waren bereits alle im Gefängnis.

Den vier Gendarmen von Saint-Valery-en-Caux hingegen wird vor der Kulisse des Meeres feierlich die letzte Ehre erwiesen. Die Verteidigungsministerin kann aus bekannten

Gründen nicht an der Zeremonie teilnehmen. Beauséant springt für sie ein. So langsam hat er genug vom Pays de Caux. Zu Unrecht, denn diese Region hat wirklich Charme, aber sie bringt ihm Unglück, das ist wahr. Noch während er sein Seeigelrührei in Veules-les-Roses aß, erfuhr er, dass Émilie Darthèze gerade bei einem Attentat ums Leben gekommen war. Dazu kommt, dass er in Saint-Valery-en-Caux von unangenehmen Schuldgefühlen übermannt wird, als er die Trauerrede für die vier Gendarmen hält und sich vor den Witwen verneigt.

Noch am selben Abend einigt man sich nach einer kurzen Diskussion im Élysée zwischen der Präsidentin, dem Generalinspekteur, Premierminister Vandenesse, Beauséant und Staatsminister Manerville auf die Schnelle darauf, für das Verteidigungsressort einen Fachmann zu nominieren, General Peyrade. Beauséant lobt ihn wie zu Beginn der Präsidentschaft in den höchsten Tönen: »Peyrade wird von den Soldaten vergöttert, Sie wissen so gut wie ich, dass es bei den Angehörigen des Militärs gerade mächtig rumort. Émilie Darthèze genoss bei der Truppe großes Ansehen, das hat sie etwas besänftigt.«

Der Generalinspekteur nickt zustimmend.

Beauséant fährt fort: »Ihr Nachfolger sollte weder ein Technokrat sein noch ein Abgeordneter von der Nouvelle Société oder einer anderen Partei, die an der Regierung beteiligt ist. Ich kenne Peyrade gut, er ist Republikaner durch und durch und kennt die Armee wie seine Westentasche. Er hegt keinerlei politische Ambitionen. Er wird Ruhe in den Laden bringen.«

Manerville ist sichtlich genervt, die Präsidentin zögert, »schon wieder ein Freund von Ihnen«, aber in Mali geht es drunter und drüber. Der Tod von Émilie Darthèze hat sie aus der Bahn geworfen. Sie willigt schließlich ein, der alte Vandenesse ebenfalls, er schließt sich so oder so immer der Präsidentin an.

Die Generalsekretärin des Élysée, Karima Rafa, gibt Peyrades Nominierung in einer Pressemitteilung bekannt. Der

Ton ist eher unterkühlt. Der Vorteil ist, dass allein die radikale Linke von Desplein mit Ablehnung reagiert und die Sozialen Netzwerke mit einem aufrührerischen Video mit dem Titel »Wann kommt der Putsch?« flutet; die Konservativen und der Patriotische Block halten sich dagegen bedeckt.

Umfragen zufolge sind 60% der Bevölkerung für Peyrade. Er beschränkt sich darauf, den Fernsehsendern am Abend seiner Nominierung ein eintöniges Interview zu geben, in dem er etwas genervt bestätigt, dass er bei der Ausübung seines Ministeramtes selbstverständlich keine Uniform tragen wird. Das hindert ihn jedoch nicht daran, zwei Tage später während seiner Rundreise durch die Sahelzone, die ursprünglich Darthèze machen sollte, im Drillich und mit grünem Barett herumzustolzieren. Der Außenminister, der ihn begleitet, kommt durch sein Übergewicht so dermaßen ins Schwitzen, dass er bei der Abnahme eines Stoßtrupps der Armee des Tschad einen Schwächeanfall erleidet.

Im selben Moment, als die Marseillaise erklingt und man dem ohnmächtig gewordenen Minister Luft zufächelt, lässt man, nachdem die Präsidentin grünes Licht gegeben hat, Kampfflugzeuge vom Typ Mirage 2000 von der Luftfahrtbasis in Niamey aufsteigen und zur Vergeltung von Émilie Darthèzes Tod wild drauflos bombardieren.

Auch in Afrika gibt es also Beerdigungen.

Es handelt sich um ein paar Dschihadisten und ein paar unschuldige Zivilisten, so um die zwanzig, sagen wir mal, was Frankreich eine Rüge von der UNO einbringt, aber die UNO geht im Moment allen ziemlich am Arsch vorbei …

Die drei AVA-Zéro-Mitglieder werden schnell unter die Erde gebracht. Wie beim Prepper aus Lille wird die erlaubte Zahl von sechs Trauergästen eingehalten, da alle Anhänger im Knast sind. Der vom Beerdigungsinstitut beauftragte Steinmetz, etwas irritiert, hat aus Versehen nur ein einziges »t« auf den Grabstein von Kevin Labitte gesetzt, was seine alten Eltern, die einzigen Trauergäste, empört. Sie verlangen ihr Geld zurück und einen neuen Stein, haben aber beides bis heute nicht erhalten.

Was Paul Loudun betrifft, so ruht er jetzt in dem Familiengrab der Loudun-Dynastie, auf dem monumentalen Friedhof von Rouen. Die wegen der Pandemie begrenzte Anzahl der Trauergäste kam dem Patriotischen Block entgegen. So stellte sich nicht die Frage, ob man jemanden hinschicken sollte oder nicht. Antoine Maynard beklagte im Namen von Agnès Dorgelles auf Twitter den Selbstmord eines treuen Anhängers des Block, der sich bedauerlicherweise in einen zweifelhaften Kampf verrannt und dabei unentschuldbare Taten begangen habe.

Vor der Loudun-Familiengruft waren nur zwei Kränze abgelegt worden, ein winziger vom Regionalrat der Normandie, und ein anderer, recht üppiger, von einer gewissen Cindy. Dem Polizisten, der die Trauerfeier überwachen sollte, fiel das auf, er recherchierte ein wenig und wurde fündig. Cindy ist der Deckname von Françoise Lannion, einer der letzten Prostituierten vom Boulevard des Belges, seit fünfzehn Monaten in pandemiebedingter Kurzarbeit. Der Bulle amüsierte sich erst darüber, dann versetzte es ihm einen kleinen Stich. Die Liebe oder das, was man dafür hält, verbirgt sich manchmal dort, wo man sie am wenigsten vermutet.

Eine Woche nach dem Attentat wird mit großem republikanischen Pomp Émilie Darthèze im Innenhof des Hôtel des Invalides die letzte Ehre erwiesen. Die gesamte Regierung ist da, inklusive ihrem Nachfolger Peyrade Senior, der aus Mali zurück ist, aber dieses Mal in Zivil. Peyrade Junior ist ebenfalls da, unter den Personenschützern der GSPR, und weicht Präsidentin Séchard nicht von der Seite.

Nach dem Attentat auf Darthèze wurde der Personenschutz der wichtigsten Politiker verstärkt. Peyrade Junior freut sich für seinen Papa, der Minister geworden ist, und für seinen Paten, der wieder am Zug ist. Trotzdem sieht der Pate so aus, als wäre er sauer und nicht nur traurig. Papa und der Pate wechseln sogar einige wenig freundliche Blicke.

Peyrade Junior denkt, dass das mit Darthèze zu tun haben muss.

Die Kameraden bei der Antiterroreinheit sind von einer

fast nonnenhaften Diskretion. Man verfolgt die islamistische Spur, zumal es ein Bekennerschreiben der AQMI gibt. Al-Qaïda au Maghreb islamique soll den Auftrag an Radikalisierte aus der Region um Le Havre outgesourct haben. *Aber*, so denkt Peyrade Junior, der bisher weder mit seinem Vater noch mit Beauséant darüber sprechen konnte, weil er der Präsidentin auf Schritt und Tritt folgen muss, *das glaubt doch kein Schwein.*

Während Peyrade Junior sich unter der unerbittlichen Sonne den Kopf zermartert, in seinem schwarzen Anzug schwitzt und sein Knopf im Ohr durch den Schweiß zu jucken beginnt, hält Nathalie Séchard eine Trauerrede, die ausschließlich aus der Feder der jungen ENA-Absolventin aus Oxford mit den drei Jahren Altgriechisch stammt, die ihr als Redenschreiberin dient. Nicht, dass die Präsidentin sie nicht selbst hätte schreiben können, sie war nur nicht in der Lage dazu wegen ihres Kummers.

Die Kameras zeigen immer wieder in Nahaufnahme ihre Tränen, als sie beim Totengeläut auf den Sarg zugeht, auf dem eine Trikolore drapiert ist, um dort die Insignien des Verdienstordens der Ehrenlegion festzustecken.

Schließlich beerdigt man auch noch Lucien Valentin, auf dem Friedhof von Aubusson. Seine freischaffenden Eltern haben kurz vor Beginn der Pandemie das Theaterspielen aufgegeben und eine Buchhandlung mit Teestube in Felletin eröffnet, die von Stadtflüchtigen aufgesucht wird. Sie lief nicht gerade glänzend, aber als dann auch noch der Lockdown kam …

Lulus Tod hat ihnen den Boden unter den Füßen weggezogen. Sie haben ihn in den letzten Jahren nicht viel gesehen und haben dieses banale und zugleich tragische Gefühl, ihren Lulu viel zu selten in die Arme geschlossen zu haben. Sie liebten ihn nicht nur, sondern sie waren darüber hinaus stolz auf ihren Schriftstellersohn. Nach der Beisetzung gestalteten sie, obwohl ihre Buchhandlung geschlossen war, ein Schaufenster nur mit Fotografien von Lucien in unterschiedlichen Altersstufen und mit Ausgaben vom *Glaskäfig*.

Daneben sieht man ein Beileidsschreiben des Verlegers und Fotokopien von Kritiken. Es ist zuletzt so viel passiert, dass der Tod ihres Sohnes in den Medien untergegangen ist. Nur *Le Monde* hat einen zehnzeiligen Nachruf veröffentlicht. Der kam ebenfalls ins Schaufenster, als Fotokopie um 400% vergrößert.

Als sie mit einer 24-stündigen Ausnahmegenehmigung nach Paris kamen, um seinen Leichnam zu identifizieren, sprach ein Polizist ihnen sein Beileid aus. Er war einfach zur falschen Zeit am falschen Ort gewesen. Ein heimtückischer Mord. Sein Smartphone, sein Laptop und seine Kreditkarte waren weg. In seinem Portemonnaie war kein Bargeld mehr. Er hatte vermutlich nicht viel dabei, sagte seine Mutter unter Schluchzen, die Valentins hatten es nie besonders dicke.

Sein Vater fragt sich, was er um die Zeit draußen zu suchen hatte. Seine Mutter denkt, dass er vielleicht mit den Bonobos Effondrés heimlich Plakate geklebt hat, trotz des Lockdowns. Der Gedanke tröstet sie. So wäre ihr Sohn zumindest für eine gute Sache gestorben. Sie hätte auch gern seine Freundin kennengelernt, Clio, die Tochter des Umweltministers. Schon eine verrückte Geschichte mit den beiden. Lucien war offensichtlich bis über beide Ohren in sie verliebt. Er hat ihnen Fotos von ihr geschickt, aber Fotos, nun ja …

Sie würde so gern mit Clio und allen, die ihn gekannt haben, über ihn sprechen. Seine Freunde vom Plateau wohnen nicht weit entfernt, vor allem Nathan, der bei Beginn der Pandemie Paris verlassen hat. Aber dieser Mistkerl von Beauséant hat sie nach den Attentaten von Saint-Valery und Doudeville scharenweise in Gewahrsam genommen. Seit der verschärfte Ausnahmezustand gilt, kann man zehn Tage festgehalten werden, ohne einen Anwalt zu sehen oder einem Haftrichter vorgeführt zu werden.

Also geht Luciens Mutter nun täglich vor die Tür, nur um in einer engen Gasse in Felletin, die in eine Sonnen- und eine Schattenseite geteilt ist, von außen das Schaufenster zu betrachten.

Und sie weint.

Lucien Valentins Mutter ist nicht die Einzige, die weint.

Was soll Clio erst sagen.

Aber Clio weint nicht. Es ist schlimmer.

Clio sagt nichts. Und zwar wirklich gar nichts.

Guillaume Manerville sucht sie viermal täglich in ihrem Zimmer im Ministerium auf. Er zögert nicht, dafür eine Sitzung zu unterbrechen. Er antwortet ausweichend. Er verschwindet, seine Mitarbeiter seufzen. Er kann nicht anders. Er will Clio sehen, sie berühren, das Schweigen brechen, dafür sorgen, dass sie ihrem Kummer Luft macht, indem sie die Tränen fließen lässt.

Dabei sollte er sich gerade jetzt nicht ablenken lassen. Er spürt um sich herum lauter untergründige Bedrohungen. Er hat das Gefühl, das Chaos ist mittlerweile der Normalzustand. Dutzende Tote, eine ermordete Ministerin, ein Beauséant, der die gesamte mediale Aufmerksamkeit auf sich zieht. Ein General, wenn auch der Reserve, der das Verteidigungsministerium leitet. Wenn er die Wahl hätte, wäre er zurückgetreten und mit Clio nach Cournai zurückgekehrt, oder besser noch nach Audresselles, ins Devoir de vacances. Zurück in das weiß gekalkte einstöckige Haus mit dem Gärtchen dahinter, das gerade groß genug ist, um sich zu sonnen oder ein paar kleine Hummer auf den Grill zu werfen.

Clio trösten.

Aber er kann nicht gehen.

Nicht jetzt.

Noch nicht mal für Clio.

Am Tag der Besprechung im Élysée-Palast, bei der beschlossen wurde, dass General Peyrade der Nachfolger von Émilie Darthèze werden sollte, nahm Nathalie Séchard Guillaume im Anschluss beiseite, während eine Louis-XVI-Uhr sechs Uhr abends schlug …

»Sie wirken so nachdenklich, Herr Staatsminister?«

»Dazu gibt es wohl genug Anlass, Madame la Présidente.«

Nathalie Séchard strich sich eine blonde Strähne zurück, die sich aus ihrem Knoten gelöst hatte. Mit einem Seufzer zog sie ihre Maske ab. Die Fenster des goldenen Salons standen weit offen, sie war bereits zweimal geimpft, Manerville auch.

Nur der alte Idiot Vandenesse nicht, und zwar nicht, weil er ein Impfgegner war, sondern weil er Angst vor Spritzen hatte. Seinetwegen musste man während der gesamten Besprechung FFP2-Masken tragen. Man würde ihn wohl kaum zwangsweise impfen. Alle beteten nur, dass *Le Canard* das nicht publik machen würde. Zugleich hatte niemand in der Regierung ein Interesse daran, Vandenesse in Schwierigkeiten zu bringen. Er war der ideale Premierminister, ein guter Manager ohne politisches Gewicht und ohne andere Ambitionen als die, die »Mannschaft«, wie er die Regierung nannte, im Dienst der Präsidentin am Laufen zu halten.

Guillaume Manerville betrachtete Nathalie Séchards Gesicht so, wie ein Mann das Gesicht einer Frau betrachtet, was er sich gegenüber der Präsidentin der Republik bisher immer versagt hat. Er fand, dass sie trotz ihres leichten Make-ups und ihres Bleistiftrocks im Audrey-Hepburn-Stil zum ersten Mal genauso alt aussah, wie sie war.

Nicht die Figur, nein, aber diese Falten rund um den Mund, diese dünnen, fast sehnigen Arme.

Sie gingen raus in den Garten.

Sie liefen eine Weile im Schatten, in der milden Abendluft.

»Ich werde Sie brauchen, Guillaume.«

»Als Ihr linkes Standbein«?

»Exakt.«

»Haben Sie den Entschluss, nicht mehr anzutreten, schon vor längerer Zeit gefasst?«

»Nein, aber es schien mir auf einmal offensichtlich. Im Moment kann ich keinen klaren Gedanken fassen, diese Wahnsinnstat von Saint-Valery, Émilies Tod … Aber wenn wir diese Turbulenzen hinter uns gelassen haben, und Beauséant fertig ist mit seiner Show, dann ist es an Ihnen, die Bühne zu betreten. Oder können Sie sich Beauséant als Präsidenten der Republik vorstellen?«

»Warum nicht? Momentan ist er äußerst populär. Mehr als ich, und Sie machen es mir nicht direkt leichter. Gerade haben Sie Ihre Einwilligung dazu gegeben, dass einer seiner Freunde das Verteidigungsministerium übernimmt, sie waren beide Fallschirmjäger im gleichen Regiment ...«

»Wir leben schließlich in einer Demokratie, Guillaume. Diese Leute haben immer loyal der Republik gedient. Sie lieben die Republik. Nicht so wie wir, wie Sie und ich, aber auf ihre Art lieben sie sie auch.«

»Glauben Sie das wirklich, was Sie da gerade sagen?«

»Über die Demokratie oder über die Loyalität von Beauséant und Peyrade?«

»Beides.«

»Ja, davon bin ich überzeugt.«

Guillaume konnte einen Seufzer nicht unterdrücken.

Nathalie Séchard fuhr fort:

»Sie sollten nicht zum Sektierer werden, Monsieur le Ministre. Das ist der Linken, von der wir beide kommen, zum Verhängnis geworden. Ich möchte Beauséant nicht an der Macht sehen, aber ich möchte ihn auch nicht in die äußere Finsternis verbannen und damit alle Franzosen, die er repräsentiert. Natürlich ziehe ich den Beauséant von 2017 vor, den Verbündeten. Der Beauséant von heute will mein Nachfolger werden. Das ist legitim, genauso wie es legitim ist, dass ich Sie unterstütze. So sind die demokratischen Spielregeln, und das ist auch gut so.«

Guillaume fuhr sich mit der Hand durch seine Johnson-Tolle und stellte dabei fest, dass er seit geraumer Zeit keinen Frisör mehr ins Ministerium bestellt hatte. Manchmal schnitt Clio ihm die Haare, wenn sie fand, dass ihr Vater zu zerzaust aussah. Er hatte es eilig, zu ihr zu kommen, auch wenn sein kleines Mädchen nur noch ein Häufchen Elend war.

»Meinetwegen«, sagte er. »Das ändert aber nichts daran, dass wir, auch wenn das nicht Ihr Fehler ist, die ganze Zeit nur auf Sicht regieren, Beauséant inklusive. Damit meine ich nicht die Pandemie, ich meine die Anschlagsserie. Was hat

Beauséant Ihnen über den Tod von Émilie Darthèze gesagt? Glauben Sie an diese Geschichte von Al Qaida im islamischen Maghreb?«

Ein Turmfalke setzte sich auf einen Zweig.

Manerville fragte sich, ob es derselbe war, den er vorm Hôtel de Roquelaure gesehen hatte. Wenn ja, musste er pervers veranlagt sein. Er stellte sich vor, wie der Vogel sich hämisch über die Eitelkeit der Menschen amüsierte, die nicht aufhörten, sich mit Katastrophen herumzuschlagen, die sie selbst provoziert hatten.

Fiesling von Turmfalke.

»Was denken Sie, wer es sonst gewesen sein soll?«, fragte die Präsidentin. »Eine Verschwörung? Das glaube ich nicht. Dabei muss ich an Jason denken … Er meint, dass es in Bezug auf Verschwörungen zwei grundsätzliche Irrtümer gebe: Entweder, man sieht überall welche, oder man sieht nirgendwo welche. Er meint, dass die irren Verschwörungstheoretiker, die durch die Pandemie ans Tageslicht gekommen sind, mich daran hindern zu sehen, dass der Hauptantrieb der Geschichte eine einzige große Verschwörung ist und man eine echte Verschwörung nicht sieht, oder erst Jahrzehnte später. Was Beauséant betrifft, so weiß ich nur eins, nämlich dass er durch meinen Verzicht auf eine erneute Kandidatur freie Bahn hat, es sei denn, Sie stellen sich ihm in den Weg. Ich helfe Ihnen auch, das sollten Sie wissen, sofern meine Unterstützung für Sie kein Handicap darstellt.«

»Vielen Dank, Madame la Présidente. Ich weiß nicht, ob ich der Richtige dafür bin, noch, ob ich das schultern kann. Nur eines weiß ich sicher, dass ich auch nicht möchte, dass Beauséant Ihren Platz einnimmt.«

»Was Émilie betrifft, so vermutet Beauséant, dass man es eigentlich auf ihn abgesehen hatte. Um von Saint-Valery nach Paris zu kommen, durchquert man unweigerlich Doudeville. Und Doudeville liegt ideal. Die Wirkung der Explosion wurde durch die beengte Tallage des Ortes verstärkt. Er sagte darüber hinaus, dass der Geheimdienst seit einiger Zeit eine Gruppe von Islamisten in Le Havre im Visier hatte. Die

SDAT hat eine Razzia gemacht, aber niemanden angetroffen. Die Terroristen haben die Gunst der Stunde genutzt. Sie wussten, dass die beiden Minister in Saint-Valery sein würden. Sie haben ihre Bombe deponiert, sich in der Kirche versteckt, und sie von dort aus gezündet. Das Ding hatte eine enorme Sprengkraft, war aber eher simpler Bauart, so wie ich das verstanden habe, und wurde per Handy gezündet. Einer von ihnen ist dann noch mit seinem Sturmgewehr zum Wagen gegangen, um sicherzugehen, dass niemand überlebt.«

»Sie hatten Glück, die Schweine …«

»Das sagt Beauséant auch. Oder vielmehr, dass Émilie Pech hatte. Sie hätte genauso gut den Hubschrauber nehmen können statt das Auto, und hätten sie die Bombe nur ein wenig zu früh oder zu spät gezündet, wäre sie möglicherweise entkommen. Was das Bekennerschreiben der AQMI angeht, so halten das Terrorismusabwehrzentrum und die DGSE es bis zum Beweis des Gegenteils für glaubwürdig. Diese Gruppen in der Sahelzone arbeiten jedenfalls nach dem gleichen Schema. Sie verwenden improvised explosive devices, IED, wie man beim Militär sagt. Die Bombe wird am Straßenrand versteckt, durchschlägt die Panzerung unserer Fahrzeuge und tötet unsere Soldaten. Ein Drittel unserer Verluste dort geht auf solche Bomben zurück … AQMI hat ihnen möglicherweise über das Darknet Anweisungen erteilt …«

»Aber die Zeitspanne, um das zu organisieren, war doch sehr kurz, zwischen der Ankündigung, dass die Ministerin dorthin fahren würde, und dem Attentat lagen gerade einmal zwölf Stunden …«

»Guillaume, ich bitte Sie. Lassen wir die Antiterrorismuseinheit ihre Arbeit machen. Sie sind genauso wütend wie wir, weil man ihnen Versagen vorwirft. Sie haben doch gehört, was die Opposition gesagt hat: ›In diesem Land dürfen sich nur Terroristen frei bewegen. Der verschärfte Ausnahmezustand gilt allein für die ehrlichen Leute …‹«

Der Turmfalke ließ erneut ein hämisches Kakeln hören.

»Guillaume, das Einzige, was Sie von Beauséant zu befürchten haben, ist nicht eine wie auch immer geartete Manipulation, sondern dass er Sie frontal angreifen wird, wenn er erfährt, dass Sie erwägen, für das Präsidentenamt zu kandidieren. Zumindest hoffe ich, dass Sie das tun … Er wird sagen, dass Sie naiv sind, sich nicht mit Sicherheitsfragen auskennen, sollten Sie sich auf dieses Gebiet vorwagen. Sie haben sich zu diesen Fragen nie wirklich geäußert, als Grüner vergessen Sie manchmal die alltäglichen Probleme, mit denen unsere Mitbürger zu kämpfen haben. Ich weiß, dass Sie den verschärften Ausnahmezustand ablehnen. Ich hoffe, dass er im Sommer oder Herbst aufgehoben werden kann, ich hoffe, dass Sie in aller Ruhe Wahlkampf machen können, und vor allem hoffe ich, dass Sie, wenn Sie gewählt werden, es nicht mit einer neuen Pandemie zu tun bekommen … Sie werden feststellen, dass in Zeiten extremer Krisen alles besonders kompliziert wird und wir Leute wie Beauséant brauchen. Ich hätte 2017 ohne Ihre Unterstützung nicht gewonnen, ohne seine aber auch nicht. Also wissen Sie was, Guillaume? Wir sollten uns am besten gleich an die Arbeit machen, Ihr Team und mein Team, ich möchte, dass Sie über alle Informationen verfügen, über die ich verfüge. Ich muss los, ich erwarte einen Anruf des Premierministers, der wird mir sagen, ob Peyrade das Amt angenommen hat.«

Guillaume Manerville dachte, dass davon wohl auszugehen war. Nebenbei bewunderte er, wie Nathalie Séchard so tat, als sei es das Selbstverständlichste der Welt, dass er als Grüner bereit war, für die Nouvelle Société bei den nächsten Präsidentschaftswahlen anzutreten.

Die Präsidentin und er gingen zurück zum Palast.

Der Turmfalke gackerte ein letztes Mal, bevor er davonflog, genau wie die Eule der Minerva beim Sonnenuntergang, dieser hegelianischen Stunde, in der die Menschen sich über ihre eigenen Grenzen klar werden.

»Ich habe deinen Namen als Nachfolger für Darthèze ins Spiel gebracht, du Hurensohn. Du wirst Verteidigungsminister. Bist du jetzt zufrieden?«

»Sag mal, Patrick, wie redest du mit mir? Ich bin bereits informiert. Vandenesse hat mich gerade angerufen. Ich habe angenommen.«

Wir befinden uns in einer großzügig geschnittenen Wohnung mit Blick auf den Palais de Chaillot, den Trocadéro und die Folies Bergère, eine Schäferin, die ihre Herde von Brücken bewacht, die an diesem Abend im Lockdown nicht blöken, sondern ganz still sind. Innerhalb dieser Wohnung befinden wir uns im Büro. Dieses Büro sieht so ähnlich aus wie das Büro von Beauséant in Tourailles, mit dem Unterschied, dass diese Bücher gelesen wurden und dass es deutlich mehr Fotos von Soldaten unter sich gibt und so gut wie keine Fotos von Soldaten mit Politikern, abgesehen von einem mit Präsident Giscard d'Estaing, auf dem zu sehen ist, wie er dem Eigentümer dieser Wohnung, General Jean Peyrade, genannt Peyrade Senior, eine Auszeichnung anheftet.

Nach der Besprechung im Élysée-Palast hatte Beauséant in seinem Büro in Beauvau eine Stunde lang vor sich hingeflucht, war wie ein Raubtier in seinem Käfig auf- und abgetigert und hatte den Präfekten des Doubs angeschnauzt, weil er eine Demonstration von Impfgegnern nicht vorhergesehen hatte. Dann beschloss er, Peyrade Senior aufzusuchen.

Er ist in Begleitung von Abel Caliban. Er hat seinen treuen Auftragsmörder im Ruhestand aufgefordert, seine alte MAC 50 mitzunehmen. Major Corentin ist ebenfalls dabei. Sie ist im Treppenhaus in Deckung geblieben, um das Auf und Ab des antiken Fahrstuhls zu überwachen. Beauséant hat Peyrade seit dem Attentat vergeblich versucht zu erreichen, sowohl in seiner Wohnung als auch in seinem Ferienhaus an der Somme-Bucht. Er hat sogar ein paar Bullen nach Le Crotoy geschickt, mit dem Auftrag dort nach ihm zu suchen.

Als er erfuhr, was sich in Doudeville abgespielt hat, wusste er sofort Bescheid, und die Tatsache, dass Peyrade nicht reagierte, kam einem Schuldeingeständnis gleich. Beauséant konnte die Terrorismusabwehrzentrale löchern, wie er wollte, sie hatten bei der DGSI nichts Derartiges kommen sehen. Es gab zwei, drei hochrangige Verantwortliche, die etwas verlegen reagierten. Sie nannten zwar keinen Namen, sagten aber, da müsse man mal bei der DGSE und ihren Geheim agenten nachfragen, die hätten sich offenbar auf ein ziemliches Abenteuer eingelassen. Sie würden dem nachgehen, aber vorsichtig, Monsieur le Ministre, denn es mache ja wohl keinen Sinn, mitten in der Pandemie das ohnehin herrschende Chaos unnötig zu vergrößern, oder? Außerdem sei das nur eine Hypothese. Natürlich, Monsieur le Ministre, so etwas kann man nicht durchgehen lassen, klar.

Beauséant ist schon lange bekannt, dass Peyrade einen Haufen Kumpels bei der DGSE hat. Seit der Zeit der zweiten Fallschirmjäger-Fremdendivision, als die DGSE noch SDECE hieß. Eben deshalb hat Beauséant ein besonderes Auge auf ihn. Ein zu mächtiger Verbündeter bei der Eroberung der Macht kann einem schnell den Platz streitig machen. Macht er, Beauséant, bei der schönen Dame nicht gerade genau das Gleiche? Die Waffenbrüderschaft mit Peyrade ist eine Sache, die DGSE ist eine andere. Und es gibt Tendenzen in der DGSE. Es gibt eine Fraktion, die Beauséant unterstützt, und es gibt eine, die gern den Patriotischen Block an der Regierung sähe, der nachgiebiger gegenüber Russland und härter gegenüber den Islamisten wäre. Es gibt sogar noch eine dritte Fraktion, die offen republikanisch und regierungstreu ist. Peyrade bewegt sich dort immer schon wie ein Fisch im Wasser.

Beauséant fragt ohne weitere Einleitung:

»Hast du Émilie Darthèze beseitigt?«

»Beruhige dich, Patrick, ich verstehe, dass du erschöpft bist nach allem, was in den letzten Tagen passiert ist. Aber das ergibt keinen Sinn, einerseits verkündest du mir, dass ich dank dir Verteidigungsminister bin, andererseits kommst du zu mir nach Hause und beleidigst mich. Ich denke, du solltest dich ein wenig ausruhen, mein Junge …«

In dem Moment legt Peyrade seinen Finger auf die Lippen und zeigt auf sein Smartphone auf dem Tisch. Er fordert Beauséant per Zeichensprache auf, sein Handy ebenfalls dorthin zu legen.

Beauséant zögert, kommt der Aufforderung schließlich nach.

»Monsieur Caliban, holen Sie sich doch eine kleine Erfrischung in der Küche. Sie sind ja ganz verschwitzt.«

Abel schaut seinen Chef an, der nickt.

Peyrade steht auf, fordert Beauséant auf, ihm zu folgen.

Beauséant bewundert die stattliche Erscheinung dieses alten Halunken, der gerade seinen siebenundsiebzigsten Geburtstag gefeiert hat, aber fünfzehn Jahre jünger wirkt: braungebrannt, schlank, dichte weiße, zur Bürste geschnittene Haare.

Sie steigen ein paar Stufen hoch und gelangen auf eine schattige Dachterrasse voller blühender Blumen, mit Pergolen und einer Sitzecke mit Teakmöbeln. Eine echte Oase. Sie ziehen beide ihre Maske ab, atmen die lauwarme und für Paris erstaunlich saubere Luft ein, nachdem der Verkehr seit fünfzehn Monaten extrem eingeschränkt ist. Es ist inzwischen dunkel geworden. Peyrade zündet sich eine seiner Pall Malls ohne Filter an. Die Asche glimmt rot in der Dunkelheit. Es riecht nach Glyzinien und hellem Tabak.

»Es ist mir lieber, wir reden hier. Die Wohnung ist zwar sauber, aber bei den Smartphones kann man sich nie ganz sicher sein. Das weißt du ja aus eigener Erfahrung. Schon verrückt, wenn ich bedenke, dass diese ganzen angeblichen Politprofis, die noch nicht mal wissen, dass sie mit einem verwanzten Telefon durch die Gegend laufen, mit demselben Apparat ihre Geliebte und ihren Referatsleiter anrufen, sogar im Ausland. Da werde ich erstmal durchgreifen ...«

»Nun spuck es schon aus, Jean ... Ich habe dich zum Minister gemacht, weil es mir lieber ist, ich habe dich in meiner Nähe, in Schussweite, wenn du so willst. Das ist eine Geste des guten Willens gegenüber der Association. Aber jetzt sag mir endlich die Wahrheit, Scheiße nochmal ...«

Peyrade Senior weiß nicht, ob er lachen oder nervös werden soll. Beauséant jagt ihm schon ein wenig Angst ein, genauso wie er Beauséant Angst einjagt.

Ein Gleichgewicht des Schreckens.

Peyrade denkt, dass Beauséant sich nicht verändert hat, seit er als Fünfundzwanzigjähriger zur zweiten Fallschirmjäger-

Fremdendivision kam. Eine seltsame Mischung aus hitzköpfig und berechnend. Das macht wirkliche große Männer aus, meint er. Und das meint man auch bei der Association.

Peyrade Senior entschließt sich, auszupacken. Es gibt Momente, auch wenn sie in der Politik eher Seltenheitswert haben, in denen es am einfachsten ist, die Wahrheit zu sagen.

»Darthèze war kurz davor, der Association auf die Schliche zu kommen. Sie hat in Villacoublay herumgeschnüffelt. Ich finde auch bedauerlich, was ihr zugestoßen ist, denn sie war eine ziemlich gute Verteidigungsministerin. Intelligent war sie auch. Ein bisschen zu intelligent. Früher oder später wäre es ihr durch einen Abgleich der Informationen gelungen, die Namen der Mitglieder der Association herauszufinden und den Plan zu verstehen, den *du* auf die Schnelle beschlossen hast, Patrick, und zwar du allein. Das war sehr riskant. Wir haben das mitgetragen, weil du am ehesten geeignet bist, Séchard nachzufolgen. Aber es hat seine Nachteile, wenn man etwas auf die Schnelle macht. Ich hatte gerade mal zwei Stunden Zeit, wenn es hochkommt, um unser Hubschraubertreffen zu organisieren. Auch das mit Darthèze musste schnell erledigt werden, denkst du nicht?«

»Willst du mir damit etwa sagen, du hast das Attentat auf Darthèze in Auftrag gegeben?«

»Habe ich das gesagt? Du warst schon mal subtiler, Monsieur le Ministre. Du weißt so gut wie ich, dass das nie so läuft. Auf klare, direkte Art. Das wäre zu einfach. Die Gründe, die Folgen, wer weiß das schon … Vielleicht hat die DGSE die DGSI nicht darüber informiert, dass diese Typen von AQMI kurz vor dem Lockdown nach Frankreich eingereist sind. Oder wenn sie es gesagt hat, hat sie vielleicht nicht gesagt, dass sie sie ein wenig aus den Augen verloren hat, weil es Dringenderes zu tun gab, oder vielleicht hat sie sie auch wieder gefunden, vielleicht bereiteten sie so oder so gerade Attentate vor, aus Protest gegen die französische Politik in Mali. Wir begehen alle mal Fehler, Patrick. Wir müssen unsere Koordination innerhalb der Regierung noch verbessern, insbesondere zwischen der DGSE und der DGSI, denn dank dir bin ich nun Minister, obwohl ich gar keinen Posten angestrebt habe. Hier, nur damit du weißt, dass man die Dinge unterschiedlich deuten kann: Stell dir vor, Darthèze wusste wegen der Malier in Le Havre Bescheid. Sie hat im letzten halben Jahr bestimmt ein halbes Dutzend Berichte über diese Schläferzelle erhalten. Vielleicht hat sie dem keine Bedeutung beigemessen. Sie dachte, auch der Terrorismus würde in den Lockdown gehen. Wer sie dann darüber informiert hat, dass die Ministerin dort sein würde, das weiß der Kuckuck. Diese Typen hatten den richtigen Riecher, sie hatten Glück, waren zur richtigen Zeit am richtigen Ort. Das sind Krieger, weißt du.«

»Die DGSE muss die Namen ausspucken.«

»Das wird sie. Vielleicht. Oder sie liefert dir Scheinnamen, selbst wenn ich sage, ich will die echten. Um keine Agenten zu verbrennen, um keine anderen Operationen zu gefährden. Als ob du das nicht alles selbst wüsstest, verdammt nochmal, man könnte meinen, du bist 'ne Jungfrau, die zu ihrer ersten Überraschungsparty geht!«

Beauséant wird klar, dass Peyrade so ist wie er: Wenn er lügt, sagt er zugleich die Wahrheit und umgekehrt. Eben darum sind sie seit einer halben Ewigkeit befreundet.

Demnach ist Beauséant also nicht reingelegt worden, oder jedenfalls nicht nur.

Man hat ihm Darthèze vom Hals geschafft, die ihn sonst vor den Gerichtshof der Republik geschleift hätte, wegen Hochverrats. *Man* gab ihm zu verstehen, dass man mehr als je zuvor auf ihn zählte, um dem Zwischenspiel von Séchard ein Ende zu bereiten. Zugleich hat *man* seine Macht demonstriert, um ihn daran zu erinnern, dass er zwar der Mann der Stunde ist, aber sich das jederzeit ändern kann.

Wie um das zu bekräftigen, drückt Peyrade seine Zigarette in einem Aschenbecher aus emailliertem Lavastein aus, stützt sich auf die Brüstung der Dachterrasse und sagt, während er Beauséant den Rücken zudreht:

»Jetzt müssen wir Ruhe ins Spiel bringen, Patrick. Sonst schnappen sie dich und die Association gleich mit. Das ist alles ein bisschen zu schnell gegangen. Es wäre gut, wenn wir bis zu den Wahlen weitere Eklats vermeiden. Vier Gendarmen, sechsundzwanzig Zivilisten, eine amtierende Ministerin, das sorgt für Gerede.«

Und dabei, denkt Beauséant, *weißt du das mit dem Rotschopf noch nicht mal.*

Beauséant hat Anweisung erteilt, das diskret zu behandeln, damit seine Verbindung zu den Valentins so wenig Aufmerksamkeit wie möglich erregt. Der Vorteil bei dem ganzen Chaos ist, dass die Sache mit seinem verstorbenen Ghostwriter niemanden wirklich schert. Es ist auch nicht gerade einfach zu erklären, wieso ein Typ, der für ihn gearbeitet hat, mit einer Tonne Taubenscheiße auf dem Kopf erstochen vor seinem Haus aufgefunden wurde. Offenbar hat diese nächtliche Vogelscheißattacke auf einen toten Rotschopf den Typen vom Quai de la Rapée, im Leichenschauhaus der Polizeipräfektur, ziemliches Kopfzerbrechen bereitet.

Mal abgesehen davon, dass die Bullen von der Mordkommission in dem Einzimmerapartment in der Rue Marie-Rose festgestellt haben, dass dieser kleine Idiot mit Clio Manerville verbandelt war, was Beauséant bis dahin nicht wusste und was Jason Perros versäumt hatte ihm zu sagen, sei es aus Naivität oder aus Böswilligkeit, wer weiß das schon. Der Rotschopf war möglicherweise ein Spion von Séchard oder Manerville.

Na, jetzt bloß keine Paranoia schieben. Er, Patrick Beauséant, er ganz allein, ist leichtsinnig gewesen, ist von der Idee besessen gewesen, literarischen Ruhm einzuheimsen, mit dem Hintergedanken, dieses Buch könnte Einfluss auf die Wahl haben, sollte er die Gelegenheit bekommen zu kandidieren. Die hat sich ihm nun schneller geboten als gedacht, als Séchard elf Monate vor der Wahl die Brocken hinwarf. Dann also kein *Französisches Leben*, dieses Buch hat ihm, bevor es überhaupt existierte, verdammt viel Ärger eingebracht. Die Hauptsache ist, dass das nicht an die Presse durchgestochen wird, oder wenn, dann kontrolliert und geschönt.

Peyrade dreht ihm immer noch den Rücken zu. Er zündet

sich eine neue Pall Mall an. Er wendet sich zu ihm um und sagt, während der rote Punkt seiner Zigarette in seinem ausgemergelten Gesicht aufglimmt:

»Ich denke, du kannst jeden Konkurrenten auf die bewährte Art reinlegen. Der Block hat noch nicht mal das Maul aufgemacht, als AQMI sich zu dem Attentat bekannt hat, weil dieser Loudun ihnen eh auf den Sack ging. Den hast du, unter uns gesagt, wirklich gekonnt hinters Licht geführt. Wer bleibt da noch als ernstzunehmender Konkurrent, Manerville?«

»Ja. Séchard hat ihn beiseite genommen, nachdem wir uns auf dich geeinigt hatten, das sagt alles.«

»Na, mit dem machst du doch kurzen Prozess, oder?«

»Ich denke schon.«

»Also, jetzt ist es an dir, Monsieur le Ministre. Wir unterstützen dich natürlich, wie immer. Bis zu einem gewissen Punkt.«

Schon seltsam, dass er diesen Lucien Valentin kein einziges Mal gesehen hat, denkt Guillaume Manerville, dass er sich nicht die Zeit genommen hat, den Jungen zu treffen, der seine Tochter seit zwei Jahren so offensichtlich glücklich machte.

Clio verschanzt sich nach wie vor in ihrem Zimmer.

Ihr Gesicht ist genauso blass und schmerzverzerrt wie damals, als sie einen offenen Schienbeinbruch hatte – da war sie elf, und sie waren zum Skifahren nach Arcs gefahren. Sie schreit nicht, sie weint nicht. Sie ist nur extrem blass, ihre Nasenflügel beben, und ihre vollen Lippen sind nur noch ein schmaler Strich, der fast genauso weiß ist wie ihr Gesicht.

Man könnte meinen, sie wäre wieder elf Jahre alt, und hätte wieder einen offenen Schienbeinbruch. Aber mit elf hatte sie dieses Gesicht nur so lange, bis die Rettungskräfte kamen und sie ins Krankenhaus brachten. Am nächsten Morgen sah sie einfach nur mitgenommen aus.

Doch jetzt dauerte dieser Zustand bereits eine Woche an, nein, zehn Tage. Und Guillaume Manerville würde diesen ganzen stummen Schmerz gern auf sich nehmen und stellt fest, dass er es nicht kann. Clio bleibt in ihrem Schlafzimmer, sie rührt sich nicht, sie isst nichts, sie wäscht sich nicht, sie hat sich noch nicht einmal umgezogen, nachdem sie davon erfahren hat.

Ihr Liebster, Lucien Valentin, ist getötet worden.

Guillaume ist zum zweiten Mal in seinem Leben mit dem Schmerz einer Frau konfrontiert, die er liebt. Das erste Mal war mit Pauline. Sie war im sechsten Monat schwanger, als ihre Leukämie diagnostiziert wurde, nach einer routinemäßigen Blutabnahme. Guillaumes Vater, Doktor Manerville, tauchte mit geröteten Augen bei dem Paar auf und überbrachte ihnen die Nachricht. Guillaume und Pauline waren gerade vom Lycée Robespierre in Cournai nach Hause gekommen, wo sie beide Lehrer waren.

Ja, Pauline war dauernd müde, ja, Pauline wurde, obwohl sie ein Baby im Bauch trug, immer dünner, aber das bedeutete ja noch lange nicht ...

Sie kam ins Krankenhaus in Lille.

Als sie in diesem sterilen Zimmer ihre Chemotherapie machte, redete sie nur noch über das Baby. Wie würde es dem Baby, dem sie bereits einen Namen gegeben hatten, gehen, wenn es auf die Welt käme? Sie hatten so lange darauf gewartet, über fünf Jahre, seit sie verheiratet waren im Grunde.

Das Problem lag bei Guillaume, seine Spermien waren von einer skandalösen Faulheit, Astenospermie nannte man das. Guillaume ejakulierte in einem kleinen Raum in ein Röhrchen, ohne den Pornomagazinen Beachtung zu schenken. Dann musste er die Tiefkühlbox mit seinem Sperma in einem symbolischen Akt bis zu der Station tragen, auf der Pauline lag – »damit der Gedanke der körperlichen Vereinigung erhalten bleibt, verstehen Sie?« – hatte der für sie zuständige Arzt gesagt. Er schien auf dieses Ritual Wert zu legen.

Es klappte nicht. Sie unternahmen einen zweiten Versuch, ebenfalls erfolglos. Sie dachten über eine Adoption nach, aber Pauline wünschte sich in allererster Linie ein eigenes Kind. Sie begannen, sich mit der schmerzhaften Idee zu arrangieren, dass sie keine Kinder haben würden, und dann wurde Pauline kurz darauf schwanger. Der Arzt sagte, dieses Phänomen beobachte man immer wieder, schließlich sei das keine exakte Wissenschaft. »Zum Glück«, fügte er lächelnd hinzu.

Pauline und Guillaume waren natürlich außer sich vor Freude, bis sie dann ab dem siebten Schwangerschaftsmonat diesen Alptraum erlebten. Er musste in Paulines Gegenwart immer Maske, Kittel und Haube tragen. Er musste mit einem furchtbaren Gefühl der Ohnmacht Paulines vor Schmerz verzerrtes Gesicht anschauen. Sie versuchte sich trotz allem so wenig wie möglich anmerken zu lassen. Als Manerville später die ersten Bilder von Pflegekräften sah, die auf den Intensivstationen gegen das Virus kämpften, dachte er unweigerlich an diese Zeit in seinem Leben zurück, als er nur durch Blicke und mittels eines Händedrucks mit Pauline kommunizieren konnte, dazu kamen die Angst und der Schmerz.

Pauline hielt durch.

Clio kam zur Welt, zwar war sie leicht untergewichtig, aber die Medikamente, die ihre Mutter einnehmen musste, hatten ihr keinen Schaden zugefügt. Pauline lebte nach Clios Geburt noch vierzehn Tage. In den letzten Stunden ihrer Agonie wiederholte sie immer wieder: »Es tut mir leid, es tut mir leid, ich lasse dich mit ihr allein.« Und dann bat sie: »Sag Joseph Bescheid, wenn du kannst.«

Joseph … Dieser Vorname tauchte zum ersten Mal seit vielen, vielen Jahren wieder auf. Pauline war kurz davor zu sterben, und sie dachte an ihn. Dabei wusste sie gar nichts. Überhaupt nichts.

Oder nur die offizielle Version.

Guillaume versprach es ihr, auch wenn er keine Ahnung hatte, wo er ihn erreichen könnte. Er wusste noch nicht einmal, ob er wirklich nach ihm suchen würde, um ehrlich zu sein. Er zog es vor, die Geister zu vergessen. Er zog es vor zu denken, dass Pauline, verwirrt durch den bevorstehenden Tod, von Bildern aus ihrer Erinnerung überwältigt wurde, Bilder aus einer längst vergangenen Zeit, so wie es einem manchmal passiert, wenn man kurz davor ist einzuschlafen.

Bei Paulines Beisetzung auf dem Friedhof von Cournai an einem strahlend schönen Spätsommertag im Jahr 2000 herrschte großer Andrang: Ihre Kollegen vom Lycée Robespierre, die Familien der Schüler, die Patienten von Manerville Senior, die ehemaligen Minenarbeiter aus Cournai. Sie alle wollten Pauline die letzte Ehre erweisen, einer fröhlichen Pauline, die als Kind mit ihrer alleinerziehenden Mutter in der Bergarbeitersiedlung in Méricourt gelebt und den anderen Kindern regelmäßig bei den Hausaufgaben geholfen hatte. Der Bürgermeister war da, der Gemeinderat, der Ortsverband der PS, in der Manerville Senior aktiv war, der Ortsverband der CGT, der wegen Paulines Vater kam, einem Bergarbeiter und Gewerkschafter, der mit fünfundzwanzig bei einem Einsturz der Martin-Grube ums Leben gekommen war, da war seine Tochter gerade mal zwei Jahre alt gewesen.

Guillaume versuchte das durchzustehen, indem er an das immer Gleiche dachte, an die immer gleiche Gewissheit: Es würde in seinem Leben keine andere Frau als Pauline geben. Pauline war tot, also war er für Frauen gestorben. Ihm blieb nur Clio.

Das war sehr wenig und zugleich wahnsinnig viel.

Eine Woche nach der Beisetzung, als er wie jeden Abend allein zum Friedhof von Cournai ging und – nachdem er das Feld mit den Gräbern der Résistancekämpfer durchquert hatte und das der fünf englischen Fallschirmspringer, die '44 abgesprungen waren, und das der marokkanischen Bergarbeiter – an Paulines Grab stand um zu weinen, spürte er, dass jemand hinter ihm stand.

Er drehte sich nicht um, er wusste es auch so.

»Bist du das, Joseph?«

»Joseph ist tot, das weißt du.«

»Wie hast du es erfahren?«

»Was spielt das für eine Rolle?«

Die beiden Männer verfielen in Schweigen. Sie waren gleich groß, hatten die gleiche Haarfarbe, mit dem Unterschied, dass der, der nicht Joseph genannt werden wollte, einen Bürstenschnitt trug.

Die beiden Männer weinten lange gemeinsam still vor sich hin.

Dann wurde es dunkel. Sie verließen den Friedhof.

»Möchtest du mitkommen und Clio sehen?«, fragte Guillaume.

»Nein, jetzt nicht, ich muss weg.«

»Was hast du all die Zeit getrieben?«

»Ich habe getan, was alle Jungs in meiner Lage tun. Ich war bei der Armee. Wenn du mich anrufen willst, dann nenn mich Capitaine, aber nicht Joseph, nie wieder Joseph.«

»Ist das dein Grad bei der Armee oder der Spitzname, den Pauline und ich dir gegeben haben?«

»Wer weiß das schon ...«

»Also von mir aus Capitaine ...«

Als Guillaume und der Capitaine vor Paulines Grab standen, kamen ihnen wieder Bilder aus der Zeit, als sie in der fünften Klasse waren, ins Gedächtnis. Damals wollte Doktor Manerville keinen Fernseher bei sich zu Hause haben und ließ sich erst überzeugen, als der Videorekorder aufkam und er sich so oft wie er wollte Truffaut-Filme anschauen konnte. Das war seine einzige bekannte Leidenschaft, abgesehen von seiner Tätigkeit als Allgemeinmediziner in einem Arbeiterviertel und dem Sammeln von Weinbergschnecken.

Gleich nach Schulschluss machten Pauline, Guillaume und der, der damals noch Joseph genannt wurde, sich auf den Weg in die Bergarbeitersiedlung Méricourt und sahen sich einen neuen, fantastischen Zeichentrickfilm an, *Capitaine Flam*, der auf TF1 lief. In Paulines Haus hing permanent ein Geruch nach abgestandenem Kaffee, weil der Kaffee auf der Platte des alten Holzkohleherds, der auch zum Heizen diente, immer wieder aufgewärmt wurde. Manchmal bereitete Paulines Mutter Waffeln mit braunem Zucker zu. Diesen Geschmack verbindet Guillaume bis heute mit den intergalaktischen Abenteuern, die auf einem Schwarzweißfernseher in einer Arbeitersiedlung im Pas-de-Calais liefen.

Man hätte *Capitaine Flam* auch bei Joseph schauen können, Joseph Janowiek, seine Eltern hatten einen Farbfernseher. Aber seit der Vater nach dem Niedergang von Arcinor drei Jahre zuvor, bei der großen Entlassungswelle '78, seinen Job verloren hatte, herrschte dicke Luft bei ihnen. Der Vater trank zu viel und wurde gewalttätig. Manchmal hatte Joseph violett verfärbte Striemen auf dem Arm, manchmal ein blaues Auge. Da Joseph sich ständig raufte, hatte er immer eine Erklärung dafür parat und konnte so vor seinen Klassenkameraden das Gesicht wahren. Allein Pauline und Guillaume kannten die Wahrheit.

Schon bald bekam Joseph von ihnen den Namen des Filmhelden verpasst, Capitaine Flam. Daraus wurde innerhalb von ein paar Monaten schlicht Capitaine. Teils, weil er der inoffizielle Anführer aller bösen Buben auf dem Collège Pannequin war, teils weil er, so fand Pauline, die gleichen Mandelaugen wie die Hauptfigur hatte.

Schließlich verließen die beiden Männer den Friedhof.

Guillaume unterdrückte einen Schluchzer:

»Ich hätte mir gewünscht, es wäre anders gekommen.«

Guillaume wusste nicht, ob er von Pauline sprach, oder von dem, was 1984 passiert war, als sie in der neunten Klasse waren.

Der Capitaine umarmte Guillaume und flüsterte ihm ins Ohr:

»Es war besser so, für alle. Du kannst jedenfalls auf mich zählen, wenn du Hilfe brauchst, egal ob wegen Clio oder wegen irgendetwas anderem. Ich bin immer für dich da, Guillaume, verstehst du? Immer ...«

Sie erreichten das Auto des Capitaine, einen Peugeot 306, einen Mietwagen. Er parkte vor einer Bar, die seit zwei oder drei Jahren geschlossen war, in einer dieser Geschäftsstraßen, die ein Opfer der Deindustrialisierung der letzten zwanzig Jahre geworden waren. Man sah verblichene Schilder, auf denen Samen, Kurzwaren und Farben angeboten wurden. Es gab mal eine Zeit, in der man tatsächlich in Cournai, das damals noch eine rührige Industriestadt war, zu einem Farbenhändler gehen konnte.

»Würdest du uns zuliebe nach Cournai zurückkehren?«

»Wenn das wirklich nötig ist, ja.«

»Wie erreiche ich dich?«

»Hast du ein Handy?«

»Nein, noch nicht, Pauline und ich fanden das überflüssig.«

»Egal.«

Der Capitaine reichte ihm eine Visitenkarte. Darauf stand ein anderer Name als sein Name und eine postlagernde Adresse in einer Kommune im Val-de-Marne. Guillaume hätte sich darüber eigentlich wundern sollen, aber das tat er erst später. In diesem Moment, in dieser Nacht, in welcher das Mondlicht das verwaiste Viertel noch gespenstischer erschienen ließ, als es ohnehin schon war, war er bei all seiner Trauer einfach nur glücklich zu wissen, dass sein Freund ihm nicht mehr böse war und dass er da wäre, wenn er ihn brauchte. Das war so, als ob sich über Paulines Tod hinaus ihre kleine Gruppe wieder zusammengefunden hätte.

Er blickte dem Peugeot 306, der in Richtung Liévin fuhr, so lange nach, bis die Rücklichter nicht mehr zu sehen waren, als der Wagen in den Wald von Woluwe hineinfuhr.

In dieser Nacht gelang es Guillaume Manerville zum ersten Mal seit Monaten, ohne Schlafmittel zu schlafen.

Und nun also Clio.

Sicher, sie wird nicht sterben. Aber er weiß nicht, was er tun soll, weder in Bezug auf Clio noch in Bezug auf die politische Lage. Das beides vermischt sich, das beides hängt zusammen.

Er geht auf Clio zu, die im Schneidersitz auf dem Bett sitzt. Er hat ein Glas in der Hand. Im Zimmer riecht es wie in einem Raubtierkäfig. Sie sieht ihn mit leeren Augen an, trinkt das Glas Milch aus. Guillaume betrachtet das als Erfolg. Die Milch hinterlässt eine weiße Spur auf ihrer Oberlippe. Das bringt ihn aus der Fassung. Er hat wieder das kleine Mädchen vor sich, das, nachdem es vom Collège Roger Pannequin nach Hause kam, sein Glas Milch trank. Das Bild schiebt sich über das Bild Paulines, bei deren Mutter.

Er drückt sie an sich.

Ihr Geruch, der an welke Blumen erinnert, die zu lange in der Vase gestanden haben, oder an überreifes Obst, stört ihn nicht. Er möchte ihr am liebsten zurufen, dass sie weinen soll, alles rauslassen soll.

Sie schlingt die Arme um seinen Hals. Sie vergräbt ihr Gesicht an seiner Schulter. Er schnuppert an ihren ungewaschenen, stumpfen Haaren. Clio, mein Baby. In seiner Tasche vibriert sein Handy. Er hat nicht die Absicht dranzugehen, aber so oder so hätte er es nicht gekonnt. Clio drückt ihn fester, Clio will mit ihm verschmelzen. Er spürt, dass sie schluckt, er spürt, dass da tief in ihrem Hals etwas geschieht. Sie wird reden, sie redet, mit einer eingerosteten Stimme, einer Stimme, die sie seit zehn Tagen nicht benutzt hat. Sie sagt:

»Es ist meine Schuld. Es ist meine Schuld. Lulu … ich bin dafür verantwortlich.«

Er kennt die Geschichte, wenn auch nicht von Clio selbst. Er drückt sie noch fester an sich.

Letzte Woche begann Clio sich langsam Sorgen zu machen, nachdem Lucien weder am Sonntag noch am Montag etwas von sich hatte hören lassen. Aber sie sagte ihrem Vater nichts. Es war offensichtlich, dass er angesichts der bevorstehenden Ansprache der Präsidentin, des Blutbads von Saint-Valery und des Todes der Verteidigungsministerin andere Probleme hatte. Sie verzehrte sich also vor Sorge, versuchte zu lesen, versuchte in Hinblick auf ein mögliches Dissertationsprojekt Notizen zur *Ironie bei Guy Debord* zu machen und trainierte im Fitnessraum des Ministeriums bis zur Erschöpfung. Lulu fehlte ihr. Sie stellte sich vor, wie er bei Beauséant festgehalten wurde. Beauséant, der gerade auf allen Bildschirmen omnipräsent war. Ihr gefiel nicht, was sie im Blick des Innenministers sah. Sie wunderte sich, dass es sonst niemandem auffiel: Eine Art von Exaltation, die im Widerspruch stand zu seiner scheinbar ruhigen, bestimmten, abgewogenen Art zu sprechen. Patrick Beauséant spielte eine Rolle.

Am Dienstag rief sie in aller Frühe Jason Perros an. Schließlich hatte er Lulu diesen Job vermittelt. Er sagte, sie solle sich keine Sorgen machen. Clio hasste es, wenn man ihr sagte, sie solle sich keine Sorgen machen. Sie war kein hysterisches Kind. Also hakte sie nach. Wenn Beauséant so schwer beschäftigt war, wie es den Anschein hatte, warum war Lulu dann nicht nach Hause gekommen, warum hatte er nicht angerufen? Jason sagte, er wolle das prüfen und tun, was er tun könne.

So wartete sie Dienstag ab, Mittwoch. Sie bekam mit, wie ihr Vater beunruhigt von der Kabinettssitzung nach Hause kam. Beauséant hatte das Wort an sich gerissen und den neuen Verteidigungsminister Jean Peyrade in den höchsten Tönen gelobt, eben jenen Jean Peyrade, der bereit war, das schwere Erbe von Émilie Darthèze anzutreten. Peyrade hatte sich damit begnügt zu sagen, dass er direkt nach dem Treffen nach Mali fliegen werde.

Beauséant, schon wieder Beauséant, immer dieser Beauséant.

Am Donnerstagmorgen dann rief Jason Perros endlich zurück.

Aber er rief nicht Clio an, er rief Guillaume Manerville an. Guillaume dachte, er wolle ihn irgendwohin begleiten, vielleicht zu dem Biobauernhof im Aude. Es wäre nicht das erste Mal. Der Premier Monsieur hatte in einem der seltenen Interviews, die er gab, und zwar ausschließlich den Printmedien, erklärt, dass ihm die Themen Bildung und Umwelt besonders am Herzen lägen. Jason Perros ist ein angenehmer Begleiter, auch wenn man spürt, dass das wahre Leben für ihn woanders stattfindet. Als Guillaume das Gespräch entgegennahm, dachte er, dass Jason vermutlich ganz froh darüber war, dass Nathalie Séchard nicht erneut antrat, dass er womöglich sogar einen nicht unerheblichen Anteil an dieser Entscheidung hatte.

Aber er rief nicht an, weil er einen Ausflug ins Département Aude machen wollte.

»Es ist etwas Schlimmes passiert. Es betrifft Clio … Es geht um Lucien Valentin. Sie wissen, wer das ist?«

Scheiße, dachte Guillaume, hoffentlich war sie nicht ausgerechnet jetzt in irgendeine Geschichte ihrer linken Freunde verwickelt. Wenn ja, würde Clio ihn damit in eine schwierige Lage bringen. Beauséant bauschte gern alles auf. Vor allem jetzt, wo sich zwischen ihnen beiden bereits eine Rivalität um die Nachfolge von Nathalie Séchard abzuzeichnen begann.

»Natürlich weiß ich, wer Lucien Valentin ist. Ich versuche mich als Vater nicht allzu sehr einzumischen, aber das weiß ich dann doch …«

Aber Jason Perros rief auch nicht wegen einer solchen Geschichte an. Die feige Erleichterung des Ministers war nicht von langer Dauer.

»Ich stehe in freundschaftlichem Kontakt zu Clio. Vor ungefähr zwei Monaten hat sie mich gefragt, ob ich nicht eine Idee hätte, wie Lulu sich etwas Geld dazuverdienen könnte. Hat sie Ihnen das nicht erzählt?«

Perros ging ihm langsam auf die Nerven. Nein, das hatte sie ihm nicht erzählt. Sie legte Wert darauf, allein klarzukommen, das hatte er zu respektieren. Manervilles Reaktion war nur menschlich, er war eifersüchtig, ganz einfach. Warum hatte sie sich lieber diesem Schönling Perros anvertraut statt ihm?

Manerville verscheuchte diesen schlechten Gedanken so schnell, wie er gekommen war. Clio war schließlich zwanzig, sie besuchte die École Normale, man musste akzeptieren, dass es außer ihm noch andere Personen in ihrem Leben gab, auch wenn diese Vorstellung ihm das Herz zerriss, auch wenn er ahnte, dass er durch den unvermeidlichen Auszug Clios zurückgeworfen würde auf sein Tête-à-Tête mit seiner Trauer um Pauline, über deren Tod er nie hinweggekommen war und auch nicht hinwegkommen wollte.

Wenn es im Übrigen einen Ausdruck gab, der diesen eigentlich friedlich gesonnenen Mann dazu brachte, handgreiflich werden zu wollen, dann war es der Ausdruck »Trauerarbeit«. Man sollte sie bitte in Ruhe lassen, seinen Kummer und ihn, und sie koexistieren lassen. Solange er um Pauline trauerte, war er mit ihr zusammen. Er wollte sie niemals vergessen. War das so schwer zu verstehen?

»Also«, fuhr Jason Perros fort, »habe ich über Clios Vermittlung Lucien Valentin mit Beauséant in Kontakt gebracht.«

»Was hat der Kerl denn mit dieser Geschichte zu tun? Der ist ja überall ...«

»Ich verrate jetzt ein Geheimnis, aber das ist mittlerweile auch egal. Er hält mich für einen Intellektuellen und hat mir mit Verschwörermiene und unter dem Siegel der Verschwiegenheit anvertraut, dass er einen Ghostwriter sucht, der seine Memoiren schreiben kann. Ich habe ihm Lucien Valentin empfohlen. Lucien hat begonnen für ihn zu arbeiten. Auf Clios Betreiben, die mir sagte, dass er ihn übers Wochenende auf seinem Landsitz im Loiret behalten habe, um das Buchprojekt voranzutreiben, habe ich mich bei Beauséant nach ihm erkundigt. Beauséant sagte mir, er hätte Lucien Sonntagabend nach Paris zurückbringen lassen, da es angesichts der derzeitigen Lage keinen Sinn gemacht habe, ihn länger dazubehalten. Er sagte mir, er wolle sich erkundigen, was dem Jungen zugestoßen sein könnte, und heute Morgen rief er mich dann an. Er wirkte ehrlich entsetzt. Lucien Valentin wurde, offenbar kurz nachdem Beauséant ihn hat zurückfahren lassen, direkt vor seinem Wohnhaus getötet. Ein Überfall. Er hat mich gebeten, Ihnen diese Nachricht zu übermitteln, er wirkte ehrlich bestürzt.«

»Scheiße ...«

»Sagen Sie es Clio?«

»Ja, natürlich, vielen Dank.«

»Clio war sehr verliebt in ihn, wissen Sie.«

Manerville legte einfach auf.

Als wenn er nicht gewusst hätte, dass Clio verliebt war. Möglicherweise hatte er eben deshalb unbewusst keine Zeit gefunden, Lucien Valentin zu treffen. Immer diese Angst, sie zu verlieren, die Angst, sie könnte weggehen ...

Er hat es seiner Tochter also gesagt, und das Ergebnis ist, dass sie nun, zehn Tage danach, endlich ihren Gefühlen freien Lauf lässt. Sie weint und zieht die Nase hoch und schnäuzt sich, sie weint wieder, und all das beruhigt Guillaume, diese Tränen, die sein Hemd durchnässen und die Zuckungen dieses großen, mageren Körpers, den er in seinen Armen hält.

»Ich bin da, meine Große, ich werde immer da sein …«

O CAPITAINE, MEIN CAPITAINE

Der Capitaine hat Schwierigkeiten, Madame Cardot, die Frau von Notar Cardot, dem Vorsitzenden des Gründerrats von Alphaville, zum Höhepunkt zu bringen.

Der Capitaine schiebt diese Schwierigkeiten auf den Ort. Dabei vergisst er, dass ihn diese enge Umkleidekabine neben dem olympischen Schwimmbecken von Alphaville – ein überflüssiger Luxus, da alle Bewohner der Wohnanlage ihren eigenen Pool haben – sonst nicht gestört hat.

Auch den Chlorgeruch empfindet er als unangenehm. Dabei hat er in seinem Leben schon Schlimmeres gerochen: Das verschüttete Bier auf den Fliesen der heimischen Wohnung, wenn sein Vater abends mal wieder tobte, den Dreck seiner Freunde im Erziehungsheim, den Gestank in den Stuben, wenn man nach einem Trainingslager nicht mal mehr die Kraft für eine Dusche hatte und direkt ins Bett fiel. Ganz abgesehen von dem Gestank nach Blut, Gedärmen, verwesenden Körpern, überhitztem Motorenöl von Transportpanzern, nicht vollständig gelöschten Bränden, kurzum, all dem, was der Alltag im Krieg an Gerüchen bereithält, oder auch die anderen Operationen, die genauso »spezial« wie geheim sind und es auch bleiben werden.

Aber da der Capitaine ein hellsichtiger Mann ist, der nicht zu Selbstbetrug neigt, muss er sich eingestehen, dass er auch deshalb so ungeduldig darauf wartet, dass Madame Cardot zum Orgasmus kommt, bevor er schlappmacht, weil man nicht zugleich sein und gewesen sein kann und weil die Fünfzig bereits ihre hässliche Fratze zeigt.

Dabei ist Notarsgattin Cardot, die seit Beginn des Lockdowns ab und an mit dem Capitaine zu kopulieren pflegt, noch knackig. Der Capitaine nimmt diesen Termin als ungefähren Anhaltspunkt, weil der Lockdown und selbst der verschärfte Ausnahmezustand die Lebensgewohnheiten der superreichen Bewohner von Alphaville nicht wirklich verändert haben, deren Besatzermentalität maßgeblich zum Entstehen dieses Ortes beigetragen hat. Dahinter steht eine sehr einfache Philosophie: Man spaltet sich ab, um sich vor Betrügern, Kanaken, Immigranten, Pädophilen, Islamisten, Umweltschützern, urbanen Unruhen, Epidemien, der LGBT-Community in Sicherheit zu bringen, aber auch vor Normalos aller Art und vor lärmenden Hinterwäldlern mit ihren schlecht erzogenen Gören.

»Na los, besorg's mir, gleich passiert es«, sagt die Notarsgattin mit verdrehten Augen. Sie klammert sich wie Efeu an den Capitaine, hat ihre Beine um seine Taille geschlungen, ihren Po an die Wand der Umkleidekabine gedrückt.

Schließlich passiert es, die Notarsgattin hat einen Orgasmus und beißt sich dabei auf die Lippen. Der Bumsgeruch überlagert für einen Moment den Chlorgeruch. Madame Carlot entknotet ihre Beine. Madame Carlot zittert. Madame Carlot muss sich für einen Moment auf die kleine Bank in der Kabine setzen. Sie verschnauft.

Sie hat einen Schwimmerinnenkörper, der mit den Jahren etwas zugelegt hat, was ihr gut steht. Der Capitaine sieht noch die Abdrücke seiner Finger auf der Hüfte der Notarsgattin, da zieht sie bereits wieder ihren Badeanzug an und setzt ihre Badekappe mit dem Wabenmuster auf. So sieht sie wieder wie die Gymnasiastin aus, die sie sicher einmal war, und der Capitaine ist gerührt, so wie er immer gerührt ist von Frauen und Männern, die in Ausnahmemomenten – großer Müdigkeit, Lust, Tod – wieder etwas paradox Jugendliches bekommen.

»Sehr freundlich von Ihnen, dass Sie das Schwimmbad für mich heute extra früh aufgemacht haben, Capitaine«, sagt die Notarsgattin, die völlig mühelos wieder zum Sie wechselt.

Sie verlässt die Kabine, der Capitaine bleibt noch einen Moment da mit seinem erschlafften Schwanz. Er hört es platschen, die Notarsgattin, die in jungen Jahren die Regionalmeisterschaft ihres Universitätsteams über 400 Meter Freistil gewonnen hat, ist ins Wasser gesprungen. Er hat nicht ejakuliert. Er empfindet deswegen ein vorübergehendes Gefühl der Frustration, aber er hat anderes im Kopf. Er zieht die Badehose über seine unbefriedigten männlichen Attribute.

Er stellt sich wieder an das große Becken des überdimensionierten Schwimmbads von Alphaville und verfolgt die postkoitalen Schwimmbewegungen von Madame Cardot.

Clio, er hat Clio so beim Schwimmen zugesehen, als er Guillaume etwas unter die Arme griff, der bei den Kommunalwahlen in Cournai antrat, das war mittlerweile dreizehn Jahre her. Das Schwimmbad dort war allerdings schöner, ein echtes Art-déco-Kleinod für die Prolos. Es gab also doch eine Art poetischer Gerechtigkeit, wenn er bedachte, wie Madame Cardot, die mehrere hundert Millionen Euro schwer war, in einem Bunker ohne jeden Charme badete, während die ökonomisch Schwachen vom Pas-de-Calais, diese Sozialhilfeempfänger, für die die Gründer von Alphaville nur Verachtung übrighatten, in einem wunderschönen Art-déco-Bau herumplanschten, der einem Überseedampfer ähnelte.

Vielleicht hätte er sich in seinem Leben lieber darauf beschränken sollen: Frauen beim Schwimmen zuschauen.

Pauline, Clio, der Notarsgattin und all den anderen. Er ist im Grunde ein kontemplativer Mensch, der Capitaine. Er hat im Laufe seines Lebens furchtbare Dinge getan, er hat viel zu viele Leute umgebracht, auf diverse Art und Weise, dabei wäre er im Grunde seines Herzens am liebsten Bademeister geworden oder Rettungsschwimmer, der mit der Überwachung der Strände beauftragt war. Mehr nicht.

Ohne ihn eines Blickes zu würdigen, steigt Madame Cardot aus dem Becken und verlässt das Schwimmbad. Er beschließt selbst zu schwimmen, krault eine Stunde lang eine 50-m-Bahn nach der nächsten, schwimmt so schnell er kann und schwingt sich dann mühelos auf den Beckenrand.

Er geht unter die Dusche, trocknet sich ab, zieht einen grauen Kampfanzug an, der wie original vom Militär aussieht, aber auf einem Wappen die Aufschrift »Alphaville Security« trägt, steigt in seine Rangers und setzt seine Sonnenbrille auf. Er setzt ein Barett aus dem gleichen grauen Stoff auf wie der Kampfanzug. Zu guter Letzt nimmt er seinen Gürtel an sich, der ziemlich schwer ist, da man darin eine Glock 19, zwei Ersatzmagazine, einen Gummiknüppel, eine 50-cl-Tränengasgranate und ein Funkgerät mit einem Minikopfhörer transportieren kann.

All das ist etwas übertrieben, aber gehört zum Alphaville-Standing.

Hundertzwanzig Bewohner in dreißig Architektenvillen, jede gut versteckt auf ihrer eigenen Lichtung am Rande des fünfundvierzig Hektar großen privatisierten Waldes irgendwo zwischen Bourges und Saint-Amand-Montrond. Ein sechs Meter hoher Elektrozaun, der für die Bewohner nicht zu sehen ist, fasst das Ganze ein, und innen wie außen fahren regelmäßig fünf VW-Amarok-Pickups Patrouille, ebenfalls grau gestrichen und mit dem Alphaville-Security-Wappen versehen.

Der Capitaine weiß nicht, ob diese Machtentfaltung lächerlich ist, oder Alphaville wirklich ein Ort, an dem man nach einem Zivilisationskollaps weiterhin leben könnte. Der Capitaine hält, wie viele Personen in dieser Geschichte, die Hypothese, dass die Erde in zehn Jahren unbewohnbar sein wird, für durchaus realistisch. Er weiß nur allzu gut, zu welchem Wahnsinn der Mensch fähig ist. Dem Capitaine ist klar, dass das alles ziemlich pathetisch, ja klischeehaft klingt, aber er findet nun einmal keine anderen Worte dafür. Er analysiert die Lage mit dem Pragmatismus eines alten Condottiere, der sich nur denjenigen gegenüber verpflichtet fühlt, die ihn bezahlen. Ganz früher war das die Armee, früher Geheimdienste aller Art, und heute diese sehr reichen und sehr ängstlichen Leute, die in Alphaville wohnen. Die Gated Community wurde im Jahr 2016 vom Gründerrat eingeweiht und nimmt neue Bewohner nur mittels Kooptation auf.

Der Vorsitzende des Gründerrats ist Notar Cardot. Der Rat besteht aus mehreren Mitgliedern, die auf Lebenszeit gewählt sind: Die Erbin eines großen Luxusgüterkonzerns und ihr Mann, ein Anwalt für Unternehmensrecht. Zwei Trader, die sich kurz vor der Subprime-Krise 2008 von der Börse zurückgezogen haben und jeder über ein Vermögen in Höhe des Bruttoinlandsprodukts von Panama verfügen. Die Erfinderin einer Smartphone-App, mit deren Hilfe man eine Melodie identifizieren kann, ohne den Titel zu kennen – also eine dieser Erfindungen, die gerade das kollektive Gedächtnis der Menschheit auslöschen, um es zurück auf Goldfischniveau zu bringen. Ein belgischer Bestsellerautor, der Geschichten über telepathische Nazis erzählt, die den Vatikan von der erdabgewandten Seite des Mondes aus angreifen – er hatte in seinem Land ein paar Scherereien wegen seiner ayurvedischen Sekte, die vor allem damit beschäftigt war, in einem wallonischen Schloss mystische Orgien zu organisieren, deren Teilnehmer nicht alle freiwillig dabei waren. Ein Kunsthändler, der in den 80er Jahren gekonnt mit den Werken neoexpressionistischer Künstler spekuliert hat, die später an Aids verstorben sind, und der seither das Erbe von vier dieser fünf Künstler verwaltet.

Dieser erlauchte Kreis ist sich im Lauf der Jahre immer wieder begegnet, über den Weg gelaufen, hat sich beschnuppert, an den Orten, an denen die Stinkreichen sich so treffen: Hotellobbys in Dubai, Vernissagen in New York, Partys in Saint-Tropez, Filmfestivals in Venedig, Wagner-Opern auf dem heiligen Hügel von Bayreuth. Man kam in Kontakt, da man ein und dieselbe Zukunftsvision teilte. Die Verwirklichung war letztendlich Notar Cardot zu verdanken, den man sich als einen Balzacschen Charakter vorstellen muss.

Hinter einem Allerweltsgesicht verbirgt sich ein genialer Vermögensverwalter, ein echter Mozart der fiskalischen Optimierung, dessen Pariser Kanzlei in der Avenue de la Grande Armée das Ultima Thule für all jene ist – und von denen gibt es eine Menge, das muss man ehrlich sagen –, die nicht die Absicht haben, also wirklich überhaupt gar nicht die Absicht haben, sich der konfiskatorischen Besteuerung durch den Staat zu unterwerfen, auch wenn sie einräumen müssen, dass es, seitdem die Séchard im Élysée-Palast ist, etwas besser läuft. Diese Séchard hat eine Menge vermasselt, aber eben nicht alles.

Der Leser kann sich zumindest mit der Erkenntnis trösten, dass der Vorsitzende des Gründerrates, mag er auch noch so reich sein, von einem seiner Angestellten Hörner aufgesetzt bekommt. Denn der Capitaine, das ist ihm vollauf bewusst, ist letztlich nur ein Angestellter, wenn auch ein sehr gut bezahlter Angestellter, und bei seinen Schäferstündchen mit der Notarsgattin lebt er den archaischen proletarischen Traum aus, dem Chef eins auszuwischen, indem er seine Frau fickt, wenn er schon nicht das Kapital direkt ficken kann.

Ja, denkt der Capitaine, während er sich an diesem Morgen in der Provinz Berry ins Quartier begibt und auf dem Weg eine Patrouille in einem VW Amarok grüßt, die durch das einzige Tor fährt, Alphaville wäre in der Lage, einen Zivilisationskollaps zu verkraften. Abgesehen davon, dass es eingezäunt ist und von Dutzenden Videokameras, aber auch Drohnen überwacht wird, verfügen die Alphas, wie sich die Einwohner von Alphaville der Einfachheit halber selbst nennen, jeder über einen Gemüsegarten und Hühner, backen ihr Brot in einem Gemeinschaftsbackofen, was den Kindern großen Spaß macht, und sind – und das ist das eigentlich Entscheidende – in ihrer Energieversorgung fast vollkommen autark, dank der Solarpaneele auf ihren Dächern und einer ausgetüftelten brandneuen Isolation ihrer Häuser, die es möglich macht, menschliche Wärme aufzufangen. Auch die Wasserversorgung ist gesichert dank einer Quelle, die aus den

Ruinen einer Abtei aus dem 18. Jahrhundert strömt. Sie liegt mitten im Wald und speist kleine Fischteiche und Brunnen.

Und dann gibt es noch das Quartier, das der Capitaine jetzt gerade betritt.

Das Quartier ist ein gesichtsloses Gebäudeensemble, das in der Nähe des einzigen Eingangstors von Alphaville auf einem gut einsehbaren Gelände zwischen Zaun und Wald liegt. Hier ist die Kommandozentrale mit einer Wand von Bildschirmen. Hier haben die zehn Männer, die der Capitaine eingestellt hat, ihre Einzimmerapartments (er verfügt über eine etwas größere Wohnung). Hier gibt es eine Krankenstation, die tatsächlich die Ausmaße eines kleinen Krankenhauses hat, wo bei Bedarf die drei Ärzte, die es unter den Alphas gibt, praktizieren können. Außerdem ist dort eine Werkstatt untergebracht, um den Automobilpark und die Drohnen reparieren zu können.

Darüber hinaus gibt es eine Turnhalle für die Trainingseinheiten des Sicherheitsdienstes und, unterirdisch gelegen, einen Schießstand mit dazugehörigem Waffenarsenal. Wir verzichten an dieser Stelle darauf, sämtliche Waffen aufzulisten. Auffällig ist jedoch die hohe Anzahl an österreichischen Sturmgewehren des Modells Steyr AUG Para 9 mm mit ausziehbarer Schulterstütze.

Der Schießstand steht allen Alphas offen, die trainieren wollen, und der Capitaine muss ab und an seine Männer rügen, die die Angewohnheit haben, sich allzu eng an die Frauen zu schmiegen, beim Versuch, ihnen zu zeigen, wie man ein Ziel anvisiert, zum Beispiel mit einer dieser kleinen, kompakten Heckler & Koch, die für die Anfänger unter ihren Lärmschutzhelmen den beruhigenden Vorzug haben, keinen Rückstoß zu haben.

Im Übrigen empfiehlt der Verwaltungsrat den Familien eindringlich, an diesen militärischen Übungen teilzunehmen, inklusive den Jugendlichen und Kindern, auch wenn die nicht gerade sehr zahlreich sind. Das gehört zur Philosophie von Alphaville, das sich ein internes Reglement gegeben hat, das wirkt, als sei es direkt aus der nordkoreanischen Verfassung abgeschrieben. So müssen die Bewohner genau angeben, von wann bis wann sie Besuch bekommen, die bei den diversen Lieferanten bestellten Waren müssen am Eingang deponiert und anschließend von den Männern des Capitaine zu den jeweiligen Häusern gebracht werden.

In Zeiten wie diesen laufen Notar Cardot und der belgisch-ayurvedische Autor zu etwas anstrengender Höchstform auf, denn für sie sind der Lockdown und der verschärfte Ausnahmezustand der beste Beweis dafür, dass es richtig ist, dass Alphaville kein Jota von seinem bisherigen Lebensstil abgewichen ist. Gut, da ist das Problem mit der Impfpflicht. Es kommt nicht infrage, dass die Bewohner, von denen einige bereits eine Aufforderung erhalten haben, nach Bourges fahren und riskieren, sich dort das Virus einzufangen und es in Alphaville einzuschleppen. Es wäre etwas anderes, wenn ein Impfteam zu ihnen herauskommen könnte, damit hätte der Gründerrat kein Problem, auch wenn die in Alphaville ansässigen Ärzte das im Grunde sehr gut selbst übernehmen könnten, wenn man ihnen die Impfdosen liefern würde.

»Das ist schon unglaublich, wie diese Séchardisten unter dem Vorwand einer Pandemie versuchen, alles unter ihre Kontrolle zu bringen«, ruft Cardot regelmäßig aus, wenn der Gründerrat zusammenkommt. Man trifft sich bei ihm, und der Capitaine nimmt daran teil, weil man ihn als Bindeglied zwischen den Alphas und der in ihren Diensten stehenden Soldateska betrachtet. »Erst lag sie uns ständig mit ihrem Liberalismus und ihrem ›Mut zum Experiment‹ in den Ohren, und nun hört sie nicht auf uns zu piesacken. Wir sind doch keine durchgeknallten Prepper!«

Während die Mitglieder des Gründerrats rundherum zustimmend nicken, denkt der Capitaine, doch, irgendwie schon ein bisschen, der einzige echte Unterschied zwischen den Alphas und den Durchgeknallten von AVA-Zéro ist, dass die Alphas studiert und eine Menge Kohle haben, ansonsten teilen sie das gleiche apokalyptische Gedankengut und den gleichen angsterfüllten Hass auf alles, was anders ist als sie.

Wenn er sich Cardot und die anderen so ansieht, dann

weiß er bereits jetzt, was wirklich passieren würde, wenn Alphaville zu einer Insel inmitten des Chaos würde.

Seine Männer würden, selbst wenn sie sich anfangs querstellen sollten, die Macht übernehmen.

Schlicht, weil sie die Waffen haben und damit umgehen können.

Warum sollte man sich Machthabern unterwerfen, die einen nicht mehr bezahlen? Sie würden sich in den Luxusanwesen im Wald niederlassen, ein oder zwei Alphas abknallen, um ein Exempel zu statuieren, hier und da ein bisschen vergewaltigen, und schon wäre die Ordnung wiederhergestellt. Vorbei die Zeiten, in denen die Alphas sich in ihrem Gemüsegarten oder mit ihrem Backofen die Zeit vertrieben wie lauter Marie-Antoinettes im Petit Trianon. Sie würden genauso ranklotzen müssen wie die anderen, und der Chef wäre dann er oder einer seiner Männer, denn was den Capitaine betrifft, so legt er keinen gesteigerten Wert darauf, bei all diesen Idioten zu bleiben.

Alphaville … Er sieht noch diesen Tag im Dezember 2015 vor sich, an dem ihn sein Führungsoffizier in eine Bar im Hotel Mercure, gegenüber der Gare du Nord, bestellt hat. Es war ein grauer Tag in Paris, die Stadt war noch traumatisiert von den Attentaten, überall hingen Trikolorefahnen an den Fenstern und die Weihnachtsdekoration war weniger üppig als sonst ausgefallen.

Der Capitaine kam zu früh, er sah aus wie ein Hipster: Dreitagebart, Kaban-Jacke, Mütze von Paul Smith, Brille mit schwerem Gestell und Fensterglas. Er trug eine kompakte Diamondback-Pistole bei sich und hatte eine winzige Tanfoglio 25 in seinem Stiefel versteckt. Vorher war er zwei Stunden durch das Viertel gelaufen, sogar an der Hacienda bleue vorbeigekommen, wo er drei Jahre später in anderer Verkleidung auftauchen und Clio inmitten der Bonobos Effondrés sehen sollte.

Es war nicht so, dass er seinem Führungsoffizier, einem ehemaligen Mitglied des Commando Hubert, nicht traute, aber es war keineswegs sicher, dass er es war, der ihn dort erwartete. Der Capitaine hatte ein Alter erreicht, in dem Männer wie er viel zu viele Geheimnisse kannten, weshalb nicht auszuschließen war, dass man ihn loswerden wollte. Von Charlus und vom Massicoteur hatte er jedenfalls nichts mehr gehört. Vielleicht waren sie verschwunden. Vielleicht waren sie bei einem Einsatz gefallen. Vielleicht waren sie zum Kollateralschaden einer dieser Säuberungsaktionen geworden, die es regelmäßig gab, wenn bei einem Dienst ein Neuer das Kommando übernahm, zum Beispiel infolge der letzten Attentate. In Berufen wie denen, die der Capitaine ausübt, ist Paranoia keine pathologische Erscheinung, sondern eine Lebensversicherung und eine andere Form der Realitätserkenntnis.

Doch es war wirklich sein Führungsoffizier, der ihn erwartete. Er war in Begleitung eines anderen Mannes, eines harmlosen Mannes, bei dem es sich um Notar Cardot handelte, wie sich herausstellte. Der Führungsoffizier stellte ihm den Notar vor, der offenbar ein Freund von ihm war. Man saß auf abgewetzten, aber bequemen Sofas, bestellte beim Kellner überteuertes belgisches Bier und sah durch die vorspringenden Fenster, wie auf dem Bahnhofsvorplatz kleine rumänische Bettler geschickt den Pendlern und den Patrouillen der Sondereinheit Opération Sentinelle auswichen.

Der Notar erläuterte das bereits weit fortgeschrittene Alphaville-Projekt.

Eine Luxus-Gated-Community im Berry, in der bevölkerungsarmen Mitte Frankreichs gelegen. Cardot suchte einen Chef für seinen Sicherheitsdienst. Der Führungsoffizier, der das volle Vertrauen von Notar Cardot genoss, hatte ihm den Capitaine wärmstens empfohlen. Der Notar bot dem Capitaine ein fünfstelliges Monatsgehalt und die prompte Überweisung einer sechsstelligen Summe dafür, dass er den Ort einer Prüfung unterzog, eine Liste mit wünschenswerten Sicherheitsanlagen erstellte und sich um die Rekrutierung der weiteren Mitarbeiter kümmerte.

Anschließend verschwand der Notar, und der Führungsoffizier und der Capitaine waren unter sich.

»Ich gehe in Rente. Betrachte diesen Job, bei dem du eine ruhige Kugel schieben kannst, als mein Abschiedsgeschenk für deine Jahre beim Dienst. Du bist damit aus der Reihe der Führungskräfte getilgt. Mein Nachfolger wird dich nicht kontaktieren. Man wird dich in Ruhe lassen. Sei trotzdem vorsichtig, du weißt so gut wie ich, dass manchmal …«

Der Capitaine wusste das. Auch ohne den Job in Alphaville, der genau zur richtigen Zeit kam, hatte der Capitaine vorgesorgt und sich diverse Verstecke zugelegt. Der Führungsoffizier hatte ihm mehrere wasserdichte Identitäten besorgt mit einem jeweils dazu passenden gut gefüllten Bankkonto.

»Ich danke Ihnen für alles«, sagte der Capitaine und merkte, dass er gerührt war.

Ohne den Führungsoffizier wäre er als Taugenichts in Cournai geendet, hätte herumgehangen und wäre am Ende im Knast gelandet, auch wenn Guillaume und Pauline sicher alles getan hätten, um das zu verhindern. Oder er hätte sich mit den falschen Leuten abgegeben. Das war die Zeit, als Stanko und seine Skins sich mit dem Commando Excalibur im Nord-Pas-de-Calais herumtrieben und die Ultras des Céfécé unterwandert hatten – so nannte man den Cournai Football Club. Im besten Fall wäre er zu Kanonenfutter des Sicherheitsdienstes des Patriotischen Blocks geworden. Die rekrutierten zu der Zeit heimlich Leute unter diesen jungen weißen Typen, die ihren sozialen Frust ausleben wollten, eine Riesenpanik hatten, auf der Strecke zu bleiben, und deren einzig verbliebener Trumpf absurderweise ihr Stolz darauf war, weiß zu sein.

Doch der Führungsoffizier hatte ihm andere Formen der Existenz geboten, ebenfalls gewalttätig, aber neu.

An diesem Morgen, als sein Vize am Kontrollposten ihm Bericht erstattet, ist der Capitaine mit den Gedanken woanders.

Der Sommer ist da, und es ist noch heißer als vorher. Inzwischen füllen sich die Krankenhäuser nicht mehr nur wegen des Virus, sondern auch wegen der Hitze. Die Impfgegnerpropaganda ist etwas abgeflaut. Das hält man für Beauséants Verdienst.

Der Capitaine denkt an Guillaume. Der Capitaine denkt an Clio. Nach den Gewaltausbrüchen im letzten Monat, nach dem Blutbad in Saint-Valery, dem Tod von Darthèze, der Ernennung von Jean Peyrade zu ihrem Nachfolger, ist der Capitaine beunruhigt. Was in diesem Land vor sich geht, ist ihm persönlich schnuppe. Ob Séchard nun antritt oder nicht, ist ihm ebenfalls schnuppe. Die Naivlinge, die glauben, eine Frau würde alles anders machen, haben generell keinen Respekt vor Frauen. Frauen sind Männern ebenbürtig. Er hat Frauen gesehen, die gefoltert wurden, aber auch Frauen, die gefoltert haben.

Nicht schnuppe ist ihm dagegen, dass Guillaume da mit drinhängt. Dieser verdammte »realistische Idealist«, wie er sich Journalisten gegenüber gern selbst nennt, ist in ein Spiel hineingeraten, das eine Nummer zu groß für ihn ist, genauer, von dem er nicht ahnt, wie brutal es ist. Selbst aus der Ferne, ja vor allem aus der Ferne, ist dem Capitaine das klar. Er kennt Beauséant nicht, aber er hat indirekt für ihn gearbeitet und für Peyrade auch. Er hat so eine Ahnung, dass die letzten Ereignisse miteinander in Verbindung stehen und keineswegs zufällig passiert sind.

Da ist sie wieder, die nützliche und kontrollierte Paranoia.

Er geht im Netz die Pressemeldungen aus dieser Zeit durch. So erfährt er vom Tod Lucien Valentins. Er weiß, dass Lucien Valentin Clios Freund war, weil Guillaume ihn, als sie mit diesen Linken abhing, darum gebeten hat, der schlaksigen Blondine – die nicht mehr viel gemein hatte mit dem Küken, das der Capitaine damals in die Grundschule von Cournai begleitet hat – hinterherzuschnüffeln. Es gibt zwar keinen direkten Zusammenhang, aber es ist trotzdem seltsam. Er hat mehrfach mit Guillaume telefoniert. Guillaume meinte, er solle ruhig kommen, das würde Clio sicher guttun. Von wegen, er hat sie seit ihrem Abitur nicht mehr gesehen. Er spielt keine Rolle für sie. Aber eines weiß er sicher, eines beunruhigt ihn wirklich, Clio ist Guillaumes

Schwachpunkt, und seine Gegner werden ihn genau dort angreifen.

Also wird er kommen, und zwar schnell. Er will Guillaume eine Idee unterbreiten. Die Kleine ist sicher am Boden zerstört durch den Tod ihres Typen. Er hat ihrem Vater, für sie, eine Originalausgabe von *Alle Pferde des Königs* von Michèle Bernstein geschickt, erschienen bei Buchet-Chastel, 1960. Guy Debords Liebste, das dürfte ihr gefallen. Er hat das Buch bei einem Buchhändler in der Altstadt von Saint-Amand-Montrond in der Rue Porte Mutin gefunden, die er regelmäßig besucht. Der Buchhändler ist immer wieder überrascht, wenn er sieht, wie der graue Pick-up aus Alphaville vor seinem Laden parkt und dieser große Typ im Kampfanzug mit Barett aussteigt – zum Glück unbewaffnet – und stundenlang Bücher durchblättert, um dann am Ende Ladenhüter zu kaufen, die seit Jahren herumstehen, wie *Hipparchikos* von Xenophon oder *Der Krieg mit Jugurtha* von Sallust.

Ja, es eilt, die Präsidentschaftswahlen sind auf nächsten April vorverlegt worden, Präsidentin Séchard hat es eilig, dass das Ganze ein Ende nimmt. Beauséant macht keinen Hehl mehr aus seinen Ambitionen, vor allem, nachdem die AQMI-Zelle, die im Verdacht steht, das Attentat auf Émilie Darthèze verübt zu haben, bei einer sechs Stunden dauernden Schießerei homerischen Ausmaßes zerschlagen wurde: dreitausend Schuss abgegebene Munition, fünf getötete Terroristen, ein einziger, der der DGSI bekannt war, drei Bullen von der Antiterrorismus-Spezialeinheit RAID verletzt.

Zu schön, um wahr zu sein. Einige Investigativjournalisten wunderten sich: Die Islamisten aus der Sahelzone hatten bis dahin nie über die Logistik verfügt, Attentäter nach Frankreich zu entsenden. Minister Peyrade wischte diese Einwände kurzerhand vom Tisch. Er berief sich auf Berichte der DGSE, denen zufolge es in Frankreich seit zwei Jahren eine Schläferzelle aus Maliern und Algeriern gegeben habe. Indirekt unterstellt er damit Émilie Darthèze, dieses Risiko unterschätzt zu haben.

Das fällt wiederum auf Präsidentin Séchard zurück, deren

Zustimmungswerte daraufhin auf 10% einbrechen. Die Linke, die Konservativen und der Patriotische Block fordern ihren vorzeitigen Rücktritt, sobald die Pandemielage und die Hitzewelle dies zuließen. »Nathalie Séchard hat keinerlei Legitimität mehr, sie hat beim Management der Pandemie und bei der Bekämpfung des islamistischen Terrorismus versagt. Das hat leider eine ihrer Ministerinnen das Leben gekostet«, erklärte Agnès Dorgelles in einem Interview auf TVLib25, das sich angesichts der bevorstehenden Wahlen mehr und mehr zum Haussender des Block entwickelt hatte. Dort wird die Chefin des Block jedenfalls keine Rechenschaft zu Paul Loudun ablegen müssen.

Beauséant, gewieft wie er ist, springt sogleich für die Präsidentin in die Bresche. Sie habe schließlich gegen ein Virus kämpfen müssen, das bis zum jetzigen Zeitpunkt 160.000 Todesopfer gefordert habe. Das hindert ihn nicht daran, zweideutige Bemerkungen an die Presse durchzustechen, ohne dabei aber je eine rote Linie zu überschreiten. Er geriert sich séchardistischer als Séchard. Er hält zwar keine Lobreden auf die Präsidentin, erscheint aber wie ihr natürlicher Rettungsanker. Er übernimmt den Kern des Reformprojekts der Nouvelle Société und steht zugleich im Ruf, für mehr innere Sicherheit zu sorgen. Seine Umfragewerte gehen steil nach oben.

Guillaume dagegen wirkt wie ein Kandidat wider Willen. Er ist ständig an Nathalie Séchards Seite, begleitet sie zum europäischen Gipfel der Staatschefs nach Brüssel, wird zu einem offiziellen Staatsbesuch zu Biden geschickt, redet mit ihm über den Klimawandel, damit er an internationaler Statur gewinnt. Seine Umfragewerte gehen ebenfalls nach oben, aber nicht so stark. Man findet, er sei »zu lasch in Bezug auf die Ausübung des staatlichen Gewaltmonopols«, so umschreibt man höflich die Forderung, die Vorstädte zu beruhigen, indem man sie an die Kandare nimmt und den Ordnungskräften freie Hand lässt.

Der Capitaine kennt seinen Guillaume gut. Der Capitaine ist seit dem Tod von Pauline vielleicht die Person, die ihn am besten kennt. Außer Clio natürlich. Sogar wenn er ihn nur auf einem Bildschirm sieht, sogar wenn er Tausende Kilometer entfernt ist, sieht er, dass es Guillaume nicht gut geht, dass er beunruhigt ist, nervös. Oh, er kann die Leute fabelhaft hinters Licht führen.

Außer den Capitaine.

Dieses Lächeln wirkt etwas zu mechanisch, diese Geste wirkt etwas zu brüsk für ihn, der es verstanden hat, aus seinem beruhigenden Hang, nie etwas zu überstürzen, einen charmanten Pluspunkt zu machen. Es heißt, er ähnele rein äußerlich Boris Johnson. Der Capitaine tendiert hingegen eher zu Bill Murray, dem Murray aus *Broken Flowers* oder *Lost in Translation*. Der Capitaine ist kinobegeistert. Seine Vorstellung vom Glück ist, Frauen beim Schwimmen zuzusehen und Filme zu schauen, in denen Frauen schwimmen. Seine Lieblingsfilme sind *Der Swimmingpool*, wegen Romy Schneider, und *Der Freund meiner Freundin*, wegen Sophie Renoir mit Badekappe.

In dem Moment reißt ihn sein Vize aus seinen Gedanken.

Er deutet auf einen der vielen Bildschirme. Es ist der, auf dem die Bilder der Drohnen wiedergegeben werden. Sie überfliegen die Landstraße an der Stelle, wo diese in die kleine geteerte, einen Kilometer lange Privatstraße mündet, die durch ein Wäldchen hindurchführt und am Eingangstor von Alphaville endet.

»Wir haben Besuch, Capitaine.«

Zwei Wagen der Gendarmerie, ein PKW und ein Kastenwagen.

»Was haben diese Idioten denn hier verloren?«, fragt der Vize.

Diese Idioten stehen nur wenige Minuten später vorm Eingang.

Der Capitaine und drei seiner Männer erwarten sie.

Ein Lieutenant der Gendarmerie steigt aus, er trägt Maske und wird von zwei Gendarmen begleitet, die ebenfalls Maske tragen. Der Lieutenant trägt ein Abzeichen von der Kripo. Es geht um eine Hausdurchsuchung.

Der Capitaine und seine Männer holen nun ebenfalls ihre FFP2-Masken hervor. In dem von einem Zaun umgebenen Alphaville ist man nicht gewöhnt, sie regelmäßig zu tragen.

»Öffnen Sie bitte das Tor«, sagt der Lieutenant auf der anderen Seite des Zauns. »Wir müssen im Rahmen des verschärften Ausnahmezustands Martin Blondet befragen.«

Martin Blondet ist der Sohn des Augenarztpaares, das im Krankenhaus von Bourges arbeitet. Ihr Haus befindet sich auf Lichtung Nr. 17. Er ist höchstens fünfzehn Jahre alt. Ein introvertierter Computernerd, der nur selten das Haus verlässt, um am Schießtraining teilzunehmen.

»Seine Eltern sind nicht da, ich glaube nicht, dass Sie ihn befragen können, ohne dass sie dabei sind.«

»Wir haben sie bereits befragt, in Bourges. Sie behaupten, sie wüssten von nichts. Ich mache Sie darauf aufmerksam, dass wir, wenn Sie nicht das Tor öffnen, befugt sind, uns gewaltsam Zutritt zu verschaffen.«

Zwei andere Gendarmen steigen aus dem Wagen, im Kampfanzug mit schusssicherer Weste, die FAMAS in der Hand.

Der Capitaine geht lächelnd auf sie zu.

»Aber Lieutenant, wir sind doch zivilisierte Menschen. Bitte lassen Sie mich den Vorsitzenden der Wohnanlage rufen.«

So nennt man Außenstehenden gegenüber Notar Cardot. Das hört sich weniger schräg an als der Vorsitzende des Gründerrates.

Cardot kommt, auf dem Fahrrad.

Er trägt Bermudashorts. Er sieht ein bisschen lächerlich aus mit seinen dünnen und stark behaarten Beinen. Er ist wütend, aber er weiß, nachdem der Lieutenant ihm die entsprechenden Unterlagen gezeigt hat, dass er keine Wahl hat.

»Müssen Sie gleich mit der ganzen Kavallerie anrücken? Martin Blondet ist gerade mal fünfzehn. Das muss ein Missverständnis sein. Nehmen Sie zwei, drei Ihrer Leute mit, und wir gehen gemeinsam hin.«

Der Lieutenant zögert.

Ihm ist heiß, er hat Durst, und diese Geschichte geht ihm auf die Nerven. Er hasst diese Verrückten von Alphaville, dieses Ghetto von Reichen, die sich für unberührbar halten. Er ist Republikaner, der Lieutenant. Er würde Beauséant wählen. Er ist gegen jede Form von Separatismus, aber wirklich jede, ob von Seiten der Islamisten, der Suprematisten oder anderer identitärer Idioten, und auch gegen den Separatismus dieser arroganten Reichen mit ihrer persönlichen Miliz. Der Mann, den sie den Capitaine nennen, nimmt seine Sonnenbrille ab. Der Lieutenant hat kurz den Eindruck, dass der Typ, auch wenn er nicht den Mund aufmacht, so ähnlich denkt wie er.

»In Ordnung«, sagt der Lieutenant und winkt zwei Gendarmen heran, die ihn begleiten sollen.

Sie gehen durch die kleine versteckte Außentür des Wachhäuschens.

Notar Cardot, der Capitaine, der Lieutenant und die zwei Gendarmen betreten den angenehm kühlen Wald, kommen an den Ruinen der Abtei aus dem 13. Jahrhundert vorbei, hören die Quelle plätschern. So eine Quelle hat etwas Beruhigendes, wenn es um 10 Uhr morgens bereits 40°C hat.

Sie erreichen die Lichtung Nr. 17. Sie bleiben am Waldrand stehen, schauen herüber. Das Haus der Blondets besteht aus drei weißen, einstöckigen Kuben, die durch schmale gläserne Gänge miteinander verbunden sind. Ein Bewässerungssystem versprüht einen durchscheinenden Nebel, der auf einen einwandfreien Rasen herabsinkt, der das türkisfarbene Rechteck des Pools einfasst.

Der Lieutenant findet, dass die in Alphaville es sich verdammt gut gehen lassen, wenn man bedenkt, dass der Präfekt des Départements Cher die Wasserzufuhr von Privathaushalten gerade auf vier Stunden am Tag beschränkt hat, morgens von 5 bis 7 Uhr und abends von 19 Uhr bis 21 Uhr. Privatresidenz hin oder her, der Lieutenant würde diesem Treiben hier schon noch ein Ende bereiten. So eine Ordnungswidrigkeit kann richtig teuer werden.

»Was haben Sie dem Jungen denn vorzuwerfen, Lieutenant?«, fragt der Capitaine.

»Der Computernerd hat versucht, uns an der Nase herumzuführen, aber wir haben ihn trotzdem gefunden. Er ist der Doomfucker. Sie wissen, wer das ist?«

Der Capitaine weiß, wer das ist.

Das ist ein Kanal für Verschwörungstheoretiker, der 300.000 Abonnenten und Millionen Klicks hatte. Nachdem YouTube ihn gesperrt hat, ist der Doomfucker auf amerikanische Plattformen ausgewichen und hat auch dort eine große Fangemeinde. Er tritt in einer Daredevil-Verkleidung auf und trägt eine Art Rap vor, in dem es um den Great Reset geht, die jüdisch-pädophile Lobby und den Großen Austausch, der durch das Virus, das für Afrikaner ungefährlich sei, vereinfacht werde. Nebenbei ruft er zum Mord auf an Ärzten, die Dauergäste in den Talkshows sind, und Politikern, die Werbung für die Impfung machen. Dazwischen sieht man gruselige, gut gefälschte Videozusammenschnitte: Eine geköpfte Präsidentin Séchard, missgestaltete Kinder, die sich gegenseitig auffressen – sie sollen die auf die Impfung folgende Generation darstellen –, Ausschnitte aus Snuff Movies aus dem Darknet, die mit Deep-Fake-Programmen bearbeitet wurden, mit denen man den Schlächtern Gesichter von bekannten Persönlichkeiten geben kann.

»Das kann unmöglich er sein«, sagt Cardot. »Seine Eltern sind hochanständige Leute.«

Der Lieutenant seufzt.

»Ja und? Die Kinder sind so wie ihre Zeit und nicht so wie ihre Eltern, wenn Sie verstehen, was ich meine.«

Sie verlassen die Lichtung, gehen auf das Haus zu.

Notar Cardot ruft:

»Martin, komm bitte runter, wir möchten mit dir sprechen.«

Als der erste Schuss fällt, sind alle überrascht.

Alle außer Cardot werfen sich zu Boden, haben den Duft des frisch gesprengten Rasens in der Nase. Sie robben bis zur Terrasse.

Ein zweiter Schuss.

»Bleikugeln«, sagt der Capitaine, »ein Schrotgewehr.«

»Ja«, sagt der Lieutenant.

»Erwidern wir das Feuer?«, fragt ein Gendarm.

»Lieber nicht«, sagt der Lieutenant. »Ruft die anderen zur Verstärkung ...«

»Haben Sie Kinder?«, fragt der Capitaine.

»Ja, einen in dem Alter, und Sie?«

Der Capitaine zögert. Schließlich sagt er nein.

Cardot ist endlich auch zu dem Schluss gekommen, dass es besser ist, sich auf den Boden zu legen, seine weißen Bermudashorts haben auf dem grünen Rasen jedoch eine gewisse Signalwirkung.

»Ich gehe rein«, sagt der Capitaine, »ich kenne das Haus.«

»Seien Sie trotzdem vorsichtig.«

Einer der Gendarmen robbt zu Cardot herüber und versucht, ihn in Richtung Terrasse zu ziehen.

Es knallt erneut, zwei Schüsse direkt hintereinander. In einiger Entfernung werden Stücke aus dem Rasen herausgerissen.

Der kleine Martin Blondet ist ein schlechter Schütze, trotz seiner Schießübungen im Quartier. Umso besser.

»Jetzt lädt er nach«, sagt der Capitaine, »ich gehe.«

Er legt die paar Meter, die ihn von den weißen Kuben trennen, im Laufschritt zurück. Er stellt fest, dass die Fenstertür zum großen Wohnzimmer weit offensteht, er geht rein. Er steigt ein paar Stufen hoch, durchquert einen schmalen Gang, gelangt in einen anderen Kubus. Er kennt den Grundriss von allen Häusern in Alphaville. Er ist ein Profi, der sorgfältig arbeitet.

Er tritt mit seinen Rangers gegen die Zimmertür des Jugendlichen, so dass sie auffliegt.

Martin Blondet dreht sich um.

Er hält das auseinandergeklappte Jagdgewehr auf seinem Unterarm, um es nachzuladen, ist bereits dabei, eine Kartusche in den zweiten Lauf zu schieben. Der Capitaine entreißt ihm das Gewehr, wirft es weit weg, und während der Teenager, den er umklammert hält, um sich schlägt, lässt er seinen Blick über die vielen Computer und sonstigen Konsolen in dem Zimmer schweifen, sicher ein Dutzend insgesamt, bis Martins Gegenwehr schwächer und schwächer wird, und er schließlich zu weinen anfängt.

Der Capitaine wird daraufhin vom Gründerrat wie ein Held gefeiert. Nachdem die Gendarmerie das gesamte Equipment von Martin Blondet beschlagnahmt hat, kehrt in Alphaville wieder Ruhe ein. Nach achtundvierzig Stunden in Gewahrsam wird Martin Blondet in eine psychiatrische Klinik überstellt. Der Capitaine hofft für den Jungen, dass er dort besser behandelt wird als er 1984 in Cournai. Aber er macht sich da keine allzu großen Sorgen. Anwälte und Psychiater können in der Regel gut miteinander.

Natürlich ging die Geschichte durch die Presse. Zuerst berichtete *Le Berry Républicain*, dann die nationale Presse. Aber schon bald wird Gras darüber gewachsen sein, das kommt allen gelegen. Die Öffentlichkeit reagiert mit Konsternation. Nur auf TVLib25 spekuliert ein Kommentator darüber, inwiefern die Einschränkung der Meinungsfreiheit eine Rolle gespielt haben könnte, schließlich habe Doomfucker nur seine Meinung gesagt. Derselbe Dreckskerl verlangt, wenig überraschend, dass man in den Brennpunktvierteln mit echter Munition schießen und die Universitäten von islamolinken Dozenten säubern soll.

Die Blondet-Eltern haben den Capitaine zu einem Aperitif eingeladen. Sie sagten, sie verständen das nicht, sie hätten ja nichts geahnt. Die Bemerkung des Lieutenant der Gendarmerie über die Kinder, die mehr so seien wie ihre Zeit als so wie ihre Eltern, ging dem Capitaine nicht mehr aus dem Kopf. Während er auf der Terrasse der Blondets ein Glas weißen Châteaumeillant trinkt und dabei beschwichtigende Kommentare abgibt, denkt er an Clio. Wem oder welcher Zeit ähnelt sie denn wohl? Sicherlich nicht Martin Blondet, und auch nicht dieser Epoche, und das ist auch gut so.

Der Capitaine wartet noch eine Woche, zehn Tage ab. Er spricht jeden Abend mit Guillaume. Guillaume ist nach dem, was der Capitaine ihm sagt, erst am Boden zerstört, dann weigert er sich, seiner Argumentation zu folgen, schließlich akzeptiert er seine Idee und wirft sich selbst vor, ein echter Idiot gewesen zu sein. Der Capitaine nimmt sich zwei weitere Tage Zeit, um mit Guillaume, der sich auf Anraten des Capitaine Einweghandys gekauft hat, die er nach einmaliger Benutzung wegwirft, ein paar Punkte abzuklären. »Das abhörsichere Handy eines Ministers ist ungefähr so sicher wie eine gebrauchte SCUD-Rakete, Guillaume, und ich weiß, wovon ich rede.«

Eines Abends dann geht der Capitaine zu Cardot. Monsieur und Madame Cardot essen auf der Terrasse vor ihrem Haus zu Abend – ihr Haus war das erste, das in Alphaville gebaut wurde, es ist eine ziemlich gelungene Kopie der Mallet-Stevens-Villa in Croix, im Département Nord. Die Notarsgattin hatte am selben Morgen mit dem Capitaine ihre Schwimmbad-Anwendung, lässt sich aber nichts anmerken. Sie lädt ihn sogar ein, zum Dessert zu bleiben, das ein Hausangestellter bringt, der bei ihnen im Haus lebt. Orangensorbet. Man spricht eine Weile über die Blondet-Affäre, jammert über den leeren Pool und den gelben Rasen und darüber, dass Alphaville im Zuge dieser Geschichte derselben Wasserbeschränkung unterworfen worden ist wie das Cher und sechzig andere Départements.

»Ich brauche Urlaub, Monsieur.«

»Das verstehe ich sehr gut, Capitaine. Nehmen Sie sich so viel Zeit, wie Sie brauchen, Sie haben es sich wirklich verdient. Aber lassen Sie sich nicht von der Polizei erwischen, es herrscht immer noch Lockdown.«

Da besteht kein großes Risiko. Er hat auf seinem Handy die nötigen QR-Codes, die ihm Guillaumes Dienst am Vortag zugeschickt hat.

»Vielen Dank, Monsieur.«

Er sieht einen Anflug des Bedauerns in den Augen der Notarsgattin, die nichtsdestotrotz lächelt und ihm einen fast verschwörerischen Blick zuwirft.

Da der Capitaine bereits alles mit seinem Stellvertreter besprochen hat, verlässt er Alphaville noch am selben Abend in einer unauffälligen schwedischen Mittelklasselimousine und kann in aller Ruhe den nicht enden wollenden, wunderbaren Junisonnenuntergang bewundern, vor dem sich, wie in einem Traum, am Horizont das Profil von Clio Manerville abzeichnet.

AUDRESSELLES VERLASSEN

»*Gesegnete Zeit am Strand, gar nicht eilig,*
gingen wir zu Fuß, ohne Hut, noch sehr früh.
Und flink wie die Zunge einer Kröte ohne Müh'
Traf die Liebe unser Herz so närrisch wie heilig.«

»Das ist sehr schön, von wem ist das?«, fragt der Capitaine.

»Apollinaire«, sagt Clio und legt den Band *Calligrammes* aus der Poesiereihe von Gallimard auf ihren langen, gebräunten Beinen ab.

Der Capitaine und Clio befinden sich im kleinen Garten von Le Devoir de vacances, dem Fischerhaus in Audresselles, das Minister Manerville als Ferienhaus dient. Es war Pauline, die sich im letzten Jahrhundert in diesen Ort verliebt hatte. Nach ihrer Ankunft inspizierte der Capitaine zunächst einmal die Örtlichkeiten. Das Haus ist klein und komplett weiß gestrichen, verfügt über einen Wohnraum im Erdgeschoss und zwei Schlafzimmer im Obergeschoss. Es hat noch nicht mal Meerblick, nur von Clios Zimmer aus, wenn man sich auf die Zehenspitzen stellt. Aber das ist nicht so wichtig, denn man hört es, das Meer.

Der Capitaine kann gut nachvollziehen, was Pauline und Guillaume sich damals, als sie es kauften, davon erträumten: Ein von salziger Meeresluft umwehtes Liebesnest. Es gibt zwei Strände, die durch das hervorspringende Felsmassiv Cap de Fer getrennt werden. Dort befinden sich noch ein paar

Überreste des Atlantikwalls, darunter ein Bunker, der inzwischen zum Ferienhaus umgebaut worden ist. Es gibt Restaurants mit einfacher Küche, in denen man Hummer mit Pommes isst. Man kann Wanderungen bis zum Fort d'Ambleteuse unternehmen und nach Wimereux, oder in die andere Richtung zum Cap Gris-Nez, von dem aus man an klaren Tagen die englische Küste sehen kann. Ein maritimes Arkadien, ein kleines utopisches Land mit einem ständig wechselnden Himmel, der innerhalb weniger Minuten von einem griechischen Blau zu unendlich vielen Grauschattierungen wechselt.

Momentan ist er eher griechisch blau bei 34°C schon morgens, und es ist niemand da, der ihn bewundern kann. Audresselles ist menschenleer, man sieht höchstens ab und an einen Polizeiwagen aus Richtung Boulogne-sur-Mer vorbeifahren. Sicherheitstechnisch betrachtet hat Le Devoir de vacances nur einen Eingang, zur Rue des Méduses hin, und Fenster mit verschlossenen Fensterläden. Zur Gartenseite hin ist es auf beiden Seiten von fensterlosen Mauern umgeben, die zu drei angrenzenden Häusern gehören. Das ist weder ideal, noch ist es eine Katastrophe. Ein Scharfschütze täte sich schwer, einen Ort zu finden, von dem aus er die nötige Distanz einnehmen könnte, und eventuelle Angreifer hätten Mühe, sich zu verteilen, die Rue des Méduses ist eng.

Clio und der Capitaine liegen Seite an Seite in alten, verwaschenen Liegestühlen. Sie ist im Bikini, er trägt Bermudashorts und ein offenes Leinenhemd über einem Oberkörper, um den ihn so mancher junge Mann sicher beneiden würde, abgesehen vielleicht von der langen Narbe, die von seinem rechten Schlüsselbein in schräger Linie bis hinunter zu seiner Schamgegend verläuft. Außerdem fehlt ihm eine Brustwarze.

Wissen wir, was ein Körper vermag? denkt Clio, die als gute Normalienne Spinoza paraphrasiert, ohne sich dessen bewusst zu sein.

Wenn man sie so nebeneinander sieht, mit ihren Sonnenbrillen, könnte man sie für einfache Urlauber halten, die nach dem Essen – die Überreste stehen noch auf einem Bistrotisch – eine Siesta machen. Der Tisch und der kleine Garten werden von einem Sonnenschirm beschattet, der ebenfalls aus einem Bistro stammt und in bunten Farben Werbung für einen anishaltigen Aperitif macht. Mit dem Unterschied, dass Urlauber in der Regel selten ein Holster mit einer Glock 19 am Gürtel ihrer Bermudashorts tragen, so wie der Capitaine.

»Das ist sehr schön, ja«, sagt Clio, »nur finde ich die Zeiten gerade nicht wirklich gesegnet.«

Der Capitaine, der auf dem Display seines Smartphones die Websites der Nachrichtenportale herunterscrollt, muss ihr Recht geben.

»Wir haben es hier gut, aber du weißt ja, dass wir Audresselles verlassen müssen, wenn jemand kommt …«, sagt er zu Clio.

»Ich weiß. Schenk mir bitte noch Muscadet ein.«

Zur gleichen Zeit feiert man in Tourailles den einundsiebzigsten Geburtstag von Patrick Beauséant. Dort ist es noch heißer als in Audresselles. Man befindet sich im Speisesaal des Herrenhauses, in dem es vergleichsweise kühl ist. Die ganze Sippe sitzt am Tisch, plus Abel Caliban, der zur Familie gehört. Sogar Hélène Beauséant ist dabei, hat zur Feier des Tages ihren Rückzugsort verlassen. Sie trägt jedoch weiterhin eine FFP2-Maske, die sie nur herunterzieht, um sich schnell ein Stück Räucherlachs in den Mund zu schieben, und dann sofort wieder hochzieht. Man kann ihr noch so oft sagen, dass die gesamte Familie seit über einem Monat durchgeimpft ist, selbst die Kinder, sie will davon nichts hören. Die Gamma-Variante beunruhigt sie.

Dabei weiß sie noch nichts von der Sigma-Variante, die sich gerade ausbreitet, und zwar nicht gemächlich, sondern in rasender Geschwindigkeit. Bianchon hat in der letzten Sitzung des Verteidigungsausschusses einen Lagebericht gegeben, zwei extra eingeladene Epidemiologen bestätigten seine Darstellung. Die Quintessenz war, grob gesagt, dass man, wenn man den verschärften Ausnahmezustand Ende

Juli beenden wolle, weiterhin sehr vorsichtig sein und die Impfkampagne noch einmal deutlich beschleunigen müsse.

Dazu kommt die Hitzewelle, die alarmierende Ausmaße annimmt.

Aber das sind nicht Beauséants größte Sorgen.

Sondern die Umfragen.

Manerville hat ihn mittlerweile eingeholt, sie liegen beide bei 25%. Das einzig Positive ist, dass Dorgelles Prozentpunkte eingebüßt hat und jetzt nur noch knapp vor ihnen liegt, im Bereich der statistischen Fehlergrenze. Sie hat sich immer noch nicht von der AVA-Zéro-Geschichte mit Paul Loudun erholt. Es nützt ihr nichts, dass sie scharenweise Parteiaktivisten oder Funktionäre des Block feuert, die sich mit den Impfgegnern einlassen, wodurch sie bei der radikalisierten Randgruppe ihrer Wählerschaft an Zustimmung verliert, ihr Name bleibt verbunden mit den Verschwörungstheoretikern, und das schreckt Wähler im klassisch konservativen Spektrum ab. Die Dorgelles wird von zwei Seiten in die Zange genommen ….

Das ist zum Teil Peyrade Junior zu verdanken. Präsidentin Séchard hat ihn aus dem GSPR entfernt, weil sie der Meinung war, es gebe zu viele Peyrades in ihrem näheren Umfeld. Bei der Gelegenheit hat sie dann auch noch die Führungsebene des Geheimdienstes ausgetauscht und an die Spitze einen Lieutenant-Colonel der Gendarmerie gesetzt, einen ehemaligen GIGN, der keinem Netzwerk angehört. Vermutlich ein posthumer Rat von Émilie Darthèze, deren Berater sie in den Élysée-Palast übernommen hat, darunter einen »Loyalisten« von der DGSE.

Aber so hat Peyrade Junior, der nun wieder bei der Antiterroreinheit ist, Zeit, noch ein paar kleine Informatikgenies für sich arbeiten zu lassen, Elitehacker. Sie sorgen dafür, dass Agnès Dorgelles' Name in den Sozialen Netzwerken automatisch mit den Impfgegnern verknüpft wird. Mit der gleichen schleichenden Manipulation, so erklärt ihm sein Patensohn, hat man Premierminister Marsay zu Fall gebracht.

Darüber hinaus kam ihm das Schicksal zu Hilfe. So, als

man den Doomfucker in einer Gated Community im Cher schnappte und sich bei den Ermittlungen herausstellte, dass der fünfzehnjährige Junge kurz vor dem Lockdown der Jugendorganisation des Block beigetreten war. Er war zwar bei keinem Parteitreffen gewesen, kein Wunder, schließlich war er in seinen goldenen Käfig im Berry eingesperrt, aber sein Name stand in der Mitgliederkartei, er erhielt den Newsletter der Blockisten und so weiter und so fort. Das brachte die Dorgelles ganz schön in Bedrängnis.

Es ist gut, dass Dorgelles verliert, aber dass Manerville zulegt, ist eine Katastrophe. Er hat gerade Aufwind. Der Mistkerl hat jedes Wochenende irgendwelche Treffen mit Nathalie Séchard in Ploubanec. Davon dringt zwar nichts nach außen, aber Beauséant erkennt in Manervilles Wortmeldungen Formulierungen wieder, die eindeutig auf dem Mist dieses Päderasten und Werbefuzzis Basch gewachsen sind, dem Leiter von Séchards Wahlkampagne, der – so ein Zufall aber auch – kürzlich zum Kommunikationsberater des Ministeriums für soziale und solidarische Ökologie ernannt worden ist. Manerville verpasst diesen Formulierungen einen linken Anstrich, und seine teddybärenhafte Kümmerer-Attitüde beginnt anzukommen. Er verspricht eine Zukunft ohne Virus und glücklichen Konsumverzicht, wie er es nennt. Weniger Autos, weniger Bildschirme, neue Arten der Produktion, die Solidarität der großen Unternehmen, um gegen die aktuelle Hitzewelle anzukämpfen.

Beauséant betrachtet seine kleine Jeanne. Er stellt sich vor, wie ihr Leben aussähe in der Welt, die Manerville vorschwebt. Sie würde in einer Jurte schlafen und auf einer idiotischen Flöte spielen, während sie die Schafe hütet. Himmelarsch. Seine kleine Jeanne hat Besseres verdient. Sie ist hingerissen von dem Kuchen mit den einundsiebzig Kerzen, den der Oberkellner und der Koch gerade auf einem Wagen hereinrollen. Man stößt Ahs und Ohs aus. Zu gerne würde sie sie auspusten. Marité, die neben ihrem Mann sitzt, der schon wieder kurz davor ist, über seinem Glas Cheverny-Schaumwein einzunicken, nimmt die Kleine auf ihren Schoß.

»Nein, das ist Opas Geburtstag. Lass ihn seine Kerzen auspusten, es sind auch sehr viele.«

»Warum hat er so viele Kerzen?«

»Weil er sehr alt ist.«

So geht das seit dem Verschwinden des Rotschopfs.

Finstere Blicke, Sticheleien, und sie nennt ihn Opa, was er hasst. Das wird ihr schon noch vergehen. Valentin hat sie offenbar gut gefickt, aber doch wohl nicht so gut, dass sie sich in ihn verknallt hat ...

Scheiß drauf, es gibt wichtigere Dinge, mit denen er sich beschäftigen muss. Sich nicht von Manerville unterbuttern lassen, und dabei nicht übers Ziel hinausschießen. Schluss mit den spektakulären Attentaten, den Manipulationen, die zwar erfolgreich sind, aber zu gewagt oder zu aufsehenerregend. Peyrade Senior hat ihm deutlich zu verstehen gegeben, dass das Wohlwollen der Association seine Grenzen hat.

Beauséant nimmt die kleine Jeanne auf seinen Schoß und sie bläst die Kerzen zusammen mit ihrem Großvater aus. Er behält sie bei sich, sie essen zusammen ihren Kuchen, aber in Gedanken ist er bereits wieder zu seiner Hauptbeschäftigung zurückgekehrt.

Auch wenn Beauséant nach der Valentin-Episode seine Lutèce-Hefte weggeworfen hat, erinnert er sich noch genau an das, was er geschrieben hat. Es kann natürlich nicht schaden, in Manervilles Vergangenheit herumzuschnüffeln, aber viel wichtiger ist, die Gegenwart richtig zu deuten. Beauséant, der noch immer nicht den *Entwendeten Brief* von Poe gelesen hat, was ein echter Fehler ist, verfügte schon immer über die Fähigkeit, das allzu Offensichtliche zu sehen, das anderen entgeht.

Ohne seine Tochter Clio ist dieser Hampelmann von Manerville ein Nichts.

Man muss ihm also seine Clio wegnehmen.

Quod erat demonstrandum.

Versetzen wir uns wieder in die Bretagne, wo zur selben Zeit Präsidentin Séchard und Minister Manerville an der Plage des Vallées, bei Pléneuf-Val-André, spazieren gehen.

Sie sind über einen steilen Pfad vom Golfplatz aus an den Strand gelangt, im Gefolge die Personenschützer. Vom Golfplatz aus wird später auch der Hubschrauber mit der Präsidentin nach Paris abheben. Manerville wird im Auto zurückfahren. Man soll zwar ahnen, dass sie kooperieren, aber es soll auch nicht zu ostentativ sein. Man muss das subtil dosieren, um Beauséant zu ärgern und andere potenzielle Bewerber zu irritieren oder zu beunruhigen.

Manerville und sie hatten das Bedürfnis, einen Moment aus Ploubanec herauszukommen. Dort, in Nathalies Haus, diskutieren die Berater der beiden Teams, plus Basch und Jason Perros, weiter über aktuelle Strategien und Dossiers. Manerville ist aufgefallen, dass Jason sich oft zu Wort meldet, wenn auch ohne die Grenzen der ihm zugeschriebenen Rolle zu überschreiten. Manerville interpretiert das als Ausdruck der Freude darüber, dass Nathalie bald nicht mehr im Élysée-Palast sein wird und sie stattdessen in diesem mittelalterlichen cosy Haus voller Ecken und Winkel und mit seltsamen ochsenblutfarbenen Balken leben werden.

Er ist heilfroh, dass er mir das Baby überlassen kann, dachte Manerville.

Und dieses Baby war nicht hübsch: Ein Rückgang des Bruttoinlandsprodukts um 9%, eine astronomisch hohe Staatsverschuldung, ein Land, das zwischen Nervenzusammenbruch und Depression schwankt, eine diffuse Gewalt, die sich jederzeit entladen kann so wie in dem Moment, als die Präsidentin ihren Verzicht auf eine erneute Kandidatur bekanntgab, und vor allem eine Gesellschaft, die sozial noch tiefer gespalten ist als zu Zeiten der Gelbwesten und der großen sozialen Protestbewegungen im Herbst vor dem Lockdown.

Vorhin, als man zu zehnt an dem großen Küchentisch beim Mittagessen saß und Nathalie wie selbstverständlich Jason und die junge ENA-Redenschreiberin mit Altgriechischkenntnissen beim Bedienen ihrer Gäste unterstützte, posaunte Basch noch herum, dass sich Guillaume letzten Umfragen zufolge mit Beauséant und Dorgelles ein Kopf-an-Kopf-

Rennen liefere, und sie alle gleichauf bei 25% lägen. Guillaume bremste den Elan Baschs, den er auf Nathalies Drängen zum Leiter seiner Wahlkampagne gemacht hatte, etwas.

»Das bedeutet vor allem, dass Beauséant und Dorgelles, deren Wähler bis auf wenige Ausnahmen die gleichen Ansichten vertreten, die Hälfte der Wählerschaft stellen. Es gibt also keinen Grund zu triumphieren. Anders gesagt, die Hälfte der Franzosen erkennt sich in populistischen Kandidaten wieder, die Recht und Ordnung fordern und sich nicht besonders um die Umwelt oder soziale Gerechtigkeit scheren, trotz der Pandemie.«

»Aber das ist nicht entscheidend!«, rief Basch aus und unterbrach Guillaume damit etwas zu energisch. »Sie, Guillaume, werden von den aufstrebenden Kräften unterstützt. Beauséant und Dorgelles sind zutiefst verfeindet. Das ist Ihre Chance.«

Basch wandte sich an Nathalie, die gerade einen großen Kouign-amann brachte, den sie im Ofen warm gemacht hatte:

»In gewisser Weise ist Ihnen das 2017 doch auch gelungen, Madame la Présidente. Man sollte diesen Coup wiederholen.«

Dieser Optimismus geht Guillaume auf die Nerven, er ist die Ursünde der Nouvelle Société, das und der Klassendünkel. Er wird nie vergessen, was der Finanzminister, ein echter Idiot, ihm 2018 entgegnete, als er gegen die geplante Dieselsteuer protestierte.

»Sie sind aber auch nie zufrieden, Monsieur le Ministre, das ist Ökologie pur. Und wen betrifft das schon? Ein paar Proleten, deren Schrottkisten hunderttausend Kilometer auf dem Zähler haben und die ihre Grundsicherung im Bistro versaufen.«

»Das sind meine Wähler in Cournai«, hatte er kühl erwidert. »Mir ist es gelungen, sie davon zu überzeugen, dass Ökologie nicht nur was für Schnösel ist. Das möchte ich in ganz Frankreich schaffen, und Sie sind dabei, das kaputtzumachen.«

»Messieurs, beruhigen Sie sich doch bitte, diese Kabinettssitzung ist mir ein bisschen zu testosterongeschwängert«, sagte die Präsidentin daraufhin. Allgemeine Heiterkeit. Einen Monat später war dieselbe Präsidentin gezwungen, den Élysée-Palast im Hubschrauber zu verlassen, und Beauséant konnte nach Belieben seine Repression ausleben.

Im Übrigen hat Beauséant sich 2017 doch nur deshalb der Nouvelle Société angeschlossen, weil er hoffte, innerhalb des Séchardismus den Boden für die rechten Hardliner bereiten zu können, und in gewisser Weise ist ihm das ja auch gelungen. Der beste Beweis dafür: Es ist nicht auszuschließen, dass er der neue Präsident wird. Manerville wird es Nathalie nicht ins Gesicht sagen, zumal sie es so oder so weiß, aber im Ausland betrachtet man sie, vor allem seit Beginn der Pandemie, als ein politisches Ufo. Man sieht in ihr eine Art neue Thatcher, eine eiserne Lady, die ihr Land unter Kriegsrecht gestellt hat. Sie gilt in den europäischen Ländern, die inzwischen Quasidiktaturen sind, wie Ungarn oder Polen, sogar als Vorbild.

In diesem Moment erreichen Manerville und die Präsidentin das Ende des Vallée-Strandes. Sie zeigt ihm eine Art halbkreisförmigen, etwas höher gelegenen Felsen mit kleinem Sandstrand. »Bei Hochwasser«, sagt die Präsidentin, »ist diese Insel von Wasser eingeschlossen. Als Jugendliche habe ich hier gerne gelesen und dabei abgewartet, bis das Wasser wieder sank. Es war, als wäre ich ganz allein auf der Welt. Ich bin aus Erquy hierhergelaufen – sehen Sie diese Ansammlung von Häusern dahinten, die in der Hitze fast verschwommen wirken? Dort leben meine Eltern bis heute. Ich glaube, so glücklich wie damals war ich nie wieder. Außer vielleicht, als ich Jason begegnet bin.«

Manerville ist überrascht, dass sie auf einmal so persönlich wird, und als hätte Nathalie sich gerade wieder gefangen, fragt sie ohne Überleitung:

»Guillaume, denken Sie, meine Präsidentschaft ist gescheitert?«

Er spürt, wie er verlegen wird. Fast hätte er irgendeine

Banalität geantwortet, dass die Geschichte darüber urteilen werde oder so.

»Ich denke vor allem, Madame, dass es unmöglich ist, diese Frage zu beantworten. Sie waren mit einer noch nie dagewesenen Situation konfrontiert, einer Pandemie, einer Klimakatastrophe. Sie waren die Erste, die damit konfrontiert war, ich fürchte jedoch, Sie werden nicht die Letzte sein. Als Sie 2017 antraten, haben Sie versprochen, die Spaltung der Gesellschaft zu überwinden. Ich hätte mich Ihnen nicht angeschlossen, wenn ich Ihnen das nicht abgenommen hätte. Aber das Virus hat, ohne Ihr Zutun, die Karten neu gemischt. Nichtsdestotrotz, das sollten Sie wissen, stehe ich genau wie Sie zu den getroffenen Entscheidungen. Ich werde mich in keiner Weise von Ihrer Amtszeit distanzieren.«

»Ich würde es Ihnen nicht verübeln, wenn Sie für sich in Anspruch nähmen, erst einmal eine ›Bestandsaufnahme‹ machen zu wollen, wie es Ihr Konkurrent kürzlich ausdrückte. Sie dürfen mir in den kommenden Monaten gerne alle Übel dieser Welt aufladen, wenn das ein Weg ist, Beauséant Paroli zu bieten. Ich würde ihn nur zu gerne auffordern, seinen Rücktritt einzureichen, aber außerhalb der Regierung wäre er noch gefährlicher. Da würde er dann den Märtyrer spielen …«

Guillaume ist sich da nicht so sicher.

Er denkt an Clio, an den Capitaine.

Er denkt an das, was der Capitaine ihm gesagt hat. Er weiß nicht, ob das nur Paranoia ist oder ob der Capitaine nicht vielleicht der Einzige ist, der verstanden hat, wie weit Beauséant bereit ist zu gehen. Er merkt, wie ihn erneut die Angst packt, wie sich ihm die Kehle zuschnürt.

»Alles in Ordnung, Guillaume? Sie sind ganz blass. Ich hoffe nur, es ist nicht die Sigma-Variante«, sagt die Präsidentin in einem halb besorgten, halb amüsierten Ton. »Bianchon meint jedenfalls, dass die Variante zu 10-15% Impfdurchbrüchen führt.«

»Nein, ich wurde noch heute früh getestet, bevor ich hierhergekommen bin.«

Die Präsidentin dagegen strahlt.

Die Bretagne bekommt ihr gut, sie hat keinerlei Ähnlichkeit mehr mit der Frau, die ihn müde und voller Sorge direkt nach dem Tod von Émilie Darthèze im goldenen Salon beiseite genommen hat.

»Wie geht es Ihrer Tochter? Man sieht sie gar nicht mehr …«

Und Sie werden sie bestimmt nicht so bald wiedersehen, denkt Manerville.

»Soweit gut. Sie braucht natürlich noch Zeit, um sich von dem Schock zu erholen, dass Lucien Valentin ermordet wurde. Sie hat das Bedürfnis, viel allein zu sein.«

»Ja, ich habe von dieser furchtbaren Geschichte gehört. Schon seltsam, dass der Junge ausgerechnet durch Jasons Vermittlung für Beauséant den Ghostwriter gespielt hat. Mein Mann hatte schon bessere Ideen … Wo Beauséant ist, ist der Tod nicht weit. Das liegt vielleicht an seinem Aufgabenbereich, ich weiß es nicht … Émilie fand immer, dass es ein Fehler war, Beauséant zum Minister zu machen. Aber ich hatte sonst niemanden für diesen Job, und außerdem stand er wie kein anderer für die Idee, die politischen Gräben im höheren Interesse eines krisengebeutelten Landes zu überwinden. Bis ich meinen Verzicht auf eine weitere Kandidatur erklärt habe, war er mir gegenüber immer loyal. Zumindest glaube ich das …«

»Der Leopard stirbt mit seinen Flecken, und ich habe nie beabsichtigt oder mir zugetraut, mich zu bessern.«

»Bitte?«

»Das hat Clio mir mal vorgelesen. Es ist aus *Panegyricus* von Débord. Ich denke, das lässt sich sehr gut auf Beauséant anwenden. Ein Raubtier bleibt ein Raubtier, vor allem in der Politik.«

»Gut beobachtet, Guillaume. Sie sind bestimmt sehr stolz auf sie. Mit zwanzig schon Normalienne. Fängt sie im September in der Rue d'Ulm an, wenn alles klappt? Und will sie im Anschluss auf die ENA?«

Guillaume kann sich ein Lächeln nicht verkneifen, während zu ihren Füßen eine Welle verebbt und der Schaum fast die Repetto-Sneakers der Präsidentin benetzt.

»Das ist nicht gerade ihr Lieblingsthema, wissen Sie …«

Nun lächelt Nathalie Séchard ihrerseits.

»Das Wasser steigt, Guillaume. Wenn wir hier nicht sechs Stunden feststecken wollen und riskieren, dass alle durchdrehen, sollten wir jetzt langsam zurück …«

Der Capitaine fühlt sich mit einem Mal um Jahre zurückversetzt.

Er sieht Clio beim Schwimmen zu.

Der Morgen ist so rein wie der Beginn der Welt und der Ärmelkanal gleicht im Licht der aufgehenden Sonne einem kupferfarbenen Spiegel. Sie sind am Südstrand, das ist der Strand, von dem aus man in der Ferne das Vauban-Fort von Ambleteuse sieht. Pauline, Guillaume und er haben mal mit ihrer Klasse einen Ausflug dorthin unternommen. Sie mochten diese einsam gelegene Befestigungsanlage. Der Geschichtslehrer erklärte ihnen, dass das die Überreste eines groß angelegten Bauvorhabens von Ludwig XIV. waren, der dort einen Hafen errichten wollte. Bei Flut war das kleine Fort auf seinem vorgelagerten Felsen vom Meer umschlossen. Pauline, Guillaume und er hatten damals also einen ziemlich ähnlichen Sehnsuchtsort wie den, den die spätere Präsidentin Séchard ungefähr zur gleichen Zeit mit ihrer Gezeiteninsel am Vallée-Strand hatte.

Sie dachten damals, dass es toll wäre, dort zu dritt zu leben. Da sie einer Generation angehörten, in der die Geschlechterrollen noch ziemlich klar verteilt waren, schlug Pauline spontan vor, sie könne sich um die Einrichtung der Zimmer kümmern, den Haushalt übernehmen und die Taschenkrebse zubereiten, die man zwischen den Felsen hindurchflitzen sah. Die Jungs müssten diese fangen. Darüber hinaus wäre es ihre Aufgabe, die umliegenden Häuser zu plündern, damit sie einen Schatz hätten, und eventuell noch, ihr Fort gegen Eindringlinge zu verteidigen, die sie um ihr Glück beneideten. Das waren so die Dinge, die diese Siebtklässler im Jahr 1982 beschäftigten. Der Erzähler bittet um etwas Nachsicht angesichts dieser patriarchalischen Robinsonaden, diese Jugendlichen lebten eben in vorsintflutlichen Zeiten.

Der Capitaine erinnert sich, dass er damals eine Wegwerfkamera gekauft hatte, die sein Vater, als sie abends nach Cournai zurückkehrten, in betrunkenem Zustand zerstörte. Doch der Capitaine konnte die Fotorolle retten und heimlich entwickeln. So besaß er schlecht zentrierte Fotos vom Vauban-Fort, von Guillaume und ihm, von Pauline und Guillaume, von Pauline und ihm, aber vor allem Fotos, auf denen nur Pauline zu sehen war, das waren die allermeisten. War das der Moment, in dem ihm bewusst wurde, auch wenn er dieses Gefühl nicht hätte benennen können, dass er sich in Pauline verliebt hatte?

Er weiß es nicht, der Capitaine, und er will es nicht wissen.

Er prüft, ob die leichte Brise, die vom Meer herkommt, nicht sein Leinenhemd anhebt und dabei seine Glock 19 freilegt. Er sieht noch ein paar andere Badende, ebenfalls allein. Vermutlich haben sie, so wie Clio und er, beobachtet, in welchen Abständen die Polizeipatrouille aus Boulogne vorbeigefahren kommt, die nur sehr nachlässige Kontrollen durchführt.

Es ist einfach allen zu heiß.

Clio hat letzte Nacht geweint.

Nur leise, aber sie hat geweint. Natürlich wegen Lucien Valentin. Er hat den Jungen gegoogelt. Er hat ihn damals, als er Clio auf Bitten ihres Vaters hin zu folgen begann, nur flüchtig gesehen. Auf den Pressefotos seines Verlags ist ein hübscher rothaariger junger Mann zu sehen, der vermutlich in seiner Kindheit damit leben musste, ständig Karottenkopf genannt zu werden. Sein Blick wirkt sehr sanft und dabei zugleich sehr entschieden.

Clio ist sich sicher, dass Beauséant für das verantwortlich ist, was ihm zugestoßen ist. In den wenigen kurzen Artikeln zu seinem Tod ist von einem Raubüberfall die Rede, bei dem vermutlich seine Tasche mit dem Laptop gestohlen wurde.

Hier und da heißt es, der junge Mann habe für den Innenminister gearbeitet und dieser habe ihn am Sonntagabend von seinem Anwesen im Loiret nach Paris zurückfahren lassen, an dem Tag, an dem Nathalie Séchard ihre Ansprache hielt. Beauséants Sprecher hat nach seinem Tod ein kurzes Kommuniqué veröffentlicht, das im Übrigen recht vage war, demzufolge der Minister den Tod des jungen Mannes bedauere, der ein Opfer der immer eklatanteren Unsicherheit auf unseren Straßen geworden sei. Er erklärte, dass Lucien Valentin hervorragende Arbeit geleistet habe, und drückte den Eltern des jungen, so vielversprechenden und tragisch zu Tode gekommenen Mannes seine tiefe Anteilnahme aus.

Wäre diese Geschichte in einer weniger bewegten Zeit passiert, hätte sie sicherlich größeren Wirbel verursacht. Aber in diesem politisch so aufgeheizten Klima und unter dem Eindruck der terroristischen Anschläge wurde sie schnell ad acta gelegt.

Der Capitaine ist hin- und hergerissen.

Vermutlich war es nur eine Verkettung unglücklicher Umstände, aber womöglich hat Lucien in Beauséants Herrenhaus in diesen politisch so stürmischen Zeiten auch etwas gesehen oder gehört, das er nicht hätte sehen oder hören dürfen. Der Capitaine wird das Clio nicht sagen, aber der bedauernswerte Valentin ist nicht seine Hauptsorge. Seine Hauptsorge ist, dass sie in Sicherheit ist.

Sie surft.

Er sieht, wie etwas um sie herumkreist. Ein Seehund, sicherlich ein Weibchen, mit silberfarbenem Fell, fast weiß. Clio spielt mit dem Tier und der Capitaine hört ihr Lachen und das ebenso fröhliche Bellen des Tieres.

Das Herz des Capitaine beginnt so wild zu schlagen wie damals, als er zwölf war und Pauline auf dem Fort Vauban fotografierte. Er meint, etwas Elementares, Authentisches erneut zu erleben, er hätte nicht genau sagen können, was. Vielleicht das Gefühl, dass die Welt damals im Gleichgewicht war, und die perfekte Harmonie alles Lebendigen. *Reiß dich zusammen, Alter, du machst dir Gedanken wie einer, der bald sterben wird. Ja, genau, das muss es sein.*

Clio kommt aus dem Wasser, und er wird von einem neuen Gefühl des Glücks durchzuckt.

Der Capitaine hat wieder den Song im Ohr, den er damals im Erziehungsheim ununterbrochen auf seinem Walkman hörte, *Ashes to Ashes* von David Bowie, Paulines Bild hatte er auch da immer noch.

Das ist jetzt ein schlechter Moment, Alter, das ist wirklich ein schlechter Moment. Er muss professionell bleiben. Dabei wird ihm bewusst, dass er besser dafür ausgebildet ist, jemanden zu töten, als dafür, jemanden zu beschützen. Und wenn er mal jemanden beschützt hat, dann nie jemanden, der ihm am Herzen lag, im Gegenteil. Wie zum Beispiel diesen maronistischen Idioten, Waffenhändler und BDSM-Anhänger. Er diente als Mittelsmann zwischen Frankreich und einem afrikanischen Land und verbrachte seine Freizeit zwischen zwei Terminen damit, im Hôtel Raphaël Callgirls zu quälen. Im Morgengrauen nahmen sie mit schmerzverzerrtem Gesicht und leichenblass auf dem Beifahrersitz einer Zivil-Limousine Platz und der Capitaine fuhr sie zurück.

»Hast du den Seehund gesehen?«

»Habe ich, Clio, habe ich.«

»Willst du nicht baden? Das Wasser ist genauso warm wie die Ägäis, also nutze das Ende der Welt, es hat auch seine guten Seiten ...«

»*Es kann nur das Ende der Welt sein, das herannaht ...*«

»Du hast Rimbaud gelesen!«

»Hin und wieder. Nein, ich werde nicht baden. Oder soll ich dir meine Waffe geben, damit du mir Deckung geben kannst? Aber wer gibt dir dann Deckung?«

Clio lacht und macht eine Bemerkung über Machos, die in einer Hand die *Illuminationen* halten und in der anderen die Knarre.

Sie gehen zu Fuß zurück. Der Seehund kommt angewatschelt, folgt ihnen etwa hundert Meter über den Strand und verabschiedet sie mit einem zärtlichen Heulen. So ein Seehund ist ein schelmisches und anschmiegsames Tier.

»Er wird uns noch verraten, der Idiot!«, sagt der Capitaine.

Clio lacht erneut. Das erinnert sie an eine Geschichte über Sartre, die sie in ihrer Vorbereitungsklasse gehört hat. Nachdem der Philosoph sich mit Meskalin zugedröhnt hatte, meinte er, auf den Champs-Élysées von Horden von Hummern verfolgt zu werden. Das, was sie erlebt, seit der Capitaine sie abgeholt hat, ist am Ende womöglich auch nur eine Halluzination. Genau wie der Tod von Lucien, wie diese anormale Hitze, die zur Folge hat, dass der Fischerpfad von Audresselles mit seinen bauchigen, bunten Fischerbooten, die im Hafen vor sich hindümpeln, und seinen weißen Häusern mit ihren blauen Fensterläden aussieht wie ein Spazierweg in einem Dorf in den Kykladen.

Sie möchte dem Capitaine die Anekdote erzählen, spürt aber, dass es nicht der richtige Moment ist. Da liegt sie richtig.

Sie befinden sich in der Rue Marin-la-Meslée, zwischen einer Reihe geschlossener kleiner Lokale und Restaurants für Meeresfrüchte auf der einen und einem Parkplatz auf der anderen Seite. Was den Capitaine stört, ist, dass dort, wo vorhin fünf Autos standen, darunter seins, jetzt sechs Autos stehen. Er läuft weiter, als ob nichts wäre, sagt Clio nichts, aber hat den so harmlos wirkenden, zu neuen Fiat Punto, der verdammt nach Zivilstreife aussieht, doch gesehen.

»Stimmt was nicht?«

Der Capitaine antwortet nicht. Clio greift nach seiner Hand.

So wie damals das kleine Mädchen in Cournai.

Sie erreichen die Tür vom Devoir de vacances.

»Du bleibst hinter mir.«

Clio fühlt sich dumm und verletzlich. Sie ist immer noch im Bikini, hat nur ein Handtuch um ihre schmalen Hüften geschlungen.

Die Tür ist verschlossen.

Das muss nichts heißen.

Der Capitaine holt den Schlüssel raus.

Der Capitaine entsichert seine Glock.

Der Capitaine öffnet lautlos das Schloss.

Der Capitaine sieht Schrammen, jemand hat daran rumgemacht.

Der Capitaine öffnet die Tür.

Rechts nichts.

Links nichts.

Der Capitaine schnuppert.

Der Capitaine hat einen Geruchssinn wie ein Raubtier.

Neben den gewohnten Gerüchen des Hauses nach Bohnerwachs, Staub, dem Stroh der Stühle, liegt noch ein anderer Geruch in der Luft.

Ein leichter Deoduft, aber weder der von Clios Deo noch der von seinem.

Die Treppe knackt. Ein Fuß kommt zum Vorschein.

Der Capitaine hebt die Glock.

»Komm runter, Idiot!«

Der Idiot ist in diesem Fall eine Idiotin, sie ist keine dreißig. Sie hebt die Arme über den Kopf.

»Mach keinen Quatsch, ich bin Polizistin. Lieutenante Capri, SDLP.«

Vom Personenschutz der Police Nationale.

Sie sieht gar nicht schlecht aus.

Ohne sie aus den Augen zu lassen, sagt der Capitaine:

»Clio, du kommst rein und schließt die Tür hinter dir.«

»Wer ist das?«

»Eine Polizistin.«

»Das heißt in diesen Zeiten nicht unbedingt was Gutes.«

Weder Capri noch der Capitaine gehen auf diese Bemerkung ein, die ein trauriges Beispiel für die geringe Wertschätzung ist, die ein Teil der politisierten Jugend den Ordnungskräften entgegenbringt.

»Leg deine Waffe auf den Tisch …«

Dem kommt Lieutenante Capri mit einer an Ehrerbietung

grenzenden Vorsicht nach, da sie spürt, dass jede Weigerung zwecklos ist.

Zumindest für dieses Mal.

Der Capitaine nimmt die Waffe an sich, steckt sie sich in den Gürtel.

»Zeig mir deinen Ausweis.«

Der Capitaine überprüft ihn der Form halber.

»Bist du allein?«

»Ja.«

»Was hast du hier zu suchen?«

»Ich bin im Auftrag meiner Vorgesetzten hier. Ich soll überprüfen, wie es der Tochter von Minister Manerville geht. Wie es scheint, ist das die junge Frau mit dem Badetuch hinter dir.«

»Das ist korrekt, das kann ich bestätigen. Es geht ihr gut, wie du siehst.«

»Ich habe keine Ahnung, ob es ihr gut geht. Du könntest sie auch als Geisel genommen haben.«

»Bist du eine Geisel, Clio?«

»Ja. Er foltert und vergewaltigt mich. In einer Tour. Das ist ein gefährlicher Sadist.«

Lieutenante Capri sieht auf einmal müde aus.

»Wer ist denn dieser ›Vorgesetzte‹, der dich beauftragt hat, das zu überprüfen, und warum?«

»Das kommt von Beauvau. Man ist besorgt. Man hat Clio Manerville seit zehn Tagen nicht mehr gesehen, und das, obwohl sie und ihr Vater normalerweise unzertrennlich sind. Der Minister selbst gibt nur ausweichende Antworten.«

»Ich bin nicht nur eine Geisel, ich habe auch einen Ödipuskomplex«, sagt Clio.

Capri geht darauf nicht ein. Sie fährt fort:

»Wir möchten nicht, dass ein Staatsminister, der vermutlich bei den nächsten Präsidentschaftswahlen antritt, Opfer einer Erpressung oder Ähnlichem wird. Ich habe die Aufgabe, sie zu lokalisieren. Das Ferienhaus war mein erster Anlaufpunkt.«

Der Capitaine fragt sich, ob sie, ohne es zu wissen, ein Bauernopfer in einem Schachspiel ist oder sehr gerissen.

Der Capitaine steckt seine Glock zurück in den Holster und holt sein Handy hervor.

Ihm gelingt das Kunststück, selbst in Bermudashorts und Bootsschuhen einschüchternd zu wirken. Gut, er verfügt über zwei mittlerweile gut sichtbare Waffen. Das hilft.

»Was tust du da?«, fragt die Polizistin.

»Dich beruhigen, Capri. Hallo Guillaume? Nein, nichts Schlimmes. Mir gegenüber steht eine gewisse Lieutenante Capri, von der SDLP. Ja, ich weiß … Sie erkundigt sich, ob ich Clio nicht vielleicht entführt habe. Kannst du ihr diese Sorge nehmen?«

Der Capitaine reicht der Lieutenante das Telefon. Sie lauscht. Sie sagt dreimal hintereinander: »Ja, Monsieur le Ministre. Selbstverständlich, Monsieur le Ministre.«

Sie gibt dem Capitaine sein Handy zurück, der fragt:

»Und, bist du nun beruhigt?«

Capri nickt.

»Kann ich dich was fragen?«

»Nur zu.«

»Wer bist du?«

»Ein Freund der Familie.«

»Verstehe. Ich vermute, du hast einen Waffenschein für die Glock und so weiter.«

»Selbstverständlich.«

»Du willst mir keine Auskunft geben, richtig? Ob Manerville oder nicht, ich werde das meinen Vorgesetzten melden.«

»Melde nur, Capri, melde. Aber steig erstmal wieder in deinen Punto. Wir verabschieden uns jetzt. Sag der Dame auf Wiedersehen, Clio.«

»Wiedersehen.«

»Kann ich bitte meine Dienstwaffe zurückhaben? Sonst gibt es nur Ärger. Eine Menge Papierkram und so.«

»Aber selbstverständlich.«

Der Capitaine nimmt die Sig Sauer an sich, zieht das Magazin heraus und blockiert den Verschluss.

»Bitte schön.«

Lieutenante Capri scheint etwas sagen zu wollen, dann überlegt sie es sich anders und schüttelt nur den Kopf. Sie verlässt das Haus und vorerst auch unsere Geschichte.

Clio stößt einen Seufzer aus und beginnt zu zittern.

»Was war das denn?«

»Das bedeutet, dass wir von hier verschwinden werden. Für lange Zeit. Schaffst du das?«

»Das schaffe ich, Joseph.«

Um zu verstehen, warum Clio den Capitaine Joseph nennt, was ja immerhin sein Vorname ist, auch wenn niemand ihn mehr benutzt und der Capitaine selbst ihn schon fast vergessen hat, muss man ein Stück zurückgehen bis zu dem Moment, als er ohne großes Bedauern und mit der Überzeugung, aller Wahrscheinlichkeit nach nicht mehr dorthin zurückzukehren, Alphaville verließ.

Männer, die zu lange mit den Verschwörungen unserer Zeit befasst waren, die Gewalt erlebt haben und nur knapp dem Tod entronnen sind, haben oftmals ein Gespür für das entwickelt, was kommen wird, und verstanden, dass, wie Machiavelli es einmal formulierte, die Individuen nicht Herr über die Ergebnisse ihrer Handlungen sind.

Er kam nachts in Paris an.

Zwischen der Porte d'Orléans und seinem Versteck, einer Einzimmerwohnung im XX. Arrondissement in der Rue Vilin, in der Nähe des Belleville-Parks, wurde er kurz hintereinander drei Mal kontrolliert. Bei der Gelegenheit konnte er feststellen, dass seine gefälschten Papiere und die dazu passenden QR-Codes hielten, was sie versprachen.

Er parkte sein Auto und nahm seinen kleinen Koffer und eine Sporttasche aus dem Kofferraum. In der spartanisch eingerichteten, aber sauberen Einzimmerwohnung war es unerträglich heiß und roch muffig. Er öffnete die Fenster weit, draußen war es kaum kühler, aber so kam zumindest etwas frische Luft ins Zimmer. Er ging unter die Dusche und öffnete dann, noch nackt, die Sporttasche. Er hatte 100.000 Euro in bar dabei, ein zerlegtes Steyr-Sturmgewehr, das direkt aus der Waffenkammer von Alphaville kam, und drei Magazine sowie Schachteln mit Munition. Er verstaute die Tasche.

Er aß eine Tomatensuppe aus der Dose, die er mit Brot auftunkte, das er in der Mikrowelle aufgetaut hatte. Anschließend las er einen Roman noir von dem Stapel neben der Matratze auf dem Boden. Er kannte ihn bereits, es war ein Roman von A.D.G., der in den 70er Jahren in Blois spielt, aber man kann A.D.G. immer wieder lesen, er war zwar ein Rechtsextremer, aber ein Riesentalent, und die Faschisten verdienen ihn nicht.

Er schlief zwei Stunden den Katzenschlaf jener, die einst in einen Gemeinschaftsschlafsaal eingepfercht waren und dann den Krieg erlebt haben, der eine andere Art von Eingepferchtsein ist. Er baute das österreichische Sturmgewehr zusammen, verteilte die 100.000 Euro in verschiedenen Taschen seines Leinenanzugs und in seinem kleinen Koffer. Um 7 Uhr morgens verließ er die Wohnung, lief die Rue Vilin herunter und stieg in seine schwedische Mittelklasselimousine. Er machte viele Umwege, um sicherzugehen, dass man ihn nicht beschattete, was bei dem durch den Lockdown bedingten niedrigen Verkehrsaufkommen einfach war. Der verschärfte Ausnahmezustand war zwar offiziell noch nicht aufgehoben, es gab jedoch immer mehr Ausnahmegenehmigungen für bestimmte Berufsgruppen, und der öffentliche Nahverkehr war inzwischen nicht mehr auf 10% seines ursprünglichen Volumens reduziert, sondern nur noch auf 25%.

Er parkte auf einem hochgesicherten Luxusstellplatz in einer Tiefgarage, den er fürs ganze Jahr gemietet hatte, bei der Place d'Italie. Er wechselte das Nummernschild der schwedischen Mittelklasselimousine. Die Hitze war hier genauso erstickend wie in der Einzimmerwohnung. Das machte ihm nicht besonders viel aus: In einem anderen Leben hätte er einer dieser Diplomaten sein können, die im Quai d'Orsay ein Spezialtraining durchliefen, damit sie auch bei großer Hitze, in Ländern, in denen 40°C im Schatten herrschten, in ihrem Anzug nicht ins Schwitzen gerieten und immer noch tadellos aussahen.

In einem der Kartons, die sich an der Garagenwand stapelten, fand er ein Handy mit Karte. Anschließend lud er ein paar Kartons in seinen Wagen. Inzwischen war es 8 Uhr morgens. Er tätigte einen Anruf, es wurde sofort abgenommen.

»Guillaume?«

»Ja.«

»Hast du mit Clio gesprochen?«

»Ja. Sie findet das verrückt. Ich auch. Aber wenn du denkst, dass …«

»Das haben wir alles zur Genüge besprochen. Angenommen, ich irre mich, was riskierst du? Sollte ich mich jedoch nicht irren …«

»Schon gut, schon gut.«

Dann trafen sich alle beim Zahnarzt.

Eine Zahnarztpraxis im zweiten Stock eines Haussmann-Gebäudes in der Rue Lafayette. Der Zahnarzt war ein langjähriger Freund und politischer Weggefährte von Manerville, stellvertretender Bürgermeister im X. Arrondissement. An dem Tag hatte er keine Sprechstunde. Aber er trug Clio und ihren Vater für eine Routineuntersuchung ein, die im Kalender des Ministers vermerkt wurde.

»Dann lasse ich euch mal allein«, sagte der Zahnarzt mit seiner Maske und seinem weißen Kittel und schloss die Tür zum Wartezimmer. »Du erklärst mir das eines Tages, Guillaume, ja?«

Der Capitaine war bereits da.

»Konntest du das Ministerium ohne Probleme verlassen?«

»Ja. Mein Personenschützer wird sauer sein, wenn ich zurückkomme. Seit dem Mord an Darthèze sind sie alle äußerst angespannt.«

»Geht's dir gut, Clio?«

»Geht schon, Capitaine.«

In ihrem Blick lag ein Anflug von Traurigkeit und Beunruhigung, und sie fuhr fort:

»Vielen Dank nochmal für *Alle Pferde des Königs*. Ich habe

mich immer über deine Geschenke gefreut. Ich finde nur, wenn mein Vater dich dafür benutzt, mich zu überwachen, solltest du es mir sagen. Heißt das, du hast Lucien kennengelernt?«

»Nur flüchtig. Das ist jetzt über zwei Jahre her, weißt du … Ich … es tut mir sehr leid, was passiert ist.«

»Glaubst du wirklich, dass Beauséant mir etwas Böses will?«

»Ich denke nicht, dass er dich töten will, das wäre dann doch zu auffällig. Bei Beauséant gibt es so eine Mischung aus Wahnsinn und Pragmatismus. Aber dich entführen, um deinen Vater auszuschalten, das kann ich mir schon vorstellen.«

»Wie kannst du da so sicher sein? Kennst du ihn?«, fragte Clio.

»Ich kenne Leute, die für ihn gearbeitet haben, oder die mich für ihn haben arbeiten lassen. Der schreckt vor nichts zurück.«

»Aber mein Vater könnte das doch öffentlich machen, wenn er mich entführen sollte, oder etwa nicht?«

»Man würde ihm nicht unbedingt glauben. Es gäbe keine Beweise. Er würde dich nicht von seinen Männern entführen lassen, sondern von Subunternehmern von Subunternehmern. Leuten, die sicherstellen, dass man den Auftrag nicht bis zu ihm zurückverfolgen kann. Er würde sich empört geben. Man würde deinen Vater für verrückt erklären, er wäre diskreditiert. Am Ende stünde der Vorwurf, er hätte deine Entführung selbst initiiert, um seine Chancen bei der Wahl zu erhöhen. So oder so würde das deinen Vater aus der Bahn werfen. Denn ohne dich ist er aufgeschmissen. Stimmt's, Guillaume?«

Guillaume wurde bleich. Fast im Flüsterton sagte er:

»Das weißt du sehr gut, und Clio weiß es auch. Ich wäre nicht in der Lage, Wahlkampf zu machen, ich würde meine Kandidatur zurückziehen, selbst wenn ich wüsste, dass Beauséant hinter deiner Entführung steckt. Denn ich würde niemals, dadurch, dass ich das alles enthülle, das Risiko eingehen, dass er dich …«

Guillaume zog es vor, den Satz nicht zu beenden.

Stattdessen starrte er angestrengt auf ein Poster an der Wand des Wartezimmers. Darauf war eine dieser Landschaften zu sehen, deren Schönheit ebenso aseptisch wirkte wie die Instrumente, die der Praxisinhaber, der mitte-links eingestellte Zahnarzt, benutzte.

»Deshalb schlage ich mit dem Einverständnis deines Vaters vor, dass du mich begleitest«, fuhr der Capitaine fort. »Zuerst fahren wir nach Audresselles. Dann warten wir ab, ob dort irgendjemand um dich herumstreicht. Sollte das der Fall sein, verschwinden wir. Wir kommen Beauséant zuvor. Dein Vater kann derweil tun, was er zu tun hat, ohne sich allzu große Sorgen machen zu müssen.«

»Bis zu den Präsidentschaftswahlen, also ...«

»Bis zu den Präsidentschaftswahlen, ja.«

»Dann kann ich den Semesterbeginn an der École Normale im September knicken ... Was soll's, es gibt Schlimmeres. Wenn der Untergang der Zivilisation kommt, hilft ein Abschluss in Altphilologie auch nur bedingt weiter. Du wirst mir eine andere Art von Wissen vermitteln, da wir viel Zeit miteinander verbringen werden, Capitaine, wie zum Beispiel die Kunst, unsichtbar zu sein. Die Idee gefällt mir.«

»Ja, Clio.«

»Also Papa hat mir erzählt, wie dein Spitzname zustande gekommen ist. Ich kann dich aber nicht so nennen. Capitaine Flam. Klingt unwirklich. Ich begleite dich unter einer Bedingung: Ich will dich mit deinem richtigen Namen ansprechen, dem Namen, den du in Cournai hattest, Joseph, Joseph Janowiek.«

Das Herz des Capitaine setzte einen oder zwei Schläge aus. Clio nannte ihn Joseph. Er wusste in dem Moment nicht, ob aus unbändiger Freude oder aus schierer Verzweiflung.

»Außerdem wirst du viel Zeit haben, mir zu erklären, warum Papa und du nach so vielen Jahren noch so engen Kontakt habt. Ich weiß natürlich, dass ihr drei unzertrennlich wart, bis zu der Sache 1984. Ich kenne die Geschichte übrigens, Capitaine. Als du nach Cournai gekommen bist, um dich um mich zu kümmern, machte sie in der Schule die Runde …«

Manerville und der Capitaine warfen sich einen Blick zu. Sie verstanden einander. Sie lächelten traurig. Es war höchst unwahrscheinlich, dass sie die wahre Geschichte von 1984 kannte …

Guillaume stand auf. Er drückte Clio mit ganzer Kraft an sich, lange, sehr lange. Er seufzte schwer und sagte über Clios Schulter hinweg:

»Du passt auf, Capitaine, du passt wirklich auf, ja?«

Dann ging der Minister, mit geröteten Augen.

Kurz darauf verließ eine schwedische Mittelklasselimousine Paris durch die Porte de la Chapelle. An Bord des Wagens waren außer dem Fahrer eine junge Frau mit Sonnenbrille und im Kofferraum ein österreichisches Sturmgewehr.

Lieutenante Capri ist alles andere als zufrieden. Sie sitzt in ihrem Punto. Sie startet den Motor, um die Klimaanlage anzustellen, verlässt den Parkplatz in der Rue Marin-la-Meslée aber nicht. Sie blickt auf das Schild eines Lokals, auf dem steht: »Hummer und Taschenkrebse rund um die Uhr, im Lokal oder zum Mitnehmen«. Die Klimaanlage trocknet den Hitze- und Angstschweiß auf ihrer Haut.

Ja, sie ist alles andere als zufrieden, und zwar aus zwei Gründen: Der erste ist, dass sie sich hat reinlegen lassen wie eine Anfängerin. Der zweite ist, dass man sie für dumm verkauft hat. Nicht der Typ, der drei Meilen gegen den Wind nach Geheimdienst roch und ihr die Waffe abgenommen hat, sondern ihre Vorgesetzten. Eine Sache versteht sie nicht: Minister Manerville wirkte am Telefon zwar beunruhigt, schien aber darüber unterrichtet zu sein, dass seine Tochter in Audresselles war und dass der Typ mit der Glock auf sie aufpasste.

Warum also hat ihr Chef bei der SDLP von einer einfachen Mission gesprochen, einer Routinesache, die jedoch geheim bleiben solle? Clio Manerville lokalisieren, die Tochter des Umweltministers. Ihren Vater da raushalten. Wenn sie sie findet, sich ein Bild von der Lage machen.

»Soll ich sie zurückbringen?«

»Auf keinen Fall«, hatte der Kommissar in seinem Büro in der Rue de Miromesnil gesagt. »Es sei denn, es ist Gefahr im Verzug. Wir wollen keinen Wirbel verursachen. Möglicherweise ist sie dort zusammen mit ihrem Freund oder so. Sie erstatten uns nur Bericht. Das wird ihren Vater beruhigen.«

»Hat er den Auftrag dazu erteilt?«

»Also indirekt. Er hat seine Tochter seit vierzehn Tagen nicht mehr gesehen, nichts von ihr gehört. Aber er möchte nicht, dass das bekannt wird. Das ist verständlich. Ein Typ, der Frankreich regieren will und dem die eigene Tochter nicht gehorcht, das passt nicht so richtig zusammen. Wenn Sie mich fragen, ich glaube, seine Tochter macht eine Art Krise durch. Das ist eine Linke. Vor der Pandemie hing sie mit den Bonobos Effondrés herum, Sie wissen, was das für Typen sind? In diesem Milieu sollte man suchen. Sie war mit ihrem damaligen Freund auf dem Plateau de Millevaches, wo diese ganzen arroganten Aufständischen in irgendwelchen Kommunen zusammenleben. Das sind Brutstätten der Subversion. Nach Saint-Valery und dem Mordanschlag auf Émilie Darthèze hat die Antiterroreinheit einige von denen einkassiert. Aber man musste sie wieder freilassen, was ich, nebenbei gesagt, bedauere. Und dann sollten Sie mal in Audresselles nachschauen.«

»Wie heißt der Ort?«

»Audresselles, im Pas-de-Calais. Scheint ein netter Fischerort zu sein. Manerville hat dort ein Ferienhaus mit einem bescheuerten Namen, es heißt Le Devoir de vacances. Das ergibt keinen Sinn, oder?«

»Ich glaube doch. Das ist nämlich polysemantisch.«

»Bitte?«

»Ich meine, das ist ein Wortspiel um die Doppelbedeutung von *devoir*. Im ersten Moment denkt man an die *devoir de vacances*, die Ferienhausaufgaben, die man als Kind bekommen hat. Man kann es aber auch so verstehen, dass es in einer Gesellschaft, in der sich alles um die Arbeit dreht, eine moralische Pflicht ist, oder sein sollte, Ferien zu machen.«

Der Kommissar starrte sie an, als wäre sie eine Außerirdische. Dann riss er sich zusammen und setzte ein süffisantes Lächeln auf:

»Mir scheint, Sie haben den falschen Beruf gewählt, Capri, Sie sind ja eine richtige Intellektuelle, was?«

Lieutenante Capri ging darauf nicht weiter ein. Sie nahm die Akte, die der Kommissar ihr hinhielt.

Sie war sie durchgegangen, hatte die Aufzeichnungen überflogen, sich die Fotos angeschaut. Clio Manerville hatte auf Anhieb die Aufnahmeprüfung an der École Normale Supérieure bestanden. Auf ein paar Fotos sah man sie auf Demonstrationen, auf anderen auf dem Markt in Eymoutiers, im Limousin, aufgenommen von der örtlichen Gendarmerie. Sie war ein bisschen zu dünn, lächelte eigentlich immer. Ein rothaariger junger Mann war ständig an ihrer Seite. Eine Sache war seltsam: Wenn man die Fotos von ihr und ihrem Vater sah, konnte man sich nicht vorstellen, dass die beiden einen Konflikt miteinander hatten. Man spürte förmlich, wie sehr sie sich liebten, stellte Lieutenante Capri fest. Ihr Vater, ein inzwischen pensionierter Schutzmann, der enttäuscht darüber war, nur Töchter zu haben, war ein eher mürrischer Typ, dem sie nie irgendetwas hatte anvertrauen können. Dass sie die Aufnahmeprüfung bei der Polizei abgelegt hat, war ein verzweifelter Versuch, seine Aufmerksamkeit zu erregen. Doch er begnügte sich damit, einen Spruch zu machen, demzufolge manche Berufe einfach nicht für Frauen geeignet wären.

Also, denkt die Polizei-Leutnantin in ihrem Fiat Punto und lässt diese melancholischen Erinnerungen hinter sich, hat der Kommissar mich angelogen. Minister Manerville weiß genau, wo seine Tochter ist. Er weiß nicht nur, wo sie ist, sondern auch, dass dieser Geheimagent bei ihr ist. So gesehen, denkt Capri, könnte man meinen, dass Manerville seine Tochter in Sicherheit bringen wollte, ohne die SDLP darüber in Kenntnis zu setzen. Man könnte meinen, er misstraut der Polizei oder zumindest Beauséant. Denn Capri verfolgt die aktuelle Politik. Sie weiß, dass es innerhalb der

Regierung eine Rivalität zwischen Beauséant und Manerville gibt. Capri hat 2017 Séchard gewählt, während ihre Kollegen massenhaft ihr Kreuzchen bei Dorgelles machten. Capri bedauert, dass Séchard nicht wieder antritt und dem alten Beauséant damit das Feld überlässt, der nicht besser ist als Dorgelles. Manerville erscheint ihr wenig belastbar.

Tatsächlich stinkt dieser angeblich so harmlose Auftrag zum Himmel. Aber Capri fühlt sich nicht berufen, den Mund aufzumachen. Sie hat einen kleinen Jungen und keinen passenden Vater dazu. Sie hat einen Antrag auf Versetzung laufen, will zurück nach Korsika, wo sie herkommt. Der SDLP ist zwar spannend, aber man arbeitet rund um die Uhr, und da man mit Politikern zu tun hat, wird man früher oder später in ihre Geschichten mit reingezogen. Es ist entschieden. Sie wird ihren Bericht schreiben und das Ganze ad acta legen.

Da sieht sie, wie der Agententyp mit einer Reisetasche den Parkplatz betritt. Das bestätigt ihre Vermutung. Er und Clio Manerville planen abzutauchen. Als der Mann sich nähert, holt sie aus Reflex ihr Smartphone hervor und fotografiert ihn. Er hat sie gesehen. Er bleibt stehen. Sie hat eine Höllenangst: Er wird sie abknallen. Er begnügt sich damit, die Schultern zu zucken.

Sie lässt den Motor an. Die Reifen des Fiat Punto quietschen im menschenleeren Audresselles.

Erst auf der A16 hinter Boulogne normalisiert sich ihr Herzschlag wieder.

Es ist Mitte Juli, die heiße Sonne verbrennt alles.

Im Gesundheitsausschuss haben derweil alle ihre Masken abgelegt, sogar Premierminister Félix Vandenesse, der sich endlich hat impfen lassen, dieses Weichei.

Beauséant hat schlechte Nachrichten: Die Hitze und die Wasserrationierung führen in den Städten zu gewaltsamen Unruhen in einem selten gesehenen Ausmaß, das verkompliziert die geplante Lockerung des Lockdowns. In Seine-Saint-Denis, den Hinterhöfen von Roubaix und den nördlichen Vierteln von Marseille spielen sich guerillakampfartige

Szenen ab. Die Journalisten berichten in kugelsicherer Weste und mit Helm über die Aufstände. Man versucht die Schäden zu begrenzen, aber es gibt inzwischen zwölf Todesopfer, darunter Minderjährige, und zwei Bereitschaftspolizisten liegen in kritischem Zustand im Krankenhaus. In Roubaix ist es den Randalierern sogar gelungen, mit Hilfe einer Steinschleuder und Stahlkugeln eine Drohne abzuschießen. Beauséant richtet sein Augenmerk auf die Moral der Truppen, nicht nur bei den Ordnungskräften, sondern auch den Feuerwehrmännern, die offenkundig zu wenige Leute haben, um die überall, selbst in der Region um Paris herum, ausgebrochenen Waldbrände zu bekämpfen.

Alle, die am Tisch sitzen, wissen davon ein Lied zu singen. Durch die Brände, die den Wald von Fontainebleau und den Bois de Vincennes zerstören, ist Paris permanent in Rauchschwaden gehüllt, die Hustenreiz und Augenbrennen auslösen. Die Ironie ist, dass man inzwischen Masken aufsetzt, wenn man nach draußen geht.

Dann ergreift Christophe Bianchon das Wort. *Die Party ist vorbei,* denkt Beauséant. Durch die Sigma-Variante gibt es eine neue Welle, wenn auch weniger stark als die vorangegangene, da durch die Impfpflicht drei Viertel der Bevölkerung geimpft sind. Nun sind die Krankenhäuser zwar nicht mehr wegen des Virus überfordert, dafür aber wegen der Hitzewelle. Beauséant hat die von 2003 miterlebt, als Innenminister unter Raffarin. Sie dauerte einen knappen Monat und forderte 15.000 Todesopfer. Diese Hitzewelle hält jedoch inzwischen seit dem Winter an, und die Gesundheitsbehörde legt Zahlen vor, die Beauséant kaum glauben kann.

So verkündet Christophe Bianchon, dass man allein in der letzten Woche 70.000 Todesopfer zu beklagen hatte.

Wie 2003 hat man die Markthallen von Rungis zu einem gigantischen Leichenschauhaus umfunktioniert.

Vor sämtlichen Krankenhäusern Frankreichs stehen beschlagnahmte Kühllaster, die meisten bis oben hin voll mit Toten, die bestattet werden müssen.

Manerville meldet sich zu Wort, was selten vorkommt.

Du siehst so entspannt aus, verdammter Hurensohn, denkt Beauséant, *aber nicht mehr lange, das kannst du mir glauben.*

Manerville gibt der Chefin von Météo France das Wort, das seinem Ministerium untergeordnet ist. Beauséant kapiert nichts von dem, was sie erzählt, außer, dass man sich noch bis mindestens September mit Spitzentemperaturen bis 50°C herumschlagen müsse. Beauséant hat im August eigentlich eine Sommertour durch mehrere Badeorte geplant, da man den Franzosen für die Ferien mal wieder Ausgang gewähren will, wenn auch nur innerhalb Frankreichs und nur bis 21 Uhr. Voraussetzung dafür ist, dass die Pandemielage sich weiter entspannt. Die Chefin von Météo France glaubt kaum, dass das möglich sein wird, noch nicht einmal in der Bretagne. Sie fordert stattdessen ohne Umschweife die Evakuierung von Vierteln, in denen man aufgrund der Hitze nicht mehr leben kann, oder zumindest die Evakuierung vulnerabler Personen. Manerville erklärt, das Ministerium für Wohnen habe das durchgerechnet und ihm die Zahlen durchgegeben. Demnach müssten 700.000 bis 800.000 Personen evakuiert werden.

Das wirkt wie eine kalte Dusche, wenn auch nur im übertragenen Sinne.

»Und wo sollen die hin?«, brummt Beauséant.

»Es gibt so viele ungenutzte Gebäude in diesem Land. Allein die ganzen Büros mit ihren Hunderttausenden von Quadratmetern, die wegen der Wirtschaftskrise und der Pandemie leer stehen. Dazu kommen die Hotels und Luxusherbergen, die seit achtzehn Monaten geschlossen sind …«

»Na klar, das Islamistenpack wird im George V untergebracht!«

»Monsieur le Ministre, ich bitte Sie, Ihren Ton zu mäßigen.«

Die schöne Dame wirft ihm aus ihren grauen Augen vernichtende Blicke zu.

»Das wäre logistisch sehr aufwändig, Herr Staatsminister, 700.000 Personen …«, merkt die Präsidentin an.

Da kommt Manerville mit seinem üblichen Ökoschwachsinn.

Tolles Zukunftsprogramm hast du, mach du nur weiter einen auf Präsident des Weltendes, das wird sicher ein richtiger Knaller. Vielen Dank auch, da muss ich mich jedenfalls nicht verrückt machen, damit brichst du so oder so ein.

Manerville sagt, dass Extremwetterlagen wie diese, genau wie die Pandemie, zwar nicht vermeidbar, aber vorhersehbar seien und in Zukunft immer öfter auftreten werden. Er stellt zum wiederholten Male fest, dass der Staat nicht darauf vorbereitet ist. Dann wendet er sich an Beauséant, fast schon hasserfüllt: »Es reicht nicht, allein auf die brutale Durchsetzung der öffentlichen Ordnung zu setzen, wenn Leute in ihren Wohnungen krepieren. Das ist keine Politik.«

Die Präsidentin nickt. Sie nickt in der letzten Zeit oft, wenn Manerville etwas sagt, die schöne Dame, die sich längst für eine Seite entschieden hat.

»Nichtsdestotrotz müssen wir uns des drängendsten Problems zuerst annehmen, Madame la Présidente«, mischt Peyrade sich ein. »Und das drängendste Problem sind die überall herrschenden Unruhen. In enger Abstimmung mit dem Innenminister sorgen wir dafür, dass die Wassertransporte abgesichert werden, so dass das Wasser dorthin kommt, wo es am meisten benötigt wird. Ich denke, der Plan des Umweltministers sollte umgesetzt werden, zumindest in Teilen. Ich habe da einen Vorschlag zu machen. Beim Hitzenotfallplan Stufe vier, der höchsten Warnstufe, hat der Premierminister die Möglichkeit, ein Mitglied der Regierung als Kopf einer interministeriellen Krisenzelle zu ernennen. Ich bewerbe mich aus zwei Gründen dafür, diese Koordination zu übernehmen. Der erste Grund ist, dass ich die gesamte zur Verfügung stehende Logistik der Armee für den Kampf gegen diese Hitzewelle einsetzen und die Einsätze mit den betreffenden Ministerien koordinieren kann. Der zweite Grund ist, dass ich – und hier spreche ich ganz offen als ehemaliger Militär, Madame la Présidente, Monsieur le Premier Ministre – keinerlei Ambitionen auf die Präsidentschaft habe.«

Rund um den Tisch erhebt sich ein Murmeln.

Beauséant lässt sich nichts anmerken. Manerville auch nicht. Mit dem Unterschied, dass Beauséant bereits im Voraus wusste, was Peyrade sagen würde, da Peyrade ihm den Vorschlag einen Tag zuvor unterbreitet hat: »Ich kümmere mich darum, dann kannst du dich besser um Manerville kümmern. Wenn ich das Schlimmste verhindern kann, wird man das dir zugutehalten, wenn ich dann im Herbst deine Kandidatur unterstütze. Wenn nicht, kann dich niemand dafür verantwortlich machen.«

Vandenesse wirft der Präsidentin einen fragenden Blick zu.

»Vielen Dank für das Angebot, Herr Verteidigungsminister, sie genießen unser volles Vertrauen. Ich wünsche Ihnen viel Erfolg bei dieser schwierigen Aufgabe. Ich weiß, dass Sie in der Lage sind, sämtliche Kräfte zu mobilisieren. Die Details besprechen Sie bitte mit dem Premierminister.«

Später ist Patrick Beauséant dann wieder in Tourailles.

Auch dort ist es sehr heiß, aber erträglicher als in Paris. Er kann das Innenministerium auch sehr gut von seinem Herrenhaus aus leiten.

Und dort kümmert er sich weder um Beauvau noch um die Brände noch um die Unruhen. Das wird Peyrade Senior sicher gut meistern. Beauséants große Sorge, ja Obsession könnte man sagen, gilt Manerville.

In seinem Büro, das der Leser bereits kennt, haben sich vier Personen eingefunden: Abel Caliban, Major Corentin, der Mann, der nicht Philippe Brideau heißt und seit Limoges und Rouen befördert wurde, und Peyrade Junior.

Beauséant blättert die Akte durch, die Peyrade Junior ihm gegeben hat. Darin befinden sich ein paar etwas unscharfe Fotos von einem Mann mit Reisetasche und im Hintergrund erahnt man das Meer.

»Also, wer ist der Schutzengel der Manerville-Tochter?«

»Joseph Janowiek, genannt Capitaine, 1970 in Cournai geboren. Ein Kindheitsfreund von Manerville und seiner späteren Frau Pauline Manerville, geborene Dewulf.«

»Ich habe von den früheren Heldentaten dieses Kerls gehört. Er war ein ziemlicher Haudegen. Er war sogar an zwei oder drei Operationen beteiligt, die ich selbst angeordnet habe.«

»Was Sie vermutlich nicht wissen, Pate, ist, dass er 1984 wegen fahrlässiger Tötung verurteilt wurde. Da er zu diesem Zeitpunkt bereits als Kleinkrimineller in Erscheinung getreten war, blieb er bis zur Volljährigkeit in einem geschlossenen Erziehungsheim. Im Anschluss leistete er seinen Militärdienst. Er blieb bei der Armee, beim 13. Fallschirmjägerregiment. Ein Fallschirmjäger, so wie Sie, Pate ... Dann verschwand er sechs Jahre von der Bildfläche. Tatsächlich wurde er zu einem Externen, der von unserem Geheimdienst bezahlt wurde.«

»Vermutlich ist er einem Führungsoffizier aufgefallen, oder?«

»Ja, schon beim Militär. Das ist im Übrigen ganz interessant. Denn 2016 tauchte dieser Janowiek als Sicherheitschef einer Gated Community namens Alphaville im Berry wieder auf, wenn auch unter anderem Namen. Der Typ, der diese Luxuswohnanlage gegründet hat, ist ein Freund von seinem Führungsoffizier. Und vor gut drei Wochen dann hat Janowiek Alphaville verlassen.«

Beauséant seufzt.

»Also ungefähr zu dem Zeitpunkt, als die Manerville-Tochter sich in Luft auflöste.«

»Genauso ist es, Pate. Wir haben Ihren Vorschlag umgesetzt und die SDLP aufgefordert, sie aufzuspüren, natürlich ohne dass die zuständige Kollegin, Lieutenante Capri, über Ihre Pläne informiert wurde. Sie finden Ihren Bericht in der Akte. Die Fotos vom Capitaine stammen von ihr. Wenn Sie mich fragen, hat Capri sich reinlegen lassen. Sie wurde bemerkt. Auf die Art haben der Capitaine und Clio Manerville mitbekommen, dass Sie sie suchen.«

»Verdammte Scheiße nochmal«, schreit Beauséant, so dass Abel Caliban zusammenzuckt, »Manerville ist genauso durchgeknallt wie ich. Der hat verstanden, was ich im Schilde führe, und ist mir zuvorgekommen!«

»Und was haben Sie jetzt vor?«

»Die Kleine finden, sie irgendwo verstecken und eine Entführung simulieren. Ihrem Vater das Herz brechen und ihn ausschalten, noch bevor er in den Wahlkampf eintritt. Sie später wieder freilassen ...«

»Tja, im Moment hat Manerville allerdings die Weißen und den ersten Zug gemacht«, sagt Abel Caliban, der seit den 60er Jahren *Europe Échecs* abonniert hat und ein mittelmäßiger, aber hartnäckiger Schachspieler ist.

»Eben darum seid ihr vier heute hier.«

»Das wird nicht einfach«, sagt der Mann, der nicht Philippe Brideau heißt. »Ich komme aus der gleichen Branche wie der Capitaine, wie Sie wissen. Er gehört zwar einer anderen Generation an, ist aber bis heute eine Legende.«

»Macht er Ihnen etwa Angst?«, fragt Beauséant.

»Das habe ich nicht gesagt, Monsieur le Ministre, ich lege nur die Fakten dar.«

»Das hoffe ich doch. Major Corentin, möchten Sie noch irgendetwas hinzufügen?«

»Ich habe nur eine Frage, Monsieur, wann geht es los?«

VON NUN AN GEHT'S BERGAB

Kaum haben Clio und der Capitaine Audresselles an Bord der schwedischen Mittelklasselimousine verlassen, meint Clio in eine andere Dimension vorzustoßen. Sie verlassen die Welt, und das ist nicht unangenehm. Sie verschwinden, sie verdünnisieren sich, tauchen unter, in einem brütend heißen Frankreich am Rande der Erschöpfung. Für Clio fühlt es sich so an, als verlöre sie gerade jede Orientierung, ein unvergleichliches Gefühl, eine Form von beunruhigender, aber angenehmer Schwerelosigkeit.

Sie schaut den Capitaine, der am Steuer sitzt, von der Seite an. Er meidet die Autobahn, fährt bevorzugt Nationalstraße oder sogar Landstraße. Sie sieht verbrannte Felder und menschenleere Dörfer, sieht Hinweisschilder mit unbekannten und pittoresken Ortsnamen, die teils seit Urzeiten existieren. Während sie sich an der Vielfalt französischer Ortsnamen erfreut, bremst der Capitaine leicht ab, nimmt eine Kurve auf dem schwitzenden Asphalt, und fährt durch Riencourt, in der Picardie.

Sie könnte Stunden über Riencourt sinnieren, über den Namen Riencourt – *rien court,* nichts läuft. Schließlich hat sie während ihrer Vorbereitungsklasse für die École Normale genau das gelernt, in »simulierten Prüfungen«. Da wurde man zu einem zufällig gewählten Thema befragt, hatte eine Stunde Vorbereitungszeit, und wenn einem dazu nichts einfiel, musste man improvisieren. Bei Riencourt hätte sie damit sicherlich kein Problem. Das Lacanhafte an dem Namen, der sich, je länger man darüber nachdenkt, zur La-Fontaine-Fabel umdeuten lässt: »Ich bin schon hier …« Im Übrigen kam La Fontaine aus der Picardie, er war in Château-Thierry geboren. Alles hängt mit allem zusammen. Bei der mündlichen Prüfung an der Normale Sup' war ihr Thema »Krankheit im Film«. Sie hatte über *Tod in Venedig* von Visconti gesprochen.

»Magst du Visconti, Joseph?«

»Ja, aber ich habe lange nichts mehr von ihm gesehen. *Der Leopard* … Erinnerst du dich an die Szene, in der Burt Lancester den Ball verlässt, ganz allein, im Dunkeln, weil er verstanden hat, dass es Zeit für ihn ist, aus der Geschichte zu verschwinden?«

Clio hat ihn nach Visconti gefragt, weil sie ihn in Audresselles dabei überrascht hat, wie er an einem dieser Nachmittage, an denen sich kein Lüftchen regte, schwitzend in Boxershorts auf seinem Bett lag und sich auf einem MacBook einen Film mit Valérie Kaprisky und Richard Gere anschaute. Die Glock 19 lag in Reichweite neben ihm auf dem Nachttisch.

»Was ist das?«

»Das amerikanische Remake von *Außer Atem*. Der Film wurde zu Unrecht verrissen, er hat den Geist Godards bewahrt, nur eben nicht am Original geklebt. Jim McBride, 1983. Ich habe ihn noch in zwei anderen Filmen gesehen. Im Erziehungsheim gab es einen Filmclub. Ich kannte damals noch nicht mal Godard. Ich habe nur gepfiffen, genau wie die anderen, als Valérie Kaprisky aus der Dusche kam. Kein Wunder, da hockten fünfzehn Jungs im Alter zwischen dreizehn und siebzehn mit Hormonstau aufeinander.«

Clio hatte von dem Erziehungsheim gewusst, und dass ihr Vater Zeuge der Tat war, die der Capitaine 1984 beging.

Aber sie hatte nicht gewusst, dass er ein Filmliebhaber war.

Riencourt liegt mittlerweile hinter ihnen.

Abel Caliban, Peyrade Junior, Major Corentin und der Mann, der nicht Philippe Bridcau heißt, sondern für die Zeit dieses Auftrags Frédéric Keller, haben von Patrick Beauséant also freie Hand bekommen. Darüber hinaus haben sie eine unbegrenzte Kreditlinie und verfügen über echte falsche Papiere und diverse Bescheinigungen, Passierscheine und Zugangsberechtigungen aller Art. Das verleiht ihnen einen gewissen Handlungsspielraum, besonders in einem Land, in dem nach wie vor der verschärfte Ausnahmezustand gilt, das eine unberechenbare Pandemie durchmacht, die man noch nicht im Griff hat, und eine extreme Hitzewelle, die zur Folge hat, dass die Infrastruktur kurz vor dem Kollaps steht.

Der Dienstälteste der Gruppe, Abel Caliban, empfindet im Übrigen zum ersten Mal in seinem Leben so etwas wie Erschöpfung. Es ist ein demütigendes Gefühl angesichts der drei Kollegen, die topfit sind. Momentan befinden sie sich in einer anonymen Wohnung, die man extra angemietet hat, irgendwo im XIX. Arrondissement, zwischen der Place Colonel-Fabien und den Buttes-Chaumont. Der Park ist im Rahmen der kürzlich verfügten Lockerungen der Pandemie-Eindämmungsmaßnahmen gerade wieder geöffnet worden, aber niemand geht hin. Einmal, weil die aufgrund der Dürre kümmerliche Vegetation einen deprimierenden Anblick bietet, und dann, weil der Wasserfall nicht mehr sein frisches Murmeln hat und auch nicht mehr, wie Rimbaud es sagen würde, der Lieblingsdichter des Capitaine, seinen »Silbergipfel«. Die Stadt Paris hat die Pumpe abgestellt, die durch den Canal de l'Ourcq gespeist wurde, dessen Wasserstand bedrohlich niedrig war. Die drei Männer und die eine Frau sitzen inmitten von Computern, Landkarten und Waffen, und auf dem Konferenztisch stapeln sich Adresslisten, stehen Kaffee und Kokain zur freien Verfügung. Den Kaffee findet Abel Caliban in Ordnung, aber mit dem Koks ist er nicht wirklich einverstanden. Als Peyrade Junior und Major Corentin eine Linie ziehen, wirft er ihnen einen missbilligenden Blick zu. Frédéric Keller lehnt das Angebot dankend ab: »Niemals morgens.« Caliban ist besonders wegen Peyrade Junior bekümmert. Er kennt seinen Vater vom zweiten Fallschirmjäger-

Fremdenregiment. Es würde dem General gar nicht gefallen, wenn er wüsste, dass sein Sohn ein Junkie ist.

Theoretisch sollte Abel das Ganze leiten, einen Plan entwerfen, aber tatsächlich fällt es ihm schwer, einen klaren Gedanken zu fassen.

Und dann diese Hitze …

Er fragt sich, ob er nicht zu alt ist für all das, und ob – ein ketzerischer Gedanke, der ihm zum ersten Mal überhaupt in den Sinn kommt – Minister Beauséant nicht auch zu alt dafür ist. Wozu der ganze Aufwand? Nur um am Ende Präsident eines Landes zu werden, das wegen eines Virus und weil jetzt auch noch das Klima verrückt spielt, gerade den Bach runtergeht, ein Land, das nicht mehr wiederzuerkennen ist und das es womöglich nicht mehr lange geben wird?

Abel Caliban hat sich das anders vorgestellt. Er wollte in Tourailles in aller Ruhe alt werden, seine Schachaufgaben lösen und ab und an Beauséant in sein Bürgermeisterbüro im Rathaus von Brunières oder in den Senat chauffieren. Der schwächelnde Handlanger hat immer nur für Beauséant gelebt. Womöglich ist es an der Zeit, dass Beauséant einsieht, dass er keine glückliche Hand mehr hat und sich besser zurückziehen sollte, weil all das schlecht enden wird.

Man einigt sich derweil darauf, dass Abel in der Wohnung bleiben und alles koordinieren soll. Er wird mit Hilfe der Listen die Gesuchten zur Fahndung ausschreiben, natürlich nur inoffiziell. Er wird die Suchanzeige an diverse Personenkreise verschicken, zum Beispiel an Polizisten, auf die man sich hundertprozentig verlassen kann. Darunter fallen jene, die sich bei den Betriebsratswahlen einer berufsübergreifenden Minderheitsgewerkschaft angeschlossen haben, die Beauséant nahesteht und in der alle vertreten sind, vom einfachen Schutzmann bis hin zum Boss. Er hat auch eine »Mili«-Liste mit ehemaligen Kameraden vom zweiten Fallschirmjäger-Fremdenregiment und noch aktiven Militärs. Die Association hat ihm ebenfalls Ansprechpartner genannt. Da kommen so einige Leute zusammen, aber eben nicht genug.

»Wenn die sich entschließen, irgendwo unterzutauchen, finden wir sie sowieso nicht«, sagt Caliban resigniert.

Die anderen werfen ihm derart mitleidige Blicke zu, dass der ehemalige Fallschirmjäger Grund hätte, beleidigt zu sein. Die anderen wissen nämlich, dass Verschwinden heutzutage ziemlich kompliziert, wenn nicht unmöglich ist, vor allem, wenn man gesucht wird. Die großen Fluchten nach Art eines Mesrine oder Spaggiari gehören in einer Zeit, in der man überall digitale Spuren hinterlässt, und sei es beim Besuch einer Bahnhofstoilette, und in der die Überwachungskameras sich unkontrolliert vermehren, schon lange der Vergangenheit an.

»Wenn man sich etwas zu essen kaufen will, muss man vor die Tür gehen, Abel«, erklärt Peyrade Junior. »Vielleicht müssen sie auch mal zum Zahnarzt. Ganz abgesehen davon, dass der Capitaine in Begleitung einer völlig untrainierten Zwanzigjährigen ist, die nicht gelernt hat, in dieser Art von Situation schnell zu reagieren. Der Akte nach ist sie zwar eine Superintellektuelle, war aber noch nie mit Gewalt konfrontiert, abgesehen von ein paar Demos mit den Bonobos Effondrés.«

Frédéric Keller stimmt ihm zu und ergänzt:

»Peyrade hat Recht. Ich weiß, was der Capitaine gerade durchmacht. Selbst jemandem wie uns kann das Alleinsein auf die Psyche schlagen. Und diese junge Frau soll monatelang mit einem Typen zusammensein, den sie kaum kennt. Ich wette darauf, dass sie früher oder später ausrastet. Rastet sie aus, hat sie keine Deckung, und in dem Moment schnappen wir sie uns.«

»Wir werden ja wohl nicht hier sitzen und Däumchen drehen, bis die Tussi mal Dampf ablassen muss«, sagt Major Corentin schniefend und hält sich nach ihrer Linie Koks die Nasenlöcher zu.

Peyrade Junior hat Lust auf sie. Gestern, nach dem Treffen in Tourailles, haben sie an einer nach Wasser dürstenden Eiche beim Taubenturm eine schnelle Nummer geschoben.

»Nein, natürlich nicht«, sagt Caliban, der immer noch nicht in der Lage ist, einen klaren Gedanken zu fassen.

»Wo könnte man sie also finden?«, fragt Corentin.

»Der Capitaine hat seine Verstecke aus seiner aktiven Zeit sicher behalten …«, sagt Keller.

»Dann brauchen wir die Liste …«

»So eine Liste gibt es nicht, wie du dir denken kannst. Jedenfalls nicht schwarz auf weiß.«

»Das heißt, niemand weiß, wo sich ein Externer, der einen Auftrag ausführt, gerade befindet?«

»Doch«, sagt Frédéric Keller, »sein Führungsoffizier.«

»Kennen wir den Namen des Führungsoffiziers des Capitaine?«

»Ich kann mal schauen, ob ich in den Tiefen der alten Computer beim DGSI fündig werde«, sagt Peyrade. »Und ich kann mit Papa zusammen bei der DGSE Nachforschungen anstellen.«

Keller, der leicht genervt davon ist, mit einem Typen zusammenarbeiten zu müssen, der den Verteidigungsminister »Papa« nennt, fragt:

»Ist dein Vater denn über unsere Mission informiert?«

Peyrade Junior blickt Frédéric Keller mit einem so treuherzigen Augenaufschlag an, als wäre er immer noch neuneinhalb.

»Papa ist über alles informiert. Über alles.«

Marité Beauséant ist seit Wochen zutiefst deprimiert. Die ganze Sippe, außer ihrem Mann, ihren beiden Kindern und ihr, hat Tourailles verlassen. Die anderen sind entweder in ihre Pariser Wohnungen zurückgekehrt oder machen Urlaub. Doch ihr Mann zieht es vor hierzubleiben, wo er die ganze Verachtung seines Vaters zu spüren bekommt. Er meint, in Paris rieche es verbrannt, und davon abgesehen sei es dort genauso heiß wie hier. Damit liegt er nicht unbedingt falsch.

Im Übrigen sieht man ihren Schwiegervater nicht mehr besonders häufig. Wenn er da ist, schließt er sich in seinem Büro ein, um dort mit diversen Persönlichkeiten Besprechungen abzuhalten und sich ihrer Unterstützung zu versichern. So hat Marité beobachtet, wie sich Firmenchefs und Parlamentarier die Klinke in die Hand gaben, darunter sogar ein oder zwei Minister, denen man ansah, wie unbehaglich sie sich dabei fühlten, weil sie als treue Séchardisten galten, der Typ vom Finanzministerium zum Beispiel.

Aber die meiste Zeit eilt Beauséant von einem Termin zum nächsten, tritt in Feuerwehrmontur bei einem Großfeuer auf, zeigt sich in Kommissariaten oder in Kasernen von Spezialeinsatzkräften oder von Soldaten der Mobilgarde, die aufgrund des Trinkwassermangels mit Unruhen konfrontiert sind.

Er bereitet sich auf die Präsidentschaftswahlen vor. Er plant, wenn sie das richtig verstanden hat, am 1. September seine Kandidatur zu erklären. Also in knapp drei Wochen. Sie hasst ihn von Tag zu Tag mehr, wünscht sich, dass ein Flammenrückschlag ihn zu Asche verbrennen möge, wenn er sich mal wieder im Département Landes aufspielt, das nur noch ein einziges Flammenmeer ist.

Marité Beauséant ist deprimiert, ja, aber sie will nicht zu saufen anfangen wie ihr Mann.

Sie liegt auf einer Chaiselongue vor dem aufgrund einer Anordnung des Präfekten leeren Pool, ein trauriger Anblick, und lässt die fast achtzehn Monate, die sie bis jetzt in Tourailles verbracht hat, Revue passieren. Nicht, dass ihr Beruf als Modedesignerin ihre große Leidenschaft wäre, aber ihr soziales Leben gleicht einer Wüste.

Vor allem, und das überrascht sie selbst, trauert sie dem kleinen ermordeten Lucien Valentin nach. Er fehlt ihr. Der Sex mit ihm hatte seinen Charme, auch wenn der junge Mann recht naiv war. Sie war glücklich, die Rolle der erfahrenen Liebhaberin spielen zu können, wenn sie schon nicht die Erste war, mit der er schlief. Sie denkt an Präsidentin Séchard und ihren Mann. Ob es bei ihnen auch so war? Na ja, der Altersunterschied zwischen ihr und Lucien war nur halb so groß wie der zwischen Nathalie Séchard und Jason Perros.

Was ihr gut gefallen hat, war, dass Lucien sich nach dem Sex mit ihr unterhalten hat. Sie weiß, dass sie über eine animalische Ausstrahlung verfügt, die den archaischen männlichen Sexualtrieb anspricht – wenn auch seit Jeannes Geburt leider nicht den ihres Mannes. Ihre wenigen Liebhaber haben sie alle gut behandelt, sie waren schließlich Leute aus der gehobenen Gesellschaft, aber sie sahen in ihr nur eine leichte Beute, um die Dinge beim Namen zu nennen.

Sie beklagt sich nicht, sie hat ja ebenfalls das schnelle Vergnügen gesucht, aber nach dem Orgasmus war es immer ein wenig traurig. Wie lautete noch dieser lateinische Ausspruch zur postkoitalen Traurigkeit? Lucien Valentin hätte es gewusst, gebildet wie er war. Ob es nun an seiner Jugend lag oder eine Frage der Generation war, er behandelte sie jedenfalls nicht wie eine Idiotin. Er zeigte ehrliches Interesse an ihrem Leben, ihrem Beruf, sagte ihr, sie solle konsequent ihren Weg gehen, sich nicht von all den Hürden abschrecken lassen, die die Gesellschaft kreativen Frauen in den Weg stelle. Sie hatte gelacht und ihm gesagt, dass sie Kleidung entwirft, die zu horrenden Preisen in der Avenue Montaigne verkauft wird. Während sie mit seinem eingeschrumpften Penis in seinem roten Haarbüschel spielte, sagte er ganz ernst, das Wichtigste sei, die Welt schöner zu machen, und dass sie früher oder später Kleidung für alle entwerfen werde, damit alle sich schön fühlen könnten. Dieser kleine Dummkopf von Utopist trieb ihr die Tränen in die Augen.

Er sprach auch ganz offenherzig mit ihr über sein Schriftstellerdasein, seine finanziellen Schwierigkeiten und wie sehr er sich dafür schämte, dass er gezwungen war, für Beauséant zu arbeiten, um übers Monatsende zu kommen. Er war von einer entwaffnenden Treuherzigkeit, er kam noch nicht mal auf die Idee, dass sie das alles weitererzählen könnte. Er war voller Vertrauen, wie ein Kind bei seiner Mutter.

Nach seinem Tod hat sie seinen Roman bestellt. Sie hätte so gerne etwas von sich im *Glaskäfig* wiedergefunden, aber es war ein sehr unpersönliches Buch. Sie stellte sich vor, dass die Figur des Schriftstellers, der gefangen war und gezwungen wurde, vor aller Augen zu schreiben, so aussah wie er, aber sie konnte ihn beim Lesen nicht wirklich wieder zum Leben erwecken.

Marité wühlt die Erinnerung daran, wie Lucien plötzlich

aus Tourailles verschwunden war, nach wie vor auf, genauso wie diese Lesbe, die ihrem Schwiegervater auf Schritt und Tritt folgt und ihr mit solch eisiger Ironie begegnet war. Marité läuft es jetzt noch kalt den Rücken herunter, wenn sie daran denkt, wie diese Frau sie an jenem Abend angesehen hat. Sie kam gerade aus Luciens Zimmer und hatte festgestellt, dass er nicht mehr da war.

Das kam ihr komisch vor, und kommt ihr nach wie vor komisch vor, vor allem, weil er noch am selben Abend ums Leben kam. Je länger sie darüber nachdenkt, desto merkwürdiger findet sie diesen Zufall, auch wenn sie nach wie vor keine Ahnung hat, welches Motiv ihr Schwiegervater gehabt haben könnte, Lucien zu töten.

Zwischen Lucien und dem Alten war es nicht besonders gut gelaufen, er hatte verfügt, dass Lucien bis Mittwoch in Tourailles bleiben musste. Das hatte Lucien ihr erzählt. Eben deshalb war sie an dem Sonntagabend beim Gästehaus und in seinem Zimmer. Sie dachte, wenn die ganze Sippe mit Séchards Ansprache beschäftigt war und an den Lippen der Präsidentin der Republik hing, wäre das eine gute Gelegenheit, nochmal mit ihm in die Kiste zu hüpfen.

Aber da war kein Lucien mehr, obwohl er doch gesagt hatte, er würde noch länger bleiben. Und obwohl dort sogar noch seine Unterwäsche lag. Und dann trieb sich da diese Bullenschlampe herum. Marité konnte schlecht ihren Schwiegervater fragen, wo Lucien abgeblieben war, damit hätte sie sich verraten, aber der alte Dreckskerl ahnte vermutlich so oder so etwas.

Da kommt ihr in den Sinn, dass sie sich auch mit den Kindern nach Paris verdrücken könnte, während ihr Mann hier seine Depression pflegt, dann wäre Schluss mit Jeanne hier, Jeanne da. Schließlich kann man sich inzwischen etwas freier bewegen, und wenn sie ihre Papiere vorzeigt oder ihren Namen sagt, dann fragen die Leute so oder so immer »wie der Minister«? Und sie antwortet dann: »Ich bin die Schwiegertochter.« Nicht, dass sie besonders stolz darauf wäre, aber wenn es die Dinge erleichtert, warum soll sie es dann nicht einsetzen. Der Alte ist ganz verrückt nach Jeanne. Und umgekehrt genauso. Kinder haben keinerlei Instinkt. Die würden selbst einen Kannibalen noch anstrahlen.

Marité Beauséant steht auf, ihr ist zu heiß, der leere Pool macht sie traurig. Sie betritt eines der Wohnzimmer des Herrenhauses. Sie beschließt, sich einer ihrer liebsten Perversionen zu widmen, den Kreuzworträtseln im *Canard enchaîné*. Sie hat die Rätsel früher zusammen mit ihrem Opa gemacht und diese Gewohnheit beibehalten. Tatsächlich hat sie den *Canard* nur wegen der Kreuzworträtsel abonniert und um auf Seite zwei die fiesen Klatschspalten zu lesen, in denen man hin und wieder gegen ihren Schwiegervater austeilt. Die aktuelle Nachrichtenlage interessiert sie kaum. Der einzige Vorteil von Tourailles, wo sie seit Beginn der Pandemie ist, ist in ihren Augen diese symbolische und zugleich reale Mauer, die den Irrsinn der Welt von ihr fernhält.

Sie stellt überrascht fest, dass sie die letzten drei Kreuzworträtsel noch nicht gemacht hat. Ihre Traurigkeit und die Hitze haben ihr derart zugesetzt, dass sie in eine melancholische und ängstliche Lethargie verfallen ist und ihr Zeitgefühl verloren hat. Sie lebt in einer Blase aus Selbstmitleid.

Sie muss etwas tun.

Sie setzt sich in einen Voltaire-Sessel und nimmt einen Bleistift mit einem Radiergummi zur Hand. Gut, mal schauen. Einige Begriffe fallen ihr auf Anhieb ein. Das erleichtert sie. Es ist, als fiele eine Last von ihr ab. 9, vertikal, »Wässriges abpumpen«, zehn Buchstaben, ergibt »Schleudern«.

Sie lächelt.

10, horizontal, »wir lieben es in Viererausführung«, neun Buchstaben, das ist natürlich das Kleeblatt. Bei 5, horizontal kommt sie nicht weiter.

Sie seufzt, blättert die Zeitung durch. Dann stößt sie auf einen eingerahmten Artikel auf Seite zwei. Die Überschrift ist in Form einer Frage formuliert: *Ein Freundschaftsdienst unter Feinden?*

Marité Beauséant beginnt zu lesen und spürt, wie sich ihr Herz zusammenkrampft.

Angesichts der Nachrichtenflut der letzten Tage ist eine Pressemitteilung des Innenministeriums nahezu untergegangen. Darin wird mitgeteilt, dass Lucien Valentin, ein zweiundzwanzigjähriger Schriftsteller und Umweltaktivist, gewaltsam ums Leben kam. Lucien Valentin wird in diesem Kommuniqué seltsamerweise als »Mitarbeiter« des Innenministers bezeichnet. Unseren Quellen zufolge benötigte Patrick Beauséant einen Ghostwriter für seine Memoiren, deren Erscheinen bereits vor einiger Zeit angekündigt und, wie es der Zufall so will, nach dem Tod des jungen Mannes auf den Sankt-Nimmerleinstag verschoben wurde. Das Erstaunlichste an dieser Geschichte ist, dass Lucien Valentin Clio Manerville nahestand, der Tochter des Staatsministers. Hat die junge und brillante Normalienne etwa den Kontakt zwischen Lucien Valentin und dem Innenminister hergestellt, um ihrem Freund einen Gefallen zu tun? Wäre Lucien Valentin nicht unter tragischen Umständen ums Leben gekommen, entbehrte es nicht einer gewissen Ironie, wenn der Umweltminister, wenn auch nur indirekt, dem Innenminister – seit Beginn der Präsidentschaft sein größter Rivale und nach dem vorzeitigen Aus Nathalie Séchards sein wahrscheinlicher Konkurrent bei den nächsten Präsidentschaftswahlen – diesen kleinen »Freundschaftsdienst« erwiesen hätte.

Marité legt den *Le Canard* zur Seite.

Ihr Hals ist wie zugeschnürt.

Sie dachte sich zwar, dass Lucien eine Freundin hatte, aber doch nicht die Tochter von Manerville.

Da drängt sich ihr ein mögliches Szenario auf:

Ihr Schwiegervater findet heraus, dass Lucien in Verbindung zu Manerville steht. Das macht ihn verrückt. Er sieht darin einen Coup seines politischen Gegners, den Versuch, ihn auszuspionieren oder gar lächerlich zu machen. Er feuert Lucien sofort, lässt ihn nach Paris zurückbringen, vermutlich von dieser schrecklichen Polizistin, die ihrem Schwiegervater so ergeben ist – wie heißt sie noch? Corentin, ja, genau –, und gibt ihr den Auftrag, Lucien zu töten und das als Raubüberfall zu tarnen.

Das erscheint ihr absolut einleuchtend, so grauenhaft es auch ist.

Sie geht raus in den Barockgarten, der, seit das Bewässern verboten ist, einen ebenso traurigen Anblick bietet wie der Pool. Ohne nachzudenken lenkt sie ihre Schritte Richtung Gästehaus. Sie betritt Luciens ehemaliges Zimmer, legt sich aufs Bett und weint lange. Dafür wird ihr Schwiegervater büßen müssen.

Irgendwann schaut Marité hoch und entdeckt die ockerfarbenen Flecken auf der Tuffsteinmauer. Lucien war der letzte, der in diesem Zimmer übernachtet hat. Der Leser wird sich daran erinnern, dass Corentin sich vorgenommen hatte, die Flecken mit einem probaten Mittel zu entfernen. Das hat sie offenbar vergessen. Die Ereignisse hatten sich zuletzt ja auch ein wenig überschlagen.

Marité tritt an die Wand heran.

Sie berührt sie.

Das sieht aus wie getrocknetes Blut. Vermutlich hat die Bullenschlampe Lucien geschlagen, als er sich weigerte mitzukommen. Ja, so muss es gewesen sein.

Das muss sie unbedingt jemandem erzählen.

Den Bullen? Ja, aber welchen? Der Innenminister hat sie mehr oder minder alle unter Kontrolle.

Sie verzweifelt.

Dann hat sie eine Idee.

Derville.

Derville ist Staatsanwalt. Sie ist mit seiner Frau befreundet, seit diese sich in der Boutique in der Avenue Montaigne einkleidet. Er ist einer der wenigen, der seit den Gelbwestenprotesten in den Nachrichten unermüdlich ihren Schwiegervater attackiert. Derville wirft Beauséant vor, die Staatsanwälte zu instrumentalisieren, sie zu reinen Erfüllungsgehilfen im Kampf gegen die Bedrohung der inneren Sicherheit zu machen. Marité weiß nicht, wofür er genau zuständig ist, ob er etwas tun könnte oder ob er sie nicht für verrückt erklären würde.

Marité bemüht sich, ihre Atmung unter Kontrolle zu bekommen und ihre Gedanken zu ordnen. Sie würde sich gern das Gesicht mit Wasser befeuchten, aber das Wasser im Gästehaus ist, wie in ganz Tourailles, abgestellt.

Schließlich wählt sie die Nummer.

Das Gespräch dauert ziemlich lange. Die Dervilles sind gerade im Urlaub, das trifft sich gut, Madame Derville reicht sie an ihren Mann weiter. Marité erklärt die Lage der Dinge mit einer Klarheit und einer Überzeugung, die sie selbst in Erstaunen versetzen.

Dann schweigt sie und lauscht.

Sie sagt mehrmals hintereinander: »Ja, ich habe verstanden.« Sie sagt: »Aussagen, natürlich.« Und am Ende sagt sie: »Ja, das ist möglich, meine Eltern haben ein Ferienhaus in der Normandie.«

Etwas später verlässt sie mit ihren beiden Kindern Tourailles. Die kleine Jeanne sitzt auf ihrem Kindersitz. Marité gibt auf ihrem Smartphone die Route nach Trouville ein.

Clio und der Capitaine verbringen zunächst drei Wochen in einem unauffälligen kleinen Einfamilienhaus, wenige Kilometer von Illiers-Combray entfernt.

»Du bist ja ganz schön literarisch veranlagt, Joseph«, sagt Clio, als er die Garage öffnet und die schwedische Mittelklasselimousine neben einem französischen Kleinbus parkt, der aus dem vorigen Jahrzehnt stammt.

»Du ahnst gar nicht, wie Recht du damit hast.«

Das Haus liegt ebenerdig, auf einer kleinen Erhöhung inmitten von Feldern. Nicht weit entfernt gibt es ein Wäldchen. Es ist eingerichtet wie in den 1970er Jahren. Es gibt sogar noch einen alten Röhrenfernseher.

»Ist das dein Haus?«

»Wenn du so willst.«

In der Küche stehen zwei staubige Großpackungen Mineralwasser. Das Wasser ist warm, aber das kümmert Clio und den Capitaine nicht weiter. Sie leeren jeder eine Flasche, ohne zwischendurch Luft zu holen, und sehen sich dabei in die Augen, als wäre es ein Wetttrinken. Der Capitaine sieht in Clios Augen Müdigkeit, Sorge und ein animalisches Glück. Clio sieht in den Augen des Capitaine sehr viel Liebe.

Als sie beide ihre Flasche ausgetrunken haben, rülpst Clio. Sie lachen.

»Das tut gut«, sagt Clio.

Sie öffnen die Fensterläden und die Fenster und machen sauber, in den Schränken finden sie alles Nötige. Clio würde gern duschen, aber das Wasser ist abgestellt. Die Beschränkungen. Dann holen sie ihr Gepäck aus der schwedischen Mittelklasselimousine. Der Capitaine überlässt Clio das einzige Schlafzimmer. Er wird auf der Couch schlafen. Clio kommt zu dem Schluss, dass der Ort extrem deprimierend ist. Das lässt sich nicht leugnen. Aber sie verfügt über ein reiches Innenleben und sie hat ihren Computer, nur dass der Capitaine ihr verboten hat, damit ins Internet zu gehen. Das kann sie sehr gut nachvollziehen, so wie sie auch nachvollziehen kann, dass sie ihr Smartphone in Audresselles zurücklassen musste. »Da könnten wir uns genauso gut eine Zielscheibe auf den Rücken malen.« Außerdem hat sie einen Band der Pléiade-Ausgabe der *Menschlichen Komödie* dabei.

So liest sie während dieser drei Wochen erneut *Verlorene Illusionen*. Sie versucht auch über das zu schreiben, was sie erlebt. Nicht nur über die Flucht, sondern auch über ihre Beziehung zu Lucien, über den Capitaine, der von gleichbleibender Freundlichkeit ist, aufmerksam, und der sich oft im letzten Moment versagt, ihr allzu offen seine Zuneigung zu zeigen.

Dabei begehrt er sie nicht. Zumindest hat sie nicht den Eindruck. Umgekehrt ist das weniger klar. Manchmal würde sie sich gern an ihn schmiegen, wie an ihren Vater, an Nathan oder Lucien. Clio ist ein Kopfmensch, der gern andere berührt. Sie findet furchtbar, was diese Epoche aus den Körpern gemacht hat. Überwachte Körper, bestrafte Körper, ausgebeutete Körper. Körper, die vor dem Begehren auf der Hut sind. Pornografische Körper.

Der Capitaine macht seine Kontrollgänge, und wenn er mit den Kontrollgängen fertig ist, legt er sich mit nacktem Oberkörper auf die Couch und liest *Anabasis* von Xenophon. Clio vermeidet es, auf seine fehlende Brustwarze zu starren oder auf seine im Halbdunkel schweißglänzende, durchtrainierte Brust mit den ergrauten Haaren.

»Kannst du eigentlich Griechisch, Clio?«

»Ja, so halbwegs«, sagt die, die bei der Aufnahmeprüfung zur Normale Sup', für ihre Übersetzung eines Ausschnitts aus *Agamemnon* von Aischylos 17 von 20 Punkten erhalten hat.

»Kannst du mir die Passage auf Griechisch vorlesen, in der Xenophons Männer endlich das Meer erreichen?«

Sie steht auf.

Sie nimmt ihm den Band aus der Hand und liest. Der Capitaine schließt die Augen. Er liebt *Anabasis*. Eine Kriegsgeschichte, in der es um wechselnde Allianzen geht und einen geglückten Rückzug, der in einen Sieg umgemünzt wird.

Das ist genau das, was er für Clio tun muss, und für Guillaume. Da erklingt Clios Stimme, in dieser mysteriösen Sprache, die er dennoch gut versteht, da er die Passage kennt.

Thalatta! Thalatta!

Die zwiespältige Monotonie ihrer Tage wird allein durch ihre Einkäufe im Supermarkt unterbrochen, jedes Mal ein anderer, Châteaudun, Brou, La Bazoche-Gouet. Sie bezahlen bar und stellen sich an zwei verschiedenen Kassen an, da sie als Paar Aufmerksamkeit erregen könnten. Zumal es überall Wachleute gibt, manchmal sogar Ortspolizisten. Sie kontrollieren die Impfpässe und die Einhaltung der zulässigen Besucherzahl von maximal fünfzehn Kunden gleichzeitig. In Brou mussten sie ziemlich schnell das Weite suchen, als sich Panik breitmachte, weil das Mineralwasser aus war. Ansonsten nutzt Clio die Gelegenheit, sich einen geheimen Traum zu erfüllen. Sie kauft sich billige, enge, auf Figur geschnittene Klamotten und macht einen auf sexy Luder. Ihr wird klar, dass sie diesen Wunsch immer unterdrückt hat. Einerseits wegen ihres Vaters, andererseits, weil das nicht zum Image einer angehenden Normalienne passt. Selbst Nathan und die Bonobos Effondrés tolerieren nur entweder zweckmäßige und unauffällige Kleidung oder aber queere Exzentrik als Zeichen der Ablehnung heteropatriarchalischer Unterdrückung. Ansonsten ist Mode für die Bonobos der Inbegriff von Entfremdung und hypersexualisiertem Konsum. Insofern ist es für sie undenkbar, sich so zu kleiden, wie Clio es jetzt tut:

verwaschene Hotpants, dazu ein knallrotes Top mit durchsichtigem Spitzeneinsatz, das tief blicken lässt, und Reizwäsche. Darüber hinaus hat sie sich Schuhe mit Pfennigabsätzen gekauft, eine herzförmige Sonnenbrille, die fast ihr gesamtes Gesicht verdeckt, und einen breitkrempigen Strohhut.

Der Capitaine spart sich jeden Kommentar dazu, außer zu den Pfennigabsätzen. »Dir ist schon klar, dass du damit nicht besonders gut laufen kannst, wenn nötig …« Ansonsten fand er, als er sie so sah, sofort die richtige Referenz: »Du siehst aus wie Jodie Foster in *Taxi Driver*, und die herzförmige Sonnenbrille erinnert an die *Lolita* von Kubrick.«

Und dann gibt es da noch die Trainingseinheiten in dem extra dafür ausgestatteten schallisolierten Raum im Untergeschoss. Der Capitaine bringt Clio das Schießen bei. Dafür steckt er ihr Lärmschutzstöpsel in ihre hübschen kleinen Ohren, deren Ohrläppchen genauso winzig sind wie Paulines, was ihm einen kleinen Stich versetzt.

Auch hierbei legt Clio, so wie bei allem, was sie tut, großen Fleiß an den Tag. Nachdem sie ein paar Magazine verschossen hat, kann sie mit der Glock 19 des Capitaine und der Heckler & Koch, die für sie gedacht ist, mühelos umgehen. Für das Steyr-Sturmgewehr braucht sie etwas länger. Zwar trifft sie, wenn sie die Kugeln nacheinander abschießt, den Pappkameraden, aber wenn der Schalthebel auf Dauerfeuer eingestellt ist, gehen die Kugeln in die Decke. Und wenn Clio im Liegen schießt, haben sie einen Linksdrall.

Sie verlassen den nach Kordit und Schweiß stinkenden Keller, um schnell zu duschen, da die Präfektur von Eure-et-Loir, wie sie der Lokalzeitung entnommen haben, die Wassernutzung auf eine Stunde zwischen 18 und 19 Uhr begrenzt hat.

Die allgemeine Lage hat sich den Zeitungen zufolge bisher nicht grundlegend verbessert. Seit Peyrades Ernennung an die Spitze des interministeriellen Krisenstabs wurde die Gewalt in den Vorstädten zwar eingedämmt, aber nicht beendet, und es wurden beachtliche Fortschritte bei der

Umsetzung der Impfpflicht erzielt. Wenn alles nach Plan läuft, benötigt man nur noch einen weiteren Monat, bis 100% der Bevölkerung zwischen fünfzehn und neunzig Jahren geimpft sind, so dass man bei der Sigma-Variante mit milderen Verläufen rechnen kann. Doch die Wasserversorgung wird immer kritischer, es gibt Angriffe auf Konvois und Wasserspeicher. Das überrascht Clio und den Capitaine nicht, nach der Szene, die sie im Supermarkt von Brou miterlebt haben. Dazu kommt, dass die Notaufnahmen weiter überlaufen, obwohl die Militärkrankenhäuser in die Versorgung mit eingebunden wurden.

Und es wüten weiterhin infernalische Brände. Die Küste von Marseille bis Nizza und das Hinterland sind in eine Aschewolke gehüllt. Die dabei entstehenden Gase haben sicherlich auch die Reihe von Explosionen in der Lavéra-Raffinerie mit einem Dutzend Toten ausgelöst.

Guillaume Manerville ist an sämtlichen Fronten im Einsatz, Patrick Beauséant ebenso. Manerville beginnt, mit Hilfe der Armee, seinen Plan zur Evakuierung und Umquartierung vulnerabler Bevölkerungsgruppen umzusetzen. Beauséant ist nach dem Attentat von Doudeville weiter auf der Jagd nach Terroristen und gibt in einem Fernsehstudio stolz bekannt, dass der Kopf einer Gruppe von zehn Terroristen, die ein Attentat auf das Panthéon geplant hatten, dingfest gemacht werden konnte. Die Umfragewerte von beiden gehen in die Höhe, Beauséant liegt etwas vor Manerville und damit gleichauf mit Agnès Dorgelles. Er gibt sich neuerdings als die letzte Bastion gegen den Faschismus aus.

»Der Typ schreckt echt vor gar nichts zurück …«, ist Clios Kommentar dazu.

»Ja, noch nicht einmal davor, dich entführen zu wollen, um deinen Vater zu demoralisieren.«

»Jetzt, wo ich mit einer Waffe umgehen kann, könnten wir ihn auch gemeinsam abknallen, so à la Bonnie and Clyde oder RAF. Ich werde Lulu rächen …«

»Möchtest du mir nicht vielleicht lieber das griechische Alphabet beibringen?«

»Aber gerne doch, Joseph.«

Die erste Stunde findet zu Beginn der vierten Woche ihres Aufenthalts statt, am frühen Morgen, als man noch eine Ahnung von Frische hat, da das Thermometer nur 31°C anzeigt.

Da klingelt es am Gartentor des Häuschens.

Der Capitaine legt einen Finger an den Mund, steckt den Zettel, auf den er unbeholfen ein paar Buchstaben gekritzelt hat, die Clio ihm diktierte, in den Anabasis-Band und schlägt ihn zu.

Er holt seine Glock 19 raus, die er immer in der Tasche seiner Bermudashorts bei sich trägt. Er lädt die Pistole durch, signalisiert Clio, dass sie sich hinter die Couch auf den Boden legen soll. Erst da fällt ihr auf, dass das hellgrüne Linoleum einen nicht unerheblichen Anteil an der auf Dauer bedrückenden Hässlichkeit des Häuschens hat.

Der Capitaine schaut durch den Spion. Er nimmt die Patrone aus dem Lauf, steckt sie ein und verstaut die Glock erneut unter seinem Leinenhemd. Er schiebt die beiden Riegel zurück.

»Monsieur Duval?«, fragt der alterslose übergewichtige Typ mit Maske, auf dessen Kurzarmhemd sich unter den Achseln bereits Schweißränder gebildet haben.

»So ist es.«

»Entschuldigen Sie die Störung, ich bin Ihr nächster Nachbar. Das Haus mit den gelben Fensterläden, Sie wissen, welches ich meine?«

Der Capitaine weiß es nicht, sagt aber »Ja, natürlich«.

»Also, da dieses Haus seit zwei Jahren unbewohnt ist, habe ich mich gefragt, ob Sie wohl der rechtmäßige Eigentümer sind? Denn es gibt in der Region so einige Hausbesetzer, die sich in Ferienhäusern einnisten.«

»Wie aufmerksam von Ihnen!«

»Sie sind bestimmt aus Paris, oder?«

»So ist es.«

»Gut. Falls Sie auf der Suche nach einem kühlen Plätzchen waren, das können Sie vergessen …«

»Da haben Sie Recht, das kann ich vergessen.«

»Und bleiben Sie lange?«

»Nicht allzu lange, jetzt, wo man wieder ein wenig reisen kann, werde ich ans Meer fahren.«

»Haben Sie denn keine Angst vor dem Virus und den ganzen Bränden?«

»Ich bin geimpft!«

»Ah, das ist gut, sehr gut. Ich war ja nicht so ein Fan davon, aber nun ja.«

»Ja, nun ja.«

»Dann gehe ich mal wieder.«

»Ja. Danke trotzdem, aber Ihre Sorge ist unbegründet, die Türen und Fensterläden sind sehr robust.«

Der Mann geht weg und dreht sich mit einem gezwungenen Lächeln auf den Lippen noch mehrmals um.

Der Capitaine schließt die Tür wieder.

Clio steht vor ihm.

»Ich vermute, wir hauen ab?«

»Das vermutest du richtig.«

»Wo fahren wir hin?«

»Nach Saint-Brieuc. In die Stadt von Louis Guilloux.«

Da wird Clio klar, nach welchem Kriterium Joseph sich im Lauf der Jahre seine Unterschlüpfe gesucht hat.

Der Führungsoffizier ist richtig froh, 2016 in Rente gegangen zu sein.

Er hat alles, was seit Beginn der Pandemie passiert ist, nur als Zuschauer verfolgt, und das hat ihm vollauf genügt. Auch die Ereignisse nach Nathalie Séchards Verzichtserklärung hat er mit dem Auge eines ehemaligen Profis beobachtet, und auch was das betrifft, ist er heilfroh, nicht mehr involviert zu sein. Es ist offensichtlich, dass Beauséant, den er von früher kennt, von dieser Ankündigung überrascht worden ist und direkt danach den Entschluss gefasst hat, der nächste Präsident zu werden, und dass er bereit ist, alles dafür zu tun.

Und zwar wirklich alles.

Beim Anschlag von Saint-Valery hatte der Führungsoffizier möglicherweise noch ein paar Zweifel, doch spätestens als er sah, in welchem Tempo diese armen Kerle von AVA-Zéro und ihr angeblicher Auftraggeber, Loudun, abgeknallt wurden, zerstreuten sie sich. Das roch nach Manipulation. Der Tod von Darthèze genauso. Da hat die Association sicherlich ihre Hände im Spiel gehabt, in welchem Umfang auch immer.

Im Grunde ist es dem Führungsoffizier schnuppe. Er wird so oder so Beauséant wählen. Er sitzt in aller Ruhe im Schatten, im Patio seines Hauses bei Sète, und liest eine Segelzeitschrift. Es herrscht eine Bullenhitze, aber da er sich nicht bewegt, ist es halb so schlimm. Er freut sich auf den Besuch seiner Enkel am kommenden Wochenende, die er das erste Mal nach zwei Jahren Pandemie-Pause wiedersieht. Er hat auf WhatsApp verfolgt, wie sie größer wurden, schon eine traurige Zeit.

Er schaut seiner Frau zu, die, mit einem großen Strohhut auf dem Kopf, darauf besteht, ein Beet zu jäten, ein absurdes Unterfangen. Alle Sommerblumen sind eingegangen, sind brüchig wie Papier. Adieu Clematis, Fuchsien, Kornblumen und Schmucklilien. Es ist zwei Uhr nachmittags, die Sonne knallt, er überlegt, aufzustehen und ihr einen Eistee zu bringen. Das ist wirklich unvernünftig, in ihrem Alter …

Genau in dem Moment bricht sie zusammen.

Der Führungsoffizier gerät in Panik.

Er denkt an das Schlimmste.

Er kann sich nicht vorstellen, ohne sie alt zu werden.

»Mein Liebling, mein Liebling …«

Er beugt sich über ihren Körper.

Sie hat ein rotes Loch auf der rechten Seite. Da ist ihm klar, dass es auch für ihn zu spät ist. Noch bevor er sich wieder aufrichten kann, schlägt ihm jemand den Lauf einer Sig Sauer mit Schalldämpfer mitten ins Gesicht.

Als er wieder zu sich kommt, ist er im Keller, gefesselt an das Eisenregal, in dem er seine Weine aus der Region aufbewahrt, Minervois, Frontignan, Saint-Chinian, Picpoul, solche Sachen. Er blickt die beiden Personen an, die ihm gegenüberstehen. Sie tragen keine Sturmhaube. Sie haben den leblosen Körper seiner Frau hereingetragen, er sieht ihn im Hintergrund liegen wie einen Sack Kartoffeln.

Er weiß, was das zu bedeuten hat.

Er hat diese Dinge lange genug selbst gemacht.

Er wird nicht mit dem Leben davonkommen. Wenn er schnell auspackt, wird er nicht leiden.

Es sind ein Mann und eine Frau.

Das Duo Infernale. Sie ist blond, trägt ihre Haare zum Knoten gebunden, schaut ins Leere. Der Führungsoffizier kennt sie nicht. Das Gesicht des Mannes kommt ihm dagegen irgendwie bekannt vor, bestimmt ein Externer. Scheiße, er hat keine Ahnung, was sie von ihm wollen. Er ist doch schon lange raus aus dem Geschäft.

Die Frau ergreift das Wort:

»Janowiek, Joseph Janowiek.«

»Einer von meinen früheren Externen.«

»Wo finden wir ihn?«

»Er ist Chef der Security von Alphaville, einer Gated Community im Berry.«

Der Mann nähert sich, er hält eine Beretta-Pistole am Lauf und schlägt dem Führungsoffizier die Vorderzähne aus.

»Du weißt, dass uns das bekannt ist«, sagt die Frau. »Wir wollen wissen, wo er seine Verstecke hat.«

»Für wen arbeitet ihr?«

Die Frau drückt die mit einem Schalldämpfer ausgestattete Sig Sauer auf das Knie des Führungsoffiziers und schießt.

Der Führungsoffizier stöhnt nur auf, er will ihnen nicht den Gefallen tun, laut zu schreien.

Da er an das Weinregal gefesselt ist und sich auf dem Bein nun nicht mehr abstützen kann, werden seine Arme nach hinten gezogen.

»Wir haben es eilig.«

»Verdammt, ich bin mir sicher, dass Beauséant dahintersteckt! Ihr seid ja irre. Hätte das alte Arschloch mich darum gebeten, hätte ich es ihm schon gesagt.«

Der Führungsoffizier hat immerhin die kleine Genugtuung, einen Anflug des Zweifels in den Augen dieser beiden

Idioten zu sehen. Dabei ist er sich keineswegs sicher, ob er Beauséant irgendetwas über seine Externen verraten hätte.

Insbesondere über Joseph Janowiek.

Aber das muss das infernalische Duo ja nicht unbedingt wissen.

Janowiek …

Der war eine echte Entdeckung, so etwas erlebt man als Führungsoffizier nicht zwei Mal. Der absolute Hauptgewinn. Das war im August 1988, die neuen Rekruten waren gerade einberufen worden. Er war auf der Durchreise in Coëtquidan und stattete einem befreundeten Lieutenant-Colonel einen Besuch ab. Der genoss gerade ein bisschen die frische Luft, während er im Forêt de Brocéliande eine FAMAS-Schießübung beaufsichtigte. Es war das erste Mal für die jungen Rekruten.

Die Zielscheibe war zweihundert Meter entfernt, es wurde im Liegen geschossen, bei einem Scheißwetter mit Regen und Wind.

Der Führungsoffizier unterhielt sich mit seinem Freund, während es um sie herum knallte und die Zugführer und Adjutanten ihre Befehle brüllten.

Dann entstand auf einmal eine gewisse Unruhe.

Man hörte Ausrufe des Erstaunens.

»Was ist hier los, verdammt?«, brüllte ein Lieutenant.

Der Lieutenant-Colonel und der Führungsoffizier unterbrachen ihre Unterhaltung und gingen rüber zu den anderen. Ein Adjutant erklärte:

»Soldat Janowiek, dritter Zug, hat fünfmal ins Schwarze getroffen.«

»Janowiek!«

Der Angesprochene stellte seine FAMAS auf dem zweibeinigen Ständer ab. Man brachte dem Lieutenant seine Zielscheibe.

»Schießen Sie zum ersten Mal, Janowiek?«

»Ja, Herr Lieutenant.«

»Dann machen Sie das nochmal, da hatten Sie wohl Dusel.«

Der Führungsoffizier dachte, nein, das war kein Dusel.

Statistisch unwahrscheinlich.

Zumal in diesen Zeiten.

Dieser Junge war ein Ausnahmeschütze. Jetzt hieß es nicht lange zaudern. Er ging zu Janowiek herüber, der wieder seine Waffe an sich nehmen wollte.

Der Führungsoffizier flüsterte ihm hastig ins Ohr:

»Hör mal zu, Kleiner. Schieß beim nächsten Mal daneben und du bist ein gemachter Mann. Und kein Wort zu irgendjemandem.«

Janowieks helle Augen verrieten keinerlei Regung.

Er nahm wieder seine Schussposition ein.

»Was hast du dem Jungen denn gesagt?«, fragte der Lieutenant-Colonel.

»Viel Glück, mehr nicht.«

Der Adjutant gab erneut den Befehl, fünf Schüsse abzufeuern.

Kurze, harte Detonationen.

Man brachte die zweite Zielscheibe. Zwei Treffer, relativ weit von der Mitte entfernt. Die drei anderen 5,56-mm-Kugeln waren irgendwo im Gelände gelandet. Zuerst lauter Volltreffer landen und dann so ostentativ danebenschießen, auch das war statistisch unwahrscheinlich.

»Na, was habe ich gesagt?«, triumphierte der Lieutenant, mit dem für einige leitende Militärs in Saint-Cyr typischen Klassendünkel. »Ein Glückstreffer, mehr nicht.«

Der Führungsoffizier fing einen Blick von Janowiek auf, der verschmitzt grinste. Hätte nur noch gefehlt, dass der Junge ihm zuzwinkerte.

Janowiek war ein schwerer Junge. Mit vierzehn hatte er in seinem Kaff einen Mann getötet. Aber im Erziehungsheim legte er dann ein ausgezeichnetes Abitur mit Literaturschwerpunkt ab. Der Führungsoffizier bestellte ihn, in Zivil, ins Bahnhofsrestaurant von Rennes. Er fragte ihn, ob er die Absicht habe, bei der Armee zu bleiben. Während Janowiek seine Erdbeermilch schlürfte, sagte er: »Ja, schon. Sie waren mir ehrlich gesagt nicht ganz geheuer, ich dachte schon, Sie wären schwul.«

Einen Monat vor Ende seines Wehrdienstes forderte der Führungsoffizier Janowiek auf, sich beim 13. Régiment de Dragons Parachutistes zu bewerben. Das war ein Verband intellektueller Fallschirmjäger, der auf Geheimdiensteinsätze spezialisiert war. Krieger, die in der Lage waren, sich im Kalten Krieg eine Woche lang mitten in der Tschechoslowakei in einem Erdloch zu verstecken, um die Manöver des Warschauer Paktes auszuspionieren. Er bat einen anderen Kumpel, der dort Offizier war, ein Auge auf den Jungen zu haben.

Nach drei Jahren wurde Janowiek Sergent. Er brillierte in fast allen Bereichen, es war direkt irritierend, egal, ob er jemanden ausspionieren oder töten sollte. Er trieb sich in Ruanda herum, in Ex-Jugoslawien, in der Zentralafrikanischen Republik und an anderen Ecken dieser Erde. Ab und zu traf er seinen Führungsoffizier.

Als der Führungsoffizier seinen offiziellen Abschied von der Armee nahm, um sich nur noch um das Anwerben von Externen zu kümmern, erklärte er Joseph, wie er ihn inzwischen nannte, eines Tages, was man so verdienen konnte, wenn man sich als geheimer Freibeuter der Republik verdingte. Der Capitaine, der seine Kameraden vom 13. RDP dazu gebracht hatte, ihn bei seinem Spitznamen zu nennen, stellte fest, dass »Freibeuter« ein viel zu hübscher und romantischer Ausdruck für das war, was man ihm abverlangte.

Aber die Vorstellung, als Soloselbstständiger arbeiten zu können, viel Geld zu verdienen und dabei allein seinem Führungsoffizier Rechenschaft ablegen zu müssen, reizte ihn, zumal er zwischen den Einsätzen mehrere Monate frei hatte und tun und lassen konnte, was er wollte. Der Führungsoffizier hörte dann später, dass der Capitaine in dieser freien Zeit seinen Freund Manerville unterstützte, als der Bürgermeister und dann Abgeordneter in Cournai wurde. Das war allein seine Sache, auch wenn Stanko, der Mann fürs Grobe vom Block, sich bei anderen Führungsoffizieren beklagte, dass der Capitaine ihm gehörig auf die Nerven ging. Wäre er nicht da gewesen, hätte man Manerville eingeschüchtert und der Patriotische Block hätte das Rathaus erobert, so wie in Hénin-Beaumont.

Indem er an die guten alten Zeiten zurückdenkt, kann der Führungsoffizier zumindest für einen Moment vergessen, dass das Duo Infernale ihn seit einer Stunde auf fürchterlichste Art und Weise foltert, damit er endlich verrät, wo der Capitaine seine Verstecke hat.

Der Führungsoffizier wäre gerne gestorben, aber die Blonde mit dem Dutt und der Mann verstehen ihr Handwerk. Der Führungsoffizier weiß, dass sie ihn lange am Leben halten werden, selbst wenn er regelmäßig das Bewusstsein verliert und sein Blick sich mehr und mehr trübt.

Am Ende ist der Widerstand des Führungsoffiziers gebrochen. Er hätte gerne noch eine Weile durchgehalten, aber es geht nicht mehr. Auf dem gestampften Boden des Kellers liegen hier und da diverse Körperteile von ihm: ein Ohr, Fingernägel, Hoden ...

Er erinnert sich noch an die Verstecke des Capitaine, er kann leider nicht anders. Die Schriftsteller, die Literatur, er hat immer gewusst, dass das dem Capitaine früher oder später zum Verhängnis werden würde: Rue Vilin in Paris, Château-Thierry, Saint-Florent-le-Vieil, Aubagne, Charleville-Mézières, Bellac, Épineuil-le-Fleuriel, Combourg, Saint-Brieuc, Saint-Sauveur-le-Vicomte, Illiers-Combray, Meudon, Saché, Canteleu bei Rouen. Der Führungsoffizier gibt ihnen die genauen Adressen. Er bekommt kaum noch Luft. Die Blonde notiert das in ihrem Smartphone, lässt ihn alles noch einmal wiederholen, aufgrund des blutigen Schleims in seinem Mund nuschelt er ziemlich.

»Danke«, sagt sie am Ende, während sie den Schalldämpfer auf das Kleinhirn des Führungsoffiziers hält und abdrückt.

Der Führungsoffizier stirbt.

Major Corentin und der Mann, der sich derzeit Frédéric Keller nennt, verlassen die Villa.

Sie steigen wieder in ihr Auto. Corentin zieht sich eine

Linie Koks. Jemanden zu foltern, deprimiert sie immer ein bisschen. Sie sieht darin ein Zeichen ihrer Menschlichkeit.

Sie fährt los.

»Diese Geschichte mit den Schriftstellern habe ich nicht so richtig kapiert«, sagt sie.

»Ich auch nicht.«

»Googeln wir später.«

»Sag mal, hättest du nicht auch Lust auf eine Tielle?«, fragt Frédéric Keller, der aus Frontignan stammt.

»Eine was?«, fragt Major Corentin, die nördlich der Loire geboren ist.

»Das ist eine Spezialität von hier, so eine Art Tintenfischquiche. Auf meiner AntiVirus-App steht, die Terrassen der Strandrestaurants in Sète wären für Geimpfte geöffnet.«

»Gute Idee, ich war nicht mehr am Meer, seit dieser ganze Schlamassel angefangen hat.«

Sie finden eine Terrasse an einer Strandpromenade, unter blauem Himmel, der nur ein wenig verdunkelt wird durch die Waldbrände auf dem Mont Saint-Clair.

Sie sind die einzigen Gäste, also werden sie fürstlich bedient. Die Tielle ist köstlich, und die eisgekühlte Flasche perlender Picpoul dazu lässt sie all diese grauenhaften Dinge und die hartnäckige Widerspenstigkeit bestimmter alter Typen ein wenig vergessen.

Clio und der Capitaine sind seit einer Woche in Saint-Brieuc. Das ist offenbar die einzige Stadt in Frankreich, in der die Temperatur tagsüber nicht über 35°C klettert. Lucien hat ihr gegenüber wiederholt Louis Guilloux erwähnt. Sie hat damals nur mit einem Ohr hingehört, weil sie so mit Lernen beschäftigt war. Der Capitaine spricht genauso begeistert von ihm. Also vertieft sie sich in die Lektüre von *Schwarzes Blut* und folgt der Höllenfahrt von Cripue, dem unverstandenen Philosophielehrer. Sie findet den Roman genauso stark wie *Reise ans Ende der Nacht*, ehrlich.

Der Blick auf die Bucht von Saint-Brieuc von der Dachterrasse der Wohnung aus ist schön, aber frustrierend, da das Meer weit weg ist, sich auf kleine, blaue Streifen beschränkt, die zwischen Gebäuden und einem Kirchturm aufblitzen. Später würde Clio denken, *du hast von Saint-Brieuc nichts gesehen.* Ihr Tagesablauf ist der gleiche wie in Illiers-Combray. Sie verlassen das Haus nur, um im Supermarkt ihre Einkäufe zu erledigen, und bezahlen dabei an zwei verschiedenen Kassen.

Sie wird von Saint-Brieuc nichts gesehen, aber dafür dort viel erfahren haben, und nicht unbedingt Dinge, die sie gerne gewusst hätte, selbst wenn es am Ende besser ist, sie zu wissen.

Es beginnt in einer Nacht.

Clio hat einen sehr präzisen erotischen Traum.

Sie schläft mit dem Capitaine.

Sie sind in Audresselles und zugleich in Luciens Einzimmerwohnung in der Rue Marie-Rose. Es fühlt sich sehr sanft an, sehr intensiv, sie leckt den nackten, schwitzenden Oberkörper ab, da, wo die Brustwarze fehlt.

Im Schlaf hat sie einen Orgasmus.

Davon wird sie wach.

»So langsam drehe ich echt durch«, denkt Clio, die in ihrem Zimmer in Saint-Brieuc nackt im Bett liegt. Das Zimmer ist kahl bis auf die beiden Bücher auf ihrem Nachttisch, die Pléiade-Ausgabe von Balzac und *Schwarzes Blut,* das sie im Haus vorgefunden und fast zu Ende gelesen hat.

Nach dem Traum schlägt Clios Stimmung um. Sie versteht nicht, was mit ihr los ist. Sie ist es nicht gewohnt, etwas nicht zu verstehen. Sie empfindet es als eine Beleidigung ihrer Intelligenz. Ihr Vater fehlt ihr, Lucien fehlt ihr, und auf eine gewisse Weise fehlt ihr auch der Capitaine.

Dabei ist er fast immer da. Dann versteht sie, was ihr fehlt. Sie begehrt diesen Mann. Sie will ihm noch näher sein. Das ließe sich nur über Sex lösen. Sie kennt ihn, seit sie ein kleines Mädchen war, er ist dreißig Jahre älter als sie, er versucht zu verhindern, dass Beauséants Häscher sie erwischen, dafür benötigt er seine volle Konzentration. Und sie, sie denkt nur an das eine. An diese Entzugserscheinung, an dieses Begehren. Sie hasst ihre Schwäche.

Sie ist sauer. Sie hört auf, ihm Griechischunterricht zu geben, sie antwortet nicht, wenn er mit ihr spricht. Sie hat das Gefühl, in dieser Wohnung zu ersticken, obwohl sie geräumiger und luftiger ist als das Häuschen in Illiers-Combray. Sie ist so offensichtlich unglücklich, dass er seine Regeln bricht.

»Wie wär's, wenn wir nach Saint-Quay-Portrieux zum Baden fahren? Der Strand von Châtelet ist schön.«

Er hofft, sie sagt nein, er hofft, ihr ist klar, dass das nicht ungefährlich ist. Er hofft, sie treibt ihm diese Idee aus, indem sie ihm sagt, dass das unvernünftig wäre, aber Clio kann der Versuchung nicht widerstehen und sagt ja. »Das Meer löst jede Schwierigkeit«, heißt es bei Henri Michaux, und Henri Michaux hat immer Recht.

Ja. Ja. Ja.

Zur gleichen Zeit ist Abel Caliban, der rund um die Uhr in einer Wohnung im XIV. Arrondissement ist, am Verzweifeln. Er hat keinerlei Reaktion auf seine inoffizielle Fahndung erhalten. Er setzt große Hoffnung in den Besuch von Keller und Corentin bei dem Führungsoffizier, dessen Name Peyrade Junior schließlich in den Tiefen des alten Computers der Antiterroreinheit gefunden hat.

Ein Ehemaliger vom Commando Hubert. Bestimmt ein guter Typ, die vom Commando Hubert sind keine Weicheier. Das Problem ist nur, wenn er nicht reden will, dann wird es schmutzig.

Als Caliban TVLib25 einschaltet, begreift er, dass es schmutzig geworden ist. TVLib25 hat kein anderes Thema mehr als die Gefährdung der Inneren Sicherheit. Man könnte meinen, das Virus wäre ein kleines Missgeschick und die Hitze, die Tausende umbringt und die Kühlsysteme der Atomkraftwerke bedroht, nur eine Wetterkapriole, die von Grünen wie Manerville benutzt wird, um uns zurück ins Postkutschenzeitalter zu befördern, und vor allem, um von der zunehmenden Verrohung der Gesellschaft abzulenken, für die im Wesentlichen kriminelle Immigranten verantwortlich sind, die sich nicht integrieren wollen. Ein Beispiel dafür ist dieses besonders bestialische Verbrechen in Sète. Dort hat man ein Rentnerehepaar erschossen und den Mann, einen wehrlosen Siebzigjährigen, vorher grausam gefoltert. »Und was tut die Polizei? Beauséant spielt doch bloß den Hardliner, das steht mal fest«, sagt Antoine Maynard vom Patriotischen Block, der Dauergast im Studio dieses Senders ist.

Genau in dem Moment kommen Corentin und Keller zurück. Sie sehen aus, als wären sie am Strand gewesen. Sie haben die Liste mit den Verstecken.

Sie erklären, dass jeder dieser Orte in Bezug zu einem Schriftsteller oder seinem Werk steht. Sie schauen sich die Pariser Adresse auf Streetview an. Dort ist in der Rue Vilin 24 eine Plakette zu sehen, die darauf hinweist, dass Georges Perec dort geboren wurde. Der Name sagt den vier Anwesenden – Peyrade Junior ist gerade dazugestoßen – nichts, außer Frédéric Keller, der meint, er hätte in der fünften Klasse Perecs *Ich erinnere mich* als Aufsatzthema gehabt und wäre zur Schulpsychologin geschickt worden, weil er geschrieben hat: »Ich erinnere mich, dass ich meiner Katze die Ohren mit einem orangefarbenen Cutter abgeschnitten habe.«

Peyrade Junior erklärt, er glaube nicht, dass der Capitaine in Paris geblieben sei. Zu gefährlich. Der alte Spruch, demzufolge man nirgendwo besser untertauchen könne als in der Menge, stimme heute nicht mehr. Schon allein weil man wegen des Lockdowns kaum das Haus verlassen könne und es deshalb in Paris keine Menge gebe. Ganz zu schweigen davon, dass sich in den letzten Jahren einiges verändert habe. Das Risiko, entdeckt zu werden, sei für Janowiek in einer Großstadt, zumal während des verschärften Ausnahmezustands, deutlich höher als anderswo. Er müsse mit Patrouillen rechnen, mit Routinekontrollen, dem Einsatz der immer weiter verbreiteten Gesichtserkennungssoftware bei der Videoüberwachung. Sollten Clio Manerville oder der Capitaine dort irgendwo auftauchen, wüsste Abel Caliban das innerhalb weniger Minuten. Die biometrischen Daten der beiden Flüchtigen sind in sämtliche Videoüberwachungssysteme eingegeben worden und würden sofort auf ihre Computer weitergeleitet.

Sie recherchieren auch die anderen Adressen. Da gibt es Namen, die jedem geläufig sind: Proust, La Fontaine, Chateaubriand, Flaubert, Rimbaud, Balzac. Andere weniger oder gar nicht: Giraudoux, Barbey d'Aurevilly, Gracq, Guilloux, Alain Fournier. Hätten sie doch bloß im Französischunterricht besser aufgepasst, aber wie hätten sie ahnen sollen, dass das für ihre spätere Karriere von Bedeutung sein würde? Voll ungerecht.

Vor allem Peyrade Junior erinnert sich, wie sein Vater angesichts seiner Zeugnisse leicht verächtlich die Nase rümpfte: »Wenn du später mal Frankreich verteidigen willst, mein Sohn, solltest du dich ein wenig mehr für seine Kultur interessieren. Das Drama bei unsereins ist, dass wir der Linken die Kultur überlassen. Noch nicht einmal dein Patenonkel Patrick liest. Was für ein Jammer!«

Ohne Perec bleiben dreizehn Namen. Dafür bräuchten sie ein sehr viel größeres Team. Doch als Caliban Beauséant darum bittet, hört man seine gereizte Stimme über Lautsprecher: *Seht zu, wie ihr klarkommt. Ich kann in der jetzigen Situation nicht noch mehr Kräfte freistellen. Für eine derart heikle Angelegenheit braucht man zuverlässige Leute. Am Ende fehlt mir das Personal, um den Wahlkampf von Manerville und Dorgelles zu überwachen und zu sabotieren. Dazu kommt, dass wir nach dem Chaos der letzten Zeit den Ball flachhalten müssen. Finden Sie eine Lösung. Janowiek muss eliminiert werden und die Manerville-Tochter so schnell wie möglich kaltgestellt. Laut den offiziellen Umfragen und auch den inoffiziellen ist Manerville mir dicht auf den Fersen. Als kleine Motivation: Denken Sie daran, wenn ich im April die Wahl gewinne, haben Sie einen guten Posten sicher.*

Beauséant hätte ergänzen können, dass er etwas beunruhigt ist. Seine Schwiegertochter hat sich zu ihren Eltern in die Normandie verdrückt und die kleine Jeanne einfach mitgenommen. Sie lässt die Anrufe ihres Mannes unbeantwortet. Die Kleine fehlt ihm, aber das ist nicht das Schlimmste. Das Schlimmste ist, dass es ihm gar nicht behagt, dass diese Frau, die ihren Mann mit Valentin betrogen hat, jetzt frei herumläuft. Er kann keine neue Front gebrauchen. Sobald er ein paar Minuten übrig hat, wird er dafür sorgen, dass Marité mit einem ordentlichen Tritt in ihr Hinterteil zurück zu ihrer Sippe befördert wird.

Nachdem Beauséant seine Schimpftirade beendet hat, beginnt man in der Wohnung zu überlegen.

Schließlich hat Major Corentin eine Idee.

»Der Capitaine hat doch in diesem Reichenghetto Alphaville gearbeitet, bevor er sich aus dem Staub gemacht hat, oder?«

Allgemeines Nicken.

»Ich glaube, ich mache da mal einen kleinen Abstecher hin, um mir einen Eindruck zu verschaffen, wie er da gelebt hat. Kannst du mir einen Durchsuchungsbeschluss besorgen, Peyrade?«

»Das dürfte kein Problem sein, Privatresidenz hin oder her. Nach der Doomfucker-Geschichte stellt sich da niemand quer, weder der Staatsanwalt noch die Bewohner. Woran denkst du konkret?«

»Nichts Bestimmtes … das heißt, doch, aber ich will vorläufig nicht darüber sprechen. Es ist vage, nur so eine Intuition.«

Den Durchsuchungsbeschluss erhalten sie nach zwei Anrufen per E-Mail.

»Kann ich dich begleiten?«, fragt Peyrade.

»Natürlich«, sagt Corentin, die spürt, dass Peyrade seine Geilheit kaum noch zügeln kann, und das macht sie heiß. Das ist der beste Beweis dafür, dass diese Art von Individuen auch deshalb so ein Faible für die Jagd auf Menschen hat, weil sie ihre libidinöse Ökonomie stimuliert.

Corentin und Peyrade werden auf der Autobahn Richtung Saint-Amand-Montrond im Übrigen zwei Zwischenstopps einlegen. Der Verkehr hat seit der schrittweisen Lockerung der Restriktionen etwas zugenommen, die Geschäfte und Schnellrestaurants der Raststätten sind jedoch weiterhin geschlossen, nur die Zapfsäulen und Toiletten funktionieren. Also geben Peyrade und Corentin sich auf der

Damentoilette sehr befriedigenden sexuellen Verrenkungen hin, einmal kurz vor Orléans, und einmal nach Vierzon.

Als sie ihren Wagen vor dem Eingangstor von Alphaville parken und sehen, dass man sie bereits erwartet, sind sie nicht überrascht. Peyrade hat die Drohne am Anfang der Privatstraße bereits gesehen. Zwei Typen in grauen Kampfanzügen, einer hat sogar ein Steyr-Sturmgewehr mit ausziehbarer Schulterstütze. *Das ist ja wohl nicht wahr, für wen halten die sich eigentlich*, denkt Peyrade Junior, der findet, dass die Privatisierung in diesem Land etwas zu weit getrieben wurde, und auch das hat man Séchard zu verdanken.

Es ist an der Zeit, dass sein Pate diesen Miststall mal aufräumt.

Ein Typ mit mageren behaarten Beinen, der so aussieht, als würde er den Schuppen leiten, und der sich als Notar Cardot vorstellt, protestiert der Form halber. Er gibt sich erstaunt, brummt etwas vor sich hin, lässt sie aber schließlich rein. Im Wachhäuschen des Quartiers zieht einer der Männer, dessen grauen Kampfanzug eine Offiziersborte ziert, Schlüssel von einem Bord und begleitet sie zur Dienstwohnung des Capitaine, in der zweiten Etage eines kleinen Gebäudes, in der die Mikrogarnison des Ortes lebt.

»Ich habe keine Ahnung, was Sie vom Capitaine wollen, aber es gefällt mir überhaupt nicht, dass Sie hier in seinen Sachen herumschnüffeln, zumal er es war, der den Doomfucker entwaffnet hat«, sagt der Mann in Grau.

»Es ist uns schnuppe, ob dir das gefällt oder nicht. Für uns bist du nur ein Wachmann. Also verpiss dich«, sagt Corentin freundlich.

Schlecht gefickt, denkt sich der Mann im grauen Kampfanzug, während er die Treppe heruntergeht, das kann wirklich nur jemand sagen, der nicht miterlebt hat, wie die derart Beleidigte sich vor gar nicht langer Zeit am Rande der Autobahn vergnügt hat.

Als sie die Wohnung betreten, sagt Corentin:

»Ach du Scheiße …«

Die Wände sind vom Boden bis zur Decke mit Büchern bedeckt. Hauptsächlich Taschenbücher. Sie sind alphabetisch geordnet.

»Warum ›Scheiße‹, Coco?«, fragt Peyrade zärtlich seine bisexuelle Gelegenheitsgeliebte, die ein mürrisches Gesicht zieht. »Was war denn nun deine Idee?«

»Ich dachte, wenn Janowiek seine Verstecke nach Schriftstellern ausgesucht hat, die er mag, könnte man hier, wo er seit 2016 lebt, herausfinden, welche dieser dreizehn seine Lieblingsschriftsteller sind. Aber hier sieht es ja aus wie in einer Buchhandlung. Kann dieser Wichser nicht Videospiele spielen wie alle normalen Menschen?«

»Das wird ein bisschen dauern, klar, aber wir kriegen das schon hin, Coco ...«

Sie beginnen in den Regalen nach den dreizehn Autoren zu suchen, die zu den Verstecken passen, die der Führungsoffizier ihnen genannt hat. Diese Bücher legen sie auf unterschiedliche Stapel. Von manchen Titeln gibt es zwei, drei, ja manchmal sogar vier unterschiedliche Ausgaben, daran erkennt man den Fetischismus des wahren Lesers. Anschließend schauen sie sich die Ausgaben an, die besonders zerlesen wirken, aus denen sich erste Seiten lösen, die mit Anmerkungen versehen sind oder in denen Zettel oder Zeitungsausschnitte stecken.

Diese Arbeit nimmt vier Stunden in Anspruch und ist absolut öde. Dazu kommt, dass es unerträglich heiß ist und dass der Mann mit den mageren behaarten Beinen sie ständig unterbricht um zu hören, ob alles in Ordnung ist.

Am Ende haben Major Corentin und Commandant Peyrade fünf Autoren gefunden – Pérec haben sie bereits ausgeschlossen –, die dem Capitaine besonders am Herzen zu liegen scheinen. Proust in Illiers-Combray, Barbey d'Aurevilly in Saint-Sauveur-le-Vicomte, Rimbaud in Charleville, Chateaubriand in Combourg, Guilloux in Saint-Brieuc.

»Das ist eine magere Ausbeute«, sagt Corentin.

»Besser als nichts«, sagt Peyrade.

Sie verlassen Alphaville unter den bösen Blicken von

Männern in grauen Kampfanzügen und dem erleichterten Blick von Notar Cardot.

Während Corentin schnell und sicher Richtung Autobahn fährt, denkt Peyrade Junior nach. Klar, sie haben nicht viel in der Hand, aber sie verfügen über alle Adressen. Sie wissen, wo sie hinmüssen. Er ruft Keller an:

»Fahr nach Illiers-Combray. Sollten sie dort sein, weißt du, was du zu tun hast.«

»Und was machen wir?«, fragt Corentin, nachdem Peyrade Junior aufgelegt hat.

»Wir haben zwei Adressen in der Bretagne. Außerdem ist es da kühler als hier.«

»Fahren wir direkt hin?«

»Warum nicht? In Rennes leihen wir ein Auto und trennen uns. Ich fahre nach Combourg, du fährst nach Saint-Brieuc. Einverstanden?«

»Einverstanden.«

Am nächsten Morgen in aller Frühe steigen Clio und der Capitaine in der Tiefgarage in den Renault-Van aus dem vorigen Jahrzehnt, mit dem sie Illiers-Combray verlassen haben. Der Capitaine lässt Clio fahren, er weist ihr den Weg durch die Stadt, gibt ihr zwischendurch ein paar Tipps, wie man einen eventuellen Verfolger abhängen kann. Sie sagt nichts, aber sie hört zu und merkt es sich. Sie kommt gut zurecht. Trotzdem spürt er, dass sie nicht ganz da ist. Sie ist nicht bei sich, sie ist nicht bei ihm. Sie hüllt sich in Schweigen.

In Saint-Quay-Portrieux, am Strand von Châtelet, sieht er Clio beim Schwimmen zu. Er empfindet nicht die gleiche kontemplative Heiterkeit wie in Audresselles. Die Stimmung der jungen Frau beunruhigt ihn. Er hat mit Schwierigkeiten dieser Art gerechnet. Die Situation ist alles andere als normal. Er hat Guillaume kontaktiert, wie alle drei Tage. Dafür sendet er ihm zur vereinbarten Zeit eine Botschaft auf einer Facebookseite für Online-Belote-Spieler. Dort tritt er unter dem Pseudonym Godot in Erscheinung. »Allen ein gutes Spiel« bedeutet »alles in Ordnung«.

Der Capitaine schaut sich um. Der Strand von Châtelet ist nicht so voll wie sonst im August. Zwar wurden die Einschränkungen gelockert, aber dafür herrscht eine mörderische Hitze. Man sieht hier und da ein paar Familien mit Masken. Ein einsamer magerer junger Mann scrollt nicht auf seinem Handy herum, sondern liest ein Buch. Vermutlich ein ähnlicher Typ wie Lucien. Clio kommt aus dem Wasser. Sie hat eine Stunde wie besessen gekrault. Sie legt sich neben den Capitaine, der im Sand sitzt, auf den Bauch. Sie verbirgt ihr Gesicht in ihren angewinkelten Armen. Sie sagt kein Wort, aber schmiegt sich an ihn, so dass seine Bermudashorts nass werden, und schläft, auf dem Bauch liegend, ein. Schon bald hört er ein leichtes Schnarchen. Es ist 9 Uhr und man spürt bereits, wie die Hitze kommt. Bald wird sie unerträglich sein, selbst im Schatten der Felsen.

»Clio, lass uns in die Wohnung zurückfahren. Du holst dir noch einen Sonnenstich allererster Güte.«

Mit erstickter Stimme sagt sie:

»Du bist der Einzige, der diese Art von Ausdrücken benutzt.«

Sie steht auf, er sieht, dass ihr die Tränen übers Gesicht laufen.

»Entschuldige, es geht mir nicht gut.«

Sie umschlingt ihn, legt ihr Gesicht an seine Brust und sagt noch einmal:

»Entschuldige, Joseph, ich weiß nicht, was mit mir los ist.«

Er weiß nicht, was er tun soll, sieht die Salzspuren auf ihren geröteten Schultern. Das rührt ihn, erinnert ihn an früher. Pauline. Pauline am Strand. Er würde das Salz gerne ablecken. Unsinn. Das ist bescheuert. Er sollte an seinen Auftrag denken, kühl sein Ziel verfolgen als Profi, der er ist. Sein Auftrag lautet, einige Wochen oder Monate eine junge Frau zu beschützen, die man entführen will. Das ist einfach, das ist klar. Ja, aber das ist eben nicht alles.

Er sollte es Clio sagen. Nein. Nicht, wenn es nicht notwendig ist.

Es wird dann aber sehr schnell notwendig sein.

Sie sind zurück in der Wohnung im Saint-Michel-Viertel. Clio will duschen. An der Côtes-d'Armor ist die Wassernutzung weniger streng eingeschränkt. Das Wasser wird nur zwischen 10 und 19 Uhr abgestellt.

»Ich habe gerade noch eine Viertelstunde«, sagt Clio.

Sie wirft ihre Strandtasche von sich, zieht ihren Pareo und ihren Bikini aus und erscheint nackt vor dem Capitaine. Er wendet den Blick ab, enthält sich jeglichen Kommentars. Sie zuckt mit den Schultern.

»Komm schon, Joseph, du kennst mich, seit ich ein kleines Mädchen war.«

Er hätte am liebsten gesagt, »eben drum«, aber er schweigt.

Er hört, wie das Wasser läuft.

In diesem Moment vibriert sein Handy. Unbekannte Nummer. Er nimmt ab.

»Capitaine?«

Er erkennt Guillaumes Stimme.

»Du solltest mich nicht anrufen …«

»Ich weiß, ich bin in Cournai. Ich rufe vom Festnetztelefon eines Pflegeheims an. Diese Leitung wird wohl kaum abgehört, oder? Ich wollte dir eine gute Nachricht mitteilen.«

»Das gibt es noch, gute Nachrichten?«

»Ja, vielleicht kannst du mir meine Tochter schon früher zurückbringen als gedacht.«

Der Capitaine hört, wie das Wasser in der Dusche im Badezimmer läuft. Irgendetwas an Guillaumes Formulierung verletzt ihn.

»Hörst du mir zu?«

»Ja.«

»Der Premierminister hat mich direkt informiert. Präsidentin Séchard hat es mir bestätigt. In Tourailles, auf Beauséants Anwesen, findet gerade eine Hausdurchsuchung statt, veranlasst von Oberstaatsanwalt Derville.«

»Weiß man warum?«

»Nein, das kam ohne Vorankündigung. Derville hat das

offenbar in aller Heimlichkeit vorbereitet und sich Richter und Polizisten gesucht, auf die er sich verlassen kann, damit nichts schiefgeht.«

»Was denkst du, worum es geht?«

»Keine Ahnung. Bringst du Clio dann in ihr trautes Heim zurück?«

Er spürt Guillaumes Ungeduld.

Der Capitaine antwortet ruhig:

»Wir sollten noch etwas warten, Guillaume. Wenn dieser Derville ihm nichts nachweisen kann, wird Beauséant gestärkt daraus hervorgehen. Du weißt besser als ich, was er sagen wird: Wir leben unter dem Diktat von roten Richtern, die unsere Polizei anschwärzen wollen. Das ist ein Versuch ihn auszuschalten, obwohl die Bürger wollen, dass er das Steuer übernimmt ... Das wird zum Bumerang für dich, dann kannst du deinen Wahlkampf vergessen ...«

»Mein Wahlkampf ist mir egal! Ich will Clio wiedersehen.«

»Tut mir leid, auch wenn ich mich wiederhole, aber eine Hausdurchsuchung bei Beauséant genügt nicht. Lass uns abwarten, was dabei rauskommt. Außerdem gibt es noch ein anderes Problem ...«

»Und zwar?«

»Beauséant hat seine Hunde von der Kette gelassen. Sie sollen Clios Spur aufnehmen. Das beunruhigt mich wirklich sehr. Er hat so Typen wie mich losgeschickt. Ist dir klar, was das heißt? Sie stehen nicht in direktem Kontakt zu Beauséant, so dass man ihm nichts nachweisen kann, sie agieren unabhängig. Hast du die Geschichte von dem erschossenen Paar in der Nähe von Sète gehört, mit dem Mann, der zu Tode gequält wurde?«

»Ja, habe ich flüchtig mitbekommen, was hat das damit zu tun?«

»Das war ein sogenannter Führungsoffizier. Mein Führungsoffizier. Das war derjenige, der mir die Aufträge erteilt und mich bezahlt hat. Ich habe keine Ahnung, was er ihnen verraten hat. Vielleicht ein paar meiner Verstecke. Sie waren auch in Alphaville. Mein Stellvertreter dort hat mir eine

Nachricht auf der Mailbox hinterlassen, die nur er benutzt. Ein Mann und eine Frau. Sie haben meine Wohnung durchsucht, meine Bücher durcheinandergebracht.«

»Gibt es denn da irgendetwas zu finden?«

»Außer meinen Lektürenotizen nichts Besonderes.«

Einen Moment herrscht Stille.

Der Capitaine ahnt Guillaumes Beunruhigung. Zugleich stellt er fest, dass er nicht will, dass seine Flucht mit Clio jetzt schon endet, auch wenn sie schmollt, auch wenn sie etwas von ihm will, das er ihr nicht geben kann. Er ist glücklich mit ihr.

»Okay«, sagt Guillaume, »aber wenn gegen Beauséant ein Ermittlungsverfahren eingeleitet wird, wenn er in Untersuchungshaft kommt, dann kommst du mit Clio, einverstanden?«

»Einverstanden.«

»Kannst du mir Clio geben?«

»Tut mir leid, sie ist gerade unter der Dusche.«

»Ich ... Scheiße, ich werde angerufen. Pass gut auf sie auf und bring sie schnell wieder nach Hause.«

Peyrade Senior hat noch eine knappe Stunde zu tun. Er hat ein wahnsinniges Arbeitspensum zu bewältigen, seit er den interministeriellen Krisenstab leitet. Er hätte sie gerne anderswo als in diesem hochgesicherten Ministerium verbracht. Zum Glück funktioniert die Klimaanlage.

Rund um den Tisch sitzen vier Männer von der Association, denen der Leser bereits vor einiger Zeit in einem Super Puma mit Ziel Maubeuge begegnet ist.

»Kann mir irgendjemand sagen, was Beauséant für Scheiße gebaut hat?«, fragt Peyrade Senior, der Lust auf eine Pall Mall hat, aber weiß, wenn er sich eine ansteckt, wird sofort der Alarm losgehen.

»Es hängt mit dem Tod eines gewissen Lucien Valentin zusammen. Beauséants Schwiegertochter ist überzeugt, dass er ihn getötet oder seinen Mord in Auftrag gegeben hat. Die Durchsuchung fand in Tourailles statt, wo Beauséant sich gerade befindet. Dieser Valentin hat für ihn gearbeitet. Er hat für ihn den Ghostwriter gemacht für ein Buch, das den Titel *Ein französisches Leben* tragen sollte. Beauséant hat im Übrigen offiziell auf seinen Tod reagiert, mit einem Kommuniqué. Das wurde nicht groß beachtet. Aber die Sache wird kompliziert, wenn man weiß, dass dieser Valentin Clio Manervilles Freund war.«

»Ist da was dran oder nicht? Denn Derville, das ist ja bekannt, wartet nur auf eine Gelegenheit, Beauséant auszuschalten«, sagt Peyrade.

Ein anderes Mitglied der Association ergreift das Wort.

Er ist der Jüngste, gerade mal fünfzig Jahre alt. Mit seinem aus der Mode gekommenen großen Brillengestell sieht er aus wie ein protestantischer Banker.

»Derville hat das nicht einfach auf gut Glück lanciert«, sagt er. »Er muss irgendetwas in der Hand haben. Es ist auch ein Team von der Spurensicherung der Polizei vor Ort in Tourailles. Außerdem habe ich gerade erfahren, dass der Leichnam von Lucien Valentin in Aubusson exhumiert werden soll. Das klingt gar nicht gut.«

»Können wir Druck auf Derville ausüben?«

»Das glaube ich kaum, Monsieur le Ministre. Sie wissen so gut wie ich, dass der Justizminister ein Séchard-Getreuer ist. Er macht inzwischen kein Geheimnis mehr daraus, dass er Manerville unterstützt.«

Für einen Moment herrscht Stille.

Ein anderes Mitglied der Association räuspert sich leise, um zu signalisieren, dass es etwas sagen will.

»Ich denke, Messieurs, selbst wenn wir nicht vollzählig versammelt sind, dass ich im Namen unserer ganzen Gruppe sprechen kann. Es wird Zeit sich einzugestehen, dass unser Freund Beauséant trotz seiner immensen Qualitäten leider nicht mehr derjenige ist, der unsere Vision von Frankreich am besten vertreten kann. Ich weiß, dass Sie ihn sehr mögen, Herr Verteidigungsminister, dass er ein Waffenbruder von Ihnen war. Aber wenn wir an ihm festhalten, könnten wir am Ende selbst in Schwierigkeiten geraten. Das ist bedauerlich, Beauséant wäre der erste Präsident der

Republik gewesen, der direkt von der Association gekommen wäre. Das hätte uns so einiges erleichtert, vor allem, dieses Land, das von einer Katastrophe in die nächste schlittert, auf Kurs zu halten. In den kommenden Jahren benötigen wir einen Mann der Tat, der verhindert, dass hier alles in die Binsen geht. Die Geschichte wird es uns danken, davon bin ich überzeugt.«

Peyrade Senior weiß, was das zu bedeuten hat: Beauséant wird fallengelassen. Und zwar unabhängig davon, was bei Dervilles Untersuchung herauskommt. Er hat Patrick gewarnt, so eine Scheiße nochmal.

»Das heißt, wir müssen nochmal aussetzen«, sagt Peyrade. »Jetzt bleiben nur noch Manerville und Dorgelles als aussichtsreiche Kandidaten übrig. Dorgelles ist nicht chancenlos, aber sie ist nun einmal vom Patriotischen Block. Selbst wenn es denen gelingt, die heimatlos gewordenen Wähler von Beauséant zu sich herüberzuziehen und die Wahl zu gewinnen, selbst wenn wir ihnen Führungskräfte zur Verfügung stellen, sie sind und bleiben unberechenbar und oft inkompetent. Außerdem wird man uns in Europa wie Aussätzige behandeln. Können Sie sich vielleicht einen Stanko als Innenminister vorstellen? Wir können jetzt keinen Krieg zwischen den Ethnien gebrauchen, wir haben genug damit zu tun, die Pandemie und die Klimakrise in den Griff zu bekommen. Was wir brauchen, ist Ruhe und Ordnung. Wir könnten Manerville unterstützen, ohne dass er es mitbekommt, seine Politik in eine andere Richtung lenken. Das hat Beauséant aber bereits bei Séchard versucht, und gelinde gesagt ist das Ergebnis durchwachsen, zumal Séchard jetzt die Puste ausgeht.«

Niemand am Tisch sagt, dass man Weibern generell nicht trauen kann, aber dieser Gedanke steht wie ein Elefant in diesem hochgesicherten und runtergekühlten Raum.

»Was wir brauchen, ist ein dritter Kandidat, der wie damals Séchard im letzten Moment alles abräumt …«

Peyrade Senior hat zwar insgeheim damit gerechnet, aber als er sieht, wie sich die Blicke der vier Männer auf ihn richten und man ihn aufmunternd anlächelt, ist er dennoch überwältigt.

Peyrade Junior ist währenddessen in einem Leihwagen auf dem Weg nach Combourg. Er hat sich wie vereinbart am Bahnhof in Rennes von Corentin getrennt, wo sie sich immerhin noch Zeit für eine schnelle Nummer auf der Toilette genommen haben, nachdem sie beide der Klofrau mit Maske hinter ihrem Drehkreuz einen Euro gegeben haben – das wird auch immer teurer. Der Bahnhof war verwaist. Nur jeder vierte Regionalzug und jeder fünfte TGV durften fahren, doch die TGVs fielen eh alle aus, wegen der irren Temperaturen.

Peyrade Junior hofft, den Capitaine und das Mädchen zu finden. Damit könnte er bei seinem Paten und vor allem bei seinem Papa, den er immer ein wenig enttäuscht hat, sein Image aufpolieren. Commandant bei der DGSI ist in seinem Alter wirklich nicht gerade der Hammer. Papa hätte gern gesehen, er hätte die Militärakademie Saint-Cyr absolviert, aber in der Militärschule Prytanée de La Flèche hat er trotz der guten Beziehungen seines Vaters noch nicht einmal das Kadettenjahr überstanden.

Kurz vor Combourg überprüft er, wie die genaue Adresse des Verstecks des Capitaine lautet. Seine App zeigt ihm an, dass es etwas außerhalb liegt, an einem kleinen See unterhalb des Schlosses. Er parkt vor dem Rathaus. Combourg ist menschenleer. An der Scheibe einer geschlossenen Metzgerei sieht er ein Plakat aus Zeiten vor der Pandemie. Darauf wird eine Ausstellung über die Kindheit von Chateaubriand im Schloss angepriesen, mit einem Zitat als Aufhänger: »Ich war so traurig, als wäre ich tot.« Peyrade Junior findet das völlig bescheuert. Wenn man tot ist, ist man tot, dann ist man nicht traurig, nicht fröhlich, sondern einfach tot.

Er geht auf den See zu, der nur halb so viel Wasser hat wie normalerweise und stinkt. Er sieht das bretonische Haus des Capitaine mit dem völlig verdorrten Garten. Es sieht ziemlich verlassen aus, er geht zur Rückseite.

»Suchen Sie jemanden?«, fragt ein Gärtner, der einen

Kirschbaum auslichtet, der einen sehr mitgenommenen Eindruck macht.

»Den Hausbesitzer.«

»Der ist nicht da. Der ist nie da. Was wollen Sie denn von ihm?«

Peyrade holt seine Karte raus.

»Polizei.«

Sollte der Capitaine im Haus sein, dann sicher nicht mehr lange. Dieser alte Idiot zieht alle Aufmerksamkeit auf sie.

»Es ist bestimmt drei, vier Jahre her, dass Monsieur Neuville das letzte Mal hier war. Er überweist mir jeden Monat Geld, damit ich den Garten instandhalte und auf das Haus aufpasse.«

»Dann haben Sie also die Schlüssel?«

»Ich weiß nicht, ob ich das darf.«

»Und ob Sie dürfen.«

Im Haus sieht Peyrade lauter Bücher, wie in der Wohnung in Alphaville, und schöne Möbel aus dunklem Holz auf ebenso dunklem Parkett. Er steigt zum Keller hinunter, aber der ist mit einer Panzertür verschlossen. Da hat der Capitaine sicher seine Knarren und sein Geld deponiert. Da sollte man später nochmal vorbeischauen, Geld und Waffen kann man immer gut gebrauchen. Na ja, Pech, der Capitaine und das Manerville-Luder sind nicht da. Peyrade Junior hofft, dass Corentin in Saint-Brieuc mehr Glück hat. Er könnte im Übrigen dort vorbeifahren, es ist nicht sehr weit entfernt.

Er will sie gerade anrufen, da meldet sich sein Vater bei ihm. Peyrade Junior gibt dem Gärtner die Schlüssel zurück, der zuckt mit den Schultern, als wollte er sagen: »Ich hab's Ihnen ja gesagt«, und nimmt das Gespräch an, während er zum Auto zurückgeht.

»Alles in Ordnung, Papa?«

»Hör zu, Gabriel. Beauséant hat Mist gebaut. Es gibt eine Hausdurchsuchung bei ihm im Loiret. Ich vermute, du gehörst zu seinem Team, zu dem Team, das er losgeschickt hat, um die Manerville-Tochter suchen zu lassen?«

»Ja.«

»Dann hör mir jetzt gut zu, Gabriel, weil das wirklich sehr schnell gehen muss. Du brichst die Mission auf der Stelle ab. Ich meine wirklich auf der Stelle.«

Peyrade Junior denkt an Corentin. Und an seinen Paten. Das ist schade, aber sein Vater scheint nicht zu Diskussionen aufgelegt.

»Ja, Papa.«

»Wo gibt es Spuren, die darauf hinweisen, dass du zu diesem Team gehört hast?«

»Wir haben eine Leitstelle in der Nähe der Buttes-Chaumont.«

»Dann fahr dorthin zurück. Du eliminierst den- oder diejenigen, die das koordinieren.«

»Aber das ist Abel, Papa ...«

»Pech für ihn. Und vor allem zerstörst du alle Rechner und alle Dokumente. Du räumst gründlich auf. Verstanden?«

»Verstanden, Papa.«

Eben darum hört Abel Caliban drei Stunden später, wie sich ein Schlüssel im Schloss dreht.

»Ach, du bist es, Peyrade. Also, was gibt es Neues? Ich bin höchst beunruhigt, weißt du. Du hast es vermutlich mitbekommen, die machen immer noch ihre Hausdurchsuchung in Tourailles.«

»Scheint so.«

»Ich hoffe, es ist nicht wegen dieses rothaarigen Linken. Aber was tust du denn da?«

»Tut mir leid, Abel.«

Peyrade hat seine Waffe mit Schalldämpfer hervorgeholt.

Für einen Siebzigjährigen ist Abel Caliban reaktionsschnell. Aber nicht schnell genug, um aus dem Schulterholster, das neben seinem Computer liegt, seine alte MAC 50 zu ziehen, die er seit Kolwezi aufbewahrt hat. Er hat gedacht, er würde eines Tages eines friedlichen Todes sterben, über einer Schachpartie aus *Europe Échecs* brütend, neben sich ein Schachbrett.

Aber nein, Abel Caliban sollte dieses Tal der Tränen durch eine 9-mm-Kugel verlassen, die ihm ein Bulle der

Antiterroreinheit und Papasöhnchen mitten in den Kopf schießt.

Dem Papasöhnchen kommt anschließend zugute, dass er einen Lehrgang bei den Computerfreaks der DGSI gemacht hat. Er löscht alle Daten von sämtlichen Computern, das dauert eine gute Stunde. Anschließend trinkt er eine Tasse kalten Kaffee und betrachtet dabei Abels Leichnam. Das wird dem Paten gar nicht gefallen, er wird darüber sogar traurig sein.

Aber er ist noch nicht fertig, und Papa hat gesagt, er soll sich beeilen.

Also beeilt er sich.

In einer Aktentasche hat er TATP mitgebracht, den bevorzugten Sprengstoff der Islamisten. Er verteilt ihn in Maßen in allen Zimmern. Er ist ein bisschen nervös, weil dieses Zeug keine Hitze verträgt und in der Wohnung trotz der geschlossenen Fensterläden 30°C herrschen.

Er verlässt die Wohnung, und als er die Place Colonel-Fabien erreicht, fliegt das Ganze in die Luft, so wird es noch heißer, als wäre es nicht schon heiß genug. Er sieht die schwarze Rauchwolke. Er steht vor der Terrasse eines kleinen Bistros, das geöffnet hat. Er zieht eine Maske auf und bestellt ein Radler.

»Haben Sie auch gerade den Riesenknall gehört? Was war das bloß? Und dann diese Rauchwolke …«, fragt der Kellner.

»Stimmt«, sagt Peyrade Junior, »das ist wirklich beunruhigend.«

Er hebt seine Maske an, um zu trinken. Er ist enttäuscht. Das Radler ist nicht gerade kühl.

Hundertzwanzig Kilometer davon entfernt, in der Nähe von Illiers-Combray, gibt es noch jemanden, den wirklich beunruhigt, was vor sich geht. Das ist Frédéric Keller, auch bekannt unter dem Namen Philippe Brideau. Dank eines auskunftsfreudigen Nachbarn weiß er nun, dass ein nicht besonders gesprächiger Typ zusammen mit einer jungen Frau – »sicher seine Geliebte« – mindestens drei Wochen in diesem gesichtslosen Häuschen in dieser nichtssagenden Gegend verbracht hat und anschließend verduftet ist – »nicht mit dem gleichen Auto«. Doch das spielt inzwischen keine große Rolle mehr. Beunruhigend ist vielmehr die Hausdurchsuchung bei Beauséant, von der er gerade erfahren hat.

Das stinkt zum Himmel.

Genau wie der Brand nach einer Explosion im XIV. Arrondissement, von der France Info gerade ganz frisch berichtet hat. Er hat das deutliche Gefühl, es wäre besser, er würde verschwinden. Er ist nur einer einzigen Person zur Treue verpflichtet, und zwar sich selbst. Er wird in einer abgelegenen Ecke abwarten, bis sein Führungsoffizier ihn kontaktiert und mit einem neuen Auftrag betraut.

Er hat es nicht eilig.

Er hat eine Freundin in Montargis, die nicht neugierig ist, eine Frisörin, die ihn für einen Handelsvertreter für Badarmaturen hält und die ihn ohne weitere Umstände in ihr Bett einlädt. Völlig unkompliziert. Sie findet es nur schade, dass er nie besonders lange bleibt. Die wird überrascht sein.

Außerdem ist Montargis nicht schlecht.

Man nennt es auch das Venedig vom Gâtinais.

Clio beißt den Capitaine in die Schulter.

»Komm, schlaf mit mir, Joseph.«

Das tut weh. Er wirft einen Blick auf die Bissspuren ihrer kleinen Zähne, es quillt bereits Blut hervor.

»Warum hast du das getan?«

»Weil ich nicht mehr kann, weil ich will, dass wir miteinander schlafen, weil ich weiß, dass du auch Lust darauf hast.«

Fünf Minuten vorher hat Clio ihn gebeten, Feuchtigkeitscreme auf ihren von der heißen Julisonne verbrannten Rücken aufzutragen. Er sollte mit der Tube in ihr Zimmer kommen. Als er eintrat, lag sie nackt auf dem Bett, ihr kleiner, runder Po bildete einen hellen Kontrast zu den krebsroten, langen Schenkeln und dem krebsroten Rücken.

Er hätte nein sagen sollen.

Aber hätte er nein gesagt, dann wäre es später passiert.

Nun hat sie es ausgesprochen. Er saß also auf dem

Bettrand und spürte, wie Clio die Muskeln anspannte, ihm war klar, dass sie jeden Moment aufspringen würde. Sie sprang auf und biss ihn, aber sie gab sich immer noch nicht geschlagen.

»Nein, das geht nicht, Clio.«

»Warum nicht? Gefalle ich dir nicht?«

»Du gefällst mir sehr. Du bist deiner Mutter wie aus dem Gesicht geschnitten. Und ich liebe dich, Clio. Aber ich kann dich nicht so lieben, wie ich sie geliebt habe.«

In Clios Augen taucht auf einmal ein Flackern auf.

So, jetzt hat sie es verstanden, denkt der Capitaine. Schließlich ist ihr die griechische Tragödie gut vertraut.

»Erzähl. Ich will, dass du es aussprichst.«

»Zieh dich erstmal an, ja? Und dann lass uns auf die Terrasse gehen, mit Blick auf die Bucht.«

»Da draußen ist es superheiß.«

»Ich habe die Markise ausgezogen.«

Nun liegen sie auf der großen Terrasse nebeneinander auf Liegestühlen, so als wollten sie auf eine große Reise gehen, ohne sich dabei von der Stelle zu bewegen. Eine Brise, die vom Meer herüberweht und zum Verzweifeln heiß ist, bewegt die Markise. Das hört sich genau so an, als würde der Wind in ein Segel fahren. Für einen Moment konnte man die Illusion haben, mitten auf dem Meer zu sein.

Der Capitaine beginnt zu reden.

Clio unterbricht ihn nicht.

Als er fertig ist, ist die Sonne kurz davor unterzugehen.

Es ist eine Geschichte, die 1978 ihren Anfang nimmt, in der Marie-Curie-Schule in Cournai. In dieser dritten Grundschulklasse gibt es drei Kinder, die allerbeste Freunde sind. Freundschaft will etwas heißen im Alter von acht Jahren. Sie gehorcht mysteriösen Affinitäten, die sich nicht um soziale Determination scheren.

Man nehme nur mal als Beispiel den kleinen Guillaume Manerville. Er ist der Sohn von Doktor Manerville. Als Arztsohn wäre er normalerweise auf eine der großen Privatschulen in Cournai gegangen, so eine, die von der Vorschule bis zum Abitur führt, wie das Institut Saint-Pierre, wo Kinder von Ärzten, Arcinor-Ingenieuren und Ladeninhabern aus dem Stadtzentrum hingehen. Nun ist Doktor Manerville aber Sozialist und Laizist. Guillaume besucht also dieselbe Schule wie die Kinder seiner Patienten, die aus den Bergarbeitersiedlungen oder den Vorstädten kommen, wo es Polen, Italiener und Marokkaner gibt.

Außerdem ist es für dieses Alter eher ungewöhnlich, dass die Gruppe von drei Kindern aus zwei Jungen und einem Mädchen besteht. Das Mädchen ist Pauline Dewulf. Ihr Vater ist bei einem Bergwerksunfall ums Leben gekommen. Vielleicht hängt sie vor allem deshalb immer mit den beiden Jungen herum, weil die anderen Mädchen sie als Waisenkind betrachten, und das könnte ja ansteckend sein. Oder vielleicht auch deshalb, weil diese hoch aufgeschossene Blondine, die mit Guillaume zu den Besten der Klasse gehört, diese Mädchen einfach zu dumm findet.

Was den zweiten Jungen in der Gruppe betrifft, Joseph Janowiek, so sprach nicht viel dafür, dass er sich mit diesen beiden braven Kindern anfreunden würde. Alle sind sich einig, dass er ein kleiner Gauner ist. Er hängt immer mal wieder mit den Großen vom Collège Roger-Pannequin und denen von der Arcinor-Berufsschule herum, auf die man nach der achten Klasse wechselt. Er raucht Boyards auf der Abraumhalde von Glapion, setzt sich bei den Älteren hinten aufs Mofa und rast mit ihnen die Hänge herunter, wobei sie manchmal ins Schleudern geraten. Er ist immer völlig verdreckt und hat immer aufgeschürfte Knie. Er wirft Schaufenster ein, pfeift den Mädchen hinterher und brüllt obszöne Begriffe, deren lexikalischer Sinn Pauline und Guillaume zwar entgeht, sie greifen sie jedoch mit Begeisterung auf, auch wenn sie sich hüten, sie zu Hause zu wiederholen. Wenn er mit Pauline und Guillaume zusammen ist, wird Joseph im Übrigen lammfromm. Pauline spuckt in ihr Taschentuch und säubert ihm das Gesicht oder tupft seine Wunden ab. Joseph Janowieks Vater ist ein respekteinflößender Typ. Er sieht dauergebräunt aus, weil er bei Arcinor in der Gießerei arbeitet. Wenn er redet, geben seine Lungen ein rasselndes Geräusch von sich. Er ist Patient von Doktor Manerville. Guillaume hat seinen Vater zufällig mal über den »armen Janowiek« reden hören, und dass er sich frage, was sein Kollege, der Arbeitsmediziner, eigentlich treibe. »Dieser Mann muss unbedingt die Tätigkeit wechseln, sonst geht er noch dabei drauf.«

Im Jahr 1978 durften die Kinder nach der Schule noch allein nach Hause gehen. Sie brachten sich gegenseitig nach Hause, das dauerte endlos. Erst aß man hier etwas Süßes, dann da, dann dort.

Pauline und Joseph sind beeindruckt von dem schönen Haus von Doktor Manerville in der Rue Pasteur. Für die beiden Arbeiterkinder ist das Haus im anglo-normannischen Stil, das aussieht wie eine Villa in einem Badeort, ein echtes Schloss. Sie machen oft Hausaufgaben in Guillaumes Zimmer, denn das Haus ist hell, groß und komfortabel und hat einen Garten, in dem sich Katzen balgen. Manchmal hat Joseph keine Lust zu lernen. Dann verabschiedet er sich vorzeitig von Guillaume und Pauline, »Tschüs, allerseits!«, und geht zu den Jungs von der Glapion-Halde. Pauline ist immer traurig, wenn Joseph geht. Sie findet das schade. Guillaume findet es auch schade, denn wenn Joseph mit ihnen lernt, hat er immer gute Noten, und die Lehrerin sieht ihn dann fast zärtlich an und sagt: »Siehst du, es geht doch, wenn du nur willst.« Aber am nächsten Tag kann er sein Gedicht nicht aufsagen, nimmt den anderen ihr Radiergummi oder ihren Tintenkiller weg oder kritzelt etwas auf das Heft dieser hochnäsigen Christelle Veron, wird zur Direktorin geschickt und macht die Biege.

Ebenfalls im Jahr 1978 sollten sie dann erfahren, wie brutal die Welt da draußen ist. Am 12. Dezember, während in Cournai überall die ersten Lichtergirlanden aufgehängt und die Schaufenster weihnachtlich dekoriert werden, macht die Nachricht die Runde, dass die Führung von Arcinor plant, am Standort Cournai und im benachbarten Woluwe sechstausend Leute zu entlassen.

Noch am selben Abend sieht Joseph seinen Vater weinen. Guillaume kriegt mit, wie seine Mutter zu seinem Vater sagt, er solle sich bitte beruhigen und vor Guillaume und seiner Schwester nicht solche Schimpfworte gebrauchen, wenn er über Barre und Giscard spricht. Pauline und ihre Mutter sind am Boden zerstört, genau wie der Rest der Stadt.

Joseph erträgt es nicht, seinen Vater so zu sehen, er verlässt das Haus. Er will alles kurz und klein hauen. Er geht ins weihnachtlich illuminierte Zentrum und wirft einen Mülleimer in das Schaufenster der Pâtisserie Baert, in dem lauter Weihnachtsmänner und Nikoläuse aus Schokolade aufgereiht sind, die so aussehen, als wollten sie sich über ihn lustig machen. Ein R12 der Polizei verfolgt ihn. Er rennt, erreicht außer Atem sein Haus in der Bergarbeitersiedlung Méricourt. Da ist es bereits 10 Uhr abends, und seine Familie verfolgt die Spätnachrichten, in denen der Aufmacher die Bombe ist, die Arcinor hat platzen lassen und die Cournai und Woluwe vernichten wird. Josephs Mutter öffnet die Tür. Die Polizisten sagen, es täte ihnen leid, aber sie hätten Joseph dabei beobachtet, wie er das Schaufenster von Baert eingeworfen hat.

»Warum hast du das getan?«, schreit sein Vater, »warum? »Merkst du nicht, was los ist? Musst du alles noch schlimmer machen?«

Er schlägt auf Joseph ein, ein Polizist stellt sich dazwischen und verliert dabei sein Käppi.

»Janowiek, um Gottes willen, jetzt beruhigen Sie sich mal.« Er beruhigt sich. Die Beamten werden ihn nicht wegen Beamtenbeleidigung anzeigen, auch wenn der Typ, dem das Käppi runtergeflogen ist, am Ohr getroffen wurde, was höllisch weh tut. Auch sie haben einen Bruder, einen Cousin, einen Vater bei Arcinor.

Pâtissier Baert erstattet Anzeige. Joseph wird zu einer Psychologin geschickt. »Der Junge braucht keine Psychologin, der muss mal raus«, erklärt Doktor Manerville, nachdem er ihn untersucht hat. Weder Joseph noch Guillaume noch Pauline wissen, wie er das geschafft hat, doch es gelingt Doktor

Manerville, Josephs Vater und Paulines Mutter die Erlaubnis abzuringen, dass Joseph und Pauline in der Zeit zwischen den Jahren mit Familie Manerville in deren Ferienhaus im Pinienwald von Stella-Plage fahren dürfen.

Joseph und Pauline sind das erste Mal am Meer. Es ist regnerisch und kalt, aber es ist wunderbar. Sie kommen völlig durchnässt von draußen herein und trinken einen warmen Kakao, und sie spielen *Das Spiel des Lebens*, ein Brettspiel, das Guillaume zu Weihnachten bekommen hat. Jeder hat ein Mini-Auto auf der Startlinie, über das weitere Schicksal entscheiden die Würfel: Ob man reich oder arm wird, ob man allein aufwächst oder mit mehreren Geschwistern. Pauline erklärt, sie glaube nicht an Glück, und dass der Wille immer stärker sei als das Glück. Die Jungen bewundern sie dafür, Doktor Manerville lächelt, während er *Le Matin de Paris* zusammenfaltet und sagt: »Ich hoffe, du hast Recht, Pauline, ich hoffe, die Demonstrationen in Cournai beweisen, dass du Recht hast.«

Am letzten Tag in Stella-Plage, der zugleich einer der letzten Tage des Jahres ’78 ist, stehen Pauline, Guillaume und Joseph frierend im Strandhafer und legen ein feierliches Gelübde ab: Sie werden sich nie trennen und werden immer füreinander da sein. Joseph schlägt vor, dafür sein Taschenmesser zu nehmen. Pauline und Guillaume sind davon nicht so überzeugt. Pauline sagt:

»Ich schlage einen Schwur mit Spucke vor.«

»Wie geht das?«

»Statt unser Blut zu vermischen, vermischen wir unsere Spucke.«

»Das ist doch eklig, oder? Dafür müssen wir uns auf den Mund küssen. Also Guillaume küsse ich nicht.«

»Quatsch«, sagt Pauline und zieht die Kapuze ihrer Regenjacke zurecht. »Wir machen das mit einem Malabar.«

Sie packt eins der Bonbons aus, steckt es sich in den Mund und kaut drei oder viermal darauf herum.

»So, Joseph, jetzt bist du dran.«

Joseph gehorcht.

»Gib es an Guillaume weiter. Na los, Guillaume, kau, sonst heißt das, du liebst uns nicht.«

Nachdem Guillaume darauf herumgekaut hat, übernimmt Pauline es erneut, kaut ein letztes Mal darauf herum, und wickelt es wieder in das gelbe Papier ein, zusammen mit dem Malabar-Abziehbild auf der Innenseite.

»So, jetzt hat es einmal die Runde gemacht. Dieses Malabar ist das Symbol unserer unsterblichen Verbindung!«, sagt Pauline und bricht gleich darauf in Lachen aus.

Im Februar und März 1979 verwandeln die Demonstrationen der Stahlarbeiter Cournai in eine Festung. Doktor Manerville, der von Hausbesuchen auf dem Land zurückkehrt, kommt nicht zurück in die Stadt. Die Bereitschaftspolizei hat an allen großen Ausfahrtsstraßen Straßensperren errichtet. Sie lassen niemanden rein und niemanden raus. Er kann noch so sehr darauf pochen, dass er Arzt ist, das beeindruckt den leitenden Commissaire nicht: »Ich weiß, dass Sie Arzt sind, aber da drinnen ist die Hölle los, die sind völlig entfesselt.« Später wird der Doktor dann sagen, ihm sei nicht klar gewesen, wen der Commissaire eigentlich mit »die« gemeint habe, die streikenden Stahlarbeiter oder die Bereitschaftspolizisten. Vermutlich beide. Eine Tränengaswolke liegt über der Stadt, entlang der Bürgersteige stapeln sich leere Granaten. Der Herd der Aufstände ist rund um die Verwaltungsgebäude von Arcinor. Dort haben sich jüngere Metallarbeiter verbarrikadiert und halten mehrere Führungskräfte gefangen. Sie tragen ihre Arbeitshelme und sind mit Eisenstangen bewaffnet. Draußen kontern sie die Tränengasattacken mit einem Hagel aus Schraubenbolzen hinter ihren Mauern aus brennenden Reifen, die sie in Richtung der Beine der Bereitschaftspolizisten rollen.

In der dritten Klasse der École Marie-Curie hört niemand mehr der Lehrerin zu, nicht mal die sonst immer sehr aufmerksame Pauline. Über dem Pausenhof liegt der scharfe und unvergessliche Gestank nach Tränengas. »Ich gehe«, sagt Joseph in der Pause. Und er geht, obwohl Pauline ihn anfleht, es nicht zu tun. Guillaume, der ihn begleiten will, kann sie immerhin im allerletzten Moment zurückhalten. Joseph trifft die Bande der Glapion-Halde vorm Rathaus. Die Bereitschaftspolizisten haben den Streikposten der CGT angegriffen. Es liegen Flaggen am Boden. Die Tische, auf denen die Gewerkschafter ihre Unterschriftenlisten ausgelegt hatten, sind umgeworfen worden. Inmitten des beißenden Rauchs sucht Joseph nach seinem Vater. Er sieht einen Metallarbeiter mit blutverschmiertem Gesicht am Boden liegen. Joseph weint. Er weiß nicht mehr, ob das am Tränengas liegt oder an seiner Wut und seiner Angst. Ein sehr junger Bereitschaftspolizist, der etwas abseits steht, wird von der Glapion-Bande umringt. Sie schlagen ihn beim Kriegerdenkmal zusammen. Da geht eine heftige Tränengasladung auf sie nieder, um ihn zu befreien. Joseph wird umgeworfen, geht zu Boden. Seine Hände sind aufgeschürft. Er ruft nach seinem Vater.

In der Nähe der Arcinor-Verwaltungsgebäude erkennt ihn ein Metallarbeiter. »Geh nach Hause, Joseph.« Er begreift, dass sein Vater zu denen gehört, die sie massenhaft in den Zellen des Kommissariats eingesperrt haben. Er folgt den Demonstranten, die zur Wache gehen, um sie zu befreien. Vor dem Kommissariat stehen zwei R12 und ein Einsatzfahrzeug in Flammen. Ein Bulle in Zivil, der vor der Tür steht, holt seine Pistole heraus. Er schießt in die Luft, zweimal, dreimal. Das sollten die ersten Schüsse sein, die Joseph in seinem Leben hört. Später wird er dann noch viele andere hören.

Es wird früh dunkel. Dann fängt es auch noch an zu regnen. Abends geht Joseph nach Hause. Er schläft mit dem Kopf auf der Wachstuchdecke auf dem Küchentisch ein. Als seine Mutter ihn mit besorgtem Blick weckt, weiß er nicht, wie lange er dort geschlafen hat. Sein Vater liegt zur Beobachtung im Krankenhaus von Cournai. Er ist einer der dreißig Schwerverletzten dieses Tages. Auf Seiten der Polizei gibt es genauso viele.

Es ändert nichts, auch die große pazifistische Demo im März ändert nichts, bei der in Cournai ganze Familien auf die Straße gehen, mindestens dreißigtausend Leute, aus

Lille, Valenciennes, Lens, Douai, Arras. An dieser Demo nehmen auch Pauline und ihre Mutter und die Familie Manerville teil. Nein, selbst, dass im Mai '81 die Linke an die Macht kommt, ändert nichts. Das Ende von Arcinor in Cournai ist besiegelt.

Am Abend des 10. Mai gibt es einen großen Ball vor dem Rathaus. Da keimt wieder etwas Hoffnung in der so hart gebeutelten Stadt auf. Pauline, Joseph und Guillaume sind inzwischen in der fünften Klasse auf dem Collège Roger-Pannequin. Sie sind nicht mehr in derselben Klasse, Pauline und Guillaume haben Deutsch als erste Fremdsprache gewählt. Doch die übrige Zeit sind sie weiterhin unzertrennlich. Ältere Schüler machen bereits Witze über diese Ménage à trois. Sie wissen gar nicht so genau, was damit gemeint ist. Joseph wird der »Capitaine«. In der achten Klasse wird er dann endgültig zum Kleinkriminellen. Er steht unter Beobachtung eines Jugendpädagogen. Man überlegt, ihn in ein Heim zu schicken, da sein Vater, der angefangen hat zu saufen, ihn schlägt. Joseph klaut Mofas und prügelt sich zusammen mit der Glapion-Bande regelmäßig mit denen von der Cité Marceau in Woluwe.

Guillaume lädt Pauline und ihn weiterhin ein, bei ihm zu Hause gemeinsam die Hausaufgaben zu machen. Wenn er kommt, ändert Joseph sein Erscheinungsbild von Grund auf. Er wäscht sich vorher, bügelt sein Jeanshemd und versucht sogar, seine Haare in Form zu bringen. Wenn er dann vor der Tür steht, hat er immer einen Blumenstrauß für Madame Manerville dabei, den er meistens beim letzten noch existierenden Floristen von Cournai geklaut hat.

In Guillaumes Zimmer ist das Dinosaurierposter mittlerweile durch ein Poster der Spieler des Céfécé ersetzt worden. Die Mannschaft aus Cournai hat in diesem Jahr beim Coupe de France Erfolgsgeschichte geschrieben und erst im Halbfinale heroisch gegen Saint-Étienne verloren. *L'Équipe* spricht von einem Derby der Minenarbeiter, auch wenn es tatsächlich immer weniger Minenarbeiter gibt. Nach der Stilllegung von Arcinor machen nach und nach die letzten Schächte dicht. Die Sirenen verstummen, die Fördergerüste dienen hin und wieder als Staffage für dramatisch aufgeladene realitätsnahe Reportagen. Cournai erweist sich als ideale Kulisse: Bergarbeitersiedlungen aus rotem Backstein, der durch den Regen schwarz angelaufen ist, Straßen mit geschlossenen Geschäften, die Pâtisserie Baert etwa, Industriebrachen mitten in der Stadt, die wirken wie Bombenlücken.

Währenddessen sind die gemeinsamen Spiele der drei nicht mehr ganz so unschuldig. So bietet Pauline abwechselnd Guillaume und dem Capitaine ihren Mund dar. Es fühlt sich leicht an, fröhlich, und dazu läuft auf Guillaumes Kassettenrekorder *Ashes to Ashes* von David Bowie und *I love You Too Much* von Santana. Pauline tanzt sehr eng mit Guillaume und sehr eng mit Joseph. Für Joseph ist *Ashes to Ashes* für immer mit Pauline assoziiert, die sich an ihn schmiegt, mit ihrem Duft, ihrer Zunge, die sich lebendig wie ein kleines Tier in seinem Mund hin und her bewegt, mit ihren Brüsten, die sich ohne BH unter dem Fruit-of-the-loom-T-Shirt abzeichnen.

In dieser Zeit bleibt Joseph zum Essen da. Da er schlau ist, lernt er schnell gute Manieren. Danach nimmt er sein Mofa, um Pauline nach Hause zu bringen. Er holt ganz brav zwei Helme aus seinen Satteltaschen hervor, und der Doktor auf der Schwelle sagt jedes Mal – obwohl seine Frau und Guillaume ihm je einen Ellbogenstoß versetzen – ganz arglos: »Ich hoffe, dieses Mofa ist nicht geklaut.«

An einem dieser Abende im September 1984, während der Sommer in Cournai in die Verlängerung geht und das Trio in die neunte Klasse gekommen ist, fragt Pauline den Capitaine, während sie seinen Oberkörper umschlingt, ob er schon einmal mit einem Mädchen geschlafen hat. Jedem anderen gegenüber hätte er herumposaunt, mit einer Menge, aber da sagt er: »Nein, noch nie.« Er hat nur mit den Jungs von der Glapion-Halde ein paar Pornomagazine durchgeblättert. Die ältesten von ihnen, die samstags regelmäßig Spritztouren nach Vieux Lille unternahmen, haben sie aus irgendwelchen Sexshops mitgebracht. Doch Joseph kann damit nicht besonders viel anfangen. Genauso wenig wie mit dem gemeinschaftlichen Wichsen in dem leerstehenden Gebäude, in dem früher das Gesundheitsamt war, in der Rue Brancion.

Als er Pauline vor ihrer Tür abliefert, sagt sie: »Meine Mutter ist nicht da, komm, ich möchte mein erstes Mal mit dir erleben.« In der Küche riecht es wie immer nach Kaffee, aber in der ersten Etage, in dem winzigen Zimmer von Pauline, duftet es nach Lilie, duftet es nach Pauline. Zwischen dem Schreibtisch – auf dem sie jetzt eine Lampe einschaltet, deren Schwenkfuß sie so einstellt, dass die Beleuchtung etwas abgedämpft wird – und dem Einzelbett, auf dem bestickte Kissen liegen, ist kaum Platz.

Der Capitaine vergisst die Bilder aus den Zeitschriften, er fragt, *bist du dir auch sicher*, sie sagt, *ja ich bin mir sicher*, und was dann geschieht, ist zugleich unbeholfen und wunderbar, zart und brutal, gefolgt von einer langen, meditativen Stille, während man durch das geöffnete Fenster das Geräusch eines Zuges hört, der in die Ferne dieses zu Ende gehenden Sommers hineinfährt.

»Joseph, ich liebe dich.«

»Ich liebe dich auch.«

»Was sagen wir Guillaume? Ihn liebe ich auch, glaube ich.«

»Ich werde ihm nichts sagen.«

Sie denken beide an Guillaume, den sorgenvollen Träumer, der oft über Tiere spricht, die vom Aussterben bedroht sind, über die Belastung der Ozeane, über den sauren Regen, der die Wälder zerstört.

»Ich werde auch nichts sagen«, sagt Pauline. »Aber du solltest wissen, dass ich mit ihm das Gleiche machen werde, was wir gerade gemacht haben.«

Der Capitaine ist überrascht, keine Eifersucht zu verspüren.

Jedem anderen, der sich Pauline genähert hätte, hätte er eine reingehauen, aber nicht Guillaume, vor allem nicht Guillaume.

Viel später, sehr viel später, wird der Capitaine, als er von einem Kameraden die Nachtwache übernommen hat, *Jules et Jim* von Truffaut sehen. Dann wird er still vor sich hin lächeln. An jenem Abend in Cournai leiht er sich jedoch bei Pauline die *Illuminationen* von Rimbaud. Das Buch steht auf dem Regal über ihrem Schreibtisch. Er hat nicht wirklich die Absicht, es zu lesen. Als er nach Hause kommt, schreit sein Vater, der nach Bier stinkt, ihn an, weil er zu spät ist. Er legt sich ins Bett. Da er nicht einschlafen kann, knipst er erneut seine Nachttischlampe an, stellt sie auf den Boden, um seinen jüngeren Bruder nicht zu wecken, blättert das Buch durch und stößt auf Folgendes: »Eines schönen Morgens, bei einem sehr sanften Volk, riefen ein Mann und eine Frau von vollkommener Schönheit auf dem Marktplatz: ›Freunde, ich will, dass sie Königin sei!‹ ›Ich will Königin sein!‹ Sie lachte und bebte. Er sprach zu den Freunden von Offenbarung, von überstandener Prüfung. Trunken drängten sie sich zueinander.«

Ab dem Moment weiß der Capitaine, dass er nicht ohne Pauline wird leben können, und dass er nicht ohne Bücher wird leben können.

Die Katastrophe passiert zwei Monate später, nach Allerheiligen. Pauline ist krank, Doktor Manerville vermutet Pfeiffersches Drüsenfieber. Sie muss über einen Monat das Bett hüten, ist erschöpft. Guillaume und der Capitaine fühlen sich einsam. An einem Freitagabend laufen sie ohne genaues Ziel durch Cournai und sprechen kein einziges Wort. Ohne Pauline fehlt ihnen der Kompass. Die Rathausuhr schlägt 22 Uhr. Sie werden so oder so zu Hause Ärger bekommen. Es ist kalt und die Stadt ist trostlos, so trostlos wie diese Stadt im November eben sein konnte.

»Ich habe eine Idee«, sagt der Capitaine, »aber dafür brauchen wir ein Mofa.«

»Und was ist mit deinem …?«

»Das habe ich zu Schrott gefahren, als ich auf der Halde Blödsinn gemacht habe.«

Direkt in dem Moment hält ein altes, Gauloise-blaues Motobécane vor dem Bar-Tabac-PMU Le Poilu, das, ebenso wie sein Eigentümer, schon ein paar Jahre auf dem Buckel hat. Die Bar heißt so, weil sie an dem Platz mit dem Kriegerdenkmal liegt, sie ist kurz davor zu schließen. Der Motor läuft, und ehe man sich's versieht, ist der Capitaine auf das Mofa geklettert und Guillaume auf den Rücksitz. So fahren sie los, in die triste Nacht hinein. Sie fahren in Richtung Woluwe, drei Kilometer von Cournai entfernt, über die Landstraße. Sie durchqueren das Randgebiet, das noch ausgestorbener ist als Cournai. Sie fahren weitere vier Kilometer durch den Wald. Guillaume friert ein wenig.

»So, da wären wir«, sagt der Capitaine.

Guillaume hat es bereits geahnt.

Sie stehen vor *Le Paradise*. Es ist halb Disco, halb Bar und hat einen völlig übertriebenen Ruf als Sündenpfuhl. Die Geschäfte laufen nicht gerade glänzend. Im Übrigen laufen die Geschäfte in dieser Ecke des Kohlebeckens für niemanden glänzend. Das D der blauen Neonleuchtschrift geht regelmäßig aus und dann unter Knistern wieder an. Auf dem Parkplatz stehen nur wenige Autos.

»Ich wette um zehn Francs, dass wir reingehen und ein Bier trinken können. Außerdem hat ein Typ von der Bande mir erzählt, dass sie einen brandneuen Flipper haben, den von den Olympischen Spielen '84. Da spielen wir ein paar Runden, okay?«

Guillaume hat keine Ahnung, was er meint. Im Gegensatz zum Capitaine hat er es nie gewagt, allein ein Bistro zu betreten, und er hat keine Ahnung, wie man Flipper spielt. Aber die Idee gefällt ihm, beziehungsweise es gefällt ihm, etwas Verbotenes zu tun. Eine Woche zuvor hat seine Mutter lächelnd zu ihm gesagt: »Du bist wirklich sehr brav, mein Junge. Dabei hört man immer wieder, wie schlimm diese Teenies sind«, und dann hat sie ihm einen Kuss auf die Stirn gegeben, wobei sie auf die Zehenspitzen gehen musste, weil er mittlerweile größer war als sie.

Da steht ein Rausschmeißer.

Ein magerer Typ, von dem jedoch eine starke latente Gewalt ausgeht. Er ist tätowiert und im flackernden Licht der

Neonleuchtschrift sieht er aus wie ein Zombie, vor allem, weil ihm ein Schneidezahn fehlt.

»Scheiße, den kenne ich!«, sagt der Capitaine.

»Na, was wollt ihr beiden kleinen Scheißerchen denn hier?«

»Wir würden gerne ein bisschen flippern und ein Bierchen trinken.«

»*Ein Bierchen trinken*, dass ich nicht lache, haut ab, ihr Vollidioten. Kapiert, Janowiek?«

Joseph will auf dem Absatz kehrtmachen.

»Komm, vergiss es, Guillaume.«

Noch Jahre später, ja bis heute, fragt der Capitaine sich, warum Guillaume damals so handelte, wie er handelte.

»Reden Sie gefälligst in einem anderen Ton mit uns …«

»Wer bist du denn, du Stück Scheiße?«

»Das geht Sie gar nichts an.«

Guillaume sieht ihm in die Augen und schubst ihn Richtung Eingang. Der Rausschmeißer packt ihn am Kragen, trägt ihn zurück, und versetzt ihm eine Ohrfeige, so dass Guillaume auf dem Hintern landet.

Joseph kehrt um. Er sagt:

»Hurensohn.«

Der Rausschmeißer versetzt ihm einen Leberhaken. Joseph rollt sich zusammen, aber der andere tritt weiter mit seinen Cowboystiefeln auf ihn ein.

»Hören Sie auf damit!«, ruft Guillaume.

Der Rausschmeißer beachtet ihn nicht, traktiert Joseph weiter mit Tritten und Schlägen, der stöhnt, versucht sich aufzurichten und fällt erneut zu Boden.

Da sieht Guillaume an der Wand des Paradise einen Haufen Ziegelsteine.

Während vor Guillaumes Augen alles verschwimmt, sieht der Capitaine, wie Guillaume einen Ziegelstein aufhebt. Der Capitaine will noch schreien, aber er hat keine Kraft mehr.

Guillaume versetzt dem Rausschmeißer mit dem Ziegelstein von hinten einen Schlag auf den Schädel. Der schwankt, dreht sich überrascht um, fasst sich an den Kopf.

Seine Hand ist voller Blut, er übergibt sich, fällt auf die Knie und stirbt.

Guillaume lässt den Stein fallen.

Es kommen Leute aus dem Paradise. Zu stark geschminkte Mädchen, Typen in billigen Anzügen mit gelösten, zu großen Krawatten. Ein Mädchen beugt sich über den Rausschmeißer.

»Ihr habt ihn umgebracht, Scheiße nochmal.«

Um sie herum stehen eine Menge Leute. Sie lassen alles mit sich geschehen. Man zerrt sie ins Innere, stößt sie auf eine Sitzbank. Ein übergewichtiger Handelsvertreter, dessen behaarter Bauch zwischen den Knöpfen seines zum Bersten gespannten Hemdes mit Schweißflecken hervorquillt, spielt ihren Aufpasser.

»Was habe ich nur getan? Was habe ich nur getan?«, wiederholt Guillaume in Panik. Er spürt, wie Joseph sein Gesicht festhält und ihn zwingt, ihn anzuschauen.

»Du hast nichts getan, Guillaume, überhaupt nichts. Hörst du? Überhaupt nichts ...«

»Aber ...«

»Halt den Mund. Keine Widerrede, eigentlich wäre das meine Sache gewesen. Im Übrigen war ich es auch. Verstanden? Ich habe diesen Idioten niedergeschlagen.«

Josephs Nase ist gebrochen, er bekommt nur schwer Luft.

Guillaume schämt sich: Er ist erleichtert. Er hat noch das fiese Geräusch im Ohr, mit dem der Ziegelstein auf den Schädel des Rausschmeißers traf. Er sieht noch seinen verwirrten Blick. Er hat noch den Geruch seines Blutes und seines Erbrochenen in der Nase. Man hört die Sirenen der Bullen.

Anschließend bleiben sowohl Guillaume als auch der Capitaine bei dieser Version des Tathergangs.

Doktor Manerville bezahlt den Anwalt für Joseph, einen Staranwalt aus Lille. Der Capitaine hat sich immer gefragt, ob er nicht eine Ahnung hatte, was wirklich vorgefallen war. Wahrscheinlich nicht, auf jeden Fall war er nicht der Typ Mann, der sich vor seiner Verantwortung oder der seines Sohnes gedrückt hätte.

Der Rausschmeißer ist polizeibekannt, aber Joseph auch. Er ist unter sechzehn, kommt vors Jugendgericht.

Joseph wird verurteilt. Geschlossenes Erziehungsheim, bis zu seiner Volljährigkeit. Man beschließt darüber hinaus, dass er Cournai verlassen muss. Er kommt ins Département Est. Pauline und Guillaume schreiben ihm, schicken ihm Bücher, Päckchen. Er antwortet nicht. Guillaume gibt auf, aber Pauline macht weiter. Durch ihre Briefe erfährt er von den kleinen Ereignissen auf dem Lycée Robespierre. Zwischen den Zeilen liest er heraus, dass sie inzwischen mit Guillaume zusammen ist. Bei Guillaume tut ihm das nicht weh. Er ist stolz, als er erfährt, dass sie ihr Abitur beide mit eins bestanden haben. Er besteht seins auch, geht direkt vom Heim zur Armee.

Vorher, im Juli '88, hat der Capitaine noch einen Monat zur freien Verfügung. Er hat etwas angespart, das wird ihm vom Sozialamt ausgehändigt. Er sieht noch vor sich, wie er von einer Telefonkabine in Metz aus Paulines Mutter anruft. Als die Mutter seinen Namen hört, ist sie gerührt. Sie fragt, warum er nichts von sich hat hören lassen. Sie findet lauter freundliche und tröstende Worte, sagt, das sei ein Unfall gewesen, er habe Guillaume schützen wollen. Guillaume, das wisse er sicher, sei zu einem Sprachkurs in Hamburg. Pauline arbeite in einer Buchhandlung in Arras. Sie würden sich im August wiedersehen, am Stella-Plage, beim Doktor. Er wisse sicher auch, dass sie in Lille die Vorbereitungsklasse für die Grande École besuchen wollten, sie hätten dort eine kleine Einzimmerwohnung, *aber du weißt ja, Joseph, Pauline ist stolz, sie möchte ihren Anteil bezahlen, darum arbeitet sie in der Buchhandlung, und darum hat sie, als sie auf dem Gymnasium war, als Babysitterin gejobbt, und das Geld auf ihr Sparbuch eingezahlt. Ihr seliger Vater wäre stolz auf sie. Aber warum rufst du an, Joseph? Wir können dich unterstützen, weißt du.*

Der Capitaine weiß nicht so genau, was er eigentlich will. Er sagt, er wollte nur mal hören, wie es so geht, und dass er zur Armee gehen wird.

Am 12. Juli kommt der Capitaine im Bahnhof von Arras

an. Er blickt zum Kriegerdenkmal herüber, das etwas Mesopotamisches hat. Er läuft zur Buchhandlung Brunet. Er hat nur einen Rucksack dabei. Er fühlt sich frei, ängstlich, zu allem bereit. Er weiß, dass es nicht von Dauer sein wird. Er wird am 4. August in Coëtquidan erwartet.

Pauline erkennt ihn auf Anhieb.

Sie errötet so, wie manche Blondinen erröten, fleckenweise. Das Dekolleté, eine Wange, ein Teil der Stirn. Sie öffnet den Mund und sagt leise: »Ich komme.«

Er sieht durch die Schaufensterscheibe, wie sie mit dem Buchhändler spricht, dann kommt sie zu ihm nach draußen. Sie entfernen sich ein Stück von der Buchhandlung und gehen in Richtung Place des Héros. In einer kleinen Straße mit Häusern mit gezackten Ziergiebeln stoppt sie ihn, zwingt ihn, ihr ins Gesicht zu sehen, und gibt ihm einen langen, einen sehr langen, und sehr innigen Kuss.

»So, das wäre schon mal klargestellt.«

Zwischen vierzehn und achtzehn Jahren verändert man sich. Das sollten sie feststellen, als sie sich in einem Hotelzimmer im Hotel Mercure am Bahnhof treffen. Sie wundert sich, dass seine Wangen jetzt piksen, und über seine Körperbehaarung. Er findet, ihre Brüste wären größer geworden, »also sie sind immer noch zu klein«, sagt sie, er mag ihren Bob, der ihre blonden, lockigen Haare zähmt.

So sehen sie sich zwei, drei Mal im Jahr, bis zu Paulines Tod. Als sie in Lille studiert, als sie Lehrerin in Cournai wird. Sie treffen sich in Hotelzimmern, sie erzählt ihm von ihrem Leben mit Guillaume, ihrer Hochzeit, und dass sie einfach nicht schwanger wird.

Sie ermutigt ihn, Guillaume wiederzusehen, der dauernd von ihm spricht, aber der Capitaine sagt, so sei es einfacher, und dass er kein eigentlicher Liebhaber sei, sondern ihre andere Liebe, derjenige, der nicht, nicht mehr in ein Leben eintreten könne wie jenes, das sie mit Guillaume führt. Das wäre Ehebruch, wäre hässlich. Und wie könne er sich anmaßen, ihr Leben durcheinanderzubringen, wenn er seines doch bei jeder Mission verlieren könne?

Und dennoch macht sie ihrer »anderen Liebe« ihr schönstes Geschenk.

Guillaume und Pauline haben sich entschlossen, einen Spezialisten aufzusuchen und eine künstliche Befruchtung zu versuchen. Es funktioniert nicht. Im November 1999 trifft der Capitaine Pauline in Paris. Seit der TGV zweimal am Tag in Cournai hält, kann sie in fünfzig Minuten in der Hauptstadt sein. Der Capitaine hat sich – unter einem falschen Namen, aber das sagt er Pauline nicht – gerade eine Einzimmerwohnung in der Straße gekauft, in der Perec geboren wurde. Pauline amüsiert sich darüber, doch dann bricht sie in Tränen aus. »Guillaume und ich werden kein Kind haben.« Dann fügt sie hinzu: »Aber ich könnte mit dir eins machen. Es ist gerade ein guter Zeitpunkt. Ich zwinge dich nicht, denn du wirst dieses Kind nicht aufziehen. Aber du und ich werden wissen, dass wir zusammen ein Kind haben. Und außerdem machen wir Guillaume damit glücklich.«

Also lieben sie sich in der Einzimmerwohnung in der Rue Vilin, die noch nach frischer Farbe riecht, in der sich die Bücher stapeln, und wo in einem Versteck unter einem Klappsofa 80.000 Francs in bar lagern, zwei Sätze falsche Papiere, ein verschlüsseltes Handy und zwei automatische Waffen. Pauline hält ihre Beine lange in der Luft und umschlingt dabei das Becken des Capitaine, um ihre Chancen, schwanger zu werden, zu erhöhen, auch wenn sie das nicht offen ausspricht. Es sollte das letzte Mal sein, dass Joseph und Pauline miteinander schlafen.

Neun Monate später wird Clio Manerville geboren.

Der Capitaine dreht sich zu Clio um. Sein Gesicht wird durch den Sonnenuntergang in oranges Licht getaucht.

Sie weint.

Da sie sich nicht wieder fängt, versteckt sie ihre Rührung hinter einem Scherz:

»Ich verstehe nicht, was uns davon abhalten sollte, miteinander zu schlafen … Auf die Art entstehen Zivilisationen, oder entstehen neu. In der Bibel schläft Lot nach der Zerstörung von Sodom mit seinen Töchtern.«

»Hast du die Absicht, eine Zivilisation zu gründen, Clio?«

»Das wäre dringend nötig, findest du nicht? Dann bist du also mein Vater?«

»Ja, höchstwahrscheinlich, auch wenn es nicht absolut sicher ist. Im Übrigen war mein Part rein … biologischer Natur.«

»Ein bisschen mehr war es ja wohl schon. Du hast mich mit der einzigen Frau gezeugt, die du in deinem Leben geliebt hast … Oder sehe ich das falsch?«

Der Capitaine hat einen Kloß im Hals.

Er sagt ja.

Er hat den Eindruck, ohne zu wissen warum, dass er durch dieses Geständnis Clio gegenüber zugleich sein Todesurteil unterschrieben hat, dass er eine unausgesprochene eherne Regel gebrochen hat.

»Weiß mein Vater das alles?«

»Ich glaube nicht.«

»Warum hast du dich für ihn geopfert, Joseph?«

»Ich habe Pauline geliebt, aber ich hätte ihr nie das Leben bieten können, das sie verdient hat. Ich war ein Kleinkrimineller. Guillaume liebte sie genauso wie ich, und mit ihm war alles einfacher für sie.«

»Arbeitest du schon lange auf deine Seligsprechung hin?«

Der Capitaine lacht kurz auf.

Er denkt an die furchtbaren Dinge, die er als Externer getan hat. Clio steht auf, setzt sich auf seine Knie, sie duftet genau wie Pauline an diesem Septemberabend in Cournai: nach Lilie.

»Ich liebe dich, Capitaine.«

Sie umarmen sich.

Er sagt: »Ich liebe dich, meine Tochter.«

Die Bucht von Saint-Brieuc ist in der Dunkelheit verschwunden.

Es ist Vollmond.

Er schließt für einen kurzen Moment die Augen, er seufzt. Jetzt ist alles gut.

In dem Moment wird die Wohnungstür von einer Explosion weggerissen.

Major Corentin ist nachmittags in Saint-Brieuc eingetroffen. Sie hat auf dem Parkplatz eines Rehazentrums für Alkoholiker geparkt, das von gesichtslosen Gebäuden umgeben ist.

Sie hat gezögert, bevor sie losgefahren ist. Sie weiß nicht wirklich, was sie hier soll. Es gibt alarmierende Neuigkeiten. Nach der Hausdurchsuchung in Tourailles befindet sich der Innenminister in Gewahrsam. Langsam dringen Details nach außen. Man hat in einem Gästezimmer Blutspuren gefunden und in einem Taubenturm Hinweise darauf, dass dort eine Person gefangen gehalten worden ist.

Zur Abwechslung beherrschen einmal nicht die Hitzewelle und die Sigma-Variante die Schlagzeilen. Die Regierungssprecherin begnügt sich mit einem kurzen Statement. Sie erinnert daran, dass auch für einen Minister die Unschuldsvermutung gelte. Seitens des Élysée-Palastes herrscht Funkstille.

Eine Denunziation aus dem Umfeld der Familie hat Staatsanwalt Derville, so erfährt man, dazu veranlasst, ein Verfahren zu eröffnen. Der Minister des Inneren steht demnach unter Verdacht, einen jungen Mann namens Lucien Valentin getötet zu haben. Der Schriftsteller hat für ihn gearbeitet und wurde an dem Sonntag, als die Ministerin ihre Ansprache hielt, unweit seiner Wohnung im XIV. Arrondissement tot aufgefunden. Man exhumiert gerade seinen Leichnam auf dem Friedhof von Aubusson.

Das bedeutet, denkt Corentin, *dass diese Schlampe von Marité geplaudert hat und Beauséant erledigt ist.* Es ist nur eine Frage der Zeit, bis sie Valentins DNA mit dem Blut im Gästezimmer und im Taubenturm abgeglichen haben. Mal abgesehen davon, dass man in den Haaren des Rotschopfs sicher noch Partikel von Taubenscheiße findet, und seien sie auch noch so klein. Einer dieser pedantischen Spinner von der Spurensicherung findet bestimmt eine Möglichkeit nachzuweisen, dass diese Taubenscheiße nur von Tauben aus Tourailles stammen kann, weil diese, wie sollte es anders sein, einer seltenen Rasse angehören und ihre Exkremente eine einmalige, chemische Zusammensetzung aufweisen, die man außer im Loiret nur noch im brasilianischen Bundesstaat Minas Gerais findet.

Marité Beauséant ist alles zuzutrauen, am Ende behauptet sie noch, sie hätte Beauséant dabei belauscht, wie er den Mordauftrag erteilt hat. Der Untersuchungsrichter wird jedenfalls genügend Beweise finden, um Beauséant ins Kittchen zu schicken, da hilft ihm sein Bataillon von Eliteanwälten auch nicht weiter. Dann werden sie nach einem Motiv suchen, und von da aus werden sie bei dem von Beauséant eingefädelten Blutbad im Impfzentrum von Saint-Valery und der geplanten Entführung von Clio Manerville landen.

Mal abgesehen davon kann Major Corentin niemanden erreichen, weder Keller noch Peyrade Junior noch Abel Caliban. Als in den Nachrichten berichtet wurde, dass es in einem Gebäude im XIV. Arrondissement zu einer Explosion und einem dadurch ausgelösten Brand gekommen ist und man eine verkohlte Leiche gefunden hat, war ihr alles klar.

Bestimmt Caliban.

Man wird ihn schnell identifizieren.

Corentin ärgert sich über sich selbst.

Sie hat vergessen, nach einem Reinigungsmittel zur Beseitigung der Blutspuren zu suchen und noch nicht mal daran gedacht, den Taubenturm zu säubern. Sie hätte mit einbeziehen müssen, dass Caliban ein Amateur war, und sich nicht darauf verlassen dürfen, dass sie als Beauséants Personenschützerin ungestraft davonkommt.

Die Tatsache, dass ihre Leitstelle zerstört wurde, ist ebenfalls ein Indiz dafür, dass jemand sämtliche Spuren beseitigen wollte. Das bedeutet, man lässt Beauséant mitten im Wahlkampf einfach fallen. Sie hat schon so eine Idee, wer dahinterstecken könnte. Das sind bestimmt dieselben Typen, die ihn gerade noch bei der Eroberung der Macht unterstützt haben, die Männer, die sie im Super Puma gesehen hat, an diesem verfluchten Sonntag, an dem Valentin seine Nase in Dinge gesteckt hat, die ihn nichts angingen.

Corentin könnte sich stellen. Aber dann würde sie ihr Leben im Knast beenden.

Sie ist nicht nur beunruhigt, nein, sie ist verzweifelt, denn sie mag Beauséant, verehrt ihn sogar. Sie wird nie vergessen, welches Vertrauen er ihr entgegengebracht hat. Dieser Mann wäre ein großer Präsident gewesen. Er wird womöglich gezwungen sein, sie zu verraten, ja, das ist sogar sicher, genau wie Peyrade Junior, mit dem zusammen sie Valentin nach Paris gebracht hat.

So sind nun einmal die Spielregeln.

Keller sicher auch, aber Keller ist ein Externer, der kann sich aus der Affäre ziehen, und über Peyrade Junior hält sein Vater, der Verteidigungsminister, seine schützende Hand. Peyrade Senior war im Super Puma dabei. Womöglich hat er nach dieser Geschichte entschieden, dass man mit Beauséant auf das falsche Pferd gesetzt hat. Er wird mit Beauséant einen Deal machen, er bekommt Hafterleichterungen oder so etwas, und der Sohnemann geht straffrei aus. Der Sohn ist ein heißer Typ, schade drum.

Der Leser wird feststellen, dass Corentin sich hier als erstaunlich hellsichtig erweist, denn sie beschreibt genau das Szenario, das eintreten wird, nur nützt ihr diese Hellsichtigkeit nichts mehr. Das passiert immer wieder, wenn man etwas zu spät begreift.

Sie kommt in diesem Wagen um vor Hitze.

Sie steigt aus.

Sie läuft durch Saint-Brieuc und bewegt sich, ohne zu überlegen, in Richtung des Saint-Michel-Viertels. Dort findet sie schnell das Luxusapartmenthaus, in dem, im fünften und letzten Stockwerk, der Capitaine und Clio Manerville logieren. Die lassen es sich gutgehen, könnte man meinen. Sie liegen ohne sich zu rühren nebeneinander auf Liegestühlen auf der Dachterrasse. Doch ihre scheinbar so entspannte Haltung täuscht, er redet ohne Ende und Clio Manerville lauscht ihm, als hinge ihr Leben davon ab. Ohne sie wäre es nicht so weit gekommen. Denn sie war die Freundin dieses Schreiberlings.

Corentin läuft weiter. Sie erreicht den Hafen, holt eine Münze raus.

Bei Zahl haut sie ab. Bei Kopf bringt sie ihren Auftrag zu Ende.

Es ist Kopf.

Umso besser.

So wird sie zumindest einen guten Abgang hinlegen. Und sie wird sich danach auf keinen Fall stellen. Sie müssen sie schon holen kommen. Und dafür werden sie teuer bezahlen.

Sie geht zurück zum Auto, öffnet den Kofferraum. Unter dem überraschten Blick eines Krankenpflegers aus dem Rehazentrum, der dort seine Zigarette raucht, zieht sie eine schusssichere Weste an.

Sie holt ihren Polizeiausweis heraus und schwenkt ihn vor seiner Nase. Er hebt beschwichtigend die Hände, als wollte er sagen, »alles okay, ist in Ordnung«. Das ist womöglich das letzte Mal, das sie ihn benutzt.

Es ist sogar mit Sicherheit das letzte Mal.

Sie nimmt außerdem ein Brecheisen und eine Remington-870-Pumpgun aus dem Kofferraum, lädt sie, steigt wieder ins Auto und fährt ins Saint-Michel-Viertel. Erst verfährt sie sich wegen der Einbahnstraßen und weil es inzwischen dunkel ist, und weil sie verbittert und voller Rachsucht ist, so dass sie nicht klar denken kann.

Endlich findet sie das Haus, stellt den Wagen notdürftig ab, überquert die Straße. Es gibt ein elektrisches Türschloss, das sich kinderleicht mit einer Haarnadel, die sie aus ihrem Knoten zieht, knacken lässt.

Sie nimmt die Treppe, immer vier Stufen auf einmal. Es gibt nur zwei Wohnungen pro Etage.

Sie steht vor der des Capitaine.

Sie setzt die Remington-870-Pumpgun an und zerschießt das Schloss mit drei Patronen, die Hülsen fallen auf den Boden.

Ein Schloss hat sie nicht erwischt, bricht es mit dem Brecheisen auf.

Sie ist in der Wohnung.

Clio schreit auf.

Die Frau, die gerade die Wohnung betreten hat, richtet ihre Waffe auf den Capitaine, der bereits seine Glock in der Hand hält.

Er ist noch auf der Terrasse, sie im Wohnraum. Sie schießen beide gleichzeitig.

Der Capitaine bekommt eine Kugel mitten in die Brust. Eine andere Kugel durchschlägt die Glastür, die herumfliegenden Splitter schneiden Clio das Gesicht auf.

Der Capitaine fällt auf die Knie.

Er bleibt in dieser Position, sein Oberkörper wankt leicht.

Er hat noch die Zeit, drei 9-mm-Kugeln abzuschießen.

Durch ihre Wucht wird Corentin, die keine fünf Meter entfernt ist, nach hinten geschleudert.

Es tut höllisch weh, aber es geht.

Die Weste der Klasse IV tut ihren Dienst.

Clio rennt ans Ende der Terrasse, sie sieht nur noch mit einem Auge, sie läuft in das Schlafzimmer des Capitaine. Sie greift nach dem Steyr-AUG-Para-SMG-Gewehr, mit dem sie in Illiers-Combray geübt hat. Sie erinnert sich an alle Ratschläge, überprüft, ob das Magazin mit allen dreißig Patronen geladen ist.

Sie geht in den Flur.

Sie sieht, wie die blonde Furie sich mühsam aufrichtet.

Clio drückt auf den Abzug, Schuss um Schuss. Dreimal. Eine Kugel in den Oberschenkel der Verrückten, die anderen irgendwohin. Da ihr das Blut und der Rauch den Blick vernebeln, ist das schwer zu sagen.

Die Verrückte fällt wieder zu Boden und schreit auf vor Schmerz.

Die Verrückte greift nach ihrer Remington 870 und stützt sich auf die Pumpgun wie auf einen Stock, um sich auf ihrem unversehrten Bein aufzurichten.

Clio beschließt also, indem sie lange auf den Abzug drückt, mit einer einzigen Salve die siebenundzwanzig übrigen Patronen abzufeuern.

Die 9-mm-Kugeln verteilen sich in der Bibliothek im

Wohnzimmer, in den Flurwänden, der Decke, und eine landet, Anfängerglück, in Corentins Nase. Sie zerfetzt diese und setzt ihren Lauf bis in ihr Gehirn fort, Major Corentin stirbt.

Danach lässt Clio die Steyr fallen.

Sie läuft herüber zum Capitaine, der immer noch auf den Knien ist und Blut spuckt.

Er kann nicht mehr sprechen.

Also spricht Clio ihm ins Ohr, sie sagt, *stirb nicht,* sie sagt ihm Gedichte von Rimbaud auf, sie sagt, *ich liebe dich,* sie sagt, *du schaffst das,* schließlich schreit sie das alles und schreit immer noch, als die Polizei vorsichtig die verwüstete Wohnung betritt und ihr sich folgendes Bild bietet: Corentins Leiche und eine junge blutüberströmte, blonde Frau mit einem kaputten Auge, die einen ebenfalls blutüberströmten Mann auf den Knien in den Armen wiegt.

EPILOG

An dem Tag, an dem Verteidigungsminister Jean Peyrade vor die Presse tritt und seine Kandidatur für die Präsidentschaftswahlen verkündet, einem 19. September, regnet es in Frankreich nach acht Monaten zum ersten Mal wieder.

Es ist weiterhin unerträglich heiß, auch wenn die Temperatur auf durchschnittlich 30°C gefallen ist. Man betrachtet diesen Regen als gutes Omen für den Mann der Stunde. Es ist ihm gelungen, das Ausmaß des Schadens während dieses »furchtbaren Sommers« – wie er später von Historikern genannt werden sollte –, mit seinen 250.000 Hitzetoten, der Sigma-Variante, den Riesenbränden und den Durstaufständen zu begrenzen.

Nach einer kurzen Unterredung mit Präsidentin Séchard und Premierminister Vandenesse tritt er von seinem Ministerposten zurück.

Ich möchte diese Sphären nicht vermischen, so begründete er sinngemäß seinen Schritt.

Am selben Abend sagt Nathalie in ihrer Wohnung in der Rue Galande zu Jason:

»Tatsächlich will er vor allem nicht mit einer Regierung in Verbindung gebracht werden, die kurz vor dem Ende steht. Vielleicht sollte Manerville auch zurücktreten, was meinst du?«

»Ich meine vor allem, dass Guillaume chancenlos ist.«

Letztlich wird Beauséant doch nicht der Prozess gemacht. Er selbst ist zwar davon überzeugt, den Mord an Lucien Valentin, das AVA-Zéro-Attentat und die Entführung von Clio Manerville in Auftrag gegeben zu haben, doch seine Psychiater erklären ihn für unzurechnungsfähig. Nach jedem Treffen mit einem seiner Anwälte verschlechtert sich sein mentaler Zustand plötzlich. Die linke Presse, oder das, was davon übrig ist, spricht von einer Verzögerungstaktik.

Ein investigativer Journalist kann sich in die psychiatrische Klinik einschleusen, in der der ehemalige Minister interniert ist. Dort findet er einen Mann vor, der durch die Neuroleptika vollkommen weggetreten ist, sabbert und jedes Mal, wenn er eine Krankenschwester sieht, sagt: »Jeanne, meine kleine Jeanne.« Manche sagen, dies sei kein Beweis für seine Unzurechnungsfähigkeit. Es sei nicht ausgeschlossen, dass Beauséant eigentlich im Vollbesitz seiner geistigen Kräfte sei und man ihm nur nahegelegt habe, sich im höheren Interesse Frankreichs und seiner Familie so lange mit Psychopharmaka vollpumpen zu lassen, bis nichts mehr von ihm übrig ist.

Der Capitaine liegt im Krankenhaus von Saint-Brieuc eine Woche im Koma, unter Polizeischutz, oder vielleicht auch unter Bewachung. Das ist nicht ganz klar. Am selben Tag, als er wieder zu Bewusstsein kommt, verschwindet er.

Die Polizisten bekommen deswegen vom neuen Innenminister, einem Séchardisten, der den Posten nur widerwillig übernommen hat, einen Riesenanschiss.

Clio Manerville geht nicht an die École Normale Sup'. Sie lässt, wie es offiziell heißt, ihre Zugangsberechtigung ruhen. Ihr Vater versucht sie zu überzeugen, vergeblich. Dabei hat sie ihm eine Hintertür offengelassen: »Wenn du deine Bewerbung für die Präsidentschaft zurückziehst, dann gehe ich in die Rue d'Ulm. Lass sie ihren Krempel doch allein machen. Das wahre Leben findet eh woanders statt. Wenn du dich ernsthaft für mehr Ökologie einsetzen willst, geh zurück nach Cournai.«

Diesen Vorschlag lehnt er ab. Er sagt, er wolle es zumindest versuchen. Er sagt, Peyrade sei eine Gefahr für die Demokratie, noch schlimmer als der Patriotische Block. Dann wechselt er das Thema.

»Was hast du also vor, meine Tochter?«

»Mich ausruhen.«

Er kann sich nur schwer daran gewöhnen, dass Clio auf einem Auge blind ist, auch wenn sie eine Menge bunter Augenklappen hat, mit denen sie aussieht, als hätte sie sich als Piratin verkleidet.

»Hast du was vom Capitaine gehört?«

»Nein, gar nichts.«

Sie schafft es inzwischen, ihren Vater anzulügen.

Eines Abends, zwei Monate nach Saint-Brieuc, essen sie zusammen in der Dienstwohnung des Hôtel de Roquelaure. Die Fenster zum Park hin stehen offen, es regnet leicht. Der Turmfalke ist nicht mehr da. Guillaume fragt, als ahnte er irgendetwas:

»Worüber habt ihr beide in all den Wochen gesprochen?«

»Über Literatur.«

»Und über unsere Jugend in Cournai? Die Zeit mit deiner Mutter?«

»Auch ein bisschen. Über die Schließung von Arcinor, die Demonstrationen, euren Urlaub am Stella-Plage, die Geschichte mit dem Malabar …«

»Ah, er hat dir die Malabar-Geschichte erzählt … und sonst nichts?«

»Sonst nichts«, sagt Clio.

»Ich habe das Gefühl, du liebst mich nicht mehr.«

»Da irrst du dich, Papa.«

Das ist jedenfalls nicht gelogen.

Sie liebt ihn nur eben anders, das ist alles.

Als im April die Präsidentschaftswahlen stattfinden, lebt Clio bereits seit fünf Monaten bei Faux-la-Montagne, in einer Kommune, die sich in einem ehemaligen Feriendorf niedergelassen hat, das früher dem staatlichen Elektrizitätsversorger gehörte und jetzt leer steht. Ab und zu sieht sie Nathan, der immer noch in der selbstverwalteten Sägerei arbeitet. Er versucht nicht, wieder mit ihr anzubandeln. Umso besser. Sie reden über Politik. Es ist dringend an der Zeit, sich etwas Neues zu überlegen. Sie reden auch über Lucien.

Sie bekommt eine Stelle an der Schule von Felletin, als Vertretungslehrerin, auch wenn der Schulleiter sich wundert, da sie so offensichtlich überqualifiziert ist. Sie kauft sich ihre Bücher in Felletin, in der Buchhandlung mit angeschlossenem Café von Luciens Eltern. Sie freuen sich, sie endlich kennenzulernen.

Morgens, wenn sie zu früh aufwacht und schweißgebadet ist, weil sie von Saint-Brieuc geträumt hat, sieht sie Rehe über die Wege des Feriendorfes laufen.

Das beruhigt sie.

Ein wenig.

Das Ergebnis der Präsidentschaftswahl am 10. April ist ein Novum in der Geschichte der Fünften Republik. Jean Peyrade wird im ersten Wahlgang mit 50,2% der Stimmen gewählt. Agnès Dorgelles und Guillaume Manerville liegen gleichauf bei 15%. Letztlich tut Guillaume, was Clio ihm geraten hat. Er konzentriert sich auf seinen Bürgermeisterposten. Er denkt darüber nach, wieder halbtags als Lehrer am Lycée Robespierre zu arbeiten. Er kann täglich Paulines Grab besuchen, und jeden Tag aufs Neue hofft er, hinter sich die Schritte des Capitaine zu hören, so wie vor über zwanzig Jahren.

Direkt nach der Machtübergabe fährt Nathalie Séchard mit Jason nach Ploubanec. Vorher stattet sie dem Sitz der Nouvelle Société noch eine Stippvisite ab. Dort applaudiert ihr ein kleines Grüppchen von Anhängern. Bei den Parlamentswahlen im Juni kann die Nouvelle Société nur dreißig Sitze erringen. Peyrades politische Bewegung Rassemblement!, in der sich die Konservativen, ein Teil des Patriotischen Blocks und einige frühere Séchardisten zusammengeschlossen haben, kommt auf vierhundert Abgeordnete.

Nathalie Séchard kehrt, trotz des Drucks ihrer Anhänger weiterzumachen, der Politik den Rücken. Sie lehnt es ebenfalls ab, den Vorsitz des Verfassungsrates zu übernehmen, der ihr als vormaliger Präsidentin zusteht. Jason hat sie immer noch nicht verlassen, entgegen ihrer düsteren Prophezeiung, die mit ein Grund dafür war, dass sie nicht erneut angetreten ist. Die beiden leben größtenteils in der Bretagne und sind in der übrigen Zeit, wenn sie auf Vortragsreise ist, in der ganzen Welt unterwegs. Sie haben immer noch oft Sex.

Nachts träumt Jason von Paterson.

Innerhalb weniger Jahre driftet Frankreich, wie die meisten europäischen Länder, in einen Faschismus light ab, der angesichts neuer Pandemien und neuer Klimakatastrophen ermöglichen soll, die öffentliche Ordnung aufrechtzuerhalten, wenn auch unter Opferung der Freiheitsrechte. Nur eine Freiheit ist davon ausgenommen, die des freien Warenverkehrs. Präsident Peyrade beschränkt den Handlungsspielraum des Staates auf die Aufrechterhaltung der Ordnung und die Gewährleistung einer funktionierenden Infrastruktur und wird so zum Vater der Nation. Man räumt ihm gute Chancen ein, der erste Präsident seit langer Zeit zu sein, der wiedergewählt wird.

Bei Beginn seiner zweiten Amtszeit wäre er gerade mal zweiundachtzig Jahre alt und damit drei Jahre jünger als Pétain, als er an die Macht kam.

Eines Morgens, als Clio die Rehe beobachtet, hört sie ein Klopfen an der Tür. Sie zieht ihre Augenklappe über ihr Auge und öffnet.

Es ist der Capitaine.

Sie umarmen sich, lange.

»Wie wäre es mit einem Kaffee, Joseph?«

»Warum nicht …«

»Willst du hier in der Gegend bleiben?«

»Ich denke schon. Ich habe gesehen, dass am See von Vassière ein Haus zu verkaufen ist.«

»Um den Mädchen beim Schwimmen zuzuschauen?«

Der Capitaine lächelt.

»Genau. Und du musst mir auch noch Griechisch beibringen, wenn ich dich daran erinnern darf.«

Sie trinken ihren Kaffee in der Stille des Morgens.

Ein Hahn kräht.

»Hast du dich ein bisschen von der Geschichte erholt, Clio?«

»So halbwegs, denke ich. Auf jeden Fall hat mir das da ein wenig geholfen.«

Sie deutet auf ihren Schreibtisch, das geöffnete MacBook und den Stapel Papiere daneben.

»Was ist das?«

»Ein Roman.«

»Geht es darin um uns?«

»Nicht nur.«

»Hast du schon einen Titel?«

»Ja, *Die letzten Tage der Raubtiere.*«

Jérôme Leroy bei Edition Nautilus

»Ein Schriftsteller von europäischem Rang.«
Hannes Hintermeier, Frankfurter Allgemeine Zeitung

DER BLOCK / Kriminalroman (2017)
320 Seiten / ISBN 978-3-96054-037-7
Blutige Aufstände in den französischen Vorstädten, die Zahl der Toten steigt unaufhörlich. Der rechtsextreme Patriotische Block steht in dieser Nacht kurz vor dem Regierungseintritt. Maynard und Stanko, jahrzehntelang gemeinsam am Aufbau des Block beteiligt, finden sich an verschiedenen Fronten wieder – einer von beiden wird in dieser Nacht zum Gejagten.

DIE VERDUNKELTEN / Kriminalroman (2018)
224 Seiten / ISBN 978-3-96054-083-0
Man nennt sie die »Verdunkelten«. Plötzlich gehen sie, ohne eine Spur verlassen sie ihre Partner, Kinder, Haustiere – so viele, dass die Polizei nicht einmal mehr Vermisstenanzeigen aufnimmt. Sie lösen sich in Luft auf, wie die ganze Epoche sich auflöst. Der Geheimdienst versucht, dem Phänomen auf die Spur zu kommen.

DER SCHUTZENGEL / Kriminalroman (2020)
352 Seiten / ISBN 978-3-96054-224-7
Berthet soll getötet werden. Das ist eine ziemlich schlechte Idee. Einmal, weil Berthet es gemerkt hat, dann, weil Berthet das nicht mitmachen wird, und schließlich, weil Berthet in diesen Dingen kein Anfänger ist. Er ist Agent der Unité, einer Parallelpolizei, die zu einem Staat im Staate geworden ist, ein Mann fürs Grobe, der nicht viele Fragen stellt. Doch er ist in Ungnade gefallen – vielleicht, weil seine Besessenheit von der jungen Staatssekretärin Kardiatou Diop die Pläne der Unité zu stören droht…